Testament d'un patriote exécuté

Thomas Jing

Langaa Research & Publishing CIG
Mankon, Bamenda

Publisher
Langaa RPCIG
Langaa Research & Publishing Common Initiative Group
P.O. Box 902 Mankon
Bamenda
North West Region
Cameroon
Langaagrp@gmail.com
www.langaa-rpcig.net

Distributed in and outside N. America by African Books Collective
orders@africanbookscollective.com
www.africanbookscollective.com

ISBN-10: 9956-551-66-x

ISBN-13: 978-9956-551-66-8

© Thomas Jing 2021

Dédicace

Je dédie cette œuvre à Madeleine et Clément Marchildon de Prince Albert qui, durant leur vie, m'ont toujours réservé un amour sans faille depuis mon arrivée au Canada.

Sur l'invitation de son cousin Charlemagne, Benedict quitte Ndobo, son village natal au Mayuka, pour Touri dans l'Etat voisin de Jangaland. Mayuka est une colonie anglaise où son arrière-grand-père, Bante, roi de l'ethnie Magwa, s'était exilé. Bante avait quitté Jangaland précipitamment parce que les autorités coloniales étaient à ses trousses. On le soupçonnait d'être à l'origine d'un meurtre et aussi d'être à la tête d'une résistance à la colonisation française.

Benedict prospère à Touri. Il tombe amoureux d'une jolie demoiselle du nom de Brigitte ; mais il a un rival, le cuisinier d'un commerçant français. Brigitte doit choisir entre Benedict et le cuisinier. Elle jette son dévolu sur Benedict. De là va naître une émouvante aventure qui mènera Benedict à l'avant-plan du champ politique à l'aube des mouvements des indépendances des Etats africains. Un périple parsemé d'embuches au cours duquel le jeune Benedict ira jusqu'au sacrifice suprême, au nom de la justice et de l'Egalite pour les siens.

Cette œuvre expose l'aliénation culturelle, le manque de patriotisme et l'hypocrisie des puissances coloniales, bref, le néo-colonialisme. Ce dernier à lui seul explique la mauvaise gestion du patrimoine national, l'effondrement économique, l'instabilité politique, les crises sociales, l'implosion de nombreux États avec pour conséquence l'afflux des réfugiés africains en Occident. Cette œuvre tient toute sa pertinence du fait que les sujets y traités demeurent actuels.

On the invitation of his cousin Charlemagne, Benedict leaves Ndobo, his birthplace in Mayuka, for Touri in Jangaland, the neighbouring country. Mayuka is an English colony where his great grandfather Bante, king of the Magwa people, had gone on self-exile. Bante had left Jangaland hastily because he was being tracked down by the French colonial authorities. He was suspected of being involved in a murder and of leading a resistance to French colonization.

In Touri, Benedict prospers. He falls in love with a beautiful young lady called Brigitte; but, he has a rival, the cook of a French merchant. Brigitte has to make a choice between the two men, and she settles for Benedict. This marks the beginning of a moving tale which catapults Benedict to the political forefront on the eve of the independence of African countries.

It is a journey fraught with pitfalls in which the young Benedict sacrifices his life, all in the name of justice and equality for his people.

This work exposes cultural alienation, lack of patriotism, and the hypocrisy of colonial powers; in short, neocolonialism. Neocolonialism singlehandedly accounts for the mismanagement of national resources, for economic collapse, for political instability, for social crises, and for the implosion of numerous African countries, resulting in the influx of refugees to Western countries. This work is all the more relevant because it deals with topical issues.

Thomas Jing est traducteur, écrivain, enseignant-chercheur, opérateur économique et entrepreneur culturel. Il est titulaire d'un Doctorat (PhD) en sciences de l'éducation, obtenu à l'Université de Regina au Canada où il a rédigé une thèse afrocentrique sur les enjeux de l'application des danses folkloriques africaines dans le contexte scolaire.

Jing est né à Ndop, une bourgade non loin de Bamenda au Cameroun. Après ses études primaires et secondaires, il s'inscrit au Cameroon College of Arts and Science à Kumba. Fort d'un diplôme de General Certificate of Education Advanced Level, il s'immatricule à l'Université de Yaoundé, Faculté des Lettres et des Sciences Humaines. Il en sort trois ans plus tard avec une licence en histoire. Il est recruté par le Ministère de l'Education Nationale comme professeur d'histoire et de français, et est affecté à un C.E.S. au village de Nyasoso dans la région du South West.

Reçu un an plus tard au concours de traduction lancé par la présidence de la république, il part pour l'Université de Montréal au Canada. Il termine son M.A. en traduction et retourne au Cameroun en 1989, où il travaille au Ministère de l'Elevage, des Pêches et des Industries animales à Yaoundé comme traducteur principal et chef de service de la documentation et des archives. En 1996, Il quitte le Cameroun et s'installe en Afrique du Sud où il travaille avec les Jésuites dans leur projet pour les réfugiés et aussi avec les défenseurs sud-africains des droits de la personne.

Il vit actuellement à Regina, capitale administrative de la Saskatchewan. Il publie son premier roman intitulé Tale of an African Woman chez Langaa Research and Publishing CIG, en 2007. Testament d'un patriote exécuté est ainsi son deuxième roman, mais le tout premier entièrement rédigé en français.

Thomas Jing is a translator, a writer, a teacher, a researcher, a businessman, and a cultural promoter. He holds a PhD in Education from the University of Regina in Canada where he wrote an Afrocentric dissertation on the relevance of African folkdances in North American school setting.

Jing was born in Ndop, a district not far from Bamenda in Cameroon. He attended Government Primary School Bamunka and Sacred Heart College Mankon before heading to CCAS Kumba where he obtained his Advanced Level Certificate. He enrolled in the Faculty of Letters and Social Sciences at the University of Yaounde where he graduated three years later with a B. A. in History. He was hired by the Ministry of National Education as French language and History teacher and sent to Government Secondary School Nyasoso in the South West.

A year later, he wrote and passed the government competitive examination in translation organized by the Presidency of the Republic and received scholarship to study at the University of Montreal in Canada. After obtaining an M.A. in Translation, he returned to Cameroon in 1989 where he worked with the Ministry of Livestock, Fisheries and Animal Industries. In 1996, he left Cameroon for South Africa where he worked with the Jesuit Refugee Services as well as some South African Human Rights Organizations. He currently lives in Regina, the administrative capital of Saskatchewan. He published his first novel Tale of an African Woman with Langaa in 2007. Testament d'un patriote execute is his second novel, but the very first one written in French.

1

La voiture aurait roulé pendant dix ou quinze heures. Je ne me rappelle plus exactement. Je n'ai pas de montre. C'était un vieux camion militaire aux ressorts fatigués. Rapiécé, cabossé et rouillé par endroits, c'était un vestige de l'administration Kennedy qui finit dans notre pays sous forme d'aide militaire américaine afin de permettre à notre jeune gouvernement de barrer la route au communisme.

Malgré son apparence, peu louable, et de nombreux cliquetis qu'elle produisait lorsqu'elle était en marche, le véhicule accomplissait pleinement la mission qui était la sienne. Aménagée de deux longues banquettes en bois vissées latéralement contre les flancs à l'arrière, tout paraissait y avoir été fait dans le but de rendre la vie dure aux gens.

Les prisonniers, menottes aux mains, l'apparence peu soignée et l'air fatigué, jonchaient le plancher tels des sacs de farine. Tout autour, des militaires à la gâchette très facile, habillés en camouflé et armés jusqu'aux dents, les surveillaient. Recrutés parmi les moins instruits et les plus défavorisés, pour la plupart, ils étaient des gaillards aux visages durs, sévères et balafrés, dont la provenance régionale et même l'appartenance ethnique ne laissaient aucun mystère. Il y avait de quoi donner des cauchemars aux civils que nous étions.

Les militaires ne parlaient pas souvent quand on leur adressait la parole. Mais lorsqu'ils se hasardaient à le faire, ce qui sortait de leur bouche, du moins de la bouche de ceux parmi eux qui étaient en bas de l'échelle, n'était qu'une glossolalie composée de mots tirés de pidgin, d'anglais, de français, de fulfulde, d'haoussa, d'arabe, de portugais et de bantou délivrés de manière désordonnée. Ce déficit linguistique n'était même pas le comble de leurs malheurs. Ils ne pouvaient ni lire ni écrire. Un analphabète, un ignorant, voire un primitif, qui porte une arme d'assaut bien chargée! Les deux n'ont jamais fait bon ménage et l'Afrique en a ses lots de blessures infligées par ce cocktail très explosif.

Le soleil venait à peine de se lever. Le camion s'engagea dans une voie étroite et poussiéreuse qui semblait mener nulle part. Les militaires avaient enroulé les bâches des deux côtés afin de permettre la circulation de l'air. Une chaleur accablante avait marqué les journées et même les nuits précédentes. Prosternés, ou assis à même le plancher, certains des prisonniers pouvaient, s'ils le voulaient bien, avoir une vue panoramique des contrées que le camion traversait.

Je me dressai sur mon séant afin de regarder ce que le paysage avait à offrir. De vastes plaines où poussaient des plantes sahéliennes tels les cactus, les baobabs, les acacias et d'autres arbustes et buissons épineux s'étendant à perte de vue y étaient. A mesure que la journée progressait, il faisait de plus en plus chaud.

La poussière, perturbée par le passage de la voiture, montait en nuages et rendait la respiration très difficile. Il régnait une chaleur d'enfer et les perles de sueur qui descendaient sur mon visage, finirent parfois dans mes yeux. Ce qui était assez douloureux. Je me sentais mouillé et épuisé. Un sentiment d'inconfort me tyrannisait, surtout parce que je ne m'étais pas lavé depuis plus de trois jours. On aurait dit que mon corps était envahi par un essaim de criquets qui y pullulaient partout. Dans l'atmosphère étouffante, les perspirations mêlées de saleté corporelle et d'odeur de bottes dégageaient une puanteur pourrissante qui assaillait constamment et horriblement mon nez. J'avais envie de vomir. Et pourtant, malgré ces conditions terribles, je m'efforçais de réagir normalement, question de ne pas donner satisfaction à qui que ce soit.

La mine féroce et sauvage des militaires autour de moi ne m'empêchèrent pas de demander au plus gradé d'entre eux, là où nous nous trouvions et notre destination. Au lieu de me donner une réponse sensée, comme le ferait un être humain bien élevé, il me fixa des yeux qui me rappelaient ceux des chauves-souris que mes amis et moi chassions au village quand nous étions encore jeunes.

-Nous sommes sur la Route du Calvaire, plaisanta-t-il enfin, avec un grand sourire qui exposa des dents disgracieuses semblables à celles d'un rongeur. Que se passait-il dans sa petite tête de calebasse? Autant que cette question me chatouillait, elle était absolument inutile car certaines personnes sont nées dans le seul but d'exécuter la volonté des autres, si mal que cela puisse être. Une chose en était certaine! Le monsieur était conscient que nos vies étaient entre ses mains et il pouvait abuser de nous à sa guise, grâce au pouvoir qui lui avait été confié.

-Vous, les longs crayons, vous voulez tout savoir et c'est à cause de cela que vous vous causez trop d'ennuis, ajouta-t-il à ses nombreuses déclarations méprisantes, afin de montrer qu'il se moquait éperdument des intellectuels de mon pays.

La dernière déclaration du militaire avait eu un effet d'eau froide sur moi. A vrai dire, j'en étais flatté. Au moins celui-là pouvait s'exprimer correctement en français. Qui plus est, il pouvait faire aussi une allusion biblique. Tant peu que ce soit, c'était quand même du progrès, un grand progrès dans mon pays.

Notre calvaire, comme le décrivit le militaire, continuait dans ce désert où la végétation se faisait de plus en plus rare et où il n'y avait même pas des chants d'oiseaux pour égayer ces ténèbres de misère, de destitution et de vide où nous nous enfoncions.

Plus de quatre heures encore se seraient écoulées quand les plaines commençaient à céder le pas à un terrain accidenté, constitué en grande partie de rochers multiformes sculptés par les vents et tempêtes chargés de sables ainsi que par d'autres agents d'érosion. Il faisait du vent. La vélocité de notre voiture aidait le vent à soulever les débris en bordure de route. Ces débris déchiquetés et tranchants nous fouettaient le visage au point de l'ensanglanter.

Cette évolution fit que l'un des militaires, courroucé, se leva et asséna des coups violents sur le toit de la cabine du chauffeur. Un freinage brutal amena la voiture aux arrêts dans un grincement de freins. Projetés par la soudaine inertie, nous allâmes nous écraser contre l'arrière de la cabine du camion en un tas incongru d'humains.

Les militaires, serrant toujours leurs armes, subirent le même sort et se mirent à ronchonner et lancer des jurons. Un officier de la gendarmerie qui partageait la cabine avec le chauffeur, ouvrit sa portière et descendit afin de vérifier ce qui se passait.

- Qu'est-ce qu'il y a? demanda-t-il d'un ton de stentor.

- Sef, les vents nous ziflent, rétorqua le subalterne qui avait tapé sur le toit de la cabine, dans un baragouin qu'il croyait être la langue de Molière.

- Vents nous ziflent! Vents nous ziflent, miaula le chef, avec une présentation théâtrale assortie de mimes et de gestes riches en moqueries. Ferme alors les bâches si les vents vous ziflent et cesse d'être nuisible!

Cet ordre était accompagné d'une petite danse comique. J'avais rarement vu un gendarme de mon pays se livrer à une démonstration exempte de lamentations et de deuils.

- Oui Sef, ze va fermer les b...b... bars! déclara-t-il avec grande difficulté. Il se leva et porta son fusil en bandoulière. J'étais vautré sur le plancher. Il m'enjamba et se mit à détacher les bâches. Trois autres militaires se levèrent et firent la même chose. On était maintenant dans une pénombre profonde. Ne parlons pas de la chaleur et des odeurs !

Je ne pouvais pas me garder de rire quand le militaire parlait. Tout en exécutant l'ordre de son supérieur, il me lançait des coups d'œil malveillants. Son travail terminé, il me piétina une jambe en regagnant son siège.

Le voyage reprit. Les ronronnements du moteur ne parvenaient pas à noyer les crépitements féroces causés par les grains de sable projetés contre les bâches. Cette musique funeste nous cassait les oreilles. Je m'y habituais déjà lorsque progressivement la voiture passa au ralenti, avançant au pas, son moteur en proie à une terrible agonie, haletant, crépitant, toussant et crachotant, j'en étais certain, une fumée noire. Et puis peu à peu, je me sentais charrié par la force de gravité vers la queue de son postérieur, jusqu'à ce que mon corps tout entier vienne s'échouer sur le hayon. Comme j'étais parmi les derniers prisonniers à embarquer, les autres, sous l'impulsion de la même force, vinrent s'entasser sur moi avec tout leur poids. C'était évident que nous étions sur une pente à pic, une colline très escarpée.

Ce calvaire aurait duré pendant au moins vingt minutes. Bientôt, petit à petit, le poids sur moi s'allégeait, la voiture étant maintenant moins inclinée. Il diminuait à mesure que les autres prisonniers se relevaient. Ils se relevaient complètement au moment où la voiture vint s'arrêter sur un terrain de niveau. Avec ruse et rapidité, je changeai de position afin de ne plus servir d'amortisseur. Je croyais, à tort, que le voyage allait continuer.

Le moteur s'éteint. Les portières claquent avec fracas. On se hèle à grands cris. On rit aux éclats. Les bottes raclent le gravier. On se souhaite la bienvenue. À bord du camion, on est étendu comme des paillassons. Les militaires nous piétinent avant de descendre. Leur descente fut suivie immédiatement des mêmes cris, rires, salutations et échanges de paroles que nous avions entendus auparavant. Ils se solidarisaient, me paraissait-il, avec leurs collègues. Leurs papotages durèrent plus de quinze minutes au bout desquelles trois d'entre eux, Sef étant le chef de file, montèrent sur le camion et commencèrent à enlever les bâches. Cela nous permettait de prendre connaissance de notre milieu.

Notre voiture, comme beaucoup d'autres de la même marque, s'était stationnée devant un très grand édifice, que dis-je une forteresse. Sise au sommet d'une colline, cette forteresse était entourée de hauts murs hérissés de morceaux de bouteilles cassées et de piquets en acier pointus. Des soldats, vigilants, bien armés, veillaient du haut des tours espacées sur la muraille. D'autres sentinelles faisaient des va-et-vient tout en scrutant minutieusement les environs.

Tout autour, du moins à partir de l'endroit où nous étions, le terrain descendait en pente escarpée, entrecoupée de gradins et de terrasses par endroits. Sur ces terrasses florissaient des légumes, maïs et maniocs bien entretenus. Vertes, fraîches et accueillantes, ces cultures respiraient la vie et la bonté dans ce monde hostile et ravagé par la sécheresse, la poussière, les mouches parasitaires et surtout les militaires et les gendarmes.

A quelques kilomètres de nous, étagés sur les versants des collines et clairement visibles à partir de notre position impérieuse, s'étalaient des constellations de huttes en terre battue. Coiffée chacune de toiture conique en chaume, ces huttes dégageaient lentement la fumée comme un signe précurseur d'incendie. Coquettement clôturés de palissades en roseaux et entourés de champs de vivres, ces villages anonymes et paisibles, perdus dans la nature et très loin de la civilisation, semblaient se soustraire de la folie humaine qui commençait déjà à les envahir. Mon cerveau déjà surchauffé s'en allait en balade. Les habitants de ces contrées perdues, eux-aussi étaient-ils des citoyens à part entière de mon pays? Mais est-ce qu'ils possédaient des sources d'eau potable, des écoles, des hôpitaux? Quel serait le rôle du gouvernement dans leur avenir? Comment s'appelaient les villages et de quels arrondissements ou départements faisaient-ils partie? Peu importe, ces habitants n'étaient peut-être pas en guerre afin d'imposer par la force des armes leurs opinions sur les autres.

Dans ma petite solitude, je me posais des questions sur la géographie de mon pays. Ma connaissance était bafouée! Où étions-nous? Sans aucun doute, la région avait toutes les caractéristiques d'une zone sahélienne, à l'orée du grand désert dans la partie septentrionale du pays. Mais où précisément? Je passai quelques temps à m'agoniser sur ces questions. Et puis mon attention revint sur le sort qui m'attendait, dans cette geôle. Dans toute notre république, il n'y avait que la présidence et les prisons qui possédaient ce genre de dispositif sécuritaire. Or nous avions délaissé la ville du palais présidentiel il y avait deux jours. Ma conclusion en était donc évidente.

-Descendez tous! nous ordonna à tue-tête une voix et le hayon s'ouvrit avec des grincements à faire frissonner.

Comme beaucoup d'autres prisonniers, j'étais gêné par les menottes et ne parvenais que difficilement à m'ajuster le corps. Par expérience, les prisonniers savaient le sort qui leur était réservé s'ils ne répondaient pas à temps à un ordre. C'est avec précipitation qu'ils s'efforçaient de descendre du camion. Ceux qui n'avaient pas maîtrisé l'art d'agir rapidement, étant menottés, tentaient de glisser sur leur fessier ou de ramper à plat ventre comme une vipère, dans le but de fuir les coups de pieds et les bastonnades sauvagement administrés par les militaires qui étaient montés à bord.

Les militaires étaient fiers de leur travail. Ils riaient aux éclats quand ils voyaient leurs prisonniers glisser et se culbuter en bas du camion comme des sacs de riz. Certains d'entre eux se félicitaient. Leurs distractions de prédilection étaient la torture. C'était peut-être tout ce qu'ils savaient, torturer les gens.

Ah mon père avait raison! Je ne sais pas qui lui avait mis l'idée dans la tête, mais il avait bien raison. Il me disait toujours que le pire malheur qui pourrait m'arriver viendrait d'un manque d'éducation.

Ma mort fut signée. Depuis notre petite confrontation, Sef ne cessait de me lorgner avec ce qu'on appelle chez nous « l'œil de cochon ». Le moment tant souhaité de se venger était donc arrivé. Il me fixa un bref moment, d'un regard dont la teneur maléfique n'avait pas besoin d'un interprète. Je me battais comme un beau diable dans le but de me mettre hors du danger et la futilité de mes efforts le fit ricaner. A grandes enjambées, il me barra l'échappatoire et se plantant au-dessus de moi, il me roua de coups de pieds bestiaux partout sur le corps. Coincé et furieux, je ralliai mes dernières énergies et, prenant mon courage à deux mains, je me fonçai entre ses jambes écartées et faillis le renverser comme je pris la fuite alors qu'il me poursuivait en me donnant de grands coups de bottes jusqu'à l'arrière du camion où je fis la culbute la tête la première.

- Espèce de sovas drin garri colli nwater kwara pickine là et moi miritaire berre gasson te nyokse toi civil sans enrever careçons! cria-t-il en rigolant ces injures de triomphe dans un français dont les obscénités et horreurs grammaticales auraient fait siéger en séance extraordinaire, les sommités de ces immortels qui ne dépassent jamais la quarantaine ; afin d'en déchiffrer les monstruosités.

Heureusement, il y avait des tas de corps sur lesquels je tombai et qui amortirent le choc de la chute. Ainsi, je pus éviter des blessures.

Les autorités nous rassemblèrent dans une esplanade devant l'édifice avec d'autres prisonniers arrivés avant nous à bord d'autres camions. Elles nous laissèrent environ une heure sous un soleil de plomb. Un colonel arriva enfin, escorté par des militaires subalternes bien armés. D'abord le drapeau de la république fut hissé et l'hymne national chanté. Ces activités furent suivies de toutes sortes de cérémonies jalonnées de longs discours avec des citations tirées des harangues et déclarations insipides du président de la république. Ces discours me semblent éternels et donc inutiles d'inscrire dans ce récit.

Au terme des cérémonies et discours, on nous enleva les menottes et nous fit passer aux chansons patriotiques, qui dans mon pays louaient toutes les actions du président de la république et maudissaient ses ennemis, c'est-à-dire ceux qui ne partageaient pas ses points de vue. Ces chansons aussi traitaient tous les intellectuels de fléaux qu'on se devait d'anéantir pour cause de développement et d'unité de la nation.

Cette phase obscurantiste fut suivie de mouvements d'ensemble. D'abord, d'une voix limpide et haute afin que tout le monde puisse l'entendre, le colonel fit venir à petites foulées un militaire subalterne que je n'ai pas reconnu tout de suite, comme beaucoup de militaires qui nous surveillaient ce jour-là se ressemblaient.

-Voici Piment, annonça le colonel, sa main gauche posée sur l'épaule de Sef qui était venu se mettre à côté de lui, souriant et obséquieux. Sef fixait avec grande admiration ce dieu qui était son supérieur. Il ne rit pas avec des cafards comme vous, continua le colonel, il les écrase sans pitié. Tant pis pour celui qui tente de s'amuser avec lui. Je vous le présente parce qu'il est très bon en ce qu'il va vous montrer.

Le colonel n'était même pas encore parti quand Piment, peut-être par mégarde, murmura quelque chose à un collègue non loin de lui; mais, son ton était si fort qu'il brouilla le train de pensée du colonel qui l'avait invité.

- Qu'est-ce que tu dis? vociféra le colonel fou de rage à cause de cette interruption. Tu oses parler quand je suis encore ici et je ne t'ai pas donné la parole?

- Non, ze m'accusez mon coconet, ze parler à mon vagin, répondit-il, comblé de peur.

Le colonel ne pouvait se garder de rire, et certains militaires avec lui.

- Tu parles à quoi? reprit le colonel.

Le colonel avait bien entendu ce que le soldat venait de dire. Mais il voulait se distraire.

- Ton vagin, si je t'ai bien compris!

- Oui mon coconet, répondit le soldat qui était soulagé que le colonel ait finalement compris ce qu'il voulait dire.

- Ze parler seulement à mon vagin, mon coconet.

- Ah, tu as un vagin maintenant qui parle et à qui tu t'adresses?

- Oui mon coconet, mon vagin que voici, répondit-il en indiquant le jeune homme à qui il s'adressait au moment où le colonel réfléchissait sur ce qu'il voulait dire.

- Mon colonel, intervint le gendarme qui s'était moqué de lui en route, Piment ne peut pas établir la différence entre « bâche » et « bar », « vagin » et « voisin, » et entre « coconet » et « colonel. » C'est ça le triste constat!

- Vraiment! s'exclama le colonel. Pourvu qu'il puisse appuyer sur une gâchette et cracher sur les civils et les « longs crayons » qui nous agacent tous, il vaut un bon militaire.

- Oui mon colonel, répondit le gendarme.

- En tout cas, c'est à toi maintenant de diriger les mouvements d'ensemble, dit-il à Piment.

- Oui mon coconet, ze wa faire.

A ces mots, tous les officiers supérieurs se retirèrent, nous abandonnant entre les mains de Piment et sa bande de sauvages.

Les officiers supérieurs n'avaient pas encore complètement disparu lorsque Piment commença à se faire sentir :

- Ze m'appeler Piment parce que ze sauve beaucoup comme la vraie piment, commença-t-il à se présenter comme si sa sauvagerie et son ignorance ne suffisaient pas de le faire connaître. Vous sommes les cafards avec les longs longs bangalas que ze va couper si vous s'amuse avec moi. Moi dolmil en brousse avec des moustiques et serpents pour manger arata, cocobiacco et cassara. Vous, civils, dolmil avec vos femmes avec les big big bobbis pleins de vin louge à la maison pour apperer plesident cochon qui fait le nyanga. Fasez donc attention avec moi quick, continua-t-il avec une petite leçon en science politique villageoise, assortie de toutes sortes de grossièretés. Après cette présentation peu orthodoxe, du moins pour la grande partie de mes lecteurs et lectrices, nous tous, y compris les vieillards saisis dans des rafles habituelles de la police et des gendarmes, et trop faibles pour constituer une menace pour la république et ses institutions, étaient obligés de former un grand cercle sous les ordres de quelques militaires.

Piment se mit au centre et il criait les ordres. Il nous montra les exercices et mouvements qu'on devait rapidement exécuter. Souple et physiquement très tenace, il était à la hauteur de tout ce qu'il nous exigeait d'exécuter. Les autres militaires, chicotte en main, circulaient derrières nous. Il fallait voir la brutalité avec laquelle les chicottes s'abattaient sur ceux qui ne réussissaient pas à suivre les rythmes de ces exercices ou mouvements.

Parmi nous, il y avait un vieillard malvoyant. Ceux qui le connaissaient l'avaient simplement surnommé Camarade Ernest. Il avait les cheveux gris et le visage bien ridé. Un peu bossu, courbé et affaibli par l'âge et la maladie, il marchait lentement. Je me demandais comment pouvait-on mettre aux arrêts un homme dans sa condition. Comment pouvait-on croire qu'il avait combattu à mes côtés avec mes partisans? En tout cas, les soldats probablement plus jeunes que ses petits-fils, lui demandèrent d'exécuter les mouvements tellement difficiles, que même les plus jeunes et athlétiques de notre groupe ne parvenaient pas à faire.

Il s'arrêtait à chaque pas afin de reprendre son souffle. Sur ce, ces brutes de gendarmes et de militaires, fous de colère, l'abîmèrent d'injures et se mirent à le botter et tabasser. Si violentes étaient leurs bastonnades que le vieux se vautra sur les sables, moitié mort, le sang coulant de sa bouche et d'autres orifices. Ce spectacle me donnait mal au cœur. J'éprouvai la conviction que l'Afrique, le continent où les vieillards avaient toujours reçu le respect, avait perdu son âme. L'Afrique se mourrait à petit feu.

A la fin de cette folie, nous étions conduits en file indienne vers le grand portail du bâtiment qui à ce moment-là grouillait de militaires et de gendarmes.

Je pouvais enfin lire: *PRISON A HAUTE SECURITE DE CRICRI!*

Ces lettres étaient écrites en majuscules d'imprimerie à l'entrée.

Ah Cricri!

Un voile de mystère géographique se leva. Y a-t-il un nom plus apte à un endroit où se regroupe les machines à torturer et les bourreaux les plus sophistiqués et inhumains! On nous fit parcourir des centaines de kilomètres dans des conditions affreuses, et, finalement, ils vinrent nous embastiller dans ce cachot à réputation terrible?

L'édifice est une ancienne garnison française qui a été rapidement transformée en prison après l'indépendance de notre pays. Situé dans le département du Sahara, une région très pauvre en infrastructure, il aurait mieux servi de caser une école, mais le choix de notre jeune gouvernement d'en faire plutôt un centre de détention et de torture montre les priorités de ceux qui étaient aux affaires.

De toute façon, on nous fit longer un pavé. Accroché au mur à l'intérieur de la forteresse, un large panneau proclamait:

« *Ici, il n'y pas Dieu! Le Président de la République est Dieu tout-puissant!* » ;

Et.

« *La peur des militaires et des gendarmes est le commencement de la sagesse!* »

- *Eh maahlée, uu taah nje*e conséquence dictature! cria une voix dans un mélange de patois et français et puis son auteur s'écroula et commença à respirer très fort.

Aujourd'hui je sais que ce monsieur-là est un catéchiste. Il était arrêté parce qu'on croyait qu'il était contre le régime. C'est certain que le mépris total manifesté par l'administration envers le peuple l'avait poussé à faire des déclarations jugées comme subversives. Vous savez, ceux qui sont au pouvoir voient toujours l'Eglise chrétienne et ses serviteurs comme un ennemi. Si ces derniers parlent de la bonté, de l'amour, de la justice et de la paix, les autorités les pourchassent, les harcèlent, les arrêtent et les persécutent alors qu'ils ne font que remplir leurs devoirs régaliens. Ce qu'ils disent n'est pas différent de ce que l'Eglise a prêché pendant des siècles. Leurs déclarations ne visent personne. L'Eglise n'a jamais constitué le problème pour les gens du pouvoir; c'est leur propre conscience qui les gêne à cause des actes qu'ils posent.

En bon catholique, le catéchiste aurait peut-être lu ce qu'on avait écrit sur les murs et son courage lui laissait. Piment s'approcha de lui et sans se demander ce qui aurait provoqué son évanouissement, il s'abattit sur lui, administrant des coups de pied et de crosse terribles.

- Rêvez-toi quick sovase et ta mère pond! cria-t-il, ses coups devenant de plus en plus violents.

- Moi miritaire te faisez chier les ignames, les maniocs et patates par ta bouche sovase! Les injures pleuvaient sur le pauvre qui n'arrivait pas à se protéger des coups qu'il encaissait partout.

- Allete! intervint son collègue, le « Vagin » à qui il s'était adressé.

- Tu lisquez de re tuer.

- Je re tue avant quir ne me tue, tu comprenez? Ra telle n'est zamais lemplie pour des cadavrés.

Étalé sur le pavé, le sang giclant de ses blessures et son bourreau trempé de sueur et apparemment épuisé, on nous exigea d'avancer. Ceux qui étaient proches des militaires reçurent des coups de crosse aussi afin de les encourager à marcher vite et de les récompenser de leur curiosité non sollicitée.

Le pavé que nous venions de longer déboucha sur une grande cour rectangulaire dont l'aile gauche servait, selon toutes les apparences, de bureaux administratifs. Sur la droite, se trouvaient sans doute des cellules, car les fenêtres avaient de grosses barres de fer et l'endroit fourmillait de soldats armés jusqu'aux dents. Par moments, une figure à l'aspect chétif apparut derrière l'une des fenêtres et de temps en temps, des cris démoniaques, comme émis par de fous, fendaient l'atmosphère. Comme nous étions des prisonniers très spéciaux, les autorités nous conduisirent directement à nos cellules où tout semblait avoir été déjà bien arrangé pour nous « accueillir ».

Jusqu'ici mes lecteurs et lectrices sont peut-être encore dans les ténèbres. Alors, commençons petit à petit à lever le voile! Je suis incarcéré dans la première cellule de Cricri, la Bastille à la puissance quatre de mon pays. Dans ma cellule, je trouve tous les nécessaires, y compris un récepteur radio, les journaux et même des papiers et un stylo. Accusé par les autorités de mon pays d'avoir commencé une révolte générale, j'ai été détenu, traduit en justice et condamné à mort par fusillade à la place publique. Je ne crains pas la mort. C'est le destin incontournable de tout le monde. Ce qui me préoccupe c'est plutôt ce que la génération à venir, et le monde entier, retiendront de moi. En attendant mon exécution, je suis avec avidité les nouvelles à la radio et je lis les journaux qu'on me fournit.

Mes bourreaux sont en train de maquignonner l'histoire afin de se justifier. Je n'apprécie pas qu'ils le fassent à mes propres dépens. Il faut donc que je passe mes derniers jours ici à donner ma version de ce qui s'était passé. Ainsi, la postérité et l'humanité me jugeront sur les véritables faits historiques et pas sur les idées tendancieuses d'une bande d'usurpateurs. Je ne nie pas mon étiquette de rebelle. Je la porte avec dignité, à l'exemple de Jésus-Christ qui avait porté sa croix. D'ailleurs, l'histoire est truffée de grandes personnalités sur qui le même motif avait été collé. Oui, je suis rebelle et j'en suis fier! Mais traître, bandit, violeur, sanguinaire, communiste et beaucoup d'autres qualificatifs abusifs qui pullulent dans les journaux et les sermons délivrés à mon égard par ceux qui passent pour de véritables patriotes n'ont rien à voir avec moi. C'est l'amour de mon pays qui est à l' origine de toutes mes décisions et de tous mes combats. Mes chers compatriotes, il y va de votre propre liberté de ne pas vous laisser rouler par les discours tonitruants et obscurantistes. *The truth will set you free!*

2

Plus je pense à ma version de cette affaire, qui a tant divisé mon pays, plus il me semble important de commencer cette histoire par la concession de mon enfance, car elle revêt pour moi une importance toute particulière. Mais comment aborder ce sujet, je veux dire celui de la concession, sans passer par le grand visionnaire qui, contre vents et marées, l'avait conçue et construite, à savoir mon père!

C'est comme dans un rêve. Je me souviens par moments du jour où, pour la toute première fois, je me rendais dans le village voisin situé au fond d'une vallée et je regardais vers le haut, là où se trouvait celui de mon père. Juché coquettement au sommet d'une montagne, majestueux et rayonnant d'une beauté rustique éclatante, il apparaissait par cet après-midi, clair et ensoleillé, comme des agglomérations sporadiques de maisons rectangulaires en adobe coiffées en grande partie de chaume. Les concessions se dérobaient un peu parmi les bosquets verdoyants de plantes composées principalement de raphias, de caféiers et autres arbres fruitiers et elles dégageaient la fumée qui montait lentement vers un ciel bleu. Loin en haut, les oiseaux, les ailes bien tendues, se laissaient transporter par un vent léger. Lié à son voisin étalé à son pied par une voie en terre rouge et poussiéreuse qui serpentait à travers la savane, le village exposait au premier plan des terrasses fraîchement labourées.

Si mon père avait bien fait son devoir de me transmettre les valeurs de ses aïeux, c'est ici que ma vie a réellement commencé. Comment peut-il en être autrement quand il a contribué en quelque sorte à la formation de ma conscience? Alors, pour que je me fasse bien connaître, je dois amorcer ce récit dans ce village, à une époque où ses habitants menaient une vie simple, pacifique et honnête. Ils étaient ambitieux, aventuriers et, encore plus important, épris de justice. Les adolescents pouvaient s'installer dans une autre partie de la région, sans susciter ni jalousie, ni peur. Ils n'avaient même pas besoin de fermer leurs portes quand ils sortaient de leurs domiciles, ni de signer un bout de papier quand ils prêtaient de l'argent à un voisin. Encore moins, ils ne buvaient pas dans un même verre commun lors des rassemblements ou réunions de crainte d'être empoisonnés par un voisin. Comme dans toute société, il y avait certains membres délinquants; mais, ceci n'étant que les exceptions, on pouvait décrire mon peuple en général comme intègre.

C'est parmi ces habitants que tout avait commencé, dans ce petit village appelé Menda. Là, un beau matin, vers l'an 1910, de retour de son champ de raphias où il était allé cueillir du vin de palme, un forgeron du nom d'Asanbe avait reçu de bonnes nouvelles que sa première femme, Ngejang, une belle et gentille dame à la carrure de princesse et à la mine souriante, venait de donner naissance à un petit garçon. Comme ce n'était pas son premier fils, on était tenté de croire que l'accueil qu'il lui accorderait serait moins chaleureux. Mais l'enfant était venu à point nommé puisque le forgeron venait de perdre son père. Non seulement la naissance de l'enfant atténuerait la douleur de sa perte, mais il voyait aussi en lui un futur notable. Un personnage qui présiderait un jour son enterrement. Ainsi inspiré de visions de grandeur, il décida de baptiser le nouveau-né Tanke, ce qui veut dire « le Père de Coqs » dans sa langue.

Un coq aime un perchoir. Il préfère chanter pour qu'on l'écoute et ne cède jamais sa position dominante. Si par ce nom élogieux le forgeron intimait que cet enfant serait son successeur, il aurait d'un coup signé son arrêt de mort. Dans un contexte de polygamie, où les femmes rivalisent souvent avec leurs coépouses dans le but de faire de leurs propres fils l'héritier de leur époux, il n'y aurait aucune erreur plus monumentale. Conscients de cette situation, les hommes avaient maîtrisé l'art d'être très discret lorsqu'il fallait faire le choix de leurs dauphins. Asanbe étant un homme dont la discrétion et la sagesse établissaient sa renommée dans tout le village, il n'aurait pas mis son fils bien aimé en danger. Ce qui laissait entrevoir d'autres interprétations de ses intentions. La plus courante était que le forgeron voulait simplement que cet enfant pérennise sa famille. Heureusement, c'était cette interprétation qui avait dominé. Les multiples complots qui auraient peut-être coûté la vie à l'enfant furent ainsi étouffés dans l'œuf.

Vers dix-huit ans, Tanke était très grand, obéissant, intelligent, sérieux et ambitieux. En plus, il avait un métier qui, dans ce contexte, le rendait un homme accompli. Bien aimé de ses parents, son père voulait lui imposer la modernité au départ - fréquenter, devenir docteur ou avocat, porter une cravate et parler l'anglais raffiné à travers le nez comme un Anglais. Cette option était séduisante sans aucun doute, mais... Mais ce que les villageois voyaient comme ses points faibles ne leur inspiraient pas beaucoup de confiance. Lorsque le forgeron avait appris que les professeurs fouettaient leurs élèves dans les écoles de Blancs, afin de les contraindre à apprendre, il avait pris peur. Pendant quelque temps, il était déchiré entre l'idée de faire inscrire son enfant à l'école et celle de lui apprendre son métier. Une décision pas facile à prendre! En homme sage, il exposa ses soucis auprès de ceux qui étaient censés plus avisés sur le sujet de l'école de Blancs. Après avoir fait un tour d'horizon d'énormes bénéfices dont l'enfant jouirait à la longue, avantages qui ne lui étaient d'ailleurs pas totalement étrangers, ses conseillers n'avaient pas mâché les mots sur les points faibles de l'école des blancs. L'enfant devrait être assujetti à des bastonnades constantes dans le seul but d'attiser son ardeur au travail. Mais, plus grave encore, s'il glissait dans ce pétrin très bénéfique, mais aussi dangereux de culture étrangère, il risquait d'abandonner sa culture et son peuple. Après avoir pesé et soupesé les points forts et faibles, Asanbe n'arrivait toujours pas à prendre une décision; jusqu'à ce qu'un nom provenant de l'histoire de sa famille surgisse dans son esprit et l'aide à trancher. Qui était cet individu dont il n'avait pas beaucoup apprécié le comportement, en dépit de sa grande formation chez les Blancs? Libre à vous de le deviner. Asanbe avait-il pris la bonne décision de ne pas envoyer son fils à l'école? C'est encore aux lecteurs et lectrices de déterminer. Toujours est-il qu'il décida de donner à ce bien-aimé sa propre éducation, malgré le doute qui continuait de planer sur cette décision.

Dès le bas âge, jour après jour, il le gardait à ses côtés dans sa forge. Il lui montrait toutes les astuces du métier afin qu'il puisse atteindre le sommet de cette profession familiale. Fils d'un forgeron lui aussi, Asanbe voulait faire à l'instar de son père, un vrai forgeron de son enfant. A sa majorité, non seulement cet enfant avait bien maîtrisé ses leçons mais il avait aussi réussi à se faire initier dans la confrérie des forgerons. C'était rare à l'époque pour un jeune d'atteindre un tel rang, très souvent réservé aux plus âgés et à ceux qui étaient nantis.

Nourris de rêves d'avoir sa propre concession auprès de celle de son père, de se marier un jour avec plusieurs femmes comme le veut la coutume et de faire beaucoup d'enfants, il s'était rendu dans la petite ville de Ntarikon, non loin de leur village, dans le but de se procurer les outils de son métier. C'était à Ntarikon qu'il entendit deux hommes parler d'un autre village. Ce qu'il a retenu de cette conversation a changé le cours de sa vie et sans doute, celui de la mienne aussi.

En effet, ce n'était pas la première fois que Tanke entendait de tels propos au sujet du coquet village de Ndobo. On en badinait quand il était encore petit et quand il accompagnait son père à des fêtes et à des cérémonies importantes. Il avait maintes fois entendu ces blagues. Mais cette fois-ci, c'était différent. Maintenant qu'il était devenu adulte, le message portait un tout autre sens pour lui.

Cette fois, il était tout excité par ce qu'il venait d'entendre. De retour à son village, il répéta presque mot pour mot ce qu'il avait entendu à son demi-frère. Un plan d'aller s'établir à Ndobo mijotait déjà dans sa tête et la naissance attendait le jour propice. Désormais, avec deux têtes penchées sur le même plan, son enfantement n'était qu'une question du temps.

Il me parait aujourd'hui que la décision de mon père d'aller s'installer à Ndobo était l'œuvre du destin. Jeune et beau et surtout doué, il y arriva avec son grand frère. Né Talla, qui dans notre langue maternelle signifie « le Père de Forgerons », son frère était bien connu partout du nom de Forsuh, titre réservé au roi dans leur village. Forgeron de son état comme mon père, grand et aussi beau, les deux frères avaient beaucoup de traits en commun. Forsuh ne convoitait pas trop l'héritage. Il n'avait donc jamais vu en son frère cadet un rival. Ainsi, tout au long de sa vie, il avait joué le rôle d'un frère aîné responsable en le protégeant à tout moment. Grâce à cet amour fraternel, les deux enfants se nouaient une amitié très sincère et s'adoraient beaucoup.

Ainsi, éperonnés par la fougue juvénile, et même par le désir beaucoup plus réaliste de se tailler un bon chemin dans la vie en saisissant une bonne occasion au bond, les deux hommes se présentèrent ensemble un beau matin devant leurs parents avec les bagages déjà pliés et les mots d'adieux sur les lèvres. Ils savaient que les parents cédaient souvent devant un fait accompli.

- Qu'est-ce qu'il y a avec les bagages comme une jeune femme qui fuit le mariage?

- Rien, répondirent les deux hommes en même temps.

Asanbe, bouche bée et choqué, catapulta un coup d'œil moins approbateur, voire suspect, à l'adresse de ses deux femmes qui étaient à côté et semblaient être dans le noir elles aussi.

- Nous sommes seulement venus vous annoncer que nous sommes en route pour Ndobo où nous entendons passer le reste de notre vie, continua Forsuh.

- Quand avez-vous pris cette décision de partir? demanda Ngejang, les larmes aux yeux. Et pourquoi n'as-tu pas déclaré ton intention depuis longtemps? continua-t-elle en se tournant vers son propre fils qui remua les lèvres pendant quelques secondes avant de proférer des mots.

- Je voulais tout simplement que ce soit une belle surprise. A notre avis, vous avez bien rempli vos devoirs de parents. Vous nous avez bien préparé pour faire face à tout défi et si maintenant vous doutez de notre capacité à pouvoir prendre notre vie et destin en mains, c'est comme si vous n'êtes pas confiants du travail que vous avez fait de nous élever.

Le ton, à la fois flatteur et accusateur, de Tanke semblait avoir eu l'impact désiré. Son père jeta tour à tour un coup d'œil à la dérobée vers ses femmes qui le flanquaient maintenant comme des sentinelles avant de reprendre la parole.

- Vous êtes nos enfants et il n'y a rien au monde qui nous flattent plus que de vous voir réussir dans la vie, mais nous aurions souhaité au moins que vous nous fassiez connaître votre plan d'avance afin, peut-être, de vous donner des suggestions utiles. Lorsque la sagesse de l'ancienneté se marie avec l'esprit audacieux de la jeunesse, leur bébé s'appelle évolution et progrès.

19

- Mais il n'est pas encore trop tard, déclara Forsuh qui marqua un temps d'arrêt comme s'il voulait digérer ce que leur père venait de dire.

- Nous pouvons toujours passer un jour de plus à suivre vos conseils. Mais nous croyons que l'essentiel a été épuisé pendant tout le temps que nous avons passé ici en votre présence et sous votre tutelle.

- Non, nous n'allons pas vous empêcher d'aller aujourd'hui, car voyager c'est comme traverser un pont qui enjambe un fleuve orageux, fit leur père. Une fois que vous vous êtes engagés sur le pont, il faut continuer jusqu'au bout car vous risquez d'abandonner la partie si vous reculez.

- Mais qu'ils attendent qu'on leur prépare de la nourriture.

La mère de Forsuh était connue par sa disposition à gaver les enfants avec la nourriture.

- Ou bien un peu d'arachides grillées. Vous pouvez grignoter et boire de l'eau, insista-t-elle.

- Cela leur fera du bien si le voyage est long, répliqua leur père pendant qu'il observait le soleil levant d'un coup d'œil furtif jeté par-dessus des montagnes à l'horizon. S'ils quittent maintenant et que les conditions de route sont bonnes, ils seront à Ndobo avant le coucher du soleil. Et quel beau village!

- La pluie n'est pas tombée ces deux derniers jours, ce qui présage un bon voyage, dit Tanke, apparemment émerveillé que son père connaisse le village. Donc vous avez séjourné dans ce village? demanda-t-il.

- Est-ce qu'il y a un village que votre père ne connaît pas! répondit sa mère d'un ton sarcastique. Il faut seulement faire attention afin de ne pas terminer avec vos propres sœurs comme épouses, elle enfonça le clou. Sa remarque ne cachait point sa jalousie. Tout le monde éclata de rire. Lorsque l'éclat d'hilarité provoqué par la déclaration de Ngejang eut cessé, le père reprit la parole.

- Fais attention! s'exclama-t-il, l'air innocent pendant qu'il préparait une contre-attaque de ce que venait de dire sa femme.

- Oui! répondit la dame en s'esclaffant. N'est-ce pas que ce sont mes griffes de lionne qui t'ont arraché d'entre les cuisses d'une femme de ce village!

- Il ne faut pas écouter ce que votre maman dit, car elle ne m'a jamais laissé respirer avec ses crises de jalousie, dit-il en souriant avant de passer aux choses sérieuses. Oui, j'ai passé quelque temps dans ce village. J'admets qu'un notable là-bas est mon ami.

- Parfait! cria Tanke, déjà un peu excité. Cela nous arrange bien. Est-ce que vous pouvez nous présenter à ce monsieur?

- C'est le minimum que je puisse faire en pareilles circonstances, répondit son père. Il s'appelle Fo Toloh Fosiki et il est le chef du quartier Toloh, d'où son titre de Fo. Les notables prennent le nom et le titre de leurs quartiers là-bas. C'est pour cela que mon ami se nomme Fo Toloh Fosiki, qui veut en fait dire Fosiki, le chef du quartier Toloh. Fo Toloh est un homme très gentil et lorsqu'il apprendra que vous êtes mes enfants, il vous réjouira par son accueil.

- Nous allons nous présenter chez lui, dit Forsuh. C'est trop tard de préparer un petit cadeau.

- Ce n'est pas nécessaire puisque c'est quelque chose que je fais de temps en temps dans le but de renforcer notre amitié, répondit le père, s'apercevant avec orgueil que ses enfants se sentaient déjà mal à l'aise de se présenter bredouille chez une si grande personnalité. Néanmoins, convaincu qu'il les avait bien élevés parce qu'ils avaient pensé offrir un cadeau à son ami, Asanbe émit un grand sourire de satisfaction.

- Sa dernière carabine, c'est moi qui l'ai faite, ajouta-t-il.

- Est-ce que vous aimerez avoir de quoi manger en route? La mère de Forsuh revint à un sujet qu'on croyait déjà clos. Je peux rapidement vous griller des arachides.

- Laisse-nous cette question d'arachides pour deux gaillards qui sont déjà capable d'engrosser une fille. Ces enfants ne seront jamais de véritables hommes si chaque fois qu'ils décident de s'aventurer un peu dans le quartier on leur remplit les poches d'arachides de peur qu'ils n'aient faim, s'insurgea le père contre la proposition de sa femme. Il y a des enfants plus jeunes qu'eux qui s'en vont à pieds vendre les noix de kola au pays voisin. Ces jeunes ont leurs propres concessions et se font gratter le dos chaque soir par leurs propres femmes. Que cela serve de leçon à nos fils!

La dernière partie de la remarque de leur père les fit éclater de rire.

- Dans ce cas, ma présence ici n'est pas très nécessaire, dit la mère de Forsuh en émettant un sourire. Allez donc chercher vos gratteuses de dos! Quant à moi, j'ai beaucoup de travail à faire aux champs et si nous ne nous rencontrons plus, je vous souhaite tous les deux un beau voyage.

Elle se retira à un coin et fit un geste à son fils qui s'approcha d'elle. En bonne maman, elle lui murmura quelque chose dans ses oreilles. Elle le serra fort contre elle pendant quelques minutes et puis, les deux se séparèrent.

Juste avant le départ, leur père avait agi contre sa nature en parlant comme il ne l'avait jamais fait auparavant. Après les avoir harangués avec un discours fleuve sur l'importance de mener une vie honnête, intègre ainsi que de ne jamais lésiner sur les moyens de venir en aide à un individu en détresse, il leur glissa chacun une pochette de gris-gris pour leur protection. Les mamans étant déjà parties dans les champs avec les autres enfants, c'est le père qui accompagna les deux jeunes hommes jusqu'aux portes du village.

- Nous reviendrons de temps en temps au village comme Ndobo n'est pas très loin d'ici, dit Tanke, piqué peut-être par une crise de nostalgie. Quand il finit de parler, il serra la main de son père.

- Je sais qu'un marigot n'oublie jamais sa source, répondit son père brusquement comme s'il voulait couper court cette ligne de pensée et introduire un sujet beaucoup plus important dans la vie. Après avoir contemplé les mines de ses deux fils pendant quelques minutes sans rien dire, il sourit et puis commença à parler. C'est peut-être la première et…la dernière fois… que je vous dirai ce que je tiens à vous dire et il faut donc le retenir une bonne fois pour toutes. Vous êtes mes fils et je vous aime de tout mon cœur; mais, autant que vous allez me manquer, je vous ferai du tort si je vous retiens à mes côtés. Comme j'ai effleuré le sujet hier soir lors de nos petites causeries, notre famille vient de loin avec des bagages…parfois lourds.

Il marqua une pause de quelques minutes après l'expression «parfois lourde.» Cette période d'hésitation n'avait nullement échappé à l'attention de ses fils qui se demandaient si leur père ne leur occultait quelque chose. Mais comme dit un vieil adage de chez nous, une banane destinée à mûrir va mûrir quel que soit l'endroit où on la met. Ainsi, aucun des deux fils ne l'interrompit jusqu'à ce qu'il amasse le courage et reprenne ses conseils. Ses yeux étaient maintenant rouges comme s'il refoulait les larmes.

- Malgré tout, nous avons toujours su nager contre les courants et grâce à cette habilité nous sommes encore vivants aujourd'hui. Le soleil que vous voyez là-bas brille et il éclaire nos vies. Mais je n'ai pas assez de temps maintenant de vous citer les dégâts qu'il cause...sécheresse, chaleur, fatigue et j'en passe. Une belle femme attire facilement beaucoup d'hommes, c'est pourquoi les fesses de certaines d'entre elles sont partout comme de la fausse monnaie. La queue d'un bel homme veut s'introduire dans tous les trous. Il y a plusieurs exemples que je pourrais citer, mais tout cela revient à vous dire qu'il faut se méfier car tout ce qui est brillant et attirant n'est pas de l'or. De la même façon, quand tout le monde s'éloigne de quelque chose, il faut s'y approcher mais avec prudence, ruse, intelligence, courage, car tout dans cette vie a ses points forts et ses points faibles. En tant que père, je m'étais parfois trompé dans certaines de mes décisions. Les outils que je vous ai donnés afin de faire face aux défis de la vie sont les meilleurs que mes aptitudes pouvaient rassembler. Je suis certain que, malgré leurs défauts, vous êtes à même de bien vous en sortir si seulement vous gardez certains traits qui font de vous des hommes. Être travailleurs, responsables, gentils et audacieux, avoir de la compassion, et célébrer les succès des autres : telles sont certaines des qualités par lesquelles les vrais hommes et vraies femmes doivent se distinguer. Vous n'allez pas très loin et lorsque vous reviendrez ici, nous aurons assez de temps pour parler un peu plus de certaines choses que je me suis gardé de vous dire. Si vous avez des questions, voici le moment de les poser; mais si vous n'en avez pas, je vous souhaite bonne route et beaucoup de succès dans toutes vos entreprises.

- Nous allons vous rendre très fiers, dit Forsuh, qui semblait ne savoir quoi dire après les conseils de son père. Que peut dire un enfant face à un grand philosophe!

C'était évident que leur père avait des choses à dire; mais, en même temps, il semblait y avoir une force intérieure qui l'empêchait de le faire. Qu'est-ce qui le tourmentait? N'avait-il pas bien rempli son devoir de père? Dans ce trajet qu'est la vie, les parents ne peuvent faire qu'une partie du chemin avec leurs enfants. Laisser les enfants achever le reste du voyage, même en se tâtonnant dans les brouillards des difficultés quotidiennes, est aussi une expression d'amour.

- C'est votre droit, mais il faut plutôt faire ce qui vous rendra fiers, vint la réplique du père à l'adresse de ses fils. Juste avant de se tourner vers sa concession, il lança un dernier conseil vers son fils aîné. Il faut prendre soin de ton petit frère.

- Je l'ai toujours fait, répondit-il.

- Une dernière chose, cria-t-il en pivotant sur ses talons vers ses enfants qui s'évertuaient déjà à mettre leurs bagages sur la tête. Non, il faut laisser, dit-il, changeant brusquement d'avis en grattant ses cheveux grisonnants. Nous en parlerons quand vous allez nous rendre visite.

3

Nous sommes au début des années trente. C'est la saison des pluies. Alors, dans le but de traduire leurs rêves en réalité, Tanke et son frère décidèrent donc de délaisser leur village afin d'aller s'installer à Ndobo, un village réputé dans toute la région par la bonté et la gentillesse de ses habitants.

- Qu'est-ce qui ne va pas avec le père? demanda Tanke à son frère dès qu'ils portèrent leurs bagages et se mirent en route. Il était toujours troublé du comportement de leur père. On dirait qu'il avait quelque chose à nous dire et il voulait le faire à tout prix.

- A tout prix! C'est trop dire, intervint son frère. C'est un vieux renard, celui-là! Il est de nature peu loquace, mais crois-le-moi, si l'occasion lui était propice de nous le dire, il nous aurait demandé de retarder notre départ.

- C'est vrai, affirma le cadet. Je ne sais pas, mais il me paraît que nous allons beaucoup lui manquer.

- Soyons réalistes, protesta le frère aîné. Dis-moi, quel est le père qui n'éprouverait pas le même sentiment lorsque deux de ses fils le quittent, surtout brusquement comme nous venons de le faire? Nous avons gagné notre pari, c'est tout; mais, il ne faut pas qu'on exagère. Les parents ont eux aussi des sentiments tu sais; et quand on les blesse, il faut au moins qu'on l'admette. C'est la moindre des choses.

- Mais il faut qu'il le supporte, répondit Tanke. Sa déclaration était insensible et allait à l'encontre de sa nature et son intelligence. Voilà ce qu'il demande de nous souvent; et d'ailleurs, c'est normal dans notre tradition qu'un jeune homme quitte ses parents, surtout s'il est ambitieux.

- C'est vrai qu'il dit cela souvent, mais il le dit plutôt dans le but de nous pousser vers la réussite, car que vaut un homme qui pleure toujours comme un enfant face à chaque défi! En plus, le vois-tu en train de nous poursuivre les larmes aux yeux? Cela veut dire qu'il consomme bien ce qu'il vend.

- En tout cas, pourvu qu'il soit à l'aise avec notre décision. Voilà tout ce qui me tracasse. J'avance tous ces propos parce qu'en mon for intérieur, je me sens mal à l'aise et je te dis la vérité et rien que la vérité.

Passant d'un sujet à l'autre; tantôt sérieux, tantôt banal, les deux frères jasaient, raisonnaient, blaguaient et riaient; mais leurs bagages n'étaient pas des fardeaux pour enfant. Affaiblis par les poids de leurs charges, doublées de la chaleur tropicale accablante, ils ne pouvaient pas garder le rythme de la marche du départ. Ils ralentissaient au fur et à mesure.

- Tu marches comme un nouveau circoncis. A cette allure, nous n'emprunterons pas le dernier véhicule de Ndobo, avertit Forsuh à l'attention de son petit frère lorsqu'il se tourna et le vit traînant un peu. Les deux descendaient la colline sur la grande route qui menait à Ntarikon.

- Je ne peux pas marcher plus rapidement que ça, avoua Tanke. Mes bagages me blessent le cou car ils contiennent surtout mes outils de travail qui sont lourds comme du plomb.

- Ah, dis-donc, ne me dis pas que tu marches maintenant avec ton cou! répondit son grand frère en rigolant. Penses-tu que ce sont les plumes d'oiseaux que je porte, moi? De toute façon, ton excuse n'est qu'une bonne raison de nous dépêcher.

Ils venaient d'atteindre le pied de la colline. Le soleil était à son apogée et ses rayons s'abattaient sur eux avec une intensité épouvantable. Ils transpiraient à grosses gouttes et leurs fardeaux semblaient devenir plus lourds.

Ils arrivèrent à un vieux bâtiment administratif devant lequel flottait un grand drapeau britannique. A l'époque, Mayuka, leur cher pays, était encore sous la colonisation britannique. Ils savaient que s'ils s'arrêtaient ici afin de se reposer et de boire un peu d'eau fraîche qui coulait d'un rocher tout près, ils risqueraient d'y rester pour toujours. Ils se souvinrent de ce que leur père leur avait dit à propos de la traversée d'un pont et ils décidèrent alors de continuer jusqu'à leur destination.

- Je ne savais pas que je pouvais être bon militaire, fit Tanke ironiquement. Être dans la formation militaire britannique, vêtu d'une tenue en kaki bien amidonnée, mon béret noir rabattu sur une oreille. Ça serait vraiment quelque chose!

- Te voilà qui respires comme un gibier avec les chiens de chasse à ses trousses et tu oses parler d'être militaire dans l'armée de Sa Majesté, rétorqua son frère en riant aux éclats. Pardons petit, tu confonds un plat de bon *fufu* avec l'armée. Ne me fais pas mourir de rire !

Ils parvinrent à l'entrée de la gare routière vers midi et demie, aidés par ces petites blagues qui leur donnaient le coup de pouce. La gare était une grande esplanade non goudronnée tout près de la place du marché. Elle était déjà pleine à craquer. Elle avait quelques restaurants, des bistrots de vin de palme et de boissons localement brassées ; ainsi qu'une boulangerie et certaines boutiques où l'on vendait des habits de seconde main, des poissons et crevettes fumés, et des légumes et fruits. La foule était composée principalement d'opérateurs de transports en commun, de voyageurs, de paysans qui venaient parfois directement de leurs champs avec des produits vivriers encore frais, et de vendeurs à la sauvette. Cette population était parsemée d'hommes et de femmes d'affaires venus acheter surtout les denrées alimentaires pour la distribution locale. Toujours présents, mais presque invisibles, étaient des filous et petits bandits de toutes trempes.

A l'arrivée des deux frères, la foule allait grandissante. Au centre de l'esplanade, là où les véhicules étaient normalement stationnés, ils aperçurent une vieille voiture. D'une apparence bigarrée, elle était entourée de passagers. C'est ce genre de véhicules qui servait de transport en commun. Ils faisaient la navette entre les marchés villageois et la grande ville de Ntarikon. Ces vieilles cabosses transportaient surtout les paysans et petits commerçants ainsi que leurs marchandises.

Pour ce qui est de cette voiture, il faut que j'en brosse un tableau général dans ce récit au profit de mes jeunes concitoyens et aussi au profit des sociologues de notre société. C'était un vieux camion transformé en une sorte de bus par l'ingéniosité de certains menuisiers et forgerons locaux. Très courante à cette époque, elle est en voie de disparition à l'heure actuelle. Une carrosserie anguleuse semblable à un cercueil roulant, la partie supérieure consistait d'un cadre métallique sous forme d'un grand panier. Pour nous autres Africains, qui avons tendance à voyager surchargés, ce panier permettait au personnel de la voiture de subvenir à ce besoin en y emmagasinant nos biens. Pour avoir accès à ce panier, une échelle avait été installée à l'arrière de la voiture. Les traits ou attraits ne s'arrêtaient pas là.

A l'instar d'un train ou d'un avion, la voiture avait trois classes. Selon certains adeptes de la théorie de conspiration, cette répartition n'était qu'une expédience, voire une escroquerie, issue de l'esprit fertile du personnel de la voiture. Cet argument avait-il vraiment de la validité, surtout dans le contexte des affaires? Évidemment, la notion de supériorité et d'infériorité basée sur la classe dans cette piètre forme de transport n'était en fait qu'un complot à l'intention des passagers mégalomanes et naïfs afin de leur extorquer plus d'argent. Ainsi, la première classe, qui était la plus coûteuse ne comprenait que les deux places près du chauffeur. Mais, cynisme à part, un regard plus minutieux permettait d'entrevoir des frais supplémentaires. La voiture étant encore à l'époque un mystère dans notre région, il fallait être des passagers très spéciaux pour s'asseoir près du chauffeur afin de lui parler à des moments opportuns et de regarder comment il opérait sa «magie» de conduite. En terme moderne, c'était l'équivalent de voyager dans un bus équipé d'un téléviseur. En plus, les sièges y étaient moelleux et confortables. Et plus spacieuse, cette classe permettaient aux passagers d'être plus détendus.

Entre cette section, dite de luxe, et la troisième classe, la partie où dans un camion ordinaire les marchandises sont chargées, était la seconde classe. Sur l'échelon des frais, elle occupait, comme tout le monde s'y attend déjà, la deuxième place; et sur le plan du confort, elle disposait de tous les éléments de luxe que la première. Mais les passagers qui l'occupaient ne voyaient même pas ceux de la première car il y avait un écran métallique qui séparait les deux chambres et qui les privait de ce grand privilège.

Passons maintenant à la dernière des trois classes. Au fil des années, celle-ci a fait couler beaucoup d'encre et suscité un intérêt particulier, surtout chez les sociologues et les défenseurs de droits de l'homme. Même aujourd'hui, elle reste d'actualité parce qu'elle fait partie du lexique du transport de notre pays sous le terme scandaleux de « ruche. » Plus j'y pense, plus le terme même de « ruche » me semble être en réalité un compliment, car elle insulte l'intelligence des abeilles qui permettent aux travailleuses, bourdons et la reine de se consolider et de circuler sans problème.

D'une certaine manière, l'ambiance qui régnait dans cette classe évoquait une colonie d'abeilles d'où la pertinence de son nom. La grande majorité des passagers, pauvres, bruyants et agités pour la plupart, s'y entassaient pêle-mêle, parfois avec leurs bagages. Des banquettes de bois lourd, aménagées en rangées avec d'étroits couloirs rendaient le déplacement à l'intérieur extrêmement difficile. Par conséquent, l'immobilité qui en résultait était un scandale, une espèce d'enfer ambulant. Une fois que tous les passagers y avaient pris leurs sièges, ils étaient condamnés à rester sur place, car le prix de tout déplacement aurait été de monter sur les gens et de les piétiner, provoquant ainsi une belle bagarre.

Malgré tous ses défauts, la voiture était trop rare en ce temps relativement lointain et était toujours une curiosité partout où elle se trouvait. La vue de cet autobus délabré donna cependant une dose d'énergie aux deux frères. Ils redoublèrent d'efforts en hâtant le pas. Au bout de quelques minutes, ils se trouvèrent face à face avec un monsieur adossé sur le capot. Il avait son cahier de bord à la main et un bracelet-montre au poignet. Grand, baraqué, une balafre à la joue gauche, les yeux vifs et les cheveux en broussaille, il affichait l'air d'importance qui ne soustrayait en rien à son apparence de bagarreur. Mais malgré ses traits menaçants, il s'adressait aux gens avec la plus grande politesse, complémenté toujours d'un sourire extravagant.

- Je m'appelle Tagoro et je dirige les opérations dans cette voiture, il déclina son identité aux messieurs qui venaient de se présenter devant lui. Notre voiture va à Lamnso en passant par Ndobo. Nous avons besoins de deux passagers pour compléter l'effectif.

- Je pense que cela nous convient. Mon frère et moi, nous sommes en route pour Ndobo, dit Forsuh. Nous voulons y arriver de bonne heure parce que c'est notre première visite dans ce village.

- Il n'y a pas de problème, répondit Tagoro. Je préfère les passagers qui vont directement à ma destination finale parce que c'est commode et rentable pour moi. Si je vous accepte, c'est parce que c'est le jour du marché à Ndobo et je suis certain de vous remplacer à votre débarquement. En plus, je ne veux pas perdre de temps ici parce qu'il risque de pleuvoir.

Après sa dernière phrase, Moto-boy, comme d'autres membres du personnel de la voiture l'appelaient, passa sa main droite au-dessus de ses yeux en guise de visière. Et puis, il scruta le ciel pour les signes de pluie.

- Nous ne savions même pas que c'est le jour du marché de Ndobo, déclara Tanke.

- Si, c'est le jour du marché à Ndobo, répondit-il comme il s'approcha des bagages des deux forgerons. Mon Dieu! s'exclama-t-il en soulevant un sac. Qu'est-ce qui rendent vos bagages si lourds?

- Ce sont nos outils de travail, répondit Tanke. Mais ne vous en faites pas car nous en parlerons de manière plus concrète. Nous ne sommes pas ici pour vous tromper ni pour vous voler.

Les deux frères réglèrent leur frais du transport sans trop marchander. La voiture était maintenant pleine. Sur l'ordre de Moto-boy, deux jeunes gaillards montèrent rapidement dans le panier sur le toit. Deux autres à même le sol leur tendaient des bagages pour qu'ils les disposent dans le panier.

Les deux gaillards montèrent eux aussi sur la voiture et à quatre maintenant, ils couvrirent les biens des passagers avec un grand prélart imperméable en kaki afin de les protéger contre la pluie.

Assurés que tout fut bien couvert, ils assujettirent le tout avec des cordes en caoutchouc. Le travail terminé, ils descendirent du haut de la voiture et Moto-boy ordonna à tous les passagers de monter à bord.

La voiture était prête à partir.

La voiture se mit en branle et, petit à petit, elle accélérait, se dirigeant lentement vers la sortie de la gare routière. Elle s'engagea dans une grande avenue flanquée de deux côtés par des boutiques, des garages, des librairies et des bars. Elle roula à toute vitesse pendant quelques instants. Et puis, elle commença à ralentir et vint s'arrêter devant une station d'essence.

Moto-boy descendit et accosta une dame habillée d'une robe jaune frappée d'un dragon et sur laquelle était inscrite « Agip. »

- Fais-moi le plein! ordonna Moto-boy. Et il faut faire vite, car nous ne voulons pas nous faire prendre par la pluie.

- Il ne va pas pleuvoir, répondit la dame calmement. Elle se précipita à exécuter l'ordre de son client. Où vas-tu maintenant Tangoro, demanda-t-elle?

- Nous sommes en route pour Lamnso. Il jeta un coup d'œil sur sa montre. S'il pleut, nous sommes foutus, je te le jure!

- Le plein est terminé.

- Prends! dit-il en tendant des billets des banques à la dame qui le fixait déjà.

- Merci bien! dit-elle après les avoir comptés. Pourras-tu m'acheter un porc-épic à ton retour? lança-t-elle. Je te rembourserai.

- Sans problème, dit-il. Si les chasseurs sont au bord de la grande route lors de notre passage, je t'en achèterai le plus gros.

Le chauffeur de la voiture était un petit Haoussa appelé Ibrahim. Il mâchait toujours de la kola afin de ne pas tomber en sommeil au volant. Il démarra la voiture, l'embraya. Il regagna la grande route. Il passa à une vitesse supérieure et accéléra dans la voie accidentée, trouée et inégale. La voiture sauta, comme un cheval de rodéo. Elle se balançait de gauche à droite. Les passagers crièrent à haute voix et commencèrent à protester. Tous ces bruits, mêlés aux ronronnements du moteur, causèrent une pagaille générale dans les quartiers environnants. Hommes et bêtes qui s'aventuraient au bord de la route s'envolèrent loin en brousse pour se mettre hors du danger.

Ibrahim était un vieux baroudeur de routes de brousse. Il connaissait bien son métier et ne cédait pas aux protestations ni à la pression des passagers. Se balançant lui aussi derrière son volant qu'il manipulait tantôt à gauche, tantôt à droite avec une dextérité exceptionnelle, il parvenait à garder la voiture sur la voie. Tanke semblait faire d'une pierre deux coups en serrant une dame potelée assise à côté de lui.

31

Après avoir roulé pendant environ trois heures, la voiture déboucha sur le sommet d'une grande montagne escarpée au pied de laquelle s'étalait la grande plaine de Ndobo.

- Le mont Tugoh! s'exclama une voix proche de Tanke.

C'était comme si la personne qui venait de citer le nom de la montagne était dans l'esprit de Tanke. La plaine n'avait besoin d'aucune présentation. Plate comme un terrain de football, elle s'étendait jusqu'à l'horizon lointain où elle se confondait avec le ciel. Il faisait une journée ensoleillée. Loin en haut, les hirondelles planaient dans l'azur. Leurs gazouillis ne lui parvenaient que faiblement, complètement étouffés parfois par le bruit de la voiture. Le jeune forgeron n'avait jamais vu quelque chose d'aussi captivant.

- Regarde! Il secoua son frère qui dormait. Ndobo! Ndobo! répéta-t-il, complètement émerveillé par la beauté paradisiaque du village et de la grande plaine.

Encore tourmenté par le sommeil, Forsuh se frotta les yeux rouges, crachina un peu et puis commença de nouveau à dormir. Tanke l'abandonna et continua de dévorer des yeux le spectacle que lui offrait la plaine. Arrosée de plusieurs marigots et rivières alimentés par des cascades aux alentours, elle était d'une verdure sans pareille. Les rizières, des palmiers, et des zones forestières, parsemés çà et là au milieu des savanes, s'alternaient de kilomètres en kilomètres, formant une riche couverture végétale autour des collectivités et des hameaux.

Le tissu végétal foisonnant constituait un premier plan sur le fond d'une vaste étendue d'eau, le lac Lago. Sous le soleil brûlant, cette toile était resplendissante et magnifique. Heureusement, cette partie de la route sur laquelle la voiture roulait maintenant était bien aménagée. Plus tranquille sur son siège, Tanke se gavait du festin panoramique tout en suivant les papotages de certains passagers près de lui.

- Ma femme vient de fuir avec mes enfants. Elle est allée se cacher chez ses parents, raconta l'un de ses voisins à un autre avec qui il jasait. Quand j'arriverai là-bas elle me sentira.

- Mon cher ami, averti son interlocuteur, tu n'es pas fou, j'espère?

- Pourquoi me poses-tu cette question? N'ai-je pas le droit de réclamer ce qui m'appartient?

- C'est bel et bien ton droit de réclamer ta femme et tes enfants, mais, il faut avoir la force parce que tu dois combattre tout un village avant de récupérer femme et enfants.

Le sujet de leur conversation était intéressant et Tanke aurait voulu continuer de se divertir en les écoutant. Mais il y avait quelque chose de plus importante qui attira son attention. Sur le versant escarpé de la montagne la route descendait, sinueuse et serrée, contournant un grand rocher ici et une vallée là-bas. Le chauffeur négociait cette déclivité périlleuse avec beaucoup de précaution. Il n'était pas difficile de comprendre la raison essentielle de son appréhension. On voyait des carcasses calcinées des voitures loin au fond de la vallée. Ils se sentaient tous soulagés quand le véhicule arriva sain et sauf au pied de la montagne et s'engagea dans la plaine. Les hameaux et les collectivités restèrent loin derrière les deux frères à mesure que la voiture s'éloignait.

Enfin Tanke et son grand frère arriveraient à Ndobo. Tanke commença à réfléchir sur le sort qui les attendait. Où garderont-ils leurs bagages avant d'aller chercher Fo Toloh Fosiki, l'ami de leur père? Et s'ils ne le trouvent pas que feront-ils? Les questions se succédèrent encore dans son esprit lorsque subitement un village surgit devant eux dans toutes ses splendeurs.

- Ndobo! cria la même voix tout près qui sans s'en rendre compte lui avait présenté le mont Tugoh.

Le moment tant attendu était enfin arrivé. Tanke était maintenant au paroxysme de sa joie et il s'aplomba sur son séant. A l'orée du village, les peuplements étaient, pour la plupart, linéaires et dispersés, mais ils se transformaient progressivement en collectivités compactes. Toutes les concessions étaient entourées de champs où florissaient des vivres. Au bord de la grande route, se dressaient des étagères en bambou sur lesquelles s'étalaient des tas de cannes à sucre, de nombreux paniers d'ignames, des régimes de bananes, et toutes sortes de fruits à la vente.

- Il y a la nourriture en abondance dans ce village, murmura Forsuh qui s'était enfin réveillé et suivait le paysage à travers les fenêtres à l'insu de son frère.

- Ah, bonjour! dit Tanke d'un ton moqueur, le visage animé par un grand sourire. Tu as raté un magnifique paysage.

- Je sais. Je ne pouvais pas m'empêcher de dormir parce que j'ai passé presque toute la nuit dernière à préparer mes bagages.

- C'est le prix à payer lorsqu'on attend jusqu'au dernier moment pour faire des choses.

- Ce n'est pas ça, essaya-t-il de se défendre. Tu parles maintenant comme le père. J'avais tout simplement d'autres chats à fouetter.

- Il faut que nous commencions déjà à préparer notre arrivée, dit Tanke.

Le jeune homme avait toujours des soucis. Des questions sans réponses hantaient toujours ses esprits.

- Tiens-toi tranquille petit car il n'y aura pas de problème, son frère l'assura. Les habitants de ce village sont reconnus pour leur gentillesse et ce n'est pas avec nous qu'ils commenceront à être méchants.

- Voilà, regarde! Nous sommes déjà près du marché.

Forsuh suivit la direction qu'indiquait du doigt son frère. Il aperçut entre deux bâtiments un endroit qui grouillait de monde. La voiture déboucha finalement sur une grande esplanade où il y avait quelques véhicules. Elle vint se stationner dans un espace qu'un autre véhicule avait quitté.

Après l'arrêt complet de la voiture, Moto-boy quitta sa place à la première classe et se rendit à la ruche dans le but de demander aux deux frères de descendre. Ils étaient obligés de passer par-dessus des gens dans la précipitation d'exécuter l'ordre de Moto-boy. Cet acte provoqua un fleuve d'injures et de protestations en dépit de leurs excuses. Certaines personnes continuèrent leurs attaques même quand ils étaient par terre.

Leurs bagages dans le panier étaient si faciles d'accès que les préposés à descendre le bagage le firent sans perte de temps. Entassés dans un coin qui leur était indiqué, ça paraissait comme les biens de quatre, plutôt que de deux passagers.

Au-delà de cette vaste cour, on apercevait le marché: les rangées d'abris en chaume qui s'étendaient au loin.

- Qu'est-ce que nous allons faire maintenant? demanda Tanke.

- Je surveillerai nos bagages et tu iras chercher l'ami de notre père, répondit Forsuh. Il doit être quelque part au marché.

- Et si je ne le trouve pas?

- Il faut rentrer afin de nous permettre d'avoir assez de temps pour revoir notre plan.

Pendant qu'il cherchait Fo Fosiki, Tanke croisa Moto-boy avec deux nouveaux passagers.

- Vous ramassez les passagers comme si vous les avez gardés quelque part, lui dit-il en souriant. Dis-moi, quelle l'heure est-il?

- Seize heures et demie, répondit-il en lançant un coup d'œil sur sa montre et en souriant comme toujours. Il faut que je m'en aille tout de suite car les autres passagers m'attendent. Je leur avais demandé de ne pas quitter la voiture.

- Merci bien! Bon voyage.

- Il n'y a pas de quoi et j'espère que nous allons nous retrouver un jour.

Tanke se baladait sans savoir où il allait. Entre les rangées, il y avait des couloirs et de chaque côté s'exposaient les marchandises à vendre. Les couloirs étaient pleins de gens et la circulation n'était pas facile. Dans certains abris se casaient des bistrots où se vendaient de vin de palme et une bière fabriquée localement à base de maïs appelée *shaah*. D'autres ne vendaient que des habits. A quelques exceptions près, la grande majorité de ces abris se spécialisaient dans la vente d'une marchandise en particulier. Partout où il allait, les gens s'employaient au marchandage, faisant ainsi une cacophonie. Le soleil se dirigeait déjà vers son lit mais les villageois ne cessèrent d'arriver au marché.

Le jeune forgeron avait passé plus de trente minutes à se promener avant de se souvenir de la mission que son grand frère lui avait confiée. Il décida d'entrer dans un bistrot et de demander à la serveuse si elle connaissait le chef du quartier. Il y avait un jeune homme, pas plus âgé que lui, dans le même bistrot en train de boire qui connaissait Fo Toloh Fosiki - c'était son neveu!

- C'est mon oncle, dit-il avant même que la dame ne donne la réponse. Il doit être dans son établissement près de la gare routière.

- Pouvez-vous m'indiquer le bâtiment? demanda Tanke en s'approchant de lui et en lui tendant la main. Je m'appelle Tanke Asanbe et je viens de Menda. Ton oncle est l'ami de mon père et je suis son hôte.

- Moi, je suis Biyenyi et j'achève mon verre de vin, dit le jeune homme en se levant et en prenant sa main. Nous pouvons aller le voir, annonça-t-il en vidant son verre.

Les deux hommes sortirent du bistrot et se mêlèrent dans la foule. Tanke se tenait proche de Biyenyi. Il ne voulait pas le perdre de vue. Ils se faufilèrent entre les gens et finalement ils se retrouvèrent sur l'esplanade où la foule s'était maintenant considérablement éclaircie.

- Je suis avec mon frère et le voilà là-bas, lui dit Tanke.

Ils se dirigeaient vers Forsuh qui avait le dos tourné vers eux. Comme il ne les avait pas vus venir, leur présence inattendue le fit sursauter.

- *Mugwachu*! s'exclama-t-il. J'ai failli piquer une crise à cause de vous, dit-il au moment où son frère s'apprêta à présenter leur nouvel ami.

- Ne m'as-tu pas dit dernièrement que je n'avais pas ce qu'il faut pour être dans l'armée de Sa Majesté? Te voilà qui saute comme un lapin. En tout cas, voici notre ami, Biyenyi, le neveu de Fo Toloh Fosiki.

Après les présentations, leur ami invita quelques connaissances à donner un coup de mains à transporter les bagages des deux frères à la maison de son oncle. C'était un grand édifice tout près, construit en adobe. Il était coiffé de tôles ondulées en fer, une particularité par laquelle il s'était démarqué de tous les édifices autour de l'esplanade. Le bâtiment avait une grande porte d'entrée qui donnait sur l'esplanade et par où les gens entraient et sortaient sans cesse.

Fo Toloh Fosiki trônait de son grand fauteuil moelleux. Il était en train de siroter une bière comme on s'attend d'un individu de son rang en public. Même assis, il paraissait d'une taille dépassant la moyenne. Vêtu de la robe multicolore de notre région, la tête enveloppée dans une chéchia locale tissée de fibres de raphia, il respirait la richesse et la noblesse. Ses points forts apparemment ne s'arrêtaient pas là, car les rumeurs couraient aussi qu'il pouvait lire l'anglais. Il suivait des yeux les jeunes porteurs qui s'étaient introduits dans le vestibule et qui se dirigèrent vers l'extrémité éloignée à droite. Il ne dit rien. C'est sans doute à cause de la présence de son neveu. Lorsqu'ils finirent d'empiler les bagages à l'endroit que Biyenyi leur avait indiqué, ils s'approchèrent tous du chef de quartier, tout en gardant une distance respectueuse.

Biyenyi prit la parole : « Père, nous t'envoyons nos salutations ! »

- Merci ! répondit Fo Toloh Fosiki en souriant. Que puis-je faire pour toi et tes amis ?

C'est Biyenyi qui fit la présentation. Il commença avec ses amis d'enfance avant d'arriver aux forgerons. Et dès que son oncle avait entendu le nom de leur père, il bondit de son fauteuil et se mit debout comme un militaire. Il les embrassa tous les deux.

Après avoir ordonné à son valet de servir la boisson à tous les membres de l'équipe, il déclara qu'il accueillerait chez lui les deux forgerons. Leur arrivée à Ndobo augurait bien.

4

L es Fosiki constituaient une famille de grand renom. Afin de mieux cerner Fo Toloh Fosiki, chef du quartier Toloh à Ndobo et ami d'Asanbe, le père de deux forgerons, parlons un peu de Ndobo. Ce village est composé de plusieurs quartiers. Et la répartition des quartiers n'était pas faite au hasard. Des points de repère clés ou des événements historiques importants inspiraient en grande partie les noms et les lignes de démarcation des quartiers. Le quartier To'oh, par exemple, c'est le domaine dans lequel se trouve le palais du roi. Le mot « To'oh » signifie « Palais » en Ndobo. Il y a également le quartier Ngobih dont le nom s'inspire de deux mots: « Ngoh » qui veut dire « Mont »; et « Bih » qui signifie « Chèvre ». Le quartier est baptisé ainsi parce qu'il y a une montagne qui servait de repaire à des troupeaux de chèvres de montagne.

En suivant la même logique, le quartier Toloh, c'est-à-dire *Tête de la Nation*, avait joué un rôle très important dans l'histoire du village puisque c'est sur cet emplacement que le premier conseil de notables, les *Fo*, avait été constitué et la décision de se fixer en permanence sur cette terre arrêtée. Ceci revient à dire que c'est un quartier très important. Tout comme en France où les noms de famille comptent dans la sélection de la personne qui devient Maire de Paris, la famille à qui revenait le droit de la gestion de Toloh à l'époque devrait jouir de noblesse, dignité et élégance. C'est par ces trois termes qu'il faut décrire la famille de Fo Toloh Fosiki.

Comme son père, Fosiki avait hérité d'une grande concession de son père, le chef du quartier Toloh. Mais avant d'être appelé à jouer ce rôle, il avait déjà fait sa fortune dans le commerce. Il avait construit sa propre concession non loin du marché. C'était ici qu'il passait encore le plus clair de son temps à coordonner ses nombreuses activités et affaires.

La concession, celle à proximité du marché, se composait de deux maisons perdues dans la verdure foisonnante des manguiers, des avocatiers, des caféiers et des bananiers. La sienne, faite de béton et de tôles ondulées, était celle dans laquelle le chef de quartier accueillait les forgerons et son neveu. Il vivait là-bas avec la plus jeune de ses trois femmes. Elle s'appelait Nanyu. A elle, incombait la tâche de préparer de la nourriture pour les convives. Tous étaient assis dans le vaste salon du notable en train de boire le vin de palme fraîchement cueilli.

Le salon respirait la prospérité. Le plancher était en ciment, chose encore rare en cette époque-là. Le salon comprenait des chaises en bois, mais il avait mis les fauteuils à l'endroit près du foyer où il s'entretenait habituellement avec ses visiteurs. Les photos de familles, bien encadrées, longeaient le mur. Depuis le salon s'ouvraient des couloirs qui conduisaient vers les chambres de la demeure. Tout était propre et bien organisé. Bien que le chef de quartier n'eût pas mené des études beaucoup poussées, le peu d'éducation qu'il s'était dotée se manifestait dans sa manière de faire.

- Comment va mon ami, et la famille? demanda le chef de quartier quand les hôtes arrivèrent chez lui le soir.

- Ils se portaient bien au moment de notre départ, répondit Forsuh.

- Vous savez, votre père et moi, nous sommes amis depuis plus de deux décennies. Il était venu vendre les outils ici et j'étais son plus grand client. J'achetais chez lui et je revendais aux paysans. Je l'avais encouragé à s'installer ici mais il avait la tête en l'air.

- Cela veut dire qu'il a beaucoup changé au fil du temps, dit Tanke qui écoutait avec avidité l'histoire de son père. Maintenant, non seulement il est le symbole de la stabilité mais il nous encourage aussi à être aussi stables.

- Il connaît la plaine comme sa poche pour y avoir travaillé partout. S'il avait demeuré plus longuement avec moi c'était parce qu'il y avait une belle dame qu'il aimait beaucoup.

Les deux frères se regardèrent en souriant. Sans doute, ils se souvenaient de la remarque de Ngejang et du comportement de leur père au moment de leur séparation.

- C'est vraiment amusant, commenta Tanke. Il nous parlait peu de ses aventures de jeunesse, ce qui n'est pas surprenant chez quelqu'un qui est peu bavard.

- Savez-vous où habite votre sœur? demanda le notable. Si vous l'ignorez, Biyenyi vous conduira là-bas au cours de la semaine.

Il se tourna vers son neveu et lui dit quelque chose dans la langue locale et ce dernier hocha la tête en souriant.

- Notre sœur! s'exclamèrent les deux frères en même temps, l'air surpris.

- Oui, votre sœur, répondit Fosiki, un peu surpris par leur étonnement. Je pressens que je suis en train de révéler un secret.

- Mais notre père ne nous a pas parlé d'une sœur.

- Votre père tient rigoureusement à la discrétion comme vous avez vous-mêmes constaté.

- Comme vous en êtes déjà au courant, c'est inutile d'arrêter à ce point.

- Nous aimerions la connaître, dit le frère aîné en hochant les épaules. Elle fait partie de notre famille, n'est-ce pas?

Biyenyi la connaissait. Sans avoir fixé une date précise, ils décidèrent qu'au cours de la semaine, il conduirait les deux jeunes forgerons chez leur sœur. Ils se penchaient sur d'autres choses lorsque Nanyu, la belle femme du notable, arriva avec la nourriture. C'était du couscous avec le *kati kati* - poulet rôti et épicé découpé en petits morceaux et mélangé avec l'huile de palme.

- Je ne sais pas si vous tenez sincèrement à vous installer ici, reprit le notable pendant le repas. Vous savez, quand votre père était venu ici, nous étions tous excités car notre essor économique dépendait...et dépend encore... des forgerons. Tous les chefs de quartier lui faisaient la cour avec de belles propositions. Les femmes s'alignaient pour l'épouser et n'en parlons pas des vastes terrains fertiles qu'on proposait de lui donner s'il choisissait de demeurer ici. Mais, hélas, il avait d'autres idées. Ne me demandez pas pourquoi parce que moi, son ami, je ne le comprends toujours pas.

- Ne vous en inquiétez pas, Fo Fosiki, intervint Forsuh. Nous sommes venus pour de bon. Si vous voulez que nous

41

établissions notre forge demain nous le ferons. Nous ne sommes pas de la même génération que notre père et comme tu viens de constater nous sommes venus avec nos outils.

- Je suis très heureux de voir des jeunes aussi ambitieux, mais comme je ne suis que chef de quartier, je vous conseillerai d'aller voir le roi du village. Il doit connaître votre père. Vous savez ce que ça représente de faire un engagement avec le roi d'un village. Après quoi, je vous prendrai très au sérieux.

- Nous accomplirons cela au cours de ce mois, déclara Forsuh. Évidemment il faudra qu'on se soumette aux exigences du roi. Nous n'avons pas encore de rendez-vous avec lui, continua-t-il.

- Ne vous inquiétez pas car il y a un proverbe chez nous qui dit que celui qui a son frère au sommet d'un fruitier mange les fruits mûrs. Je suis proche du roi et nous allons arranger une date qui vous conviendra. En plus, une fois qu'il saura que vous êtes forgeron, il vous accordera d'emblée une audience. C'est un monsieur qui tient la prospérité du village à cœur et c'est pour cela que nous l'avions choisi et intronisé comme roi. Il avait essayé en vain de faire venir des forgerons ici, donc votre présence est une bénédiction.

- Merci Fo Fosiki, vous êtes très gentil, dit Forsuh,

- En attendant, vous pouvez consacrer la semaine à explorer le village afin de vous choisir un site pour votre atelier. Mais sachez que vous allez réaliser de meilleures affaires si vous vous installez dans un coin stratégique où circulent beaucoup de gens.

- Il nous faut une maison à louer avant de passer à l'exploration, dit Forsuh.

- J'ai deux grandes chambres avec des lits que vous occuperez tant que vous n'aurez pas trouvé des logements. Je sais que si mes enfants arrivent chez vous, votre père les traitera de la même manière.

- Merci Fo Fosiki, nous vous saurons toujours gré, dirent-ils.

- Vous êtes la bienvenue, mes enfants, et je sais que vous n'allez pas regretter votre décision de venir vous fixer dans notre communauté. Comme vous avez peut-être pu l'apprécier du haut de la montagne, elle est bien arrosée et idéale pour tous ceux qui sont dévoués à l'agriculture. Entouré de tous les côtés de hautes terres, ce village forme une sorte d'enclos : un paradis, comme nous chantons dans nos légendes. Sur le plan de la beauté, notre village a tout à offrir. Les montagnes le mettent à l'abri des vents et tempêtes qui ailleurs détruisent les récoltes.

- J'ai apprécié la beauté de ce village lorsque nous descendions le mont Tugoh, confirma Tanke. On dit que de plus en plus les gens élisent domicile ici et la population est en train de grandir.

- Une fois que vous parvenez à épargner assez d'argent, je vous conseille de vous procurer une parcelle de terrain proche du marché. Notre village devient progressivement la destination de prédilection de ceux qui viennent d'ailleurs. Cela veut dire qu'à la longue cet endroit se transformera en grand pôle économique.

Les deux frères se regardèrent et sourirent. Ils étaient alors persuadés qu'ils avaient fait le bon choix en venant à Ndobo.

- Nous avons constaté nous-mêmes ce que la terre du village peut produire en matière de vivres, dit Tanke qui s'intéressait aussi à l'agriculture. La variété des vivres est énorme et cela me réjouit.

- Notre terre est noire et volcanique, à en croire l'analyse du délégué du gouvernement pour l'agriculture. On me dit que cela revient à dire qu'elle est très riche et produit abondamment. Ce village a tous les atouts pour vous permettre de réaliser vos rêves et je vous encourage à y rester.

La discussion se poursuivaient sur les sujets divers jusqu'au moment où les deux hôtes commencèrent à bâiller. La séance levée, le notable prit une lampe tempête avec laquelle il conduisit les deux bonshommes à leur chambre.

- Demain nous reprendrons nos discussions. Nous devons nous coucher maintenant. La toilette se trouve au bout de la piste qui mène aux caféiers. Bonne nuit et on se reverra demain.

Avant de partir, il laissa une autre lampe tempête allumée à leur disposition.

- Bonne nuit, Fo Fosiki! répondirent-ils.

Tanke se réveilla très tôt. Couché dans son lit, une lumière avare s'infiltrant par les fissures de la fenêtre, il suivait pendant quelques temps les agitations matinaux dehors. Les poules et

43

leurs poussins gloussaient et picoraient déjà. Dans les arbres qui entouraient la concession, les moineaux et tisserins gazouillaient.

Il se leva, s'habilla et alla dans la chambre de son frère aîné et le trouva déjà réveillé lui-aussi.

- Qu'est-ce qu'on doit faire aujourd'hui? lui demanda Tanke.

- Nous pouvons faire le tour du village, surtout près du marché, pour déterminer là où nous allons installer nos ateliers, déclara Forsuh. Ça sera un arrangement temporaire. Il nous faudra plus de temps et une sélection beaucoup plus minutieuse avant de choisir l'endroit où nous allons construire notre concession.

Ils s'entretenaient encore lorsqu'ils entendirent la voix de Fosiki qui s'était déjà levé. Il était à l'extérieur en train de causer avec sa femme.

- Fo Toloh Fosiki s'est déjà levé et il faut qu'on le voie, dit Tanke. Il a ses affaires à entretenir et nous ne devons pas le faire attendre.

- C'est vrai, répondit Forsuh en se levant brusquement. Il enfila ses habits et les deux sortirent.

- Ah bonjour, j'espère que vous avez bien passé la nuit. Qu'entendez-vous faire aujourd'hui? demanda Fo Fosiki.

- Nous avons décidé de passer cette journée à la recherche d'un emplacement pour notre forge, lui répondit Forsuh, après l'avoir assuré qu'ils avaient bien dormi.

- C'est bien, déclara-t-il. Il faut commencer tout de suite à gagner de l'argent. J'enverrai mon valet au palais du roi. Le roi lui-même nous donnera la date de l'audience. Si vous avez quelque chose à me dire à ce propos, il faut le faire dès maintenant.

- Il faut que la date tombe après le jour du marché de Ndobo afin de nous permettre d'acheter des présents pour le roi, dit Tanke, jetant un coup d'œil sur son frère qui balança la tête en signe d'approbation. Vous savez que dans les mœurs de notre région, il est de mauvais goût que de se rendre au palais d'un roi les mains vides.

- C'est une bonne idée. Je prendrai cela en compte, mais avant tout il y a de l'eau chaude pour vous laver. Ma femme est en train de nous préparer le petit déjeuner.

44

- Où est Madame? Qu'on lui dise bonjour?

- Dans la cuisine, répondit Fosiki en indiquant du doigt la porte d'une pièce d'où émanait la fumée. Biyenyi sera bientôt ici. Il passera la journée avec vous. Il vous aidera dans votre quête.

Ils étaient sur le point de prendre leur petit déjeuner quand Biyenyi arriva.

- Entre et lave les mains, son oncle l'invita à manger. Il m'avait dit qu'il aimerait être forgeron et je m'arrangeais déjà à l'envoyer chez votre père pour la formation quand cette manne est tombée du ciel.

- Avec nous ici, votre démarche est maintenant inutile, déclara Forsuh.

- Comment allez-vous passer votre journée aujourd'hui? demanda Forsuh à Fosiki lorsqu'ils avaient terminé de manger et étaient sur le point de partir.

- Je me rends à Toloh où se trouve ma grande concession et d'autres membres de ma famille. Je vous laisserai vous installer avant de vous emmener les voir.

- Ce sera une bonne idée, répondit Forsuh.

Le petit déjeuner terminé, les jeunes hommes sortirent. La quête d'un emplacement commença.

- Commençons par le quartier qui abrite le marché, leur conseilla Biyenyi. Comme mon oncle l'a déjà dit, il faut faire le bon choix.

- C'est ce que nous entendons faire, répondit Tanke. Étant un enfant du terroir, nous espérons que tu nous aideras à réaliser ce rêve.

- Si mes connaissances le permettent, je pourrais vous faire des propositions.

Ils passèrent toute cette matinée à la recherche de meilleure emplacement, mais ils ne trouvèrent aucun endroit qui répondait au goût des forgerons qu'ils étaient. Si les emplacements étaient bons, les bailleurs n'étaient point prêts à louer parce qu'ils se le réservaient pour les affaires. Les autres endroits étaient tout simplement chers.

Vers quinze heures et demie, ils se sentaient fatigués. Ils voulaient arrêter et reprendre le lendemain lorsqu'ils arrivèrent à un terrain reculé, stratégique, nettement en brousse. Le terrain se situait au pied de la montagne qui surplombait le marché. Il se trouvait situé au bord de la grande route, juste à l'entrée du marché.

- J'aime cet endroit, dit-il à Biyenyi. Si je parviens à avoir un terrain comme celui-ci, au lieu de louer une maison, je viendrai m'y installer et je commencerai tout de suite à y construire ma concession et mon atelier.

- Prends garde! répondit leur ami. Si tu connaissais bien cet endroit, tu l'éviterais comme une lèpre. C'est un beau terrain, vaste et bien localisé, mais abandonné dans la brousse! C'est certain qu'il y a quelque chose qui ne va pas et ce n'est pas moi qui te l'expliquerai.

Alors que Tanke se réjouissait d'avoir trouvé la possibilité d'une grande opportunité, Forsuh ne voyait qu'une vaste étendue de brousse où grouillaient toutes sortes de vermines et de bêtes nuisibles.

- S'il dit qu'il y a une raison pour laquelle personne ne le veut, il sait de quoi il parle, intervint son grand frère qui ne partageait pas l'enthousiasme de son frère cadet.

- Mais grand frère, dit-il à Forsuh, laisse-moi te dire quelque chose. D'ici vingt ans, celui qui aura ce terrain exercera un contrôle énorme sur le marché et ses activités.

- Écoute-moi bien! s'exclama son frère en souriant. J'espère que tu n'es pas devenu fou. Nous n'avons même pas trouvé le présent, tu nous parles déjà de l'avenir. Soit quand même réaliste!

- Mais c'est dans le but de chercher l'avenir que nous avons quitté notre village, car là-bas le présent était déjà assuré. Avec ce que notre père a pu accumuler au village, s'il meurt aujourd'hui notre avenir est assuré, ce qui veut dire que si nous avons pris la décision de partir, nos ambitions doivent être à la mesure de nos risques.

- Je ne te décourage pas mais si tu veux courir derrière les ombres comme un fou, c'est ton problème. Moi, je n'y tiens pas.

Tanke ne comprenait toujours pas pourquoi le terrain était abandonné. Il croyait qu'il appartenait à quelqu'un qui n'avait pas assez d'argent pour son aménagement. Les frères rebroussaient chemin. Ils décidèrent de se renseigner sur le terrain avant de s'y fixer. La voix de son père tournait dans la tête de Tanke : tout ce qui brille n'est pas forcement de l'or. Son papa leur avait aussi conseillé de ne jamais avoir peur de s'approcher de ce que tout le monde craint. Armé de son courage, il voulait savoir pourquoi les villageois avaient décidé d'abandonner le terrain. Et comme son ami semblait réticent de lui donner les raisons, il crut sage de poser la question à Fosiki. En tant qu'aîné et notable, Fo Toloh Fosiki semblait le mieux placer pour répondre à ses questions, surtout les questions qui touchaient à l'histoire du village.

Ils se dirigeaient vers la concession de Fo Toloh lorsqu'il commença à pleuvoir. Ils avaient le choix de poursuivre leur route ou de s'abriter sous une véranda au bord du chemin. Ils suivirent Biyenyi qui s'était engagé dans une voie qui menait à une maison cachée derrière un bosquet. Une bouteille sur un petit tabouret à l'entrée indiquait un bistrot où on vendait du vin de palme. La buvette appartenait à une dame, la trentaine bien sonnée. Lorsqu'ils s'introduisirent dans la maison, elle était seule, en train de décortiquer des arachides. Ils s'attablèrent dans un coin. Toute souriante, la dame quitta son travail et s'avança rapidement pour les servir.

- Soyez la bienvenue! déclara-t-elle en donnant la main aux trois hommes. Elle commença par Biyenyi qu'elle connaissait. Vous pouvez vous asseoir près de la grande fenêtre où il y a une abondance de lumière pour que je puisse facilement vous admirer, proposa-t-elle d'un ton flatteur. Son regard était tourné vers l'endroit qu'elle indiquait du doigt.

- Ah Maminyanga! cria Biyenyi en souriant. Tu es toujours flatteuse!

- Les flatteries ne coûtent rien et elles font beaucoup de bien, pourquoi alors ne pas m'en servir?

Les hommes s'en allèrent et s'y installèrent tranquillement et la suivirent comme elle remplissait les bouteilles avec du vin de palme puisé d'une grande calebasse avec un carafon. Et comme elle était séduisante, la dame! Grande de taille et élancée, poitrine bombée et chevelure foisonnante et hérissée comme une amazone, elle faisait belle figure.

Le bistro se trouvait apparemment dans son salon, une pratique qui jusqu'à nos jours reste courante dans certains de nos quartiers. Un rideau rustique fait de pailles séparait le salon des chambres à coucher. Les murs, blanchis de chaux jusqu'au plafond, étaient ornés en grande partie de masques traditionnels de l'ethnie Tikar ainsi que des photos encadrées, dont celle du roi George V de la Grande Bretagne. Modernités et traditions se croisaient et les deux donnaient naissance à une travestie culturelle où chacun trouvait son compte. Et l'habillement de la dame en était l'exemple patent de ce mariage. Longue jupe florale très à la mode assortie d'une chemise en tissu *ndobo*.

- Apporte-nous trois bouteilles de vin de palme, commanda Tanke, bien impressionné par la carrure de la dame. Pendant qu'elle répondait aux commandes de ses clients, Biyenyi lui parlait dans la langue locale et c'était évident que les deux se connaissaient très bien. Au cours de ces échanges, les gestes et regards des deux démontraient qu'ils parlaient des nouveaux-venus.

Maminyanga apporta les trois bouteilles et déposa chacune sur une petite table devant chaque client. Chaque bouteille était accompagnée d'un verre, qu'elle procéda à remplir de ce vin mousseux, sucré et alcoolisé avant de le placer sur les petites tables. Alors que les deux forgerons se contentaient de boire et de se pencher sur leurs plans pour l'avenir, la dame et Biyenyi menaient dans la tranquillité leurs discussions, jetant de temps en temps un coup d'œil bienveillant sur les deux en souriant.

- On dirait que nous sommes l'objet de votre discussion, entonna Tanke en souriant lui aussi. Il me semble que vous êtes en train de mijoter un plan pour nous enlever.

- C'est peut-être ce que vous êtes en train de fabriquer, vous les forgerons, rétorqua Maminyanga en repartie. D'ailleurs, si une femme comme moi vous enlève, est-ce que ça serait une mauvaise chose? demanda-t-elle.

La riposte de Tanke ne se fit pas attendre.

- Une mauvaise chose! Non, pas du tout!

Tout le monde éclata de rire. Ils riaient encore lorsqu'un bruit se fit entendre à l'intérieur de l'une des chambres à coucher.

- Ndobisiri! cria la dame, et une voix féminine répondit à l'intérieur. Pourquoi te caches-tu dans la chambre alors qu'il y a des visiteurs ici?

Ndobisiri! Ce nom est-il si connu dans la région, se demanda Tanke. C'était le nom de leur grand'mère paternelle qu'il croyait appartenir à la seule ethnie Menda. Il soulevait son verre. Il était sur le point de l'apporter à ses lèvres lorsque le rideau s'écarta et une déesse apparut. Il oublia ce qu'il faisait et la fixait, médusé. Apparemment un peu plus âgée que lui, elle était une copie fidèle de la dame du bistro, sauf qu'elle était jeune.

- Voici ma fille...et votre sœur, la dame présenta la jeune femme aux deux forgerons qui la regardaient bouche-bée.

- Ah oui, depuis que nous sommes venus ici, je trouve toutes nos sœurs ici très belles, déclara Tanke qui ne cachait pas son admiration pour la jeune femme.

- Votre vraie sœur, pas à l'Africaine!

Maminyanga rectifia le tir dans un ton un peu sévère.

- J'ai eu cette jeune demoiselle avec votre père, déclara-t-elle.

Et les balles atteignirent directement le cœur!

- Quoi! Notre sœur! crièrent les deux frères en même temps. Vous voulez vraiment qu'on pique une crise dans votre village? Eh Biyenyi, comment peux-tu nous monter un coup pareil!

Fo Toloh Fosiki leur avait parlé de leur sœur et ils s'apprêtaient à la rencontrer. Mais ils ne s'attendaient pas à un coup si surprenant. Pris au dépourvus, ils ne savaient quoi faire.

Biyenyi et la dame ne faisaient que rire, alors que la jeune femme, stupéfaite et confuse, regardait les deux frères. Au bout du compte, les frères et sœur s'embrassèrent et fondirent en larmes. Elle vint s'asseoir à côté de ses deux frères qui, comme c'est souvent le cas dans une situation pareille, voulaient combler un vide de deux décennies en une soirée. Ils parlaient de tout et de rien. A cause de la retrouvaille inattendue, les deux frères oublièrent leur recherche d'un terrain. Pour fêter l'occasion, ils commandèrent plusieurs bouteilles de vin de palme et tous s'enivrèrent. Avant de se séparer, ils s'étaient mis d'accord qu'ils allaient fixer une date pour une fête où les amis et proches devraient s'asseoir ensemble pour boire, manger et danser. La date ne viendrait pas aussi rapidement qu'ils auraient souhaité.

5

C'était environ dix-sept heures quand les trois hommes arrivèrent chez Fo Toloh Fosiki. Le *Fo* n'était pas encore chez lui. Sa femme était déjà rentrée des champs. Elle préparait le dîner. Elle se tenait dans la cour lorsqu'elle les vit s'approcher en titubant. Ils parlaient à haute voix et ils riaient aux éclats. Elle savait qu'ils avaient trop bu et elle se mit alors à rire elle aussi.

- On dirait que vous avez passé toute la journée à vous amuser, dit-elle en se dirigeant lentement vers la porte de sa cuisine. Le dîner sera bientôt prêt et je vous l'apporterai chez votre oncle, prévint-elle.

- Les forgerons ont retrouvé leur sœur et tout le monde en était très content, répondit Biyenyi. Il ne se tenait pas droit non plus, mais parmi les trois, il portait le mieux son vin. Ce n'était pas surprenant, puisqu'il avait été élevé dans la culture du vin et disposait même de ses propres champs de raphias et de palmiers que son feu père lui avait légués. Il cueillait et buvait donc son propre vin de palme.

Arrivés dans le grand salon du notable où il les avait reçus la veille, les trois s'affaissèrent dans les fauteuils et se mirent bientôt à dormir. C'était dans cette condition que Fo Fosiki les avait trouvés quand il rentra quarante-cinq minutes plus tard.

- Ils ont l'air très fatigué, dit-il à sa femme en les voyant ronfler sur les chaises, les torses tordus comme des corps abattus par des balles.

- Les pauvres! s'exclama le chef du quartier à l'égard des deux forgerons. A peine sont-ils arrivés dans notre village que Biyenyi les a traînés dans cette affaire de vin de palme.

- On me fait comprendre qu'ils ont rencontré leur sœur et, excités par la retrouvaille, ils ont trop bu, déclara Nanyu. Notre vin de palme contient beaucoup d'alcool, surtout si on le cueille quand il a fait plusieurs jours sans pluie; et si on en prend trop, il devient nuisible.

- Comme c'est très sucré, les gens ne pensent pas à sa teneur alcoolique lorsqu'ils vident des bouteilles, dit Fosiki en souriant. Sans trop parler, ce sont des hommes et ils vont apprendre à leurs propres dépens.

Après avoir passé plus de deux heures à dormir sur les chaises, Biyenyi se réveilla le premier, suivi de Tanke et ensuite Forsuh. Ils avaient tous une faim de loup et dès que le Fo leur montra le repas que sa femme leur avait gardé, ils bondirent là-dessus comme des affamés.

Ils se sentaient nettement mieux après le repas. Auprès du feu qu'on venait d'allumer chez le chef du quartier, les quatre parlaient de tout et de rien : de la retrouvaille et de la prospection de l'emplacement pour leur atelier et beaucoup d'autres choses. Il était vingt-deux heures, Biyenyi se leva pour partir.

- Je viendrai vous chercher demain matin pour que nous reprenions notre quête, promit-il comme il se dirigeait lentement vers la porte. A sa sortie, il claqua la porte derrière lui et disparut dans l'obscurité de la nuit.

- Où habite-t-il? demanda Tanke à Fosiki. Il est vraiment gentil.

- Oui, c'est un bon gosse, répondit son oncle. Il habite non loin de chez moi; je n'ai pas besoin de crier fort pour qu'il m'entende.

- Je me disais que si nous rentrions tôt après notre prospection de demain, nous lui demanderions de nous emmener chez lui, déclara Forsuh. C'est souvent par de petits gestes que la véritable amitié se reconnaît.

- Tu as raison, affirma Fosiki en reprenant l'observation de Forsuh avant d'ajouter son point de vue. Ce qu'on appelle la vraie amitié dans notre culture se manifeste le plus souvent par de petits gestes, exprimés surtout de façon tout à fait subtile et naturelle.

C'était vers minuit que les deux frères s'excusèrent pour aller se coucher. Fo Toloh Fosiki continuait à boire le vin de palme comme il avait fait tout au long de la soirée. Il avait invité les trois jeunes messieurs à en partager avec lui malgré leur état mais ils avaient refusé. Avec le départ des autres, il resta seul jusqu'au petit matin.

Le lendemain, les deux forgerons se levèrent très tôt. Le vin de palme continua ses effets nuisibles. La tête de Tanke sonnait comme si un essaim d'abeilles y avait pris place. Ils se lavaient quand ils entendirent la voix de Biyenyi qui parlait avec son oncle. Les voix provenaient de la cour. Deux autres voix s'ajoutaient à la voix de Biyenyi et son oncle. Mais, en plus de ces deux voix, il y en avait deux autres. Ces dernières étaient étrangères et ne s'exprimaient pas en ndobo. L'une de deux voix avait une résonance familière. Ndobo étant un village habité par beaucoup de gens d'origines diverses, dont les voix résonnaient parfois de la même façon, les deux forgerons n'y prêtèrent pas trop d'attention.

Après s'être lavés, ils regagnèrent leurs chambres. Ils s'habillèrent rapidement pour ne pas faire attendre leur ami. Lorsqu'ils arrivèrent à la cour qui séparait les deux maisons de la concession, ils comprirent alors l'origine de la voix familière qu'ils avaient entendue. C'était la voix d'un parent proche qui habitait leur quartier à Menda. Un bon chrétien, très populaire, il pouvait lire et écrire. Tout Menda l'aimait.

Leur départ était-il si urgent qu'il ait déclenché une course de tout Menda vers Ndobo, se demanda Tanke, comme ils s'approchèrent des hommes.

- Grand frère, vous nous avez suivi à Ndobo? demanda-t-il en souriant et en serrant la main de tous les membres de la petite assemblée.

Sa blague semblait n'avoir pas été bien reçue, car les mines restèrent sévères. Il n'avait pas besoin d'un nécromancien pour lui annoncer qu'un évènement très grave s'était produit.

- Allons au salon, lança Fo Toloh Fosiki, le visage morne. Nous ne pouvons quand même pas discuter un sujet aussi important en nous tenant debout comme une bande de vagabonds.

- J'étais venu hier dans la nuit et c'est mon ami ici qui m'a hébergé, déclara Tangang, l'émissaire de leur village, à l'adresse de deux forgerons lorsqu'ils s'étaient assis. Je viens avec un message très triste. Ramassez vos effets, car nous rentrons au village tout de suite.

53

- Que s'est-il passé? demanda Forsuh. Si l'affaire nous concerne comme votre présence ici nous laisse croire, dit-le-nous alors.

Tangang jeta un coup d'œil sur Fo Toloh Fosiki, le membre le plus âgé du groupe. D'un geste approbateur, il secoua la tête.

- C'est votre oncle Tamajung qui m'a envoyé vous chercher. Il ne pouvait pas venir lui-même. Votre père est mort hier matin, déclara-t-il avec tristesse.

Tout le monde resta silencieux. Dix minutes s'écoulèrent après l'annonce de cette triste nouvelle. Tanke se dressa la tête, enfermée jusqu'ici entre ses mains. Il regarda son interlocuteur avant de briser le silence. Ses yeux étaient rouges et il essayait de refouler les larmes. De quoi est-il mort? demanda-t-il. Nous l'avons laissé en très bonne santé.

- Je sais, mais ça c'est ton opinion à toi, pas celle du médecin, ni du destin, répondit l'homme. Toi-même, tu sais que mon fils est mort avec le maïs qu'il était en train de mâcher encore dans la bouche.

- Tu veux nous dire qu'il est mort sans cause, insista Forsuh. Nous sommes quand même les hommes capables de vivre une tristesse et il faut donc nous dire ce qui s'est passé.

- Comme vous insistez, je vais vous le dire, déclara l'homme en se dressant sur sa chaise avant de larguer la bombe. Il a été mordu par un serpent.

- Un serpent! s'exclama Tanke. Il survit tous les caprices de la vie pour enfin succomber à cause d'un reptile?

- C'est toi qui le dis, répondit Tangang. Je suis chrétien et je vous assure tous que depuis la naissance de l'humanité, le plus grand ennemi de l'homme reste le serpent qui, par la ruse, avait poussé l'homme à se trahir devant Dieu.

Ils ne comprenaient pas la littérature religieuse de Tangang. Ils avaient perdu leur père et c'est cela qui les préoccupait. Ils se levèrent, se rendirent dans leurs chambres et s'emparèrent de certains de leurs biens afin de se mettre en route. Les habits et autres besoins très importants bourrés dans un sac en fibres de raphia, ils ressortirent et gagnèrent le salon où tout le monde les attendaient.

En leur absence, Fosiki alla dans sa chambre à coucher et ressortit pour les attendre. Lorsque les deux forgerons étaient prêts à partir, il les accompagna jusqu'à l'entrée de sa concession. - Tiens, dit-il à Forsuh en lui tendant quelque chose. Il faut partager ce montant en deux parties égales, l'une pour toi et l'autre pour ton petit frère. Les gens qui assisteront à l'enterrement auront besoin des boissons et de la nourriture. Au cas où l'enterrement dure plus que d'habitude, vous me mettrez au courant de ce qui se passe par l'entremise des chauffeurs qui descendent à Ndobo. Ils me connaissent et ils ne peuvent pas refuser de remplir une mission à mon égard. Si la famille tient à célébrer la mort après l'enterrement, je viendrai vous rejoindre à Menda. Votre père était mon ami intime, un homme qui m'a beaucoup marqué et que je garderai à l'esprit jusqu'au jour de ma mort.

- Merci Fo Toloh, dit Forsuh en recevant l'argent que lui tendait le chef du quartier. Mon père est un grand homme et nous ne pouvons pas laisser les gens précipiter la célébration de ses funérailles comme un type ordinaire. Nous allons rentrer, travailler pendant quelques temps afin de pouvoir épargner la somme nécessaire pour une célébration due à un homme de son rang.

Les deux frères se trouvaient face à une décision difficile. Ils avaient discuté de l'opportunité d'amener leur sœur mais ils décidèrent enfin de se mettre en route sans elle.

- Elle nous accompagnera au moment où nous nous rendrons au village pour les funérailles, trancha le grand frère. Nous ne voulons pas arriver quand l'enterrement a déjà eu lieu. Cela risque de nous porter malheur.

Ils se rendirent à la gare routière en compagnie de Biyenyi, leur ami qui les avait côtoyés depuis leur arrivée à Ndobo. Bien que ce soit la matinée, la gare grouillait déjà de monde, pour la plupart les commerçants qui attendaient les voitures à destination des marchés de brousse. Les deux forgerons venaient juste de passer quelques temps lorsque la même voiture qui les avait transportés au moment où ils se rendaient à Ndobo arriva. Et c'était le désormais fameux Moto-boy qui sortit le premier quand la voiture s'arrêta.

- Je vous jure que si le premier ministre britannique débarque ici, c'est cette voiture qui le transportera, se contenta-t-il de déclarer lorsqu'il vit les deux frères. Les forgerons gardaient toujours un visage de marbre. Moto-boy constata immédiatement que le moment était inopportun pour faire des blagues.

Il faisait beau cette journée-là et la voiture roulait à toute vitesse. Avant seize heures, ils se trouvèrent à l'entrée du village. L'endroit leur rappela le dernier jour qu'ils avaient passé avec leur père. C'est ici qu'ils s'étaient séparés avec lui. Il était venu manifester son amour pour ses fils en les accompagnant jusqu'à ce même point. La séparation était très douloureuse; et elle était devenue ensuite l'objet de beaucoup de commentaires entre les deux frères. En remuant ces pensées, ils fondirent tous les deux en larmes. Ils se dirigeaient vers leur concession et ils croisèrent des gens qui les connaissaient. Les larmes aux yeux, ils vinrent exprimer leurs profondes condoléances aux deux frères.

L'une de leurs jeunes sœurs les vit s'approcher de loin et alla vite annoncer la nouvelle. Les femmes accoururent et ils se trouvèrent bientôt perdus dans une foule de femmes en lamentations. Certaines d'entre elles tenaient une vieille photo du décédé quand il était encore jeune homme. D'autres se jetèrent par terre, pleurant à chaudes larmes, roulant et proférant toutes sortes de louanges à l'endroit du décédé. Certaines révélaient les rencontres nocturnes avec Asanbe au clair de lune et au pied des caféiers. Cette nouvelle ne surprenait personne, car le disparu était un coureur des jupons avéré.

Deux hommes, dont le frère aîné de leur père, Tamajung, vinrent à leur rencontre. Ils les conduisirent dans la chambre où la dépouille de leur père gisait. Leur père avait plutôt l'air de dormir. C'était comme s'il allait se réveiller. Tout apparaissait comme un rêve.

- Il faut bien le regarder maintenant pour la dernière fois, car lorsque les membres de *Taken* vont apparaître, ils s'empareront du corps, déclara leur oncle. Votre père connaissait les règles de la société secrète avant d'y adhérer, ajouta-t-il lorsqu'il remarqua la désapprobation de ses neveux.

- On comprend bien, fit Forsuh. Peut-être qu'on finira un jour de la même façon.

- Qu'entends-tu par cela? demanda son oncle. Veux-tu dire par ça que tu mourras de la même façon?

Son oncle ne parlait que très peu. Ce n'était donc pas difficile de comprendre lorsqu'il était fâché. Sentant que son oncle n'était pas fier de sa déclaration, il se tut.

Le conseil que leur oncle avait donné était très important. Ils décidèrent donc de passer le reste de la soirée en présence de leur feu père. Ils savaient bien que lorsque le redoutable *Taken* se manifesterait vers vingt-deux heures, tout le monde se serait dégagé. Personne ne verrait plus le corps.

Leurs amis d'enfance leur rendaient visite dans la chambre où le corps gisait. Il ne restait que des villageois très proches de la famille vers vingt-deux heures. Brusquement, ils entendirent entonner de loin le chant funèbre de *Taken*. Tous ceux qui n'étaient pas membres de cette société secrète déguerpissaient. Les deux frères ainsi que d'autres membres de la famille se levèrent, à la queue leu leu. Avant de partir, chacun s'approcha et serra la main du défunt, car c'était leur toute dernière fois de le voir.

Les deux frères se trouvaient maintenant dans la chambre de Tanke qu'ils occupaient parfois tous les deux avant leur départ à Ndobo. Couchés une fois de plus sur leurs lits, ils suivirent avec beaucoup d'attention ce qui se passait à l'extérieur. Ils reconnaissaient les voix de certains membres de cette confrérie à force de les avoir entendues pendant toute leur vie au village. Ils étaient émus surtout par la poésie ensorcelante qui ornait la parole du griot que la famille avait invité pour relater la vie de leur père. Le griot traitait leur père de fils d'orphelin à maintes reprises, un point sur lequel ils n'étaient pas d'accord. À ce qu'ils sachent, leur père ne leur avaient jamais dit qu'il était orphelin. Ils se disaient que le griot aurait dû ajouter cette partie pour rendre Asanbe surhumain. Qui ne respecterait pas un homme qui avait commencé sa vie en tant qu'orphelin et qui aurait laissé un parcours aussi riche que Asanbe?

Ils suivaient également les bruits des poulets qui protestaient lorsqu'on les traînait à l'abattoir. Les chèvres et les cochons menaient eux aussi leurs derniers combats. Les cris angoissants perçaient la sérénité de la nuit. Les membres de *Taken*, qui semblaient parfois tous parler à la fois, dégageaient une cacophonie à fendre les oreilles. Les agitations cessèrent bientôt, suivis peu après d'odeur des plumes et des poils en train de brûler.

Les animaux abattus étaient en train d'être braisés pour *Taken*. En attendant, les membres de la société discutaient à haute voix. Ils ricanaient, ils riaient tout en se saoulant de vin de palme, dont le parfum fort et particulier flottait partout dans le vent jusqu'à parvenir dans les chambres des forgerons.

Les narines chatouillées par cette odeur intoxicante, ils s'agitaient sur leurs lits, tourmentés tant par l'envie d'avoir une petite gorgée de ce liquide précieux que par leur absence dans cette confrérie, dite « de vrais hommes. » Ses membres étaient des hommes de métiers tels que la maçonnerie, la sculpture sur bois, la menuiserie, et la forge. *Taken* enracinait une tradition bien ancienne. L'organisation gérait la vie économique du village. La confrérie était redoutable. Elle défendait farouchement les intérêts de ses membres. C'est pour cette raison que la société jouissait d'un fort taux d'adhésion.

Les deux forgerons auraient bien voulu faire partie de cette confrérie. Leurs candidatures avaient été déposées par leur père avant sa mort car Asanbe était un membre très influent du groupe. *Taken* avait estimé que les enfants d'Asanbe étaient encore jeunes même si ils étaient déjà membres de la confrérie des forgerons.

Les bruits continuaient jusqu'à environ deux heures lorsque les hommes entonnèrent leur chant de départ. Les membres du *Taken* s'éloignèrent du village. Ils prenaient le sentier qui traversait les caféiers de la famille d'Asanbe. La piste montait dans une colline voisine avant de disparaître près d'un lac. La voix de *Taken* s'affaiblissait au fur à mesure. Un silence de tombe régnait maintenant dans la concession d'Asanbe.

Où étaient-ils partis? Seraient-ils partis à l'enterrement? Tanke se souvenait de ce que sa mère lui avait dit, comment la naissance du jeune forgeron comblait son père de joie. Asanbe ne cessait de dire comment il voyait en Tanke celui qui présiderait à son enterrement. Il n'avait pas prévu que son départ soit précoce. Mais est-ce que Asanbe avait autre chose derrière la tête. Peut-être que sa campagne pour faire de ses deux fils membres de la confrérie était un pressentiment de son départ inattendu.

Tanke réfléchissait à beaucoup de choses et ne parvenait pas à dormir. Qu'est-ce qui se passait sur le lieu d'enterrement? Quels étaient les rites que les membres de cette société observaient lors de l'enterrement? Est-ce que toutes les histoires qu'on racontait à propos de *Taken* étaient vraies? Les rumeurs couraient par exemple que ses membres disposaient de pouvoirs mystiques qui leur permettaient de soulever de grosses pierres par lévitation qu'ils mettaient parfois soit entre les branches de grands arbres ou sur les toits des maisons.

Vers quatre heures, Tanke était sur le point de dormir, mais l'hymne funèbre avait repris. Cette fois, les bruits s'amplifiaient. La confrérie avait terminé l'enterrement et rentrait déjà. A un moment donné, il n'entendait plus rien. Tout aurait-il cessé et les membres seraient-ils partis?

Le silence matinal revint, brisé seulement par des ronflements de celles et ceux qui avaient pu trouver momentanément le sommeil, dans les chambres voisines et par les chants sporadiques des coqs. Le jeune forgeron n'avait vraiment pas dormi. Bientôt ce serait l'aube. Son père appartenait maintenant au passé. Il s'évertuait maintenant à se pencher sur l'avenir. S'il était choisi comme successeur de son père, toutes ses ambitions de s'établir à Ndobo seraient foulées aux pieds d'un trait.

Cette perspective le rendait malheureux. Il ne voulait pas être successeur parce qu'il trouvait en cela trop d'ennuis pour presque rien. La famille d'Asanbe médirait toujours leur successeur malgré ses efforts. Mais si c'était ce que le destin lui avait réservé, il n'avait pas de choix. Il était obligé de suivre la volonté de son père, car dans notre tradition il n'y a rien de pire que de ne pas respecter le dernier vœu d'un père, surtout si celui-ci était un père bien connu et aimé.

Ces idées défilaient dans son esprit lorsqu'il entendit un bruit. Quelqu'un frappait à sa porte.

- Qui est là? demanda Tanke en se levant précipitamment. C'est en ce moment-là qu'il se rendit compte de l'absence de son grand frère. Peut-être qu'il dormait au moment de son départ, il se dit.

- Ouvre-moi cette porte, retentit la voix calme mais autoritaire de son oncle Tamajung.

- Un instant, déclara-t-il comme il porta sa culotte et se précipita vers la porte.

Il l'ouvrit et son oncle entra dans sa chambre et s'assit sur son lit. Son cœur commença à battre la chamade parce qu'il voyait déjà dans ce geste, les premières démarches de l'investiture. Rêvait-il? Néanmoins, il ne voulait pas se trahir en s'affolant sans même savoir pourquoi son oncle était chez lui.

- Dis-donc, nous avons des choses très importantes à discuter avant ton départ à Ndobo, dit-il d'une voix solennelle dans son préambule. Tu vas m'attendre dehors pendant quelques minutes pour que j'aille chercher ton frère.

- *Avant ton départ à Ndobo!* Cette phrase dans le préambule de la déclaration de son oncle constituait pour lui un grand soulagement puisqu'il pouvait en conclure qu'il avait finalement échappé au malheur d'être nommé successeur de son père. Lentement, il sortit le premier et se mit à côté de la porte de sa chambre pour l'attendre. Dans toutes les maisons de la concession, les gens semblaient dormir. Son oncle sortit après lui. Il le suivait des yeux comme il se dirigeait vers la chambre de Forsuh. Quelques minutes plus tard, il en revenait, son grand frère à la traîne.

En file indienne, les trois hommes suivirent un sentier qui menait chez leur oncle en passant par les caféiers de la famille. Forsuh était devant, suivi de Tanke et puis leur oncle fermait la queue. La concession de leur oncle n'était pas très loin de celle de leur père, car les membres de la même famille avaient tendance à vivre ensemble.

Une fois chez lui, ils s'introduisirent dans le grand salon de leur oncle qui ferma ensuite la porte derrière lui. Tous les membres de sa famille n'étaient pas encore réveillés. Ils étaient épuisés peut-être par les évènements de la veille.

- Vous n'êtes plus des enfants et c'est donc en hommes que nous sommes ici, se mit-il à parler lorsque les trois s'étaient assis. Avant de mourir votre père m'a laissé avec son testament et je vous ai invité ici afin de vous le communiquer. J'étais le dernier au chevet de son lit quand il mourrait et il m'a demandé de vous dire ce que vous allez entendre maintenant. Il m'a demandé de vous informer, en tant que ses deux enfants aînés, de continuer de faire preuve de maturité en travaillant ensemble, en frères, et aussi de bien vous occuper des autres membres de la famille. Il a dit qu'en se basant sur les qualités de chacun de vous deux, il a décidé que Forsuh prenne la relève en tant que successeur. Toutefois, il a souligné qu'avant de prendre des décisions importantes de la famille, il devrait chercher l'avis de tout le monde.

- Est-ce que je serai obligé de rester ici à Menda? intervint Forsuh lorsque son oncle s'arrêta de parler. Ce n'était même pas une question valable puisqu'il connaissait déjà la réponse. C'était plutôt l'expression d'une déception. Son oncle en étant conscient, il répondit en conséquence.

- Cela va sans dire, répondit-il. En tant que père de la famille, tu ne peux quand même pas abandonner les enfants. Il faut être toujours là pour subvenir à leurs besoins, car dans notre tradition, voilà ce que signifie être successeur. Évidemment, en tant que jeune homme, tu vois déjà tes rêves s'envoler. Ce n'est pas vrai puisque chacun est né avec son destin et tu seras toujours ce que le destin désire. Tout le monde croyait que votre père allait choisir Tanke et c'est peut-être à cela qu'il s'attend encore. Mais il avait sa façon de regarder les choses. A en croire votre père, Tanke sait gagner de l'argent et il est très généreux et toi, Forsuh, tu es sensible, souple et sage. Il faut travailler en équipe comme vous vous complétez. Vous vous devez de travailler en étroite collaboration pour bien faire marcher la famille. C'est surtout ça son plus grand vœu.

- En ce qui concerne la célébration de ses funérailles, il m'a dit de vous demander de remettre cela pour l'année prochaine pendant la saison sèche quand vous auriez fait assez d'économies pour bien nourrir les convives. Il a beaucoup insisté sur le fait qu'à l'occasion de la célébration, il faut venir avec vos trois sœurs à Ndobo.

- Trois sœurs! crièrent les deux frères en même temps. Nous n'en connaissons qu'une et c'est grâce à son ami à Ndobo que nous avons même su qu'elle existe! Nous l'avons rencontrée.

- Tiens! L'oncle tendit un bout de papier grisonnant à Tanke. Tu vas les trouver à ces adresses.

Le jeune forgeron prit le bout de papier, y jeta un coup d'œil; mais, comme il ne pouvait pas lire, le papier ne lui disait rien. L'importance de pouvoir lire le frappa sur-le-champ. Il pouvait à la fois être instruit et être forgeron. Il pensa à l'école des blancs sur laquelle son père s'était tant agonisée!

- Je vais les chercher avec le concours de Fosiki et de son neveu, dit-il en pliant le bout de papier qu'il glissa dans sa poche.

- Est-ce que c'est tout ce que le père a dit? demanda Forsuh.

- Non, il en reste une chose qui est un grand secret familial. Non seulement vous allez le garder, mais vous allez le transmettre à vos enfants.

- Un secret? demanda Tanke.

- Oui un secret, que pour rien au monde vous ne dévoilerez à qui que ce soit, à moins que ce dernier ne soit votre fils, déclara leur oncle en les fixant. C'est parce que nous l'avons bien gardé que vous ne le connaissez pas encore.

- Vous ne pouvez pas nous le dire aujourd'hui, demanda Tanke. Peut-être qu'il voulait déjà rentrer relancer ses activités à Ndobo.

- Non, c'est un peu long et je suis fatigué puisque, comme vous le savez, je n'ai pas dormi.

- Bien, nous allons attendre, conclut Tanke avec résignation. Qu'aurait-il pu dire d'autre!

6

Les deux jeunes hommes étaient arrivés les premiers et attendaient leur oncle dans son grand salon. Dans notre tradition, c'est très impoli pour un jeune de faire attendre un aîné. A part la tradition, le sujet à aborder par les trois était très grave, car il concernait l'avenir d'une famille qui venait de perdre son chef. En plus, la ponctualité dans de pareilles circonstances était signe de responsabilité.

Aussitôt arrivés, les deux se mirent à regarder les photos collées sur les nattes accrochées aux murs. Il y en avait une trentaine. Il y avait les photos de membres de la famille maternelle qu'ils ne reconnaissaient même pas. Ce qui était tout à fait normal, car les familles africaines sont généralement grandes. La famille royale est plus grande encore. Ils s'attardaient sur une photo de leur oncle quand il était encore adolescent. Il portait des lunettes noires et se tenait à l'ombre d'un arbre avec un grotesque poste de radio à côté. Tout souriant, il affichait cet air de bien-être reconnu chez les libertins dans notre région. Les deux neveux l'avaient toujours considéré bon vivant à cause de ses petits manigances et gestes «civilisés»; mais, dans cette photo, Ta Tamajung, comme il l'appelait par respect, paraissait avoir atteint le sommet de la bonne vie, un véritable dieu de mode.

Ils faisaient encore des commentaires sur la photo lorsqu'une voix se fit entendre dans la petite cour devant la maison. Puis vinrent de grands éclats de rire. La porte d'entrée s'ouvrit en grinçant et la haute carrure dégingandée de leur oncle se manifesta sur le seuil. Légèrement courbée, et encadrée par le chambranle, Ta Tamajung avait la mine d'un ancien combattant.

Dès qu'il entra, il ferma à clef la porte derrière lui. Ensemble, les trois se retirèrent, en suivant un dédale de couloir au bout duquel se cachait une chambre. Selon toute évidence, elle servait de lieu saint où leur oncle faisait souvent des offrandes ancestrales. Ils avaient toujours su que cet endroit existait, mais c'était leur première fois d'y pénétrer. Dans ce lieu, devant les statues et statuettes faites en argile et en cuivre qui représentaient des ancêtres, il y avait trois tabourets disposés pour permettre aux ouailles d'être face à face. C'était peut-être sa manière de faire régner l'honnêteté et la franchise tout au long de leur causerie.

- Si je vous ai fait venir ici, à ce lieu qui représente notre passé et notre présent, commença-t-il d'une manière solennelle, c'est parce que nous voulons que l'affaire qui nous rassemble ici se déroule dans la plus grande discrétion, et qu'elle reste ici. En plus, comme vous avez pu le constater, c'est ici que je viens lorsque j'ai envie d'être en présence de nos aïeux. En vous dévoilant ce secret, vous êtes voués à la pondération totale en leur présence et au cas où l'un de vous, pour une raison quelconque, ne respecte pas cet engagement, c'est lui seul qui endossera ce qui lui arrivera. Si quelqu'un ici présent trouve cette condition draconienne, il est libre de bien vouloir sortir tout de suite. Personne n'est obligé d'être ici, car même si vous êtes encore jeunes, vous êtes déjà des hommes. C'est normalement votre père qui devrait vous transmettre ce message mais à cause de sa mort subite, je suis obligé de le faire. L'information que je vous transmets, m'a été aussi transmise, tout comme elle avait été transmise à votre père. Vous ne pouvez la révéler qu'à votre fils, de préférence celui qui vous succédera.

- Et si nous n'avons que des filles? intervint Tanke.

Ta Tamajung passa quelques moments sans parler. Il se gratta la tête. Peut-être qu'il n'avait jamais pensé à cette possibilité et il se devait de donner une bonne réponse.

- Vous savez, dans une famille où il n'y a que des femmes, il doit y en avoir une qui se comporte comme un homme et, le plus souvent, c'est celle-là qui succède au père après sa mort. Je pense que dans ce cas-là, vous pouvez lui transmettre le secret, sinon le secret familial pourra disparaître un jour, ce que nous ne voulons pas du tout.

- Dans cette situation inattendue, faut-il faire des offrandes aux aïeux et si oui, lesquelles? demanda Forsuh. En tant que père de la famille, il se devait maintenant de tout connaître afin d'éclairer les autres membres.

- Vous savez, si vous êtes honnêtes en vos rapports avec les aïeux, tout se passera bien. Du moins, c'est l'expérience que j'ai vécue. Si vous faites des offrandes à contrecœur, ils vont le savoir et l'objectif visé ne sera pas réalisé. Il y a certaines personnes qui n'ont rien du tout; mais, animées par l'esprit de bonté et de gratitude envers leurs aïeux, elles finissent par avoir leurs bénédictions.

- Nous allons faire de notre mieux afin de sauvegarder la tradition de la famille, dit Forsuh. Nous allons garder le secret.

- Quand entends-tu rentrer à Ndobo, demanda Ta Tamajung à Tanke.

- Quand on aura tout terminé ici, répondit-il.

- Pouvons-nous commencer? demanda l'oncle en regardant tour à tour ses deux neveux.

- Je pense que oui, répondit Forsuh en jetant un coup d'œil sur son frère.

- Et toi? fit-il à Tanke.

- Si celui qui représente désormais notre père dit oui, je suis de son côté, dit-il en jetant un coup d'œil sur son frère.

près ma formation à l'étranger, je revins au pays. Je décidai d'enquêter sur ce terrible secret de ma famille. C'est mon cousin, Jean-Pierre, qui avait volé la vedette à mon père en me le racontant pour la toute première fois. Mais j'avais aussi appris d'autres versions par la bouche de mon arrière-grand-tante et son fils, homme d'affaires à Touri. Je commençai à mener des enquêtes et cela me permit de reconstituer une grande partie de l'histoire. Les dates ne s'accordent pas dans toutes les versions qu'on m'avait racontées et que j'avais lues. Cependant, après des recherches et des réflexions, je tends à conclure que cet évènement, que nous reprenons intégralement dans ce récit, se situe autour de l'année 1890. Les documents de l'époque coloniale que j'ai consultés sont très fragmentaires et moins unanimes; mais, ils corroborent la plupart des détails que les membres de ma famille m'ont dits.

Durant la période que l'évènement en question eut lieu, les Français s'étaient déjà implantés en Jangaland, surtout dans la région côtière. Au départ, ils étaient des simples commerçants, activités qu'ils menaient pendant plus d'un demi-siècle. Ils ont par la suite assumé le rôle des colonisateurs en étendant leurs activités dans le pays entier. Peu avant l'année 1890, ils hissaient leur drapeau, faisant désormais de ce pays leur colonie. La décision de transformer ce territoire en colonie avait été arrêtée avec le concours des Anglais qui contrôlait Mayuka, le pays voisin à l'ouest.

Dans le but de rendre l'administration de leur territoire facile, les autorités françaises en firent trois grands départements principaux avec des arrondissements. Il y avait le département de Magwa dans l'arrière-pays à l'ouest, celui de l'Équateur au sud et finalement le Sahara dans la partie septentrionale. Cette répartition avait été dictée en grande partie par les similitudes culturelles des habitants de chaque département. Au départ, chaque département avait été gouverné par un administrateur avec des comptes à rendre au gouverneur qui coiffait l'administration du territoire.

L'administrateur de chaque département fut nommé en fonction de la particularité et de la mentalité de ses habitants. A un département où les habitants étaient opiniâtres et rebelles, on y assignait un homme aux allures militaires, un tyran en puissance. Là où ses fils et filles étaient dociles et calmes, on avait tendance à y affecter un ancien prêtre ou un séminariste.

L'appareil militaro-administratif étant en place, les colonisateurs hissaient leur drapeau Tricolore –bleu, blanc, rouge - partout. L'administration coloniale passa à l'action dans sa tentative de ramener l'ordre dans le pays. Ils s'engageaient sans cesse à anéantir toute résistance tout en cherchant à bien asseoir l'autorité de l'Etat français. Deux rois locaux furent pendus parce qu'ils ont résistés et trois autres étaient détrônés et exilés. La pendaison et l'exil étaient des rituels introduits par ces puissances occidentales chrétiennes dans le but de «civiliser» les natifs. L'hypocrisie était de taille! Néanmoins, ces tentatives qu'elles qualifient jusqu'à nos jours de «pacification,» n'avaient pas réussi à écraser toutes formes de résistance. Tout dans le territoire semblait être stable en surface, du moins pour permettre aux colonisateurs d'exécuter leurs tâches d'exploitation. Toutefois, des îlots d'opposition contre leur occupation, sournoisement, mijotaient toujours dans les grands départements de Magwa et de Sahara. A Magwa, certains rois locaux s'entêtaient toujours dans la rébellion et ils s'avéraient irréductibles. Les autorités du Ministère des Colonies décidèrent alors d'envoyer un jeune lieutenant appelé Jean Levin comme commandant et administrateur de la zone en fomentation afin de les mâter.

Parlons un peu de ce Jean Levin car il avait une réputation nauséabonde. Avant d'intégrer l'armée coloniale, «Le Vin», comme on l'appelait, avait effectué des études en anthropologie africaine à l'Université de Strasbourg. Il se spécialisa en cultures tribales et indigènes. Sa thèse de doctorat - sur les cultures de la Jangaland - avait retenu l'attention du Professeur Messmer, disciple du Comte de Gobineau. Professeur Messmer était son directeur de thèse.

Intelligent et ambitieux, mais surtout aventurier et tenace, Jean Levin disposait de la plupart des atouts recherchés chez ceux qui voulaient servir la patrie dans les colonies. A cette époque, tous ceux qui étaient recrutés dans l'armée coloniale se singularisaient par leur conformité aux principes de racisme primaire, préfabriqués dans les laboratoires de l'extrême droite européens qui prêchait la suprématie de la race blanche. Levin vivait dans un monde à part, n'étant pas, il faut le dire, de la même école de pensée. Il faisait la part de choses entre la propagande et ce qui ne l'était pas. Il savait que les colonisateurs recouraient à la ruse et à la propagande pour faire des colonisés partie prenante de la tâche de conquête et d'exploitation. Mais, l'avis de Jean Levin était simple. Il trouvait cela stupide de confondre la propagande coloniale avec ce qui existait en réalité. Si ceux qui étaient aux affaires au Ministère des Colonies comprenaient la disposition mentale de cet intellectuel, ils ne l'auraient peut-être pas appelé sous le drapeau. En l'écartant, ils auraient dû ainsi se passer de l'un des cerveaux les plus efficaces de l'entreprise coloniale.

Après avoir bourré son crâne des récits des exploits de certains jeunes commerçants, voyageurs et soldats qui revenaient des tropiques, tout excité, le jeune lieutenant s'était vite formulé une demande de se faire affecter à l'une des colonies. Ses énormes ressources intellectuelles pertinentes, sans compter des personnes haut placées qu'il connaissait, le prédisposaient même au poste de gouverneur. Mais une telle nomination, surtout d'un jeune homme n'ayant aucune expérience à un poste aussi élevé et prestigieux, serait-elle juste? Surtout si cela se faisait au détriment des vieux routiers de l'entreprise coloniale, eux qui jouissaient d'ancienneté. Une telle démarche aurait déclenché un remue-ménage chez les gérontocrates coloniaux, piliers de cette entreprise. L'entreprise coloniale était trop compliquée pour laisser place aux mécontentements et aux frondes. L'œil tourné vers l'avenir, les dirigeants au Ministère des Colonies affectèrent Jean Levin en Jangaland plutôt comme administrateur générale de Magwa, la région rebelle. Les dirigeants pourraient revoir son dossier un autre jour.

Les contemporains de Levin considéraient les indigènes comme des bêtes de somme. Pour ceux-là, le Nègre était nègre, un point deux traits. Levin n'était pas de cet avis. Il croyait que les natifs étaient comme tout le monde. S'ils ne respectaient pas les lois coloniales et s'ils se révoltaient contre l'occupation, le comportement avait un but précis. Ces actes provenaient d'une réflexion profonde qu'ils avaient formulée de la colonisation. En les traitant d'enfants, les autorités coloniales se privaient du droit de les poursuivre en justice face à leurs activités subversives. Jean Levin conclut que les tendances rebelles des rois Magwa avaient un objectif. Pour Levin il n'incombait pas au colonisateur de comprendre ces motifs. Il suffisait seulement d'adopter des mesures impitoyables pour faire respecter les lois et règlements français en vigueur dans le territoire.

Levin était toujours souriant. Chose rare, il se mêlait avec la population locale. Il buvait parfois dans leurs cabarets où il avait appris à bien danser le *magambeu*, une distraction très populaire. Voir ses petites fesses de « Paris », pour emprunter cette expression des indigènes, qui se balançaient à gauche et à droite était un délice des femmes locales qui les caressaient et criaient : « Vive les Fesses de la République française! »

Ses frasques sexuelles avec les femmes indigènes étaient toujours salaces, les unes après les autres, et ceci dans cette ère pourtant truffée de scandales. Pour combler ses « dérives », il avait ses amis noirs envers qui il osait ouvertement manifester une très grande chaleur et générosité.

Mais en dépit de ces agencements amicaux, il avait une mission à accomplir, une mission dont les enjeux dépassaient toutes ses aventures charnelles et broussardes. C'était surtout cela qui sous-tendait toutes ses actions et le rendait dur comme le fer lorsqu'il s'agissait de défendre les intérêts de sa patrie.

Tous les rois étaient au courant de ce côté peu convenable de l'administrateur. Dès son arrivée à son nouveau poste, il décida de suivre cette ligne dure afin de faire respecter son autorité. Il décida tout simplement d'éliminer physiquement les rois qui n'obéissaient pas aux lois coloniales.

Mais il y avait un roi qui tenait tête à Levin. Banté, roi de Magwa. Colosse, mystique, jeune, plein de fougue et combatif, ce dernier n'était pas un être comme les autres, du moins pas aux yeux de ses sujets. Déjà il mesurait près de deux mètres! Un peu naïf, mais courageux et opiniâtre, Banté venait d'être intronisé roi de Magwa aux dépens de son demi-frère. Banté se devait, dans un premier temps, de prouver qu'il méritait le respect et l'admiration de ses sujets. Le roi Banté vivait comme un aigle; invisible mais présent; et très coriace, comme un caïman.

Le premier acte de Banté était d'attiser la révolte contre la colonisation, surtout contre la taxe de capitation. Les indigènes s'amusaient à dire qu'ils devaient payer une taxe juste parce qu'ils avaient une tête! Cette taxe était si onéreuse que certains vendaient leurs enfants afin de s'en acquitter. Dans cette région, où la grande famille constitue la norme et dispose souvent de nombreux membres, l'impact de ces impôts se faisait ressentir partout. Banté, homme rusé et sournois, se servait de ce mécontentement intense comme moyen de soulever le peuple. Et la majorité de natifs suivaient le roi. Pour mener à bien ses activités subversives, Banté travaillait en étroite collaboration avec ses deux chefs de quartier, à savoir Takwi Tabifor et Talla Tibon. Et les résultats ne se faisaient pas attendre. Tandis qu'il demeurait dans l'ombre, la population se levait contre les colons.

En face, Levin savait qu'il ne pouvait jamais réussir sa mission sans avoir des « indics » parmi ceux qui sympathisaient avec les autorités coloniales. Dès son arrivée, il fit la connaissance d'un monsieur issu d'une illustre famille. Tantoh, ancien patriarche de cette famille, était un fervent croyant de la culture en générale et celle de l'occident en particulier. Dès l'aube de la présence française, le dit Tantoh avait encouragé les siens à suivre la formation occidentale et à adopter le Christianisme comme religion. Avant de mourir, son fils aîné, Nforkibari, avait bien suivi ses conseils. Non seulement Nforkibari s'était inscrit dans une école de Blancs, il en était sorti quelques années plus tard major de sa promotion. Homme d'aptitude et de vision exceptionnelles, Nforkibari s'était illustré par sa capacité de bien s'exprimer en français et aussi par sa volonté de travailler en étroite collaboration avec les autorités coloniales. Cette ouverture d'esprit, que d'aucuns qualifieraient de collaboration avec les colons et d'autres de clairvoyance, lui valut un poste avec le titre ronflant de: *Chef des Indigènes locaux auprès des Autorités françaises.* Puisque les indigènes n'arrivaient pas à retenir ni à prononcer un titre aussi long, ils l'appelaient simplement Mika, qui se traduit dans ce contexte par « Le blanc. » Venant de Levin, cette nomination n'était pas à prendre à la légère. Bien qu'il soit disposé à assister l'administration coloniale, Mika ne s'était jamais éloigné de son peuple, d'où son rôle ambigu et, souvent, controversé.

Banté pouvait bien cacher ses activités séditieuses des autorités françaises, mais pas de Mika qui disposait d'un bon réseau de dénonciateurs. Il était au courant de tout ce qui se machinait, mais il n'avait jamais dénoncé son « frère-roi. » Mais il y avait des ambitieux parmi ses « indics » qui voulaient la place de Mika et dont les salamalecs auprès des autorités coloniales étaient un secret de Polichinelle. Le plus dangereux de cette bande était un vieux criminel et violeur appelé Menang, dont le nom correspondait bien avec ses activités car dans la langue locale, il signifiait «l'Intrigant.»

Irrémédiablement, c'était par l'entremise de Menang que les autorités coloniales s'étaient informées des activités de Banté. Le fourbe de Menang avait même accusé Mika d'être de collusion avec le roi.

- Est-ce que tu connais des individus derrière cette fronde anti-impôts, avait un jour demandé Levin à Mika dans son bureau. Sans l'argent de cet impôt, nous ne pouvons pas gérer ce pays.

- Monsieur Levin, je comprends bien la situation et je fais de mon mieux pour traquer ceux qui en sont responsables. Ayez confiance en moi; il nous faudra un peu de temps, car avec la précipitation nous risquons de tout gâcher.

Face aux conseils de Mika, les autorités se restreignirent d'agir, d'autant plus que chaque fois qu'on lui confiait un problème à résoudre, il en était toujours à la hauteur. Bien qu'il cherche à détrôner son patron, par tous les moyens, Menang ne faisait pas le poids aux yeux des colons. Pour eux, Menang n'était qu'un parvenu, voire un opportuniste. Malgré leur scepticisme envers « l'Intrigant », les autorités durent accorder du crédit à ses déclarations et mirent discrètement les gens aux trousses de

Mika et Banté. Et le colon attendait le bon moment pour prendre les deux, surtout le roi, la main dans le sac.

L'occasion s'était présentée le jour où un villageois avait fait la cour à la jeune femme du roi. Au lieu de porter plainte à l'administration afin qu'il soit traduit devant la cour coloniale, le roi Banté se fit justicier. Il envoya une bande de ses sbires punir l'impertinent. L'incident se solda par mort de cet homme. La chose allait de mal en pis quand la sœur du défunt haussa le ton. Elle décida d'aller jusqu'au bout et jura de révéler les assassins de son frère. La crise déclenchée par cette affaire prenait de l'envergure puisque, contrairement à la tradition qui voulait que les femmes restent la bouche fermée, cette dame ne voulait rien entendre. Elle accusait carrément le roi dans certaines de ses déclarations, fournissant ainsi à l'administration coloniale l'opportunité tant recherchée de punir Banté.

Si Mika tolérait les caprices de Banté, c'était aussi parce qu'il avait les mains liées car il faisait la cour à la sœur de ce dernier. La femme qui répondait à l'appellation mielleuse de Makefor était très jeune et très belle. Elle avait les fesses qui se balançaient ici et là et qui faisaient trembler tous les hommes de Magwa. Lorsque l'affaire du meurtre commençait à chauffer, Makefor prit peur. Elle entama une campagne auprès de son amant dans le but d'empêcher son frère de finir sous les griffes de la loi et d'être, par conséquent, pendu. Une bien difficile mission. Agissant toujours dans la plus grande discrétion, Mika et ses adeptes essayaient d'étouffer l'affaire. Mais elle continuait à gagner de l'ampleur. Banté demanda à Mika de recourir à ses ruses les plus astucieuses afin de le tirer d'affaire. A cet effet, il lui offrit aussi bien de l'argent que sa sœur avec laquelle Mika assouvit pleinement sa libido.

Être rusé était l'une des qualités de Mika. Pour cela il avait un palmarès riche et bien connu.

- Ne t'en fais pas, dit-il à Banté après avoir perçu son petit pactole. Il faut seulement suivre mes consignes.

- Bien sûr! répondit-il. Je n'ai pas de choix, surtout que les Français sont à mes trousses et risquent de m'avoir. Levin a juré d'en finir avec moi une bonne fois pour toutes.

- Dis donc, les Blancs ne te connaissent pas en personne. Ton poste de roi est nouveau et ton siège est loin de la capitale du département. En plus, toi, tu te fais très rare en déléguant constamment des gens te représenter aux réunions. Donc, voici ce que nous allons faire. Cherche un de tes valets, habille-le en roi. Envoie-le te représenter le jour du jugement. Dans le tribunal, ce jour-là, tout le monde sera blanc sauf moi. En d'autres termes, il n'y aura que moi qui pourrais confirmer l'identité de celui qui te représente. Pour les autorités coloniales, les Noirs se ressemblent tous et elles n'arrivent souvent pas à établir la différence entre les gens de même taille, teint et sexe, surtout lorsqu'ils ne leur sont pas familiers.

- Mais, sont-ils aussi bêtes, ces gens? demanda Banté, encore soucieux de la valeur du complot proposé. S'ils découvrent cette ruse, ta tête va partir.

- C'est exact! s'exclama Mika. C'est pour cela que je m'y fie. Je partagerai mon pactole avec les gens que j'enverrai chercher le 'roi' le jour du jugement.

- Et si les autorités appellent la femme de venir confirmer l'identité du tueur de son frère? demanda Banté.

- Premièrement, les gens que tu as envoyés l'ont tué, pas toi. Et ensuite, il y a mille femmes au village qui peuvent jouer ce rôle de confirmation. C'est moi qui amène la femme en question et je peux même présenter ta propre sœur et les colons ne sauront pas. Levin peut bel et bien danser le *magambeu* et coucher avec les femmes indigènes, mais comme il prend ces femmes par douzaine, il n'a jamais le temps de les dévisager. L'homme est bon viveur et un coureur de jupons, c'est tout!

- Sur ce point-là, je suis maintenant d'accord, déclara le roi en secouant très lentement la tête comme s'il n'était pas convaincu. Passons maintenant à une autre chose.

- Quoi?

- Que dirai-je afin de convaincre mon valet de me représenter, surtout comme il s'agit de le faire comparaître devant le tribunal? Tu sais que nous autres indigènes nous avons peur de nous présenter devant un juge ou un administrateur blanc. Ces juges et administrateurs ont l'igname et le couteau et ils peuvent trancher comme ils veulent. Ils ne peuvent jamais rendre un jugement juste, surtout lorsqu'il s'agit d'un individu comme moi qui lutte contre eux. Ce qu'ils font c'est une farce pour valoriser le système colonial. Mais, c'est normal puisque même les démons veulent toujours se faire apprécier et aimer. Les Noirs ont tous peur de comparaître devant ces soi-disant juges à cause de cette hypocrisie.

- Faisons un peu marche arrière! protesta Mika avant de soulever une question très importante. Me demandes-tu ce que tu dois faire pour convaincre l'un de tes valets de te représenter?

- Oui, est-ce qu'il y a un problème avec cela?

- Écoute-moi! s'écria Mika. Es-tu roi ou non? Ne deviens pas aussi scandaleux, toi! Ainsi, il s'insurgea contre le roi parce que ce dernier avait douté de sa capacité à trouver un représentant parmi ses sujets.

- Je le suis, répondit le roi à la question posée, apparemment plus par prépondérance que par conviction.

Banté avait beaucoup de choses en tête. Il était bien au courant que depuis l'arrivée des Blancs, tout ce qui était indigène était bafoué. Qui osait convoiter la femme d'un roi? Qui osait cocufier un roi? Les Blancs sont maintenant-là et tout est permis, tout passe. Non seulement les gens convoitent ces femmes, ils les baisent comme ils veulent et se foutent éperdument de leur mari cocu. Ces diables menacent même de trimballer le roi devant la cour de Blancs s'il venait à protester. Et que disent les lois des Blancs à propos de toutes ces dérives? Au lieu de reconnaître coupables ceux qui en sont responsables et de les punir comme il le faut, elles les protègent. Elles les encouragent, attisant ainsi l'appétit de certains villageois pour les épouses des rois. Le roi ne voulait plus continuer à y penser. C'était trop et cela pouvait le rendre fou.

- Alors, il faut poser un acte digne de ton statut de roi, lui déclara Mika avant de faire une proposition. Parmi tes valets, il doit y en avoir un qui aime les femmes et les bonnes choses. Il faudrait lui proposer deux belles femmes vierges. Je dis bien belles femmes, et pas de vieilles pondeuses ou des sorcières. Est-ce que tu me suis bien?

- Mais tu me prends pour un enfant, Mika!

- Pas du tout! s'exclama-t-il avant de continuer. Oui, les femmes avec les seins comme des melons et des fesses galopantes. En plus, tu feras une autre promesse de lui remettre un grand terrain arable et bien situé. Si tu suis bien ces conseils, tu parviendras facilement à convaincre quelqu'un de te représenter
-Dis-donc!
- Dans le bon vieux temps, il suffisait d'exposer le problème et les gens s'aligneraient afin de mourir pour toi mais les choses ont changé avec l'arrivée des Blancs.
- Bien, je ferai comme tu m'as demandé, dit le roi. Quoi encore?
- Tu sais que toutes les nouvelles qui nous arrivent de l'administration coloniale sont des rumeurs. Ceci explique pourquoi tu me demandes toujours de confirmer ou de démentir certaines choses. Si toi, le roi ne connais pas ces détails, qu'en est-il alors d'un villageois ordinaire? Les villageois entendent des choses, mais ils ne connaissent pas les détails. Donc ne t'en fais pas, car tout se passera bien pourvu que tu fasses comme on te demande. Au cas où les autorités ne sont pas sûres de quelque chose, c'est à moi qu'elles s'adresseront pour des clarifications et je t'aviserais.

Ce n'était pas difficile de trouver un homme qui pouvait bien jouer le rôle de sosie. D'abord, qui parmi les villageois ne voudrait pas être l'ami du roi ! Qui n'aimait pas avoir de belles femmes jeunes et vierges ! Et qui n'aurait pas apprécié un terrain fertile pour une plantation! L'appât était trop intéressant pour ne pas faire lécher les babines. Et il y avait toujours les plus avares parmi les avares. Le complot était donc bien conçu. Mais il y avait un problème, un très grand problème. Si Menang en était au courant, il risquait de tout saboter. Ses ambitions démesurées le rendaient si aveugle que l'Intrigant se comparait déjà à son recruteur. Sans mesurer les conséquences, son sens d'orgueil le poussa à aller faire la cour à Makefor, ce qu'elle ne tarda pas à dévoiler à Mika.

Mika prenait mal la chose. C'était un affront à sa personne ; il se sentait violer. Cette opportunité qu'on venait de lui donner était précisément ce dont Mika avait besoin car il voulait en finir une bonne fois pour toutes avec Menang.

Mika décida de saisir le ballon au bond.

- Écoute, dit-il à Makefor, Menang risque de trahir ton frère devant les autorités et on doit faire quelque chose pour détruire son plan.

- Quoi!

- Ah oui, il risque de trahir ton frère devant les autorités.

- Alors, qu'entends-tu par « quelque chose »? lui demanda-t-elle. Je ne te comprends pas.

- Qu'est-ce que tu ne comprends pas? Si tu veux que je m'explique, je vais le faire. Comme tu le sais déjà, pour répondre à tes supplications d'intervenir à l'égard de ton frère, je suis en train de tout faire pour qu'il n'apparaisse pas devant Levin, car s'il le fait, il sera pendu. Mais, mes efforts risquent de n'aboutir à rien à cause de ce salaud de Menang. C'est à toi maintenant de trancher l'affaire en choisissant entre lui et ton frère.

- Que veux-tu qu'on fasse alors, car le choix est évident?

- Ne me pose pas de questions bêtes! répondit Mika. Veux-tu vraiment que je réponde à cette question?

- Ce n'est pas ça! protesta-t-elle, voyant qu'il n'était pas content. Il suffit d'ébaucher le plan et je vais l'exécuter.

- Tu as bien parlé et c'est très facile ce plan. Nous savons déjà qu'il s'amourache de toi. Tu te promèneras devant sa porte et quand tu sauras qu'il te regarde, tu bougeras les fesses. Voilà un appât qui ne rate jamais! Tu sais, c'est par la bouche qu'on attrape une souris.

- Et s'il s'approche de moi, que ferai-je? marmonna-t-elle, le visage illuminé par un petit sourire machiavélique. Si je pose ces questions, c'est parce que tu es sage et je veux que les préparatifs soient bien en ordre avant que j'aille tendre le piège à l'Intrigant. Oui, le coup fatal parce qu'il ne peut pas me priver de mon frère. Jamais! Il faut que tout marche comme un charme et que les démarches soient si naturelles qu'il ne soupçonne rien.

- Bien, je comprends maintenant. S'il s'approche de toi passe rapidement à l'action, car nous n'avons pas de temps à perdre. Tu lui demandes de l'argent pour préparer à manger et s'il t'en donne, tu l'invites à dîner avec toi le soir.

- Pourquoi dois-je lui demander de l'argent?

- Il sera moins vigilant parce qu'en le faisant tu le mets en position de force. Tu ne peux imaginer comment nous les hommes, on aime ça. C'est un détail psychologique qui risque de t'échapper. Mais, aies confiance en moi en faisant comme je te demande.

- Et s'il refuse de me donner de l'argent?

- Il ne peut pas. Il fera tout pour coucher avec toi, fût-ce uniquement pour me blesser. Tant qu'il n'a pas enfoncé mon nez dans la boue, il ne sera jamais satisfait; et pour cela, il fera tous les sacrifices. Cela est notre plus grand atout et il faut qu'on en profite. Il faut le faire marcher.

- Et puis quoi encore?

- Je te préparerai un petit paquet, un beau petit paquet, que tu lui donneras quand il ne prêtera pas attention au cours de votre repas.

- Je mettrai beaucoup de piment dans son repas et je garderai de l'eau hors de sa portée et quand il en aura besoin de calmer le piment, je lui dirai d'aller la chercher lui-même, proposa Makefor qui semblait être bien à l'aise avec le complot. Dès qu'il tourne le dos, le coup est parti et *akwoh*!, conclut-elle avec un grand sourire et la gesticulation, et l'exclamation Magwa qui signifie « la mort ».

- Mais tu n'es pas aussi naïve que je le croyais, dit Mika en émettant un grand sourire. Et puis il s'arrêta et réfléchit un moment. Aujourd'hui sa peau et demain la mienne, n'est-ce pas!

La petite fille qu'il avait déflorée était maintenant très dangereuse, mais il n'avait pas prêté beaucoup attention à cela. Quelle erreur monumentale!

- Pas toi, chéri, répondit-elle. Menang veut faire du mal à mon frère et je ne peux pas le laisser. En plus, si je te tue où est-ce que je trouverai un autre petit Mika comme toi!

Le coup était minutieusement préparé et une semaine avant l'apparition du roi devant l'administration coloniale, Menang mourut.

Mais le plan pouvait toujours échouer. Deux jours avant la comparution du roi devant le tribunal, Mika alla voir Banté et son sosie pour raffiner les détails du complot. Il trouva le roi avec Njekwo, celui qui avait accepté de le représenter. C'était sa première rencontre avec le sosie. Le choix de ce candidat était idéal. En tout, il lui ressemblait. Mais il y avait plus. Issu d'une famille de valets royaux, l'appétit de Njekwo pour de belles femmes avait été bien attisé dès qu'il avait intégré la cour royale. Il montait de petits coups sexuels un peu partout et il était déjà bien connu par beaucoup de femmes pour ces activités. Envoyé par le roi intervenir entre deux rivaux qui se disputaient une belle femme, il finissait toujours en se l'appropriant comme la meilleure forme de justice.

- Écoute, déclara-t-il au valet, n'aies pas peur même si les Blancs te rendent coupable. S'ils le font, le temps que tu passeras dans leur petite prison ne sera pas plus de trois mois. Cela n'est rien. Imagine plutôt ce que tu gagneras une fois de retour : les deux vierges qui te donneront le miel de hanche tous les soirs et ton terrain qui te nourrira à jamais. Songe plutôt à ce qui va se passer la première nuit de ton retour, les caresses nocturnes et les jouissances, surtout après trois mois de famine sexuelle! Ce qu'on te propose c'est vraiment une manne qui tombe du ciel et je suis content que tu en profites. Les Blancs te poseront des questions simples et tu dois simplement répondre par 'oui, monsieur l'administrateur.' Répète cela pour que je l'entende!

- Oui, monsieur l'administrateur!

- Encore fort!

- Oui, monsieur l'administrateur! cria le misérable valet à tue-tête.

- Tu es valeureux! complimenta Mika en caressant son épaule avant de continuer. Comme j'y serai, je t'aiderai, surtout que tu comprends à peine la langue française. Il faut me regarder au cas où tu n'es pas certain de comment répondre. Si je ferme les yeux, ça veut dire 'non' et si je les garde ouverts, c'est 'oui'. Donc, comme toutes les réponses seront dans l'affirmatif, mes yeux seront toujours ouverts. Il ne faut pas t'embrouiller!

- Non, je ne peux pas m'embrouiller et gâcher mes chances d'avoir mes deux femmes vierges et mon terrain, répondit Njekwo, ses yeux aussi grands ouverts de convoitise et d'anticipation.

- Voilà, tu es sage! cria Mika. Tu te déguiseras en roi lui-même lorsqu'il est en tenue de voyage, accompagné de plus belles de ses femmes, de ses valets et même d'un orchestre dans le but d'agrémenter la marche. Le voyage se fera pendant la nuit pour éviter d'éveiller les soupçons de la population. Saches qu'en fin de compte, c'est moi qui tranche, qui dis aux Blancs ce qu'ils doivent faire et je leur dirai que dans l'affaire tu n'es pas coupable. S'ils ne te lâchent pas purement et simplement, ils vont réduire ta peine considérablement. On aurait pu envoyer le roi lui-même mais comment peut-on l'humilier devant les étrangers, lui qui fait tout pour nous.

- Non, nous ne pouvons pas laisser aller notre roi, dit Njekwo avec véhémence. Cela souillerait notre réputation. Je vais prendre sa place, d'autant plus que trois mois en prison n'est pas grave.

- Parfait!

Après le départ du valet, Mika fit une proposition au roi. Le complot était bon, mais reste à savoir s'il serait bien exécuté. Il demanda au roi de se déguiser en paysan et d'aller résider au village de Menda, dans la zone britannique.

- C'est ce que moi aussi je pensais, dit le roi à Mika. Les gens de ce village vont m'accueillir, car ils sont nos frères que la ligne coloniale avait condamné à vivre de l'autre côté.

- Je sais et c'est pour cela que je vous envoie là-bas. Les habitants vont bien t'accueillir et ils vont te cacher.

Le roi était ainsi parti en exil volontaire à l'insu de la population. Pour sa part, entouré de femmes et de plusieurs valets et accompagné par un orchestre, Njekwo arriva en grande pompe au siège administratif des colons vers six heures du matin. Il fut écarté de son entourage sur-le-champ. Il était trimballé et séquestré comme un criminel dans un cachot où il attendait l'heure de sa comparution devant l'administrateur. Le moment venu, il était entraîné vers le tribunal où la seule face noire n'était autre que celle de Mika. A toutes les questions qu'on lui posait, comme le lui avait conseillé ce dernier, il répondit par l'affirmatif, y compris si c'était lui à l'origine de la mort de l'amant de sa jeune épouse. Sur ces entrefaites, il était reconnu coupable, et c'était bel et bien Mika qui lui annonça la triste nouvelle de sa condamnation à mort.

Le pauvre Njekwo ne croyait pas ce qu'il entendait. Il se jeta par terre en pleurant à chaudes larmes. Il proclamait son innocence à haute voix. Mais c'était déjà trop tard. On traîna de force l'homme prostré. On l'enferma dans une cellule en attendant la date de sa pendaison.

Mais, avant de mourir, il aurait maudit la famille de Banté et Mika en disant ceci : Vous préparerez, mais vous ne participerez jamais au festin et il arrivera le jour où vous-mêmes ou vos enfants subiront le même sort que j'affronte aujourd'hui! C'est moi qui le déclare à cause de ce coup de poignard que vous m'avez donné au dos.

La mort de «Banté» n'avait pas étouffé l'affaire. Les connaissances de Levin sur la culture locale lui permirent de dépister quelque chose de louche. Les lamentations et hurlements de Njekwo juste avant d'être pendu n'étaient pas dignes d'un roi, surtout de cette région, dont le comportement en pareille circonstance consistait généralement à affronter la mort la tête haute et avec un stoïcisme immaculé. Pourquoi avait-il donc protesté? En encourageant la rébellion, ne savait-il pas le sort qui l'attendait au cas où il se ferait prendre par les autorités? En se basant sur les cas antérieurs des rois rebelles qui avaient été condamnés à mort et qui avaient subi leur triste sort en chantant, il arriva à la conclusion qu'il y avait quelque chose d'anormal. Mais quoi au juste? Pour aller jusqu'au fond de cette affaire, l'administrateur décida de mener ses propres enquêtes. Son cœur lui disait d'utiliser la force afin d'obtenir la vérité, ce qui encourait le risque d'engendrer d'autres problèmes. Mais c'est sa tête qui eut finalement raison. Il se résolut de brandir l'arme qui en tout temps et en toute civilisation a fait ses preuves. Il s'agit de la corruption.

A Nde', le village natal de Njekwo, vivait un polygame notoire, un homme qui avait seize épouses et quarante-neuf enfants. A cause de sa grande famille, ce monsieur éprouvait beaucoup de difficultés à s'acquitter de ses impôts de capitation. C'était tout à fait naturel qu'il soit au courant des activités de Banté; même s'il ne l'admettait pas. Levin l'invita dans son bureau et promit d'enrayer toutes ses dettes s'il parvenait à obtenir la vérité sur ce qui s'était passé.

L'homme ne se fit pas prier et passa immédiatement à l'action. Il prit contact avec certains villageois, parents et amis proches de Njekwo et du rival assassiné par les sbires du roi. Toujours animés par le désir de se venger, ils n'hésitèrent pas à impliquer Mika et Makefor dans tous les drames qui s'étaient produits dans leur village. Immédiatement, l'administrateur envoya chercher Makefor, la sœur du roi.

Elle arriva dans le bureau de Levin, à l'insu de Mika. N'ayant en tête que l'idée de se voir pendue, Makefor commença à trembler comme une feuille. Dès qu'il la vit, Levin se sentait progressivement drainer de son autorité administrative par la beauté envoûtante de cette femme. Au lieu d'aborder le sujet de son invitation, Levin l'«interrogeait» à huis clos dans son bureau pendant toute la journée ; une « interrogation » qui continuait la nuit dans son lit après qu'il ait vidé avec elle des bouteilles de bon vin de France. Grâce à ces « interrogations, » Makefor chantait comme un rossignol lorsqu'on lui posait des questions sur la mort du rival de son frère. Dans toutes ses chansons apparaissaient le nom et le rôle de Mika dans la tuerie et le chantage. Les autorités menèrent des enquêtes beaucoup plus minutieuses qui finirent par confirmer les déclarations de Makefor. Un innocent avait été exécuté; mais c'était déjà trop tard même si les autorités avaient l'intention de faire quelque chose. Voyant la situation dans laquelle il s'était embourbé, Mika décida plutôt de se suicider au lieu de se rendre aux autorités.

Mais ce que les gens ne doivent pas oublier, c'est que cet acte d'injustice qui mena à l'exécution d'un innocent n'était qu'un parmi tant d'autres qui émaillèrent toute la période coloniale.

A Menda, où il était désormais condamné à vivre en exil perpétuel, après avoir appris ce qui s'était passé, Banté se mêla dans la population locale. Il se fit appeler Nikari, un nom populaire dans son village adoptif. Il devint forgeron et il épousa une princesse du nom de Ndobisiri. Elle donna naissance à des enfants, dont Tamajung et Asanbe. Le roi ne révèle jamais son véritable origine ni pourquoi il avait quitté son village natal. Peu importe, puisque les gens de cette époque s'intéressaient peu aux origines des étrangers, ce qui fit l'affaire de Banté. Mais, avait-il vraiment échappé à la justice des Blancs!

Et le pauvre Njekwo et sa malédiction? Nous avons vu la fin de Mika. Avant sa mort, Banté n'avait rien goûté de bon de ses enfants. En tant que jeune homme, Asanbe avait passé la fleur de sa vie à vagabonder et au moment où il voulait prendre sa vie au sérieux, son père mourut. Et voilà qu'il s'éteignit lui aussi avant que ses enfants ne soient devenus de véritables hommes de succès. Est-ce qu'un acte d'injustice pouvait être assez fort pour hanter une famille à travers des décennies, voire des siècles?

À toutes ces questions, nos jeunes forgerons n'avaient pas de réponses. Ils avaient simplement hérité d'un terrible secret familial qu'ils voulaient eux-aussi garder.

Lorsque leur oncle termina le récit, ils ne savaient toujours quoi faire.

- Face à une affaire aussi terrible pourquoi n'aviez-vous pas cherché à faire quelque chose? lui demanda Tanke quand son oncle avait terminé son récit.

- Ton père et moi ne tombions d'accord en rien, lui répondit Ta Tamajung. Tout jeune, il avait passé beaucoup de temps en parcourant notre région et s'était croisé avec toutes sortes de guérisseurs et de médiums, mais il n'avait jamais tenté de faire quelque chose pour remédier à cette situation. Son problème, vous le savez déjà : un coureur des jupons. Les résultats? Vous commencez à les découvrir à Ndobo.

- En tant que son grand frère qu'aviez-vous fait? lui demanda Forsuh. Comme son père n'était pas là pour se défendre, ils voulaient dégager la responsabilité de leur oncle dans cette affaire.

- Pour vous dire la vérité, je n'avais pas autant d'argent que votre père.

- Toutefois, regardons à l'avenir sans oublier le passé. Nous nous devons de trouver une solution à ce problème, si non nos enfants en subiront les conséquences, dit Forsuh.

- C'est l'esprit qu'il faut adopter, consentit Ta Tamajung.

- Mais comment peut-on chercher la solution à un problème qu'on occulte?

- Je suis vieux et c'est votre défi maintenant, répondit son oncle.

- Est-ce que vous maintenez des contacts avec nos parents en Jangaland? demanda Tanke. Où est notre arrière-grand-tante Makefor? continua-t-il alors que son oncle n'avait pas encore répondu à la première question.

- Oui, les nouvelles de Magwa nous parviennent de temps en temps et votre grande tante vit encore là-bas. D'après certaines mauvaises langues, elle mène une vie pittoresque.

- Et pourquoi n'était-elle pas intervenue au compte de son frère quand elle se faisait gratter le dos par Levin?

- Mais il n'y a rien qui prouve que les Français avaient traversé la frontière de Mayuka à la recherche de son frère.

- Peut-être que je n'ai pas bien posé la question, dit Tanke en souriant. Je la reprends d'une autre façon. Pourquoi Banté n'était pas rentré à Magwa?

- Voilà une question bête, dit son oncle.

- Je ne pense pas.

- Makefor pouvait convaincre Levin de laisser tomber l'affaire de son frère, surtout qu'il était follement amoureux d'elle. Mais si le roi rentrait et Levin était appelé à d'autres fonctions, l'affaire risquait toujours de rebondir. Et n'oublions pas la malédiction de Njekwo! Serait-il chanceux pour la deuxième fois, surtout que, apparemment, la malédiction nous suit jusqu'à nos jours. Si nous nous sentons aujourd'hui si mal à l'aise, pourriez-vous imaginer comment il se sentait en ce temps-là?

- Je comprends maintenant, répondit Tanke avec résignation. Le roi n'avait-il pas une femme?

- Si, il venait de se marier. Pourquoi? Je prévois déjà ta question et je te donnerai une réponse. Quand il partait en exil, ce départ n'était pas destiné à être permanent. Banté croyait que Mika allait réussir à faire taire l'affaire, ce qui n'a pas été le cas. Tout s'était soldé par une catastrophe, comme tu as pu le constater. Notre grand-père était condamné à une vie d'exil pour toujours. C'est certain qu'il y a beaucoup de choses dans cette affaire que nous ne connaissons pas encore. Maintenant, c'est votre défi de lever le voile sur tout. Il y a ma grand-tante Makefor qui vit encore et qui constitue une source d'informations digne de foi.

- Nous allons faire de notre mieux.

C'était sur cette note que les trois s'étaient séparés. Avant de partir, Tanke se rappela le conseil que leur père leur avait donné à propos des choses qui brillaient trop, qui étaient très attirantes. C'est peut-être une façon de dévoiler le triste sort de Njekwo. Comme son père est déjà mort, notre forgeron ne saurait jamais.

8

Tanke rentra à Ndobo la tête complètement rasée, signe de deuil. L'enterrement s'était bien passé. La réunion tenue par son oncle avait couronné son séjour au village. En plus, il avait beaucoup appris sur sa famille. Dès le lendemain de ces évènements, il avait pris la première voiture à destination de Ndobo et y était arrivé avant quatorze heures. Il n'avait pas plu pendant plus de trois jours et le véhicule était en très bon état. Il roulait à toute allure.

Fo Toloh Fosiki et son neveu, Biyenyi, étaient venus à sa rencontre à la gare routière. Aussitôt descendu de la voiture, Tanke accompagna ses deux amis et, à trois, ils se retirèrent dans la même salle où les forgerons avaient été présentés pour la première fois au chef du quartier. Bien installés, tenant chacun une bouteille de bière, le forgeron leur fit un compte rendu de ce qui s'était passé à Menda.

- Si je te comprends bien, ton frère a succédé à ton père et il ne reviendra plus, s'enquit le chef du quartier après lui avoir réitéré ses condoléances.

- Oui, c'est lui qui assumera la lourde responsabilité de veiller sur la concession ancestrale et d'assurer que le patrimoine soit bien géré.

- Et quand auront-t-elles lieu les funérailles? demanda-t-il.

- L'année prochaine, pendant la saison sèche.

- La date est bien choisie. Cela donne aux gens assez de temps de se préparer et il n'y aura pas de pluie. Nous serons tous là, moi et les membres de ma famille. Ce serait aussi une occasion pour eux de visiter votre village et la ville de Ntarikon.

- Il me faut beaucoup d'argent car mon père avait plusieurs amis qui assisteront à ce grand évènement. Nous allons élargir la concession pour qu'elle puisse abriter la foule.

- Oui, il te faut beaucoup d'argent et cela nous amène à un sujet important : ton atelier. Si tu es fatigué, nous pouvons aborder ce sujet un peu plus tard, ce soir ou demain.

-Fo Fosiki, je ne suis pas fatigué et nous pouvons le faire dès maintenant. Plus on attend, plus le temps passe!

- C'est vrai, mais je peux rien t'imposer, surtout quand le moment n'est pas propice. Toi, tu viens d'enterrer ton père qui était aussi mon ami. Pour qu'on fasse quelque chose ensemble, il faut absolument que ça t'arrange.

- Je comprends Fo Fosiki ; et c'est pour cela que je t'assure que tout est bien et qu'on peut déjà commencer.

- Bien, voilà ce que je voulais entendre! dit Fo Toloh. Le roi t'attend impatiemment et c'est à toi maintenant de fixer une date.

- Quoi! cria Tanke. Tu as déjà pris contact avec le roi?

- Mais, je t'ai dit que le roi m'est très intime et il tient vraiment au développement de ce village. Dès que j'ai parlé de toi, il a bondi de son trône comme un chat. Il a même commencé à danser. Je ne l'avais jamais vu aussi heureux et c'était évident qu'il était prêt à te recevoir.

- Heureusement que j'ai vu un bon endroit, même si Biyenyi ne cesse de me décourager.

- Un bon endroit?

- Oui, répondit-il. C'est Biyenyi qui connaît bien le nom de l'endroit.

Fo Toloh Fosiki fixa son neveu et il y eut un échange de paroles dans leur langue. Et puis il braqua son attention sur Tanke.

- Tu ne peux pas occuper cet endroit.

- Pourquoi? demanda le jeune forgeron. Comment peut-on abandonner un terrain si bien placé?

- Si on l'abandonne, il doit y avoir une bonne raison.

- C'est cette raison que j'aimerais connaître.

- Cet endroit-là que tu veux est plein d'esprits maléfiques. Voilà tout ce que je peux te dire. Mais si tu penses que tu peux les chasser et occuper le terrain, tu dois t'adresser au roi.

- Est-ce qu'il y a une raison spéciale pour laquelle je dois m'adresser au roi? Ou est-ce pour la simple raison qu'il est roi et qu'en règle générale c'est le roi qui attribue un terrain?

- Dans mon quartier, le droit d'attribuer le terrain pour la culture et l'habitation me revient.

- Et pourquoi ne me donnes-tu pas ce terrain?

- Le terrain n'est pas dans mon quartier et même s'il s'y trouvait, je ne pourrais pas te le donner parce qu'il est spécial.

- Spécial, dans quel sens?

- Tu poses tellement de questions que tu me fais croire que tu tiens à cet endroit, dit le chef du quartier. Au départ, lorsque mon neveu m'a déclaré que c'était l'endroit que tu avais choisi, je croyais rêver. Maintenant, il me paraît que tu es très sérieux.

- J'aime l'endroit. Je vais te dire pourquoi, Fo Toloh. Tu es un homme d'affaires et tu sais combien l'emplacement est important pour la réussite ou l'échec d'une entreprise.

- Oui, je sais tout ça, mais à quoi servira un bon emplacement entre les mains d'un mort! Tu aimes l'endroit, que je te dise très dangereux ; et tu ne précises pas les raisons pour lesquelles tu veux prendre des risques?

- Tu ne m'as pas laissé parler Fo Toloh. Tu interviens juste au moment où je suis sur le point d'avancer mon opinion.

- Bien, vas-y! J'ai hâte d'entendre ton point de vue.

- Cet endroit est comme l'embouchure d'une rivière où on place un grand panier pour prendre les poissons. Voilà l'entrée de la cité, l'endroit par lequel tout le monde passe afin de regagner la ville et qui contrôle cette entrée, aura à la longue l'emprise sur la cité et son commerce.

- C'est évident ce que tu dis, mais tu ne m'expliques pas comment tu vas chasser les occupants actuels de l'endroit.

Le chef de quartier revint à un sujet que Tanke n'avait pas développé de manière convaincante.

Il y a une injonction royale sur le terrain que le roi du village peut lever si tu tiens à l'avoir, mais je pense qu'il te fera d'autres propositions beaucoup plus intéressantes afin de sauver ta vie.

-Fo Toloh Fosiki, je ne suis pas venu ici comme une femme, déclara Tanke, en se levant. Voici mon amulette de protection que mon père en personne m'a remise peu avant sa mort.

Il délogea de sa poche l'amulette que son père leur avait donnée le matin de leur départ pour Ndobo.

- Mon Dieu! s'exclama le chef du quartier. Cette affaire commence à prendre une tournure très ensorcelante. Il me semble que tu n'es plus enfant.

- Oui, je suis prêt à tout affronter. Ce n'est pas le fils d'un forgeron qui abandonnera une bataille! cria-t-il en remettant son amulette et en reprenant son siège. Mais avant de livrer cette bataille, j'aimerais jauger les forces en présence.

- C'est normal et je te les dirai, répondit Fo Toloh Fosiki en se dressant sur sa chaise vers son neveu.

La voix du chef résonna dans la pièce.

Biyenyi, apportes-nous à boire car l'histoire est un peu longue et je ne veux pas mourir de soif avant de l'avoir terminée.

Le neveu se leva et se précipita dans une pièce à proximité. Il en revint chargé de bouteilles de bières qu'il décapsula et distribua à chacun.

-Fo Toloh, je t'écoute.

- Tu vois la montagne-là, au pied de laquelle se trouve le terrain en question?

- Oui.

- Elle s'appelle Ngohketunjia, qui dans ma langue maternelle veut dire « Le Mont au-dessus de la maison ». Maison dans ce contexte c'est notre village. Nos aïeux n'étaient pas d'ici. Ils venaient de très loin. Ils venaient d'une contrée appelée Jukun dont leur culture et la nôtre se ressemblent comme deux gouttes d'eau. Tu sais, à l'époque il y avait beaucoup de guerres qui anéantissaient les ethnies les moins fortes. C'est à cause de la guerre que nos ancêtres sont arrivés ici. Tu pourras peut-être le constater toi-même. La plaine que nous considérons aujourd'hui comme un avantage était un défaut à l'époque.

- Un défaut! Et comment ça? Le forgeron se dressait sur son séant afin de ne rien rater. L'histoire devenait de plus en plus intéressante.

- Je te le dirai, répondit le chef de quartier. Il vida son verre et le remplit avant de reprendre la parole. Tu sais, cette terre, qui aujourd'hui constitue notre village, à l'époque était très vulnérable aux attaques. Les agresseurs tombaient sur la grande plaine à partir des collines et montagnes voisines. A cause de cette vulnérabilité, toutes les ethnies avaient donc peur de s'installer dans la plaine déserte. Notre peuple ayant traversé plusieurs marigots et de nombreuses rivières à la recherche d'un bon endroit n'en avait pas trouvé et il a décidé donc d'élire domicile sur cette plaine.

- N'avaient-ils pas aussi peur comme les autres?
- Si, ils avaient peur. C'est tout à fait normal. Mais la décision de rester provenait de deux raisons principales. La première était le désir de se sédentariser par tous les moyens. Et la deuxième? Séduits par la beauté exceptionnelle du terrain, ils avaient décidé d'encourir les risques de s'y installer. Le prix de cette décision était très grand. Pendant longtemps, ils étaient conquis et réduits à la vassalité par de grandes ethnies, plus nombreuses et plus fortes, telles que les Mabime, les Ntebaah et même les Magwa avec qui, tout comme ton ethnie, les Menda, nous avons des liens de parenté. Mais ce qu'il faut retenir c'est que malgré les problèmes énormes auxquels ils faisaient face, les Ndobo étaient divisés et se chamaillaient constamment.

- Ah les hommes!

Le forgeron ne pouvait pas imaginer que les hommes en pareilles circonstances n'arrivaient pas à aller au-delà de leurs différends afin de faire face à un ennemi commun. Après avoir siroté sa boisson, il remit son verre par terre et jeta un coup d'œil sur Fo Toloh.

Le chef de quartier reprit la parole.

- Lorsque nos aïeux avaient décidé de fonder ce village, comme tu dois t'y attendre, car c'est souvent ainsi dans la plupart des entreprises humaines, tout le monde n'était pas du même avis. Il y avait un groupuscule qui voulait continuer avec la marche en dépit de toutes les souffrances auxquelles la population faisait face. Ses membres ne partageaient pas le point de vue des pères fondateurs, leur argument étant que le coin était comme une corbeille, n'ayant aucune issue. A une époque où les guerres, les invasions et toutes sortes de violence sévissaient, l'argument était très pertinent. Mais, malheureusement, ces braves gaillards n'arrivaient pas à convaincre assez de gens de se rallier à leur cause. La peur humaine a toujours tendance à faire triompher les sottises sur la sagesse. De toute façon, leur statut minoritaire ne leur empêchait pas de vouloir imposer par la force des armes leur volonté sur la majorité. Un conflit armé en résulta. Traités de rebelles et pourchassés, ils se sont emparés du sommet de la montagne où ils ont mené une guérilla contre le village. Ce conflit aurait duré une décennie. Il a pris fin lorsque le chef des rebelles fut capturé et décapité. Avant de mourir, il aurait maudit ce retranchement où il avait mené ses derniers combats. Il aurait maudit la montagne et ses environs.

- Autant que je comprenne les circonstances malheureuses qui provoquent la crainte éprouvée par les villageois envers cet endroit, cela ne constitue pas une raison valable d'abandonner un terrain si stratégiquement situé et peut-être très fertile, répliqua Tanke quand son interlocuteur avait terminé sa chronique.

- Ce que tu dis est vrai car s'il faut prendre tous les risques de s'installer ici juste pour céder aux malédictions de quelques truands, cela n'inspire pas grand respect et confiance en notre détermination, répondit le chef de quartier avant de se lancer dans le corps d'un argument qu'il voulait utiliser afin de justifier le comportement des villageois. Au départ, les villageois avaient conclu que la malédiction du chef rebelle n'était qu'un vœu pieux; la seule opportunité de vengeance d'un fauteur de troubles qui n'avait plus rien à perdre. Mais, au cours des années à suivre, ils se produisaient certains évènements mystérieux, du moins au vu de nous autres villageois, dans ce lieu montagneux.

- Des choses mystérieuses! s'exclama le forgeron.

- Oui, beaucoup de choses mystérieuses et je t'en citerai quelques-unes. Je te parlerai des choses mystérieuses qui avaient même poussé les villageois à revoir leur évaluation de la situation.

- Dis-donc, en ce qui concerne ces choses mystérieuses, qu'est-ce qui s'était produit? Je dois tout savoir!

- C'est bien. Comme tu es déterminé à tout savoir, je t'en donnerai certains exemples qui servent d'indicateur. Tout avait commencé avec une femme qui, après avoir eu le cœur brisé par son mari, s'y était pendue.

-Fo Fosiki, intervint le forgeron en riant, je n'ai jamais été à l'école comme toi mais…

- Mais quoi de plus normal que de se suicider à cause d'amour manqué? Le chef de quartier ne lui laissa pas terminer sa phrase.

- C'est exacte! s'exclama le forgeron. Cela se passe tous les jours à travers le monde : les hommes et les femmes qui tuent ou se tuent à cause de l'amour.

- C'est vrai. Mais il faut retenir que nous autres villageois nous aimons avec la tête et pas avec le cœur.

- Je ne comprends pas Fo Fosiki, explique-toi. Il faut que notre oncle s'explique, n'est-ce pas Biyenyi?

- Je suis d'accord, répondit le neveu. Même moi, qui suis originaire de ce village, je ne le comprends pas, ajouta-il avec une note de complicité.

- Toi et ton ami, vous vous êtes alliés contre moi? Je suis *Fo*! Sachez qu'un chef de quartier n'est pas facile à vaincre. Je vais m'expliquer tout de suite. Dans notre société une femme aime un homme parce qu'il est bon chasseur, excellent fermier, grand guerrier ou même grand sorcier. Certaines femmes aiment les hommes riches, les hommes puissants, les hommes féconds et j'en passe. C'est exactement pour cette raison qu'il y a la polygamie chez nous. Le rapport entre mari et épouse n'est pas sentimental, mais basé sur quelque chose de concret, quelque chose de bien défini. Pour une femme qui a toujours partagé son foyer avec une coépouse et qui évolue dans un contexte où cette forme de polygamie est acceptée, se suicider à cause de l'amour n'est pas normal, car le cœur est rendu insensible contre ce genre de sentiment inutile.

- Si je te comprends bien le suicide de la femme était donc qualifié de « mystérieux » par les villageois! s'écria le forgeron. Et c'est pour cette raison qu'ils ont abandonné le terrain?

- C'est ce que je dis, répondit Fosiki. Ce que je suis en train de faire, c'est de t'expliquer le comportement des gens du village. Je pense qu'il faut vivre ici afin de le comprendre.

- Je tiens, pour ma part, à te dire que ce n'était qu'une perception qui n'avait en réalité aucun fondement puisque tous les jours quelque part dans ce monde, pour une raison ou pour une autre, il y a une femme ou un homme qui se tue à cause de l'amour, peu importe si cet amour est basé sur quelque chose de concret ou non. Je pense que sur ce point tu es d'accord avec moi. Ce genre de suicide se passe aussi dans un contexte de polygamie, même si c'est un peu rare. Je te cite le cas le plus flagrant qui a eu lieu il y a peine deux ans à Ntarikon. Je ne sais pas si tu te souviens de l'affaire Bongtah, cette femme qui a été pendue par la couronne britannique parce qu'elle avait éliminé les enfants de sa coépouse en les enfermant dans une maison et en y mettant le feu parce que son mari prêtait trop d'attention à cette dame. Que la dame en question se soit suicidée sur ce terrain peu fréquenté par les êtres humains est tout à fait normal parce que le suicide se fait souvent dans la discrétion afin d'empêcher toute intervention.

- Oui, nous avons suivi l'affaire Bongtah qui nous a tous choqué. Mais il faut retenir que la femme a été pendue; elle ne s'est pas suicidée.

- Quelle est la différence, Fo Fosiki? demanda le forgeron. En se livrant à un acte aussi barbare, est-ce qu'elle se doutait du sort qui l'attendait ? Elle savait que les Anglais n'allaient pas lui faire le cadeau et cela, à mon avis, représente un suicide.

- Tout ce que tu dis là n'est que la logique et le moment venu, tu verras les défis dont je te parle. Quand un diable, ou un fantôme, est en train de te gifler, il n'aura pas besoin de logique avant de le faire.

- Vois-tu, *Fo,* je ne suis pas contre ce que tu dis. Je trouve les conclusions illogiques.

- C'est à toi de décider en fin de compte! Je t'avance simplement les raisons pour lesquelles ce terrain reste inoccupé jusqu'à nos jours, dit le chef de quartier en vidant son verre. Après l'avoir rempli à partir d'une bouteille qu'on venait d'ouvrir, il le déposa par terre et reprit son récit. Alors que cette affaire chauffait encore au village, un chasseur y retourna avec une histoire drôle qu'il avait abattu un homme qui paraissait comme un singe.

Sur ce point-là, le forgeron se dressa et sourit. Sans perdre le temps, il passa à la contrattaque.

- Peut-être qu'il le trouvait très laid comme un singe. En brousse tout le monde peut se tromper, dit Tanke. Comme le chasseur ne s'attendait pas à y trouver quelqu'un, il a tiré sur l'objet et voyant son erreur il cherchait à s'exonérer en disant qu'il a tué un singe qui s'est transformé en homme.

- Je sais que tout le monde peut se tromper en brousse, mais ce que je ne comprends pas non plus c'est pourquoi tous ces évènements se produisent au même endroit. Le comble de malheur c'était quand un prince, pour des raisons indéterminées jusqu'à cette date y était allé se suicider. Ces drames, parsemés de constantes histoires des gens mordus par des serpents ou piqués par des scorpions avaient poussé les gens du village à croire que cette montagne et ses environs étaient vraiment maudits.

A cause de ces événements les gens s'aventuraient très rarement sur ce terrain, jusqu'à l'arrivée de Tanke. Même quand ils étaient à la recherche d'un animal égaré ou d'une espèce de bois rare. Voyant tous les problèmes que les gens du village y affrontaient le roi avait interdit le terrain à la culture, à la chasse, à l'aventure, et surtout à l'habitation.

- Tu avances des arguments solides mais, comme je t'ai dit, c'est le roi qui peut enlever l'injonction afin de te permettre d'y habiter. Tu es parvenu à me convaincre mais tu dois faire la même chose avec lui.

- Que lui as-tu dit? demanda le forgeron. Si je pose ces questions, c'est afin de savoir ce que je lui dirai.

- Ne t'inquiète pas, répliqua le chef de quartier. C'est toi au centre de ce débat, c'est ton affaire à toi. Le roi a grand besoin des forgerons. Il fera tout pour te garder. Tout ce que tu dois faire c'est de le convaincre que tu seras ici pour toujours. Que tu partes est sa plus grande crainte.

- C'est sûr qu'il me fera des propositions afin de m'inciter à rester ici, mais comme toi-même tu le sais déjà, c'est un pari gagné d'avance. C'est dans ce village que je me suis décidé à m'installer parce que sa terre et ses habitants me plaisent.

- Bien sûr, il m'en a parlé lui-même. Il m'a parlé d'un terrain beau et vaste que je connais, mais comme tu tiens à ta folie de te fixer au pied d'une montagne gérée par des fantômes, je n'y peux rien.

-Fo Fosiki, ne revenons pas sur cette question car nous l'avons tranchée. Tu vois, mon père me disait que dans tout ce qui est beau, il y a du mauvais et dans tout ce qui est mauvais, il y a du bon. En d'autres termes, les deux se valent. Et comme il y a beaucoup de gens qui sont attirés par ce qui est beau, cela devient un cadeau empoisonné.

- Regarde, dis-moi la date de ta visite au palais pour que je la fasse parvenir au roi et qu'on commence à se préparer.

- Inutile de perdre du temps et je te propose le dimanche qui suivra le jour du marché.

- La date est bien choisie puisque les gens du village viendront nombreux y participer. Il faut que je commence dès maintenant à faire mes préparatifs. Demain, j'enverrai mon valet au palais afin de mettre aussi le roi au courant de la date.

L'affaire de la date déjà tranchée, le forgeron ramassa ses bagages et se mit en route vers la concession de Fo Toloh Fosiki. Il était accompagné par Biyenyi. Ce n'était pas encore l'heure pour le chef du quartier de rentrer chez lui.

- Qu'est-ce qui pèse comme ça dans ce sac? lui demanda Biyenyi en soulevant l'un de ses sacs.

- Ce sont les habits et certaines choses traditionnelles que mon père m'a laissés, répondit-il. Cela fait partie de mon héritage.

Chemin faisant, les deux amis s'entretenaient de tout et de rien, mais la grande partie de leur conversation portait sur la visite au palais du roi du village.

9

L a date de la visite au palais du roi avait été fixée. Les chasseurs de pluie avaient été contactés et tout ce qu'ils exigeaient pour leur art magique et leur ventre avait été pourvu. L'évènement s'annonçait très grand; les préparatifs, furieux et minutieux, allaient bon train. Tanke n'avait pas lésiné sur les moyens d'épater le roi. Le jeune homme était certain qu'il avait une occasion en or, celle qu'il fallait afin de démontrer au roi qu'il était un homme malgré sa jeunesse.

Il s'était procuré deux bœufs, sept chèvres, dix-sept coqs, trois cochons, quatre sacs de farine de maïs, dix calebasses de vin de palme, cinq bidons d'huile de palme, deux sacs de sel et deux paniers de poissons fumés. Il invita à coups d'argent et d'énormes présents un ballet traditionnel haut de gamme appelé *Buum Oku.*

Il avait réussi à mobiliser un contingent de femmes locales qui allaient s'occuper de la cuisine à l'aide de ses trois demi-sœurs et leurs mères. Certains jeunes villageois qui voulaient devenir ses apprentis, se bousculaient dans le but de se faire voir en lui accordant toutes sortes d'assistance. Ceux-ci avaient apporté du bois et devaient puiser de l'eau pour la cuisine. Ils devaient aussi égorger tous les animaux que les femmes allaient préparer pour les convives.

Biyenyi, étant bien au courant de l'enjeu de cette visite, avait pris des dispositions afin de garantir un succès retentissant. Il s'était organisé avec ses amis du village. À l'insu du forgeron, ils avaient décidé d'apporter le vin de palme cueilli dans leurs champs de raphias pour la fête. En plus, ils avaient décidé d'apporter chacun un bouc aux cornes vrillées et aux testicules qui oscillaient. Chacun d'entre eux avait décidé d'apporter deux poulets. Et comme si ces gestes de générosité ne suffisaient pas, ils avaient tous cotisé pour inviter une troupe de danse à venir se présenter.

Fo Toloh Fosiki avait aussi fait des contributions à la hauteur de son rang social. Le chef du quartier avait apporté six chèvres, une douzaine de coqs aux éperons étendus et pointus, huit grandes calebasses de vin de palme, dix casiers de bière, trois larges bidons d'huile de palme et six sacs de farines de maïs pour faire le *fufu*. En plus, il était accompagné d'une forte délégation, composée de notables et de *Fo*. Des membres de familles de haut standing accompagnaient Fo Toloh Fosiki.

Lorsque les sympathisants de Tanke se regroupèrent dans la concession de Fo Toloh Fosiki, celle à côté du marché, afin de commencer la marche vers le palais, ils constituaient une foule immense. Si la bande marchait à l'allure normale, le trajet allait durer une heure. Elle se donna trente minutes supplémentaires afin de ne pas obliger ses membres à se hâter.

A treize heures et demie, le flot humain s'ébranla et se dirigea lentement vers le palais du roi. Ce peloton disparate et impressionnant s'étendait sur un demi-kilomètre. Elle avait à sa tête une troupe de danseurs reconnue pour sa prestation musicale et son répertoire chorégraphique haut de gamme.

Les danseurs étaient inépuisables et disposaient des tenues bigarrées, à la fois très coutumières et impériales. A entendre la musique envoûtante de cette troupe, le roi saurait qu'il avait affaire à un homme. Et ce n'était qu'une arme parmi plusieurs autres, dans l'arsenal du forgeron.

Ce jour-là, Tanke s'était vêtu d'une tenue menda, une robe ample et riche en couleurs locales. Frappée de lézards, de gongs et d'autres symboles traditionnels très significatifs, elle était un don personnel de son père qui la lui avait fait fabriquer dès sa naissance. L'œuvre de grands maîtres d'arts et de haute couture traditionnelle, l'ensemble à lui seul aurait facilement constitué un bon sujet d'une dissertation doctorale en anthropologie culturelle à l'Université de Paris la Sorbonne. Assorti d'un chapeau orné de piquants d'un porc-épic, la tenue avait fait tourner beaucoup de tête dès qu'il l'avait portée ce matin-là.

Le forgeron avait devancé sa délégation afin d'être avec le roi lorsqu'elle arriverait. Il voulait aussi être accessible aux femmes qui préparaient à manger. Il suivait ainsi les conseils de Fo Toloh, notable rompu dans la culture ndobo. L'implication de cette démarche ne pouvait échapper à l'observation d'un esprit averti de la diplomatie traditionnelle dans notre région. Un notable de la trempe de Fosiki ne pourrait être si serviable à n'importe qui. Toutefois beaucoup de choses qui allaient déterminer le succès ou l'échec de Tanke dépendaient du roi. Mais qui était ce roi qui faisait beaucoup parler de lui à cause de sa belle personnalité et de bons projets qu'il concevait à l'intention de ses sujets?

Chefonbiki. C'était par ce titre royal que le roi de Ndobo était connu. Descendant et patriarche de la famille Bikih, d'où provenait le père fondateur du village, il était grand de taille et se tenait debout comme un arbre. Sa carrure évoquait celle d'un militaire. Intelligent, beau, et proportionnellement musclé, il était reconnu pour son esprit de compassion et de générosité. La tradition ndobo voulait que les habitants de ce village soient toujours gentils envers tous les étrangers, mais il y avait une raison de plus pour laquelle le roi avait réservé un accueil si chaleureux au forgeron. A cette époque, les forgerons étaient rares. Ils étaient donc bien prisés et courtisés par tous les villages de la région, car d'eux dépendaient les quantités et les qualités des récoltes agricoles, les résultats de la chasse et même l'issue des guerres.

Vers quinze heures, par un après-midi clair et ensoleillé, la tête de la délégation, en l'occurrence la troupe folklorique, annonça sa présence à l'entrée du palais. En vertu d'un élément bien-fondé de la tradition, elle devait y faire halte afin de permettre à un émissaire d'aller avertir le roi. C'était durant ce temps que la danse, qui s'était bien préparée dès le départ, se livrait à un spectacle dont les spécificités dépassaient de loin ce que le ballet royal disposait dans tous ses arsenaux artistiques.

Le coup ne pouvait pas manquer. Tels que les papillons de nuit à la recherche de la lumière, les princes et princesses, dont la curiosité extravagante était légendaire, s'attroupaient autour des danseurs, claquant les mains et chantant. De manière informelle la fête avait ainsi commencé.

Attiré par la musique envoûtante, le roi et son visiteur, le forgeron, émergèrent d'où ils s'étaient séquestrés afin de s'entretenir dans la tranquillité et vinrent se mettre au portique qui marquait l'entrée du grand vestibule royal. Le portique faisait directement face à la grande cour du palais où de grands évènements se tenaient. En s'y mettant, le roi avait en principe donné son accord à la délégation de pénétrer dans son palais, entérinant ainsi l'ouverture officielle des festivités.

Le moment tant souhaité était arrivé. Le défilé d'hommes, de femmes, d'enfants et de biens fut donc lancé. Le spectacle était impressionnant.

- Mais tu es venu en homme, en vrai forgeron! déclara le roi, impressionné par la qualité des personnages qui faisaient partie de la délégation, sans oublier l'énorme quantité de biens déjà apportés. Tu viens d'arriver dans mon village et tu parviens déjà à mobiliser autant de personnes et de biens? demanda-t-il sous forme de blague et puis il émit un grand sourire de satisfaction.

- Majesté, fit le forgeron, le corps incliné et les deux mains portées à la bouche en signe de respect, un forgeron n'est pas très différent d'un guerrier ; et que vaut un guerrier qui n'arrive pas à enrôler les gens sous sa bannière?

- Mais, je te prenais pour un enfant, mais il me semble que tu as trois testicules, nota le roi le visage toujours illuminé par son sourire habituel. Tu as fait preuve éloquente de ta personnalité juste parce que tu as réussi à convaincre Fo Toloh d'abandonner ses affaires et de t'accompagner ici.

- Majesté, mon père qui vient de mourir, paix à son âme, c'est lui l'origine de l'un des trois testicules et un autre, comme vous avez vous-même observé, appartient à Fo Toloh Fosiki. Au bout du compte, je n'en ai qu'un et je demeure toujours votre enfant.

- Mes condoléances encore, dit le roi à l'égard du défunt père du forgeron. Mon père était au pouvoir au temps que feu ton père avait séjourné chez nous et ce que les deux n'ont pas réussi à établir, j'espère que nous allons le faire. Tu me frappes comme un jeune homme sage, surtout si je me base sur les actes que tu poses et les paroles qui sortent de ta bouche.

- Majesté, si je suis ici, c'est parce que mon destin est lié à cette terre et, avec votre permission, j'aimerais y apporter ma modeste contribution. Normalement, je devrais être ici avec mon grand frère qui vient de succéder à notre père et qui s'occupe actuellement de notre concession ancestrale au village et tous les biens et des personnes qu'on nous a légués.

Malheureusement, comme vous le savez vous-même, il y a toujours beaucoup de choses à revoir dans toute famille, surtout après la passation du pouvoir, et c'est pour cette raison qu'il n'a pas pu faire le voyage. Une fois que je m'installerai, il viendra me rendre visite et peut-être l'occasion me serait-elle plus propice pour que je vous le présente.

- Je serai vraiment enchanté de faire sa connaissance, répondit le roi avant de passer sans transition à ce que le forgeron savait déjà. Je suis un passionné d'agriculture, car que vaut un peuple qui n'arrive pas à se nourrir? Tout forgeron est donc le bienvenu chez nous, dans notre village.

-Fo Toloh m'a parlé de vos passions et il me paraît que c'est ce que tous les villages dans la grande plaine cherchent.

- C'est vrai, dit le roi. Entre nous, il y a une concurrence non déclarée en matière d'agriculture et cela nous permet de nous perfectionner. C'est pour cela que depuis ton arrivée ici, les délégations en provenance des villages voisins ne cessent de venir chez vous. Ces délégations ont des intentions nobles, ce que j'admire. Elles sont toutes animées par le désir de s'inscrire dans l'histoire et pour cela elles sont prêtes à faire des sacrifices.

- Oui, elles viennent avec l'espoir de me convaincre d'aller m'installer chez eux, confirma le forgeron. Elles me font toutes sortes de promesses, pourvu que j'abandonne ce que j'ai l'intention de faire ici.

- Cela ne m'étonne pas, marmonna le roi en se tournant pour rentrer dans son palais. Nous pouvons maintenant aller nous asseoir quelque part pour bien converser.

Les deux hommes abandonnèrent ainsi la foule qui grandissait dans la cour où se jouaient déjà les balafons, les tam-tams et les tambours.

- La musique nous dérange déjà, dit Tanke qui suivait derrière le roi.

Ils suivirent un couloir flanqué de chaque côté par les entrées qui menaient dans les sections différentes du palais. Le couloir débouchait sur la porte d'une grande salle où il y avait des bancs en bambous fixés aux murs de manière à ce que le centre soit libre. On dirait une salle de conférence. D'un côté de la salle, juché sur une plateforme visiblement soulevée, était un trône avec une chaise à chaque côté. Le roi monta sur les gradins qui mènent à la plateforme et alla s'asseoir sur son trône.

- Assieds-toi, mon forgeron, implora-t-il en indiquant de la main la chaise du côté droit.

A peine se furent-ils installés qu'un page, le corps incliné, qui apparemment les suivait en cachette, s'approcha du visiteur afin de lui demander ce qu'il pouvait lui apporter à boire.

- Donne-moi une bière, n'importe laquelle.

Il disparut et revint quelques minutes plus tard avec une bouteille de bière et un verre. Il l'ouvrit, remplit le verre et déposa le verre et la bouteille sur une petite table placée devant le forgeron.

- Majesté, j'ai constaté depuis que je suis ici que c'est moi seul qui bois. Permettez-moi de vous demander si vous ne buvez pas.

- Je ne prends pas d'alcool et le jus, j'en consomme avec beaucoup de modération.

- Un roi qui ne boit pas d'alcool, c'est comme un rat qui se trouve dans un grenier mais qui ne mange pas de maïs! s'exclama le forgeron et le roi commença à rire.

- C'est vrai parce que tous les jours mes sujets m'apportent le vin de palme bien frais, mais ce sont souvent mes pages qui le consomment, avoua-t-il avant de passer au sujet beaucoup plus préoccupant. Qu'est-ce que les délégations t'ont proposé, je suis curieux de savoir?

- Les choses normales comme la terre à cultiver et des belles femmes à épouser, répondit-t-il. Mais ne vous inquiétez pas parce que je ne peux jamais vous abandonner. Ce que mon père a manqué de donner à votre père, comme vous venez de me le signaler, je vous le donnerai, si seulement vous me le permettez.

- Ah Tanke, si je te le permets! Tu n'as aucune idée de combien je suis heureux depuis que Fo Toloh m'a annoncé ta présence parmi nous. Un jeune homme ambitieux comme toi mérite des encouragements, je t'ai gardé un très bon terrain. C'était destiné à mon fils qui est maintenant dans la région côtière. Et ce n'est que le début.

- Mais…

- Tu sais, sans te couper la parole, intervint le roi, un roi qui n'entretient pas ses forgerons ne sait pas ce qu'il veut dans la vie. Ce roi oublie son devoir envers son peuple et c'est pour cela que toutes ces délégations viennent te voir avec toutes sortes de promesses; promesses de terrains et de femmes, du moins tout ce qui peut attirer l'attention d'un jeune ambitieux. C'est tout à fait normal et cela s'inscrit dans la logique de cette concurrence entre nous qui continuera.

- Grand merci pour les encouragements, majesté!

Le forgeron était complètement pris au dépourvu. Fosiki lui avait parlé de la générosité du roi mais il ne s'attendait pas à un geste aussi magnanime. Lui remettre le terrain destiné à son propre enfant!

- Mais, autant que j'apprécie ce geste, je regrette de vous dire qu'il y a un autre terrain que j'ai vu et qui me plaît beaucoup. Heureusement, on me laisse comprendre que c'est seulement vous, le roi du village, qui puissiez me le donner. En plus, je ne peux pas accepter ce qui était destiné à votre fils, qui est comme mon frère. C'est à moi de lui donner quelque chose, au lieu de lui arracher la nourriture de sa bouche.

- Les jeunes tendent à agir parfois de manière précipitée et je te suggérerai de voir ce que je te propose et s'il ne te plaît pas tu seras libre de rester avec ce que tu as choisi. Je ne peux rien t'imposer parce que si tu es malheureux, je le serai moi aussi.

- Si j'insiste sur ce que j'ai choisi, je sais pourquoi et à la longue vous allez aussi comprendre la logique qui motive ma décision

- Allons regarder les danses et participer à la fête. Je fixerai une date pour venir voir ce terrain dont tu me parles avec tant de passion. Peut-être y-a-t-il quelque chose que tu vois qui m'échappe. Les vieux n'ont pas le monopole de la sagesse. Et d'ailleurs nous ne pouvons pas parler d'un terrain que je n'ai même pas vu.

- C'est vrai, Majesté! répondit le forgeron.

Hanté par cette notion que le roi n'était pas convaincu qu'il désirait se fixer en permanence dans son village, il essaya d'élucider sa position.

- Je sais que vous voulez le meilleur pour moi et c'est le même sentiment que je ressens envers vous. Il est vrai, les délégations en provenance des villages voisins ne cessent d'arriver par vagues successives pour me voir avec des promesses séduisantes de vastes terres cultivables et de jeunes filles vierges pour le mariage, pourvu que j'abandonne mon plan de rester à Ndobo. Mais, Majesté, autant que j'aimerais réussir dans la vie, je n'ai jamais été un homme animé seulement par les biens matériels, un homme qui cède facilement à des leurres fonciers et charnels. C'est pourquoi, jusqu'ici, j'ai rejeté toutes leurs propositions. Dès que j'ai vu ce village à partir de Tugoh, sa beauté exceptionnelle m'a coupé le souffle et je savais tout de suite que ma décision d'y rester était arrêtée pour toujours. A cause de vous, de Fo Toloh, et de mon père, je ne peux pas changer d'avis.

En dépit de ces assurances du forgeron, c'était surtout sa rencontre avec le roi du village qui avait scellé leur amitié. Lorsque les deux hommes arrivèrent à la cour, les festivités battaient leur plein. Les habitants du village s'étaient attroupés par petits groupes. Ils partageaient le couscous aux viandes de poulets, de chèvres et de bœufs. Les légumes fraîchement cueillis et bien préparés accompagnaient tous les plats. Les boissons coulaient en quantité royale et beaucoup de gens titubaient déjà. On battait les tamtams et balafons à fendre l'oreille et tout le monde paraissait heureux.

- Aujourd'hui, mon peuple va manger et boire jusqu'à crever, plaisanta le roi.

- Ne vous inquiétez pas Majesté car c'est demain que l'impact de ces festivités se fera ressentir, déclara le forgeron.

- Ah oui, mes sujets n'auront même pas la force d'aller aux champs, vu la manière dont ils se saoulent, répondit le roi. Mais, saches qu'on ne vit qu'une seule fois.

- Si ce n'est que le problème de s'absenter de leurs champs pendant une journée, c'est une conséquence facile à vivre, mais il y en a une beaucoup plus sérieuse.

- Laquelle? demanda Chefonbiki en se focalisant l'attention sur Tanke. Apparemment, il s'attendait à quelque chose de très grave ou de très drôle.

- Demain les gens risquent de se mettre à creuser les latrines, car ils seront tous remplis.

Le roi ne s'était pas trompé.

- Pardon petit, arrête-moi ça! cria le roi en riant. Je n'ai même pas pensé à cela.

- Il faut y penser parce que ce n'est pas un problème facile à résoudre.

- Tu as raison!

En ce qui concerne le terrain, le roi savait que le forgeron avait le dessus. Le forgeron avait résisté à ce qu'il lui proposait mais dans son carquois, il restait encore une flèche. A travers des siècles, l'homme n'a pas pu résister à cette flèche. Celle-là, le roi se disait, ne pourrait pas rater. Mais il fallait qu'il sache si la flèche n'allait pas manquer son objectif.

- Je m'excuse, je dois m'absenter pendant quelques minutes, dit le roi en se retirant dans le palais en empruntant le couloir d'où ils étaient venus.

Environ dix minutes s'étaient écoulées et le roi n'était toujours pas de retour. Tanke l'attendait encore lorsqu'une jeune femme, un peu moins âgée que lui, arriva, avec de noix de kola dans une calebasse. Si le présent était symbolique et constituait un geste très important du roi, ce n'était pas cela qui attirait l'attention du forgeron. Lorsqu'il avait vu sa sœur chez Maminyanga, il croyait qu'elle était la plus belle femme du monde. La fille qui venait de lui apporter de la kola était un reniement absolu à sa pensée.

Après avoir remis la calebasse, elle était sur le point de partir lorsque le roi apparut.

- Mon forgeron, j'avais gardé ce don de kola pour toi en particulier, fit-il à propos du paquet emballé dans les feuilles sèches de bananier qu'on venait de lui remettre. Ce n'est rien mais je pense qu'il renforcera notre amitié. Mais avant qu'elle ne parte, j'aimerais te présenter Bikijaki, l'une de mes filles jumelles et l'émule de la grande et belle reine de notre région, à savoir Njabunouke.

Bien qu'il fasse semblant de regarder ailleurs lors de cette présentation, le coin de l'œil du roi ne manquait pas l'éclat éblouissant dans les yeux de son visiteur. Cette expression cachait-elle quelque chose, se demanda-t-il. Ayant l'idée qu'une banane doit toujours mûrir, même si on la met au fond de la mer, il se frotta les mains avec satisfaction.

- Majesté, votre fille est très belle, annonça le visiteur d'une voix un peu tremblante qui, aussi, n'échappa pas à la vigilance discrète du roi.

- C'est ce que tout le monde me dit, mais il faut voir sa sœur jumelle.

- Elle doit alors être une déesse, remarqua le forgeron.

- Une déesse! Plus qu'une déesse puisqu'elle n'est pas fée mais plutôt réalité! répliqua le roi en souriant et en faisant approcher un garçonnet qui les regardait pendant quelque temps.

- Va m'appeler Nakijaki, ordonna-t-il.

Le garçonnet disparut précipitamment dans la foule. Peu après, il en revint ayant à la traîne une jeune femme d'une beauté extraordinaire; élancée, cheveux tressés en natte, la fille était une figure aux traits bien sculptés. De corpulence proportionnelle et aux yeux retirés comme pour un mamba vert, elle avait une allure qui se situait entre celle d'une gazelle et d'un guépard.

Subitement, le forgeron se sentit une force interne qui remontait en lui, ce désir incontrôlable qui faisait d'un homme un enfant troublé par la convoitise. Heureusement, il parvint à la maîtriser, mais le petit feu que cette présence avait allumé continuerait de brûler. C'était de justesse qu'il manqua de demander au roi que sa fille deviendrait sa femme.

- Majesté, vous avez de très belles filles, commenta Tanke après le départ de Nakijaki.

- Merci, répondit le roi qui passa directement à un autre sujet comme si la question de la beauté de ses filles n'était d'aucune importance pour lui. En réalité, c'était à cause de cette beauté qu'il l'avait fait venir.

- Au cours de la semaine prochaine, je peux alors venir voir l'endroit dont tu m'as tant parlé et on verra la suite.

- Merci Majesté! déclara Tanke. Avant de partir aujourd'hui je fixerai une date et je viendrai vous la communiquer.

- Je t'attends et fêtons maintenant avec la population, car la vie est trop courte.

10

Au cours de sa conversation avec Tanke, deux endroits de son village avaient déjà jailli dans l'esprit de Chefonbiki. Les endroits disposaient de la plupart des éléments que le forgeron avait laissés entrevoir à propos du terrain qu'il convoitait. En vertu de la coutume de ce village, les chefs de quartier représentaient le roi dans leurs propres quartiers. A cet effet, ils jouissaient parfois de certain pouvoir qui normalement relevaient de la compétence du roi. Afin de bien mettre les choses au clair dans ce récit, je peux vous en citer quelques exemples. Ils disposaient, chacun dans le quartier de son ressort, du pouvoir d'attribuer des terrains pour la culture et l'habitation. De même, ils pouvaient servir d'intermédiaire en cas de certains litiges, même jugés très sérieux, entre des factions opposées. En plus, même si c'était un peu rare, ils pouvaient intervenir au cas où deux hommes importants, les sous-chefs de quartier, par exemple, disputaient une femme.

Aussi puissants qu'ils fussent, il y avait tout de même certains domaines où ils devaient faire appel au roi. Et c'est ici que l'histoire du terrain que le forgeron convoitait devint pertinente. Si un terrain quelconque était sous l'injonction royale, c'était le roi en personne qui pouvait enlever cette injonction. En plus, il y avait certains terrains à problèmes, soit parce que les membres de famille étaient divisés par une question successorale ou parce que le propriétaire s'y était suicidé par pendaison. Dans ces cas-là, ce n'était que le roi qui pouvait régenter; pas le conseil de *Fo*, organe législatif du village.

Les terrains qui, pour l'une des raisons susmentionnées ou d'autres, étaient sous le contrôle du roi pouvaient se compter sur les bouts de doigts. Pour la plupart, c'étaient des terrains réservés parce qu'ils possédaient un mausolée ou une tombe de l'un des rois décédés ou parce qu'ils abritaient des lieux destinés aux offrandes ancestrales.

Ce n'était donc pas difficile pour le roi Chefonbiki de se prononcer sur le terrain convoité. Il n'avait même pas besoin de

Fo Toloh, et le chef du quartier ne lui avait soufflé aucun mot sur la question. Le roi avait beaucoup de considération pour le jeune forgeron. Pour cette raison il n'avait pas demandé l'emplacement du terrain que le forgeron tenait à cœur. Malgré ses capacités incroyables de mobilisation, le jeune homme venait d'arriver et ses connaissances sur le village étaient encore très limitées. Chefonbiki ne voulait pas commencer ses rapports avec lui en le bombardant de questions sur les choses qu'il ne maîtrisait pas. Un tel comportement risquait de dépayser encore plus le jeune homme. Animé par le désir de le traiter comme son propre fils, le roi voulait qu'il se sente aimé et bien accueilli. Or trop de questions sur un lopin de terrain aurait porté à croire qu'il attachait plus d'importance sur des choses matérielles plutôt que sur leur amitié. Non seulement cela aurait diminué son rang mais cette manière d'agir aurait pu bouleverser certains de ses sujets s'ils en étaient au courant. En bon père, il voulait que le forgeron lui-même le conduise à l'emplacement, tel un petit qui, émerveillé par un jouet, trimballe son père par la main jusqu'à la boutique où il l'avait vu pour qu'il le lui achète. Dans ce geste, il y avait beaucoup d'enjeux. Là, si un jour les choses tournaient mal, le forgeron n'aurait que lui-même à reprocher. De surcroît, il y a de l'intimité, de la volonté de servir, de l'humilité. C'étaient toutes les qualités exigées d'un bon roi.

Son intégrité et son sens de noblesse à part, en se présentant en tant que bon roi, il voulait que la décision du forgeron de rester avec lui soit à cause des points forts qu'il avait reconnus en lui. Aussi jeune qu'il était, n'avait-il pas lui-aussi fait preuve de ses qualités de meneur d'homme? Pourquoi un roi devrait-il se laisser éclipser en prestige ou en noblesse par son sujet?

Au cours de leur entretien, il avait constaté que le jeune homme tenait bien à son choix. Et si c'était ce qu'il fallait pour le retenir, il était prêt à le faire. Il savait que les délégations qui l'avaient visité suivaient toutes ses démarches avec beaucoup d'attention. Elles s'attendaient à ce qu'il fasse un faux pas pour qu'elles en profitent. C'est ainsi dans toutes les compétitions. Avant de se séparer du forgeron, le jour de sa visite lui avait été communiqué. Elle devait tomber exactement trois jours après la visite du palais puisque le jeune forgeron avait envie de se mettre au travail aussitôt que possible. Il lui fallait assez d'argent pour célébrer les funérailles de son père et les villageois voulaient des outils afin de reprendre le travail.

C'était le mercredi, à environ dix heures du matin. Accompagné de ses pages, Bobova et Chinda, le train du roi Chefonbiki se dirigea vers la concession de Fo Toloh. Le chef du quartier, ainsi que Biyenyi et Tanke l'attendaient déjà. Ce n'était pas une visite officielle et pour cette raison, un émissaire royal n'avait pas été dépêché pour signaler l'arrivée du roi. La tradition ndobo voulait que le chef du quartier chez qui le terrain convoité se trouvait proclame l'arrivée du roi et de l'objet de sa mission. Il est vrai qu'il devait son pouvoir en grande partie au roi, mais ce dernier ne pouvait envahir son territoire à son insu.

Lorsque Tanke s'était rendu au palais, Chefonbiki avait doublé la quantité de tout ce que sa délégation avait apporté en retour, un acte digne du roi. S'il n'avait pas réagi de cette manière, il aurait souillé son honneur, surtout au cas où le public constate que le forgeron avait été plus généreux que lui. Certains verraient en ceci une sorte de concurrence entre le roi et le forgeron. Mais ce n'en était nullement le cas pour la simple raison que tout ce dont disposait le forgeron dans le village appartenait en principe au roi. Et même si c'était un concours, le forgeron ne pouvait jamais gagner. Le geste du roi viendrait toujours après le sien; en d'autres termes, ce que le roi fait est grand par rapport à celui du forgeron. Y-a-t-il- là une sorte de tricherie? Si, mais royale!

Le forgeron avait été reçu en grande pompe lors de sa visite, le genre de réception réservée aux rois et aux reines. Et maintenant que le roi venait en personne lui attribuer un terrain pour l'habitation et la culture, c'était évident qu'il se nouait entre les deux un rapport capable de résister à toute épreuve.

Vers midi, le roi et sa suite étaient aux portes de la concession de Fo Toloh Fosiki. Le chef du quartier et sa propre délégation étaient venus à sa rencontre et, ensemble, les deux groupes s'assemblèrent dans la grande salle du chef de quartier. Ils y passèrent quelques heures, le temps au roi de se reposer. Et puis, à quatorze heures et demie, ils se mirent en route vers le terrain. La délégation était devancée par un éclaireur qui tenait un bambou avec un bout fendu de manière à émettre un son bruyant lorsqu'on le tapait sur le sol. Lorsqu'il se trouvait près d'un individu, il le tapait à terre dans le but d'annoncer l'arrivée du roi et celui-ci dégageait immédiatement le chemin. Si c'était une visite officielle à un quartier, l'éclaireur ne portait pas le bâton en bambou mais plutôt la défense d'un éléphant ou la corne d'une antilope équipé d'un trou dans lequel il soufflait, émettant un bruit strident qui se faisait entendre de loin.

Trente minutes après avoir quitté la concession de Fo Toloh, la suite royale se trouva au pied de Ngohketunjia, cette montagne qui surplombait Ndobo. Supposée être le foyer de rassemblement, voire même le fief, de tous les sorciers, morts et vivants, du village, l'endroit avait une très mauvaise réputation. A en croire certains villageois, c'étaient là-bas que se regroupaient ces agents des ténèbres pour sélectionner leurs victimes. Lorsqu'il pleuvait pendant la nuit, un vent descendait souvent de la montagne avec une force épouvantable, endommageant parfois les récoltes et les toits des maisons. Certains villageois attribuaient souvent ce phénomène à une querelle entre les sorciers qui disputaient les parties du corps qu'ils allaient dévorer.

- Voici le terrain qui m'a séduit, Majesté, déclara le forgeron en balayant de ses mains la base de la montagne. Tout le monde me prend pour un fou de l'avoir choisi mais je suis ce que le cœur et la raison me dictent.

- Ici! s'exclama le roi en indiquant du doigt la bande rocailleuse couverte de buissons épineux et des autres plantes sauvages. C'est un repaire de serpents et d'autres créatures scabreuses; cet endroit, c'est le lieu où tous nos démons tiennent leurs festins et conférences!

- Majesté, démon est par rapport à l'homme, ce qui veut dire que là où il y a démons, il y a hommes, répondit le jeune forgeron. Dans ma logique tout est égal puisqu'à la bonté s'oppose la méchanceté; à une fillette, un garçonnet!

- J'espère que tes amis du village t'ont raconté l'histoire triste de cet endroit. Où est Toloh?

110

- Me voici Majesté, cria le chef du quartier comme il s'approcha davantage du roi. Il connaît tout et j'ai beau essayer de lui faire abandonner ce terrain, sans succès.

- Majesté, il ne faut pas en vouloir à Fo Toloh car il m'a déjà raconté toutes les histoires de cette montagne et ses environs; mais comme vous-même vous le savez, il n'y a pas de plus grands sorciers que des forgerons, déclara le jeune homme en souriant.

Le roi hocha la tête lentement, l'air pensif, avant de répondre :

- Nous les rois, nous sommes les plus forts en la matière et si je te dis que cet endroit m'a dépassé, il faut me croire, reprit-il enfin en repartie qui contrecarra l'argument du jeune homme. Mais en regardant la mine du forgeron et en y voyant le désir ardent qui s'y brûlait pour le terrain, il changea de ton.

- Mais comme tu tiens vraiment à t'y implanter, je ne peux que te donner ma bénédiction en te permettant de le faire. C'est la seule chose que tu cherches maintenant. A mon niveau, je dois aussi faire quelque chose pour voir si nous pouvons finalement mettre ces démons hors d'état de nuire. Mais si nous ne réussissons pas, à ton niveau tu es désormais libre de pouvoir poursuivre toute action qui te permet de rester ici en paix. Mais en cas de malheurs, je ne saurais être tenu coupable de quoi que ce soit.

- J'ai compris, Majesté et les risques de m'établir ici sont les miens, répondit le forgeron. La décision de rester ici provient d'un homme qui se croît mûr.

- C'est ce qui me pousse à céder à une décision aussi folle, déclara le roi. Où est Chinda? demanda-t-il en tournant d'abord à gauche et puis à droite à la recherche de son page.

- Me voici, Majesté, répondit-il en faisant un petit bond en avant afin de se faire bien voir. D'une main, il tenait une calebasse pleine de potion magique et de l'autre, une branche, couverte de feuilles vertes, de l'arbre de paix de notre région.

Sans prononcer aucune parole, le roi tendit tranquillement la main et le page lui remit la branche. A pas mesurés, il s'avança et vint s'implanter devant un endroit où la végétation était un peu plus dense qu'ailleurs. Les yeux entrouverts, les lèvres tremblantes, il commença à murmurer ces versets que ses aïeux avaient prononcés à maintes reprises chaque fois qu'ils faisaient face à pareil défi. Sa petite prière aurait duré à peu près deux minutes et après l'avoir terminée, il tendit la branche et le page la mouilla d'une bonne dose de potion et le chef se mit à asperger le terrain devant lui.

- L'essentiel est fait et il nous reste maintenant la dernière partie de cette cérémonie d'exorcisme qui aura lieu à minuit ce soir, dit le roi

La cérémonie prit fin cette nuit-là avec l'abattage de deux chèvres dont la viande était repartie à certains parents du groupe rebelle à l'origine de la malédiction de l'endroit invité pour la circonstance. Ainsi, le roi avait levé l'injonction sur le terrain et l'avait béni. Du moins, c'est ce que tout le monde croyait.

11

Tanke était fier de son acquisition. Bien que le conseil de son père, celui d'éviter tout ce qui brillait trop, fût en grande mesure responsable de sa décision de s'installer sur ce terrain que tout le monde évitait, il ne nourrissait aucune illusion que sa conquête était loin d'être complète. Le terrain était une bande de terre qui partait de la porte du village et s'étendait en fer de cheval, contournant une grande partie de l'approche du mont. La peur et l'interdiction royales l'avaient protégé contre toute invasion humaine. Cette absence d'ingérence avait rendu son étoffe végétale dense et admirable. Composé d'arbres et d'herbes locaux de toutes sortes, surtout là où la terre était moins rocailleuse et fertile, il fournissait un habitat épais et idéal pour la faune de la région. Flanqué de deux ruisseaux qui descendaient du sommet du mont en cascades bruyantes sur les rochers et qui marquaient les limites est-ouest du domaine, le terrain s'avérait prometteur non seulement pour la culture de certains produits alimentaires tels que le maïs, le manioc, le café et les plantains, mais aussi pour l'élevage porcin, bovin et aviaire. Le jeune forgeron était très heureux lorsqu'il pensait à toutes ces possibilités.

En plus, le terrain occupait une altitude considérable, ayant ainsi tous les domaines voisins à son pied. Cette position impérieuse et stratégique avait ses points bénéfiques. Elle permettrait désormais au forgeron de suivre tous les démenés des quartiers aux alentours; en même temps, elle mettait le domaine à l'abri des inondations qui submergeaient une grande partie de la plaine lors des pluies torrentielles.

Mais tout n'était pas rose. Oublions l'histoire sombre de ce domaine, car ses problèmes dépassaient de loin le cadre purement mystique. Épargné par l'occupation et l'abus des êtres humains, il s'était transformé en repaire de toutes les bêtes. Les singes, les porcs-épics, les antilopes et tant d'autres animaux qui y vivaient par milliers, fondaient sur les champs de maïs, de bananes et de cannes à sucre, ravageant les récoltes et mettant les paysans en désarroi. C'était évident que ces animaux allaient devenir les fâcheux visiteurs du forgeron.

Lorsque les paysans, à qui appartenaient tous ces champs sous l'emprise des bêtes ravageurs sauvages, avaient appris que le roi avait levé l'injonction et remis le terrain à un nouveau-venu dans leur village ils étaient tous très heureux. Désormais, non seulement le domaine du forgeron formerait un tampon contre les activités nuisibles des animaux mais ils auraient aussi pour voisin un hôte de marque : ami du roi et de certains *Fo*, et des notables aussi. Ils pouvaient compter sur le nouveau-venu pour la fabrication des armes à feu, des épées et des machettes qui leur permettraient de lutter contre leurs envahisseurs.

L'arrivée de Tanke était donc très bien accueillie par la plupart des gens qui habitaient son voisinage. Le forgeron se mit tout de suite au travail, avec la bénédiction du roi, pour récupérer de la nature et des fantômes ce qui était sien. Dès le lendemain de la visite royale, le forgeron était allé voir Fosiki et Biyenyi qui connaissaient beaucoup de gens et les avaient invités à son secours. Il avait en plus sollicité l'assistance de tous ceux qui avaient manifesté le désir de devenir ses apprentis. Ayant déjà, grâce à Biyenyi, fait la connaissance de toutes ses sœurs, il leur avait demandé de faire appel à leurs amies et amis. Les fermiers qui avaient leurs champs aux environs du terrain étaient eux-aussi au rendez-vous, motivés en grande partie, on doit le signaler, par leurs propres intérêts.

Malgré toutes ces manifestations de bénévolat, le forgeron ne se faisait aucune illusion. La conquête d'un terrain aussi vaste pour l'agriculture et l'habitation serait très dure et allait se faire sans saute. Cette disposition mentale d'imaginer la réalité était à l'origine de son intention de canaliser ses efforts surtout dans la préparation d'un emplacement pour la construction de sa concession et sa forge. Une fois chez lui et une fois son atelier en marche, il aurait les moyens pour recruter beaucoup d'ouvriers.

Lorsque tous ceux qui avaient été invités pour le travail s'étaient présentés, ils constituaient une véritable armée. Alignés le long d'une partie de la grande route qui passait devant le domaine et, munis de machettes et de haches, les hommes commencèrent à débroussailler. Les travaux avaient débuté exactement une semaine après la visite du roi. Les femmes s'assemblèrent tous les jours chez Fo Fosiki afin de préparer la nourriture pour les ouvriers.

Après deux jours de débroussaillage, les hommes avaient créé assez d'espace pour la construction de la concession et l'ensemencement d'un potager. Au lieu de continuer à débroussailler, ils décidèrent de préparer la terre pour la construction en déblayant le site nettoyé.

- Il n'y a rien de plus important que mon domicile et mon atelier, déclara Tanke lorsque le groupe s'était assis à l'ombre d'un grand arbre pour se rafraîchir.

- Si je te comprends bien, tu veux qu'on suspende ce qu'on est en train de faire et qu'on passe à la construction de ta concession? demanda Fosiki. Sage et prévoyant, il ne voulait pas que le groupe se disperse sans avoir cherché au moins les matériaux de construction, car cela constituait le travail le plus difficile.

- Si nous passons à ce travail maintenant, cela me donnera beaucoup de plaisir. Je peux débroussailler les herbes et déraciner les troncs tout seul, mais si je parviens même à construire la toiture d'une maison, je ne peux pas la soulever sans votre concours.

- Il a raison, répliqua Biyenyi qui s'intéressait lui aussi à voir surgir une concession et un atelier. Il voulait commencer son apprentissage dès que possible.

Lors de leur repas, ils discutèrent de la meilleure stratégie de travail. Le repas était terminé et ils étaient sur le point de reprendre le travail. Soudain, l'un des ouvriers, un jeune villageois, un forgeron aspirant, poussa un cri. Après avoir titubé quelques pas, il s'écroula.

Biyenyi arriva juste à temps pour déterminer la cause de sa détresse. Il vit un gros serpent noir disparaître sous un tas de racines et de branches sèches empilées à la lisière de la brousse.

- J'ai vu un serpent glisser sous ce tas, fit-il, excité. Là-bas! s'exclama-t-il en pointant du doigt. Il faut l'encercler avant qu'il ne s'échappe.

- On doit l'emmener au village chez un guérisseur traditionnel tout de suite, insista Fo Fosiki. La morsure sur son pied saignait et commençait déjà à enfler.

Très rapidement, un des jeunes hommes se déshabilla et se servit de sa chemise comme civière en utilisant deux pièces de bois. Le domicile du guérisseur était distant. Ce n'était donc pas surprenant que chemin faisant, le jeune homme rendit l'âme.

La nouvelle de cette mort se répandit comme une trainée de poudre; et bientôt l'incident était devenu le sujet de prédilection dans le village. On en parlait dans les bistrots de vin de palme, au marché, aux champs, dans les ateliers de travail, et surtout quand les gens se retrouvaient au coin du feu le soir. Toutes les histoires sur le Ngohketunjia qu'on commençait à oublier avec la visite du roi se ressuscitèrent. L'enthousiasme et la détermination qui avaient accompagné les travailleurs s'étaient très vite volatilisés après ce triste événement.

Peu après cet accident, une jeune femme enceinte qui prétendait avoir ramassé des fagots de bois dans ce terrain, mit au monde un enfant avec toutes ses trente-deux dents. Ainsi, un autre maillon venait d'être ajouté à cette chaîne de malheurs qui ne faisait que commencer.

Tanke était très bouleversé de tous ces évènements qui venaient miner ses efforts à domestiquer cet endroit. Il avait rejeté toutes les belles propositions que le roi lui avait faites pour qu'il ait un bon terrain. Et tous ces rejets pour finir avec un mont crapuleux qui grouillait de démons et de toutes sortes de créatures! Ce maudit terrain à la réputation terrible qui ne fit même pas honneur à l'image de marque de son beau village d'accueil !

Ce soir-là, complètement abattu, le forgeron n'avait pas pu manger. Il n'avait pas d'appétit. Consumé par un sentiment de culpabilité d'avoir été responsable de la mort du jeune homme, il se retira dans sa chambre pendant deux jours. Tout ce qu'il buvait, il le vomissait et il devenait de plus en plus faible. Sur ces entrefaites, Fo Toloh Fosiki intervint.

- Écoute petit, déclara-t-il d'un ton ferme, si à tout moment tu dois abandonner un projet parce qu'un accident s'est produit, je suis bien désolé de te dire que cette vie n'est pas pour toi.

-Fo Toloh, peut-être que ce jeune homme serait toujours en vie si je ne l'avais pas invité, répondit le forgeron, la voix rauque et pleine de tristesse. Autant que j'aimerais croire que c'est son destin d'être tué par un serpent, il ne faut pas aussi oublier qu'en faisant venir le jeune homme sur ce terrain et en l'exposant ainsi aux morsures des reptiles, je l'avais poussé vers ce destin.

- Peut-être, mais ce n'est pas évident. Je connais bon nombre de gens mordus chez eux par des serpents, intervint le chef du quartier. Alors, qu'est-ce tu veux faire maintenant, jeter l'éponge? Au moment où tu as choisi ce terrain, je t'ai dit à quoi il fallait s'attendre et ceci n'est que le premier défi et tu veux déjà abandonner la partie?

- Je veux juste me ressaisir, Fo Fosiki, répliqua Tanke. Après un accident de cette ampleur, je ne peux quand même pas agir comme si de rien n'était.

- Je te comprends. Une fois que tu seras prêt, viens me voir pour qu'on reprenne le travail. Il sortit et claqua la porte derrière lui.

Le comportement du forgeron n'avait pas déçu Fosiki. Au contraire! L'accident lui avait permis de le voir dans une autre optique, celle d'un homme altruiste. Ce côté humain l'avait de plus belle rapproché au chef de quartier. Même s'il voulait s'établir aussi rapidement que possible, il n'avait aucune envie de le faire au péril de ceux qui l'entouraient et qui l'aimaient.

Tanke se sentait nettement soulagé après sa conversation avec Fosiki. Mais il fallait aussi convaincre les jeunes villageois en proie à la peur et aux notions superstitieuses, que la morsure et la mort étaient des phénomènes naturels, pas l'œuvre de quelques esprits maléfiques.

Fo Toloh Fosiki comprenait bien leur état d'esprit. Il avait donc pris la sage décision de faire venir un féticheur dans le but d'enduire le corps du reste de travailleurs avec la pommade anti-venin. Il lui avait aussi fait fortifier les activités exorcistes du roi en aspergeant le terrain derechef de certains de ses potions magiques.

Aujourd'hui, quand je me base sur les produits anti-venins que nous a légués cette génération passée, je tends à croire qu'ils sont très efficaces. Les potions semblaient avoir mis les reptiles hors d'état de nuire, car leurs méfaits ne s'étaient jamais reproduits. Mais était-ce pour autant là la fin des malheurs? Le travail avait repris. Les ouvriers étaient parvenus à rassembler les matériaux pour la concession. C'était sur ces entrefaites que Fosiki repéra un grand arbre et il estima que si on le fit choir et débiter, on pouvait avoir du bois pour la construction. Lorsqu'il proposa cette idée aux autres, tout le monde abonda dans son sens.

- Dès demain, on doit l'abattre, déclara Tanke.

Le soir, trois gaillards dans le groupe aiguisèrent donc leurs haches en vue d'abattre cet arbre le lendemain. Dès que le travail reprit le jour suivant, ils se lancèrent à l'assaut de l'arbre.

Le tronc de cet arbre était colosse. Il fallait donc ériger un échafaudage afin d'administrer les coups de hache. Le travail était ardu. En plus, il y avait beaucoup d'insectes parasitaires qui menaient des opérations commandos contre les travailleurs à n'en pas finir. Arrivant par vagues successives et s'abattant sur eux parfois comme la pluie, ils nuisaient beaucoup au travail. Lorsque le soleil était à son apogée, une chaleur accablante venait s'ajouter à tous ces obstacles. Et malgré tout cela, le travail allait bon train.

Le premier jour, les travailleurs n'avaient pas réussi à abattre l'arbre mais la tâche avait beaucoup progressé. En partant chez eux, ils s'étaient décidés à venir achever la besogne le lendemain. Ce soir-là, une pluie diluvienne, accompagnée d'une grande tempête et de la foudre, s'abattit sur le village. Les toitures de beaucoup de maisons furent enlevées et des récoltes détruites. Certaines maisons en furent inondées et partout dans le village c'était le désarroi. Le domaine de Tanke s'étant trouvé à une altitude élevée, il fut épargné de toutes ces inondations. Alors, pour le forgeron, il y avait de quoi se féliciter de sa décision d'avoir choisi ce terrain ainsi que de réfléchir encore sur ce que lui avait dit son père.

Le matin, lorsque les gens du village se mettaient à nettoyer les dommages causés pendant la nuit, le forgeron et ses amis retournèrent à son domaine. Les jeunes qui s'étaient chargés d'abattre l'arbre reprirent leurs activités. Montés sur l'échafaudage, à peine eurent-ils commencé que l'arbre, probablement secoué durant la nuit par la tempête, pencha avec un grand bruit qui, de toute évidence, démontrait qu'il tombait. L'un des gaillards qui se trouvait sur le trajet de l'arbre n'arriva pas à se dégager à temps. La fuite des gaillards était suivie d'un cri d'agonie et d'un long silence ensuite. Du lieu où ils s'étaient réfugiés ils virent que l'échafaudage où était leur ami avait disparu. Ils accoururent sur la scène. Ils ne voyaient que les pieds de la victime de l'accident. Les autres arrivèrent aussi sur la scène et constatèrent la catastrophe.

Très rapidement, Fosiki dépêcha deux de ses partisans au village et peu après leur retour, le terrain grouillaient déjà d'hommes venus armés de haches et de machettes eux aussi. Ils travaillèrent pendant des heures et parvinrent finalement à libérer le jeune homme tué dans l'accident. Son corps était broyé par le poids de l'arbre. C'était un spectacle affreux.

Avec deux mortalités, les villageois ne pouvaient plus rester indifférents. Ils envoyèrent une délégation au palais dans le but de solliciter une intervention royale. Sur ce, le roi se trouva dans une situation difficile. Pouvait-il retirer le terrain et réimposer l'injonction sans perdre la face? La réponse à ce dilemme ne se trouvait pas à Ndobo mais plutôt dans un village voisin.

12

Qui ne connaissait pas le petit village d'Eba! Il se situait à environ quarante kilomètres à l'est de Ndobo. C'était une plaine minuscule calée entre un groupe de montagnes. Bien que le village fût petit, il avait une grande réputation. Eba était reconnu pour ses guérisseurs et mystiques traditionnels. Cette réputation rendait Eba très populaire et craint. Ce qui était tout à fait normal dans un monde où les pandémies se déclaraient très fréquemment; et quelques sorciers cachés parmi la population avaient aussi leurs propres mots à dire sur beaucoup de drames qui se produisaient. La réputation d'Eba était enracinée dans un passé lointain. Un passé durant lequel les guerres interethniques sévissaient encore. A cette époque-là, Eba, comme bon nombre de villages dans notre région, faisait encore partie d'une grande ethnie du nom de Jukun. Cette ethnie se trouvait dans la partie septentrionale de Gobir, le pays qui avoisine Mayuka à l'ouest.

L'histoire de notre peuple retient qu'un jour, alors que tous les Jukunais adultes étaient partis aux champs, une bande d'envahisseurs se déferlèrent sur une partie de la tribu. Après avoir mis à sac le territoire, ils rebroussèrent rapidement chemin vers le nord. Surnommés Gaïnakos, ces envahisseurs arrivaient de temps à autre montés sur des chevaux. Ils étaient toujours armés d'arcs et de flèches à barbillons empoisonnées, ainsi que de longs sabres.

Au cours de l'attaque de ce jour-là, ils commirent l'erreur monumentale de s'emparer d'une jeune Jukunaise appelée Nayah. Nayah était l'unique enfant d'une formidable mystique et guérisseuse. C'est à cette dame que les villageois s'adressaient souvent pendant les moments de détresse. Plus je pense à cette femme aujourd'hui, plus je tends à croire que son nom de Ngelaah n'était en fait qu'un sobriquet qui signifiait « celle qui porte la souffrance du peuple » dans la langue locale. Le nom semblait donc avoir plutôt traduit l'importance de la dame dans la communauté.

Si cette guérisseuse était bien connue par sa puissance et son courage, elle avait aussi une autre qualité. Elle ne se laissait jamais faire. Elle descendait d'une longue lignée d'une prêtresse magique redoutable; et elle avait hérité tous ses secrets et connaissances magiques de sa mère après la mort de cette dernière.

Ngelaah pouvait prédire l'avenir en lisant les nuages ou en regardant le soleil. Elle conversait avec les criquets et les animaux sauvages ; et elle détenait le secret de l'art « d'arrêter la pluie. » Elle n'avait pas besoin de courir après ceux qui lui devaient quelque chose car elle détenait le pouvoir d'envoyer l'éclair les abattre, s'ils décidaient de la duper. Elle traquait les voleurs à l'aide d'un balai et une rumeur, bien répandue, courait qu'elle avait passé une semaine toute seule dans la grande forêt de sorciers lorsqu'elle était encore très jeune. Elle dévoilait de temps en temps les identités de ces diables, si géants que leur tête se dissimulait dans les nuages, qui se cachaient parmi les gens et qui ne s'aventuraient que pendant la nuit profonde.

Mais son plus grand prestige provenait d'une recette très secrète qu'elle avait constituée. Composée de poudre de certaines feuilles et de racines sèches écrasées ainsi que celle de carcasses de certains animaux et insectes qu'elle seule pouvait identifier, ce produit bizarre, du nom de tobassi, servait de philtre. Pour tous ceux qui ne sont pas issus de ma région ou de mon pays, c'est un breuvage destiné à envoûter et réduire à un petit chiot des amants et amantes récalcitrants ou réfractaires.

Quand les envahisseurs avaient enlevé Nayah, Ngelaah lut dans les nuages. Au lieu de se lamenter ou de mener des actions pour sa libération comme beaucoup s'y attendaient, Ngelaah s'esclaffa plutôt; puis elle regagna sa case qui, à l'intérieur, était ornée de toutes sortes de fétiches. Elle en sortit portant une calebasse de vin de raphia qu'elle posa par terre et commença à boire joyeusement.

- Ma fille se porte bien, déclara-t-elle aux curieux qui s'assemblèrent autour d'elle.

- Est-ce qu'elle reviendra? Quelqu'un dans la foule voulait savoir.

- A ce que je sache, non. D'ailleurs, cela n'est pas nécessaire.

- Elle ne va pas vous manquer? insista la voix.

- Si, mais cela n'est pas plus important que ce qu'elle va faire.

Les gens n'y comprirent rien de cette réaction! Peut-être mes lecteurs et lectrices ne comprendront rien non plus. Pourtant ce comportement se comprend facilement si on accepte qu'une lionne ne donne jamais naissance à un agneau.

Nayah était conduite devant le roi du village de Goro, village des ravisseurs. Elle était ligotée. Le roi de Goro s'appelait Abo. C'était à sa solde que cette bande armée de mercenaires menaient leurs activités. Dès que le roi la vit, il fut envoûté par sa beauté rarissime et décida sur-le-champ de faire d'elle l'une de ses concubines. Or Garandi, le commandant de la bande et l'homme, grâce à qui la vie de la prisonnière fut épargnée, la voulait aussi pour la même raison. De ces convoitises antithétiques surgit un antagonisme mortel entre le roi et son commandant.

Sur le plan social, Nayah était plus proche de Garandi avec qui elle flirtait discrètement. Le commandant la désirait et exprimer son attraction par de petits gestes qui n'échappaient pas à l'observation du roi. Et ce dernier devint profusément jaloux. Le roi se montrait, par conséquent, peu enclin à se confier à son commandant comme il le faisait auparavant. Ce changement d'attitude n'échappait pas à la vigilance de Garandi qui commençait lui aussi à garder ses distances. En public, Abo manifestait des sentiments d'amitiés envers son commandant Garandi, pourtant, il échafaudait en secret des stratégies pour l'assassiner. Bien que le commandant fût très rusé, c'est Nayah qui le mettait le plus souvent au courant des détails du complot que le roi préparait contre lui. Plus les manigances et les fourberies se multipliaient entre le roi et le commandant, plus s'élargissait le fossé qui les séparait désormais. Le roi, sans avoir toutefois ouvertement déclaré la guerre au commandant, le nomma à un poste plus prestigieux mais moins stratégique. Ce n'était qu'un leurre; un cas classique du cadeau empoisonné. Mais le commandant n'était pas dupe. Les années passées au service du roi lui en avait assez appris sur son rival et ses méthodes d'éradication de la concurrence.

Entretemps, Nayah prit contact avec Zerbo, celui que le roi venait de nommer comme remplaçant de Garandi en tant que commandant de Gaïnakos. Elle fit du nouveau commandant son amourette. Et puis entre Abo et Garandi, elle fortifia l'inimité en attisant le feu de mésentente par la propagation de toutes sortes de rumeurs, souvent fausses. Se sentant de plus en plus assiégé et de moins en moins en sécurité, l'ancien commandant finit par se faire un campement ailleurs, entraînant avec lui une partie de son entourage et certains de ses soldats. Après avoir utilisé la recette secrète de sa mère pour constituer un philtre, Nayah parvint à réduire le roi du village à sa marionnette. La voie ainsi préparée, elle trama un complot pour le renverser du pouvoir avec le concours de Zerbo.

Ce coup se produisit au même moment où elle faisait l'amour avec le roi. Ayant posté les soldats qui lui étaient fidèles comme gardes du palais le jour du coup, Zerbo arriva à la tête de certains de ses hommes. Sans coup férir, il déposa le monarque et s'empara de son palais et de tous ses biens.

- Que veux-tu qu'on fasse avec le roi? demanda Zerbo à Nayah après l'opération. J'aimerais qu'on lui tranche la gorge parce que tant qu'il vit, il constitue un grand danger pour nous.

- Traître! s'exclama le roi Abo lorsqu'il s'aperçut que Nayah avait participé au complot. Tu vas mourir de la même façon! s'écria-t-il en crachant.

- Pour toutes ces injures qu'il vient de m'adresser, je lui ferai savoir de quel bois je me chauffe.

- Qu'est-ce tu entends faire alors? lui demanda le nouveau roi.

- Voici un truand qui a passé toute sa vie à priver les femmes de la réjouissance sexuelle en les cantonnant par centaines dans son harem. J'aimerais le voir subir le même sort.

- Tu ne me dis pas ce que tu veux qu'on fasse, reprit Zerbo. Il ne faut pas que Garandi sache que le roi vient d'être déposé.

- Salope! s'écria le roi. Le roi était ligoté et jeté à même le sol mais il ne s'avoua point vaincu. Je vais t'avoir laide femme! continua-t-il de s'exclamer.

- Non, Garandi ne peut pas le savoir, répondit-elle avant de revenir sur les déclarations du roi déchu. Mais voici ce que nous allons faire avec notre petit roi qui ne cesse de me combler d'injures. Nous allons chercher une calebasse pleine de fourmis militaires qui savent bien piquer. Après, nous allons y fourrer son gros machin à violer les femmes. Ensuite, à longueur de journée, nous ferions défiler les belles demoiselles aux seins pointus devant lui. Quand le machin va se mettre debout dans la calebasse, les fourmis vont réagir. Cet acte de provocation va continuer pendant trois jours au bout desquels le roi sera castré. Nous allons le garder dans un cachot où il se fera entretenir par toutes les belles femmes de son choix.

- Vraiment, c'est une idée géniale! s'exclama Zerbo. J'aime les femmes à cause de leurs propositions souvent très soignées.

- Ne t'en fait pas, car ce n'est que le commencement et tu en verras de plus belle!

- J'aimerais faire une proposition, déclara Zerbo.

- Vas-y et j'espère qu'elle est bonne.

- Si au lieu de mettre les fourmis militaires dans la calebasse, on y met plutôt les scorpions.

- Fantastique! s'écria Nayah. J'aime les hommes parce qu'ils ne manquent pas d'idées adorables.

- Maudite créature, peste et fille d'une prostituée! cria le roi. Pour tout ce que je t'ai fait, c'est comme ça que tu me récompenses?

- Qu'est-ce que tu m'as fait, violeur! répondit-elle. Écoute, en m'imposant une vie de prisonnière et d'esclave sexuelle dans un harem où tu as plus de cent femmes?

- Mais, n'est-ce pas avec toi que je couchais très souvent?

- Merci pour cette faveur! Traîne-moi ce monstre à un cachot au fond de son palais.

Trois mois plus tard, excédé par la honte d'être alors castré, tout seul au fond de son cachot, le roi se suicida.

Bien que le roi fût mort, Garandi le croyait toujours vivant. Ce dernier convoitait lui aussi le pouvoir et s'il était au courant de la mort du roi, il n'aurait pas laissé le nouveau commandant rester tranquillement sur le trône. Il aurait tenté de le renverser afin de s'emparer du pouvoir. Zerbo décida donc de frapper le premier et d'en finir une bonne fois pour toute avec l'ancien commandant.

Pour un homme qui avait mené une grande partie de sa vie dans les combats, Garandi était rusé; ce qui revenait à dire qu'il n'était pas facile à prendre. Mais, c'est avec le fer qu'on coupe le fer, n'est-ce pas?

Nayah continuait de mener très discrètement ses activités amoureuses avec le nouveau roi. Comme personne n'en savait rien, elle maintenait, toujours dans la discrétion, ses flirtations aussi avec Garandi, tout en lui tendant un piège. Elle savait qu'il s'amourachait d'elle; mais, il était malheureusement d'un tempérament très explosif et violent pour qu'elle en fasse autant. En plus, l'ambition de Nayah allait au-delà du cadre purement amoureux. Elle lorgnait le pouvoir.

- Je ne peux pas compter sur les hommes comme nos gardes, lança-t-elle un jour en guise de conseil après avoir gavé Zerbo de ses médicaments magiques. Ils boivent au quartier et ils viendront dormir ici.

- Qu'est-ce que tu proposes alors? demanda-t-il.

- Pas grand-chose, répliqua-t-elle. Nous allons former les femmes comme gardes.

- Les femmes! Je n'ai jamais entendu cela.

- Si, les femmes, répondit-elle. Et tu viens d'entendre cela de ma propre bouche! As-tu des problèmes avec cela?

- Pourquoi ce changement brusque?

- Pourquoi pas!

- Ce n'est pas juste.

- C'est l'homme qui a créé l'injustice et nous autres femmes, nous nous en servons seulement.

- Ne mets-tu pas en danger notre vie.

- C'est ta façon de voir, répliqua-t-elle. Nous venons de renverser un roi entouré de gardes mâles et cela ne t'apprend rien?

- Vas-y alors, dit-il, après une hésitation. J'espère qu'elles seront beaucoup plus efficaces.

- Qu'est-ce qui te fait penser qu'elles seront moins efficaces?

- Je veux seulement que notre sécurité soit garantie, peu importe ceux ou celles qui l'assureront.

Le roi, Zerbo, n'était pas convaincu; mais il ne pouvait pas résister parce qu'il était déjà sous l'emprise de la poudre magique.

La formation de la garde féminine ne tarderait pas. Elles étaient bientôt prêtes à être déployées. Nayah passa immédiatement à la prochaine étape de son plan. Avec le consentement du roi, elle décida de donner à penser qu'elle avait succombé au charme de Garandi. Envoûté lui aussi par la poudre magique, il perdit la raison et céda à toutes les demandes de la femme. C'était lorsqu'il était dans cet état qu'elle proposa de venir de temps en temps passer la nuit chez lui. Et chaque fois qu'elle était avec lui, elle lui donna l'impression que Abo vivait encore et qu'elle se soustrayait de son palais à son insu parce qu'elle aimait l'ancien commandant de tout son cœur. Il la croyait sur parole et les deux menaient les « affaires clandestines ».

- Je pense que le moment est venu de faire le coup contre Garandi. Il faut donc demander à Zagi, le commandant qui vient de te remplacer, de conduire nuitamment ses troupes vers les hautes terres qui entourent son campement, proposa-t-elle à Zerbo. Il faut tuer l'ancien commandant maintenant.

Les préparatifs du coup déjà achevés, les deux se mirent d'accord pour que Nayah aille passer la nuit chez Garandi au même moment où les troupes de Zagi se déployaient derrière les hautes terres. Elle donna les raisons de son choix.

- Garandi n'a pas beaucoup d'hommes à l'heure actuelle. Donc au lieu de faire face à une force nettement supérieure, il préférera plutôt fuir. Je sais qu'il veut reconstituer ses forces avant la conquête du pouvoir. C'est un Gaïnako très rusé. Notre moment est venu. On doit saisir l'opportunité.

Vint le moment du coup. Il faisait bien noir lorsqu'elle monta sur son cheval et se dirigea tranquillement vers le campement de l'ancien commandant de Gaïnakos. Elle le trouva à l'endroit où ils devaient se rencontrer et, après avoir attaché son cheval, les deux se rendirent à son campement. La lune n'était pas encore sortie. La hutte personnelle du commandant se situait un peu à l'écart et une fois à l'intérieur, Nayah se mit à l'aise. Spacieuse et aménagée comme la plupart des huttes de Goro, elle était éclairée par une lumière avare installée dans un coin. En dépit de l'obscurité ambiante, la lueur permettait à la femme de pouvoir s'orienter. Avec une facilité comme si la hutte était sienne, elle s'en alla s'asseoir sur un tabouret retiré dans ce coin isolé de la hutte où l'ancien commandant accueillait ses visiteurs.

Elle déposa le sac qu'elle tenait en main et en fit sortir les bidons de boissons alcoolisées faites à base du miel qu'elle avait préparés. Au cours des premières heures de sa visite, elle le fit boire précipitamment une grande quantité de ces liqueurs alcoolisées. Rendu fatigué et excité par l'alcool, l'homme était à la merci de la femme qui saisit l'occasion de l'épuiser davantage avec ses avances sexuelles à n'en pas finir. Pendant tout le temps qu'elle passa chez lui, elle ne ferma pas l'œil, même si elle donnait parfois l'impression qu'elle dormait à poings fermés.

Lorsqu'elle jugea le moment propice pour l'assaut, elle s'excusa. Elle prétexta au commandant, embourbé dans un sommeil de guerrier, qu'elle allait répondre aux appels de la nature. Elle sortit par une échappatoire préparée par le commandant. Nayah connaissait cette porte secrète à force de trainer avec le maitre des lieux. Elle attendit impatiemment le moment de l'attaque. Elle était sur le point de rentrer afin de ne pas éveiller de soupçons quand un second coq chanta. Aussitôt, elle entendit retentir des bruits venant des sommets des hautes terres lointaines. C'était un cri de guerre suivi par les coups de sabot des chevaux au galop qui écorchaient le sol aride. L'attaque contre le campement de Garandi était lancée.

Sans perdre de temps, elle se dirigea vers un endroit où elle avait repéré un puits tari. Elle y descendit à l'aide d'une liane qui y pendait et se cacha. Garandi était maintenant en plein sommeil. Il croyait rêver lorsqu'il entendait le bruit de troupes en branle. Il aurait été même pris dans son lit si l'un de ses gardes de corps ne vint l'avertir de l'assaut. Alors que ses hommes, surpris par l'invasion qui les avait pris complètement au dépourvu, se dispersèrent dans tous les sens, il se revêtit rapidement et sortit de sa chambre. Ayant fait le triste constat qu'une grande partie de ses hommes avait pris la poudre d'escampette, il se sauva et descendit lui aussi dans le même puits sec. Quelle surprise d'y trouver la femme!

- Ferme ta gueule! ordonna-t-elle. Je pense que le roi est au courant de mon absence et il veut nous tuer, chuchota-t-elle. Si ses hommes savent que nous sommes ici, ils vont nous égorger en commençant par toi, prévint-elle à voix basse en couvrant la bouche du commandant.

- *Shuuuh!*

De leur cachette, ils entendaient les soldats en train de tout saccager et de massacrer les hommes de Garandi. Les cris de malheurs et d'agonie se faisaient entendre partout. L'odeur de la fumée des cases leur parvenait. Ils n'avaient pas besoin d'assister à ce spectacle tragique car le chaos régnait partout.

- Cherche-moi ce truand de Garandi! cria une voix, probablement celle de Zagi, le nouveau commandant. Je veux l'égorger moi-même.

Les combats durèrent environ une heure et demie. Les bruits diminuèrent progressivement. Les clapots de chevaux s'éloignaient. D'après le complot, le roi allait se comporter comme si l'invasion et le massacre des forces de Garandi étaient l'œuvre d'une force étrangère. Il fallait donc qu'elle soit une attaque éclair.

Dès que les bruits eurent cessé, le chef des Gaïnakos grimpa du puits. Ce qu'il vit le fit fondre en larmes. Pour un homme qui avait passé le plus clair de sa vie à massacrer, ses pleurs en dirent long. Dans les décombres de son campement, réduit en cendres et braises fumantes, il voyait beaucoup de ses hommes décapités ou transpercés. Certains corps n'avaient ni jambes, ni bras. Le spectacle était affreux. Sans plus penser un instant à Nayah, encore recroquevillée dans le puits, Garandi décida de se diriger vers le nord pour reconstituer ses troupes afin de revenir venger ces massacres et cette destruction.

Nayah sortit du puits quelque trente minutes après. Elle regagna sa monture. Elle bondit rapidement en selle et se dirigea vers le palais du roi. Avant son arrivée, les gardes avaient déjà envahi la chambre du roi et l'avaient fait prisonnier.

- Zerbo, je t'épargne la vie mais désormais je suis la reine, celle qui dirige les affaires ici, déclara-t-elle en arrivant sur la scène.

- Tu commences par la création des femmes gardiennes et tu veux maintenant devenir la reine? Une femme ne peut pas être ma souveraine!

- Zaria, égorge-moi cet idiot et désormais tu es la commandante de mes troupes.

Après avoir exécuté cet ordre, les femmes étaient toutes sur le point de sortir lorsque Zagi fit irruption dans la salle.

- A-t-il voulu résister à ton autorité? demanda-t-il en voyant l'ancien roi couché sur le plancher dans une mare de sang.

- Oui, répondit-elle. Vraiment, les hommes sont si prévisibles et traditionnalistes, ils manquent toujours d'originalité, ironisa-t-elle avec un grand sourire. Même quand il faut changer, ils résistent toujours et finissent par payer de leur tête.

Nayah, épouse de Zagi, troisième commandant des Gaïnakos, créa la légende de Nayah d'Eba. Cette dame de fer, cette magicienne, entraîna ses partisans vers le sud, hors de la portée des hordes d'envahisseurs meurtriers qui rôdaient dans la région. Ils s'installèrent d'abord dans une région appelée Balang, où ils durent faire face à trois reprises à des invasions avant de se replier davantage vers le sud. Après quelques déplacements, je ne me rappelle plus exactement, ils se fixèrent à l'endroit actuel qu'ils baptisèrent Eba, ce qui veut dire « Pour Toujours. »

13

ntouré de forêts denses, le village d'Eba se situait dans une plaine verdoyante et giboyeuse. Pendant des décennies, ses habitants s'étaient taillé une grande réputation en tant que magiciens, mystiques et guérisseurs traditionnels.

Dans ce village, plus précisément dans la famille de Nayah et Zagi, un joli petit bambin vit le jour. Les anciens mystiques du village avaient étudié pendant les premières années de son enfance ce fils, unique survivant de sa mère. Ils le désignèrent donc le dépositaire des secrets et des formules magiques des aïeux. Deux raisons majeures justifiaient ce choix. Ces mystiques prétendaient accomplir la volonté des ancêtres avec qui ils demeuraient constamment en communion. Ils se basaient aussi sur la propension que le petit avait pour l'art de guérison et de mysticisme.

Tout petit, l'enfant avait accompagné sa mère au marché local lorsqu'une vieille dame accosta celle-ci et voulait lui serrer la main.

- Va-t'en sorcière! cria l'enfant en bloquant la main de la dame. Elle va mourir ce soir, mais si elle serre ta main, c'est toi qui mourras à sa place, expliqua l'enfant à sa mère. La femme tenta de disparaître dans la foule.

Filée et traquée par certains villageois, elle fut enfermée par ces curieux qui voulaient voir si la prédiction de l'enfant allait se réaliser. Le lendemain, lorsque les villageois arrivèrent à la maison où la femme était détenue, ils la trouvèrent couchée dans un coin, morte.

Un autre incident se produisit à la suite d'un vol. L'enfant fut invité pour donner son avis sur les suspects qui avaient été ramenés au palais, pour jugement. Dès qu'il arriva, il jeta un coup d'œil et déclara que le voleur n'était pas parmi les accusés.

- Si tu dis que le voleur n'est pas parmi tous ces accusés, où est-il alors? lui demanda sa mère.

Sans prononcer un mot, l'enfant s'enfonça dans la foule de spectateurs et montra du doigt un vieux monsieur. En plus de l'avoir désigné, il précisa l'endroit où il avait caché son butin. Les villageois se précipitèrent dans le coin indiqué et en revinrent avec les machettes que l'homme avait volées.

Oui, c'est cet enfant, qui avait fait ses preuves, que les vieux membres de la confrérie des mystiques avaient choisi comme gardien de la tradition de son village. Mais comme l'enfant était encore jeune, les membres de sa famille consentirent qu'il reçoive ce qui lui revenait de droit dès qu'il aurait atteint sa majorité.

À son adolescence, il se produisit un évènement qui, sans changer le cours de sa vie, le transforma physiquement. Un jour, il écouta le discours d'un homme blanc à la place publique. Il était en présence de sa mère et de la populace. Cet homme était arrivé le jour du marché, à dos d'Émeraude, son cheval noir. Son discours portait sur Jésus-Christ, mort sur une croix afin de sauver le monde. Le sens du sacrifice tel qu'expliqué par cet homme toucha profondément l'adolescent.

Le Blanc était impressionnant. L'homme était grand de taille, barbu, avec des yeux perçants comme ceux d'un chat et les cheveux longs comme ceux d'une femme mororo. Les paroles, qui tombaient de sa bouche comme les grêles, étaient envoûtantes. L'impact sur le jeune homme était instantané. L'enfant but à grande gorgée de cette fontaine, qui était l'homme blanc, un évangéliste et prêtre irlandais appelé Donovan. L'enfant fut transformé. Et en lui, fut né le désir d'aller à l'école de Blancs et de faire le même travail que le monsieur exerçait.

Quand le moment de son investiture comme mystique et guérisseur arriva, Migan, le nom populaire qu'il portait quand il était enfant, se mit à résister. Le jeune homme affirma que si on ne le laissait pas adopter le métier de l'homme blanc, il opterait pour la menuiserie. Mais sa famille ne voulait rien entendre. À peine deux jours après avoir élu domicile chez un menuisier où il cherchait la réalisation de ses rêves, il fut frappé de cécité.

Son refus de céder à la volonté des ancêtres était un affront. Il revint chez les siens à contrecœur. Cependant, il ne pardonnait pas aux siens de l'avoir infligé de cécité. Tout en acceptant les pouvoirs attachés à sa nouvelle position, il attendait un moment propice pour exprimer son mécontentement.

Entretemps, il se mettait au service de la communauté comme le voulait la tradition. Averti d'une bande de voleurs qui semait la terreur dans un quartier, il dépêcha un émissaire pour leur demander de mettre fin à leurs activités. Mais au lieu de suivre ses consignes, les truands capturèrent l'émissaire et le rouèrent de coups

- Va dire à ton charlatan d'aller voir ailleurs!

L'émissaire rentra les habits en lambeaux, le visage gonflé et les larmes aux yeux. Il répéta mot à mot ce que les bandits avaient dit.

Migan n'apprécia point l'affront à sa personnalité. Il apprécia encore moins le traitement que venait de subir son envoyé. Les bandits avaient aussi un grand sourire aux lèvres lorsqu'ils ruaient l'émissaire de grands coups de pied. Face à cette situation, Migan ne proféra aucune parole parce qu'il savait par quel piège il allait prendre les membres de la bande.

- C'est par la bouche qu'on attrape la souris! exclama-t-il.

La semaine suivante, un monsieur frappa à sa porte pour lui annoncer qu'il venait de perdre deux têtes de bétail. Le soleil venait de se lever. Migan était debout devant sa porte ; le visage tourné vers ses rayons dorés, il déclara que ce vol était l'œuvre de la même bande. Un appel, appuyé par le roi du village, demanda aux bandits de se rendre. Cette démarche ne porta aucun fruit. C'était donc le temps au vénérable de prouver qu'il était capable. Le temps d'utiliser les formules magiques les plus terribles était arrivé.

- Que les familles de voleurs responsables s'apprêtent aux deuils demain, il fit annoncer à grand écho avant de préparer sa potion magique.

Et le lendemain, trois membres de la bande tombèrent morts. Son coup terrible contre les bandits sema la terreur partout. Malgré cette manifestation de sa puissance, certains sorciers n'étaient pas convaincus que le féticheur pouvait les mater avec ses artifices mystiques. Ces provocateurs se lancèrent dans leurs activités funèbres avec un acharnement épouvantable. Est-ce que c'était pour mettre le vieux à l'épreuve? Est-ce qu'il voulait voir si Migan pouvait les vaincre? En tout cas, la réaction ne tarda pas à venir.

Le moment de venger sa cécité était venu. Un jour, il se rendit au marché de Ndobo. Il y allait souvent. Mais, comme il était un peu discret, très peu de personnes le connaissaient.

Ce jour-là, chacun menait ses activités routinières. Les vendeurs s'occupaient de leurs comptoirs quand soudain, un crocodile en caleçon rouge sortit brusquement de la brousse et se mit à semer la terreur. Il fonça sur une femme avec un enfant. Il s'empara de l'enfant et disparut dans la brousse. Ce forfait, opéré en plein jour, démontrait le mépris total des sorciers à l'égard de la population.

« L'homme d'Eba » ou simplement Eba, le sobriquet que le féticheur se méritait plus tard dans tout notre village, décida après ce drame de passer quelques semaines de plus à Ndobo pour suivre les dénouements de cet incident. Deux jours après l'affaire, le corps inanimé de l'enfant fut découvert, la bête n'avait arraché que le cœur.

L'heure tant attendue par Eba avait sonné. Il contacta la mère de l'enfant mort. Pendant leur discussion, il esquissa un sourire malveillant avant de demander qu'on lui ramène le cadavre de l'enfant. Il coupa quelques mèches de ses cheveux et demanda qu'on aille enterrer le reste.

Pendant une semaine, il disparut du village. Certains disaient qu'il était dans l'une de nombreuses grottes de Ngohketunjia où il subsistait de chauves-souris, de miel et de champignons sauvages. Les autres disaient qu'il était retourné dans son village. Mais le prochain jour du marché il jaillit de sa cachette. Habillé d'une vieille peau de léopard, il puait comme la merde. Cet accoutrement arborait toutes sortes d'amulettes, de petites calebasses et de coquilles qui contenaient des gris-gris. Ses yeux aveugles étaient rouges comme le sang. Il ne s'adressait à personne et ne répondait pas lorsqu'on lui parlait. A son approche, tout le monde s'écartait, repoussé tant par son odeur terrible que son apparence affreuse.

Il alla directement au marché et se plaça là où le crocodile avait arraché l'enfant. Il sortit un canari, le mit par terre et attisa le feu à l'intérieur. Il y versa des poudres qui firent jaillir les étincelles et augmenter la fumée. Les lèvres remuant en murmures, il se livra à des versets dont lui seul comprenait le sens. Armé d'un sifflet en bambou, il fit le tour du canari, sifflant de manière féroce tout en murmurant par intervalles, et à voix haute, ses incantations. Au fur et à mesure que l'activité se prolongeait, la foule autour de lui grossissait. Les spectateurs étaient attirés autant par la curiosité que le désir de voir punir ceux qui s'étaient livrés à un acte si diabolique.

Eba faisait toujours ses incantations. On dirait qu'il étudiait la foule avant de passer à une vitesse supérieure. Les circuits autour du canari continuèrent jusqu'à ce que le feu semble être éteint. Il arrêta subitement sa danse et fixa une partie de la foule comme quelqu'un qui avait complètement perdu la raison.

- Que la personne qui a tué l'enfant se dénonce tout de suite avant que je ne me fâche! s'écria-t-il si brusquement qu'il fit sursauter beaucoup de gens.

Cette déclaration déclencha une vague d'agitation nerveuse qui balaya la foule. Apparemment pris de panique, les gens jetaient des coups d'œil furtif sur ceux qui se tenaient à proximité. Le féticheur quitta le lieu. Il commença à exécuter une danse tout en chantonnant une vieille rengaine qui est, en effet, je le sais aujourd'hui, l'hymne d'une secte traditionnelle ultra téméraire. Comme il avait une apparence vieille, ridée, fatiguée et courbée, ses pas de danse étaient un peu maladroits et provoquèrent plutôt des rires.

Modulant sa voix, qui partait de très bas à très haut, il continua d'exécuter sa petite danse de joie. Il vint se mettre en face d'une section compacte de la foule. Ceux qui se tenaient à l'endroit se mirent à bouger et puis à s'égailler comme un essaim d'abeilles. Tout le monde bougeait sauf une vieille dame ridée aux cheveux complètement blancs. Tordue par l'âge comme une tortue, elle projetait cette apparence d'un tronc d'ébène sculpté par l'action constante de l'eau en rage d'une rivière. Ses ongles, longues comme les griffes d'un léopard, étaient bourrées de saleté. Elle se grattait constamment, ce qui donnait à penser que les vieilles couvertures déchirées dans lesquelles elle s'était enveloppée grouillaient de toutes sortes de vermines.

Qui était-elle? Mabufudong, c'était le nom de cet épouvantail chassieux. Elle était bien connue des villageois parce qu'elle vivait seule dans une cabane qui se trouvait à la lisière d'une forêt proche de Ngohketunjia. Personne n'avait vraiment compris pourquoi elle s'était écartée de la population. Les rumeurs couraient qu'elle n'était pas de Ndobo, mais plutôt de Tangoh, un village voisin. Elle se serait mariée dans ce village à un riche commerçant avec qui elle aurait eu six enfants. Et puis le monsieur mourut subitement, empoisonné selon les mauvaises langues.

Les mêmes auteurs de ces histoires prétendaient que la dame avait connu une vie de luxe pendant que son mari vivait. Mais elle n'avait pas pu faire les ajustements nécessaires pour préserver son héritage. Réduite à la pauvreté, elle avait honte d'approcher sa famille avec laquelle elle s'était brouillée dans ses jours de grâce.

C'était à cet instant qu'elle vint s'installer à Ndobo. Et puis un à un, comme les poussins atteints de l'épidémie de peste aviaire, ses enfants commencèrent à mourir, jusqu'à ce qu'il n'en reste que deux, une fille et un garçon. Mais quand le garçon perdit la vie dans un accident de la circulation, le vieux démon de cancans resurgit! Certaines personnes accusaient la femme d'être membre de *Famla*.

Famla est une organisation secrète qui, selon les dires, ses membres y troquent la vie des individus contre d'énormes sommes d'argent. Les gens racontent des histoires à couper le souffle sur *Famla* dont la véracité reste bien discutable. Car que dire de Mabufudong qui en était accusée et qui toutefois, vivait dépourvue de toute trace de richesse matérielle? De toute évidence, cette dame menait une vie misérable dans la solitude et en marge de la société. Il y a beaucoup de choses en Afrique qui m'échappent jusqu'à nos jours, en fait.

Ainsi isolée de la foule, elle commença à verser des larmes. Elle ne regardait point la foule. Cachait-elle donc quelque chose? Étant la grand'mère de l'enfant saisi par le crocodile, on n'aurait pas besoin d'un philosophe africain pour prouver sa culpabilité, car dans les guerres qui sévissent chez les sorciers, les victimes sont souvent des membres de leur propre famille. Mais, à la lumière de ce que nous venons de lire sur Mabufudong, il se pourrait qu'elle n'ait peut-être rien à voir dans cette affaire. Ah oui, j'ai bien dit « peut-être! » Passons à Eba, spécialiste en la matière.

Le féticheur s'approcha d'elle. La main droite plongée dans une poche de son accoutrement bizarre, il en sortit une flasque, dévissa le cap et vida son contenu liquide sur la tête de la dame. Elle se mit à sangloter, gémissant, se tordant le corps, et agitant les mains comme si un essaim d'abeilles l'attaquait. Au moment de ses tourments, une boule rouge glissa de sa couverture et tomba par terre. Un individu courageux bondit de la foule, la ramassa et la remit au vieux féticheur qui procéda sans tarder à la délier. Cet exercice terminé, on se rendit compte qu'il s'agissait d'un cœur enveloppé dans un vieux caleçon rouge. La boule sanguinolente provoquait des doutes et donc une cohorte de questions chez les badauds stupéfaits par ce qu'ils voyaient. Est-ce que c'était le cœur de l'enfant attaqué par le crocodile? Est-ce que la vieille dame était accusé parce qu'elle ne pouvait pas se défendre? Ne serait-ce pas le vieux sorcier Eba qui par ses tours aurait mis cette boule dans la couverture de la vieille femme? Peut-être que la boule confirmait la culpabilité de la dame dans le meurtre sauvage et brutal de son petit-fils par la sorcellerie. A quoi bon être membre du *Famla* et tuer sa descendance, si sa vie était si misérable? La suite nous édifiera certainement.

- Tu n'auras pas de repos tant que tu n'as pas dévoilé l'identité de tous les membres de ta petite confrérie de sorciers qui a pris ce village en otage, tonna le vieux féticheur, mettant l'accent sur chaque mot.

A peine eut-il fini de prononcer ces mots que la dame, d'une voix tremblante et le corps saisi par un frémissement terrible, commença à réciter les noms : Funu, Asang, Ngwo, Ndong, Kajang, Kanne, Tenae, et Nibih. Lorsqu'elle finit son récit, elle s'écroula en convulsion.

Son entreprise ayant été exposée à grand jour, le vieux la fit conduire au palais royal. Les noms de ceux qu'elle avait dévoilés avaient été vulgarisés aussitôt. Personne n'en était surpris. Pendant longtemps, ils étaient les victimes de moulin à rumeurs liées à la sorcellerie. Une expédition de gros bras se lança à leur poursuite. Entre temps, le conseil de *Fo* confisqua leurs biens et les vendit aux enchères. Le revenu fut remis à la mère de la victime en guise de dédommagement. Tous ceux qui étaient cités mais qui n'avaient pas réussi à s'enfuir furent capturés. Les nouvelles de cette affaire se propagèrent comme une traînée de poudre. Le message ne pouvait être plus clair.

De cette manière inattendue, la famille Eba s'imposa sur la scène de Menka. C'est ainsi que mon père avait déjà nommé son domaine qui devint par la suite notre sous-quartier. Tous ces évènements marqueraient de certaines manières ma vie d'enfance. Encore aux prises avec les démons de son domaine, le forgeron ne se fit pas attendre pour solliciter le service de ce féticheur. En revanche, il lui céda une partie de son grand terrain. Eba s'installa sur le terrain avant de faire venir d'autres membres de sa famille. Il avait finalement obtenu sa vengeance contre son village pour sa cécité en délaissant le foyer ancestral. Grâce à cette décision et grâce à ses énormes pouvoirs mystiques, il parvint à extirper tous les démons du terrain qui rendaient la vie dur à mon père dont les récents événements avaient fait estomper son scepticisme initial. Eba lui permettait ainsi de pouvoir finalement construire sa concession et sa forge en toute quiétude. Cela explique la proximité de la concession d'Eba à la nôtre. Les deux familles nouèrent un rapport très étroit au fil des ans.

Gwa, une autre famille, construisit sa concession de l'autre côté de la grande route qui menait vers Ntarikon. Sans être spectaculaire, la concession avait du charme. Les Gwa étaient plus bruyants qu'une colonie de tisserins. Leur chef était le plus âgé de tous les patriarches du sous-quartier Menka. Gwa était un homme gai et amical et grand conteur d'histoires comiques. Dans sa jeunesse, les Allemands l'avaient recruté pour le service militaire sous leur administration coloniale quelque part sur le continent. Il portait encore son costume du bon vieux temps avec ses médailles en cuivre polies et cliquetantes alignées sur sa poitrine. Grand et élancé, il gardait sa robustesse d'antan. Il m'avait appris beaucoup de choses sur la vie et la survie.

Il y avait également la famille Oku dont la concession se situait exactement en face de la nôtre de l'autre côté de la grande route, jouxtant celle des Gwa. Oku faisaient aussi partie de notre sous-quartier. C'était une famille de commerçants dont la kola constituait le produit de vente principal. Dans sa jeunesse, le père de cette famille avait quitté le foyer familial dans son village natal de Kijem afin d'échapper à la pauvreté. Mais, faute de fonds pour lancer sa propre entreprise, il avait travaillé pour un riche commerçant qui faisait la navette entre le Mayuka et les pays voisins. Ses porteurs transportaient les noix de kola de Mayuka qu'ils livraient aux marchands haoussa en provenance du Gobir. Oku revenaient au bercail avec des produits manufacturés que leur patron mettait dans sa chaîne de boutiques. Ainsi, il était parvenu à se faire une fortune faramineuse. Ayant donc fidèlement servi ce monsieur, ce dernier l'avait récompensé en lui octroyant des fonds pour se lancer dans les affaires. Un homme sec et minutieux dans ses affaires, Oku s'acquitta de ses dettes promptement et commença à mener les opérations à son propre compte.

Grâce à l'argent qu'il avait pu accumuler, son profil d'honnêteté et d'industrieux réussit à convaincre mon père qu'il serait un atout en vivant proche de lui. Il se prononça favorablement à son égard auprès du roi qui le fit l'un de ses sujets en lui donnant un lopin de terre. Il voua ainsi une fidélité sans faille à mon père avec qui il noua des liens d'amitié solides. Mais comme c'est rare de voir un cafard s'aventurer seul, il traînait avec lui certains amis qu'il avait connus lors de ses aventures commerciales.

Mentionnons seulement l'un d'eux dont la pertinence à cette histoire est trop flagrante. A sa gauche, s'installa donc Doudou. Il était avec sa famille.

Ah les Doudou! Comment puis-je oublier cette famille dont les manguiers et goyaviers nous attiraient comme la viande pourrie attire les mouches. Doudou père, car il y avait un enfant dans cette famille du même nom, entretenait une école coranique. Elle était si bruyante le soir quand les élèves récitaient leurs sourates que leurs voix parvenaient jusqu'à chez nous.

C'est au pays voisin, Gobir, que le patriarche de cette famille avait vu le jour. Il était aussi mêlé dans le commerce de noix de kola quand il suivait sa formation pour devenir un *mallam*, c'est-à-dire instructeur dans une école coranique. Doudou faisait de bonnes affaires dans le commerce de noix de kola et c'est ainsi qu'il se lia en amitié avec son principal fournisseur, Oku. À la mort de son père, Doudou eut des problèmes successoraux avec son grand frère. Son ami lui conseilla de venir se fixer au Mayuka où il y avait une grande communauté musulmane. Il s'installa avec sa famille d'abord à Kijem, village natal d'Oku. Doudou séduisit mon père lors de sa visite à Ndobo parce que la langue arabe n'avait aucun secret pour lui. Mon papa le présenta à Fosiki grâce à qui il devint fidèle serviteur du roi. Lorsque le roi lui demanda où il voulait ériger sa concession, il cita le nom de son ami Oku. Le roi intervint alors à son compte auprès du chef de notre quartier. Il lui donna du terrain. Non seulement il bâtit une belle concession composée de huttes rondes aux toitures coniques, il l'entoura d'une palissade faite de roseaux. Tout autour de son domaine, il cultiva un verger dont l'odeur de ses fruits mûrs nous fit passer des nuits blanches. Tel était à peu près la configuration de Menka et ses environs, du moins en ce qui concerne sa pertinence à ce récit.

14

anke décida donc de se fixer à Menka, ce terrain maudit et effroyable. Cette décision était faite au détriment de celle de Chefonbiki, roi du village, dont la proposition avait été rejetée. La concession était déjà finalement construite. Le terrain était en train d'être progressivement débarrassé de ses forces démoniaques grâce à l'intervention musclée d'Eba. Le roi revint à la charge avec une autre proposition, celle de voir le forgeron se marier aussitôt que possible.

Pour un roi très ambitieux et prévoyant, qui voulait voir son village se développer, cette proposition ne semblait-elle pas un peu myope? Peut-être qu'elle l'était pour ces myopes qui arrivent à une conclusion hâtivement, sans en avoir fait une réflexion mûre. Toutefois, ils peuvent toujours justifier leur point de vue. Le forgeron était beaucoup plus utile étant célibataire que marié, surtout si le mariage était béni d'enfants. Je pense que c'est peut-être cette même logique qui sous-tend le célibat dans certains cercles ecclésiastiques. Un statut de marié du forgeron, avec toutes les exigences familiales, aurait empêché l'homme de parcourir le village à tout moment pour répondre aux appels d'urgence.

Autant tous ces arguments étaient valables, autant c'est en sage que le roi du village avait agi. Il avait certainement basé son jugement sur les activités de ceux qui vivaient dans les villages voisins et qui voulaient saboter ses projets du développement en racolant le forgeron. En plus, n'oublions pas que les mariés, surtout à cette ère où il y avait peu de moyens de transport, tendaient à se sédentariser.

Soulignons aussi que malgré le très bon rapport qui existait déjà entre le roi et le forgeron, rien n'était définitif, car il pouvait toujours ramasser ses effets et partir sur un malentendu. Les forgerons étaient si importants à cette époque-là que certains d'entre eux, comme on devait s'y attendre, profitaient de cette carence pour se prostituer. Il y avait donc de quoi se méfier! Les rois des villages voisins n'avaient pas encore cessé de le lorgner. Ils venaient à la charge avec des promesses de plus en plus intéressantes dans le but de défaire ce que le roi Ndobo avait déjà réussi à accomplir.

C'était donc à la recherche d'une assurance que le roi avait décidé de lancer sa deuxième stratégie. Celle du mariage! Comme le forgeron avait déjà rejeté sa première proposition, le roi estimait qu'il ne pouvait pas faire la même chose deux fois sans apparaitre égoïste et ingrat. En plus, ce refus aurait peut-être provoqué entre les deux hommes une sorte d'hostilité, fût-ce en sourdine. C'était grâce à Fosiki que le roi avait fait la connaissance du forgeron; et le chef du quartier était l'ami intime d'Asanbe, le père du forgeron. Le forgeron ne pouvait pas détruire son amitié avec le roi sans envenimer ses rapports avec Fo Fosiki. Un tel comportement aurait traduit un manque de respect à l'égard de Fosiki, qui l'avait bien entretenu comme son propre fils dès son arrivée à Ndobo.

Le roi était très bien instruit dans la culture de la région. Il pouvait deviner ce qui se passait dans la tête du forgeron. Il profitait donc de ses énormes connaissances pour faire pencher la balance de son côté.

- C'est toi qui as fait le choix du terrain, déclara le roi. Je n'aurai pas tort si je te donne la main de l'une de mes jumelles.

- Non, vous n'aurez pas tort de le faire, répondit le forgeron qui se réjouissait discrètement de la proposition car c'était exactement ce qu'il voulait. Pourvu que vous fassiez le bon choix entre les deux, plaisanta-t-il.

- Elles sont mes filles et je les aime toutes les deux de tout mon cœur, fit savoir le roi, et puis il s'arrêta de parler, peut-être confus car c'était difficile de choisir entre les deux filles. S'il choisit l'une de ses jumelles au détriment de l'autre, cela risquait de créer des problèmes, car la seule interprétation que celle en disgrâce puisse faire serait qu'il l'aimait moins.

- L'une t'a remis un présent de kola et je t'ai présenté l'autre. C'est à toi de choisir.

- Majesté, je comprends votre dilemme et je vais faire mon choix moi-même afin de vous débarrasser de cet ennui. Même quand un père aime l'un de ses enfants plus que l'autre, cela reste toujours un secret qu'il ne peut jamais dévoiler.

- Tu as bien raison et merci de me tirer de cette situation difficile, répondit le roi.

Le forgeron était bien attiré par la beauté extraordinaire de Nakijaki et il n'avait pas encore oublié le sentiment qui l'avait foudroyé lorsqu'ils s'étaient rencontrés la première fois. Ses yeux de mamba! Ses allures de guépard! Tant d'autres qualités qu'il ne voulait pas se les remémorer.

Mais une fois de plus, il se souvint de ce que son père avait dit à propos de ce qui brillait trop. Que cachait-il derrière ce conseil? Est-ce que son père savait-il qu'il allait mourir? Autant de questions auxquelles il devait répondre s'il tenait à ne pas agir contre la volonté d'un père, surtout un père décédé.

Il était complètement déchiré. Le désir de vouloir choisir Nakijaki comme son épouse était très fort et, pour la première fois, il se demandait si son père n'avait pas tort. Mais son père n'était plus en vie pour qu'il discute du sujet. Pour avoir suivi ce même raisonnement, il avait fini par acquérir un terrain qui lui posait beaucoup de problèmes et empoissonnait même ses rapports avec certains villageois. Et, si à tout cela venaient s'ajouter des problèmes du foyer provoqués par le mauvais choix de sa femme! Tout portait à croire qu'un mauvais augure planait et il devrait faire attention, beaucoup attention.

Lorsqu'un jeune se trouve face à un problème difficile, c'est dans son intérêt de demander l'avis d'un aîné. Il décida d'en parler avec Fo Fosiki.

Il avait déjà amorcé son travail de forgeron dans sa nouvelle concession. Il lui fallait donc chercher un moment propice pour aller à la rencontre du chef du quartier.

Un matin, alors qu'il se penchait encore sur la question, Eba arriva dans son atelier. Il profita de sa présence pour lui poser la question. Il se reprochait de n'avoir pas fait cela depuis longtemps.

- Je sais que sans votre concours, je ne serais pas ici en train de causer avec vous. Tanke amorça-t-il la conversation avec le guérisseur par une flatterie.

- Pose ta question et cesse de mâcher les mots comme un homme qui veut une femme, fit le vieil homme en souriant. Je suis seulement aveugle, pas bête!

- Toi? Bête? Eba! cria-t-il à haute voix en rigolant. Tant s'en faut, car c'est grâce à ta sagesse que ce terrain est habitable aujourd'hui.

- Ce n'est pas ma sagesse mais plutôt celle de nos aïeux. Maintenant, il faut me dire le problème qui te tracasse.

- Je me trouve face à deux femmes et je ne sais pas laquelle choisir comme épouse, dit le forgeron enfin.

Sans mot dire, Eba se leva, le regard porté vers le soleil pendant quelques moments, il revint s'asseoir.

- La réponse à ta question viendra d'elle-même, prédit le vieux.

Le forgeron était perplexe. Après avoir réfléchi sur ce que le vieux féticheur venait de dire, il reprit la parole.

- Est-ce que tu peux me dire à peu près...

- La réponse va prendre à peu près deux semaines.

- La réponse va prendre quelle forme?

- Je ne sais pas puisqu'on n'a pas précisé, répliqua Eba. Mais toujours est-il que tu sauras quand la réponse viendra.

- Si je te comprends bien, je ne dois pas m'inquiéter.

- Non, tu ne dois pas t'inquiéter car tu vas reconnaître la réponse.

15

L e soleil était suspendu au-dessus des collines, loin à
l'horizon ouest de Ndobo. Plus visible et moins virulent
à cette heure-ci, il annonçait déjà la fin de la journée. Ses
rayons, rouges, gais et accueillants, s'étalaient sur toute
l'étendue de la plaine comme une vaste tache en or. Un
petit vent en provenance de hautes terres environnantes agitait
les arbres qui formaient un enclos touffu et défensif autour du
palais. Les arbres et leurs feuillages, foisonnants et verts,
constituaient un écran géant de protection qui s'interposait sur
la ligne de mire entre le soleil et le palais. Sur ce fond, venaient
s'échouer les rayons avant de pénétrer, par les vides entre les
branches et les feuilles, dans l'obscurité du monde mystérieux
d'insectes et d'animaux arboricoles reclus. Le trajet de la lumière,
qui avait débuté depuis de millions de kilomètres, après avoir
contourné tous les obstacles, prit fin dans le domaine du palais
sous forme d'une énorme tapisserie terrestre d'ombres
multiformes et de zébrures resplendissantes.

Répondant à la journée qui se métamorphosait, les mères
poules, ayant à la traîne leurs poussins dont les petits piaillements
se faisaient entendre partout, se dirigèrent lentement vers leurs
demeures, picorant, courant, piaillant et s'amusant. Au palais,
dans certains foyers, les bruits de pilons qui tapaient dans les
mortiers en cadence, annonçaient déjà la préparation des repas
du soir. Ici et là, les toitures en chaume dégageaient la fumée qui
montaient lentement vers le ciel. Les cris des enfants qui
s'amusaient, l'arôme de bon *fufu* aux poissons braisés qui
imprégnait l'air, et les femmes qui rentraient des champs, les
paniers posés coquettement sur la tête : c'est le soir au palais.

Bikijaki venait de rentrer du champ où elle avait accompagné
sa mère. Encore sale et fatiguée et à l'apparence chétive, elle se
mettait devant la porte de leur maison, un panier de vaisselles
lavées devant elle. Comme envoûtée, elle s'était assombrie dans
ce monde d'arts de la nature en métamorphose, surtout les
mystères de ces spectres fantasmagoriques par terre devant elle,

les ombres des arbres géants et les lumières qui dansaient. Ah, comme elle est grande et majestueuse la nature! Ses yeux parcourant partout, elle la dévorait avec avidité.

De ces démenés crépusculaires, son attention revint à un sujet de l'heure, à savoir le mariage. A dix-huit ans, elle se croyait trop vieille d'être encore célibataire. Toutefois, elle savait que c'était encore dix fois plus difficile pour une princesse d'avoir un mari. Non seulement les hommes dignes de ce nom se faisaient rares, mais l'idée même d'épouser la fille du roi leur donnait de la trouille. Bien sûr, comme c'est souvent le cas, il y avait certains hommes du village qui étaient prêts à prendre le taureau par les cornes en venant demander leur main en mariage, mais ils n'avaient pas assez de moyens de s'acquitter de la dot. Et c'est inacceptable. Une princesse, épouse d'un impécunieux? Jamais! C'est de l'anathème, puisqu'aucune civilisation n'a encore accédé à ce haut niveau de noblesse. Somme toute, il n'y avait pas beaucoup d'hommes de grands moyens pour les épouser. Ceci n'était qu'une difficulté parmi tant d'autres. Une autre en était que le roi avait plusieurs femmes, et puisque d'habitude, il triait, il ne cherchait que les plus coquettes et les plus succulentes pour épouses, par conséquent, son palais grouillait de belles filles. Et, conclusion logique, c'est au sein de palais que la concurrence pour parvenir au mariage se faisait encore plus féroce.

Dans cette jonglerie sociale, il fallait, pour tirer son épingle du jeu, avoir une mère coriace, astucieuse, rusée, courageuse et rompue dans l'art de « placer une fille. » Malheureusement pour Bikijaki, sa mère n'avait pas de griffes assez pointues pour mener à bien ce genre de combat.

Il n'y avait plus disgracieuse situation que la présence de princesses encore au palais, dans le foyer de leur mère ; cela attirait trop de commentaires et cancans. Même si d'autres épouses du roi, qui ne se trouvaient pas dans la même situation « embarrassante », faisaient semblant publiquement d'être sympathiques envers ces jeunes filles ainsi momentanément « condamnées » par leur sang et noblesse, derrières leurs dos et ceux de leurs mères, elles proféraient des paroles bien malveillantes. Pas tout à fait difficile de comprendre ce manque de compréhension et cette hypocrisie! Plus les filles du palais se mariaient, plus les femmes du roi auraient gagné sous forme de dot. Toutes ces pensées se défilaient dans la tête de cette belle princesse et la troublaient énormément. A l'instar d'une banane qui est trop mûre et sur le point d'être jetée, elle se croyait déjà vieille pour un mari. Mais elle ne voulait pas que son fardeau soit celui de sa mère. Elle ne voulait pas que cette dernière devienne l'objet de toutes sortes d'opprobres à cause de sa présence au palais. Complètement perdue dans sa rêverie, c'était l'écho d'une voix proche d'elle qui la réveilla en sursaut. C'était la voix d'un enfant qui rentrait du marigot, une calebasse posée sur sa tête.

Mon Dieu! Elle se ressaisit. Elle avait abandonné sa mère et sa sœur jumelle et s'était rendue à la maison dans le but de s'occuper de certaines tâches avant la tombée de la nuit. Elle avait déjà terminé de faire la vaisselle et s'apprêtait à aller puiser de l'eau au marigot. Sans plus tarder, elle se précipita dans la maison et en sortit avec deux calebasses vides.

Une fois à l'extérieur de la section résidentielle du palais, elle traversa la grande cour où le forgeron avait été reçu par les villageois. Elle se souvint de la présentation que son père avait faite au forgeron. Elle se demandait si elle pouvait être la fille qui aurait attiré l'attention du forgeron. Est-ce qu'elle avait les qualités que le forgeron cherchait? Une chose lui était certaine : son père avait présenté aussi sa sœur jumelle. Elle se savait belle, au-dessus de la moyenne; mais, son père avait plusieurs filles qui la dépassaient sur le plan de la beauté.

Suivant, à pas rassurés, le sentier qui descendait la petite pente en bas de laquelle se trouvait le marigot, elle s'arrêta de temps à autre afin d'admirer la nature. En haut dans les arbres, elle vit une bande de singes qui se balançaient dans les branches, se gavant de fruits mûrs et se livrant occasionnellement à des combats dans le but de sauvegarder les partenaires sexuels.

Tout près, dans les arbustes et buissons, les oiseaux semblaient s'être réunis pour un défilé de mode; leurs plumes tantôt brillantes, tantôt mornes, tantôt bigarrées, en pleine exhibition. Passant d'une branche à l'autre, ils étaient très bruyants, chantant, gazouillant, et piaillant. Des tisserins, champions de combats et braves artisans, demeuraient toujours aux aguets. A la moindre présence suspecte comme l'approche de Bikijaki, ils donnaient le signal d'alarme et étaient déjà prêts à s'envoler. S'étant rendus compte qu'elle ne constituait aucune menace quelconque, ils reprirent leurs activités de chant et cri comme si de rien n'était. Tous ces remue-ménages étaient signes avant-coureurs de l'heure de dormir.

Elle arriva finalement au marigot. Seule en compagnie d'un essaim de moustiques et de papillons qui flottaient autour d'elle, elle mit l'une de deux calebasses à côté d'elle, sur une bande de sable sec. Ensuite, elle s'accroupit avec l'autre qu'elle plongea entièrement dans l'eau et l'appuya de ses deux mains pour qu'elle reste toujours submergée. La fuite de l'air du récipient qui se remplissait produisait une musique drôle dont la monotonie fut brusquement brisée par les cris perçants d'un martin-pêcheur.

Le regard porté vers l'endroit d'où provinrent ces bruits, la princesse aperçut l'oiseau aux couleurs brillantes, un petit poisson malheureux se battant au bec. La calebasse remplie, elle la souleva et la déposa sur la rive, à proximité. Elle prit l'autre calebasse et suivit les mêmes démarches pour la remplir d'eau. Une fois terminée, elle la posa à côté de la première, et puis se déshabilla pour se laver. Complètement nue, elle entra dans le marigot en cherchant, à l'aide d'un pied posé en avant, un endroit où l'eau n'était pas très profonde. L'eau était fraîche et elle faisait des miracles sur son corps. Elle se frotta partout avec l'éponge savonnée qu'elle avait apportée et puis se rinça en plongeant dans l'eau. Se sentant bien propre, elle sortit du marigot et regagna l'endroit où elle avait posé ses habits et se rhabilla. Elle ajusta son pagne et se mit à soulever la plus lourde de deux calebasses lorsque les bruissements d'herbes, suivis de toux humaines, se faisaient entendre.

Elle s'arrêta et leva la tête juste au moment où une silhouette humaine sortit des feuillages et s'avança à pas de géant vers elle. Elle était sur le point de pousser un cri quand une voix familière résonna, dévoilant ainsi l'identité de l'individu.

- C'est toi Nto'oh? demanda-t-elle à son demi-frère. J'ai failli piquer une crise cardiaque à cause de toi. On dirait un fantôme.

- C'est facile de m'accuser de t'avoir fait peur, mais pourquoi attends-tu jusqu'à cette heure-ci avant de venir puiser de l'eau? répondit-il.

- J'étais au champ avec la mère et...

- Je sais que tu étais au champ avec ta mère mais il fallait rentrer un peu plus tôt et puiser de l'eau, intervint-il alors qu'elle n'avait pas encore terminé ce qu'elle voulait dire. Si tu constates qu'il est l'heure de rentrer faire les besognes du foyer, il faut demander à la mère de te laisser partir. C'est vraiment dangereux de se retrouver seul ici maintenant.

- Mais Nto'oh, il ne fait pas encore nuit, tenta-t-elle de se défendre. Tu es quand même un homme et tu ne dois pas avoir peur comme une femme, continua-t-elle tout en riant aux éclats. Il ne faut pas agir comme si tu crois aux histoires des déesses du marigot qu'on nous racontait lorsque nous étions encore petits.

- Détrompe-toi Bikijaki! s'exclama le prince. Il ne faut pas toujours penser qu'un danger peut seulement prendre la forme d'un fantôme. A cette heure-ci, tu peux facilement piétiner un mamba ou te faire violer par un fou caché en brousse.

- Merci pour tous tes conseils mais d'où sors-tu toi-même? demanda-t-elle. Il ne faut pas chercher à vendre un produit que tu ne consommes pas, essaya-t-elle de le raisonner. Toi, tu n'es pas à l'abri de tous ces dangers que tu viens de me citer.

- Eh...

- Sauf un!

- Lequel?

- Le viol?

- Tu veux dire que je ne suis pas assez beau pour me faire violer, Bikijaki? Je suis quand même ton frère et si tu te crois belle, je dois aussi être beau parce que les fruits qui tombent du même arbre sont pareils.

- Pas forcement!

- Et comment ça!

- L'un des fruits peut être pourri alors que l'autre ne l'est pas.

- Eh ...sur ce point-là tu m'as eu, avoua-t-il après avoir ruminé sur la logique de sa sœur. Mais plusieurs femmes sur moi, en train de me violer, je vais les prier de repasser le lendemain à la même heure et au même endroit! C'est lorsqu'elles auraient toutes disparu que je crierais au secours.

- Je sais! s'exclama la fille. Une femme ne peut pas violer un homme parce que si son machin se tient debout, c'est qu'il veut ça! dit-elle avant d'éclater de rire.

- C'est vrai mais soyons maintenant sérieux, déclara-t-il avec véhémence. Je suis quand même un homme fort, à même de me défendre en cas de danger, ce qui n'est pas la même chose avec toi, riposta-t-il à propos de la logique de la princesse sur sa vulnérabilité.

- Ah dis-donc, es-tu capable de résister aux morsures d'un mamba? lui demanda Bikijaki en souriant. Je n'ai même pas besoin d'une réponse à ma question puisque je la connais déjà.

- Je comprends ton souci, mais si je suis ici maintenant, c'est parce que j'ai tendu mes pièges en brousse et je vais de temps à autre les vérifier s'il n'y a pas un porc-épic qui m'attend.

- Cet argument ne répond pas à ma question, Nto'oh, fit Bikijaki. Toi aussi, tu pouvais venir un peu plus tôt vérifier tes pièges.

- C'est vrai, mais j'étais pris ailleurs et ce que je faisais ne s'est pas terminé à temps.

- Dis-donc, autant que tu peux justifier ce retard, je peux le faire aussi.

- En tout cas, j'attire seulement ton attention sur certains dangers.

- Je sais et c'est juste pour me distraire que j'avance tous ces propos, admit la princesse finalement. Au lieu de rester ici, nous pouvons gagner du temps en jasant sur la route. Elle se courba pour soulever la grande calebasse.

- Arrête, je vais prendre celle qui est plus lourde, intervint son frère. Il mit la petite calebasse sur la tête de sa sœur. Bon, nous pouvons nous mettre en route maintenant, dit-il en s'emparant de la grande calebasse.

- Merci Nto'oh, tonna-t-elle. C'est surtout ta gentillesse et ta galanterie que j'admire et apprécie le plus. Cela ne veut pas dire que tu n'es pas beau.

- Ne cherche pas à me flatter, Bikijaki.

- Je sais qu'en me disant ça, tu cherches plutôt une confirmation, répondit-elle en pouffant de rire. Et je le confirme en disant que je te trouve très beau, dit-elle après avoir terminé de rire.

La princesse était devant, suivie de son frère et, à deux, ils suivaient le petit sentier qui montait vers le palais.

- Bikijaki, notre rencontre ce soir tombe vraiment bien puisqu'il y a un secret que je voulais te dévoiler, déclara le prince. Un secret très important.

- Un secret important?

- Oui, très important.

- Dis-le-moi alors.

- Tu sais que dans la famille nous sommes très proches l'un et l'autre et qu'entre nous il n'y a pas de secret. N'est-ce-pas ?

- Oui, je sais, répondit-elle. Dis-moi seulement ce que tu veux et si c'est possible je vais te le donner au lieu de passer par quatre chemins comme un pauvre qui demande la main d'une femme en mariage.

- Non, Bikijaki, pas cela cette fois-ci, protesta-t-il. Je ne veux rien de toi. Au contraire, c'est bien moi qui cherche à te donner, te dire quelque chose qui risque de changer le cours de ta vie pour toujours, répliqua-t-il d'un ton sérieux.

Sur ces entrefaites, les deux arrivèrent au palais, au pied du fromager près de la cour.

- Dis-moi vite ce que tu as avant que je me rende chez nous car c'est certain que ma mère et ma sœur m'attendent.

- Je sais qu'on t'attend mais ce que je te propose c'est d'aller laisser tes charges avant de revenir, car ce que j'ai à te dire est très important et nous ne pouvons pas en discuter à la hâte.

Il l'accompagna jusqu'à l'entrée du palais, celle qu'elle devait prôner afin de vite arriver chez eux, avant de lui remettre la grande calebasse.

- Tu me retrouves tout de suite au pied du fromager, celui qui pousse dans la grande cour, dit-il. Je t'y attends; pas plus de quinze minutes!

- Je ne vais pas durer aussi longtemps, répondit la princesse. Une fois que je dépose mes charges, je retourne.

151

Lorsqu'elle arriva chez elles, sa mère et sa sœur jumelle étaient déjà de retour. Elles attendaient l'eau pour se laver et pour faire la cuisine.

- On dirait que le marigot se trouve plus loin maintenant, taquina sa sœur. On saura ce que tu caches un jour quand le ventre va commencer à gonfler.

- Écoute, si tu penses que c'est facile de rentrer tôt et d'exécuter toutes ces tâches, il faut plutôt me remplacer au lieu de faire la grande gueule, répondit Bikijaki qui était consciente que sa sœur voulait attirer l'attention de leur mère. Si de pareille provocation venait au moment où leur mère n'était pas contente, elle allait la gronder parce qu'elle avait trop trainé au marigot.

Mais ce soir-là, elle avait l'air fatigué et elle leur ordonna de se taire. Contente que leur mère ait étouffé dans l'œuf le dessein de sa sœur, elle sortit rapidement et se rendit au point de rendez-vous. Elle trouva son demi-frère adossé contre le tronc de l'arbre. Après avoir jeté un coup d'œil dans toutes les directions, il la tira proche de lui et commença à lui parler.

- Tu connais le jeune forgeron qui vient d'arriver dans notre village? Celui que le père a reçu au palais il n'y a pas longtemps?

- Oui, je le connais et le père m'avait même demandé de lui apporter de noix de kola.

- Voilà! s'écria le prince. Cela tombe vraiment bien.

- Qu'est-ce qui tombe bien ?

- On dirait qu'il s'intéresse à l'une de vous. Soit à toi soit à ta sœur, je ne sais pas exactement laquelle entre vous deux.

- Comment sais-tu cela, Nto'oh? demanda sa sœur d'une voix excitée. Il ne faut pas commencer une histoire qui ne tient pas debout.

- Combien de fois me suis-je présenté devant toi avec un message aussi grave? Je ne peux pas m'amuser avec quelque chose d'aussi sérieux. Toi-même tu le sais bien.

- Oui, je le sais. Mais tu ne me dis pas comment tu sais que ce bonhomme s'intéresse à moi ou à nous.

- Je le sais par mes méthodes habituelles et tant que tu ne me promets pas de m'apporter le couscous chaud avec les poissons fumés ainsi qu'une grande boule de pistache bien épicée, je ne te dirai pas le reste. Mais est-ce que tu l'aimes?

- Quelle question! A cet âge-ci et encore chez mes parents et tu me demandes si j'aime un beau et jeune forgeron! Bien sûr que je l'aime!

- Voilà, je voulais savoir cela avant de commencer à te raconter l'histoire. Mais tu ne m'as pas fait la promesse.

- Je te promets de t'apporter ce que tu veux et même plus.

- Parfait! Le père parlait avec ta mère sans savoir que j'étais caché à proximité.

- De quoi parlaient-ils au juste?

- Qu'entre vous deux, le forgeron n'a pas encore décidé laquelle deviendra son épouse.

- Mais si c'est entre moi et ma sœur, doit-on se poser la question sur celle qu'il va choisir? Tout le monde sait que ma sœur est plus belle que moi.

- Et alors! Si tu veux être défaitiste, tant pis pour toi. Ta sœur est belle, je ne le nie pas, mais pourquoi n'a-t-elle pas de mari jusqu'ici?

- Voilà un argument de poids que tu soulèves. Elle parlait lentement comme si elle réfléchissait sur ce que Nto'oh venait de dire. On ne sait même pas les qualités que le forgeron recherche chez la femme qu'il veut épouser. Mais à ce que je sache, tous les hommes, sans exception, sont attirés par une belle figure.

- Si je te comprends bien, cela revient à dire que tu n'as pas une belle figure.

- Non, je n'ai pas dit cela. Tout ce que je veux dire, et c'est un point de vue que beaucoup de gens partagent, y compris toi, c'est que ma sœur est plus belle que moi.

- Mais n'es-tu pas plus rusée, plus travailleuse? Pourquoi les femmes sont-elles si obsédées par la beauté physique? Ce que tu manques en beauté, tu en as en intelligence et en ardeur au travail. C'est ça la vie!

- Bien, je t'ai bien compris et merci beaucoup de m'avoir dit ceci d'avance. Je vais prendre toutes les dispositions pour séduire ce forgeron.

- Voilà les propos qu'il faut tenir au lieu de pleurnicher comme un enfant sur ce que, à ton avis, la nature ne t'a pas donné. Nous tous ici-bas, sans exception, souffrons de nos propres défauts.

- Je dois te mettre en garde, fit-elle.
- Oui, vas-y!
- J'espère que tu n'iras pas vendre le même secret à ma sœur à coups de couscous.
- Toi, tu me connais plus que ça!
- Oui, c'est une blague. Il y a toujours un lien très spécial entre nous depuis notre enfance.
- Qu'est-ce que tu vas faire?
- Ce que je vais faire est un secret de femmes.
- N'étant pas femme, je ne peux pas dire le contraire.

Lorsque les deux se séparèrent, Bikijaki regagna rapidement leur foyer. Sa mère et sa sœur faisaient la cuisine quand elle s'introduisit dans la case, le visage ravi. Elle ne s'était même pas assise lorsque sa sœur se mit à la taquiner.

- D'où viens-tu à cette heure-ci? demanda-t-elle. La pénurie d'hommes est-elle si grave que les jeunes femmes célibataires vivent comme les hiboux?
- Merci pour tes conseils, mais je les aurais pris au sérieux si tu étais déjà chez ton mari et pas ici au palais en train de souffrir comme moi.
- Écoute-moi ça! s'exclama Nakijaki. Même si je dois passer toute ma vie ici au palais, que vaut un mari qu'on ramasse dans les buissons à la tombée de la nuit!
- Il vaut mieux que vivre dans la solitude et misère comme Mabufudong, répliqua Bikijaki.

Cette réponse ne plut pas à Nakijaki qui protesta auprès de leur mère.

- Vous entendez comment Bikijaki me compare déjà à Mabufudong?
- Mais c'est toi qui as commencé, lui dit sa mère en riant. Elle ne t'a pas adressé la parole lorsqu'elle est rentrée. Cessez cette bêtise de Mabufudong vous deux et je ne veux plus vous en entendre parler!
- As-tu suivi, dit Bikijaki à sa sœur contente de l'évolution de cette confrontation.

154

- Si je dois vous répéter l'ordre de vous taire, vous allez toutes les deux passer la nuit à la belle étoile. C'est compris! s'écria leur mère. Tout le monde sait déjà que le foyer de Naati est le plus bruyant du palais à cause de vous deux. Qu'est-ce qu'il y a? Je ne peux me délasser tranquillement dans ma propre maison après une journée d'enfer aux champs! Avoir des enfants est devenu une malédiction? Je pense qu'il est grand temps d'avoir des maris et de me laisser tranquille.

Ah les maris! Cette dernière déclaration vint comme un poignard, plongé tout droit au cœur de deux filles. La déclaration était apathique mais toutes les mères de Ndobo savaient qu'il fallait de temps en temps appliquer ce coup d'éperons afin de rendre leurs filles un peu plus ambitieuses dans leur quête de mari.

- Nous allons chercher nos maris, répondit Bikijaki d'un ton pas très amical. Et même chez nos maris, nous serons toujours vos filles, vos enfants.

- Je sais, fit Naati, touchée par la déclaration de sa fille. Parfois on cherche loin ce qui est juste à côté. Il ne manque pas de maris.

C'est certain que Nto'oh avait raison, Bikijaki se dit. La déclaration de leur mère en était une confirmation. Il ne manque pas de maris? Comme si elle évoluait dans un autre village. Leur mère avait une façon indirecte de parler et dans sa déclaration, elle voulait dire quelque chose. Quoi alors! Avant d'aller se coucher ce soir-là, elle savait déjà le coup qu'elle allait mener afin de tirer la couverture de son côté, fût-ce au détriment de sa sœur jumelle.

16

Bikijaki se réveilla très tôt le matin. C'était au lendemain du jour de sa rencontre avec Nto'oh. Il faisait noir dans sa chambre. Elle s'avança à tâtons vers la porte, l'ouvrit et sortit. A l'extérieur, il faisait un peu frais, mais le jour s'annonçait déjà très beau. Elle commença à réfléchir sur les préparatifs des actions qu'elle devait entreprendre afin de faire basculer la décision du forgeron en sa faveur. Si ce dernier ne comptait que sur la beauté physique, sa sœur jumelle aurait le dessus. Néanmoins, malgré le peu de déficit qu'elle accusait sur l'aspect esthétique, elle était prête à se battre jusqu'au bout.

Sa mère disait ceci au sujet de l'homme : « l'homme est comme un poisson, c'est par la bouche qu'on l'attire. »

Bikijaki se savait belle mais il fallait d'autres qualités pour couper l'emprise que sa sœur pouvait avoir sur l'homme. Le forgeron était l'ami proche de Fosiki. Il avait passé quelques temps chez le chef de quartier avant de se faire construire sa propre concession. Sur ce, elle en était consciente. Forte de cette information, elle décida d'entrer en contact avec Nanyu, la femme du chef du quartier. Elle entretenait de très bonnes relations avec la femme du chef de quartier qui était son aînée. Non seulement elles se tutoyaient mais la princesse ne pouvait pas se rendre en ville où se trouvait le marché sans passer lui dire bonjour. En plus, son mari était notable, chef de quartier très populaire et riche. Il était aussi le bras droit de son père, le roi. Pour mieux connaître le forgeron, elle devrait donc contacter cette dame. La princesse était sûre qu'elle aurait certains secrets sur ce monsieur, surtout sur ses habitudes gastronomiques, à lui confier.

N'étant pas sûre de ce que sa sœur savait ou les démarches qu'elle menait dans les coulisses, elle décida d'agir rapidement. A cette fin, elle décida de se rendre discrètement chez Nanyu afin de lui divulguer sa conversation avec Nto'oh. Elle ne voulait pas prendre les risques de ne compter que sur le destin. Elle pourrait le regretter.

N'ayant pas besoin d'être invitée à s'y rendre, une invitation ne faisant pas partie des mœurs et des traditions ndobo, elle devrait juste s'assurer qu'elle soit à la maison. Le lendemain devrait être *Njuellah*. C'est le jour qui représente ce que le dimanche représente chez les Chrétiens ou le sabbat chez les Juifs. Il était interdit à tous les habitants d'aller aux champs. La plupart se trouvaient donc chez eux. Mais comme beaucoup de gens profitaient aussi de ce jour pour tenir des réunions familiales, elle dut prendre le risque. Si elle la trouvait tant mieux; mais, au cas contraire, elle l'attendrait jusqu'à son retour. Étant princesse et l'amie de Nanyu, elle savait qu'elle était toujours la bienvenue.

Le jour où elle allait se rendre chez la femme de Fo Fosiki, elle se prépara à la flatter. Cette visite étant spéciale, elle devrait préparer un panier. Nanyu était une femme très sensible. Si elle la gâtait de cadeaux, elle se sentirait trop coupable pour ne pas lui donner toutes les informations et la collaboration qu'elle exigeait. C'était d'ailleurs son devoir en tant que « sœur » aînée et femme Ndobo. Ce n'était pas hors du commun d'agir de la sorte, surtout lorsqu'il s'agissait d'une jeune femme qui se rendait en visite chez une aînée. Elle savait exactement ce que le panier devrait contenir afin d'exciter la réaction désirée.

Et, une raison de plus; le forgeron n'étant pas de leur village, il pouvait facilement épouser une femme d'une autre ethnie. Or, étant à Ndobo pour y rester pour toujours, la logique voudrait qu'il ait une femme de Ndobo. Comme disaient les gens du village, le poisson dans leur panier leur revient donc de droit. Si, à cause d'une gaffe de la femme du chef de quartier, il finit dans un panier étranger, Nanyu en répondrait non seulement à sa cadette, mais aussi à tout le village.

Il faisait encore très tôt et la plupart des habitants du palais ne s'étaient pas encore réveillés. Elle rentra dans sa chambre, prit le panier qu'elle avait gardé sous son lit, ressortit par la porte de derrière. Le panier posé sur sa tête, elle gagna le petit sentier qui menait à leurs champs de légumes. Elle ruminait encore les pensées de la meilleure stratégie à adopter pour s'emparer du cœur du forgeron.

Quelles merveilles! Les épinards, dont raffolaient les habitants de son village qui les accompagnaient souvent avec tous leurs repas, avaient complètement envahi les champs. Frais et aux feuilles larges, foisonnantes et bien vertes, ils furent d'une qualité qui rendrait Nanyu folle de joie. Sans perdre le temps, la princesse se lança au travail de la cueillette tout en chantonnant. Pour elle, cette abondance était une preuve que tout irait bien. Lorsque le panier était plein à craquer, elle cueillit quelques piments jaunes et se remit en route pour le domicile.

A son arrivée, le soleil s'était bien levé et, sa mère et sa sœur étaient déjà parties aux champs. Sachant que la date de la visite était trop proche, elle tâcha de gagner du temps en passant directement sur le prochain élément à l'ordre du jour. Dès qu'elle déposa son panier, elle ressortit et se précipita chez un vendeur de poissons fumés. Celui-ci habitait une grande maison au toit de chaume non loin du palais. Elle le trouva assis devant sa porte en train de tisser un panier.

- Bonjour *Ni!* s'écria-t-elle à l'adresse du marchand en utilisant un titre de respect, car il était d'un certain âge. Il cessa de faire son travail, leva la tête, et ne réagit qu'après l'avoir fixée pendant quelques instants. On aurait dit qu'il ne l'avait pas reconnue tout de suite.

- Ah, ma belle princesse, c'est toi? demanda-t-il enfin. Mais je ne t'ai pas reconnue. Tu es devenue si grande et si belle.

- C'est ce que j'ai constaté, dit-elle en souriant et en serrant la main que le vendeur lui tendait. On ne peut pas rester enfant pour toujours.

- Sur ce point-là, je suis très d'accord avec toi, affirma le marchand avant de passer aux choses sérieuses. Que puis-je faire pour toi? Chez nous on dit que celui qui n'a pas de problèmes n'as pas besoin d'un voyant.

Ils se dirigèrent vers la porte du grand salon du marchand qui servait aussi de son comptoir commercial.

- C'est bien vrai! déclara Bikijaki en riant aux éclats, excitée par le proverbe qu'il venait de citer. J'ai des problèmes. C'est pour cela que je viens vous voir, *Ni.*

- Je sais et j'espère que je serai à même de résoudre ce problème qui t'a fait passer une nuit blanche, plaisanta-t-il. Il s'agit de quel problème ma chère? Assieds-toi et explique-moi le problème qui te dérange.

Bikijaki ne répondit pas tout de suite. Elle dévorait des yeux les tas de paniers de poissons fumés qui jonchaient le plancher. L'air en était imprégné de leur odeur et tout en le savourant, elle méditait sur les contenus de ces récipients. Afin d'épater, il fallait aller jusqu'au bout.

- Il s'agit d'un problème que les femmes affrontent tous les jours, dit-elle enfin.

- Ah dis-donc, je connais ce problème, celui du ventre des hommes.

- Ce n'est pas pour rien que vous comptez parmi les plus sages de ce village, dit la princesse d'un ton flatteur. Voilà exactement le problème qui me pousse à vous rendre visite de très bonne heure.

- A ce problème, je pense que je peux t'apporter une très bonne solution. Mais tu dois me dire la nature de la fête que tu comptes organiser et je te proposerai le type de poissons que tu dois acheter. Quel est le statut social de celui ou celle pour qui tu fais ces achats?

- Une personne très importante, répondit-elle, son jeu encore caché.

- C'est un roi?

- Non, mais la personne mérite le traitement d'un roi.

- Je comprends maintenant ce qu'il te faut, dit-il en s'éloignant de la princesse et en se faufilant entre les paniers. Il se dirigea vers le fond de la pièce à un endroit où il y avait de gros paniers et en revint avec un déjà ouvert et à moitié-plein.

- Voici ce qu'il te faut, dit-il en plongeant sa main dans le panier. Il lui tendit ce qu'il avait pêché et il y avait de quoi épater une reine.

Une demi-douzaine de gros poisson-chat décapités, embrochés, très bien fumés et dressés dans un cadre fait de moelle de bambou. Très prisés par les notables ndobo, ces poissons dans un ragoût d'huile de palme bien pimenté et épicé réalisaient des merveilles avec du bon *fufu* chaud. Comme disaient les villageois, ils faisaient filer le *fufu* vers le ventre!

Dans un village qui d'ailleurs jouissait d'une abondance de toutes sortes de viandes, le palmarès de ces poissons n'avait même pas besoin d'être cité. Les grandes fêtes pouvaient facilement vanter une pléthore de viandes exotiques, mais rares étaient celles avec ces poissons. Et lorsqu'ils figuraient dans le menu, c'étaient destinés aux membres de la noblesse.

- Mon Dieu! s'exclama la princesse, les yeux brillants. Ça c'est vraiment quelque chose!

- Oui, c'est pour cela que je te les ai apportés. Une princesse n'est pas n'importe qui.

- Ah *Ni*, ne dites pas ça! protesta la fille. Cette déclaration est un piège. Vous voulez m'imposer un prix princier.

- Mais une chèvre broute là où elle est attachée, répliqua-t-il avec un autre proverbe. Si un paysan comme moi ne profite pas d'une princesse, c'est que je suis bête.

- Vous n'êtes pas paysan, *Ni*! s'écria-t-elle. Depuis ma plus tendre enfance, je vous vois en train de faire fortune en vendant les poissons.

- Tu ne comprends pas ma princesse, car l'argent ne donne pas la noblesse.

- En tout cas, c'est combien?

- Un shilling.

- Dis-donc, c'est cher.

- Si tu as besoin de ce qui n'est pas cher, je te le donnerai, mais crois-le-moi, tu vas vivre longtemps avec les conséquences de ces poissons. Ce que je te propose, c'est le prix de gros. Je ne gagne rien et je te le fais parce que je te considère comme ma propre fille.

Elle regardait le marchand de près lorsqu'il parlait et sa mine confirmait ce qu'il disait. Même s'il réalisait du bénéfice, ce n'était pas de beaucoup. La princesse connaissait la valeur de ces poissons.

- *Ni*, il ne faut pas qu'on discute comme des enfants; emballez-les-moi, céda-t-elle. Qui ne risque rien, n'a rien!

- C'est vrai, ce n'est pas avec les *vabitehs* qu'on attrape un roi, dit le marchand en faisant allusion aux petits poissons que les paysans mangeaient souvent.

Après avoir reçu ses poissons, elle lui versa la somme due.

- Tu m'en donneras de nouvelles avec ces poissons! s'exclama-t-il à la princesse qui était déjà sur le seuil. Si c'est un homme, il ne pourra plus repartir après avoir gouté à cela.

- *Ni*, pourquoi ça doit toujours être un homme! s'écria-t-elle en s'éloignant et en souriant.

- Je reprends seulement ce que les femmes disent.

- Ah les hommes, se murmura-t-elle, ils pensent que tout ce que les femmes ont à l'esprit c'est la queue qui se balance entre leurs jambes! Peut-être ont-ils raison, sinon que cherche-je maintenant ici au lieu d'être au champ avec ma mère et ma sœur?

Une fois chez elles, elle commença à composer son panier de cadeaux. De son petit magasin, elle sortit une bouteille d'huile de palme limpide, très claire et de très haute qualité, une grande boîte composée d'épices rares écrasées et embouteillées ainsi que de gros piments jaunes et piquants dont l'arôme, à en croire certains villageois, attisent l'appétit sexuel. A ces produits, elle ajouta les épinards, les poissons et les pistaches. Tout était bien arrangé et couvert. Le panier était prêt et elle le garda soigneusement caché derrière sa porte.

Le lendemain, tôt le matin, elle se réveilla, se prépara et se mit en route pour la ville. Elle voulait arriver chez Fo Fosiki quand sa femme était encore là. Le soleil s'était déjà levé lorsqu'elle se trouvait aux portes de la concession du chef du quartier. Ce dernier était déjà sorti, mais sa femme était bel et bien là.

Nanyu balayait sa cour. Elle se tenait debout pour se détendre le dos lorsqu'elle aperçut la princesse qui déboucha de l'extrémité de la cour et s'approchait d'elle à pas très rassurés et la mine souriante

- Vraiment, lorsqu'une sauterelle s'envole dans tous les sens, c'est qu'il y a un oiseau à ses trousses, déclara-t-elle en allant vers sa visiteuse. Aujourd'hui doit être très spécial comme ma princesse me rend visite de si bonne heure.

La femme prit le panier, le posa par terre et les deux femmes s'embrassèrent.

- Nanyu, pardon ne commence pas! répondit Bikijaki à sa taquinerie en riant comme elles se séparèrent. D'habitude, lorsque je me rends en ville, je ne manque jamais de passer te dire bonjour.

- Sur cela, tu as raison et je ne peux pas t'en vouloir, s'acquiesça Nanyu après avoir repris le panier là où elle l'avait posé. Allons nous asseoir dans la maison au lieu de nous tenir ici comme les femmes qui vendent des beignets au marché.

- Merci bien!

- Qu'est-ce que tu m'as apporté, lui demanda Nanyu en étudiant le contenu de son panier. Tu m'as complètement gâté! Il doit y avoir une bonne raison d'être ici de si bonne heure. Y a-t-il anguille sous roche?

- Cela va sans dire. Mais j'y reviendrai lorsqu'on aurait épuisé les sujets d'intérêt général.

Si la princesse se demandait comment elle allait aborder le sujet de sa mission, c'était la première salve de son hôtesse qui lui ouvrit la voie.

- N'as-tu pas encore attrapé quelque chose? demanda-t-elle. J'attends impatiemment de venir assister ta mère à laver ton enfant.

- Quelque chose comme quoi?

- Un mari.

La princesse fit d'abord mine de ne pas comprendre avant de passer aux choses sérieuses.

- Je suis heureuse que tu aies soulevé cette question car c'est cela qui m'a fait venir ici de si tôt.

- Je sens vraiment que ce matin s'annonce déjà très bien, lança la femme du chef du quartier en se dressant sur son tabouret. Dis-moi, est-ce que je le connais?

- Très bien même puisque c'est ton fils, répondit-elle.

- Lequel exactement, puisque j'en ai plusieurs, demanda-t-elle après s'être froncée les sourcils pendant quelques instants, peut-être à la recherche d'un nom. Non, aucun nom ne me vient à l'esprit, avoua-t-elle enfin.

- Bon, comme tu le sais toi-même, ce n'est pas facile de trouver un mari, donc je ne mâcherai pas mes mots, dit la princesse. Et ce que je te dis ici, c'est seulement entre nous deux.

- Tu sais bien que je suis très discrète.

- Ton fils, le forgeron qui vient d'arriver…

- Ah, je savais! s'écria-t-elle. Comme il est grand et chaud! Lorsqu'il avait dit qu'il allait élire domicile dans notre village, je me disais bien que les jeunes femmes célibataires auraient un gros morceau à croquer. Regarde, si mes seins pointaient encore vers l'horizon et que je ne m'étais pas mariée avec le chef du quartier, je serais derrière lui comme un chien de chasse derrière un porc-épic. Oui, dis-moi ce qui se passe avec lui.

- Le jour où mon père l'a reçu au palais, il me l'a présenté, ainsi qu'à ma sœur.

- Qui, Nakijaki?

- Qui encore!

- *Hée*.... fit Nanyu à voix basse, une mine sérieuse. Cette demoiselle-là est très belle. Mais si elle parvient à s'emparer de cet homme, c'est toujours dans la maison.

- Dans la maison! protesta la princesse. C'est ce genre de propos que je ne veux pas entendre. Si je suis ici, c'est pour faire basculer les choses en ma faveur. L'un de mes frères vient de me confier que le forgeron semble s'intéresser à nous deux, mais il n'arrive pas encore à se décider.

- Si je ne me trompe, tu es ici dans le but de te renseigner sur tout ce que je sais de lui afin d'avoir le dessus sur ta sœur, lui lança-t-elle.

- C'est exact, c'est pour cette raison que je suis ici, affirma la princesse.

- Ce que tu dois savoir, puisque ta mère te l'aurait déjà dit, c'est surtout par la bouche qu'on attrape un homme. Tu vois mon mari, dès que les rumeurs couraient qu'il s'intéressait à moi, je ne me suis pas fait prier. J'ai commencé tout de suite à le gaver comme un porc; et lorsqu'il avait versé la totalité de ma dot, le tout premier jour qu'il a goûté de cette affaire-ci, - elle s'arrêta, se tourna, projeta les fesses et tapa là-dessus -, je l'ai bien travaillé au lit. Toi-même, tu connais le reste. Il court après moi comme un chiot et il m'amène partout comme si j'étais devenue son porte-monnaie. Et plus intéressant encore, tout ce que je veux, il me le donne. Tiens, un mari ça se fabrique, tu comprends, petite sœur! Ah oui, un mari se fabrique!

- Nanyu, tu vas me faire mourir de rire avec tes drôles d'histoires!

La princesse s'esclaffa.

- Histoires drôles? Je viens de te donner la recette pour attraper et garder un mari.

- Là, je comprends, mais il faut maintenant délivrer le même message taillé sur mesure de ce forgeron.

- Le forgeron aime bien manger parce qu'il travaille aussi comme un taureau, dit Nanyu avant d'émettre un petit sourire avant-coureur d'une déclaration cocasse. Avec cette force métallique en lui, ma sœur, je te conseille de doubler la quantité de nourriture que tu manges le soir, car tu auras besoin de toutes tes forces!

- *Chaa* Nanyu! Dis-moi ce que je dois faire pour l'avoir au lieu de m'attiser l'appétit d'une nourriture qu'on n'a pas encore préparée, répondit la princesse pas tout à fait contre ce que la femme suggérait.

- Soyons maintenant sérieuses. Poses-moi toutes tes questions et je te répondrai de manière très franche en me basant sur ce que j'ai constaté chez lui lorsqu'il restait encore chez nous.

- Qu'est-ce qu'il aime manger?

- Tu es une princesse et une femme ndobo et tu me poses cette question? Comment peux-tu me poser une question pareille?

- Mais il n'est pas d'ici, ce monsieur.

- Je le sais, répondit-elle d'un ton calme. Tu vas préparer une pléthore de plats. C'est comme tirer plusieurs flèches à la fois en toutes les directions vers un gibier, si l'une rate, l'autre va atteindre l'objectif. C'est un système que les femmes chez nous, même celles qui sont dans un mariage polygame, ont inventé pour coincer leur mari. Tu sais que les polygames se basent parfois sur ce que certaines de leurs épouses leur auraient servi comme repas pour les priver de rapports sexuels. Si elles servent le poisson, l'homme dira qu'il aurait voulu manger de la viande et si c'est de la viande, il demandera les champignons. Or tout ça c'est un prétexte pour dissimuler le rapport mari-femme qui n'existe que de nom. Donc pour exposer l'hypocrisie de leurs maris, les femmes arrivent avec tout, les mettant ainsi dans l'embarras.

- Je comprends maintenant, dit la princesse en secouant la tête d'un geste approbateur. Mais il doit y avoir ce qu'il aimait manger lorsqu'il était ici, continua-t-elle.

- Il adore le *fufu* haoussa aux épinards pleins de poissons fumés et de boulettes de pistache. Tu prépares d'abord cela, mais en même temps il faut faire le *kati-kati*, les poissons-chats bien fumés et secs faits à la Ndobo et le champignon à la tête d'un couvercle de marmite bien cuit dans une sauce de pistache.

- Quoi encore?

- Il y a aussi le *koki*, accompagné de patates douces ou d'ignames jaunes sautées.

- Pas de viande de bœuf? répliqua Bikijaki.

- Oui, ça aussi mais bien fumées et cuites.

- Vraiment, le mari ça se fabrique! Il faut être gourmand pour manger tout ce que tu m'as cité.

- Il a déjà beaucoup d'apprentis et d'ailleurs tu n'as pas besoin de préparer la nourriture comme si tu reçois une réunion familiale chez toi.

- Je ne sais pas comment te remercier, déclara la princesse. Mais tu ne m'as rien dit sur son comportement.

- Il est très gentil et calme, mais l'apparence trompe parfois, dit la femme. Mais tu es intelligente et rusée et c'est à toi maintenant d'utiliser ces ressources pour gérer la situation. Qu'il soit roi du village, chef du quartier ou forgeron, un homme reste un homme et si tu doses bien la triple combinaison de bouche, tête et fesses, la magie de la conquête féminine n'est qu'une question de temps.

- Parfaite! cria Bikijaki d'une voix rassurante. Tu me dis qu'il est calme?

- A ta place, je ne me fierais pas à cette conclusion, car comme dit l'adage, il n'est pas pire eau que l'eau qui dort! Sache seulement que c'est un homme, avec les vieux réflexes masculins, que tu peux facilement déjouer.

- Est-ce que tu as quelque chose d'autre à ajouter avant que je ne parte?

- Il a une sœur que Biyenyi connaît bien, commença la femme avec une nouvelle proposition. Et je pense, continua-t-elle, qu'il sera très flatté de te voir avec elle. Tu sais, les hommes aiment trop ce qui les rapprochent à leur mère ou sœurs.

- Tu parles de quel Biyenyi?

- Celui qui habite juste à côté.

- Ah, Biyenyi Maahki!

- Oui.

- Si avec tous les conseils et propositions que j'ai reçus aujourd'hui, je ne parviens pas à avoir cet homme, cela veut dire simplement que c'est mon destin de ne pas l'épouser.

- Peut-être, mais même le destin se cherche!

- Une dernière chose, tu me promets de ne pas donner tous ces conseils à ma sœur au cas où elle se présente.

- Je te le promets sur la tombe de mon père.

- Je dois partir maintenant et, merci Nanyu ; je commencerai les prochaines démarches.

- Merci beaucoup de mes cadeaux. Je sais déjà que le forgeron sera ton mari.

- Merci aussi.

17

L es rumeurs couraient partout dans le palais de Chefonbiki. Sa fille allait épouser le forgeron. Ce dernier, accompagné de Fo Toloh, qui jouait le rôle d'oncle, était allé voir le roi du village afin de demander formellement la main de sa fille.

Le roi avait accepté et le forgeron avait déjà commencé à verser la dot. Dans le foyer de Naati, où les détails de ce qui s'était passé lors de cette rencontre entre beau-père présomptif et prétendant étaient bien connus, la tension régnait.

Bien que Nakijaki fût contente de la conquête de sa sœur, elle ne pouvait s'empêcher d'être jalouse. Le sort de célibataire qu'elle partageait jadis avec sa sœur deviendrait désormais sien une fois que Bikijaki gagnerait le domicile de son mari. Et comme il était beau le mari! Si au moins il avait une sorte de déformation physique ou était laid et n'était pas ainsi à la hauteur de sa sœur, elle aurait pu se cacher derrière ce défaut afin de se calmer. Ainsi, sa blessure interne se serait de cette façon soignée. Mais ce n'était nullement le cas. Comme si les gens se moquaient de ses tourments, partout où elle allait, on ne parlait que de ce monsieur, son travail, sa taille, son élégance, sa générosité, que tous ceux qui avaient d'ailleurs assisté à sa réception au palais avaient pu constater. Chaque compliment avait l'impact d'un coup de poignard dans le cœur de Nakijaki.

Pour une dame souvent peu bavarde, elle se montrait encore moins truculente et plus retirée et réservée. Sa taciturnité en disait long sur les tourments internes qui la rongeaient et auxquels elle devait faire face. Non seulement elle ne parlait pas, mais elle avait aussi refusé de manger, ce qui fut néfaste pour sa santé. C'est au constat de cela que sa mère se sentit dans l'obligation d'avoir une sérieuse conversation avec elle :

- Que voulais-tu! Au lieu d'être contente que ta sœur ait fini par arracher le monsieur, tu piques plutôt une crise de jalousie.

- Maman, vous me comprenez très mal, essaya-t-elle de s'expliquer. Je suis contente pour ma sœur, mais il ne faut pas aussi oublier que la jalousie est une force qui parfois s'impose bon gré mal gré.

- Oui, je te comprends bien ma chérie, mais il faut essayer d'en avoir le dessus, répondit la mère qui dut se lever pour l'embrasser. Tu seras toujours ma belle princesse et je tiens à te dire que mon propre produit ne peut jamais manquer de mari.

- Je me sens beaucoup mieux maintenant, surtout après tes mots d'amour et d'encouragement.

- Toi, tu ne sais pas ce qui t'attends, peut-être que quelque part tu te trouveras un prince et ensemble, vous formerez un foyer plein d'enfants et de fortune. Sois plutôt contente pour ta sœur, car ce n'est que par cette voie que tu auras la bénédiction des ancêtres.

- Mais maman, dites-moi quelque chose.

- Vas-y!

- Est-ce que vous étiez au courant que le forgeron avait l'œil sur nous?

- Depuis le jour où nous l'avons reçu ici au palais, répondit sa mère. Au moment de vos présentations, je m'étais cachée quelque part et je vous suivais.

- Et qu'est-ce que vous aviez pu voir qui vous a donné à penser qu'il voulait l'une de nous comme son épouse?

- Je dois d'abord te dire que votre exceptionnelle beauté ne laisserait indifférent aucun homme. Mais à part cela, c'était surtout l'éclat dans les yeux du forgeron lors de votre présentation, surtout la tienne, déclara-t-elle. Autant que cette manifestation était évidente, le monsieur lui-même avait déclaré son intention à ton père qui à son tour m'en a parlé.

- Surtout ma présentation! s'écria Nakijaki en pensant du secret que sa mère venait de lui dévoiler. Et pourquoi ne me l'aviez-vous pas dit?

- Mets-toi à ma place, raisonna sa mère. Je vous aime toutes les deux de tout mon cœur.

- Je comprends, répondit la princesse avec résignation.

- Ta sœur était beaucoup plus ambitieuse, astucieuse et créative et elle mérite bien son mari même si tu ne l'as pas démérité.

- S'il s'est montré intéressé lors de ma présentation, pourquoi a-t-il choisi ma sœur?

- Tu sais ma chérie, un mari, ça se fabrique!

- Comment Bikijaki a-t-elle su que le forgeron voulait l'une de nous?

- Il faut lui poser cette question lorsqu'elle sera de retour, lui répondit sa mère. Mais pour survivre et s'épanouir dans un palais où il y a beaucoup de gens qui veulent les mêmes choses, il faut toujours être très vigilante, toujours garder les oreilles tendues, toujours poser des questions. Elle a dû faire toutes ces choses-là, mais peut-être est-elle au courant qu'un mari se fabrique.

- Maintenant, je commence à comprendre et à y voir clair, déclara-t-elle en secouant la tête. Pendant tous les temps qu'elle n'allait pas aux champs avec nous, elle faisait ses démarches pour séduire le forgeron.

- Peut-être, on ne saura pas si elle ne nous le dit pas, mais je vais encore te dire que…

- Un mari ça se fabrique!

La princesse ne laissa pas sa mère terminer la phrase.

18

L e forgeron avait versé la totalité de la dot. En principe, Bikijaki était déjà sa femme. Toutefois, pour l'avoir chez lui, il restait encore une dernière chose à faire. En vertu de la tradition ndobo, elle devait être livrée chez lui lors d'une cérémonie spéciale. Cette cérémonie s'appelait *Nkini*. Pour vous en donner une petite idée de ce que cette cérémonie est, il faut imaginer un homme condamné à vivre seul dans un foyer avec une femme très gueularde! En amplifiant vingt-cinq à trente fois le traumatisme que l'homme subit au cours de cette expérience, on parviendra à en avoir une idée. À l'époque elle se composait de deux étapes. La première visait la mariée et la deuxième le marié.

Dès sa création, elle ne regroupait que les vieilles femmes, en grande partie des septuagénaires et octogénaires. Censées avoir maîtrisé les secrets et caprices des hommes, ces dames se servaient de la cérémonie dans le but de faire avancer leurs propres intérêts et, par moments, ceux des femmes en général. Au fil du temps, elles avaient cru nécessaire de rajeunir leurs rangs en recrutant certaines adolescentes et même des femmes moins âgées à travers qui elles espéraient préserver cette tradition et la faire transmettre aux générations futures.

Les femmes de *Nkini* étaient présentes à toutes les occasions qui nécessitaient la participation féminine; mais, c'était surtout lors des premiers mariages que leurs pouvoirs se faisaient ressentir. Même si les mariés potentiels les craignaient comme le feu, leur légende était en grande partie fondée plutôt sur les drôleries et les comédies avec lesquelles elles animaient souvent leurs activités. Ce qui ne veut pas dire qu'elles négligeaient le côté matériel des choses! En fines stratèges, elles gardaient une liste mentale de tous les jeunes célibataires éligibles du village, surtout ceux qui avaient annoncé leur désir de se marier. Elles se servaient parfois de cette connaissance afin de demander certaines faveurs que ces derniers n'osaient pas refuser, question de ne pas finir avec « leur truc dans une calebasse », comme ces femmes décrivaient le célibat involontaire qu'elles étaient à même d'imposer.

Normalement, la veille du jour de sa séparation définitive avec ses parents, la mariée était séquestrée dans une grande pièce où elle était entourée de membres de Nkini. Comme le voulait la tradition, ce cercle féminin comprenait en majorité les membres de la grande famille de la mariée, venues nombreuses la préparer psychologiquement en vue de sa nouvelle aventure matrimoniale. Assises autour d'un grand feu, tout en se gavant de nourriture et de boissons, ces vieilles femmes racontaient des historiettes drôles mais souvent pleines de sagesse.

La cérémonie était destinée principalement à remonter le moral de la mariée par des conseils sur les habitudes des hommes et le comportement à tenir afin de réussir le mariage. Des objectifs tout à fait nobles! Mais, comme certaines choses chez nous commencent toujours bien mais finissent parfois mal, cette cérémonie avait été accaparée par certaines femmes pour régler des comptes avec les hommes. Ainsi, sa vision exaltante avait été largement abandonnée. Elle était devenue plutôt un mécanisme pour exposer les défauts des mariés, matraquer les mariés et tenir les mariés responsable de tous les problèmes dans le foyer. Cet objectif, bien qu'il soit plus psychologique que réel, me semble-t-il, surtout quand j'en fais maintenant un examen, visait à rendre la mariée confiante et plus déterminée à gérer toutes situations dans son foyer.

Je pense que cette cérémonie s'étend jusqu'à nos jours, car les femmes qui viennent de la région où elle existe encore sont affranchies. Faut-il aussi mentionner que le taux de divorce dans la même région est très élevé de nos jours !

Pour Bikijaki, c'était dans une grande salle à l'orée du palais que la première étape de cet évènement eut lieu. Ce jour-là, vers vingt-et-une heures, les femmes de Nkini, qui s'étaient regroupées quelque part en brousse, annoncèrent leur arrivée en entonnant une chanson. Tous les mâles, dès qu'ils les entendirent s'approcher, allaient se cacher au risque d'être maudits.

La princesse, future mariée, était flanquée par sa sœur jumelle et sa mère et, à trois, elles menaient le peloton du groupe.

Comme elle était belle la princesse! Elle était couverte de la tête jusqu'aux pieds d'un produit rouge couleur sang fait à base de la poudre d'un bois qu'on retrouve chez nous et que les natifs appellent *bundu*. Très bien habillée et ornée de toutes sortes de bijoux, elle entonnait la chanson à laquelle les autres femmes répondaient en chœur.

Les femmes arrivèrent quand tout était prêt et s'installèrent dans la salle réservée pour la circonstance, autour d'un grand feu. Chacune d'elles avait sa qualité toute particulière, mais comme le temps me manque, présentons de manière sommaire les deux qui s'étaient démarquées lors de cette soirée-là.

Comme le veut d'ailleurs la tradition de mon peuple, commençons par Nabaah, la plus âgée du groupe. Nabaah était une octogénaire qui avait depuis longtemps perdu son mari, un notable de la cour royale. Ses deux coépouses étant déjà mortes, elle vivait seule dans une grande concession près du palais. Ses amis, nombreux, lui rendaient visite de temps en temps mais elle se sentait souvent seule. Elle avait deux fils qui vivaient très loin d'elle, dans une ville côtière de son pays. C'est grâce à *Nkini* qu'elle pouvait se retrouver très souvent parmi d'autres femmes et se solidariser avec elles. Très respectée pour ses contributions à ce mouvement dont elle était la marraine, non seulement à cause de son âge et de son énorme expérience, mais surtout à cause de son répertoire inépuisable d'histoires pleines de sagesse qui portaient sur les hommes et la vie matrimoniale.

Il y avait aussi Gileeh qui, compte tenu de son âge aussi, se trouvait à la charnière entre deux générations. Bien qu'ayant un pied encore dans la génération passée, elle représentait le futur. C'était une femme aimable et pleine d'humour, une dame qui n'épargnait aucune occasion de faire rire les autres. A soixante ans, tout le monde la voyait comme celle qui allait assurer une transition pacifique du mouvement d'un passé souvent caduc à un avenir prometteur.

- Aujourd'hui, tout le monde ici présent sait pourquoi, par qui et pour qui nous nous sommes réunies ici, Nabaah, qui présidait la cérémonie de Bikijaki, amorça la conversation. Pour les femmes qui ne le savent pas, je vais vous expliquer la raison pour laquelle nous avons abandonné la chaleur de nos lits pour nous retrouver ici. Aujourd'hui notre fille Bikijaki va émettre « le petit cri de joie » en goutant le miel de la hanche de son mari, le forgeron que nous connaissons toutes.

- *Hee*...un miel qui contient du fer, c'est peut-être la vraie chose! s'exclama Gileeh qui ne perdit pas le temps de lancer sa campagne.

Tout le monde éclata de rire. Le calme revenu dans la salle, Nabaah reprit la parole.

- Je n'ai jamais goûté à un miel qui contient du fer, mais nous avons une représentante parmi nous qui nous en parlera après cette cérémonie, elle relança la blague que son prédécesseur avait amorcée. Avant qu'elle ne parte chez son mari, forgeron de son état, il faut qu'on lui parle un peu des hommes, tous les hommes sans exception.

- Oui, tous les hommes sans exception, n'est-ce pas Naati! Gileeh proclama haute et forte à l'adresse de Naati, un choix qui n'était pas dû au hasard car elle était non seulement la mère de la mariée, mais aussi la femme du roi du village. Lorsque tu avais goûté au miel royal, c'était comment?

- Ah, le roi n'était pas à la hauteur de sa tâche, répondit-elle en jouant le jeu.

- Comment ça! Gileeh ne lâcha pas sa proie puisque tout ce qui concernait le roi excitait toutes les femmes. Oui dis-le-nous car tout le monde veut entendre. N'est-ce pas? s'écria-t-elle.

- Oui, répondirent les femmes, visiblement contentes.

- Comme il s'était déjà fait lécher tout le miel par ses nombreuses femmes avant que ce soit mon tour, je me retrouvais avec une hanche vide. Le peu de miel, bien que sucré comme toujours, était en dessous de la moyenne puisque la nuit était longue et caractérisée plutôt par des ronflements.

- Un ronflement royal, il y a de quoi faire écrouler le toit d'une maison!

Après le désordre que la réponse et les déclarations avaient provoqué, Naabah appela au calme. Elle reprit la parole. La matriarche connaissait tous les secrets des hommes grâce aux situations qu'elle avait vécues. Elle inspirait beaucoup de femmes en matière de mariage. Elle avait tendance à parler en

176

historiettes afin que ses leçons soient toujours retenues et retransmises.

Nabaah était assise quand elle discourait. Alors, dès qu'elle s'était levée, un signe qu'elle allait débuter son anecdote, un silence de tombe descendit dans la salle. Elle faisait de petits va-et-vient, comme pour mesurer l'enthousiasme de son audience, et puis elle se dégagea la voix et cria à haute voix.

- *Kwaleeh!*

Ce cri était utilisé dans le but de garder une audience réveillée quand une conteuse se mettait à parler.

- *Leekwah!* répondit toutes les femmes, question d'affirmer qu'elles étaient toutes prêtes à suivre ce que la vieille dame voulait dire.

- Est-ce qu'une femme peut pisser dans une bouteille?

- Non! crièrent toutes les femmes.

- Pourquoi? demanda-t-elle.

- Parce qu'elle risque plutôt de se laver les jambes, vint la réponse de l'audience.

Tout le monde était prêt. Elle pouvait donc commencer.

- Vous savez, les hommes se croient toujours très sages. Ils pensent que les femmes ne peuvent jamais les tromper, mais je suis ici pour vous montrer comment ils sont bêtes.

- Allez-y Nabaah, cria une voix dans l'audience. Vous êtes la voix de la sagesse. Parle-nous de ces bandes de salauds que sont les hommes!

- A l'exception de Bikijaki et sa sœur jumelle peut-être, qui parmi vous ne connaissait pas Malafia et son mari, Wasnet?

- Tout le monde, sauf tes princesses, déclara Naati. La dame et son mari sont morts juste avant la naissance de mes deux filles.

- Voilà! Comme nous sommes ici à cause de Bikijaki et ce que je veux dire vise directement notre princesse, je me dois alors de présenter le couple en question. Malafia était une très jolie dame, si jolie que dans une nuit sans étoiles, elle remplaçait la lune. Partout où cette femme passait, les hommes ne faisaient que lécher leurs babines, car, comme je viens de dire, elle était belle à croquer.

- Croyez-vous qu'à cause de sa beauté exceptionnelle, les hommes avaient plutôt peur d'aller demander sa main en mariage? Vous voyez déjà comment l'esprit des hommes fonctionne! Face à ce qui est très belle et attirante, ils reculent et ils ne veulent pas admettre qu'ils sont bêtes. Où est Naati?

- Me voici! répondit la mère de la future mariée.

- Ton mari, le roi du village, est-il aussi bête?

- En ce qui concerne les femmes, il est bête à l'échelle royale, répondit-elle et toutes les femmes se mirent à rire.

- Merci, c'est ce que je voulais savoir car je n'ai jamais eu le privilège de tâter une baguette royale, déclara la vieille dame. Sachant que c'était seulement par des opportunités pareilles que les femmes pouvaient dire tout ce qu'elles voulaient sur le roi sans en subir des conséquences. Est-ce qu'il crie lorsqu'il fait son travail la nuit?

Sur cette question, un silence total descendit dans la salle. L'audience tout entière voulait en savoir plus puisque tout le monde écoutait attentivement.

- Oui, dis-le-nous, cria encore la voix de Gileeh. Ce secret doit être dévoilé aujourd'hui.

- Le plus souvent il n'a plus de voix pour crier quand c'est mon tour. N'oubliez pas qu'il a beaucoup de jeunes femmes aux nicols pointus, les femmes pleines d'énergie et d'idées, les femmes qui lèchent son miel et le chatouillent bien. Les femmes qui le font pleurer comme un enfant. Il se contente seulement d'émettre de petits grognements comme un cochon quand c'est mon tour. Moi-même, je me demande de temps à autre si j'ai affaire à un véritable roi.

Cette réponse provoqua un grand tollé dans la petite foule. C'était exactement ce que la vieille dame voulait.

- Mon mari me chatouille toute la nuit comme une chenille et je ne peux même pas fermer l'œil! s'exclama une petite voix.

Une contre-attaque ne se fit pas attendre.

- Quand il aura d'autres femmes ton rendez-vous tous les soirs sera avec ta couverture, répondit Gileeh, ce qui provoqua un grand rire.

- Revenons à notre mouton, car il ne faut pas abandonner la charrue pour courir après les rats, reprit la dame dans une tentative de remettre de l'ordre.

- C'est bien vrai, tonna la voix de Nanyu, l'épouse de Fosiki. La jeune femme doit connaître les secrets des hommes.

La conteuse reprit.

- Après mille hésitations, un homme a pris son courage à deux mains et a décidé enfin d'épouser Malafia. Et qui autre que Wasnet! Et comme la femme était très jolie, son mari qui ne croyait pas qu'il méritait une si belle femme commença à dire qu'une femme ne peut jamais être aussi jolie et fidèle à la fois.

- Ayant cette idée à l'esprit, il la suivait partout. Au marché, il était derrière elle; aux champs il s'était caché en brousse en train de l'épier; au marigot, le monsieur était là; lorsqu'elle allait se faire tresser les cheveux, son mari était accroupi en brousse quelque part les yeux braqués sur elle...partout, je vous dis, ce petit misérable était là! Lasse de ce manque de confiance, la femme affronte son mari un jour. « Regarde mon chéri, lui dit-elle, si j'ai envie de tricher, je peux bel et bien le faire devant toi et tu ne le sauras même pas. » L'homme ne croyait pas sa femme et elle lui lance alors un défi. Le couple habitait une belle case entourait d'une palissade construite en roseaux. C'était durant la période de pleine lune, et la femme s'est arrangée avec un ami de longue date pour que tout se passe chez elle devant Wasnet.

- Devant son mari! s'exclama la voix incrédule d'une dame. Si je me livre à un coup pareil mon mari va me tuer sur-le-champ.

- Tais-toi, suis l'histoire et cesse de nuire avec ton crapaud de mari, cria la voix autoritaire de Nawong, la maitresse d'ordre. Son rôle à part, elle ne voulait rien rater de ces affaires érotiques que racontait Nabaah.

- Lui aussi, avec ses testicules comme ceux d'un bouc ; il a l'audace de mettre la main sur une femme! s'écria Gileeh.

- Ah bon? protesta Nawong scandalisée. Tu as vu ses testicules?

Toutes les femmes commencèrent à rire, y compris Nawong. Dans cette assemblée, les femmes étaient libres comme le vent de dire tout ce qu'elles voulaient sur les hommes. N'importe quel homme. Pourvu que ce soit outrageux.

- Vous m'avez fait perdre le fil de mes idées, se plaignit Nabaah tout en riant et en se grattant la tête pour s'en souvenir lorsque l'ordre était en train d'être rétabli.

- Parfait, je m'en rappelle maintenant, reprit-elle avant que ce rappel ne vienne d'un autre membre de l'audience. Bien que ce soit apparemment impossible, vous allez entendre comment Malafia a réussi son coup. Je vous dis, c'est un exemple de la sagesse féminine. Devant la porte du domicile du couple se trouvait un vieux fauteuil en bambou où Wasnet avait l'habitude de s'installer lorsque sa femme faisait la vaisselle les soirs au clair de la lune. Le jour du rendez-vous avec son amant, Malafia s'assurait que Wasnet était au front comme d'habitude, à peine cinq pas devant. Quand elle s'était courbée afin d'exécuter sa tâche, elle avait le dos tourné vers la palissade, de manière que ses fesses la caressent. A l'endroit où son postérieur et la palissade se rencontrent, cette belle dame avait percé un trou. L'homme avec qui elle avait fait le complot se cachait de l'autre côté de la palissade, debout comme un soldat. La femme avait bien préparée son coup, mais au départ l'homme de l'autre côté de la palissade était un peu fainéant. Ah les hommes! Ils peuvent rater un édifice avec une pierre! Il n'a pas pu trouver l'entrée du paradis.

« En haut! » s'écria la dame lorsque son complice cherchait encore en tâtonnant partout.

- Son mari croyant que c'est à lui que sa femme s'adressait, s'est mis à admirer la lune et a fait des commentaires. Il n'a donc rien compris lorsque sa femme s'est écroulée en poussant un petit cri de joie.

- Merci, merci bien!

Son mari ne se rendait pas compte que la voix de sa femme était déformée.

- Il n'y a pas de quoi chérie, répondit son mari. C'est la moindre des choses que je puisse te faire, t'expliquer les beautés du firmament et de la nature.

- Bien sûr, dit-elle en respirant très fort, ce qui attira l'attention de son mari.

- Qu'est-ce qu'il y a? demanda-t-il en voyant tomber sa femme.

- L'orgasme était de taille, se proclama-t-elle. Il dépasse tout ce que j'ai eu avec toi.
- L'orgasme! Quel orgasme? Je ne savais pas que les femmes jouissaient en faisant la vaisselle, répondit l'homme en riant aux éclats. Toi alors, tu me feras voir de toutes les couleurs !
- Sur cela, tu as raison, car je viens de faire l'amour avec un homme devant toi.
- Ne mens pas ma chérie!
- Mon chéri, je ne mens pas, dit-elle en lui montrant le petit trou par lequel son complice est passé.
- C'était le tour de l'homme de s'écrouler, car il s'est évanoui à son tour. Depuis ce jour-là, Wasnet ne suit jamais sa femme, car il savait qu'il ne pouvait jamais l'empêcher de faire ce qu'elle voulait. Comme quoi je tiens à vous dire que les hommes sont bêtes. Il a fallu que la femme de ce monsieur se livre à un acte d'infidélité devant lui, pour qu'il ait confiance en elle.
- *Kwaleeh!* cria-t-elle.
- *Leekwah!* répondirent les femmes toutes contentes.

Son histoire terminée, l'audience s'explosa de joie. Les femmes avaient beaucoup apprécié les dénouements de ce récit, car la vieille dame avait bien prouvé son point.

Cette histoire était suivie de plusieurs autres qui permettaient à la jeune femme d'apprendre beaucoup de choses sur les hommes en général et son mari en particulier.

181

19

l était deux heures du matin. Tanke se trouvait seul dans sa maison. C'était l'une de deux grandes maisons qui constituaient sa concession au pied de la colline. Son frère, celui qui était successeur à leur père, et sa mère, venus tous les deux assister à son mariage, devaient passer la nuit chez Fosiki. Ce n'était pas parce que le forgeron ne voulait pas les accueillir chez lui. La tradition voulait qu'il soit seul à cette occasion afin de bien répondre aux exigences des femmes de *Nkini*. Il ne pouvait pas agir autrement. C'était en respectant les règles de cette cabale qu'il aurait droit selon les dires « de goûter au miel de la hanche » ce soir-là. C'était un jour très spécial pour lui et aucun dérangement n'était toléré. Tous ses apprentis, surtout ceux qui vivaient chez lui, devaient aller passer la nuit ailleurs, peut-être chez leurs amis.

L'attente du forgeron s'avérait très longue. C'est toujours ainsi lorsqu'on attend une personne de marque, particulièrement si celle-ci est une femme qu'on vient d'épouser. Il avait bien arrangé sa maison. Au fait, la maison était constituée de trois grandes chambres, d'un magasin et d'un vaste salon. Bien construite, comme se devait d'ailleurs la maison d'un forgeron, elle respirait la fraîcheur et l'abondance, surtout que le toit était en tôles. Malgré cette disposition accueillante, Tanke n'avait pas lésiné sur les moyens afin de traduire en réalité les conseils d'une vieille dame qui était rompue en matière de tradition de *Nkini*. Les vieilles femmes qui comprenaient le noyau de cette organisation et qui dictaient ses lignes de conduite, étaient bien connues pour leur caractère pointilleux et rigoureux, surtout envers les allogènes qui venaient arracher l'une de leurs filles. Il fallait donc que tout soit en ordre afin de les apaiser.

Son grand salon, où il recevait souvent les clients avait été bien aménagé, avec les banquettes installées tout autour. Il avait allumé les lampes tempêtes dans les quatre coins du salon et la salle était donc bien éclairée.

Il avait aussi en réserve beaucoup de fagots de bois ainsi qu'une boîte d'allumettes, car ces dames menaient leurs activités toujours autour du feu. Tout le monde savait qu'elles devenaient plus farouches si elles avaient froid, fût-ce seulement pendant une minute. Les nouveaux mariés craignaient de les mettre en colère. D'habitude, ces femmes ne buvaient pas trop. Mais leur soif devenait légendaire pendant ces escapades matrimoniales nocturnes; par conséquent, le forgeron n'avait ménagé aucun effort de leur plaire.

- Tu vois, lui avait conseillé la vieille dame, en état d'ébriété, elles sont en général moins exigeantes même si elles sont plus loquaces et comiques.

Ayant donc ce conseil en tête, le forgeron s'était procuré cinq grandes calebasses de vin de palme et trois bouteilles de Johnny Walker, cette liqueur écossaise tant prisées par les aînés de chez nous. Il savait aussi que le mariage était aussi une façon de le juger. Sa réception au palais du roi et les festivités avaient offert une très bonne impression de lui aux yeux des villageois. Et lorsqu'il avait décidé de coiffer sa maison de tôles, il se fit compter parmi ceux qui méritaient d'être cités au village. Il voulait donc continuer à bâtir sur cette réputation.

Tanke, tout seul dans son salon, faisait des va-et-vient, sa tête pleine de pensées. Si tout allait mal et il devrait reprendre à zéro, quelle honte! Et si les femmes s'avéraient plus exigeantes qu'il n'en fallait, cela risquerait aussi de compromettre sa réputation. Il y avait certaines circonstances malheureuses où toutes les femmes qui participaient à ce genre d'escapades étaient très vieilles et à deux doigts de leur tombe. Elles se montraient donc plus intransigeantes, se disant peut-être qu'elles n'avaient plus rien à perdre. Celles-ci cherchaient à profiter au maximum de la situation avant de quitter définitivement ce monde.

Toutefois, il se rendit compte qu'il mettait plus d'accent sur ce que les femmes allaient faire et moins sur ce qu'il n'avait pas fait. Il parcourait donc la salle afin de s'assurer qu'il n'avait rien oublié qui pouvait lui coûter sa belle princesse. C'était à ce moment qu'il entendit au loin les cris des femmes de *Nkini*.

Tanke jeta les derniers coups d'œil sur le reste de la salle. Après avoir gardé la porte d'entrée grande ouverte, il se refugia dans sa chambre. Il était prêt. Ses proches collaborateurs lui avait fait ingurgiter toutes sortes de mélanges censés avoir la vertu aphrodisiaque. Ces produits devraient le rendre très puissant et capable de satisfaire l'une des exigences des femmes de *Nkini*. Ces femmes voulaient entendre ce qu'elles appelaient « les petits cris de joie » de la mariée. Il savait que sa performance dans le lit allait établir, une fois pour toutes, ses rapports avec toutes les femmes du village.

Tout le monde le savait déjà ; et les vieilles de *Nkini*, avaient l'habitude de dire que leur ventre n'était pas un magasin. Autrement dit, elles ne gardaient aucun secret, surtout s'il s'agissait d'une médiocre performance dans le lit conjugal.

Environ quinze minutes s'étaient écoulées lorsque les derniers bruits de *Nkini* s'étaient fait entendre. Lorsqu'ils reprirent de nouveau, c'était tout proche de chez Tanke. Excité par les perspectives de faire l'amour avec sa femme pour la première fois, il pouvait entendre battre son cœur. Il jeta un coup d'œil sur son grand lit qu'il venait de faire fabriquer et émit un grand sourire de satisfaction. Il entendait l'inaugurer ce soir-là même avec une princesse. Quel honneur! Il était lui-même d'une lignée royale, donc il se disait avoir bien mérité sa femme. Plus il pensait à toutes ces choses, plus le désir montait.

Encore perdu dans ses pensées, il fut brusquement rappelé sur terre par un bruit assourdissant à la porte d'entrée. Les femmes étaient arrivées. Le moment tant attendu se présentait enfin. Elles s'introduisirent dans la salle en chantant. Certaines bouches proférant déjà des obscénités. Ceci n'est pas injustifié comme certains observateurs, surtout les allogènes, tendent à croire. Ces déclarations sont destinées à attiser l'appétit sexuel du marié, le rendant ainsi facile à manipuler. Elles se disaient qu'un homme bien excité sexuellement agit par moment de manière irrationnelle. Une fois installées, elles allumèrent le feu et commencèrent à boire le vin de palme.

- Naati, regarde ce que ton beau-fils nous garde ici, déclara Naabah en soulevant l'une des bouteilles de whisky. Petit malin, il veut nous rendre saoules afin de s'emparer de notre belle princesse sans verser la somme due. Il se trompe, car nous allons vider ses bouteilles de whisky avant de demander ce qui nous revient de droit.

- Montre-moi la bouteille, demanda Gileeh qui, après l'avoir inspectée pendant quelques secondes, se mit à rire. J'espère que son pénis de fer sera aussi droit aujourd'hui comme la canne à marcher de cet homme sur la bouteille.

Toutes les femmes se mirent à rire aux larmes.

- Quoi qu'il arrive, nous saurions la vérité car nous avons notre représentante ici, n'est-ce pas Bikijaki?

- Oui, répondit la princesse à voix basse. Elle n'était pas habituée à ce genre de propos qui la rendaient plutôt rétrécie. Mais comme un bœuf qu'on conduisait à l'abattoir, elle était déjà au point de non-retour. Elle s'efforçait plutôt de se préparer psychologiquement pour ce qu'elle allait subir. Les assurances de sa mère et de Nanyu n'avaient vraiment pas enrayé ses appréhensions. Et si le monsieur avait un gros truc, ce serait la nuit la plus longue! Toutefois, les femmes continuèrent à boire. Plus elles consommaient de l'alcool, plus elles devenaient bruyantes. Ce comportement réjouissait le cœur de Tanke, car tout se passait effectivement comme la vieille dame le lui avait assuré.

Elles faisaient beaucoup de bruits et avaient l'air d'être contentes. Et la nourriture! Quand elles se rendent chez un homme encore célibataire, elles n'exigent jamais qu'on leur prépare à manger puisque dans notre culture, faire la cuisine était le domaine de la femme. Tout allait bon train mais le forgeron se croisait toujours les doigts dans une attente qui devenait interminable. Ces femmes avaient tendance à être capricieuses. Il s'attendait donc à tout. L'évènement atteint son paroxysme vers quatre heures du matin.

- Nous sommes ici avec ce que tu veux et nous savons que tu meures d'envie, est-ce que je dis la vérité? Nabaah amorça le marchandage à haute voix avec le forgeron.

- Oui, vous avez raison, répondit-il, toujours recroquevillé à l'intérieur de sa chambre.

- Comment sais-tu que j'ai raison? demanda la vieille.

- Parce que les femmes disent toujours la vérité.

- Génial! la dame lança un cri approbateur avant de passer à la taquinerie.

- Tu nous dis cela parce que ton machin veut manger ou c'est ce que tu crois?

- C'est ce que je crois.

- Voilà un homme sage! cria la vieille dame à l'adresse de son entourage. Est-ce qu'il mérite déjà sa femme?

- Non, pas du tout! Comment peut-on lui donner aussi facilement une femme aux seins volumineux comme des papayes, aux jolis tétines, et aux fesses rebondies et tremblantes! s'exclamèrent-elles toutes en même temps comme si elles avaient répété cette déclaration mille fois auparavant. Qu'il nous fasse des propositions d'abord.

- Je voudrais bien te donner la femme pour que tu commences à lécher le miel de la hanche, mais toi-même tu as suivi l'opposition de mes sœurs, qui veulent que tu fasses des propositions avant de l'avoir. Qu'est-ce que tu dis à ce propos?

- Elles ont raison et je suis prêt à accepter vos propositions, dit le forgeron.

- Tant que son machin de fer regarde le ciel, il va tout accepter, déclara Gileeh.

Son propos était reçu avec des cris d'applaudissements.

- Que nous proposes-tu alors pour l'avoir, ta belle princesse? reprit Naabah, l'initiatrice de la négociation.

- Ce que vous demandez, je vais vous donner tout en sachant que mes mamans ne proposeront rien au-dessus des moyens de leur propre fils, répondit le forgeron. Vous savez que durant toute ma vie je me dois toujours de bien m'occuper de votre fille, de votre princesse. Comme toute princesse, elle mérite une attention particulière.

- Tu as bien répondu, dit la vieille négociatrice. Mais il faut maintenant donner des précisions pour qu'on sache effectivement si tu mérites ta femme. Un pauvre n'a pas droit à une princesse, comme tu le sais déjà toi-même.

- Vous avez raison. Comme vous êtes nombreuses, je vous propose trois chèvres, trois grands bidons d'huile de palme, et un grand sac de sel, déclara le forgeron avant de marquer un temps, question de jauger la réaction des femmes. Et il reprit lorsqu'elles ne dirent rien. Et lorsque vous allez encore repasser pour laver mon premier-né, on en parlera davantage. Être beau-fils est une affaire qui dure toute une vie et pendant ce temps on ne cesse pas de répondre aux besoins de ses beaux-parents.

- Ce petit forgeron, je dois l'avouer, est trop sage, complimenta Nabaah.

- C'est bien vrai, dit Gileeh. Pour un homme, il est vraiment sage, et je pense qu'il réfléchit bien parce qu'il a vraiment envie d'être avec sa princesse.

- Est-ce que tu aimes ta princesse? demanda la vieille au forgeron.

- Oui.

- Qu'est-ce que tu aimes en elle?

- Tout.

- Es-tu prêt à nous donner un petit-fils?

- Oui.

À cet instant, l'évènement passait de plus en plus à la comédie.

- Ton machin est-il debout, prêt à faire émettre par ta femme le petit cri de joie qui aboutit à un bébé?

- Oui, très prêt.

- Est-ce que ton machin regarde en bas ou en haut?

- Il regarde partout comme un militaire anglais! s'écria-t-il en embellissant sa réponse.

Toutes les femmes rirent aux éclats.

- Bien, tu auras ta femme maintenant, car tu réponds bien aux exigences de *Nkini*. Bikijaki fut ainsi introduite dans la chambre de Tanke. Prends ton miel, lèche le bien jusqu'à ce qu'elle émette le petit cri de joie pour qu'on sache que tu es un homme puissant, et qu'à deux, vous êtes déjà sur la bonne voie pour faire un bébé. Ce n'est qu'après cela que nous partirons vous laissant tous les deux.

Peu après tous ces propos apparemment vulgaires, avec toutes les femmes attroupées devant la porte de la chambre du forgeron, le petit cri de joie tant attendu fendit le calme nocturne, suivi de cliquetis violent du lit.

- Le petit forgeron ne fait pas la grande gueule pour rien! Vous entendez comment l'homme doit remplir son devoir conjugal Naati, pas comme ton faux type de roi qui passe son temps à ronfler.

A ces déclarations de la doyenne, toutes les femmes lancèrent un grand cri d'applaudissements. Elles étaient toutes contentes.

Elles reprirent leurs sièges et après avoir vidé leurs calebasses de vin, elles sortirent tranquillement.

Naati, la dernière à partir, ferma la porte d'entrée.

20

U n an s'était déjà écoulé depuis l'escapade nocturne grâce à laquelle la femme de Tanke lui avait été livrée par les membres de *Nkini*. Le forgeron semblait avoir très bien léché le miel de la hanche, car sa femme était enceinte et sur le point d'accoucher. Sa femme avait commencé à avoir des contractions. Malheureusement, il ne pouvait pas assister à cet évènement, car il s'était rendu à Mari, un village voisin.

Allongée sur le lit, en proie aux frémissements spasmodiques et transpirant à grosses gouttes, Bikijaki émettait des gémissements de douleur. Elle était entourée de certains membres de la famille, dont sa mère Naati, sa belle-mère Ngejang, sa sœur jumelle Nakijaki, ses trois belles-sœurs de Ndobo, et son amie de longue date Nanyu. Chose étrange, Bikijaki ne cessait de parler de la mort et elle pleurait à chaudes larmes.

Vers minuit, la douleur semblait avoir atteint son paroxysme. La princesse s'agitait violemment sur son lit comme si elle était dans les affres de la mort. Naati, comme le lui avait conseillé le forgeron avant son départ, alla frapper à la porte du guérisseur, Eba.

Et le guérisseur ne tarda point. Il s'empara de sa canne à marcher et d'un petit sac en peau de panthère qui s'accrochait au mur. Les deux se précipitèrent chez le forgeron.

Dès leur arrivée, toutes celles qui se rassemblèrent auprès du lit de la princesse s'éloignèrent aussitôt. Alors qu'il venait juste de déposer son sac, il commença à le fouiller. Il recherchait un médicament pour calmer la douleur. En même temps, un hibou se posa avec grand bruit sur le toit de la maison et commença à hululer. Sur ces entrefaites, le guérisseur abandonna ce qu'il faisait. Il se rendit rapidement chez lui d'où il en revint quelques minutes après muni d'une coquille d'escargot. La coquille était pleine d'une substance noire à l'apparence d'une poudre à canon. Il la posa par terre et y mit un brasier vif. Aussitôt, elle se mit à dégager de la fumée qui montait lentement vers le toit. Quelques minutes après, les hululements cessèrent.

Le guérisseur se mit sur le seuil de la grande porte d'entrée quand le bruit de hibou avait cessé et annonça à grand écho à des gens invisibles.

- C'est vrai qu'il y avait une incompréhension qui vous a coûté la vie, mais vous êtes déjà morts et il faut donc partir.

Après, il regagna la chambre et reprit ses activités.

- À qui adressez-vous la parole, demanda la mère du forgeron. Je n'ai vu personne.

- Je sais, car il fait nuit et je suis aveugle, mais même s'il faisait le jour, tu ne peux pas les voir à l'œil nu. Je m'adresse aux sorciers qui s'obstinent à venir vivre encore sur ce terrain et qui font tout pour que ton petit-fils ne vienne pas au monde.

Eba vint maintenant s'occuper de Bikijaki. Il sortit un petit bidon en plastique pleine d'une pommade sombre et fit verser une bonne dose sur ses paumes. Il frotta vigoureusement les deux paumes pendant quelques secondes et puis il se mit à masser le ventre de la princesse. Elle se sentait nettement soulagée et cessa de pleurer.

Le guérisseur décida de rester sur place afin de veiller sur la princesse. Une heure seulement après son intervention, elle accoucha d'un garçon qui annonça son arrivée en ce monde par un grand cri. L'enfant fut nettoyé et posé contre la poitrine de Bikijaki qui pleurait de joie.

L'un des apprentis forgerons fut dépêché au palais Ndobo avec la bonne nouvelle. Le guérisseur s'approcha du berceau, s'y pencha pendant quelques minutes et, après avoir touché l'enfant, il se secoua la tête, et lança un soupir. Les gens qui suivaient ses gestes ne comprenaient rien.

- Qu'est-ce qu'il y a? lui demanda Ngejang, la grand-mère paternelle de l'enfant. Déjà mise au courant de la réputation du guérisseur dès son arrivée à Ndobo, elle craignait le pire.

- C'est l'avenir de l'enfant qui m'étonne, répondit-il en rigolant. Tu as mis au monde un véritable chien de guerre, mais ses combats lui apporteront seulement la gloire. Ce sont d'autres personnes qui profiteront matériellement de ses entreprises.

- Un chien de guerre? demanda-t-elle, bouche ouverte. Il fera du mal aux gens?

- Pas dans le sens que tu comprends, mais plutôt celui de lutter contre l'injustice, par exemple, répondit-il.

- Et il n'aura rien?

- Il aura la gloire, et c'est cela qui le rendrait un grand personnage, expliqua le guérisseur.

Le guérisseur n'avait pas terminé sa phrase lorsque la porte s'ouvrit et Tanke fit son entrée. Le forgeron perçut tout de suite qu'il y avait de bonnes nouvelles. La présence de son ami, Eba, était une confirmation. Sa femme venait de mettre au monde son premier enfant. Il se dirigea directement vers sa chambre. Il y avait attroupement autour de la princesse et son enfant. Les félicitations fusaient.

Tanke était aux anges. Il serra la main de son ami et remercia sa femme et tout le monde avant de prendre l'enfant dans ses bras. Il le fixa pendant un moment au bout duquel il éprouva un frémissement qui commença de sa tête jusqu'à ses pieds. C'est à ce moment que sa femme lui dit ce que le guérisseur leur avait raconté avant son entrée.

- Un grand personnage qui n'aura rien du tout? demanda-t-il à son ami.

- Exactement. C'est comme un chasseur d'éléphant qui meurt avant le festin.

- Tu as peut-être raison. L'histoire de sa famille lui revenait. Je suis content et triste à la fois.

- Je sais.

- Tu sais?

- Oui, car c'est dans ta famille et tu en fais partie.

Le forgeron décida de changer le sujet.

- Comment l'enfant s'appellera-t-il? demanda le forgeron.

- Avant ton arrivée, je disais que ton fils est un véritable chien de guerre, reprit le guérisseur comme si la question lui était destinée.

- *Chien de guerre!* s'exclama le forgeron. Il me semble un nom digne d'un fils de forgeron.

Ma mère était si contente qu'elle ne pensait pas au nom de l'enfant.

L'enfant fut donc baptisé Namukong, qui en menda veut dire
« *Chien de Guerre!* »

Telles sont les circonstances de ma naissance qui eut lieu vers
le milieu de 1932. Personne chez nous ne savait lire ni écrire à
l'époque et la date de ma naissance n'était donc pas enregistrée.
Une date de naissance n'était que des chiffres pour ces villageois.
Ces chiffres n'avaient rien à voir avec leur vie au quotidien et ils
n'avaient jamais pris les dispositions pour combler cette lacune.
C'était pour cela que j'étais resté dans le noir quant à la date
exacte de ma naissance. C'est Eba, le guérisseur et l'ami de mon
père, qui me raconta les circonstances de ma naissance. J'étais
encore gamin et déjà à l'école primaire. Je m'étais rendu en visite
chez Eba, ce vieux plein d'histoires drôles. Je m'y rendais de
temps à autre pour m'en régaler. Il me parla de la visite du
représentant de sa majesté le roi d'Angleterre à Ndobo le
lendemain de ma naissance. J'avais toujours retenue
l'information, mais comme la date de naissance ne signifiait
presque rien dans notre société d'antan, je n'avais pas cherché à
la confirmer chez mes parents. A en croire le guérisseur,
l'administrateur était connu du nom de Fielding. Il était venu
sensibiliser la population locale à propos de la peste bovine qui
sévissait à Gobir et s'étendait vers une partie de notre pays. Il
était accompagné d'un grand vétérinaire écossais appelé
Campbell que tout le monde connaissait seulement par son
sobriquet de « Docta Cow, » une appellation dans l'argot local
pidgin-English qui signifiait en français « docteur de vaches ».
Grâce aux conseils de ce dernier, les villageois vaccinèrent leurs
animaux à temps et s'étaient ainsi mis à l'abri de ce fléau qui avait
ravagé toute la région.

Les années s'écoulèrent. J'étais encore en Europe quand
l'idée me vint, de me lancer à la recherche de la date exacte de
ma naissance. A l'époque coloniale, toutes les visites des
administrateurs étaient toujours décrites dans les revues
officielles et les journaux locaux. Je savais que Ngwang travaillait
dans l'administration à Ntarikon quand je faisais mes études en
France. Son bureau se trouvait dans le même bâtiment que les
archives provinciales de Mayuka. Je lui écrivis sur ce problème.
Non seulement il était content d'avoir de mes nouvelles mais il

se montrait prêt à venir à mon aide. Ngwang visita les archives provinciales et il dépista l'information sur la campagne contre la peste bovine qui eut lieu au cours de l'année 1932. Il était tombé sur la visite de J.O. Fielding dans une revue. La visite eut lieu vendredi, le 15 juillet 1932. D'après le guérisseur, l'administrateur se rendit à Ndobo le jour qui suivit ma naissance, donc je suis né ce même jour. La naissance eut lieu après minuit et comme, pour les Africains le jour commençait le matin à six heures, je suis né le 15 juillet 1932. Ngwang achemina ces informations à l'adresse de mes cousins à Ngola comme je le lui avais demandé.

Toutes les précisions n'étaient pas disponibles quand je commençai l'école primaire. Le jour de mon inscription l'instituteur m'imposa une date de naissance qui n'avait rien à voir avec la vérité. C'est cette date qui apparaît sur mes documents officiels. Je n'étais d'ailleurs pas le seul élève dont la date de naissance fut ainsi falsifiée.

Quand j'avais atteint l'âge d'aller à l'école, mon père n'était pas certain si c'est ce qu'il voulait pour moi, son fils. Il avait, sans aucun doute, beaucoup d'admiration pour les Noirs qui servaient dans l'administration et qui accompagnaient le représentant de sa Majesté chaque fois qu'il rendait visite à Ndobo. Mon père savait que c'était parce que ces messieurs, car ils étaient tous les hommes, étaient instruits qu'ils occupaient des postes aussi importants. Il se disait que ces Africains allaient prendre l'administration en main dès le départ des Blancs. Mon père se souvint sans doute de Njekwo, l'homme que selon l'histoire racontée par leur oncle, Tamajung, leur grand-père avait trahi. Il avait conclu que si le monsieur avait été à l'école, il aurait été difficile de le manipuler aussi facilement comme cela avait été le cas. Mon père voulait m'envoyer à l'école pour toutes ces raisons, mais il y avait des arguments contre cette décision. Bien qu'il soit lui-même analphabète, et bien qu'il connaisse à fond tous les tares de cet état, son métier de forgeron lui rapportait beaucoup d'argent. Mon père se disait que le but d'aller à l'école des Blancs était surtout d'avoir un grand poste et de gagner beaucoup d'argent. Or ce qu'il gagnait en travaillant tous les jours dans son atelier dépassait de loin ce que touchait l'Africain le plus qualifié de l'administration coloniale.

Si sa décision avait été basée sur cette logique, je ne serais peut-être jamais allé à l'école. Mais une série d'événements allait changer le cours des choses. Le premier en était la visite de Fo Toloh Fosiki chez nous. Fo Fosiki savait lire et écrire et il avait conseillé à mon père de m'envoyer à l'école. Le *Fo* était comme un oncle pour mon père. Il représentait son père et il jouait le rôle de conseiller, d'autant plus qu'il était plus âgé, plus expérimenté, plus en vue, plus riche, et plus sympathique.

- Après ses études, il n'est pas obligé d'intégrer l'administration. Il peut toujours travailler comme forgeron, dit-il à mon père. Ainsi, il sera à même d'apporter beaucoup d'améliorations dans ce domaine. En plus, il saura investir son argent de manière sage. Faut-il ajouter aussi que celui qui ne sait pas lire ne peut garder aucun secret! Toi-même, tu sais que chaque fois que tu m'apportes un document confidentiel à lire, je partage en même temps le contenu.

Mon père n'avait pas oublié qu'il dut faire recours à Fosiki pour qu'il lise et lui dise ce qui était sur le bout de papier que son père lui avait laissé à propos de ses sœurs.

-Fo Fosiki, je ne veux rien d'autre que le meilleur pour mon fils. J'aimerais bien le voir remplacer J.O. Fielding un jour. Depuis que je me suis installé ici dans ce village, vous m'avez toujours bien conseillé et je ne prends donc pas ce que vous me dites à la légère.

Ils étaient en train de parler de cette affaire lorsque le guérisseur Eba se rendit aussi en visite chez nous. C'est ce jour-là qu'Eba nous révéla comment il était devenu aveugle. Après avoir raconté l'histoire de sa vie que nous connaissions déjà, ou presque, Eba reprit presque mot pour mot ce qu'il avait dit le jour de ma naissance.

- Tu vois, si être une grande personne veut dire celui qui occupe un grand poste, je te dis tout de suite que ton fils ne sera pas grand. Mais, par contre, si être grand c'est s'inscrire dans l'histoire en faisant quelque chose de grand pour la génération future, ton fils deviendra un monument.

- Mais comment peut-on être grand si on n'a rien? demanda mon père qui n'avait pas pu digérer ce que le féticheur leur avait dit.

- Jésus-Christ, que tous les chrétiens adorent, n'avait rien, pas de femme, pas d'enfant, pas de bétail, pas de concession, pas de terrain... rien, je vous dis; mais, il s'est sacrifié pour le monde. Est-ce qu'il est moins grand parce qu'il n'a pas pu accumuler toutes ces richesses que je viens de vous citer? Comme je t'avais dit et je te le répète, ton fils sera grand, mais il n'aura rien. Il va abattre l'éléphant, mais ni toi, ni lui ne sera au festin.

L'aval du guérisseur Eba semblait avoir été le dernier maillon dans la chaîne d'évènements, car dans une société traditionnelle, c'est toujours le féticheur qui a droit à la dernière parole.

Quoique abattu de nouveau par ces révélations que lui réitérait Eba et contre lesquelles mon père s'était évertué à enterrer les abysses de son âme depuis le jour de ma naissance jusqu'à ce jour, il abdiqua finalement et céda aux conseils d'Eba et de Fo Fosiki.

Personne n'avait demandé mon opinion, ni celle de ma mère dans cette affaire. Au départ, je n'étais pas vraiment persuadé d'un avenir comme écolier. Les histoires que racontaient les enfants qui fréquentaient me rendaient plutôt craintif. Ils révélaient, avec beaucoup d'amertume, comment les maîtres fouettaient sauvagement les élèves pour les moindres dérives. En plus, il y avait des grands garçons plus forts et plus âgés qui malmenaient les petits et qui confisquaient leur nourriture et argent.

Toutefois, je pense que toutes ces histoires ne m'auraient jamais empêché d'aller à l'école, car à l'époque, c'était une malédiction de désobéir à ses parents. Mais aller à l'école est une chose, et la prendre au sérieux en est une autre! En dépit des hésitations, mon destin d'écolier fut bien singulier et ce, pour des raisons que vous connaîtrez plus loin.

Alors, bien que la rentrée de 1938 doive avoir lieu au mois de septembre, je rêvais déjà de l'école. Un vrai rêve, il faut le dire, puisque mon rêve reposait sur rien. Mon père n'avait même pas acheté les nécessaires pour l'école – ni tenue de classe, ni ardoise, ni craie, rien. Il n'avait même pas signalé son intention d'inscrire son fils. Il s'était embourbé dans son travail à cause de l'importante affluence avec la venue de la saison de labourage. De nombreux cultivateurs venaient acheter ou rapiécer leurs outils agricoles chez nous. Pendant ce temps, les autres enfants du village se faisaient inscrire à un rythme frénétique et il y avait le risque de clore les effectifs exigés pour les écoles par l'administration locale. La possibilité que je rate mon inscription cette année-là était donc réelle.

Ndobo ne disposait que de deux écoles primaires. D'un côté, il y avait l'école publique entretenue par l'administration locale qu'on appelait la « Native Authority », une sorte de commune. Cette école communale se trouvait non loin de chez nous. Elle était dotée d'une infrastructure un peu moderne ainsi que de personnel bien qualifié, mais la discipline n'était pas au niveau d'une institution vouée à la formation des jeunes cadres intellectuels et dynamiques de demain. Si beaucoup de parents se ruaient sur cette institution c'est bien parce qu'on n'y imposait aucun frais de scolarité. D'un autre côté, il y avait une école de la mission catholique qui avait été mise sur pied il y avait cinq ans par un prêtre irlandais, un colosse dénommé Kirk Patrick. D'une infrastructure très modeste et de personnel pas aussi qualifié que celui de l'école communale, l'école catholique était célèbre par la qualité de sa formation ; et ses élèves étaient toujours disciplinés. Ces élèves-là étaient à l'image de ce que la nouvelle Afrique voulait devenir. Le personnel de l'école catholique n'était pas bien rémunéré mais ses membres remplissaient leur mission de formateurs avec fierté et abnégation, tels les véritables sacerdoces. Ceci sous-tendait que l'école catholique brillait par des résultats impressionnants dans chaque examen communal et même national.

Je pense que mon père n'arrivait pas à faire un choix entre les deux écoles. Mais la main du destin vint, une fois de plus, trancher l'affaire. Trois semaines avant la rentrée, le père Kirk Patrick arriva chez nous un matin sur son cheval, question de passer une commande de houes et de machettes. En me voyant, il demanda à mon père si j'étais déjà inscrit à l'école.

- Pas encore, mon Père, lui répondit-il. Le travail m'a empêché jusqu'ici de le faire, mais cet exercice figure sur l'ordre du jour de la semaine en cours.

- Il ira avec moi aujourd'hui et je vais t'aider à le faire, déclara le prêtre. Est-ce qu'il a un acte de naissance?

- Non, mon Père, mais il est né, si je ne me trompe, en 1932 après les grandes pluies.

- Ne t'en fais pas, je ferai une estimation de son âge et lui attribuerai une date de naissance.

- Combien va coûter l'inscription?

- Comme tu n'as pas de temps, je propose que tu verses une somme globale qui couvre les frais d'inscription et de scolarité ainsi que l'argent de sa tenue de classe et son ardoise.

- Combien tout cela va alors coûter?

- Si tu paies les frais de scolarité pour toute l'année, le montant total sera une livre, déclara le prêtre.

Sans quitter l'endroit où il s'était assis, mon père enfonça sa main dans l'une de ses poches et en fit sortir le montant global demandé. Après avoir passé sa commande, le prêtre me prit sur son cheval. C'était ainsi que je fus inscrit à l'école.

21

Mon père n'avait pas besoin de m'accompagner le jour de la rentrée. Mais ma mère ne voulait rien entendre. Elle m'avait réveillé très tôt ce jour-là; et après mon bain, elle me remit ma tenue et mon ardoise qu'elle avait cachées dans un grand coffre dans sa chambre à coucher. Je m'habillais et, l'air bien soigné dans ma tenue toute neuve, j'étais très beau et je marchais les mains écartées comme les ailes d'un grillon qui stridule. Je ne voulais pas froisser mes habits et cela faisait rire ma mère qui ne cachait pas sa fierté et son admiration. Son fils allait à l'école! Elle me donna de l'argent pour acheter de la craie à l'école; et comme les écoliers avaient l'habitude de se plaindre toujours de la faim, elle me fit aussi un panier constitué d'ignames, d'avocats et de bananes pour mon déjeuner.

Elle m'accompagna jusqu'à l'entrée de notre concession, sur la grande route, où elle me délaissa avec Ngwang. Comme celui-ci était plus âgé que moi, il jouait le rôle de mon grand frère.

Permettez-moi de vous parler de Ngwang. Dans notre sous-quartier de Menka, il y avait plusieurs enfants inscrits dans la même école. L'un des enfants, de la famille Oku qui habitait en face de notre concession, faisait déjà sa troisième année dans l'École Ste Monique de Ndobo, comme était baptisée notre école. Ce garçon s'appelait Ngwang, ce qui veut dire « sel » dans toutes les différentes langues de notre région. Jamais de ma vie, je n'avais trouvé quelqu'un dont le nom correspondait si bien aux actes qu'il posait.

Ngwang était un beau garçon, grand de taille, mince et aux petits yeux pétillants. Il était très brillant à l'école, ce qui avait retenu l'attention du prêtre qui fit de lui son favori. Les maîtres et maîtresses de l'établissement étaient très fiers de Ngwang. Ils le comblaient de louanges et d'amour. Propre, poli, pointilleux, respectueux, serviable et surtout travailleur, il était le chouchou de tous les parents du quartier qui le considéraient comme modèle. Il sortait toujours bon premier de sa classe et il connaissait beaucoup de choses sur le catholicisme et tant d'autres domaines.

C'est celui-ci qui était venu me chercher le matin de mon premier jour à l'école. Il avait son cartable en raphia, son balai et sa machette.

- Il faut marcher vite, supplia Ngwang, car nous risquons d'être en retard le premier jour. Le Père et nos instituteurs et institutrices ne seront pas contents si dès la rentrée, nous ne respectons pas le règlement intérieur de notre école. En respectant les règlements, tu te prépares en même temps à devenir chef de classe et pourquoi pas chef de l'école un jour.

Ngwang marchait vite; mais, à petites foulées, je parvenais à être toujours proche de lui. A l'entrée de l'école, nous rencontrâmes un grand garçon bien musclé et au cou de taureau. Ngwang s'arrêta, lui serra la main. Il s'entretint brièvement avec lui sur les vacances. Lors de leur conversation, son interlocuteur me fixait avec l'œil d'un cochon. Ce regard annonçait des belles bagarres en perspective.

Certains anciens élèves m'avaient parlé de grands garçons qui brimaient les tout-petits, les moins nantis et les moins forts juste pour le plaisir de se faire respecter ou de leur priver de leur nourriture et même de leur argent. Mais comme je ne connaissais pas ce garçon, je me disais qu'il ne constituait aucune menace. Toutefois, la curiosité m'incita à demander à Ngwang pourquoi le gars m'avait dévisagé de la sorte.

- Ce gars est un vieux redoublant de la première année où il a passé pas moins de trois années, dit-il, quand nous étions hors de son écoute. Il faut l'éviter comme la peste, car il profite de son âge et sa taille pour régenter les écoliers. Il est fort comme un buffle et tout le monde le craint parce qu'il ne s'amuse pas avec les gens.

- Mais nous ne nous connaissons pas.

- Il n'a pas besoin de te connaître avant d'arracher le panier que tu portes là, répondit Ngwang en riant. Il sait ce qui est dedans, et c'est effectivement ce qu'il regarde, pas toi.

- Mais pourquoi les autorités gardent les enfants aussi nuisibles à l'école?

- Le directeur de notre école l'a fouetté à plusieurs reprises; mais il ne veut pas changer. Il continue de prendre la nourriture et l'argent des autres écoliers.

- Alors, pourquoi les autorités ne le chassent-elles pas de l'école?

- D'après le Père, c'est le devoir de l'Eglise et de l'école de le faire changer, aussi mauvais qu'il puisse paraître. Il le considère comme un enfant égaré; qui n'a besoin que d'être orienté vers le bon chemin.

- Tu parles comme un vieux, observai-je avant de lui poser cette question. Comment s'appelle-t-il?

- Merci pour le compliment, mais il ne faut pas oublier que je suis ton aîné, s'affirma-t-il avant de répondre à ma question. En ce qui concerne le nom de notre ami, tu ne vas pas y croire, remarqua-t-il en rigolant. Il s'appelle Chrétien.

- Qui a donné un si beau nom à un démon?

- C'est son nom de baptême, donné par le Père lui-même. Il est orphelin et c'est le Père, qui est d'ailleurs son parrain, qui s'occupe de lui, en partie. Malgré son comportement terrible, le prêtre l'aime à la folie. C'est lui qui l'a trouvé abandonné et l'avait amené chez l'un des chefs de quartier où il vit actuellement. Parfois c'est difficile de comprendre ce que les Blancs aiment, parce que quand ce gars se fâche, il agit comme un dément. Le Père est gentil, mais il agit parfois de manière drôle. Je l'avais vu plusieurs fois en train de courir après les papillons, un bout de papier à la main, ce qu'on faisait lorsqu'on était encore enfant. C'est peut-être sa façon de se détendre, ou alors il est fou. Je n'en sais rien.

- Qu'est-ce qui attire le prêtre à un enfant aussi mauvais? demandai-je, un peu amusé que mon ami du quartier osait dire que le prêtre pourrait être fou.

- J'ai déjà répondu en partie à cette question-là, dit Ngwang avant de se lancer dans une explication digne d'un prêtre. Si on l'appelle Père, ce n'est pas pour rien. C'est son devoir, comme c'est d'ailleurs celui de tous les chrétiens, de faire changer ce garçon. Mais le prêtre l'aime aussi parce que, malgré ses défauts, lorsqu'il se met à travailler, personne ne peut le dépasser. Le prêtre dit que ceux qui ont la force physique, même s'ils ne sont pas du tout doués sur le plan purement académique, ils ont quand même leur rôle à jouer dans la société. Ton père n'a pas été à l'école, mais ne vois-tu pas l'effort qu'il est en train de fournir pour le développement de notre village?

- Je comprends maintenant, dis-je avant de passer à une question plus importante. Et s'il veut ma nourriture?

- Tu partages avec lui, car si tu as la chance d'avoir une maman qui te dorlote, il n'en a pas. Le Père nous conseille de partager le peu que nous avons avec ceux qui n'ont rien du tout, car cela fait partie de notre devoir de chrétien.

- Mais s'il veut tout prendre?

- Écoute, c'est pour cette raison que tu as une tête. Tu évolues maintenant dans un milieu écolier. Cela veut dire qu'il faut apprendre à vivre en société. Tu dois commencer à résoudre tes problèmes, sans recours à moi. Si je te donne toutes les solutions aux problèmes que tu affrontes, tu n'arriveras jamais à utiliser ton cerveau ni à grandir.

Ce n'était pas pour rien qu'on l'a nommé « sel », me dis-je. Nous allâmes dans une vaste cours de récréation où les élèves s'étaient regroupés selon soit leur sexe, leur classe, ou quartier d'origine. Ils étaient en train de parler de leurs activités pendant les vacances. Un peu dépaysé, je me mettais toujours à côté de Ngwang. La cloche sonna. Ngwang me laissa comprendre que c'était pour le grand rassemblement de tous les écoliers sur l'esplanade devant l'école. Il m'abandonna avec mes nouveaux camarades de classe et gagna le rang de ses camarades de classe.

Le directeur de notre école venait de sortir de son bureau. C'était un petit monsieur aux cheveux gris et à la petite barbichette blanchâtre d'un savant haoussa. Il s'appelait monsieur Fosi. A son approche, un silence de tombe descendit dans la cour. Entourés de maîtres et maîtresses, il vint se mettre devant l'assemblée d'écoliers. D'abord une prière, suivie d'un discours de bienvenue plein d'humour; il demanda ensuite à tous les élèves de la première année d'aller directement en classe. Pour le reste des écoliers, il leur ordonna d'aller chercher leurs houes et machettes pour le débroussaillage car les mauvaises herbes qui grouillaient de serpents et de moustiques avaient envahi l'école pendant les vacances.

Ngwang me conduisit devant notre classe en grand « frère » responsable. Il m'y laissa pour aller récupérer sa machette. J'attendis jusqu'à ce que les écoliers qui se bousculaient à l'entrée pénétrassent dans la salle. Me voici donc en train de franchir le seuil de la porte à pas rassurés. C'est en ce moment que je me levai la tête et, déjà bien installé au fond de la salle de classe comme un roi, était Chrétien. Je me gardai de croiser son regard pour ne pas lui donner une raison de se fâcher. Mais je savais que ce n'était qu'une question de temps avant qu'il commence son harcèlement. Animé par le désir de freiner son appétence, je décidai de me lier en amitié avec Chrétien.

Après avoir choisi mon banc et y avoir déposé mes effets, je me dirigeai vers lui.

- Bonjour Chrétien, mon ami Ngwang m'a parlé de toi, annonçai-je en me mettant devant lui comme un militaire. Il me dit que tu es très gentil. Il m'a conseillé de te faire mon ami.

- Ah, il est bon comme il est intelligent! s'exclama Chrétien, après avoir hésité un instant. On dirait que personne ne lui avait jamais adressé les paroles aussi tendres. Comment t'appelles-tu? me demanda-t-il

- Je m'appelle Namukong, ce qui veut dire *Chien de Guerre* en notre langue, annonçai-je avec fierté mais sans sagesse. N'est-ce pas une invitation à la guerre de lui tenir un propos pareil!

- *Chien de Guerre!* Il s'esclaffait déjà. Quel est ton nom de baptême? reprit-il lorsqu'il s'était arrêté de rire.

- Je n'ai pas encore eu mon baptême?

- Pas encore et à quel âge! s'exclama-t-il, bien surpris. Qu'est-ce que tu attends? Ne laisse pas Satan s'emparer de ton âme.

- Personne ne m'a parlé du baptême.

- Et que fait Ngwang avec toute son intelligence?

- On en a pas encore parlé; mais peut-être qu'il veut discuter cela avec mes parents avant d'aborder le sujet avec moi. Je n'en sais rien.

- Si cela ne te gêne pas, j'aimerais alors te présenter au Père, pour qu'il commence à préparer ton baptême.

- Il me connaît, car c'est grâce à lui que je me suis inscrit à l'école; mais c'est très gentil de ta part de te montrer si concerné à mon égard.

- Ah, c'est bien comme tu le connais déjà; il faut alors lui parler du problème, me conseilla-t-il avant de changer le sujet brusquement. Cette affaire d'école ne m'inspire vraiment pas du tout et voilà trois ans que je suis dans la même classe. Je suis très frustré et parfois je m'en prends aux élèves qui n'ont rien à voir avec ma situation.

- Tu en as parlé avec le prêtre, je veux dire ton manque d'enthousiasme et ta frustration?

- Oui, il me dit qu'une fois que je sais bien lire et écrire, il va me faire apprendre un métier qui me passionne.

- Mon père est le forgeron du village et si tu aimes son métier, je lui parlerai de toi, te présenterai si c'est ce que tu veux.

- Tu es le fils du forgeron? demanda-t-il, son émerveillement étant clairement évident. S'il te plaît, je te saurais gré si tu me présentes à ton père.

- Aujourd'hui après la classe, nous allons rentrer chez moi et je vais le faire. Si tu tiens vraiment à devenir forgeron, tu peux venir tous les weekends commencer à faire ton apprentissage tout en allant à l'école.

- C'est une bonne idée! s'écria-t-il. Mais où est-ce que j'aurai de l'argent pour régler les frais de mon apprentissage? demanda-t-il, la figure devenant subitement triste. Je ne veux pas trop déranger le Père qui a déjà beaucoup fait pour moi.

- Ne t'en fais pas, car mon père est très gentil comme toi.

Ce jour-là après les cours, Ngwang était fort étonné de me voir avec Chrétien, bras dessus, bras dessous. Nous arrivâmes chez nous quand ma mère venait de préparer du bon *fufu* avec le poisson-chat fumé et aux champignons. Je présentai mon ami à ma mère; et après avoir mangé, nous allâmes dans l'atelier de mon père. Mon père était très fier de me voir et me posa beaucoup de questions sur mon premier jour à l'école. J'en profitai pour lui présenter Chrétien.

- Je ne peux rien refuser à mon fils, surtout quand c'est une bonne chose, et s'il estime que tu es son ami, je représente aussi ton père, déclara-t-il après l'instant de présentation. Tu peux venir tous les weekends travailler avec moi jusqu'au moment où tu auras pris la décision définitive de te concentrer sur ce métier. Il faut en parler avec le Père.

Ainsi, Chrétien, tant craint par beaucoup d'élèves, devint mon ami. Malheureusement, j'héritais également de ses ennemis. Certaines de ses victimes qui n'avaient pas le culot de s'en prendre à lui voulaient plutôt faire de moi le bouc émissaire. Ils manifestaient leur désir de se venger sur moi par toutes sortes de gestes. Mais ce, jamais sans me porter main. J'étais toujours en compagnie de Chrétien dont l'élan protecteur m'était bien bénéfique. J'allais jusqu'au point de faire des grimaces provocatrices à ces écoliers qui prenaient leur mal en patience.

Ceci devint évident l'année suivante quand Chrétien décida d'arrêter définitivement l'école afin de devenir forgeron. Condamné désormais à me défendre tout seul face à ces bourreaux, il devenait impérieux de parvenir, par tous les moyens, à me lier d'amitié avec eux. A mon avis, c'était la meilleure façon d'éviter les brimades inutiles.

A coups de belles paroles mais aussi de cadeaux, j'avais réussi à les convaincre de devenir mes amis. Ils étaient tous d'accord sauf un : Bazike dit Chakara. Celui-là était un vrai revanchard. Bazike avait été surnommé Chakara, qui en argot voulait dire littéralement : « *celui qui aime le désordre et la bagarre.*» Ce garçon avait la même carrure que Chrétien, ou presque, mais il était moins fort. Il était plus âgé que moi et apparemment plus fort; et même si je ne l'exprimais pas ouvertement, j'avais peur de lui.

En fait, mon problème avec Chakara date de l'année dernière, quand Chrétien partageait encore mon quotidien à l'école. Un jour, il avait traité Chrétien de redoublant, ce que mon ami n'avait pas apprécié. Comme nous étions en classe, Chrétien avait suivi mes conseils et s'était gardé de défoncer Chakara devant notre maître, un vieux monsieur très strict qui s'appelait Bobe. Je demandai à Chrétien de faire comme si de rien n'était juste pour faire endormir Chakara. Chrétien s'apprêtait à lui tendre une embuscade dans les coulisses mais Chakara était sage comme un singe. Il suivait toutes les démarches de Chrétien à la loupe. Dès que la cloche sonna pour marquer la fin de la journée, Chakara ramassa son sac et déguerpit de la salle de classe comme un lapin.

Pendant deux semaines, il réussit à s'échapper des griffes de Chrétien et mon ami se sentait déjà frustré. J'intervins encore en lui conseillant d'abandonner tous ses effets sur son banc, comme s'il assistait encore aux cours, et de quitter la salle de classe trente minutes avant l'heure de la fermeture. Cela laisserait croire à son adversaire qu'il était seulement allé faire ses besoins et devait ensuite rentrer.

Chrétien fit comme je le lui avais conseillé. En voyant ses effets encore en classe, Chakara croyait que Chrétien s'aventurait quelque part à l'école comme il avait l'habitude de faire. Une fois la classe finie, Chakara bondit hors de la salle et se mit en route pour son domicile. C'est alors qu'il tomba dans le guet-apens que Chrétien lui avait tendu. Chakara subissait une bastonnade affreuse quand il me vit m'approcher avec le cartable et d'autres effets de Chrétien. Il savait alors que j'étais impliqué dans le coup, mais comme il avait peur de mon ami, il ne pouvait rien me faire.

Avec le départ de Chrétien, son moment de vengeance tant attendu était arrivé. Sa rancune contre moi était si grande que tous les émissaires que je lui envoyais avec des mangues et des goyaves dans le but de l'apaiser rentraient bredouilles. Même après avoir consommé mes offrandes de paix Chakara était toujours décidé à me faire la fête. Je tentais, par mes médiateurs, de lui faire comprendre que l'esprit de vengeance était contre la volonté de Dieu.

- Où était ce raisonnement lorsque vous me tendiez lâchement une embuscade? m'avait-il répondu. Œil pour œil et dent pour dent ne fait-il pas aussi partie de la bible?

Bien qu'il fût animé par cet esprit de vengeance, il se contentait de s'amuser encore avec moi tel un chat avec une souris. Il allait choisir son moment pour frapper. En attendant, il menait sa petite guerre psychologique en me plongeant dans une inquiétude infernale. Mais, si les bastonnades qu'il avait subies nourrissaient sa haine contre moi, il y avait une raison de plus pour me détester.

Dans notre classe, il y avait une belle fille appelée Mbong qui partageait mon banc. Chakara était tombé follement amoureux de Mbong. Il savait qu'elle m'aimait beaucoup et tant que j'étais là, il ne pouvait jamais capter l'affection de la fille. Il se servait d'elle alors comme un instrument de chantage. Il vint me voir un jour en classe et promit de ne jamais m'embêter si seulement je renonçais ouvertement à toutes intentions de vouloir séduire Mbong. Comme c'est la fille qui allait faire le choix du garçon qu'elle aimait en fin de compte, je promis immédiatement de ne rien avoir avec elle et ceci devant plusieurs autres garçons de l'école. Je dois l'avouer aussi que, même si je ne l'avais jamais ouvertement déclaré, j'aimais Mbong. C'est d'ailleurs pourquoi au lieu de tenir à ma parole, je me livrai plutôt à de la fourberie. Je m'arrangeai discrètement avec Mbong pour qu'elle ne cède jamais au charme de mon adversaire.

Chakara était bagarreur et comme tout membre de ce clan il était sage, plus sage que je ne le croyais. Peu après notre entente, il avait déployé ses petits espions partout pour suivre les activités de Mbong et moi. Voilà que l'un des espions surprit la fillette en train de me passer des bonbons que son admirateur lui avait achetés. Chakara en était mis au courant et devint fou-furieux. Non seulement je n'avais pas tenu à ma parole; mais en plus, la fille me donnait des bonbons qu'il avait achetés. C'était le comble des injures. Il se rua sur moi quand on rentrait de l'école. Loin d'être apaisé, car si grande était sa colère, il promit de m'attaquer tous les jours jusqu'à ce que j'abandonne complètement la fille.

Trop c'est trop, me dis-je. C'est alors que je pris la décision de ne plus fuir ni céder au chantage. J'étais persuadé que l'expression de toute forme de lâcheté allait faire de moi un objet de risée à l'école pour toujours. En initiant son règne de terreur contre moi, Chakara voulait recourir à la force pour réussir là où la diplomatie avait échoué. Mon sens de fierté m'empêchait de lui donner cette satisfaction, surtout pas à mes dépens.

C'est ainsi qu'un jour, après les cours, il se jeta sur moi tout près d'un champ de maïs qui se trouvait le long de la route menant à école. Le champ appartenait, à mon insu, à Gwa, l'ancien militaire qui était notre voisin. Au moment de l'attaque, Gwa était en train de travailler. Lorsqu'il discerna tout le bruit émanant des élèves, il se cacha quelque part. Ainsi, il put suivre tout ce qui se passait; mais il se garda d'intervenir.

De retour chez lui le soir, il envoya me chercher. Après avoir inspecté les zébrures sur mon visage, il me demanda ce qui s'était passé à l'école. Je lui dit tout et il commença à me donner des conseils.

- Tu vois, il y a peu de gens nés guerriers, car faire la guerre est une affaire difficile, commença-t-il. On éduque les gens à devenir combattant. Plus un combattant est rusé dans l'art de la guerre, moins il est agressif.

- Qu'est-ce que tu me conseilles de faire alors?

- La prochaine fois qu'il t'attaque, il ne faut pas te laisser faire, car tant que tu ne luttes pas farouchement il ne te laissera jamais en paix.

- Mais si je combats et je perds le combat?

- Tu gardes ton respect et ton honneur, car maintenant tu perds ton honneur, ton respect et le combat. Il y a plus d'honneur à combattre, même si en fin de compte tu perds un combat. La raison en est que les gens ont normalement peur de ceux qui combattent, surtout quand ils le font de manière farouche et déterminée. Quand on ne réagit pas face à une provocation ou à une agression, cela encourage l'agresseur. Ce qui revient à dire que la résistance décourage naturellement l'agression.

- Si je vous comprends bien, je ne dois pas toujours opter pour la non-violence et la négociation ? Je devrais cesser de faire montre d'évitement pour parvenir à décourager quiconque à me porter main ?

- Il ne faut jamais encourager cela, car notre peuple est un peuple très fier, très vaillant, qui n'accepte pas le déshonneur. Mes conseils ne constituent pas une carte blanche d'aller attaquer les autres; mais si un garçon t'attaque, il faut faire preuve de courage en bataillant. Est-ce que mon message est trop compliqué pour ta compréhension?

- Pas du tout!

Notre conversation s'écourta car avec la nuit qui versait dans notre plaine, il était plus que jamais temps pour moi de regagner notre maison.

Le lendemain, encore fort ragaillardi par les propos de Gwa de la veille, je flirtai ouvertement avec Mbong. J'étais bien conscient que Chakara en serait mis au courant par ses délateurs qui rôdaient autour de lui comme des tisserins. La réaction escomptée par ce défi ne tardait à venir. Chakara me fit comprendre par toutes sortes de gestes qu'il allait me défoncer le visage après la classe. Je restai serein. Dès que la cloche marquant la fin des cours sonna, mon adversaire se mit près de moi. Des jurons pleuvaient de sa bouche. Je ne dis rien. Je me levai tranquillement. J'étais accompagné d'une foule d'élèves qui voulait voir le duel. Je sortis de la classe et me dirigeai vers une esplanade près de notre école. L'endroit était bien connu, car par le passé, il avait servi d'arène pour de nombreux combats entre élèves. Mbong portait mon cartable tout au long du trajet vers le champ de notre bataille, ce qui rendait Chakara aveugle de rage. Je marchais près de la fille avec courage tel un chevalier. Et j'étais acclamé par la foule tel un gladiateur.

Dès que nous arrivâmes au cœur de l'esplanade, Chakara se rua sur moi. La crainte de me laisser rosser devant mon amie me donna la force d'un lion. Bien qu'il soit plus grand, Chakara manquait de constance. En plus, il n'avait pas été conseillé par un ancien militaire. Il était à bout de_forces dès le commencement du combat. J'en profitai. Je le pris par les jambes et le balança à terre; puis je commençai à lui administrer des coups de poing au visage. Il protesta tout en sanglotant. Il disait à la foule que je l'avais mordu. Vérification faite, la foule constata qu'il mentait. La foule lui demanda de combattre au lieu de se plaindre. A bout de souffle, nous nous arrêtâmes de nous battre grâce à l'intervention d'un passant, mais Chakara avait tellement reçu de coups que son visage était enflé. Je m'en tirais en héros avec quelques égratignures aux genoux et aux coudes.

Toutefois, j'appris deux leçons de cette affaire. La première était que lorsqu'on est en position de force, on ne doit pas en abuser car le jour viendra où on n'aura plus cet avantage. Je ne savais pas que Chrétien ne serait pas toujours là pour me protéger. Ce manque de prévoyance me laissa peu de temps après à la merci des nombreux ennemis. Et la deuxième leçon était celle qui m'avait été donnée par Gwa, l'ami de mon père : il ne faut jamais se laisser humilier à cause de la peur car le remède de l'agression c'est la résistance et non la supplication.

J'étais maintenant prêt à relever certains nouveaux défis. Pendant la période des semailles, nous allâmes très tôt, matin et soir, rester aux champs afin de chasser les oiseaux qui se nourrissaient des graines plantées. Avant même de chasser les oiseaux, nous dressâmes des épouvantails un peu partout dans les champs. Par la suite nous élevâmes une estrade en haut, accédée à l'aide d'une échelle. C'est là que nous nous plaçâmes. L'estrade nous donnait une vue impérieuse sur toute l'étendue de nos champs. En même temps, nous battions des tambours, faisant ainsi suffisamment de bruits pour tenir les oiseaux en respect.

Je me réveillais toujours très tôt pendant la période de semailles. Il faisait souvent noir à l'aube et le froid était glacial. A l'aide d'une fleur sèche du palmier, j'amenais le feu aux champs de ma mère. Il y avait un foyer en plein centre de notre champ. Le foyer était au pied d'un grand arbre. C'est là que j'allumais le feu en me servant de branches de palmier bien sèches. Je mettais ensuite des branches et des feuilles mortes sur le feu et ceci faisait monter d'épaisse couche de fumée. Cette fumée annonçait la présence d'un être humain aux champs. Puis, je posais des patates douces, des ignames et des tubercules de manioc sur les morceaux de bois en flamme afin de les faire griller dans le feu. Si je parvenais à attraper un écureuil, un rat ou un oiseau dans l'un de mes nombreux pièges, je le faisais rôtir également.

La plupart des concessions de notre quartier avaient les champs regroupés dans les mêmes endroits. Les matins, les enfants qui chassaient les oiseaux se rendaient aux champs en groupe. A midi, lorsqu'il faisait un soleil de plomb, et que le nombre d'oiseaux et d'animaux qui descendaient sur les champs était bien réduit, nous allions dans la vallée forestière fraîche non loin de là, où nous avions construit des balançoires pour nous amuser. C'était aussi durant ces occasions que nous invitions les jeunes filles des champs voisins à venir jouer avec nous. Quand nous étions fatigués, nous nous asseyions à l'ombre des arbres et racontions des contes et anecdotes. Les garçonnets se livraient à des compétitions de lutte pour essayer de séduire les fillettes.

Il y avait quelques fois des bagarres aussi. Je me souviens d'avoir un jour eu une prise de becs avec un garçon qui n'était même pas de notre quartier. Il était plus âgé et plus fort que moi.

La mésentente avait déclenché une belle bagarre mais je suivais toujours le conseil de Gwa. Je joutai farouchement. Au bout du compte, j'avais réussi à le chasser de notre champ à coups de bâtons. Lorsque je le vis le lendemain, il me surprit non seulement par des excuses, mais aussi par son offre du calumet de la paix. Nous étions devenus ami depuis ce jour.

Les moments passés dans ces champs n'étaient pas toujours gais. C'est pourquoi on se démenait pour les rendre beaucoup plus attirants. J'étais membre de *Ngiri,* une confrérie ndobo dont l'adhésion était réservée seuls aux princes et fils des princesses. Une partie de ma formation comme membre de ce groupe traditionnel consistait à apprendre à jouer les balafons, les tamtams et autres instruments musicaux. J'avais fabriqué certains de ces instruments de musique et quand j'étais seul, je me contentais de les jouer. Ainsi, je parvenais à me perfectionner dans l'art de jouer la musique traditionnelle.

Dans la même confrérie, on nous apprenait beaucoup d'autres choses importantes dans la vie d'un adolescent. C'est d'ailleurs là que j'appris à cueillir le vin de palme, à tendre les pièges, à cultiver les champs, à faire la guerre, à gérer un foyer, à faire des économies et les affaires, à parfaire la sculpture sur bois et à construire une maison. Tant de choses qui constituent aujourd'hui le noyau de mon existence dans notre société.

Pendant les congés, quand nous passions la majeure partie de notre temps à chasser les animaux et les oiseaux de nos champs, je faisais aussi beaucoup de lecture le soir venu. Je suivais minutieusement les conseils du révérend Kirk Patrick, de notre maître et de mon ami Ngwang. J'avais pris très au sérieux le conseil de Ngwang selon lequel je devais apprendre à être autonome. Ce petit monde où la solitude faisait souvent une grande partie de la vie m'avait habitué à la patience, à l'autogestion, à me faire des amis ainsi qu'à défaire mes ennemis.

En vérité, l'école des Blancs m'intéressait peu. Même après avoir suivi beaucoup d'histoires qui démontraient clairement ses avantages, je mesurais tout en termes d'argent. Notre concession était toujours pleine de monde. Les clients de mon père arrivaient par vague et repartaient toujours le sourire aux lèvres.

Mon père se faisait ainsi beaucoup d'argent. Je me disais que je n'avais pas besoin d'aller à l'école pour en faire aussi. Mais il se passa deux choses qui me firent changer d'avis. La première se passa à l'école lorsque le Père m'initia au christianisme. Lorsqu'il me parlait, il professait des citations tirées de la bible. Le prêtre me fournissait aussi beaucoup de romans en anglais que je ne pouvais pourtant pas lire. Mais quand il me racontait les histoires contenues dans ces livres, je les trouvais toujours très intéressantes. Il n'y avait donc qu'une seule façon de pouvoir les lire moi-même. La joie de la lecture que le Père m'avait montrée me poussa à mieux travailler à l'école. Une fois que je pouvais lire, je me consacrais à la lecture, en commençant par la littérature occidentale sur laquelle il y avait une abondance de livres chez les missionnaires.

Vers la quatrième année je lisais facilement l'anglais alors qu'il me restait encore trois ans. Je passais énormément de temps avec le prêtre qui m'expliquait beaucoup de choses sur l'histoire de l'humanité en général, mais surtout des choses sur l'Afrique et le monde noir.

- Le colonialisme qui sévit actuellement en Afrique, c'est la même chose qui se passe en Irlande, me disait-il. A l'époque je n'y comprenais rien puisque je voyais le colonialisme dans une optique purement raciale plutôt qu'humaine. Mais le prêtre me révélait des choses que je ne connaissais pas. J'avais développé, grâce à ce soutien, de l'intérêt non seulement pour les études mais aussi pour la lecture. Un autre évènement qui m'encouragea à prendre mes études au sérieux surviendra de loin et de manière inattendue.

22

J'étais en troisième année. A l'époque on faisait sept ans à l'école primaire. J'étais assis à l'entrée de notre concession un jour quand j'entendis beaucoup de bruits en provenance de la grande route. Notre concession se situait en altitude donc je pouvais facilement voir ce qui se passait sur la route. Il y avait une foule et devant celle-ci, se trouvait un monsieur dont l'apparence me paraissait floue.

La curiosité m'amena vers le lieu de l'attroupement. L'homme qui marchait devant la foule était jeune, vingt ans à peine. Il tenait une mallette et s'exprimait à peine en anglais. Il était habillé en costume noir, un béret gris rabattu sur la tête. Le monsieur marchait avec le pas assuré d'un administrateur colonial. Sa prédisposition par l'allure à se mouvoir comme si le monde lui appartenait aurait normalement repoussé ces villageois dont la culture prêchait plutôt l'humilité. Mais le monsieur passait pour un produit exotique qui, dans des pareilles circonstances, attire. Son pantalon noir, bien repassé, était filé dans des bottes marronnes qui remontaient jusqu'à ses genoux. Cela lui donnait l'apparence de ce grand guerrier français appelé Napoléon que j'avais vu dans un livre de l'histoire européenne. Bien cravaté, il parlait de manière éloquente en français, me semblait-il, et affichait l'air d'une personne bien cultivée. La foule tout entière était vraiment épatée par son apparence pour le moins hors du commun.

Malgré son inaptitude à parler anglais, il avait réussi à entamer, davantage par les gestes et mimes que par les paroles, une sorte de discussion sur des sujets divers avec cette foule médusée. Ses admirateurs voulaient en savoir plus. Le monsieur en était conscient et semblait vouloir en tirer le maximum de profit. Il parlait de la grande ville de Ngola, la capitale du pays voisin. Il essaya de décrire les scènes pittoresques de films qu'il prétendait avoir vus à Ngola.

Il avait séduit la foule. Il remit carrément sa mallette à un porteur, recruté parmi ceux qui étaient envoûtés par ses manigances de citadin. Il était maintenant complètement libre de faire ce qu'il voulait. Gestes et cris abondants à l'appui, il se mettait à prendre les positions extravagantes de cet art martial asiatique que je ne saurais que plus tard qu'il s'agissait du karaté. Puis il décrivait par de grands gestes ce qui était de toute évidence la mer. Il parlait de grands bateaux qui faisaient la navette entre l'Afrique et les pays étrangers ainsi que les trains qui roulaient sur les voies ferroviaires et faisaient parfois penser à une chenille.

La foule semblait s'intéresser de plus en plus à ses activités, même si tout se communiquait par ce dialogue de sourd. Quand j'y pense encore aujourd'hui, je me demande si cette foule-là comprenait même ce qu'il décrivait. Mais comme nos ancêtres disent, si un homme s'aventure dans un village où tous les hommes souffrent d'une maladie de gros testicules, il s'y intégrera mieux en portant une calebasse dans sa culotte. Il se pourrait que tous ces villageois fussent menés en bateau par un prestidigitateur de taille qui faisait croire que le gazon était plus vert chez le voisin. Quel que soit le cas, le jeune monsieur arrêtait ses récits par moments et insistait sur un mot en français que j'ai pu retenir jusqu'à date, à savoir « forgeron. » Lorsqu'il constatait que les gens ne comprenaient pas ce qu'il voulait dire, il hurla un mot qu'il croyait être anglais: « Hanya! Hanya! » Alors qu'il proférait ces mots, il faisait un geste de battre quelque chose avec un marteau sur l'enclume. Personne ne comprenait vraiment ce que l'arriviste voulait dire jusqu'à l'arrivée d'un autre monsieur qui se débrouillait pas mal en français. Grâce à celui-ci nous comprimes qu'il s'agissait du forgeron et le mot « Hanya » voulait dire « Iron, » mot anglais pour le fer.

- Il veut voir ton père, me dit le monsieur.
- Mon père?
Je me demandai comment connaissait-il mon père.

Lorsque je me présentai comme fils du monsieur dont il avait besoin, il m'embrassa fort tout en criant: « Cousin! Cousin! » Je comprenais ce qu'il disait, mais je me demandais s'il ne se trompait pas de personne. Nous finîmes devant l'atelier de mon père. Une partie de la foule nous accompagna. Il me remit une lettre pour mon père qui n'était pas dans sa forge au moment de notre arrivée. Nous nous assîmes sur un banc dans l'atelier pour l'attendre.

Mon père arriva quelques heures après. Je lui tendis la lettre en présence de mon cousin, qui, je venais de comprendre, répondait au nom exotique de Jean-Pierre. Il était le dernier fils de Makefor, la sœur de Bante dont nous connaissons déjà l'histoire. Mais en ce temps-là, j'ignorais encore cet aspect de l'histoire de ma famille. La lettre était en français et comme mon cousin ne pouvais s'exprimer ni en anglais ni en pidgin que tout le monde parlait ici, j'étais obligé d'aller chercher le monsieur qui lui servit d'interprète dès son arrivée à Ndobo. Ce monsieur était bien connu de mon père. Il était commerçant et s'appelait Marie-Patrice. Ses aïeux avaient quitté Jangaland afin de fuir les brimades, les travaux forcés, qu'on appelait la-bas « Njongmasi » ainsi que les impôts excessifs des Français.

Monsieur Marie-Patrice n'était pas dans sa boutique. Je profitai de son absence pour passer quelque temps dans le comptoir de Fosiki. Il était très content de me voir. Il m'acheta des beignets et une bouteille de Coca Cola que je dégustai avec beaucoup d'appétit. Après avoir passé environ une heure chez le chef du quartier, j'allai vérifier si Marie-Patrice était déjà de retour. Je le trouvai cette fois-ci et il promit de venir le soir dès la fermeture.

De retour à notre concession, mon père était en train de communiquer avec mon cousin, davantage par les gestes que par les mots. Apparemment, mon père n'avait jamais appris le magwa peut-être parce que son père ne le connaissait pas non plus. Arrivé à Menda dans les circonstances louches, mon arrière-grand-père aurait certainement tout fait pour dissimuler son identité. Je pense que c'est pour cette raison qu'il ne voulait pas enseigner sa langue maternelle à ses enfants. C'est ce que je pense mais il peut y avoir d'autres raisons. En tout cas, bien que cette langue soit proche de menda, les deux ne sont pas à tout point mutuellement compréhensibles. De toute façon, la comédie qui provenait de la communication entre mon père et notre visiteur me fit rire. Nous étions dans ce dialogue de sourds quand Marie-Patrice arriva. Il se mit à rire lui aussi après avoir observé ce qui se passait entre mon père et l'enfant de sa grand-tante.

Mon père lui tendit la lettre dont voici la teneur.

Le 5 juillet 1943
Village de Nde
Grand Département de Magwa
Jangaland

Cher petit neveu,

Par l'entremise de Tamajung, le frère de ton père et mon neveu, j'ai appris que tu es forgeron à Ndobo. Je t'envoie mon dernier fils, Jean-Pierre, venir vivre avec toi et apprendre ton métier.

Je l'ai envoyé dans un lycée à Ngola où il a dû abandonner à la dernière année parce qu'il avait constamment des problèmes avec des autorités. Il avait abandonné ses études pour travailler afin d'avoir de quoi payer l'impôt d'Indigénat.

L'un de ses frères a été arrêté par les autorités coloniales. Il est condamné actuellement aux travaux forcés. Je ne sais pas où il est. Je ne sais même pas s'il vit encore. Si Jean-Pierre reste encore ici, il risque de subir le même sort et c'est pour cette raison que je l'envoie vivre avec toi.

Ton père ou ton oncle t'aurait sûrement parlé de moi. Je suis vieille si non j'aurais tout abandonné pour venir vous rejoindre de l'autre côté. La vie ici devient de plus en plus insupportable et on ne nous laisse pas respirer avec les travaux forcés et les impôts.

Mes sincères remerciements

Ta grand-tante Makefor

Après avoir lu la lettre, Marie-Patrice passa quelque temps à parler avec celui que mon père appelait déjà mon «grand frère». Ils étaient Magwa tous les deux et ils avaient de choses à dire et les rires qui marquèrent tout leur entretien, montrèrent qu'ils étaient heureux de se voir.

L'interprète aurait passé environ une heure et demie chez nous. Son départ marqua la fin de la conversation entre mon père et Jean-Pierre. Mon père était fatigué et il alla se coucher après le diner.

J'occupais l'une de grandes chambres dans la maison de mon père. Il y avait deux lits dans cette chambre. Jean-Pierre devenait mon voisin, ce qui me faisait énormément plaisir. Il s'installa de l'autre côté de la chambre où se trouvait le deuxième lit et une armoire en bambou. Il déposa son porte manteau au-dessus de l'armoire, l'ouvrit et en fit sortir des livres et ses habits. Cette nuit et beaucoup d'autres à venir, la communication entre nous était très difficile; mais au bout de six mois, Jean-Pierre s'exprimait déjà assez bien dans la langue locale. Il est vrai qu'il énonçait très mal certains mots, mais il arrivait toujours à se faire comprendre.

Jean-Pierre aimait la lecture et il me racontait des histoires intéressantes et parfois drôles, sorties dans ses livres. Il connaissait aussi beaucoup de choses et il me parlait de la vie dans les grandes villes. Je l'admirais beaucoup et je voulais être comme lui. Il me disait souvent comment il prévoyait un jour faire ses études à Paris. Je connaissais Paris simplement comme la capitale de la France mais Jean-Pierre me faisait croire que Paris était le ciel sur terre. J'étais curieux d'en savoir davantage. Et c'est là où il m'encouragea à apprendre la langue française.

- Tu parles trop de Paris et de Ngola et j'aimerais un jour faire mes études là-bas.

- Tu peux le faire mais il faut commencer avec la langue car c'est par la voie de la lecture que tu t'éduqueras sur la France en particulier et l'Europe en général. Il y a certains Africains à Ngola qui ont poursuivi leurs études en Europe. Et ils vivent très bien puisqu'ils sont docteurs et ingénieurs.

- Mais nous vivons aussi bien ici, répondis-je et il commença à rire.

- Peut-être, mais vous n'avez même pas une boulangerie ici où on peut acheter la baguette et je suis certain que même ton père n'a jamais gouté au bon vin de France.

- Mais il boit la meilleure qualité de vin de palme, dis-je. Jean-Pierre racontait tellement des choses que je n'avais aucune envie de lui poser davantage de questions pour ne pas paraître ignorant et villageois.

Mon intervention sur le vin le fit ricaner. C'était évident qu'il trouvait ma façon de raisonner cocasse.

- Je te parle du vin de France et tu le compares avec le vin de palme?

- Pourquoi pas?

- Parce qu'il n'y a pas de comparaisons, cher ami, répondit-il en s'esclaffant.

Je n'avais rien compris de tous ses rires. Il y avait sans aucun doute quelque chose de comique dans ma façon de faire. Cela allait de soi puisqu'à mon âge, je ne pouvais pas comprendre le raisonnement de ce grand frère que mon père venait de m'imposer. Mais j'aimais énormément sa manière de faire les choses et je m'évertuais à l'imiter. Pour être à même de lire ses livres et d'avoir autant de connaissances que lui, je lui demandai de m'apprendre à lire et à écrire en français. Il était prêt à le faire mais il me dit qu'on aurait besoin de certains livres qui se vendaient seulement dans les librairies de Jangaland.

- Comment peut-on les avoir alors?

- Marie-Patrice m'a dit qu'il y a des commerçants de Jangaland qui viennent s'approvisionner en chèvres, en porcs et en poulets dans notre marché ici. Ils peuvent nous aider à nous les procurer si on en formule la demande. Marie-Patrice, le commerçant, les connaît à force de faire des affaires avec eux.

- Ces livres peuvent coûter combien?

- Ne t'en fais pas! Pas trop chers pour appauvrir ton père.

J'abordai le sujet d'apprendre le français avec mon père. Il accepta sans la moindre hésitation.

- Je sais que mon métier de forgeron est très rentable, mais j'aimerais te voir un jour en veste et en cravate en train de parler anglais comme notre administrateur J.O. Fielding, me dit-il. Mais si en plus tu parles aussi français, c'est encore plus d'opportunités pour toi et c'est pour cela que je ne lésinerai pas sur les moyens en ce qui concerne ton éducation, ajouta-t-il.

Mon père m'acheta tous les livres dont Jean-Pierre avait besoin et mon apprentissage du français débuta. Mon cousin passait des heures avec moi tous les soirs aussitôt que j'eus terminé mes devoirs de l'école. En bon professeur et « grand frère, » Jean-Pierre aimait bien ce qu'il faisait. Il disposait aussi d'une pléthore de ruses pour m'encourager. Au départ, c'était pénible de pouvoir retenir toutes les conjugaisons et tournures de phrases, mais un jour tout bascula à la suite d'un défi qu'il me lança.

Il y avait une école coranique non loin de notre concession, chez les Doudou. Les musulmans se rassemblaient dans cette école tous les soirs pour apprendre. La cacophonie de leur voix quand ils récitaient les versets du coran nous assourdissait parfois.

- Tu entends ces voix? me dit Jean-Pierre un jour. Ces enfants récitent le coran par cœur et c'est un livre de plus de deux mille pages.

Au départ, je ne l'avais pas cru et je décidai de me renseigner auprès des Doudou. Ils confirmèrent ce que Jean-Pierre m'avait dit. Tout comme mon père, j'avais beaucoup d'estime pour les membres de cette famille qui connaissaient tous lire et écrire l'arabe. A l'époque cela relevait d'un miracle, surtout quand je regardais cette écriture complexe qui ressemblait plutôt aux traces laissées dans la poussière par des milliers de criquets. Je redoublai d'effort dans toutes mes études. Je me dis finalement que si ces enfants pouvaient lire et retenir par cœur un livre aussi grand que le coran ce n'était que la paresse qui m'empêchait d'en faire autant. Et là n'était qu'un tour parmi tant d'autres que Jean-Pierre avait dans son sac.

J'étais sorti quatrième de ma classe en cinquième année, si je ne me trompe. Mon cousin se mit à se moquer de moi.

- Quatrième, et les trois premières sont les filles! Quand j'étais à l'école une femme ne pouvait jamais me dépasser.

- Tu parles parce que tu ne connais pas ces filles, tentai-je de lui expliquer la situation. Elles sont toutes les enfants de maîtres, ce qui...

- Ce qui veut dire qu'on les enseigne tous les jours chez elles, n'est-ce pas? Jean-Pierre ne me laissa même pas terminer ma phrase. Ce n'est pas la même chose que je fais ici tous les jours avec toi?

- Mais...

- Mais... quoi! Je veux te dire quelque chose qu'il faut retenir une fois pour toutes. Dans la vie, au lieu de chercher les excuses pour une faiblesse, il faut plutôt essayer d'en dépister l'origine afin de la surmonter. Peut-être qu'en connaissances générales, tu dépasses de loin ces trois filles puisque tu t'exprimes déjà assez bien en français, mais cela n'explique pas que tu sois le quatrième de ta classe avec trois filles devant toi. Ou, on ne sait jamais, elles sont réellement au-dessus de toi!

Jean-Pierre jonglait et il explosa de rire comme un taureau. C'est plus tard dans la vie que je comprenais ce qui aurait provoqué tant de rire chez mon cancre de cousin. Mais je dois avouer que Jean-Pierre me connaissait très bien parce que chaque fois qu'il me provoquait, je m'élançais à mieux travailler.

- Ton ami Ngwang qui a commencé bien plus tard à apprendre le français se débrouille pas mal dans cette langue, mais il est toujours premier de sa classe. Ne le vois-tu pas constamment en train de lire ? Il suffit de suivre son exemple en faisant autant. C'est tout ce que je te demande.

Jusqu'à date, je ne sais pas si Ngwang était plus intelligent que moi, mais mon cousin me laissait toujours croire que c'était le cas parce qu'il travaillait plus. J'ai tiré une bonne leçon de ses exactions, car face à tout défi de la vie je m'évertue toujours à redoubler d'efforts plutôt que de me plaindre. Pour cela je lui saurais gré jusqu'au jour où je serais fusillé.

Ah, j'ai de bons souvenirs, voire des nostalgies, à l'égard de ce parent qui m'avait beaucoup appris. Il avait ses mauvais côtés bien sûr, mais plus j'y pense plus ses frasques semblent plutôt m'avoir enrichi la vie. Avant d'en parler, faisons un peu de crochet sur ma conversion au christianisme.

Ngwang et Chrétien m'avaient encouragé à discuter du sujet de mon baptême avec mes parents avant de contacter le prêtre. Étant tous les deux d'une formation traditionnelle, mes parents auraient constitué un réel obstacle. Au départ, mon père posa une fin de non-recevoir à ma demande de me faire baptiser. Je le comprends car il gardait toujours ses totems dans une petite chambre chez nous. En plus, il consultait toujours le féticheur, Eba, chaque fois qu'il avait une grande décision à prendre. Mais les multiples rencontres entre mon père et le prêtre avaient poli la perception du baptême et même du christianisme de mon père. Lorsque j'avais insisté une seconde fois sur la question de mon baptême, il me demanda simplement d'aller voir ma mère. Ma mère, qui se voulait moderne, n'avait pas hésité à me conseiller d'aller voir le Père. Le prêtre s'amena chez nous. Le Révérend Kirk Patrick parvint sans grande difficulté à persuader mon père du bien-fondé d'une telle orientation religieuse.

C'est ainsi que, quelques jours plus tard, je me trouvais face à face avec le prêtre dans son bureau. Il fit venir un monsieur, très maigre, on dirait qu'il ne mangeait pas. Le monsieur s'appelait Massa Yo, une distorsion de « Master Joseph, ». Massa Yo était le catéchiste de notre paroisse. Ce catéchiste prenait son travail très au sérieux. Il était reconnu pour être très strict. Ses dénonciations sans vergogne de chaque faillite morale faisaient fondre en larmes ceux qui manifestement en étaient coupables.

Le prêtre me présenta à Massa Yo qui m'invita à son tour dans son bureau. Là, il sortit une liste de son tiroir sur laquelle il écrivit mon nom et me demanda de passer tous les soirs à l'église à partir de dix-sept heures pour les cours de doctrine de l'Eglise.

J'avais appris toutes les prières avant la fin de l'année. J'étais prêt à devenir un chrétien de l'Eglise catholique. Bien qu'ayant accepté cette foi, il y avait beaucoup d'aspects de cette religion qui allaient déjà à l'encontre de ce que j'avais déjà appris de certains de mes aînés ainsi que de ma culture africaine. Vous vous souvenez sans doute des conseils de Gwa avant ma confrontation avec Chakara. Pour ne pas parler du rôle du grand féticheur, Eba, dans la vie quotidienne de ma famille. Fallait-il dénoncer ce monde dit de fétiche? Si je me trouvais face à une agression, comment réagir? J'étais tourmenté. Je ne savais que faire, surtout à l'aube de mon baptême. Je me voyais déjà en bon hypocrite et pécheur. Je méritais le feu de l'enfer si je ne parvenais pas à répondre de manière convaincante à toutes ces questions avant d'aller me mettre devant le prêtre pour le baptême.

Je décidai d'en parler à mon cousin qui semblait tout savoir. Jean-Pierre m'écouta attentivement. Puis, il prit la parole.

- Ce sont les Européens qui ont apporté le christianisme ici chez nous et beaucoup d'actes qu'ils posent ne sont pas dignes des chrétiens, me dit-il. Ils nous ont volé la terre. Ils nous extorquent nos biens au nom des impôts. Tous ces actes vont à l'encontre des injonctions du Seigneur. Moi, personnellement, je sais que Dieu voit et il sait tout et il peut déterminer si notre intention est juste ou pas. Un Africain n'est pas obligé d'être Européen pour accepter Christ dans sa vie. A mon avis, accepter Jésus-Christ c'est ce qui est très important. Si quelqu'un veut te tuer, tu te dois de te protéger. C'est logique. Il y avait tant d'autres questions que je soulevais et chaque fois, il me donnait des réponses convaincantes. Mais ce n'était que plus tard que je compris l'attitude de mon cousin. Il profitait de ma jeunesse, de mon ignorance et de ma naïveté pour, des fois, me manipuler.

Comme le voulait la tradition paroissiale, tous ceux qui allaient se convertir au christianisme devaient subir un rite de purification en travaillant pour l'Eglise avant le baptême. Et la paroisse avait beaucoup de travail à faire. Elle avait ses champs à cultiver, des bâtiments à construire, la paroisse même à nettoyer et j'en passe. On nous demanda de transporter les pierres depuis une carrière située à un kilomètre, jusqu'aux sites de construction. Exactement comme Jésus portait sa croix, blaguaient certains d'entre nous! Nous fîmes ce travail pendant deux semaines. C'est avec grande joie que je m'y adonnais, car au bout du calvaire, je deviendrai enfant de Dieu.

Lorsqu'il fallait choisir un nom de baptême, un nom biblique selon l'usage du temps, je fis recours à mes parents. La sélection d'un nom étant très importante dans ma culture, ils convoquèrent une petite réunion à cette fin. Parmi ceux que mon père avait invités, il y avait une pléiade de personnes qui s'y connaissaient en matière du catholicisme. Il y avait Bobe, Ngwang, Chrétien, Jean-Pierre, une vieille dame très pieuse appelée Matalina, et Massa Yo que le Père avait envoyé le représenter.

C'était Matalina qui donna le coup d'envoi.

- Jésus, proposa-t-elle quand le catéchiste avait terminé son discours relevant l'importance dans le christianisme de l'exercice en cours et en avait appelé à l'audience de faire des propositions.

Le choix de Matalina était prévisible. Sa recollection de la bible et de toutes les bonnes choses, y compris les miracles, que Jésus avait faites au cours de sa vie sur cette terre l'aurait certainement poussée à proposer ce nom.

-Mais non! protesta Bobe pour qui cette proposition était blasphématoire. S'il est déjà Jésus, cela veut dire qu'il n'a rien à se reprocher. Or, en tant que Chrétiens, nous aspirons à la pureté et à la sainteté de notre Sauveur qui n'est autre que Jésus-Christ. Il couronna son objection avec un signe de croix; et, la tête penchée, il observa un bref moment de silence.

- Abraham, proposa Ngwang, citant ainsi le nom du grand prophète juif.

Comme le premier choix du nom, celui-ci tombe sous l'objection de mon cousin. Suivant la logique de Bobe, il dit que c'est le nom d'un grand prophète qui avait fait ses preuves et en l'octroyant à quelqu'un qui n'avait encore rien prouvé, cela risquait plutôt de semer le germe de la mégalomanie.

- Celui-ci n'a rien prouvé en dehors de nous vider les paniers d'arachides et les plats de *fufu*, déclara Jean-Pierre, le regard tourné vers moi. Tout le monde ricanait, surtout mes parents.

- Qu'est-ce que tu proposes alors, demanda le catéchiste à mon cousin.

Au moment où il grattait la tête à la recherche d'un nom, Chrétien intervint avec une proposition à couper le souffle.

- Benedict, dit-il, après une brève mais apparemment mûre réflexion.

- Benedict? demanda le catéchiste, très étonné. *Hmmmmmmm*, c'est un beau nom, mais dis-nous pourquoi tu l'as choisi. Tout le monde fixait Chrétien d'un regard admiratif.

- Benedict était un esclave noir vendu quelque part en Europe. Tout le monde se moquait de lui à cause de sa race et son origine, mais tout au long de son enfer il est resté serein et respectueux et n'en voulait jamais à ses détracteurs. Affranchi, il a vendu tous ses biens et a donné l'argent aux pauvres avant d'intégrer une communauté de moines. Toujours souriant, simple et serviable, il incarne l'esprit d'un vrai chrétien et c'est pour cela que j'ai choisi ce nom pour mon ami. C'est lui qu'on appelle dans la religion catholique Saint Benedict de Palerme. A mon avis, passer d'un esclave à un saint n'est pas du tout facile; d'autant plus que même nous qui avons notre liberté et nos biens, nous ne parvenons pas à le faire.

- Comment connais-tu ces choses ? lui demanda Bobe qui avait été son maître à l'école. Bobe était abasourdi par cette manifestation de sagesse et d'intelligence.

- C'est le Père qui m'a parlé de lui et d'un autre saint appelé Martin de Porres, répondit Chrétien.

- Mais tu es si intelligent, pourquoi ne voulais-tu pas travailler quand tu étais encore mon élève? demanda le maître.

- Parce que les gens me croyaient bête et au lieu de chercher à connaître mes points forts, ils se contentaient de me taquiner. Derrière mon dos, bien sûr! Ce qui ne me rendait guère service.

- Tu dois avoir raison et je m'excuse; je pense quand même que Dieu t'a guidé vers ton vrai destin, déclara Bobe avec remords. Je te souhaite bonne chance!

- Merci!

Je fus nommé Benedict Namukong, grâce à l'inspiration de mon ami, Chrétien.

Mes parents m'avaient soutenu tout au long de mes premiers pas dans le christianisme. Ils avaient déjà tout acheté pour mon baptême. Cela comprenait une tenue et une paire de chaussures blanches. Ils avaient aussi acheté un sac de riz, une chèvre, un cochon et beaucoup de poulets pour les festivités qui allaient couronner ce grand évènement.

Notre quartier était vide le jour de mon baptême, car tout le monde avait assisté à l'évènement. A l'église, nous nous alignâmes devant l'autel, chacun avec son parrain ou marraine derrière soi. J'avais choisi Bobe comme parrain, car il m'avait tant impressionné par sa gentillesse et son sérieux.

Mes parents avaient invité tout le monde à la fête chez nous. Ce jour-là, le Père me fit cadeau d'une bible qu'il me conseilla de lire tous les jours. J'étais plein de joie et en tant que disciple du Christ, je me voyais déjà en train de convertir les gens au catholicisme.

Mais les défis à relever étaient énormes. Il y avait à mes côtés ce diable de Jean-Pierre qui me mettait toujours dans le péché. Jean-Pierre aimait trop les femmes. Il ne pouvait pas se passer de mes tantes, les princesses, qui nous rendaient toujours visite. Elles étaient toutes très belles et il m'avait carrément transformé en garçon de course. Je me sentais souvent mal à l'aise dans ce rôle mais Jean-Pierre avait toujours à dire. Toujours!

- Je vais me marier un jour. Mais avant d'y arriver, je dois me convaincre que j'ai fait le bon choix.

- Comment peux-tu établir un rapport solide si toutes les femmes t'attirent?

- Dis-moi quelque chose.

- Quoi?

- Lorsque tu te présentes devant les femmes qui vendent la boisson *ginja*, que fais-tu pour savoir laquelle est bonne?

- Mais je goûte d'abord à toutes avant de faire mon choix, répondis-je avant de protester. Je sais où tu veux en venir, m'écriai-je. Ce n'est pas la même chose.

- Pourquoi?

- Parce que les femmes ne sont pas une boisson.

Ma réponse le fit ricaner.

- Écoute petit, dit-il, un jour quand tu seras aussi grand que moi tu comprendras. N'as-tu pas trois tantes, les sœurs de ton père et les enfants de ton grand-père, qui te rendent visite? Elles ne sont pas tombées du ciel, n'est-ce pas? Elles sont bel et bien l'œuvre de ton grand-père. Alors, dis-moi quelque chose!

- Quoi ?

- Est-ce que tu te crois plus sage que ton grand-père qui avait quitté son village et venir faire des enfants ici?

- Non!

- Alors, tu vois clairement qu'il n'y a rien de mauvais en ce que nous sommes en train de faire.

- Mais je suis mal à l'aise.

- Tu es mal à l'aise parce qu'il y a beaucoup de choses qu'on fait dans la vie contre son gré.

- Comme quoi?

- Quand ton père te demande de travailler au lieu de passer ton temps à t'amuser avec tes amis, est-ce que tu es content?

- Pas du tout!

- Mais est-ce que le travail est une mauvaise chose?

- C'est une bonne chose parce que si on ne travaille pas on risque de mourir de faim.

- Voilà!

J'étais tombé dans le filet. Son cri de triomphe perça l'air. Bien que je fûs jeune, je pouvais facilement comprendre sa logique, mais je n'arrivais pas à formuler des arguments assez solides pour prouver qu'il avait tort. En tant que chrétien, je concevais très mal le fait qu'une personne gambade de femmes en femmes juste pour se distraire.

Ses escapades avec les femmes n'étaient pas sa seule manière de me conduire aux péchés. Comme nous l'avons noté plus tôt, les Doudou vivaient non loin de chez nous. Ils avaient des manguiers au bord de la grande route, surtout à l'extérieur de la palissade qui entourait leur concession. Jean-Pierre aimait beaucoup les fruits. Alors, lorsque les mangues étaient mûres, les Doudou nous les troquaient contre du bois. Or chercher du bois n'était pas facile. Comme mon père nous avait interdit de nous aventurer dans les brousses près de notre concession, il fallait trottiner des longues distances pour en ramasser dans les forêts. Ces forêts grouillaient de reptiles dont les morsures s'avéraient parfois mortelles.

Un jour, Jean-Pierre me fit l'accompagner voler des mangues dans la nuit. La première fois qu'il me fit cette proposition, je protestai comme d'habitude en citant la parole de l'Éternel qui nous somma de ne point voler. Jean-Pierre ne se pressait jamais quand je lui donnais des raisons pour lesquelles je ne voulais pas faire quelque chose. Il se croyait au-dessus du débat.

- Tu ne comprends pas, me dit-il quand je lui disais que non seulement la bible m'empêchait de voler, mais mes parents allaient me tuer s'ils réalisaient que j'étais l'auteur d'un tel crime.

Jean-Pierre balaya mes arguments.

- Tu ne sais même pas pourquoi, j'ai abandonné notre village pour venir me cacher ici.

- Te cacher!

- Oui, répondit-il en me fixant. Je ne voulais pas payer l'impôt à une administration étrangère qui a arraché nos terres et qui continue de nous opprimer. Alors, j'ai eu des démêlées avec la justice. On allait me mettre en prison si je n'avais pas fui. Ce sont ces personnes qui viennent nous tromper avec leurs commandements que tu me cites comme un prêtre et que nous autres Africains devons honorer. Non, je dis qu'ils ne sont pas dignes de la foi qu'ils nous prêchent. Entre notre territoire qu'ils pillent et le larcin d'une mangue, un don de Dieu gracieusement offert à ses enfants, lequel est plus grave péché?

- Mais si tu crois qu'il n'avait pas de bonnes raisons pour t'imposer un impôt, pourquoi n'as-tu pas traduit l'administration en justice?

- C'est ce qui se passe ici chez vous? me demanda-t-il dans un ton moqueur. Un indigène a l'audace de faire comparaître l'administration coloniale devant le tribunal chez vous?

- Pourquoi pas! Fo Toloh Fosiki l'a fait à deux reprises et il a été dédommagé par l'administration.

- Je ne pense pas que ce soit vrai.

- Si tu ne me crois pas il faut demander à mon père.

- Ici peut-être mais pas en Jangland. Tout ce que l'administrateur souhaite là-bas est exécuté à la hâte.

- Cela ne se passe pas de cette manière ici.

- En tout cas, peu importe ce qui se passe ici ou là-bas car je voulais tout simplement démontrer que prendre les fruits de son voisin sans sa permission n'est pas aussi mauvais que tu le crois. Ceux qui nous ont apporté l'Eglise ne respectent toujours pas ces règles. Je pense que nous pouvons faire la même chose.

Jean-Pierre avait une emprise sur moi parce que je l'admirais beaucoup. Non seulement ce « grand frère » venait d'ailleurs mais il me paraissait civilisé. Il était aussi bon viveur, bien instruit et serviable. Il voulait me voir réussir, surtout à l'école, en dépit de ma réticence. C'est grâce à lui que je suis devenu un lecteur avide, une passion qui me permit de progresser à l'école. Tout ceci n'occultait point ses défauts qui faillirent me dérouter.

Je commençai à voler de l'argent chez nous. Et, drôle des choses, j'avais les raisonnements de Jean-Pierre pour me justifier. Une situation que je croyais bien sans importance, et qui perdura jusqu'à ce que se produisit un événement inattendu.

En fait, les parents nous permettaient d'aller à la pêche pendant la saison sèche. Ils se disaient certainement que les risques de noyade étaient presque nuls pendant cette saison. Nous allâmes à un marigot un jour, accompagnés par un grand garçon qui venait d'un autre quartier. Le marigot était très loin de chez nous et longeait un champ de cannes à sucre. Il était midi et nous avions déjà faim. Naturellement les cannes devenaient attirantes. Je savais que le propriétaire du champ n'allait pas refuser si on demandait à en couper quelques tiges. Et comme tout le monde connaissait mon père, je pouvais aussi utiliser son nom pour arracher la sympathie au propriétaire. Enfin, si ces possibilités ne marchaient pas, je pouvais toujours voler. La quantité était « négligeable! » Voici les idées qui étaient dans mon esprit quand un « salut » semblait descendre du ciel.

Brekete, comme le grand garçon s'appelait, m'envoya chercher les cannes à sucre dans le champ.

- Et si on m'arrête?

- C'est le champ de ma mère, répondit-il de manière très calme.

J'étais un peu circonspect, mais Brekete m'assurait que c'était effectivement le champ de sa mère. Je me levai et me dirigeai vers le champ. Je cassai la première canne à grand bruit et au moment où je me mis à casser la deuxième, un cri d'alerte fendit l'air. C'était une dame. Elle était la propriétaire du champ et elle appelait au secours. Les gens abandonnèrent leurs champs tout près et accoururent. J'étais pris la main dans le sac. Les cultivateurs étaient tous étonnés de constater que c'était le fils du forgeron.

- N'es-tu pas le fils de Bikijaki? me demanda la dame qui semblait bien connaître ma mère.

- Oui, elle est ma mère, répondis-je, accablé de honte. Que dirai-je à mon père si cette affaire lui parvient, me demandais-je.

- Mais qui t'a demandé de voler quand il suffisait de venir me dire que tu as faim.

Alors, j'étais obligé de leur raconter ce qui s'était passé. Ensemble, nous allâmes voir Brekete qui nia carrément m'avoir envoyé couper les cannes à sucre. Mais un autre garçon de notre troupe vint à mon secours. Il raconta à l'auditoire comment Brekete m'avait dit que c'était le champ de sa mère lorsque j'hésitais.

La dame me donna des morceaux de cannes à sucre et je me réjouissais que l'affaire soit close. Après la journée de pêche, je me mettais en route pour la concession quand je croisai Chrétien. Il était envoyé par mon père à l'un de ses clients. Dès qu'il me vit, il s'approcha, l'air très troublé. Il me dit qu'une dame était venue voir mon père à propos de cannes à sucre.

L'affaire était devenue plus grave. Avant d'aborder mon père la dame avait contacté la police.

C'était un moment très difficile. Je restais figé sur la route. Mon père allait me tuer. Que faire? Je décidai finalement d'aller confronter le triste sort qui m'attendait.

Mon père avait terminé sa journée de travail et il m'attendait dans son atelier. Ma mère était à ses côtés. Les regards étaient braqués sur l'unique sentier qui menait chez nous.

Je les vis quand j'engageai le petit chemin. Je me dirigeai directement vers eux afin de ne pas rendre la situation pire. Quand j'étais devant eux, je n'attendis pas qu'ils me posent des questions avant de leur expliquer ce qui s'était passé.

- On risque de t'amener à une maison de correction, me dit mon père, la voix perturbée. Les policiers étaient ici et ils vont repasser demain.

- Je m'excuse de tous les ennuis que cette affaire vous cause, déclarai-je, le cœur vraiment brisé. J'étais trop bête pour avoir suivi les consignes de ce garçon, d'autant plus que je ne le connaissais pas.

- Est-ce ton premier vol? me demanda mon père. A cette question, j'étais obligé de dire la vérité.

- Non, répondis-je, la tête baissée car j'étais accablé de honte. J'ai souvent pris des petites sommes d'argent ici à la maison sans votre permission.

- Que les sommes soient petites ne change rien à la gravité de l'acte que tu as posé mon cher ami, la voix de mon père tonna en colère. Dit-on à l'Eglise que le vol est en fonction de ce qu'on vole!

- Non, la bible dit tout simplement qu'il ne faut pas voler, répondis-je, les larmes aux yeux. Je sais que j'ai mal agi et je ne cherche pas à justifier mes actes.

- Alors, n'est-ce pas toi qui es venu me dire que tu voulais devenir chrétien?

- Oui, c'est bien moi père! La honte était terrible et je commençai à sangloter.

- Est-ce que l'acte que tu poses est digne de ta foi?

- Non père!

- Je suis très déçu!

Me voyant dans cet état si misérable, ma mère avait pitié de moi. Elle essuya mes larmes et me demanda de ne jamais recommencer.

Mes parents n'étaient pas contents et je voulais me racheter. Je me souvins de ce qu'on nous apprenait souvent à l'Eglise : pour que nos offenses soient pardonnées par Dieu, nous devions nous excuser devant nos victimes. Pour prouver à mes parents que je n'étais pas un mauvais garçon au fond, j'étais prêt à lui dire tout, y compris les mangues que je volais avec le concours de Jean-Pierre.

Mes parents étaient scandalisés lorsqu'ils apprirent le rôle de Jean-Pierre dans le changement de mon comportement. Ils le firent venir et mon père faillit le chasser de chez nous après l'avoir sévèrement réprimandé.

- Voici ton petit frère, que tu te dois de guider et de protéger, souligna ma mère qui savait qu'au fond, mon cousin était un garçon responsable et très gentil.

- Je sais, lui répondit à voix basse et trémmulante Jean-Pierre. Quand on est encore un peu jeune on fait parfois des bêtises sans mesurer les conséquences, tenta-t-il de se justifier. C'est moi qui l'ai trimballé dans toutes ces affaires. Je suis désolé et je m'en excuse. Je vous assure que nous allons désormais suivre le bon chemin.

Et c'est une promesse que mon cousin avait tenue.

Mon père était compréhensif bien que profondément remonté. Après avoir exigé que cela ne se répétât plus dans l'avenir, il nous demanda d'aller dans notre chambre. Comme c'était ma première fois d'avoir des démêlés avec la police, le commissaire décida de laisser tomber l'affaire. Il avait tout de même averti mes parents et leur avait imposé une petite amende que mon père ne tardait de payer. Mon père me demanda d'aller m'excuser devant la dame qui non seulement me reçut à bras ouverts mais me donna de surcroît des cannes à sucre.

- Tu es mon fils et tu n'as pas besoin de voler ce qui m'appartient, me dit-elle. Si tu as envie de manger de la canne à sucre, viens me voir. Est-ce que tu m'entends?

- Oui, *Nah* répondis-je timidement.

Mais, les écoliers étaient déjà au courant de cette triste affaire par je ne sais quels moyens. Au village, on ne savait jamais quand ni comment les nouvelles se propageaient. Ils me taquinèrent à l'école. Néanmoins, cette situation ne dura pas longtemps, car le vol des fruits et de cannes à sucre faisait partie des délits écoliers à l'époque. Mes camarades me reprochaient plutôt pour la plupart, d'avoir été maladroit au point de me faire prendre si aisément. Beaucoup de parents proches de la famille, étaient presque du même sentiment, car ils voyaient dans l'acte une aventure enfantine, rien que cela.

- La canne à sucre n'est pas quand même une chèvre ou une poule! s'exclamèrent-ils.

Mais en volant de l'argent, j'étais allé très loin. Ce vol n'était pas le genre de délits tolérés par notre société.

Un mois plus tard après l'affaire, mes parents m'invitèrent dans leur chambre. Ils voulaient me rappeler mes responsabilités et mes devoirs. Mon père me fit réfléchir sur un acte qu'il avait posé quand j'étais encore jeune. J'avais une prédisposition en ce temps-là à être très difficile et exigeant. Je voulais tout à la fois et tout de suite. Mon père prenait la chose avec philosophie. Il ne réagit pas. Il ne me réprima pas non plus. Il savait que j'aimais les animaux et un jour il m'invita à l'accompagner au marché comme il avait l'habitude de faire de temps à autre. Il me conduisit à l'endroit où on vendait les moutons et les chèvres et m'acheta un agneau.

- Voici un agneau que je te donne comme cadeau. Tu dois l'attacher tous les matins là où la pâture est bien foisonnante afin de lui permettre de bien se nourrir et tu dois le faire rentrer à la nuit tombée. Tu dois prendre soin de ton animal, l'abreuver lorsqu'il a soif, l'amener chez le vétérinaire aux moments de maladie.

J'étais comblé de joie. De retour à la maison, je montrai l'agneau à ma mère. Avant d'aller l'attacher pour paître le lendemain, je fis le tour du quartier. Je voulais montrer mon bel agneau à tous.

Autant la promesse de cet animal me donnait du plaisir, autant je me rendais vite compte des ennuis que sa présence posait dans ma vie. Je devrais parfois abandonner mes amis en plein match de football à cause de mon agneau. Un jour, j'étais en plein sommeil lorsque mon père me réveilla. Il me demanda si mon agneau était déjà dans son abri. Il était vingt-une heures et j'avais oublié la bête dans la pâture.

Il faisait bien noir et je ne pouvais pas me rendre à la pâture tout seul. Je demandai à l'un des apprentis de mon père de m'accompagner. Arrivés à l'arbuste où je l'avais attaché, nous vîmes la corde mais pas l'animal. Je rentrai annoncer la mauvaise nouvelle à mon père. Tout triste.

- Ne t'en fais pas, m'avait-il dit. Tu reprendras la fouille demain.

Mais je ne trouvais pas l'agneau et ceci pendant plus d'une semaine. Voyant ma tristesse, mon père intervint. Il m'invita dans sa chambre et il me révéla qu'il avait pris mon agneau et que la bête était saine et sauve. Il expliqua son comportement en me disant que je ne devrais plus demander aux autres ce que je n'étais pas à même de fournir.

- Il faut être exigeant envers toi-même, pas envers les autres! Ou bien, si tu veux être très exigeant envers les autres, sois d'abord exigeant envers toi-même.

Je devins moins exigeant à partir de ce jour-là, et je me contentais désormais du peu que les autres me donnaient.

- Je sais pourquoi vous m'avez invité ici et pourquoi vous avez évoqué cette affaire d'agneau, lui dis-je au cours de l'entretien qui suivit l'incident des cannes à sucre.

- Pourquoi? me demanda-t-il.

- Pour parler de mes droits et mes devoirs.

- C'est exact, car l'intégrité et la justice doivent se complémenter avant de se faire valoir! répondit-il. La question purement morale à part, en volant chez les autres, tu es en train d'admettre qu'ils sont mieux que toi, qu'ils peuvent réaliser ce que tu ne peux pas réaliser et que, ce n'est que par le vol que tu parviendras à atteindre leur niveau. C'est le comportement d'un perdant; de celui qui se sent vaincu d'avance et n'est pas assez homme pour réussir dans la vie. Si c'est ta façon de te voir, cela ne peut être mon problème parce que je me réveille tous les jours devant toi. Je travaille afin de nourrir ma famille. Tu as tout et tout ce que je fais c'est pour toi et ta mère. Je ne sais pas d'où vient cette affaire de vol mais il faut bien penser à tout ce que je te dis aujourd'hui. Tu as eu ton baptême et c'est une raison supplémentaire de vivre comme Ngwang.

Chaque mot de mon père avait l'impact d'un poignard dans mon cœur. Les larmes aux yeux, je jurai d'être désormais un fils digne. Cet engagement suffit pour redonner le sourire à mes parents ; qui s'étaient montré si préoccupés par ma conduite peu recommandable.

Cet incident me fit apprendre comment vivre en société; mes droits, mes devoirs et mes responsabilités et les effets néfastes du narcissisme. Ces leçons m'ont guidé jusqu'à ce jour. Elles permirent aussi à Jean-Pierre de revoir ses idées. Il continuait à dénoncer le colonialisme, parfois violemment, mais il cessa de m'embarquer dans ses escapades.

Je passais beaucoup de temps à étudier vers les dernières années à l'École Ste-Monique. Je m'apprêtais non seulement à présenter les examens de fin d'études primaires mais aussi le concours d'entrée en sixième, dans un collège situé très loin de notre village. L'idée d'abandonner mon village et mes parents, et d'aller à l'internat m'effrayait mais le collège m'offrait une nouvelle vie.

23

J'étais reçu aux examens de fin d'études primaires et au concours d'entrée au Collège Notre-Dame de Barombi. Mes parents étaient aux anges à l'annonce des résultats partiels du concours. Située à près de quatre cents kilomètres de Ndobo, Barombi était la ville côtière qui abritait le collège où j'étais admis. Ce collège était une institution catholique dont l'accès ne dépendait pas uniquement du succès au concours, mais également d'autres critères auxquels je devais me soumettre. Le père Kirk Patrick m'assista dans le remplissage de toutes les autres formalités d'entrée. J'avais complété et expédié certains questionnaires et j'attendais la réponse de l'institution. Et le père lui-même avait témoigné de mon bon caractère en signant une enquête de moralité sur ma personne. Bref, rien ne présageait le rejet de ma candidature au Collège Notre-Dame. Mais l'Eglise étant ce qu'elle est, avec ses interprétations parfois irrationnelles, j'avais tout laissé entre les mains de Dieu.

L'attente s'avérait longue. Alors, mes parents et moi ne pouvions commencer les préparatifs sans savoir si j'étais définitivement admis ou pas au collège. Comme je l'ai dit plus haut, mon succès était presqu'acquis à l'issue de l'épreuve écrite du concours; mais il fallait encore braver plusieurs étapes parmi lesquelles, il y avait ce que l'Eglise appelait la « régionalisation. » Cette politique avait été adoptée par les autorités de Mayuka, avec pour but ultime de rendre l'éducation plus efficace et moins brouillonne. Elle consistait en substance, à sélectionner les postulants selon leur région d'origine et leur performance. Ainsi, seuls étaient retenus les dix meilleurs candidats de chaque région de Mayuka.

Comme j'étais certain de quitter la maison, quoi qu'il en advînt, je demandai à Jean-Pierre de me raconter l'histoire de notre famille, surtout ce qui eut lieu à Magwa. C'est alors que je compris les circonstances du départ de mon arrière-grand-père de Jangaland.

C'était un scandale. Apparemment, mon père s'était gardé de le révéler. Je me disais qu'il devrait avoir de bonnes raisons de vouloir taire cette partie de notre histoire et je ne lui avais rien demandé. Jean-Pierre me parlait aussi de sa mère, mon arrière-grand-tante, dont l'histoire captivante m'avait beaucoup amusé. Après une semaine d'attente, la réponse de Notre-Dame ne venait toujours pas. J'étais sur le point de perdre l'espoir quand un jour, vers onze heures du matin, le Père arriva chez nous au grand galop sur son cheval. Mon père n'était pas dans son atelier mais il me trouva avec Jean-Pierre. Son visage n'était pas illuminé par son sourire habituel et je devinai qu'il y avait quelque chose qui n'allait pas.

- Bonjour, mon Père, dis-je à sa descente de son cheval.
- Bonjour Benedict, répondit-il d'une voix triste. Où est ton père?
- Il est à Mari pour le travail.
- Bien, j'aurais aimé qu'il soit ici car j'ai de mauvaises nouvelles pour toi.
- Dites-les-moi alors puisque cela me concerne directement.
- Fais venir ta maman si elle est là.
- Elle est au champ.
- Au champ! s'exclama le Père. Comment peut-elle faire cela avec six mois de grossesse?
- J'ai trouvé cette attitude drôle, mais vous savez comment elle est têtue. Vous, peut-être, vous pouvez lui faire comprendre les risques.
- Je vais le faire mais, en attendant, j'aimerais te dire que le Collège Notre-Dame vient de remettre ton admission pour l'année prochaine. Les raisons ne sont pas très claires.
- C'est vraiment terrible! m'exclamai-je.
- Oui, je sais que c'est très décevant, mais il ne faut jamais oublier que tu es ici pour accomplir la volonté de Dieu. Peut-être qu'il remplacera Notre-Dame par une option beaucoup plus intéressante et conforme à ton destin; c'est souvent le cas. Il ne faut donc pas être abattu. Tout ce que Dieu fait est bon. Prions seulement.
- Oui, mon Père, me résignai-je.

Après ces paroles consolantes et avec la promesse de repasser à un moment opportun, il bondit sur sa monture et le voilà de nouveau en route.

A leur retour, mes parents ne parvenaient pas à digérer la mauvaise nouvelle. Ils me posaient beaucoup de questions auxquelles je n'avais pas de réponses, d'autant plus que j'étais moi-aussi déprimé.

- Répète-moi ce que le prêtre a dit, insista mon père à plusieurs reprises. Es-tu sûr que c'est ce qu'il a dit?

- Oui papa, cette affaire me concerne directement et j'avais l'intérêt à suivre le prêtre de près quand il parlait, dis-je un peu irrité. Mon père cessa d'insister.

Il fallut une semaine pour que mes parents acceptent la décision de l'institution, mais ma présence auprès d'eux ne les aidait pas à oublier la déconvenue. Je me demande encore aujourd'hui, combien de temps cette atmosphère tendue aurait perduré si un évènement inattendu n'eut changé le cours de choses.

C'était le samedi suivant, vers seize heures. Il faisait une journée ensoleillée. Mon père et moi étions dans son atelier lorsqu'un monsieur arriva. Le type avait un large sourire aux lèvres comme s'il nous connaissait déjà. Il était habillé presque comme Jean-Pierre le jour de son arrivée. En plus, il portait un grand chapeau de cowboy. Il avait une lettre pour mon père qu'il lui remit. C'était un monsieur Ndobo qui s'était aventuré en Jangaland et y avait passé de nombreuses années dans un village appelé Touri.

Mon père m'envoya lui acheter une bouteille de bière, ce que je fis promptement. Et alors qu'il la buvait, il me donna la lettre qu'il me demanda ensuite de la lui lire et interpréter. La lettre était dans une enveloppe blanche tachée de terre rouge par endroits, parce qu'elle avait été mal entretenue. Voilà que se présentait enfin une occasion en or d'impressionner mon père car la lettre était en français!

- La lettre vient d'un monsieur appelé Charlemagne qui vit à Touri, une ville au Département de l'Équateur en Jangaland, commençai-je à la grande surprise de mon cousin qui avait les yeux fixés ailleurs.

239

- Ah mon Dieu! s'écria-t-il en se rapprochant. Voilà mon frère aîné et je me demande si le frère, Tanke, le connaît même.

- Ton frère? lui demanda le monsieur. Mais j'ai passé deux ans avec lui. C'est l'Africain le plus riche de cette ville et il est un homme d'affaires. C'est à sa boucherie que tous les Blancs et les Africains achètent leur viande.

- Un homme d'affaires? demanda mon père, l'air un peu incrédule. Quel genre d'affaires?

- Il me semble que vous ne me croyez pas, remarqua le monsieur qui avait son attention braquée sur mon père tout au long de la discussion. Il fait tout, le transport, la boucherie, la chasse, le café et le cacao. Quand j'étais dans la ville, je travaillais dans sa boucherie. J'ai croisé beaucoup de gens de chez nous qui travaillaient dans certaines de ses plantations. Il est riche, très riche, ce monsieur-là. Il achète des vaches en provenance du nord et de l'ouest et il en vend la viande et la peau. Ce que j'aime chez lui, c'est qu'il est très gentil, très sympathique et intègre.

- Ce n'est pas que je ne te crois pas, dit mon père en sa défense. Je n'ai jamais vu quelqu'un de ce village qui s'était aventuré si loin et qui parle toujours la langue locale de manière si impeccable. Toi-même, tu le sais, n'importe qui peut se présenter ici la bouche pleine de mensonges que nous ne pouvons pas vérifier.

- C'est vrai, confirma le monsieur. Mais de toute façon, je vous ai remis la lettre comme j'avais promis à Charlemagne de le faire.

- Merci beaucoup, déclara mon père avant de tourner son attention vers moi. Qu'est-ce qu'il dit dans la lettre? demanda-t-il un peu excité comme s'il venait d'être éperonné par le message que le monsieur lui avait donné.

- Il te demande de m'envoyer vivre avec lui, rétorquai-je comme mon esprit commença immédiatement à s'aventurer un peu. Je pensais aux paroles du prêtre.

- Comment te connaît-il? me demanda-t-il.

- C'est une question que je devais plutôt te poser, papa, répondis-je.

Mon père se mit à rire.

- Tu as raison, mais il ne dit rien à ce propos dans la lettre?

- Si, car il précise dans la lettre que notre oncle et grand-oncle à Menda entretiennent des liens avec sa mère Makefor et peut-être lui aurait-il donné cette information.

- Sa mère est ma grand-tante et il est notre grand cousin, mon père se mit à parler quand j'intervins avec une déclaration qui le surprit.

- Je sais.

- Tu sais?

- Bien sûr, répondis-je, le regard tourné vers Jean-Pierre.

- Laissons tomber cela pour le moment, dit mon père. Nous en parlerons plus tard, reprit-il, ayant compris tout de suite le sens de mon regard. Que dit mon cousin encore? L'expression sur le visage de mon père et sa manière brusque de changer le sujet le trahirent; mais c'est plus tard que je comprenais pourquoi.

- Il dit que je choisirai, soit d'aller à l'école soit de me lancer en affaires.

- Je dis hein, monsieur... fit mon père.

Yenika vint au secours de mon père qui avait carrément oublié de demander le nom de ce dernier. Je m'appelle Yenika Minking.

- Quoi! s'exclama mon père en se redressant sur son séant. Tu es le fils de...

- Oui, je suis le fils du chef du quartier Minking.

- Mais, c'est mon ami.

- Je le sais car mon père m'a tout dit.

- Tu as passé quelque temps en Jangaland, parles-moi de la vie de ce pays.

- La vie y est belle même si les autorités là-bas sont plus répressives qu'ici. En matière d'infrastructures, ce pays dépasse le nôtre et il faut voir ses grandes boutiques. Nous n'avons rien ici, pas de routes, pas de boutiques, pas de vins rouges, pas de femmes bien habillées...les Anglais se contentent seulement de nous voler les ressources. Ils ne font presque rien pour développer notre pays. Beaucoup de choses nous manquent, mais je préfère vivre ici parce que les Anglais respectent au moins notre culture et parfois nos droits. Là-bas, tout est français et on ne sait pas si on est en Afrique ou en Europe.

- C'est vraiment intéressant, commenta mon père, excité par ce que Yenika venait de lui dire. Et tu dis que mon cousin est prospère?

- Oui, il est parmi les rares Africains qui ont leurs propres affaires car là-bas tout est entre les mains des étrangers.

- Et que disent les rois africains à ce propos? Ils n'interviennent pas au compte de la population?

- Ce n'est pas comme ici où les Anglais laissent nos institutions coutumières tranquilles. Là-bas, les administrateurs coloniaux ont chassé les rois qui n'abondent pas dans leur sens. Ceux qui réclament le titre de rois mais qui sont en réalité les marionnettes de l'administration sont pires que les colons eux-mêmes. Corrompus jusqu'à la moelle, ce sont eux qui mènent des rafles, question de recruter les indigènes aux travaux forcés. C'est vraiment terrible!

- Si je te comprends bien, je ne dois pas envoyer mon fils là-bas?

- Si la question c'est d'aller voir son grand-oncle Charlemagne, il faut qu'il aille car c'est un homme puissant, très puissant. Les rumeurs courent même là-bas que son père est un colon et l'on s'en convainc aussitôt qu'on le voit.

- Qu'entends-tu par son père est un colon? demanda mon père, apparemment confus.

- Si son père est un français que veux-tu que je dise?

- Comprends-tu ce que Yenika est en train de dire? demanda mon père à mon cousin, Jean-Pierre, qui, apparemment, avait l'air très nerveux depuis l'annonce de l'homme qui venait de Touri. Ce n'est que plus tard que je comprendrais pourquoi le pauvre Jean-Pierre dansait d'un pied à l'autre. Mais ne digressons pas.

- Ah, je comprends maintenant! s'exclama mon père, après une hésitation qui cachait mal une mauvaise disposition. Tu dis donc que je peux envoyer mon fils?

- Oui, il y a plus d'opportunités de s'épanouir et de s'enrichir là-bas qu'ici, surtout pour quelqu'un en provenance de notre pays.

- Comment ça?

- Les habitants de ce territoire-là n'aiment pas faire ce qu'ils appellent les sots métiers. Ils ne rêvent qu'à porter une cravate, passer leur temps dans le bureau à ne rien faire ou dans un café ou cabaret, racoler les belles filles bien habillées, boire le vin rouge et dormir en ronflant. Voilà ce qu'ils aiment. Ils veulent tous aller à Paris. Ils ne veulent pas travailler dans un champ. Je les trouve dégoutants, moi, mais je pense que c'est parce qu'ils aiment la belle vie. Là-bas, ton fils peut aller à l'école s'il le veut bien ou être un homme d'affaires comme son oncle.

- Ces gens-là ne travaillent pas. Comment vivent-ils? Ne mangent-ils pas?

- Leur terre est très fertile et ils n'ont pas besoin de beaucoup travailler comme nous, avant d'avoir les grandes récoltes. S'ils ont un peu plus d'argent, ils préfèrent manger la baguette et boire le vin rouge ; mais quand ils deviennent pauvres, ils utilisent les feuilles de manioc comme légumes et ils ne mangent que des maniocs. C'est vraiment terrible! Du moins ils sont de grands chasseurs et un porc-épic ou une antilope chez eux ne coûte presque rien. Mais toutes les vaches qu'ils mangent, viennent soit de l'un de leurs départements appelé Sahara ou soit de notre pays.

Sa bouteille de bière terminée, Yenika se leva et tout en promettant de repasser, il se dirigea vers la grande route et bientôt il se perdait à l'horizon. Mon père semblait être un peu mal à l'aise tout au long de la présence de M. Yenika chez nous. Je comprenais pourquoi.

- Il me semble que grâce à toi Namukong connaît déjà l'histoire de notre famille, surtout celle qui parle des circonstances du départ de mon grand-père, dit-il à Jean Pierre.

- Oui, je lui ai déjà raconté cette histoire et j'étais même étonné qu'il ne la connaisse pas.

- Je sais, dit mon père dans une voix un peu troublée. C'est resté toujours un secret. J'allais choisir un moment propice de le lui révéler, ce secret. Mais comme il le connaît déjà, c'est une bonne chose. Vous ne devez en revanche, le dévoiler à qui que ce soit, sauf à celui ou celle qui vous succédera. C'est parce que je ne voulais pas que ce secret éclate au grand jour que je me retenais au cours de notre discussion avec Yenika. Puisque j'ignore ce que notre cousin à Touri lui a déjà dit à propos de notre famille.

- Mais il fallait me dire dès mon arrivée que cet aspect de notre histoire constituait un secret, déclara Jean-Pierre. Je peux comprendre pourquoi notre ancêtre Bante avait décidé de taire l'affaire et pourquoi au fil des années, vous avez imposé un code de silence sur cela. A part Namukong, je n'ai dit cela à personne d'autre. Cela ne fait pas honneur à notre famille.

- Mais au cours de notre entretien tu as dit quelque chose qui m'a un peu intrigué dit mon père. Ton père est-il différent de celui de Charlemagne?

- Oui, répondit Jean-Pierre. Comme vient de dire le monsieur, son père est un blanc, un français.

- Tu m'as dit que vous êtes cinq de votre mère?

- Oui.

- Et combien d'enfants appartiennent au colon?

- Seulement Charlemagne. Chacun de nous a son père.

- Notre famille a un problème, le sexe! s'exclama mon père en se mettant debout. Allons au salon, dit-il. Il me semble qu'il y ait beaucoup de choses que notre oncle Tamajung lui-même ignore sur l'histoire de notre famille à Magwa.

- Il s'est passé beaucoup de choses scandaleuses dans notre famille, surtout avec ma mère, une dame au sang plus chaud que le fer qui sort de la fournaise de fer. Moi-même j'ai parfois honte quand je pense à ses activités.

- Quand tu parles de ta mère, cela me fait rire, répondit mon père en se dirigeant vers sa maison. C'est après la mort de mon père que j'ai su qu'il avait trois enfants ici. Étant donné qu'avant de passer quelque temps à Ndobo, il s'était aventuré dans tous les villages de la grande plaine, je tends à croire qu'il doit y avoir encore plus d'enfants.

Le crépuscule se transformait en obscurité au moment où nous nous assîmes dans le grand salon de mon père. La discussion sur l'invitation de Charlemagne n'était pas terminée. La lampe tempête allumée, mon père m'envoya procurer de la boisson et querir Eba par la suite. Tout le monde avait l'air heureux ce soir-là, bien que taraudé par bien des interrogations liées à notre secret de famille. Après avoir servi le diner, ma mère vint participer à la conversation.

Mon père profita de sa présence pour évoquer la teneur de la lettre que Yenika venait de nous remettre. Au départ, ma mère prenait très mal l'idée que je la quitte. J'étais son unique enfant et elle m'aimait de tout son cœur. Et même lorsque Jean-Pierre lui parla de tous les débouchés qui existaient dans ce pays, elle lui demanda pourquoi il avait décidé alors de venir s'installer au Mayuka. A cette question, mon cousin se gardait de donner une réponse parce qu'il ne voulait pas qu'elle commence à s'inquiéter.

- Que dis-tu de ce départ, demanda-t-elle à Eba après avoir échoué de me convaincre de rester.

- A ce que je sache, l'enfant aura plus d'opportunités là-bas qu'ici comme le dit Jean-Pierre.

- Et le monsieur chez qui il va, comment est-il?

- Le monsieur est formidable et c'est plutôt Namukong qui commencera les problèmes mais ne t'inquiète pas car je ne vois rien de très mauvais qui lui arrivera dans cette ville.

- Il faut lui dire Eba car tout ce qui sort de ma bouche ne lui est pas plausible, dit mon père. L'enfant doit grandir.

- Je sais que l'enfant doit grandir, mais à quel âge? demanda ma mère. Quand tu étais venu ici, tu avais au moins dix-huit ans, mais lui : Il est encore bébé. Tu veux qu'il aille dans un pays où ses habitants sont en train de fuir?

- Dis-donc, est-ce ta manière de dire que tu es plus prudente que moi? Depuis qu'on te demande de ne pas aller au champ avec la grossesse, suis-tu ce conseil?

- Je ne suis pas un enfant mais lui, à son âge...

- Oui il est jeune, mais il n'y a aucun lion qui n'avait pas été lionceau.

- Ah les femmes! s'exclama mon père. Ma mère avait réagi presque de la même façon quand je venais ici mais regarde comment la chance me sourit. J'ai une belle princesse comme épouse, qui m'a béni avec un garçon, sans compter un métier prospère et des amis chaleureux et gentils.

- Que dit mon fils à propos de cette aventure?

Ma mère tenta d'une manière très subtile de m'attirer vers son côté. Elle me connaissait très bien et elle savait pertinemment que mon avenir était plus important pour moi que de me vautrer dans ses pagnes à longueur de journée à ne rien faire, et pourtant elle tenta tout de même sa chance. Face à cet entêtement, j'essayai de la ménager au mieux de mes capacités dans mon plaidoyer.

- Maman, je t'ai toujours dit que j'aimerais poursuivre mes études jusqu'au niveau universitaire et tu m'as toujours encouragé dans ce sens.

- Je sais, mon bébé, mais pas quand je sens encore le lait maternel dans ta bouche!

- Si nous tenons à cet argument, je vais toujours continuer de vivre sous ce toit quand je serai marié et père de mes propres enfants.

- Est-ce que tu en as parlé avec ton grand-père? Ma mère céda en changeant de sujet. Tu ne peux pas partir sans le lui dire.

- Il ne pourra jamais faire cela, intervint mon père. Nous voulons qu'à notre niveau, tout le monde soit d'accord avant d'aller en informer le roi.

Ce soir-là, avant d'aller nous coucher, tous les signes donnaient à penser qu'il n'y avait aucune opposition à cette nouvelle aventure. Ma mère en avait encore un goût amère au travers de la gorge, mais que pouvait-elle bien faire contre trois hommes déterminés! Une fois dans notre chambre, je bombardai Jean-Pierre de questions sur la vie en Jangaland. C'était des questions auxquelles mon voisin de lit avait apporté des réponses au cours de nombreux entretiens passés depuis son installation chez nous. Mais, je voulais m'assurer de ce qui m'attendait de l'autre côté de la frontière.

- J'ai lu quelque part qu'il faut un passeport pour voyager d'un pays à un autre. Me faudra-t-il ce document afin de me rendre en Jangaland?

- Il te faudra plutôt un laissez-passer, me répondit-il en se levant de son lit. Il se dirigea vers l'armoire sur lequel était posé sa valise. Il le descendit, s'approcha de la lampe de chevet, le déposa par terre, l'ouvrit et commença à le fouiller. Il en retira un document qu'il m'invita à venir voir. C'est ce document qu'il te faudra pour séjourner là-bas, me dit-il.

- Et si je ne l'ai pas ?

- Tu ne devrais même pas songer à te mettre dans une situation pareille parce que s'il y a une rafle pour attraper les gens destinés aux travaux forcés, tu seras condamné à subir le sort des habitants de ce pays. Or en tant que citoyen de sa Majesté, roi d'Angleterre, tu jouis de la protection de la couronne britannique.

- C'est un peu compliqué.

- Je sais, mais plus tu voyages plus tu comprendras ces choses. C'est à la frontière qu'on te délivrera ce document.

- Les autorités françaises ne me poseront-elles pas des questions?

- Je ne pense pas, répondit-il. Un gosse comme toi ne peut constituer aucun danger pour la République Française; et en plus, les autorités coloniales sont conscientes qu'il y a des membres de famille des deux côtés de la frontière. Elles savent que si elles manquent de te livrer ce document, non seulement cela ne t'empêchera pas de traverser illégalement la frontière, mais aussi elles peuvent se retrouver face à un soulèvement des populations indigènes des deux côtés de la frontière, ce qui n'est guère souhaitable pour ces colons. Autant donc rendre la situation légale!

24

J'avais déjà annoncé la date de mon départ à tous mes amis, à tous les membres de ma famille ainsi qu'aux voisins. Des gens venaient nombreux me souhaiter bon voyage. Certains m'apportaient des cadeaux. Ceux qui n'avaient pas de cadeaux avaient des conseils.

Je passai beaucoup de temps avec le père Kirk Patrick dans la prière. Au terme de ces séances, il me remit une autre bible, un rosaire et une petite bouteille d'eau bénite. Aussi, il me conseilla de ne jamais abandonner ma foi et de toujours compter sur Dieu parce que l'Éternel sait tout et il est partout.

- Tu vois, il n'y a plus grande gloire que de défendre, même au prix de ta propre vie, ceux qui respectent la volonté de Dieu, insista-t-il le dernier jour de notre séparation.

Ce message, je le tenais à cœur. Comment pouvais-je me douter de la bonne foi de ce monsieur! N'est-ce pas lui qui m'inscrivit à l'école, qui me baptisa et qui m'encouragea à devenir un grand lecteur? Et par ses déclarations, le jour où il m'avait apporté la triste nouvelle de Notre-Dame, n'a-t-il pas en quelque sorte prophétisé mon départ?

La dernière personne à visiter avant mon départ était mon grand-père, le roi Chefonbiki. Quelques jours après lui avoir fait part de mon ambition prochaine d'aller en Jangaland, ce qu'il approuva immédiatement, je revenais le voir pour lui faire des adieux. Mon grand-père m'avait remis une *togh*, cette grande robe multicolore de chez nous. Il l'avait lui-même portée et me la donnait en signe de ma noblesse.

- Par cet accoutrement que je te passe, tu te dois désormais de poser les actes dignes de notre famille et de notre village, me dit-il en me vêtant de cette robe au cours d'une petite cérémonie pleine de pompes et couleurs. Il faut toujours retenir que mourir est plus digne qu'accepter certains actes humiliants.

La veille de mon départ, devant les membres de la famille et les amis proches, mon père me remit une corne de buffle frappée d'un roi sur son trône, l'insigne royale de ses aïeux, ainsi qu'une seconde *togh*.

J'étais bien gâté, en ce qui concerne les habits, d'autant plus que c'est le même don que me fit Fo Fosiki.

- Tu es mon fils, mon seul enfant, comme l'autre n'est pas encore né; et si je meurs aujourd'hui, c'est toi qui vas m'enterrer. C'est toi qui vas assurer la relève et le devenir de cette famille, fit mon père au moment où il me donna la robe. Sois sage et pose des actes dignes et garde toujours ta dignité et ta noblesse. C'est important de vivre, mais pas dans la honte, surtout celle d'avoir trahi ta famille, tes amis et ton peuple. La justice est indivisible et la justice doit toujours rester la même, quelle que soit la personne à qui elle s'applique. Ni l'ethnie, ni la race, ni la couleur de la peau et ni le sexe ne saurait être un critère pour déterminer la personne qui jouit de la justice. En d'autres termes, elle doit représenter à tout moment la même chose pour tout le monde. Tout le monde, je te le répète! Il faut finalement retenir ceci, le monde est destiné à ceux qui se suffissent, qui n'attendent pas que les autres leur fassent des choses, des gens indépendants. C'est ça l'esprit de notre peuple, car on ne reste à jamais enfant.

Ayant terminé son discours sur le comportement que je dois tenir, il me remit une petite sacoche en cuir bourrée de liasses d'argent de Jangaland.

- Où est-ce que tu as pris autant d'argent de ce pays? demandai-je, tout médusé.

- Ne sais-tu pas qu'il y a beaucoup de gens de ce territoire qui font le commerce avec nous?

- Je sais, sauf que l'idée de changer l'argent ici ne m'a pas encore frappé.

- Il faut toujours essayer de prévoir, surtout si tu as une mission importante à accomplir.

- Voilà une leçon importante que je dois retenir, papa.

La nuit de mon départ semblait être interminable. Je n'arrivais pas à bien dormir, troublé par des cauchemars dans lesquels je me voyais face à de nombreux malheurs. Mais à chaque moment, je parvenais à les surmonter, ce qui me rendit un peu tranquille le lendemain matin.

Je me rappelle que c'était le 7 décembre 1947 - en pleine saison sèche. C'était un samedi et je m'étais réveillé très tôt. Mes parents dormaient encore quand j'étais sorti de la maison pour me mettre dans notre vaste cour à contempler la montagne dissimulée en ce moment-là dans la brume. C'est ici, dans cette concession, qu'avait commencé mon enfance; une enfance pleine de promesses, car j'étais entouré de gens qui m'aimaient beaucoup, pensais-je. Un vent léger balayait le versant oriental de Ngohketunjia et descendait jusqu'à notre concession où il faisait remonter de la poussière. Le soleil venait de se lever. Tous les signes d'une journée chaude étaient réunis.

Les libellules, signes avant-coureurs de la chaleur et de la sécheresse, se voyaient partout, flottant et dansant dans le vent, leur abdomen tenu verticalement comme s'il pesait plus que le reste du corps. Dans les arbres et arbustes tout proches, les tisserins s'étaient déjà réveillés et avaient entamé leur travail quotidien, leurs cris perçant le calme de la matinée. Tout autour de moi, les oiseaux de notre basse-cour, toujours affamés, s'affairaient déjà à se remplir le ventre, picorant et fouillant les feuilles pourrissantes sous les caféiers afin de décrocher les vers ou les insectes.

Je me conduisis dans la maison pour récupérer un bidon en plastique; et une fois ressorti, je suivis le sentier qui menait au marigot. Le marigot était l'un de deux ruisseaux qui descendaient de la colline. Chemin faisant, je croisais beaucoup de paysans qui cheminaient tôt aux champs. C'est le rituel chez nos villageois, surtout pendant cette période de l'année où rien ne résistait à cette chaleur qui devenait de plus en plus matinale. Arrivés aux champs de très bonnes heures, ils étaient à même d'effectuer beaucoup de travail avant que les rayons solaires ne deviennent plus virulents et embêtants.

Le marigot coulait au fond d'un ravin et pour y accéder, il fallait suivre un sentier en escalier qui y descendait en colimaçon autour du tronc d'un vaste arbre. D'habitude, surtout pendant la saison des pluies, cette piste s'avérait toujours glissante et devait être négociée avec beaucoup d'attention parce qu'en cas d'une chute, la victime risquait de s'échouer au fin fond de la vallée. Toutefois, les mêmes dégâts pouvaient se produire pendant la saison sèche, si la circulation sur la piste était intense. Puisque, quand beaucoup d'eau y était éclaboussée, malaxée avec la latérite à l'aide des va-et-vient constants des villageois, cela formait une patte extrêmement glissante. Étant le premier à me rendre au marigot ce matin-là, je me passais de cet inconvénient. Je descendis dans le ravin sans incident.

Flanqué de part et d'autre d'une riche étoffe végétale, le marigot, sous cette protection naturelle, coulait; propre, frais et serein. Je me mis au bord et plongeai mon bidon qui se remplit avec beaucoup de bruit. Après avoir posé mon bidon sur la tête, je regagnai la concession quand tout le monde s'était déjà levé. Dans l'atelier de mon père, ses apprentis étaient tous présents et rangeaient les outils tout près de l'enclume.

Chrétien, qui avait longtemps terminé son apprentissage, et, qui, avec l'assistance de mon père et du père Kirk Patrick, avait déjà lancé son propre atelier dans un quartier lointain appelé Baale, était venu me souhaiter un bon voyage. J'étais très content de le voir parce qu'après plusieurs messages annonçant mon départ, il ne m'avait fait aucun signe de vie jusque-là.

- Je me disais que j'allais partir sans te voir, lui dis-je comme nous nous embrassions. J'ai envoyé plus de cinq personnes qui prétendaient te connaître, t'informer de mon départ prochain. J'avais déjà commencé à me chagriner pour cause d'absence de nouvelles de ta part.

- C'est peut-être le dernier message que j'ai eu qui m'a fait venir. Mais tu connais la route qui mène chez moi. Pourquoi n'es-tu pas venu toi-même?

- C'est vrai ; mais j'étais absorbé par les formalités traditionnelles ; je devais me rendre chez les proches, maison après maison, pour annoncer mon départ, essayai-je de me défendre. Étant d'une famille royale, tu sais ce que cela représente.

- Oui, je le sais bien. Je confonds toujours mon sort d'orphelin avec celui des autres.

- Ne dis pas cela, Chrétien! m'insurgeai-je contre sa déclaration. Si au départ, tu étais seul, maintenant tu as beaucoup de gens qui t'aiment. Aucun jour ne passe sans que mon père ne parle de toi, de ton travail et de ta sérénité face aux défis. Et le père Kirk Patrick aussi!

- De toute façon, je ne vais pas trop tarder car j'ai beaucoup de travail à faire chez moi, fit-il avant de plonger sa main potelée dans un sac qu'il portait. Je te laisse avec ce petit cadeau en reconnaissance de notre amitié. Il me tendit un petit parquet. C'est grâce à toi que je me suis lancé dans ce métier qui est à l'origine de ma prospérité.

- Chrétien, qu'est-ce que tu m'as apporté, criai-je en ouvrant la petite boule qu'il m'avait remis. Tu m'as vraiment gâté. Merci beaucoup.

C'était un collier en ivoire, très rare et coûteux, qu'on ne voyait que chez les grands notables de chez nous. Il était très beau, gravé de motifs du village. Le collier était la dernière pièce à compléter l'ensemble traditionnel que j'avais reçu des membres de ma famille, de Fo Fosiki et du roi Chefonbiki.

Au moment où je me lavais, Chrétien s'entretenait avec mon père qui venait de se lever. Mes bagages étaient déjà prêts, depuis la veille. Jean-Pierre m'avait conseillé de ne prendre que le nécessaire. Il y avait une partie du trajet que je risquais d'entreprendre à pieds ; par conséquent, je devais éviter de bagages lourds qui me retarderaient sans nul doute.

Alors que je m'habillais, Jean-Pierre vint me remplacer dans la salle de bain. Mes parents avaient décidé qu'il m'accompagnerait jusqu'à la frontière, où les autorités de Jangaland allaient me délivrer mon laissez-passer. Le premier tronçon du voyage allait de Ndobo à Menda, où nous devrions passer un peu de temps avec les membres de ma famille paternelle.

Si je voulais, je pouvais suivre un raccourci en passant par la brousse qui menait du village de mon père jusqu'à Nde, la ville où se trouvait mon arrière-grand-tante. Mais, ayant à l'esprit le conseil de mon cousin, je désirais obtenir un laissez-passer afin de traverser légalement la frontière. Le barrage de contrôle frontalier le plus proche entre Mayuka et Jangaland, où les autorités de Jangaland délivraient les laissez-passer, se trouvant à Tasan, un village qui avoisine Menda, il aurait été très bête de ma part d'opter plutôt pour le viol de la loi.

Vers neuf heures, j'étais prêt à partir de Ndobo. Les voisins, les amis, les membres de famille et même certains curieux s'étaient déjà attroupés chez nous pour m'accompagner à la gare routière. En très peu de temps, notre concession était transformée en marée humaine. Tout le monde voulant me serrer la main comme si les gens étaient certains qu'ils n'allaient plus me revoir. Malgré sa grossesse, ma mère faisait partie de cette bande qui était décidée à me voir m'installer dans une voiture. Quant à mon père, lorsque la foule s'ébranla et se dirigeait vers la gare routière et que tout le monde se mettait à faire joyeusement des commentaires sur mon avenir, il me prit à part, et il reprit les conseils qu'il m'avait prodigués les trois dernières semaines avant cette date du départ. Il affichait un air serein, comme le font les pères de notre région lors de pareils moments. Agir autrement n'était qu'un signe de faiblesse, ce qui n'était pas autorisé pour un homme.

Quant à ma mère, notre séparation était toute autre chose! Elle était accablée. Elle n'arrivait pas à refouler ses larmes. Ma mère savait que ma vie allait changer pour la meilleure; mais elle était une mère, donc tourmentée. Je l'embrassai une dernière fois avant de monter dans la voiture. En dépit de mon tendre âge, je lui proférai toutes sortes de promesses, tout en essuyant ses larmes intarissables. Je promis de lui écrire de temps en temps afin qu'elle soit toujours au fait de l'évolution de ma vie.

- La plus grande promesse que tu peux me faire, c'est de ne pas abandonner l'école, me dit-elle. Je sais qu'un jour, quand les Blancs vont partir, ce sont les jeunes cadres indigènes comme toi qui vont assurer la relève.

- Maman, la seule raison pour laquelle je te quitte, c'est de te rendre fière. Je ne peux jamais abandonner mes études.

- Tu es mon bébé et je sais que tu tiendras à ta promesse, fit-elle. Elle refusait de me lâcher malgré les chicanes du chauffeur.

Le chauffeur chicanait toujours lorsque je m'efforçai de serrer la main une dernière fois de tous ceux qui étaient venus m'accompagner. Finalement, assuré que tous les passagers étaient bien installés dans sa voiture, le chauffeur se précipita vers sa cabine, y bondit comme un chat. Il mit rapidement son engin en marche. Petit à petit, je me voyais m'éloigner dans un nuage de poussière de tous ces visages qui avaient profondément marqué ma vie à Ndobo avec la certitude de les revoir bientôt.

L'arrivée au village de mon père provoqua une frénésie, ou presque. Tout le monde ne connaissait Jean-Pierre que de nom. Les membres de notre famille ne m'avaient vu que quand je m'étais rendu au village étant encore très petit. Ils ne cessaient de nous poser de questions pendant les deux jours que nous y passâmes. Nous profitâmes aussi de notre séjour pour préparer la prochaine étape de notre voyage, une courte distance d'environ trente kilomètres. Les villageois m'avaient rassuré que je pouvais arriver à ma destination à pieds en se servant de l'un des raccourcis. Mais comme je ne savais pas le sort qui m'attendait de l'autre côté de la frontière, je me passai de leur conseil. Je décidai d'aller plutôt en voiture au poste de contrôle comme me l'avait conseillé Jean-Pierre.

Après notre séjour à Menda, nous prîmes la voiture à destination de Tasan à Ntarikon. Tasan était le village où se trouvait le poste de contrôle. Jean-Pierre m'avait demandé de faire les photos dont les autorités auraient besoin pour m'établir un laissez-passer. Quand nous arrivâmes sur la place du marché de ce village frontalier, un monsieur vint à notre rencontre. Il nous escorta jusqu'au pont qui constituait la frontière. C'était l'un des points d'entrée officiels entre les deux territoires. Je m'adressai à un petit bureau où un indigène m'établit le laissez-passer sans même me demander le but de mon séjour en Jangaland.

25

L e monsieur qui me fit le laissez-passer avait l'air heureux. Après avoir traversé le pont, je me trouvais maintenant seul, séparé de Jean-Pierre. J'étais enfin en Jangaland. Tout près de ce port d'entrée, il y avait une petite gare routière, avec des voitures qui transportaient les passagers vers des destinations différentes. Je me retrouvais maintenant serré entre les passagers dans un vieux véhicule qui se dirigeait vers Nde. La voiture était pleine à craquer; mais en dépit de ce malaise, tous les passagers y semblaient être contents car ils parlaient tout le temps à haute voix et riaient aux éclats.

- Tout le monde me semble heureux, fis-je à un jeune passager proche de moi.

- Peut-être que tu n'es pas d'ici, répondit-il après m'avoir scruté pendant quelques secondes. Tout le monde est encore heureux parce que la France avait été libérée de l'occupation allemande et c'est maintenant que certains combattants rentrent de l'Europe avec la bonne nouvelle. Ils nous confirment que la guerre est effectivement terminée et les dernières vagues d'indigènes appelés sous le drapeau français commencent déjà à rentrer.

- Il y a de quoi être heureux alors!

- Mais oui! Où vas-tu? me demanda-t-il. Tu parles bien français mais je sens par ton accent que tu n'es pas de chez nous.

- Tu as raison car je viens de Mayuka, de l'autre côté de la frontière, répondis-je. Je me rends chez ma tante à Nde, lui dis-je afin de ne pas m'embourber dans des explications inutiles.

- Voyons donc, tu me parles de Mayuka comme si tu t'adresses à un étranger, protesta-t-il. Nous sommes tous les mêmes peuples, scindés par la colonisation.

- Je suis entièrement d'accord avec toi.

- Tu te rends chez ta tante, tu dis? Il revenait sur le sujet comme s'il était frappé par quelque chose. Comment s'appelle-t-elle, ta tante?

- Elle s'appelle Makefor.

- Ah, celle-là ! Tout le monde la connaît, mais pas par ce nom.

- Comment ça? Elle est connue par quel nom alors?

- On la connaît par le nom de Maman Paris, fit-il en esquissant un petit sourire qui apparemment cachait beaucoup de choses. Il y a beaucoup d'histoires cocasses qu'on raconte sur elle, reprit le jeune homme en gardant toujours la même mine souriante. On dit que lorsqu'elle était encore jeune, elle chauffait. Elle faisait battre le cœur de tous les hommes. Elle était l'une des rares femmes indigènes de notre région qui avaient réussi à séduire et à voir la nudité de toute une pléiade de colons blancs.

- Des Blancs? Je faisais comme si c'était ma première fois d'apprendre cette histoire avilissante de ma tante. La République Française attend quoi pour lui décerner la Légion d'Honneur et lui établir un fond de retraite, taquinai-je?

A cette remarque, le jeune homme s'esclaffa.

Tout le monde nous fixa de regard. Lorsqu'il avait terminé de rire, il reprit notre conversation en sourdine.

- Tu es vraiment intéressant.

- Je pense que les gens racontent tout cela sur ma tante parce que c'est une belle femme forte et imposante, une princesse sûre d'elle-même, qui n'a pas peur des hommes. Une femme qui s'affirme.

- Peut-être que tu as raison, dit le jeune homme après une brève hésitation. Ayant formulé ses idées, il passa à l'attaque. Mais les gens ne peuvent pas inventer toute une histoire sur elle. D'ailleurs, elle a conçu son premier fils avec un colon.

- En tout cas, c'est son affaire si elle décide de donner son machin à qui elle veut. Un homme qui affiche le même comportement n'engendrera pas autant de critiques. Toutefois, les choses sont très différentes en Jangaland, car chez nous de l'autre côté de la frontière, il est très difficile de voir un administrateur anglais avec une femme indigène.

- Ce n'est pas vrai! Ils le font en cachette, contredit rapidement mon voisin. Tu vois, le Français, malgré tous ses défauts, est moins compliqué. S'il traîne une femme indigène dans le lit et elle lui livre bien sa marchandise, il l'épouse sur-le-champ. C'est la saveur et pas la couleur qui fait la force du miel!

- Un Anglais, épouser une femme indigène! Non, je ne pense pas.

- Tu veux dire que tu préfères les Français aux Anglais?

- Non, je n'ai pas dit cela, car les deux peuples sont les mêmes. Ils ne sont rien que des colons qui sont venus d'Europe nous arracher la terre.

- Mon cher ami, il faut faire attention à ce que tu dis ici, parce qu'avec des tels propos tu risques de finir très mal dans ce territoire.

- Vous voilà avec votre rengaine de liberté, fraternité et égalité!

Mon ton était moqueur. Un Anglais ne ferait jamais arrêter un indigène pour l'avoir critiqué. C'est rare!

- Mais si les Anglais sont si bons comme tu me fais croire, pourquoi es-tu venu ici alors? demanda mon voisin. Sa question me surprit, d'autant plus qu'il se montrait intelligent jusqu'à ce point.

- Écoute, il y a vingt fois plus de gens de ton pays qui traversent la frontière pour aller s'installer chez nous, répondis-je. Et si je suis venu ici ce n'est pas par admiration mais plutôt parce que j'ai beaucoup de membres de ma famille qui vivent chez vous comme je t'ai déjà dit. En plus, en tant qu'Africain, n'ai-je pas le droit d'aller et de venir où je veux dans ce continent?

- Peut-être as-tu raison, me dit mon voisin dans un ton plutôt triste. C'était comme s'il voulait avoir raison dans notre petit débat et ne s'attendait pas à une réaction aussi vive de ma part.

Notre voiture vint se stationner devant une grande place du marché entourée de grands bâtiments qui casaient des bistrots, des restaurants, des boutiques et une boulangerie. Certains passagers commencèrent à descendre.

- Sommes-nous arrivés à notre destination?

- Oui, c'est ici que nous allons descendre et la voiture va continuer jusqu'à Konbu, le chef-lieu du Département de Magwa.

Au moment où on faisait descendre nos bagages, mon voisin m'indiqua du doigt un grand édifice en face de nous. Construit en briques et coiffé de tôles ondulées rouillées par endroits, il me rappela le bâtiment de Fo Toloh Fosiki sur la place du marché à Ndobo.

- C'est votre maison là-bas?

Il pouffa de rire.

- Non, mes parents ne sont pas aussi riches pour avoir une si grande et si belle maison, déclara-t-il. C'est la maison de ta tante. Elle est restauratrice et si tu pars là-bas maintenant je suis certain que tu vas la voir.

- Merci beaucoup et je m'appelle Namukong, dis-je en lui tendant la main.

- Je m'appelle Jean-Baptiste et j'habite non loin d'ici, dit-il en jetant un coup d'œil sur ce que je supposais être la direction de chez eux. Je viens à la place tous les jours et je suis sûr que nous allons nous revoir.

Me voyant en train de me démener avec mes bagages, Jean-Baptiste vint à mon secours. Il porta en bandoulière le petit sac qu'il avait et s'emparant de l'un de mes deux bagages, il se dirigea vers le bâtiment de ma tante. Je le suivis et, à deux, nous avancions vers notre destination. A quelques mètres de ce bâtiment imposant, je pouvais lire le panneau géant : *Chez Maman Paris ! Bien Venue à Nde!*

Jean-Baptiste nous fit pénétrer dans le bâtiment par la grande porte. Je me retrouvai dans une vaste salle au fond duquel il y avait une estrade dont la disposition donnait plutôt l'impression d'un théâtre. Il y avait un bar d'un côté avec une demoiselle au service derrière le comptoir, juchée sur un tabouret. La salle était composée de rangées de tables et de chaises disposées dans une formation linéaire. Il y avait des couloirs entre les rangées pour permettre aux gens de circuler librement. Il était presque midi et la salle grouillait de gens venus manger chez ma tante. Se mettant à table par quatre ou cinq, ils mangeaient, buvaient, causaient et riaient aux éclats. Ils faisaient leurs commandes à haute voix ou à l'aide d'une clochette. A chaque cri ou tintement les serveuses, toutes jeunes et belles, se ruaient sur les clients. C'était évident que ma tante avait pignon sur rue.

Jean-Baptiste se dirigea tout droit vers l'estrade avec l'assurance de celui qui connaissait bien l'endroit. L'estrade, sur laquelle se trouvait un vieil orchestre, surplombait le reste de la salle. Elle s'ouvrit quelque part sur un petit couloir dérobé qui menait derrière le bâtiment. La cuisine se trouvait juste derrière, clairement en retrait par apport à la grande salle. Cette pièce était en ébullition totale lorsque nous y entrâmes. De grosses marmites pleines de nourriture, montées sur des foyers avec les flammes d'enfer, dégageaient la vapeur et l'arôme qui se répandaient partout. Ici, un chaudron de riz en train de bouillir; d'un autre côté, les gigots de porc soumis au même supplice; tout comme les gros pots de viande de bœuf ainsi que de poulets et des chèvres. Les cuisiniers se mettaient au travail, transpirant à grosses gouttes et vociférant des ordres aux subalternes qui les exécutaient sans le moindre délai.

- Voilà ta tante, me dit Jean-Baptiste en montrant du doigt une vieille dame souriante d'une soixantaine d'années. Elle avait les cheveux grisonnants, tissés en natte qui tombaient sur de larges épaules. Grande de taille, imposante, poitrine bombée, elle avait l'allure d'un faisan. Elle portait encore toutes les traces de sa beauté et de son charme d'antan et ce n'était pas difficile de comprendre pourquoi tout homme la désirait. Pour une restauratrice, elle avait réussi à veiller sur sa ligne et malgré son âge elle se déplaçait toujours avec dextérité. Se conduisant comme un général d'armée, elle gardait un œil vif sur tout ce qui se faisait à l'intérieur comme à l'extérieur de la cuisine.

- Qu'est-ce qu'on fait maintenant?

- On ne peut pas la déranger, car comme tu viens de voir, c'est midi et tout le monde veut manger avant de regagner son lieu de travail.

Il y avait un vieux banc là où nous étions. Jean-Baptiste nous fit glisser nos sacs et bagages sous le banc. Il demanda à ce que nous allions passer quelque temps dehors avant de revenir. On avait tout juste terminé d'arranger les bagages sous le banc lorsque ma tante s'approcha.

- On était sur le point de partir avant de revenir, déclara Jean-Baptiste à ma tante. J'ai un visiteur pour toi.

- Un visiteur pour moi? demanda-t-elle en me scrutant du pied jusqu'à la tête.

- Oui, intervins-je. Je suis l'arrière-petit-fils de ton grand frère, Bante et je viens de me séparer de ton dernier fils Jean-Pierre qui m'a tenu compagnie jusqu'à Tasan.

- Jean-Baptiste, arrête-moi sinon je vais m'évanouir, s'écria-t-elle à haute voix en me serrant contre elle avec une force terrible. Je me retrouvais engloutir sur ses amples poitrines. Comment t'appelles-tu mon fils?

- Je m'appelle Namukong, Tantine.

- C'est un beau nom même si je ne comprends pas ce que cela signifie, dit-elle en rigolant. Mais tu me dis que Jean-Pierre est chez vous à Menda?

- Non, mon père ne vit pas à Menda mais plutôt à Ndobo, le village où je suis né et d'où vient ma mère.

- Je sais qu'une partie de la famille est à Ndobo où je m'approvisionne parfois en viande, dit-elle. Mais Jean-Pierre est supposé être à Touri avec son grand frère, mon premier fils, Charlemagne.

- Voilà plus de quatre ans qu'il est chez nous à Ndobo et c'est lui qui m'a appris à lire, à écrire et à parler français. Ma tante resta bouche bée.

- Le jour où il est venu il avait une lettre destinée à mon père supposée être écrite par toi.

- Par moi! Cet enfant est devenu très dangereux. Il a écrit la lettre lui-même.

- Je ne pense pas qu'il soit dangereux, car il m'a beaucoup aidé dans mes études, essayai-je de le défendre.

- Peut-être que tu le connais mieux que moi, répondit ma tante. Son frère lui avait demandé de patienter pour qu'il l'envoie en France, mais au lieu d'être patient et calme, il passait tout son temps à racoler les petites filles au quartier. Comment voulait-il que son frère dépense son argent pour l'envoyer en France s'il se montrait peu enthousiaste envers ses études. Croyez-le-moi, mes enfants, si je vous dis qu'il n'y a rien, absolument rien, dans cette affaire de faire l'amour. Quand j'étais encore jeune, il y avait peu d'hommes que je n'ai pas fait pleurer. D'ailleurs, j'ai réussi à écraser un bon nombre d'entre eux. A ce point, elle s'arrêta comme si elle méditait sur quelque chose. Elle sourit et reprit la conversation. Tous les Blancs qui ont marqué la grande époque coloniale ont défilé devant moi nu comme des vers et quand je les attrapais pour faire l'amour, eux tous, sans exception… Ah laissez-moi mes enfants. C'est dans le lit que j'ai entendu chanter toutes les versions de *La Marseillaise*! Ce qui revint à dire qu'il n'y a rien dans cette affaire! Absolument rien, je le répète! Mais mon petit benjamin porte cela sur sa tête comme un fardeau.

Nous ne pouvions nous garder de rire au cours de son discours coloré. Je me mettais aussi à penser que telle mère, tel fils. Jean-Pierre se comportait exactement comme sa mère. C'est sur ces entrefaites de notre présentation qu'un cuisiner intervint en chuchotant quelque chose dans l'oreille de ma tante. Elle s'excusa et s'en alla avec le cuisinier. Elle revint quinze minutes après, la figure éclairée par un très grand sourire.

- Quoi de neuf? lui demanda Jean-Baptiste.

- Zangalewa, ancien combattant, va animer la soirée ici aujourd'hui et tout le monde sera au rendez-vous. Il ne faut pas oublier de venir.

- Où est-ce que j'aurai de l'argent pour des dépenses supplémentaires? rétorqua Jean-Baptiste. Je fais des économies pour me rendre à Ngola et, si possible, en France un jour.

- Ne t'en fais pas, car je t'invite, dit ma tante. Tu es très gentil pour m'avoir amené mon petit neveu. Et d'ailleurs, on ne m'appelle pas Maman Paris pour rien. Tu viens d'arriver et tu dois avoir faim.

- J'ai une faim de loup, s'écria Jean-Baptiste. Et toi?

Je répondis par un sourire qui n'échappa pas à l'attention vigilante de ma tante.

- Les gens du territoire anglais ne sont pas comme nous, lança-t-elle. Ils sont en général beaucoup plus discrets. Il a aussi faim.

Elle fit venir un homme à qui elle demanda de nous mettre à table dans sa propre salle à manger et de nous gaver de nourriture et de boissons. Sur ce point, ma tante nous abandonna pour aller reprendre ses affaires.

- Je m'appelle Christophe Colombe, se présenta le monsieur avant de nous demander de le suivre.

Nous sortîmes complètement du bâtiment avant de nous y réintroduire d'un autre bout par la porte de derrière. Le bâtiment se composait de deux sections, dont la première servait de restaurant et la deuxième d'habitation. C'était dans la section d'habitation que notre explorateur nous conduisit et nous fit asseoir dans la salle à manger.

Il nous abandonna et revint dix minutes plus tard avec un vaste plateau qu'il déposa sur la table à manger devant nous. Sur le plateau, il y avait quatre écuelles, contenant chacune un plat : le riz, les morceaux de viande venant d'une variété d'animaux dans un ragout de légumes, de la salade et les morceaux de baguette. Il y avait dans la salle à manger une grande armoire dans laquelle se trouvaient des assiettes et les couverts. Le monsieur l'ouvrit et en fit sortir deux assiettes, fourchettes, cuillères et couteaux qu'il mit devant nous.

Il disparut et revint quelques minutes plus tard avec des bouteilles de jus qu'il mit sur la table.

- Toutes ces bouteilles c'est pour nous deux?

- Nous n'avons plus plusieurs bouteilles de même goût, essaya-t-il d'expliquer son comportement un peu drôle. Notre camion d'approvisionnement revient de Ngola aujourd'hui et tous nos stocks ont déjà été achetés.

- Si je te pose la question, c'est parce qu'une petite bouteille de Coca Cola me suffit, dis-je en jetant un coup d'œil sur Jean-Baptiste.

- En général, je préfère accompagner mon repas avec une bouteille de vin rouge, lança-t-il en s'emparant d'une bouteille de Coca Cola lui aussi. A défaut de cheval, on peut monter sur un âne, dit-il en tendant la bouteille à Christophe qui l'ouvrit à l'aide d'un décapsuleur.

On venait de terminer notre repas lorsque Christophe, qui nous avait laissé, réapparut pour débarrasser la table. C'est au terme de son travail que ma tante vint nous voir.

- Avez-vous bien mangé? questionna-t-elle. La journée était très chargée aujourd'hui.

- Quand nous sommes arrivés, l'endroit avait plus de gens que le marché, commenta Jean-Baptiste. Les clients sont-ils tous partis?

- Pas tout le monde, mais la nourriture est presque finie, répondit-elle en se frottant les mains.

- Il faut que je m'en aille si je dois assister au spectacle de Zangalewa ce soir, déclara Jean-Baptiste en se mettant debout. Je dois aller chercher mon sac.

- Où sont-ils, vos bagages? demanda ma tante.

- Sous le banc près de la cuisine, répondis-je.

- Ne t'en fait pas, dit-elle. Christophe Colombe va les chercher, continua-t-elle en s'emparant d'une petite cloche au-dessus de l'armoire. Elle commença à la sonner.

Voilà Christophe Colombe qui fit précipitamment son entrée, ses mains tenues sur sa bouche comme s'il s'adressait à un roi.

- Oui Maman Paris, répondit-il, dans une voix calme et obséquieuse.

- Va chercher les bagages de Jean-Baptiste et de Namukong sous le banc près de la cuisine, ordonna-t-elle. As-tu déjà mangé, toi?

- Pas encore, Maman, dit-il en marquant quelque temps comme s'il s'attendait à une nouvelle instruction avant de partir.

- Après avoir apporté les bagages, tu peux aller manger.

- D'accord Maman, merci Maman, dit-il en sortant de la même porte de derrière par laquelle nous nous étions introduits dans cette section du bâtiment.

Dès l'arrivée de Christophe, Jean-Baptiste prit son petit sac, remercia ma tante et promit de revenir le soir. Il se mit en route pour chez lui. Christophe Colombe traversa une porte derrière nous et disparut avec mes bagages.

26

Tu dois prendre un bain pour te rafraichir, me déclara ma tante après le départ de Jean-Baptiste. Suis-moi, pour que je te conduise dans ta chambre à coucher. On aura le temps de parler demain soir.

La salle à manger était liée à son salon par la porte latérale que je viens de mentionner. Une fois que nous traversions la porte, nous débouchions sur ce vaste salon avec des canapés tout autour d'un beau tapis au milieu de la salle. Le plafond était d'une blancheur extraordinaire, avec des chandeliers magnifiques. Sur les murs, tout autour du salon, étaient accrochées de photos de famille encadrées. Celles qui étaient plus impressionnantes se trouvaient sur le manteau de cheminée. Aussitôt que je les vis, je m'y dirigeai pour mieux regarder.

- Je dois regarder un peu les photos, déclarai-je à ma tante qui s'arrêta pour me permettre de satisfaire ma curiosité. Au moment où je regardais, elle s'approcha de moi et commença à me fournir des explications.

- Qui est ce monsieur blanc?

- Ah Levin! s'écria ma tante. Grâce à ce monsieur, je sais que je peux aimer un homme. C'est certain qu'on t'a raconté l'histoire de la famille, tous les problèmes que notre famille a eu avec les autorités coloniales. J'allais faire la prison et peut-être être exécutée. Je me rappelle le premier jour où on m'a traîné dans le bureau de ce monsieur pour que j'explique ce qui s'était passé. J'étais jeune, forte et belle et mes seins pointaient encore à l'horizon. Dès que j'avais traversé le seuil de la porte de son bureau et m'étais retrouvée à l'intérieur, le monsieur me transperçait avec ses yeux bleus. Je peux dire qu'il était complètement envoûté par ma beauté mais je ne le savais pas en ce moment-là. J'étais jeune et j'avais peur. Après avoir demandé à tous ceux qui m'avaient amenés de sortir de son bureau, il a verrouillé la porte. Mon cœur battait très fort, accablée comme j'étais de peur, une grande peur, parce que dans ma tête, j'étais certaine de finir pendue à cause de toutes ces tristes affaires dans lesquelles je m'étais embourbée avec Bante. Tiens, voici Bante dans cette autre petite photo qu'il m'avait discrètement envoyée à partir de chez vous.

- Fais voir Tantine, lui dis-je en m'approchant d'elle pour voir cette rare photo de cet arrière-grand-père dont on parlait tant et que je n'avais jamais vu. Au village de Menda, il se passa tellement de choses que j'ai même oublié de demander à voir les photos familiales.

- Mais il faisait une figure impressionnante, je ne pouvais me résister à commenter. Apparemment c'est à lui que nous devons notre carrure haute et solide.

- Non, c'est mon père, contredit ma tante avant de reprendre son intervention. Si tu me vois en train de tout sacrifier pour quelqu'un, saches que celui-là doit être très spécial, murmura ma tante à propos de son frère. Ses yeux étaient déjà rouges de larmes et elle lança un soupir de nostalgie, me semblait-il.

- Et puis qu'est-ce que monsieur Levin a dit quand tu étais dans son bureau? Je décidai de revenir plutôt sur le monsieur blanc, voyant que la photo de son frère lui apportait de tristes souvenirs.

- Il faut que je te le dise pour que tu connaisses la vérité, mon fils. C'est peut-être toi qui vas rétablir l'histoire de la famille. On ne sait jamais. Après m'avoir inspecté comme un boucher examine un bœuf avant de l'égorger et sans m'informer de la raison de cette convocation dans son bureau, Levin m'a saisi avec une paire de mains si solides qu'on dirait un étau. Il m'a allongé sur sa table sans aucun effort. Il n'a même pas eu le temps de se débarrasser des dossiers qui y étaient posés. C'est ce jour-là que j'ai su qu'en Europe le derrière lit aussi! Je tremblais comme une feuille et lorsqu'il s'est déshabillé, j'ai fondu en larmes.

- Ah mon Dieu! Mais pourquoi pleurais-tu quand on me dit que cette affaire-là est bonne et les Français le font très bien?

- Faire l'amour est une bonne chose, ça c'est bien vrai; et les Français en sont les véritables champions, consentit-elle. Mais quand il fait chaud et qu'un colon dont la virilité se dévoile toute dénuée de moindre déficit, se retrouve nu comme un ver devant une jeune indigène, il y a de quoi avoir peur mon fils.

- Ah oui, j'imagine, l'homme de la Tour Eiffel devient celui de la tour en enfer! m'écriai-je, faisant semblant d'être choqué car l'histoire était séduisante. Et puis? questionnai-je, le visage animé cette fois-ci par un grand sourire.

- Après m'avoir « attablé », le « repas » a commencé.

-Bon appétit Tantine! Vas-y, je t'écoute.

- Il n'y a rien à ajouter petit vicieux de Mayuka! me lança ma grand-tante en riant. Saches juste qu'il me prit pour le tour de France, au point de me faire oublier tous ces préjugés qui faisaient passer les occidentaux pour des impuissants. En vrai étalon, il me visita de l'intérieur sans complexe, comme un vrai légionnaire en terrain conquis que j'étais à la fin.

- Comme un vrai légionnaire! C'est-à-dire?

- Avec virilité, autorité et dextérité.

- Tantine, je te suis, je l'éperonnai pour continuer, car l'histoire s'avérait très salace et je ne disais jamais non à ce genre d'anecdote croustillante.

- On me dit que le régime de travaux forcés était dur! Pas plus que ce que j'ai subi ce premier jour. Il m'a travaillé jusqu'à ce que je le ressente dans ma colonne vertébrale. Il a failli même m'empaler sur sa table! Tu es mon fils et comme je te raconte l'histoire de la famille, je dois t'avouer qu'aucun homme ne m'a jamais pilonné comme ce Français. Même s'il est établi dans nos mœurs qu'un colon peut baiser une femme indigène sans jamais s'en attacher sentimentalement, pour moi, cet acte a eu de bien meilleurs avantages.

- Comment ça?

- Premièrement, je m'attendais à ce qu'il me mette la corde autour du cou; mais il a plutôt préféré la glisser entre mes jambes.

- Ah de bonnes manières françaises! Continue, Tantine.

- Deuxièmement, d'un problème administratif, notre rapport s'est transformé au fur et à mesure en amour et le voilà le père de mon premier bébé, Charlemagne, que tu vois sur l'autre photo devant toi avec son père.

- Tantine, tu t'es rendue très facilement, je dois l'avouer.

- Quoi!

- Il fallait résister à son avance.

- *Rési...*quoi! s'exclama-t-elle en tirant une oreille et en émettant un large sourire. Cet enfant est fou! Soyons quand même réalistes! J'ai tout naturellement obtempéré et je me suis simplement dit, venez prendre papa tant que vous laissez mon cou en paix! Sachant que c'était ma seule chance de survie, je lui ai donné une bonne raison de repasser car un cadavre ne fait pas bien l'amour. Tu es vraiment fou de penser que j'aurais dû résister à un colon, qui se serait facilement transformé en bourreau si je l'avais envoyé balader. Est-ce que tu sais même de quoi tu parles ? Regardons l'affaire dans l'optique d'une simple logique! Si quelqu'un veut mettre les doigts dans tes yeux, je suis certaine que tu vas les protéger en bloquant ses mains.

- Mais, bien sûr! Je ne voyais pas le piège qu'elle me tendait.

- Voilà! Si tu te sers de tes doigts pour protéger tes yeux, pourquoi ne dois-je pas me servir de mes fesses pour protéger ma vie? En plus, cette affaire entre nos jambes ne finit jamais! Ce n'est pas du savon.

- Tu as raison, répondis-je après avoir réfléchi sur la force de cet argument. Elle raisonnait exactement comme son fils, Jean-Pierre. Et je décidai de ne pas insister sur l'angle moral de la rencontre. Est-ce qu'il est encore ici, le Français?

- Non, il est en France, à Paris...ah Paris, la belle!

- Tu entretiens toujours des liens avec lui?

- Il m'écrit de temps en temps et m'envoie de l'argent pour entretenir son fils et ses petits-enfants.

- Mais son fils n'est-il pas déjà grand?

- Si, mais il reste toujours son fils, déclara ma tante. Quand j'étais enceinte de Charlemagne, il m'a fait construire ce bâtiment et m'a aussi donné de l'argent pour me lancer en affaire. C'est à cause de lui qu'on m'appelle Maman Paris.

- Est-ce qu'il avait une femme blanche?

- Non, du moins pas à ce que je sache.

- Pourquoi, il ne t'a pas épousé?

- Il le voulait bien, mais j'avais trop peur de la jalousie des femmes blanches pour aller un jour vivre en France. Je ne voulais pas finir au port un jour, une petite boîte en main, les habits en lambeaux et sans slip parce que certaines femmes blanches enragées étaient à mes trousses. J'ai beaucoup entendu parler de la jalousie des femmes blanches et elle me parait bien cruelle.

- Avec ta corpulence et ta taille, de quelle femme aurais-tu peur?

- Peut-être qu'avoir peur c'est trop dire, mais faut-il vivre en enfer à cause d'un homme, même si c'est celui qu'on aime? Personnellement, je ne le crois pas. Il est condamné à être mien malgré la distance qui nous sépare à cause de son enfant.

- Tu l'aimes encore?

- C'est bien vrai qu'il dérange parfois plus qu'un vieux caleçon mais je l'aime plus que jamais, car par les actes qu'il pose, il a toujours était un homme. Être un homme n'est pas seulement une question de taille du sexe, mon fils! Car si c'est cela, l'homme se verra écarter par un cheval.

- Tu l'aimes et il n'est pas ici. Comment faites-vous alors?

- Mon fils, tu vois, la vie est comme les testicules d'un mouton qui se balancent en avant et en arrière. C'est le bon et le mauvais qui s'alternent. Il faut juste savoir accepter la vie comme elle vient. On supporte, et les souvenirs du bon vieux temps nous y aident.

- Tantine, tu es très profonde et j'apprécie toutes ces histoires que tu me racontes, dis-je en souriant, car ses analogies étaient toujours très riches en couleur, ce qui rendait son discours succulent comme le *kati kati*.

- Ah profonde! C'est ce qu'on me dit souvent, mais c'est la vie, la plus grande philosophe, qui m'a rendu si profonde, dit-elle en souriant. Allons, vas te rendre propre pour ne pas effrayer les jeunes filles qui passent ici de temps en temps!

- Ne dis pas cela, Tantine, je ne connais pas encore une femme.

- Tant que tu as un outil en bas qui travaille, tu vas les connaître, car c'est la malédiction de notre famille, répliqua-t-elle. Allons, allons-y je t'en prie mon bébé, vas te mettre à l'aise.

Nous traversâmes complètement le salon et nous nous trouvâmes dans une autre section composée de chambres à coucher. En face de sa propre chambre qu'elle me montra en éclair, était une autre avec un grand lit et ornée partout de photos de Charlemagne. Sur ces photos, il était tantôt seul, tantôt avec sa mère, tantôt avec son père, et tantôt avec ses frères.

- On dirait que Charlemagne a sa chambre intacte.

- Tous mes cinq enfants ont chacun leur chambre ici, répondit ma tante. Ils sont tous partis, mais je les garde toujours dans mes souvenirs, dans mes prières et leurs âmes sont proches de moi.

- Cela va sans dire, car depuis que je suis ici, cela ne fait aucun doute que tu es une bonne mère.

- Merci, j'essaie de faire de mon mieux. En tout cas, lave-toi et mets-toi à l'aise, car la soirée s'annonce très intéressante avec le spectacle de Zangalewa. Voilà la porte qui mène à la salle de bain et tout y est déjà prêt, m'indiqua-t-elle. La porte en question donnait complètement sur l'extérieur du bâtiment.

- Merci!

J'entrai pour la première fois dans ma chambre. Je me dirigeai vers le coin où Christophe Colombe avait déposé mes bagages. Quelques minutes après, muni d'une serviette, je suivis la porte que ma tante m'avait indiquée et je me retrouvai dans une vaste salle de bain. Il y avait une étagère en béton sur laquelle étaient posés un seau d'eau chaude et un petit panier qui contenait une éponge, un morceau de savon, une pâte dentifrice et une pommade pour oindre le corps.

Je me lavai convenablement. De retour dans ma chambre, je changeai de vêtements et, me sentant revigoré, je vins m'asseoir dans le salon. Je ne me rappelle même pas à quel moment j'avais commencé à dormir. J'étais dans un profond sommeil quand quelqu'un me réveilla. J'ouvris les yeux et c'était Christophe Colombe, envoyé par ma tante de venir me chercher.

- Quelle heure est-il?

Je me frottai les yeux.

- Là-bas, dit-il en m'indiquant du doigt une cloche antique posée sur une petite table qui avait complètement échappé à mon observation.

Il était seize heures et demie.

- Je me sens vraiment fatigué. Il faut que j'aille rapidement me brosser les dents.

- Sans problème, je t'attends ici, répondit notre explorateur comme il commença à faire les va-et-vient, ses mains tenues derrière lui à la manière d'un prêtre dans sa marche matinale.

J'entrai dans ma chambre où je récupérai ma brosse à dents avant d'aller à la salle de bain. Dans le petit panier, je pris le dentifrice et après m'être bien brossé les dents je me rinçai la bouche à l'eau du robinet tout près.

Il était déjà dix-sept heures moins le quart quand nous sortîmes du salon. Après avoir longé un couloir qui liait la section habitée à celle des affaires du grand bâtiment et où il y avait de part et d'autres des magasins, dont certains disposaient de casiers de bouteilles vides empilés les uns sur les autres à l'entrée, nous arrivâmes à une grande porte qui déboucha sur le restaurant-bar.

Pour la soirée qui s'annonçait, la configuration des tables et chaises avait été modifiée. Au centre de la salle, il y avait une petite estrade de fortune dans un espace vide, autour duquel les tables se succédaient en rangées de demi-cercle tel un amphithéâtre. Entre les rangées, on avait gardé une allée qui permettait aux gens de circuler. Derrière chaque rangée de tables se trouvaient des chaises.

Lorsque nous nous introduisîmes dans la salle, nous allâmes tout droit là où ma tante était assise. Elle occupait une grande table à l'extrême droite de la première rangée, pas trop loin de la petite estrade. Elle était en compagnie de deux messieurs en train de boire. Débordante de joie à mon arrivée, elle me fit asseoir à côté d'elle.

- Christophe Colombe, cria-t-elle quand le monsieur m'avait laissé et était déjà sur le point de partir. Va vérifier si les camions sont déjà arrivés de Ngola avec les boissons, ordonna-t-elle.

- Oui, Maman Paris !

Il se dirigea rapidement vers la grande porte d'entrée.

Une fois installé près de ma tante, une serveuse vint me servir une grande bouteille de Coca-Cola et un verre. Ma tante connaissait déjà mon goût et elle avait pris soin de le communiquer à ses serveuses. Après avoir décapsulé la bouteille, elle voulait me servir, mais j'intervins pour le faire moi-même.

- Voici mon neveu qui vient de Mayuka, ma tante me présenta aux deux messieurs qui me tendirent chacun la main. Sur ces entrefaites, elle se retira pour s'assurer que Colombe avait bien rangé les casiers au bar.

- Comment-t-appelles-tu, me demanda le premier monsieur, un colosse aux cheveux gris, mais très bien entretenus.

- Namukong.

- C'est un nom difficile à prononcer, dit-il avant de me demander si c'était le seul nom que j'avais.

- Je m'appelle aussi Benedict.

- Voilà un vrai nom! s'écria-t-il en rigolant. Au moins, c'est facile à prononcer.

- Et comment vous appelez vous messieurs? Je pris le courage à deux mains et leur demandai. Chez nous, un petit n'a pas le droit de demander à un aîné son nom. Mais tout semblait différent ici.

- Je m'appelle Napoléon et mon frère c'est Dupont.

Napoléon avait l'air raffiné et s'habillait de manière impeccable. Lorsqu'il m'adressait la parole, je sentais en lui un bien lettré. Son frère par contre était maigre, très mal habillé, avec les cheveux mal entretenus, le visage ridé lui donnant un aspect plus vieux que son ainé, tout le portrait craché d'un épouvantail de nos champs à Ndobo. Il fumait, buvait et racontait des sornettes laissant bruiner sa salive sur la table devant nous.

- Qu'est-ce qui t'a poussé à venir dans notre pays petit? me demanda ce fameux Dupont.

- Le même sens d'aventure qui anime les jeunes partout dans le monde, répondis-je de manière sereine après avoir vidé mon verre.

Je ne voulais pas prolonger ma discussion avec lui à cause de la nature agressive de la question qu'il venait de me poser. Pendant ce temps, c'était toujours son grand frère qui achetait à boire. Le monsieur me donnait l'impression d'être l'enfant terrible de sa famille. Celui qui n'avait rien fait de bon dans sa vie et devait désormais compter sur son frère aîné pour survivre. Dans mon pays, de tels individus n'incitent rien d'autre que du mépris, surtout quand ils se permettent en plus d'être orgueilleux. A mesure qu'on buvait, la salle se remplissait. Les hommes avec leurs épouses, les jeunes avec leurs copines, les célibataires; enfin les gens apparemment de toutes les couches sociales et professionnelles.

Je regardais avec curiosité tout ce monde, quand quelqu'un s'approcha de moi par derrière et me fit sursauter en me prenant par une épaule. C'était Jean-Baptiste, qui continua sa route. Il allait signaler sa présence à ma tante avant de venir s'asseoir près de moi. Il était habillé comme un prince et souriait au moindre regard posé sur lui.

- Tu t'habilles de cette manière alors que tu n'as même pas une cavalière?

- C'est précisément parce qu'on n'a pas une cavalière qu'on doit s'habiller de cette manière, déclara-t-il avant d'expliquer la logique de sa réponse. Dans un premier temps, l'habillement attire les femmes, mais une fois qu'elles tombent amoureuses d'un homme, celui-là peut même apparaître en public nu, elles s'en fichent.

- Ne vend-t-on pas la nourriture ici le soir?

- Non. As-tu déjà faim? Ici, dans notre ville, les gens tendent à manger chez eux les matins et soirs. S'ils viennent ici à midi, c'est parce qu'ils n'ont pas le temps d'aller préparer à manger avant de reprendre leur travail.

- Donc les soirées sont réservées aux spectacles?

- Parfois, mais c'est le bar qui opère la plupart du temps. Ne vois-tu pas l'orchestre?

- Si je te comprends bien, aujourd'hui est spécial.

- Comme ta tante l'avait précisé.

Il était dix-neuf heures lorsque nous entendîmes un grand bruit en provenance de l'extérieur, suivi de l'afflux de population dans la salle. Quelques minutes après, un homme géant fit son entrée.

- Ancien combattant! Zangalewa!

Ainsi commença ma première nuit à Nde.

27

Hée jibé Zangalewa!
Hée ! répondit la foule.
Hée jibé kap no dei!
- *Hée!*
- *Hée jibé jibé Zangalewa, hée jibé jibé eeh, hée jibé jibé Zangalewa!*

L a foule chantait en chœur. La tonalité était si forte que je me disais que le toit allait s'effondrer.

C'est par cette chanson que l'ancien combattant fit une entrée fracassante chez Maman Paris. Tout droit, du pied jusqu'à la tête, il aurait eu plus d'un mètre quatre-vingt-dix, avec une corpulence bien musclée et solide qui correspondait bien à sa taille. Il portait la tenue de l'armée française et il avait ses cheveux drus et crépus enveloppés dans un béret noir. Sa poitrine, ample et bombée, était arrimée de médailles de toutes sortes qui faisaient des cliquetis lorsqu'il se déplaçait. Au moment où il montait sur l'estrade, les gens brisèrent le silence avec des applaudissements nourris qui fendirent brièvement l'atmosphère.

C'était une présence physique qui commandait instamment le respect. Et ce n'est pas dans cette salle que le contraire s'observa ; alors qu'un silence de tombe s'y abattit peu de temps après son entrée bruyante. Il se dirigea vers une petite table aménagée pour lui seul sur la petite estrade montée au centre de la salle. Perché à cette hauteur, tel un roi sur son trône, il était visible partout dans la salle. Il suivait le petit peuple à son pied.

Maintenant bien installé, l'homme se mit à parler. Il régnait un silence de cimetière dans la salle.

- Qu'est-ce qu'il est ce monsieur, chuchotai-je à l'oreille de Jean-Baptiste.

- Ancien militaire.

- Pas ça car cela se voit!

- Quoi alors?

- Je veux dire ce qu'il est en dehors d'être artiste.

- Moi-même je ne sais pas parce qu'il fait beaucoup de choses et c'est cette polyvalence qui le rend si particulier. Après l'avoir suivi, peut-être que c'est toi qui me donnera une réponse à ta propre question.

- Où est mon instrument de musique? Que la soirée commence! cria le monsieur.

A cette question, un acolyte se leva de la foule déjà installée et s'avança vers lui à pas mesurés. Il tenait cet instrument qui constitue la pièce maîtresse de la musique *magambeu*. C'est le lamellophone, un ancien instrument africain de musique. Assis plutôt à côté de sa table, les jambes croisées, son instrument de musique posé sur son genou, le monsieur était sur le point de commencer son spectacle.

- Pour ceux qui sont dans la salle et qui ne me connaissent pas, je m'appelle Zangalewa et je suis un ancien combattant de l'armée française. Je ne suis pas venu ici aujourd'hui livrer une guerre contre vous. Je suis plutôt venu vous distraire, vous faire rire avec mes contes et ma musique. Notre soirée va débuter avec le *magambeu* bien sûr, mais en le jouant, je vais en même temps vous raconter l'histoire d'une femme qui avait épousé un ivrogne qui l'agressait tous les jours. Alors nous allons faire d'une pierre deux coups afin de vous permettre d'avoir un généreux orgasme.

Pendant que les gens riaient, il s'amusait encore avec les touches de son lamellophone question de bien les régler. Je demandai à Jean-Baptiste si le nom qu'il venait de donner était son vrai nom.

- Il est né Toussaint, me répondit-il.

- Et pourquoi les gens l'appellent Zangalewa?

- Lors de la guerre pour la libération de France, Zangalewa était une chanson populaire, composée et chantée par les Africains dans le but de remonter le moral des troupes avant chaque bataille.

- Et il a adopté cela comme son sobriquet?

- Non, lorsqu'il est revenu de la guerre, il chantait cette chanson souvent et les gens du village ont décidé alors de l'appeler Zangalewa, déclara mon ami juste au moment où les premières notes de cet instrument retentirent dans toute la salle et interrompirent brusquement notre conversation. Etais-je en effet sur le point d'entendre cette musique qui avait tant envoûté Levin? Ah si!

- *Ahaaa! Ahaa! Chaakam!* chanta Zangalewa et puis, accompagné de son instrument musical, sa voix se leva, claire et profonde, et il commença l'histoire de la belle femme qui s'était mariée avec un ivrogne.

- Je ne sais pas ce qui se passe avec les enfants de nos jours, *ahaa! ahaa!*

Les parents et sages du village leur donnent des conseils
Mais ils ne veulent jamais, jamais, les suivre *ahaa! ahaa!*
C'est pour cette raison qu'une jeune fille appelée Zaina
Oui, elle s'appelait Zaina et retenez bien le nom
Car très belle et pleine de promesses comme maman
Avec de gros seins qui regardaient le soleil du midi
Et les fesses rondes qui galopaient à chaque pas
Elle se croyait au-dessus du monde et de tous les conseils
Partout où elle passait au village
Les cris et sifflets d'admiration la poursuivaient
Et cela la rendait très vaniteuse et folle de sa beauté
Tous les prétendants qui voulaient l'épouser
Elle les chassait sous prétexte qu'elle attendait son prince
Malgré les conseils de ses parents de prendre un riche du coin
Un homme si riche qu'il marchait sur l'argent avant d'atteindre son seuil
Mais dans sa folie elle ne le regardait même pas
Sa bouche pleine d'histoires drôles de son prince charmant
Elle ne prêtait plus l'oreille à sa grande sœur à qui elle se fiait
Elle a aussi carrément refusé de suivre les conseils de son amie
Ainsi se prépare l'histoire terrible de notre jeune Zaina
Si triste est-elle cette histoire que je n'ose pas continuer.

La foule suivait avec beaucoup d'attention cette histoire qui constituait la fonte de la chanson *magambeu* que Zangalewa chantait. Lorsqu'il promit de cesser l'histoire à cause de son énorme tristesse, l'audience devint folle.

- Une grande bouteille de vin rouge pour Zangalewa, ordonna la voix limpide d'un monsieur qui s'était mis debout.
- Qui est celui-là, demandai-je à Jean-Baptiste à propos du monsieur qui venait de faire la commande.
- C'est Pierre Beau-Dimanche, le proviseur d'une école locale. Il aime beaucoup les spectacles comme celui-ci parce que cela promeut la culture locale.

A peine le monsieur se fut-il assis qu'une autre voix annonça une autre commande de vin rouge au profit de l'ancien combattant.

- Ce n'est pas normal que je vous raconte une si belle histoire alors que vous buvez sans donner ma part, déclara l'artiste, apparemment satisfait du geste que certains membres de l'assistance venaient de faire. Reprenons donc notre histoire!

Avec cette parole, ses longs et minces doigts commençaient à s'abattre sur les lamelles de son instrument dégageant un air magnifique et sa voix mielleuse reprit.

- Perdue dans ses idées fantaisistes Zaina s'attire trop d'ennuis au village

Et puis, las de sa minauderie, les prétendants cessent de venir

C'est sur ces entrefaites qu'un très beau gaillard arrive au village

Costume très à la mode et nœud de cravate comme une botte de chou

La tête coiffée en citadin et les bottes napoléoniennes

Il avait la bouche pleine d'histoires drôles de ses aventures à Paris

De ses promenades aux Champs Élysées et à la Place de la Concorde

Ainsi que de ses visites dans les provinces et au Château de Versailles

Lorsque Zaina l'entendait parler à travers le nez comme un colon

Ses histoires envoûtantes pleuvant dans ses oreilles comme les grêles

Elle émettait les cris jouissifs et se voyait déjà dans ses bras

Et ayant perdu la raison, elle s'accroche sur lui telle une sangsue

Le traînant devant ses parents, elle proclame avoir trouvé un mari

Alors commença une histoire tonitruante qui retentit dans le village

Quatre mois après l'arrivée de Beau-Séjour

Car c'est ça le nom de ce baroudeur

Zaina se met à cracher partout et à beaucoup dormir

Et les gens du village commencent à badiner les cancans qu'elle est enceinte

Ni l'argent ni la couverture ni la boisson de dot son mari n'a rien donné

La bouche proférant de fausses promesses des biens qui viendront de Paris

Si flagrants étaient ses mensonges que Beau-Séjour devient Papa Paris

C'était la manière dont les gens du village se moquaient de ce charlatan

Car comme partout, dans cette petite contrée, voir c'est croire

Avec son mari Zaina se cantonne dans une vieille maison de son père

Cette honte persiste jusqu'à la naissance de son premier enfant

Comme Papa Paris n'était pas à la hauteur de son rôle en tant que mari

Pour n'avoir pas versé sa dot et parce qu'il avait la bouche pleine de mensonges

C'est le père de Zaina qui baptisa son petit-fils comme le veut la tradition

Il le nomma La Beauté Reste et le Désordre Vient la Troubler

Comme l'enfant de tous les faux parents, celui-ci pleurait toujours

Parce qu'il avait beaucoup d'appétit mais peu de nourriture

Las de ses pleurs Papa Paris commence à rentrer tard toutes les nuits

Il était toujours ivre et lorsque sa femme se plaignait il la battait

Comme Zaina n'avait voulu suivre les conseils de personne
Elle ne savait pas où aller se plaindre
Son mari l'avait eue et il le savait bien et la battait tous les jours
A gauche et à droite, les mêmes histoires se répétaient
Personne ne voulait de Zaina et son enfant qui pleure
Si Zaina était faible devant son mari, elle ne manquait pas d'astuce
Mais ce qu'elle a fait je ne peux pas dire car j'ai soif.

Je ne me rappelais pas combien de temps nous passâmes déjà mais la soirée était ensorcelante. Je n'avais jamais assisté à un événement pareil. Je regardai la porte d'entrée. Il faisait sombre. Un petit vent soufflait et ses rafales pénétraient dans la salle, la rendant fraîche en faisant rapidement dissiper la chaleur.

Pour le temps que Zangalewa avait passé à jouer, il aurait dû être fatigué et, c'est sûr, il devait avoir soif. Mais étant donné qu'il interrompait l'histoire toujours à un paroxysme, il voulait, à mon avis, par ce geste extorquer la boisson de la foule. Il connaissait bien son public et ce qu'il désirait et il misait sur cela pour l'avoir. Dès qu'il avait annoncé l'arrêt, les propositions et les commandes plurent.

Alors que certaines personnes se bousculaient pour lui offrir ce qu'il avait demandé, d'autres émettaient des hypothèses sur la suite de l'histoire sur la base de ce qui avait déjà été révélé. Pendant ce temps, Zangalewa se mouillait tranquillement la gorge du vin rouge qu'il reçut précédemment. L'ancien combattant vida vite son vin et reprit l'histoire triste de Zaina.

- *Ahaa! Ahaa!* Zaina *aah yaa yaa! Hée jibé!"*
- *Yewaa,* cria la foule.
- Après la vie!
- La mort! Vint la réponse de l'audience.
- Dépassée de tourments de son mari, Papa Paris
Qui rentre ivre tous les jours et ne cesse de la battre
Bien qu'il ne donne jamais l'argent des provisions
Zaina décide finalement de réagir face à son mari
Avec le concours de sa grande sœur qui était très forte
Elle allait se venger contre ce mari mensonger et inutile
Biba, la grande sœur, est venu se cacher sous le lit

Afin d'attendre le retour de l'ivrogne, Papa Paris
Tout se passait comme un charme et de retour ivre
Il veut commencer son travail d'agression
Zaina bouscule le poste où se place la lampe
Renversée et éteinte, la maison est tombée dans l'obscurité
Biba sort alors du dessous du lit et se jette sur Papa Paris
Elle le bat très bien et sors discrètement de la maison
C'est alors qu'après s'être aspergée d'eau pour feindre la sueur
Zaina vient rallumer la lampe et se met à menacer son mari
Il avait peur d'être battu encore
Et depuis ce jour c'est Zaina qui porte les pantalons.
Aaaie Zaina, femme têtue et terrible
Aaaie Zaina femme qui abandonne son genre!
Aaaaie Zaina, *Aaaaie* Zana!

Lorsqu'il avait terminé l'histoire de Zaina, la foule s'explosa en applaudissements. Le monsieur continua de jouer son instrument. Il ne chantait plus. La musique était si bonne que beaucoup de gens se mirent debout et commencèrent à danser.

Tout semblait avoir été bien organisé afin de rendre le public heureux et le faire boire autant que possible. Lorsque la danse avait commencé, les serveuses prenaient les commandes partout dans la salle car les gens avaient grand soif. C'est de cette manière que ma tante faisait de l'argent par des soirées pareilles.

Ma tante était rompue dans ses affaires et je ne sais pas si c'était par dessein qu'on avait prolongé la période de danse, car plus les gens dansaient plus ils avaient soif et plus ils avaient soif plus ils voulaient boire. Ainsi, les commandes fusaient. Certaines personnes commençaient déjà à tituber comme ils se déplaçaient dans la salle.

C'est à ce stade que la soirée se transformait en une sorte de mi-conte et mi-point de presse. Je ne sais pas s'il y a un terme spécifique en français pour décrire de pareil phénomène. Peut-être que c'était de permettre aux gens de s'asseoir, faisant ainsi régner l'ordre dans la salle. La musique qui avait repris d'une façon gaie diminuait au fur et à mesure jusqu'à ce qu'il n'y ait plus rien. Zangalewa s'ajusta sur son siège. Il déposa son instrument de musique et remplit son verre et d'une traite le vida. Il secoua la tête comme un coq en train de boire de l'eau par une journée ensoleillée. Ensuite, il se racla la gorge et remplit de nouveau son verre avant de fixer la foule. C'était le signe qu'il était prêt et qu'il voulait du silence.

C'est alors que le nommé Mimboman fit son entrée. Ce Mimboman était apparemment populaire car son entrée était saluée par des applaudissements. Il demanda à Zangalewa de raconter sa participation à la deuxième guerre mondiale. A la suite de cette demande, la salle explosa de rires, comme si cela ne relevait guère de l'exclusivité pour ces gens.

Lorsque le silence fut rétabli dans la salle, Zangalewa prolongea l'attente, comme pour mesurer l'enthousiasme de l'audience. Plus elle attendait, plus elle allait savourer l'histoire quand elle commencerait!

- Tout a commencé un jour lorsque je suis rentré de mon champ et j'ai trouvé notre roi devant ma concession. Sa voix retentit dans la salle après une toux sèche. Il s'arrêta et vida son verre.

- Que s'est-il alors passé? questionna la voix de quelqu'un qui mourait d'envie de suivre l'histoire.

Zangalewa ne se dérangeait pas à cause de l'interruption. Quand il racontait son histoire, il avait tendance à subir ces interventions de manière stoïque, surtout si elles venaient de ceux qui lui achetaient à boire.

Cette fois, l'intervention provenait d'un monsieur qui se rendait seulement au bar afin de boire ce que les autres avaient acheté. Il n'avait jamais dépensé un sou pour faire boire les autres. Et une loi, non écrite, voulait que les parasites se taisent quand les autres parlent.

- Ferme ta grande gueule Kwacha! ordonna Mimboman. Le droit à la parole est réservé à ceux qui, au moins, s'achètent à boire et si tu te permets encore de déranger, je vais te larguer dehors.

Après l'intervention de Mimboman, l'histoire se poursuivit.

- Mon rapport avec le roi, comme vous le savez tous, est celui d'un coq et un cafard, reprit-il l'histoire et les gens rirent, chatouillés par la comparaison. Donc, quand je l'ai vu devant ma porte, je savais qu'il se produirait quelque chose de très mauvais.

- Et alors! cria une voix.

- D'habitude quand il envoyait quelqu'un chez moi c'était pour collecter les impôts, je dis bien : les impôts mes chers frères et sœurs, dit-il en mettant l'accent sur chaque mot. Quand je l'ai vu, je me disais donc que c'était certainement à cause des impôts, cette merde avec laquelle les colons ne nous laissent pas en paix.

- C'est vrai! fusa la voix de Mimboman.

Mimboman aimait la politique. Dans la ville de Nde, tout le monde le connaissait par son engagement politique et sa volonté de voir son pays se libérer du joug colonial. Il avait été arrêté et emprisonné à plusieurs reprises à cause de ses prises de position, ce qui le rendait plutôt de plus en plus farouche.

- En tout cas, j'étais surpris de le voir chez moi, d'autant plus que je m'étais déjà acquitté de mes impôts, tous sans exception. Plus surprenant encore, c'est lorsque je l'ai salué et il n'a pas répondu verbalement mais, m'a plutôt tendu la main. Vous savez que dans notre tradition, dont le roi est supposé être garant, même les ennemis les plus voués doivent toujours s'échanger les mots, car c'est en parlant qu'on amorce souvent les pourparlers de paix. En regardant sa main tendue, je me suis dit que le sorcier entendait m'envoûter en quelque sorte avec un produit spécial qu'il avait appliqué à ses mains. J'ai commencé à trembler comme une feuille.

- C'est sûr que ton cœur battait comme si tu venais d'escalader le mont Fako, intervint une voix. Zangalewa comprit le sens comique de l'intervention et tabla sur cela afin de faire rire davantage.

- Quoi, mon cœur battait fort! Cesse de blaguer petit, car mes couilles s'étaient reculées se cacher dans mon ventre sans même dire au revoir à la queue! C'était terrible, je vous assure.

La foule délirait. En attendant que le calme revienne, il prit son verre et commença à siroter. Le calme revenu, il reprit.

- Finalement, je me suis dit qu'on ne meurt pas deux fois et j'ai saisi sa main avec force et je l'ai bien serrée. En voyant mon petit geste de défi, il s'est mis à rire. Nous tous nous le savons! Depuis que les Français l'ont nommé roi, ce paysan d'antan, porte ce titre sur sa tête comme Jésus-Christ portait sa couronne et il ne nous laisse plus respirer. Donc, si en dépit de nos différends, il se rend chez moi sans motif clair, il va de soi qu'il a anguille sous roche.

- Donne-lui à boire, s'écria Mimboman. Vas-y avec notre conte et dis-nous ce que le salaud avait fait!

- Il s'approche encore plus de moi et me fixe comme un fou. Puis il commence à parler, mais au lieu de me dire directement et franchement la raison de sa visite il se met à raconter des contes à dormir debout. Il ne voulait peut-être pas que je comprenne ce qu'il avait à dire. Cela n'augurait rien de bon. Finalement, sans avoir vraiment amorcé le sujet, il me tendit un bout de papier, comme à son *Nchinda*, son laquais! Puis il me demanda d'écrire tout sur moi : nom, date de naissance, village d'origine et de signer en bas. Comment pouvais-je signer un bout de papier dont j'ignorais le dessein. Voulait-il me piéger? Pourquoi de telles exigences alors qu'on ne s'entendait même pas? J'allais devenir fou à force d'interrogations. Je lui avais demandé pourquoi il voulait tous ces détails sur moi. Au lieu de me donner une réponse, il s'était fâché. Il menaça de m'amener tout directement aux travaux forcés. Ce qui rendit son action encore plus suspicieuse. Mais je me résignai pour ne pas me faire picorer.

« Signe! » s'écria-t-il comme à son esclave lorsque je finis d'écrire toutes les informations qu'il exigeait. J'avais envie de le gifler, mais avec toutes les lois françaises qui protègent un truand comme celui-là, je me suis gardé de le faire.

- Quoi! s'exclama Mimboman. A ta place, j'aurais giflé ce vaurien!

- Ne t'en fais pas, Mimboman, il finira avec nous; quand les Français partiront, c'est par ses couilles que nous le pendrons.

- Alors, qu'a-t-il dit quand tu as signé et lui as remis le papier?

- Il me dit que j'aurai sa réponse sous peu. Voici un roi qui n'aime vraiment pas vivre. Il faut donc essayer de comprendre comment je me sens après son départ. Une semaine passe et il ne me contacte pas. Et puis deux, trois, et finalement un mois. Je commençais déjà à me féliciter. Je me disais que cette canaille s'est présentée chez moi seulement pour me rappeler que c'est lui le roi. J'avais même oublié l'affaire. Un jour, le roi accompagné d'un homme blanc et de ses subalternes se présentèrent devant ma porte. Ils me demandèrent très respectueusement de les suivre sans pour autant me préciser la destination.

- Ah Zangalewa, c'est là que tu as commis une erreur monumentale, dit Mimboman. Tu t'es fait piéger comme un lapin, mon ami. Tu aurais dû refuser de partir avec eux, surtout qu'ils n'avaient pas précisé la destination.

- Qu'est-ce que tu racontes? cria Zangalewa. J'espère que la boisson ne te fait pas des tours. Si j'avais refusé, peut-être que je ne serais pas avec vous aujourd'hui en train de boire mon vin et de vous régaler de toutes ces histoires.

- Où t'ont-ils emmené alors?

- J'étais emmené à un endroit, au bord d'une infinie étendue d'eau, où j'ai trouvé d'autres jeunes de mon âge, tous indigènes. Nous y avons passé quelque temps jusqu'à l'arrivée d'un bateau qui est venu nous transporter en Europe. L'histoire était sur le point d'atteindre un paroxysme et certains gens s'ajustèrent bruyamment sur leurs sièges, question de se mettre à l'aise afin de bien suivre ce qu'il allait dire.

- Donne une bouteille à Zangalewa, mais il ne doit pas parler avant mon retour, annonça un homme qui se leva et se dirigea rapidement vers la toilette.

- Il faut lui dégager la voie sinon il va pisser sur lui-même, déclara Kwacha avec un grand rire.

- Tu peux rire autant que tu veux car cela ne coûte rien, répondit l'homme. Durant son absence, Zangalewa passa son temps à boire. L'homme ressortit bientôt de la toilette et se précipita vers son siège. L'ancien combattant continua.

- Une fois en Europe, on nous a conduit dans un grand camp où on nous a donné des tenues militaires ainsi que des bottes et des képis. Et puis, nous avons commencé l'entraînement, ponctué de cours de propagandes qui nous donnaient les raisons pour lesquelles nous faisons la guerre contre les Allemands. Après notre formation, les Français nous révèleront, à notre grande surprise, que nous avions accepté volontier de participer à cette guerre. Et pour le prouver, ils avaient les papiers que nous avions signés. C'était de la fourberie, bien sûr. Et puis, ils nous ont dit, avec toujours de mauvaise foi, que nous n'étions pas obligés d'aller au front et que nous pouvions rentrer si nous voulions.

- Mais il fallait rentrer, cria Kwacha, et les gens commencèrent à rire.

- Comment est-ce qu'on allait traverser l'océan? demanda Zangalewa. Nous ne connaissions personne en Europe. Nous n'avions ni maison ni famille. Ne parlons pas de l'hiver quand il faisait très froid, si froid que l'eau se transformait parfois en pierre et le sang qui coule dans nos veines et artères menaçait de geler? Si on avait tenté de rebrousser chemin, on nous aurait trouvé certainement morts, tous gelés, car il fallait des habits spéciaux pour l'hiver. Tu vois, ce n'est pas comme ici où il fait du soleil tous les jours.

- Donc, c'est pour les vêtements que tu es resté en Europe? questionna Kwacha tout en sachant que cette remarque allait provoquer la colère.

- Écoute, bois ta boisson gratuite tranquillement et cesse de nuire, s'insurgea Mimboman. Vas-y Zangalewa. Comme tu vois toi-même le vin commence à avoir le dessus sur cet ignare.

- De toute façon, nous sommes allés au front peu après notre formation. J'ai assisté à des choses si terribles que je n'ose pas les décrire. Les hommes déchiquetés par les bombes, les villes entières réduites en cendres, la plupart de leurs habitants tués ou déplacés, les mendiants et j'en passe. C'était terrible! Depuis mon retour je ne peux même pas bien dormir à cause des cauchemars.

- Tu sais que c'est quand tu es venu nous parler de cette guerre que tu nous as décrite comme étant la seconde en très peu de temps que j'ai su que les blancs se livrent si souvent à des attaques les uns contre les autres, éclaira Kwacha.

- Mais oui! répondirent beaucoup des gens qui semblaient avoir été eux-aussi chatouillés par la réaction de Kwacha.

- Les Blancs ont beaucoup de faiblesses que nous autres colonisés nous ignorons; mais je les ai découvertes lors de la guerre. Je sais que beaucoup d'entre vous ne vont pas y croire si je vous dis que j'ai vu un Blanc, prisonnier de guerre, se mettre à genoux et pleurer comme un enfant lorsqu'on lui a botté les fesses avant de le menacer de lui éclater le cerveau. Il avait même pissé dans son pantalon, je m'en souviens maintenant.

- Ah Zangalewa, jusqu'ici j'étais d'accord avec toi, mais là tu as carrément menti! protesta une voix dans la foule. Comment un Blanc peut pisser?

- Oui, quand tu parles comme ça, ça me donne envie de chier dans mes pantalons avec ces histoires des Blancs qui pleurent, des Blancs qui se mettent à genoux et qui pissent, annonça une autre voix en rigolant. L'incrédulité de ces gens aurait été inébranlable par rapport à ces histoires portant sur les Blancs en souffrance, si elles n'avaient pas été racontées par Zangalewa en personne. Est-ce que tu les as vraiment vus en train de pleurer, les larmes coulant des yeux, ou ils faisaient semblant de pleurer? continua la même voix, toujours dans un ton dubitatif.

- Peut-être que Maman Paris peut confirmer ce que je dis, plaisanta Zangalewa et l'audience commença à rire et à applaudir. Elle connaît mieux les Blancs.

- Laisse-moi tranquille avec cette histoire des Blancs qui pissent! s'exclama-t-elle en riant. On te pose une question ; si tu les as vus avec tes propres yeux en train de pleurer?

- Il fallait plutôt demander à Maman Paris si les Blancs éjaculent, s'écria une autre voix dans la foule et tout le monde, y compris Maman Paris, se mit à rire.

Mais la question posée avant les blagues était très sérieuse et Zangalewa y revint une fois le calme restauré.

- Mais oui, je les ai vus de mes propres yeux, les Blancs qui pleurent, qui volent, qui quémandent parce qu'ils n'ont rien; et qui font beaucoup d'autres choses que nous croyons qu'elles n'existent pas chez eux. Avant d'aller à la guerre, j'avais les mêmes avis que certains d'entre vous sur les Blancs. Mais là-bas, j'ai constaté qu'ils sont des êtres humains comme tout le monde, sauf qu'ils ont la peau blanche, c'est tout. Ils sont comme nous. Ils s'affrontent, ils se disputent, ils se battent et ils se rencontrent pour parler la paix. Certains sont courageux, d'autres lâches. Beaucoup d'entre eux sont morts pendant la guerre. Ils pourrissaient sur les champs de bataille. D'autres vagabondaient dans les rues, les habits en lambeaux; tyrannisés par la faim et la soif et ils envahissaient les poubelles afin de trouver de quoi manger. A vrai dire, ils ne sont pas différents de nous, même s'ils passent pour le Dieu tout puissant quand ils sont ici. Comme nous connaissons maintenant la vérité, il ne faut plus que nous soyons dupes.

Beaucoup de gens dans la salle étaient stupéfaits de toutes ces révélations, car elles allaient à l'encontre de l'image que les Blancs avaient soigneusement cultivée depuis leur arrivée dans ce pays. Bien qu'ils crussent en ce que Zangalewa leur disait, ils se demandaient toujours si vraiment les colons étaient des mortels. La toile du doute n'était totalement levée.

- Je suis content que ce soit Zangalewa qui vous dise toutes ces choses. On m'accuse d'avoir la grande gueule quand j'essaie de vous expliquer ces faits-là. Je ne comprends pas pourquoi les êtres mortels comme eux quitteront leur pays et viendront arracher nos terres et nous priver de toutes nos ressources et de tous nos droits, dit Mimboman. Il est grand temps de déclarer la guerre de l'indépendance de notre pays.

- Oui, c'est vrai! déclara Beau Dimanche. Et les gens commencent à le faire déjà.

- Indépendance! Indépendance! miaula Kwacha, apparemment ivre. Quelle heure est-il maintenant? Et il y a du travail demain. Mes chers amis vous vous amusez avec cette affaire de l'indépendance.

- Pour une fois il a raison, affirma Mimboman. Être sérieux commence par de petites choses comme ça, savoir respecter le temps.

Le spectacle était déjà terminé. Quand Zangalewa se leva et annonça son départ, les spectateurs applaudirent à bâton rompu. Ma tante alla lui serrer la main et l'accompagna jusqu'à la porte. Zangalewa avait à la traîne Mimboman, Beau-Dimanche, Kwacha et tous ceux qui avaient en quelque sorte participés à l'animation de la soirée. L'un après l'autre la foule vida ses bouteilles. La majorité des gens titubaient sur la route pour leurs domiciles. Les deux messieurs qui étaient avec ma tante se levèrent eux-aussi, vidèrent leur bouteille et partirent.

La salle se désemplit donc et je vis les serveuses qui commençaient déjà à débarrasser et à nettoyer les tables.

- Je ne sais pas si nous allons nous rencontrer encore aujourd'hui, Jean-Baptiste m'annonça après avoir vidé son verre. Je dois aller au champ très tôt à l'aube. Ensuite, il se leva et avant de partir, il alla remercier ma tante pour la soirée.

Ma tante vint me voir peu après et puis ensemble, nous nous dirigeâmes vers les chambres à coucher. Elle avait l'air fatigué et je ne voulais pas la déranger avec mes préoccupations.

- Bonne nuit et merci beaucoup, Tantine.

- Bonne nuit mon fils, répondit-elle comme elle entra dans sa chambre et ferma la porte derrière elle.

C'était une soirée fascinante. Et le spectacle m'avait donné un mot qui commençait déjà à avoir une résonance toute particulière dans mon esprit : *Indépendance*.

28

L e jour se lève à Nde de la même manière que dans la plupart des villages africains. Les rayons du soleil viennent petit à petit s'imposer en intensité sur la terre rouge et poussiéreuse et ceci à travers la brume matinale.

Les chants des moineaux se font entendre, mêlés de voix des premiers villageois à se lever. Les coups de pilons retentissant au loin signalent que les mamans préparent déjà les petits déjeuners.

Je suivais toutes ces activités, les yeux tournés vers l'une des grandes fenêtres de ma chambre. Cette dernière donnait sur les concessions voisines entourées de caféiers et de bananiers. A l'extérieur, la journée s'annonçait très belle et je me réjouissais à l'idée de sillonner le village et le foyer ancestral.

Je me levai très doucement pour ne pas déranger ma tante qui dormait encore. Je me dirigeai vers la salle de bain. Il faisait frais et je ne voulais pas me laver à l'eau froide. Je me contentai de m'éponger le corps à l'aide d'un bout de la serviette trempée dans l'eau.

Je m'habillai et puis j'allai au salon où je me remis à scruter les photos y accrochées. Peut-être qu'il y avait une histoire cachée quelque part. Après avoir étudié trois ou quatre photos, je vins m'attarder sur une qui attira mon attention parce qu'on pouvait y voir ma tante et ses cinq enfants. De Charlemagne, l'aîné, jusqu'à Jean-Pierre, le benjamin de la famille. Ils étaient tous là. J'étais tellement absorbé par la photo que je n'entendis pas ma tante sortir de sa chambre et s'introduire au salon comme un chat.

- J'aime aussi cette photo-là, annonça sa voix subitement.

Je sursautai.

- Tantine, j'ai failli piquer une crise cardiaque à cause de toi. Bonjour!

- As-tu bien dormi? me demanda-t-elle en riant comme si elle avait voulu m'effrayer. Il faut apprendre à être un homme.

- Si, tantine, j'ai très bien dormi, surtout avec le voyage et la soirée qui m'ont complètement épuisé. Et à propos, la soirée était vraiment formidable. Elle m'a donné une occasion de découvrir notre culture; si riche, si vive.

Elle s'approcha davantage. Elle était encore dans sa robe de nuit et cette robe-là ne cachait rien ou presque. A voir son contour séduisant, il y avait de quoi faire battre le cœur, même celui d'un jeune homme.

Ma tante perçut que j'étais gêné. Elle riait. Une diablesse, ma tante, Makefor.

- Cette photo-là semble t'intéresser. Voilà ma famille, moi et mes enfants. C'est une photo qui me rend si heureuse, même si parfois elle me fait de la peine.

- Je peux imaginer.

- Quand Levin était parti en France, je me suis dit que j'allais m'occuper de mes affaires et de Charlemagne. Après avoir passé quelque temps à flirter avec les hommes, y compris certains colons, je me suis décidée à rester avec un seul homme car je voulais avoir plus d'enfants. C'est alors que le père de mon deuxième enfant, François d'Orléans, est entré dans ma vie. Mais il était terrible. Je l'ai chassé peu de temps après, comme un chien. Je n'avais pas besoin d'un homme qui se comporte en enfant.

- Où est François dans la photo, demandai-je comme mes doigts s'aventuraient sur la vitre protectrice. Volontairement, j'ai évité de lui poser des questions sur le père de François pour ne pas rouvrir les plaies.

- Le voici, répondit-elle en me montrant du doigt un jeune homme souriant en cheveux touffus. Parmi tous mes enfants c'est celui-là le plus intelligent, suivi de Jean-Pierre. Mais contrairement à Jean-Pierre, il est posé et travailleur. Il gère paisiblement ses affaires à Ngola. Il avait été à l'École William Ponty au Sénégal où il a été formé en comptabilité. C'est le père de Charlemagne qui lui a trouvé une bourse d'études.

- Vraiment, depuis que tu me parles de Levin, je tends à croire que c'est un homme très gentil, un ange.

- Avec moi, je l'avoue, mais il pouvait être très méchant. Il est à la fois viveur et intellectuel, deux qualités qui chez un colon peuvent beaucoup changer sa vision et son comportement.

- Et celui-ci? demandai-je, cette fois le doigt posé sur un jeune qui ressemblait beaucoup à ma tante.

- C'est Salomon, celui qui porte le nom de mon frère aîné, Bante. Très peu de gens savent que mon frère s'appelait aussi par ce nom parce que malgré ses combats contre les brimades et les impôts coloniaux, il était chrétien. Il avait adopté le nom d'un roi juif. La bible dit que le roi Salomon était sage.

- Où est-il, je veux dire Salomon?

- Il est avec Charlemagne à Touri.

- Voici Jean-Pierre; mais qui est celui-ci? Je vins finalement à la dernière image de la photo que je ne connaissais pas.

- C'est Didier Champagne qui est avec François à Ngola, répondit-elle avant de changer rapidement de sujet. Depuis que tu es arrivé hier je n'ai pas eu le temps de m'entretenir avec toi. Est-ce que tu me rends visite ou tu comptes rester ici pour toujours? Il y a beaucoup d'opportunités dans notre petite ville, mon fils. Comme tu constates toi-même je suis vieille et mes enfants sont tous partis. Si tu décides de rester, quand je n'aurai plus de force et que tu auras acquis assez d'expérience, je te remettrai la gestion de cette entreprise.

- Merci tantine, mais je suis en route pour Touri. Charlemagne m'a invité à venir demeurer avec lui. Il a envoyé une lettre à mon père par l'entremise d'un voisin qui s'est aventuré dans votre pays.

- Je suis contente de savoir que Charlemagne prend au sérieux ses responsabilités envers les autres membres de notre famille. Quand il était encore ici, je lui parlais constamment de notre famille qui se trouve de l'autre côté de la frontière, car je gardais toujours des contacts discrets avec mon frère aîné jusqu'à sa mort. Je n'ai pas cessé de rester à l'écoute de ses progénitures. J'ai reçu une lettre de ton grand-oncle, Tamajung, il y a peu. Quand ton père est parti s'installer à Ndobo, je me rappelle que son oncle m'en a informé par écrit. Toutes ces informations, je les transmets à mes fils pour qu'ils sachent.

295

- C'est toi la marraine de la famille et tu as le devoir d'encourager l'unité.

- C'est vrai. Aujourd'hui s'annonce très beau et c'est le jour du marché ici, m'annonça-t-elle en passant brusquement à un autre sujet. Nous allons faire un tour au marché, question d'approvisionner le restaurant. Après, nous irons à une destination inconnue pour que je te révèle un secret. Nous ne savons pas ce que l'avenir nous réserve. Tu t'es déjà habillé et me semble être prêt; permets-moi d'en faire autant. De retour du marché, nous allons prendre notre petit déjeuner.

- Je serai ici en train de regarder les photos jusqu'à ton retour.

Ma tante se dirigea dans sa chambre et ferma la porte. Elle y avait sans doute sa salle de bain privée.

Après avoir passé plus d'une heure dans sa chambre, elle se présenta, souriante en une toilette impeccable. Elle était très coquette dans une magnifique robe verte. En plus, elle était bourrée de bijoux comme une femme Peule, ces femmes de la zone sahélienne de Jangaland qu'on dit expertes en bijouterie.

Et elle était femme jusqu'au regard séducteur dans les yeux. Comme toute femme elle cherchait l'admiration de l'homme, même un homme en devenir.

Comment suis-je? me demanda-t-elle en souriant.

- Tantine, je ne veux pas entendre qu'un jeune homme t'a pourchassé avec une bague de fiançailles, répondis-je. Tu es belle à croquer!

- Merci, mon fils, dit-elle toujours avec un grand sourire. Les jeunes d'aujourd'hui sont audacieux. Tu parles comme si tu blagues mais c'est ce qu'ils font. Ils m'ont baratiné à plusieurs reprises, ce qui m'amuse assez.

- Est-ce que nous pouvons partir maintenant? demandai-je.

- Oui, mes gens m'attendent déjà dehors. Allons-y.

Lorsque nous sortîmes de la maison, il y avait une bande bruyante de gaillards devant le restaurant. Ils se turent dès qu'ils nous virent nous approcher.

- Bonjour Maman Paris! lancèrent-ils en chœur, avec révérence.

- Bonjours mes enfants, répondit-elle. Allons-y avant que le marché ne soit envahi par les commerçants en provenance de Ngola, ajouta-t-elle.

Nous nous mîmes en routes. Il faisait encore tôt le matin. L'air était frais. Le marché n'était pas loin. Ce marché de Nde était composé de rangées de huttes et il était caché derrière une forêt d'arbres. Il était divisé en compartiments et chaque compartiment était dédié à un produit spécifique. Nous arrivâmes à la section des produits vivriers. Ma tante acheta des régimes de plantains, des sacs de taros et de pistaches, des gros bidons d'huile de palme, des légumes assortis dans de grands paniers, des épices en grande quantité et beaucoup d'autres choses. Alors que certains des gaillards transportaient ces achats sur la tête au restaurant, les autres nous accompagnèrent à la section où l'on vendait les bestiaux.

Les cochons criaient à tue-tête. On dirait qu'ils sentaient venir la mort. Les bruits n'étaient que les moindres des problèmes. L'endroit dégageait une puanteur terrible. Les crottes et l'urine des animaux mêlées de saletés en décomposition constituaient les plus grands ennemis des yeux et des narines. Les grands camions de Ngola étaient stationnés en plein milieu de marché et certains gaillards s'échinaient à les charger.

Ma tante s'approcha d'un monsieur à la garde d'un troupeau de cochons à vendre.

- Ah, Maffor! s'exclama-t-il en voyant ma tante. L'expression qu'il avait déployée dévoilait l'appartenance de ma tante à la famille royale.

- Tu es déjà au marché?

- Oui, répondit ma tante.

- J'espère que tu vas me donner un bon prix aujourd'hui.

- Mais je te fais toujours des bons prix. Toujours. Et toujours à mes dépens, protesta l'homme. Je fais cette affaire juste pour me garder en forme et aussi parce que la tradition nous défend d'être oisifs. Tu sais que chez nous on dit qu'il y a peu de différence entre un voleur et un paresseux puisque les deux sont des parasites.

- Veux-tu que je croie sincèrement à ce que tu me dis là? demanda ma tante en rigolant. Si tu ne réalisais pas un bénéfice, tu ne serais pas ici.

- Parfois c'est très difficile pour une princesse de comprendre un impécunieux paysan comme moi, dit l'homme en sortant deux noix de kola de sa poche. Il tendit une à ma tante et cassa la sienne en plusieurs quartiers. Il jeta un morceau dans sa bouche et commença à mâcher à grand bruit. Qui me donne un bon vin de palme pour arroser cette kola? Elle est très bonne.

Le vendeur de porc était un colosse, sérieusement ventru, avec une grosse tête posée directement sur son corps sans passer par un cou enfoncé dans les épaules, une apparence physique qui le rapprochait aux bêtes qu'il vendait. A ses côtés se tenaient deux jeunes gens qui lui ressemblaient comme deux gouttes d'eau et à qui il donnait des instructions. Il avait les manières des paysans de cette région; sérieux et amusant à la fois. Toujours souriant, son discours était toujours agrémenté de multiples proverbes.

Après avoir marchandé avec lui pour un gros cochon, ma tante finit par l'acheter. Comme l'animal s'avérait farouche, l'un des valets du vendeur le traîna jusqu'au restaurant. Nous passâmes de la section des cochons, à celle des poulets où ma tante se procura plus d'une vingtaine. Et puis c'était le tour des chèvres et des vaches.

Le porc avait été déjà égorgé avant notre retour à la maison. On venait ajouter les autres animaux qu'on avait achetés. Après avoir donné les instructions à son contremaître, ma tante et moi allâmes dans sa salle à manger où Christophe Colombe était déjà prêt à nous servir le petit déjeuner. Il nous servit des plantains mûrs frits à l'omelette que nous mangeâmes avec appétit.

- Nous pouvons aller maintenant comme c'est la matinée afin de vite rentrer. Aujourd'hui c'est le jour du marché et avant midi, les gens vont commencer à affluer au restaurant et au bar. C'est pendant des journées comme celles-ci que nous réalisons d'énormes bénéfices.

- Est-ce que c'est loin, notre destination?

- Pas plus de deux kilomètres d'ici, répondit ma tante en prenant le devant.

Nous prîmes la direction du marché en suivant un sentier poussiéreux. Nous le contournâmes complètement. Par la suite, nous montâmes une pente qui surplombait le marché et au sommet duquel on pouvait voir la vallée où fourmillait un beau monde.

De l'autre côté, la pente descendait de manière brusque vers un vallon qui s'étendait sur quelques kilomètres, plat et vert. Notre sentier serpentait dans le paysage jusqu'à perte de vue. Nous descendîmes jusqu'au fond du vallon, près du vestige d'une concession en ruines.

- Regarde, me dit ma tante en indiquant les ruines, c'est dans cette concession que Bante et moi sommes nés. Notre mère est morte quand on était encore jeune. Avant de mourir notre père, un polygame avec plusieurs fils, avait laissé un testament dans lequel il a précisé que c'est Bante qui devrait être successeur. La mère de l'un de nos demi-frères appelé Namubah, une femme très ambitieuse, très jalouse et très méchante, s'en va corrompre quelques membres du *Nkouom*, le conseil de Fo, notables à qui revenait le droit de désigner le futur roi à introniser. Le jour de l'arrestation du successeur avant initiation devant précéder l'intronisation, les corrompus ont voulu imposer le demi-frère comme roi, mais les autres membres du *Nkouom* ont résisté. Finalement, le camp de Bante, celui de la vérité a eu raison mais pendant quelque temps une tension régna au sein du royaume, entre les foyers qui se disputaient le trône. La lutte de Bante contre les colons l'a rendu très populaire et Namubah, qui d'ailleurs n'était pas un mauvais garçon, a décidé d'abandonner la partie. Malgré le comportement de sa mère, il voulait respecter la volonté de notre feu père.

- Où est Namubah aujourd'hui?

- Peu après l'affaire de la succession, il a quitté le village pour une destination inconnue. Nous n'avons pas eu de ses nouvelles depuis lors. J'ignore s'il vit encore.

- Bante avait-il une épouse? revins-je sur le sujet de mon arrière-grand-père.

- Si, il venait de se marier avec la fille d'un notable appelé Jiji.

- Et qui était la femme à l'origine des histoires qui ont provoqué sa fuite?

- Il n'avait pas encore versé la totalité du montant de la dot de celle-là, même s'il la réclamait déjà comme sa femme. Lorsqu'elle a commencé à flirter avec le rival qui avait été tué, je lui avais conseillé d'abandonner la femme et de chercher une autre. J'étais prête à lui venir en aide dans la recherche d'une femme à la hauteur de son rang. Têtu comme il était, il n'a pas suivi mes conseils. Cependant, il n'avait pas demandé à ses partisans d'aller tuer son rival, mais plutôt de le châtier correctement. C'était vraiment une affaire très triste qui nous a coûté très chère et je ne veux pas m'en souvenir. Dans le but de protéger mon frère, je m'étais engagée dans une activité qui a laissé une tache indélébile dans ma vie. Ce n'est pas une mince affaire que de vivre avec le souvenir d'avoir tué une personne, un être humain, et je veux carrément oublié cet événement très triste. En ce temps-là on était encore jeune et même folle.

- Je peux comprendre, consentis-je. Laissons alors tomber le sujet du meurtre et consacrons-nous à l'homme lui-même. Ton grand frère n'avait-il pas encore un enfant au moment de son départ?

- Aucun.

- Comment s'appelait sa femme et vit-elle encore?

- Elle s'appelait Abon et elle est morte deux ans après le départ de son mari.

- Pourquoi ne l'a-t-on pas envoyée à Menda avec son mari?

- On ne savait pas que l'affaire allait tourner si mal et c'est par précaution qu'on lui a demandé de fuir. On croyait qu'une fois que la situation se normaliserait on allait le faire revenir. Aujourd'hui, tu sais toi-même ce qui s'est passé.

- En tant que roi, votre père devrait avoir plusieurs femmes.

- C'est exact!

- Où sont-elles?

- Les gens se sont dispersés dans tous les sens après cette affaire. Ils ne voulaient plus s'associer avec nous de peur d'être arrêtés par les autorités françaises.

- Et le trône? demandai-je sachant bien qu'il avait été confisqué par les autorités coloniales et remis à Gabriel Théophile Fapo, leur marionnette et le grand-père du roi actuel.

Mais, je me disais qu'il pourrait y avoir un peu plus de détails que j'ignorais.

- Tu n'as peut-être pas suivi ce qui a été dit hier soir lors du spectacle de Zangalewa à propos de celui qui est au trône maintenant.

- Si, je l'ai suivi, mais je me dis qu'il peut y avoir certains détails que j'ignore.

- Comme mon frère se montrait intransigeant, les autorités lui ont arraché le trône et l'ont remis à Gabriel, un homme de caractère faible qu'elles pouvaient facilement manipuler. Son petit-fils, qui est au trône maintenant, mène la même politique vis-à-vis des autorités coloniales.

- Merci Tantine pour cette sortie qui est très enrichissante et qui me permet de mieux comprendre l'histoire de notre famille.

- Au cas où il y a des choses sur lesquelles tu veux des éclaircissements, il faut en parler à Charlemagne qui s'est bien informé sur l'histoire de notre famille.

- Je vais le faire, Tantine.

- Quand est-ce que tu entends partir?

- Si j'ai passé une semaine ici, c'est pour mieux connaître la famille.

- Tu es sage, mon fils, et je suis heureux de te voir.

- Merci tantine, mais je dois te dire que si tu as le temps, il faut visiter Menda et Ndobo. Cela est un devoir pour toi maintenant en tant que marraine de la famille.

- L'idée d'aller leur rendre visite m'est venue à l'esprit depuis que je t'ai vu. Je suis maintenant plus que déterminée à le faire. C'est seulement la paresse qui m'en empêche si non la distance est courte, très courte même.

- Il faudra le faire, à tout prix.

29

J'avais déjà passé une semaine chez ma tante. Durant cette période, je m'étais bien renseigné sur ma famille. J'avais profité de mon séjour pour parcourir et découvrir aussi ce village ancestral avec le concours de Jean-Baptiste. Ma tante me fournit l'argent de poche et les frais de transport la veille de mon départ pour Touri. En même temps, elle me remit une longue liste de gens à joindre en cas de besoins. Et, bien entendu, il n'y avait pas n'importe qui sur cette liste. Ma prochaine destination se trouvait à une centaine de kilomètres de Nde. C'est le village de Lafia, une contrée qui, à l'époque, n'avait pas de plantations de café ni de cacao. La route qui menait vers Lafia était seulement praticable pendant la saison sèche. Il fallait des voitures robustes pour s'y aventurer. De peur d'accidents et de détériorations rapides de leurs véhicules, les opérateurs du transport en commun ne voulaient pas déployer leurs voitures sur une route aussi mauvaise. La plupart des voyages sur cette voie se faisaient alors à pieds ou sur les dos d'ânes. Je tends à croire maintenant que c'est à cause de ce manque de produits d'exportation que les autorités coloniales n'avaient pas entretenu cette route qui menait à Lafia. Je n'arrivais pas à bien dormir, troublé comme j'étais par le souci de parcourir cent kilomètres à pieds, mes bagages sur la tête en plus.

Toutefois, ma tante m'avait réservé une belle surprise qu'elle dévoila le jour de mon départ. Elle se réveilla la première afin de me faire le petit déjeuner. Elle m'avait aussi préparé un paquet de poulet et de plantains mûrs bien frits pour m'alimenter en cours de route. Je portais une tenue et un chapeau ndobo commode pour la marche que j'envisageais. La tenue était ample et légère, faite de coton. Elle n'avait pas de manches. Je n'avais pas encore fini de manger que nous entendions le roulement d'une voiture à l'extérieur.

- Ah, il est déjà là! s'écria ma tante.

Elle se leva et se dirigea vers la porte.

- Qui?

- C'est une surprise. Elle marqua un petit temps sur le seuil avant de disparaître.

Je l'entendais s'entretenir avec quelqu'un avant de revenir dans la salle à manger. Elle entra, entraînant Napoléon, l'un de deux messieurs qui s'étaient assis avec elle lors de la soirée du spectacle.

- Bonjour monsieur Napoléon.

Je me levai brusquement comme un militaire.

- Ah tu te souviens encore de mon nom! C'est vraiment gentil. Il avait la main tendue vers moi, peut-être impressionné par ma politesse.

Je lui serrai la main et nous nous assîmes ensuite. Je l'invitai alors à prendre le petit déjeuner avec moi.

- Merci, j'ai déjà pris le petit déjeuner avant de venir fiston.

J'étais toujours dans le noir à propos de la surprise. Christophe Colombe arriva et ma tante lui ordonna de porter mes bagages. Nous sortîmes du bâtiment et nous tînmes devant le restaurant-bar. C'est là que ma tante me fit comprendre pour la première fois qu'elle s'était arrangée avec Napoléon pour qu'il m'emmène en voiture.

Quelle joie! Mes bagages étaient déjà dans la voiture. Ma tante me serra très fort. Je constatai qu'elle avait les yeux trempés de larmes. Elle aurait aimé que je reste avec elle, du moins c'est ce que j'en déduisais. Ses larmes coulaient maintenant comme une rivière. Je vins encore l'embrasser et puis, sortant un mouchoir de ma poche, j'essuyai ses larmes.

- Ah tantine, tu ne peux pas pleurer comme si c'est Levin qui part !

Elle éclata de rire.

- Tu sais que je ne pars pas pour toujours et si Dieu le veut je reviendrai un jour te rendre visite, peut-être avec ma femme et mes enfants.

- Vas-y et ne fais pas trop attendre Napoléon. Elle m'indiquait la portière déjà ouverte de la voiture.

J'entrai et me mis à côté de Napoléon. Quand la voiture démarra, je sortis la tête afin de saluer une dernière fois cette arrière-grand-tante si chaleureuse et gentille que je connaissais désormais.

La route était très accidentée et le voyage s'avérait difficile ; mais la camionnette de Napoléon était à la hauteur de tous les obstacles.

- Qu'est-ce que tu comptes faire à Touri? me demanda Napoléon en cours de route. Ta tante me dit qu'elle croyait que tu es venu rester avec elle et elle se réjouissait déjà du fait qu'il y ait un membre de la famille à qui elle allait remettre la gestion de son entreprise.

- Elle m'a parlé de cela. J'étais séduit par cette offre, mais c'est son fils, Charlemagne, qui a demandé à mon père de m'envoyer. Il veut me lancer en affaires ou m'envoyer à l'école. C'est moi qui prends la décision.

- Tu as de la chance car les deux opportunités sont bonnes. Mais si tu ne tiens pas à aller à l'école, l'option de gérer le restaurant me semble plus intéressante, car, comme dit le vieil adage, un oiseau en main vaut deux en brousse.

- Merci de vos conseils monsieur Napoléon, mais je tiens vraiment à aller à l'école. C'est une promesse que j'ai faite à ma mère avant qu'elle ne me laisse partir. Je compte un jour aller en Europe poursuivre mes études.

- Qu'est-ce tu entends étudier en Europe?

- Soit la comptabilité soit le génie civil.

- Tous les deux sont de bons choix. Je suis agronome et j'ai été formé à Paris…ah Paris, la belle!

- Je ne croyais pas que j'allais trouver en chair et en os un indigène formé dans ce domaine, bégayai-je en regardant avec admiration le monsieur.

- Si tu es décidé, tu deviendras agronome un jour. J'aime ton esprit de détermination, mais aussi ton respect de la tradition.

- Merci! lui dis-je avant de passer à un autre sujet. Pourquoi cette route est-elle négligée alors que notre région produit beaucoup de café et de vivres?

- Les colons n'ont pas besoin de cette route pour acheminer les produits vers le port à Ngola. Il y a la grande route qui lie directement notre région à la capitale. Elle est souvent entretenue. En général, ils n'entretiennent que les routes rentables sur le plan économique.

Nous arrivâmes à Lafia vers treize heures. Le monsieur me déposa devant une petite boutique. Il me donna un peu d'argent pour m'acheter à manger avant de continuer sa route vers un chantier. Je décidai de découvrir la ville de Lafia en laissant mes bagages chez le boutiquier.

J'avais beaucoup entendu parler de cette petite ville. Bien que faisant partie de l'Équateur, Lafia se trouvait à la lisière de Magwa avec lequel elle avait beaucoup en commun sur les plans de la culture et de la géographie.

Honnêtement j'étais déçu par Lafia. Il n'y avait pas de routes et la brousse avait pratiquement avalé la ville. Située dans une vallée, elle était plus ou moins vaste. Elle comptait une pléthore de huttes en pailles et quelques maisons en tôles ondulées. De petits champs de manioc étaient dispersés un peu partout aux alentours de la ville. Des allées se faufilaient entre les rangées de maisons et il y avait une petite avenue : longue, couverte de poussière et d'ordures, et flanquée de quelques petites boutiques sur ce que nous pouvions appeler marché. Un grand bâtiment blanc et impressionnant, où flottait le drapeau français, trônait au sommet de la montagne qui surplombait la ville. J'appris plus tard que c'était la résidence de l'adjoint de l'administrateur. La présence d'un édifice aussi magnifique à côté des taudis où régnaient pauvreté et maladie en disait long sur les disparités qui existaient entre colons et colonisés.

Je m'arrêtai devant une hutte dont le propriétaire était vautré sur une natte sur sa petite véranda comme une lézarde morte. Il faisait semblant de dormir et lorsque j'annonçai ma présence par une toux, il ouvrit timidement les yeux.

- Salut monsieur, s'il vous plaît, est-ce que vous pouvez me donner de l'eau à boire?

Sans prononcer un mot, il dodelina de la tête et se leva avec beaucoup de peine. Quand il se mit debout, je constatai que c'était un gaillard bien musclé. Pourquoi n'était-il pas au champ? Partout la savane s'étendait à perte de vue, exposée à l'enfer tropicale et sa couverture végétale réduite en grande partie à de l'herbe sèche. Au lieu de se coucher sur leurs vérandas à ne rien faire, les jeunes de l'âge de ce monsieur ne pouvaient-ils pas y établir une plantation de café afin de faire de l'argent? C'était la meilleure manière de lutter contre la pauvreté, non? Comment vivaient-ils, les habitants d'ici, autrement que sur le manioc qu'ils cultivaient? Se contentaient-ils seulement de dormir alors que les autres s'échinaient dans les champs ailleurs en Jangaland? Et les gens parlaient de l'indépendance! Kwacha avait vraiment raison.

J'étais plongé dans ces pensées quand le monsieur sortit de son domicile avec une petite calebasse d'eau et un récipient en bois.

- Merci beaucoup.

Il me remit le récipient dans lequel il commença tout de suite à vider le contenu de la calebasse.

Le récipient plein, je me mis à boire à grande gorgée. L'eau était rafraîchissante et je l'avalai en émettant des bruits gutturaux, ce qui semblait amuser le monsieur. Quand j'eus terminé, je voulus lui rendre son récipient lorsqu'il me demanda si j'en avais déjà assez.

- J'avais grand soif mais j'en ai déjà assez, merci.

- Cela se voit, répliqua l'homme. Il se tourna vers son domicile.

Je me mis alors en route pour la petite boutique. Je trouvai le boutiquier seul, assis sur un banc devant son établissement. Il régnait une chaleur d'enfer et il gardait son petit visage froncé. La fatigue et l'ennui l'obligent!

- Où est-ce que je peux prendre une voiture à destination de Kwem?

- Vraiment, tu es chanceux parce qu'il n'y a qu'un seul bus qui vient ici et c'est seulement de temps en temps; parfois on passe plus de trois ou quatre jours sans même le voir, révéla-t-il, une mine sérieuse. Au bout de cette avenue, il y a un bus stationné qu'on est en train de charger.

- Est-ce que la route qui mène à Kwem est bonne?

- Elle est praticable, du moins elle permet à cette voiture monstrueuse de se déplacer.

- Pourquoi entretient-on la route qui lie Lafia à Kwem, mais pas celle vers Nde?

- Moi, je ne comprends pas les colons, mais je pense que c'est parce que l'adjoint de l'administrateur a choisi de vivre ici bien que son bureau soit à Kwem, répondit-il en jetant un coup d'œil sur le sommet où se trouvait la maison de l'adjoint de l'administrateur. Il y va de temps à autre traiter les dossiers.

- Ta réponse est logique et il faut que je m'en aille afin de ne pas rater le bus. Merci d'avoir gardé mes bagages et tu peux acheter de quoi manger avec cet argent. Tiens !

- Merci, dit-il. Il sauta sauvagement sur le billet que je lui tendais. Il n'en croyait pas à ses yeux. Merci beaucoup et si tu as des difficultés avec tes bagages je peux t'aider, continua-t-il en enfonçant le pourboire dans sa poche.

- De rien. Il faut que je m'habitue à me débrouiller tout seul. Ah l'argent !

Mes deux bagages posés sur la tête, je me dirigeai vers l'endroit indiqué. Je trouvai un monde assourdissant attroupé près d'une vieille voiture. Les passagers se bousculaient devant un homme géant qui avait en main un cahier de bord dans lequel il écrivait les noms de ceux qui lui avaient versé leur frais de transport. Pour attirer son attention, ceux qui n'avaient pas encore payé criaient à tue-tête et lui tendaient les billets dans la figure. Leur bousculade semblait avoir donné une carrure à l'homme qui se prenait déjà très au sérieux. Il avait un regard impérieux et dédaigneux. Quand un passager l'importunait déjà trop, il prenait son argent, de peur peut-être d'être renversé. Il y avait deux autres messieurs, l'un en haut de la voiture et l'autre par terre, qui apparemment était le Moto-boy. Celui en haut de la voiture, à qui on passait les bagages, était un bavard qui proférait un flot d'obscénités. Les passagers n'appréciaient pas son langage ; cependant, ils n'osaient pas exprimer verbalement leur mécontentement afin d'éviter toute humiliation de la part de ce primitif.

Je n'avais pas besoin de bousculer les gens, car la voiture était grande et il y avait de la place pour nous tous. Je me mettais donc à l'écart de la mêlée. Après une quinzaine de minutes passées à observer ces gens gigoter devant le monsieur au cahier, il ne restait plus que quelques femmes devant lui. Alors je m'approchai. Il m'avait déjà aperçu, me semble-t-il, même si tout ce temps il feignait d'être trop occupé. Je pense que c'était ma tenue traditionnelle qui aurait retenu son attention. Peut-être aussi le fait d'avoir évité la foule.

- Tu dois venir de très loin, me dit-il quand j'arrivai devant lui.

- Oui, de très loin. Je viens de Mayuka.

- Cela se voit, déclara-t-il.

- Comment ça?

- Les gens d'ici ne s'habillent pas comme toi, expliqua le monsieur avec une admiration certaine. Ils préfèrent s'habiller en Européen, c'est-à-dire en chemise et culotte ou pantalon, agrémentée parfois d'une cravate. Même s'il faut dépenser les économies faites pendant des mois pour acheter ces tenues d'apparat.

- Chez nous, c'est tout le contraire car il faut aussi préserver la culture de notre société.

- C'est bien de garder notre culture. De toute façon, où vas-tu?

- A Touri.

- A Touri! s'exclama-t-il, choqué sûrement par la distance de ma destination. Christ bat le briquet et Satan fume sa pipe! C'est le fond du monde.

- C'est ce que tout le monde me dit, mais je n'ai jamais été là-bas.

- Qu'est-ce qui t'amène alors là-bas?

- Je rends visite à un frère qui y demeure.

- A Kwem, tu vas prendre le train.

- Ce sera ma première fois de prendre un train et l'idée m'excite.

- Je comprends. Sans te mentir, je l'ai déjà vu mais je ne l'ai jamais pris.

Lorsque le monsieur avait achevé de vendre les billets, il ordonna aux deux autres messieurs qui chargeaient la voiture de compléter leur tâche, ce qu'ils firent immédiatement. Ensuite, l'un d'eux, accroché à la portière, demanda aux passagers qui avaient trouvé refuge dans quelques bars environnants pendant le chargement des bagages, de monter à bord. Ceux-ci se précipitèrent dans l'engin. Le chauffeur fit un tour d'inspection de la voiture pour déterminer si le travail avait été bien fait. Satisfait, il se rendit dans sa cabine et démarra la voiture.

Nous voilà en route. Elle était bien entretenue et la voiture roulait à toute vitesse. Nous arrivâmes à Kwem vers vingt-deux heures, ayant passé beaucoup de temps en route à décharger certains passagers et à charger d'autres pris en chemin.

Il faisait déjà noir et les rues non éclairées étaient désertes. Du moins, à ce que je sache car il y régnait du silence. Kwem était nettement mieux construite que Lafia, peut-être parce que c'était une capitale sous-départementale. C'était ma première impression de cette ville. Les logements étaient plus modernes et les rues assez larges et propres. Je ne savais pas où aller. Je me contentais de regarder les passagers qui s'emparaient de leurs bagages afin de se mettre en direction de leurs domiciles.

Je décidai d'en parler au chauffeur qui passait son temps à fumer des cigarettes en attendant le départ de ses passagers. Le chauffeur me conseilla d'aller passer la nuit à la gare.

- Le train à destination de Touri quittera demain matin, mais il y a toujours beaucoup de monde à la gare, me dit-il.

Puisque j'étais fatigué, je m'adossai à sa voiture, question de reprendre des forces avant de me rendre à la gare. C'est en ce moment que le chauffeur me relança avec une autre question :

- Dis-moi mon ami, de quel côté de Mayuka viens-tu ? Tu sais j'ai beaucoup voyagé dans ce pays et même jusqu'à certaines villes de Mayuka.

- Je viens de Ndobo.

- Ah, Ndobo ! Je connais bien Ndobo. J'étais là-bas il y a peu avec un homme d'affaires de Ngola qui voulait acheter des cochons et des chèvres. Mais ces gens-là sont de grands planteurs et nous y avions acheté des produits vivriers à très bas prix.

- Et toi, tu es d'où?

- Je viens de Nde.

- De Nde ? C'est mon village ancestral. Mes aïeux sont partis de Nde avant de s'établir en Mayuka. Mon arrière-grand-tante vit encore là-bas. Elle a le plus grand restaurant du coin.

- Qui? Maman Paris!

- C'est ma tantine, affirmai-je en riant. Donc tu la connais?

- La connaître! Qui dans ce village ne la connaît pas ? Avant d'aller apprendre la conduite, j'ai travaillé dans son restaurant. C'est une femme très gentille même si elle a également un caractère viril tel un homme.

- Tu la connais bien et c'est son fils que je m'en vais voir à Touri.

- Quel fils, celui qu'elle a eu avec le Blanc?

- Oui, c'est celui-là! Il s'appelle Charlemagne.

- Je m'en souviens maintenant. Mais tu es bien car il est très gentil.

- Il m'a invité à venir habiter avec lui afin de chercher ma voie dans la vie.

- Tu es chanceux et si tu es aussi sage tel que tu parais, tu feras fortune.

- Je compte plutôt aller à l'école s'il me le permet.

- Il va beaucoup t'aider, crois-le-moi, car je connais bien la famille de Maman Paris.

- Comment t'appelles-tu?

- Nicolas Clemenceau.

- Et toi?

- Benedict Namukong.

- Na…Namu…Combien!

- Mukong!

- Seigneur, sauvez-nous des indigènes! s'exclama-t-il en riant à gorge déployée. Ton nom peut remplir une marmite!

- Trouves-tu mon nom cocasse?

- Au départ c'était ton habillement et maintenant c'est ton nom. Ton nom risque de te hisser ou de t'enterrer, surtout ici où tout le monde se veut Européen.

- Oui, j'ai senti que mon nom dérange. En commençant par ma tante jusqu'à toi, un chauffeur, lamentai-je. Que représentent les noms que tu portes?

- Peut-être rien! Penses-tu qu'on affiche des manières européennes ici? me demanda-t-il en riant. Plus tu avances vers ta destination, plus cette tendance se renforce. A Touri, l'affaire n'est pas seulement limitée aux noms; tout le monde veut aller vivre à Paris…ah Paris, la belle!

- En tout cas, il faut que je m'en aille. J'ai envie de voir un train pour la toute première fois de ma vie. Peux-tu, s'il te plait, m'indiquer où se trouve la gare?

- C'est un peu loin d'ici et je ne te recommande pas de parcourir les rues seul dans l'obscurité, avec les bagages en plus.

- Pourquoi? On va m'agresser?

- Cela n'arrive pas souvent ici mais on ne sait jamais, cautionna l'homme. Tu vois, lorsqu'une ville à une gare ferroviaire, les choses changent. Ses habitants deviennent de plus en plus malhonnêtes. Je peux t'emmener passer la nuit chez moi mais ton train risque de te délaisser car il part de très bonne heure. Hmmm, en tout cas, jette tes bagages dans la voiture ! Je te dépose à la gare avant d'aller la garer, c'est bien mieux ainsi.

Nicolas Clemenceau m'emmena à la gare. Quand il me déposa, je pénétrai le bâtiment principal par une grande porte d'entrée et je me retrouvai dans un vestibule étendu où régnait l'atmosphère d'un bazar. Les marchandises, les bagages et les voyageurs étaient éparpillés en désordre. Il y avait beaucoup de bancs installés le long des murs et ces bancs servaient déjà de lits pour certains voyageurs visiblement fatigués. Ceux qui n'arrivaient pas à supporter les positions grotesques qu'imposait le banc, dormaient à même le sol.

La chaleur était étouffante. Elle mettait les gens très mal à l'aise. Certains faisaient des va-et-vient, question de trouver de l'air frais qui n'existait pratiquement pas. Drôle de choses, malgré cette chaleur, il y avait certaines personnes en costume et en cravate qui lisaient des journaux. C'était ces parvenus, ces indigènes qui se croyaient déjà des Blancs. Ceux-là faisaient partie en quelque sorte de l'élite indigène de la ville.

Je trouvai un banc inoccupé sur lequel je m'assis, mes bagages posés tout près de moi. J'avais chaud et j'avais faim. Je me sentais sale et fatigué. Alors, j'allai m'acheter de la boisson dans un petit bar à côté avant de regagner mon siège. Je me rappelai que ma tante m'avait préparé du poulet et des plantains. Je me jetai dessus comme un lion affamé. La nourriture était très succulente, épicée juste comme il faut.

Quand j'eus fini de manger, je tentai de dormir mais en vain. La chaleur et les bruits s'avéraient indomptables. Il ne m'était jusque-là pas venu l'idée d'acheter mon billet afin d'éviter les bousculades du matin. Ce n'est que quand je vis un monsieur qui venait d'arriver, se présenter immédiatement à l'unique guichet de la gare, que ma curiosité fut éveillée. Je constatai que c'était à cet endroit que se vendaient les billets de voyage. Cela changeait tout pour moi qui croyait que les choses s'y passeraient comme avec les voitures ; que le cheminot s'occuperait de nous vendre les tickets à l'embarquement, une fois le train entré en gare. Je me levai et m'y approchai pour m'en procurer un.

Chemin faisant, une carte collée au mur attira mon attention. Elle montrait les réseaux routiers et ferroviaires du département. C'est là que je me rendis compte que la ligne ferroviaire qui allait à Touri s'étendait jusqu'à Ngola. Une fois mon billet acheté, je retournai m'asseoir afin de suivre les démenés de la gare. Soudain, un bruit me parvint comme si c'était dans un rêve et puis je me réveillai en sursaut. J'étais en train de dormir.

Les gens se dirigeaient vers une porte ouverte qui menait au quai. Je jetai un coup d'œil sur la grande horloge au mur et il était cinq heures. De toute évidence, le train était déjà arrivé quand je dormais. Comment me mettre en rang avec mes bagages? C'est alors qu'un jeune homme vint à mon secours.

- Je m'appelle Jéricho Baguette.

Je l'appréciais du fait qu'il ait sacrifié sa position sur le rang afin de me venir en aide.

- Je m'appelle Namukong, répondis-je en lui serrant la main qu'il m'avait tendue. Je croyais rêver.

- Bon, Numéro-Un, tu t'empares d'un bagage et moi je prends l'autre et nous pouvons aller nous aligner comme les autres.

Jéricho Baguette prononçait très mal mon nom. Il allait de « Numéro-Un » à « Ndamukum. »

- Le train partira dans une heure, mais c'est maintenant qu'il faut s'embarquer si on veut avoir un siège. Au cas contraire, on risque de rester debout tout au long du voyage. En voyant tes yeux injectés de sang, j'ai l'impression que tu as passé une nuit blanche et tu dois être fatigué. Il te faut donc un siège pour pouvoir te reposer un peu en route.

- Tu es très gentil, lui dis-je en suivant son conseil.

La queue avançait rapidement et bientôt nous étions sur le quai. Jéricho monta en premier dans le wagon et me demanda de lui envoyer les bagages qu'il déposa sur deux sièges. C'était mon tour de m'embarquer. Après avoir mis les bagages dans les porte-bagages en haut, nous nous assîmes et nous nous mîmes à suivre l'activité autour de nous.

Notre wagon était vieux, mais il disposait de lumière. En plus, nous étions installés près de la fenêtre afin de nous rafraîchir de bouffées d'air qui entraient. Nous pouvions aussi nous régaler de ce qui se passait à l'extérieur, surtout quand le train serait en marche.

- Où vas-tu? me demanda Jéricho.
- A Touri.
- C'est loin, mais tu vas y arriver avant midi le lendemain.
- Peut-être pas aussi long selon l'horaire.
- Il ne faut pas se fier à cela, me conseilla-t-il. Parfois, le train peut passer des jours sur place à cause d'un déraillement ou d'une panne quelconque.
- En tout cas, ce n'est pas grave, car voilà plus d'une semaine que je suis en route.
- Tu es déjà un voyageur aguerri!
- Mais oui!
- D'où viens-tu? demanda-t-il. Ton accent me donne à penser que tu n'es pas d'ici.
- Mon accent me trahit partout. Tu as bien deviné car je ne suis effectivement pas d'ici. Je suis de Mayuka.
- C'est loin. Mais qu'est-ce qui t'amène à Touri?
- Mon oncle vit là-bas et il m'a invité.

Les passagers arrivèrent et bientôt il n'y avait plus de sièges ni même d'espace dans les porte-bagages. Au lieu de fournir des wagons supplémentaires, la direction du chemin de fer demanda plutôt à ces passagers de se débrouiller. Ne trouvant pas de places, ils se tinrent debout dans le petit couloir entre les rangées de sièges. Quel encombrement! Il y avait déjà tout ce qui pouvait rendre la vie intolérable aux passagers. Des gros sacs de farine de manioc par ci, dont la puanteur rendait la respiration difficile, des moutons par-là, qui aspergeaient le plancher d'urine et de crottes. Ces bêtes bêlaient continuellement pour, sans doute, exprimer leur mécontentement d'avoir été privées d'eau et de nourriture et d'avoir été mises ensemble avec les hommes qui allaient les égorger et les dévorer bientôt. Enfin, il y avait les marchandises arrangées à tout casser, des paniers de poissons et de viande boucanés; sans oublier les ballots d'habits d'occasion et tant d'autres choses.

Je me demandais comment j'allais surmonter ces obstacles-là, s'il fallait me rendre aux toilettes, quand un coup de sifflet annonça le départ du train. Très lentement l'immense mille-pattes de fer s'ébranla. Petit à petit, il quitta la gare. Le voyage pour Touri venait d'être amorcé.

30

L e train avait quitté la gare de Kwem à six heures pile. Il traversait les hameaux et les villages à grand bruit. Le vacarme causé par son approche attirait les villageois qui venaient nombreux se mettre à côté de la voie ferroviaire afin de célébrer le passage de cette grande merveille de « chenille en fer ».

Le soleil se leva sous peu, et, petit à petit, il se transformait en une boule dorée qui devenait infernale avec la progression de la journée, par la chaleur qu'elle dégageait. Dans le wagon, les conséquences se ressentaient partout. Certains passagers, torses nues, s'éventaient avec frénésie à l'aide d'un cahier ou d'un journal. D'autres, habitués à ce genre de conditions d'incandescence et d'insalubrité, conversaient, s'amusaient et vomissaient des rires comme si de rien n'était.

Une vieille dame était assise non loin de nous. La pauvre avait les yeux exsangues, signes visibles de l'enfer qu'elle éprouvait ; elle semblait avoir été drainée de toutes ses forces et de sa sève. Cette bonne femme évoquait plus encore l'apparence d'un zombie, raison pour laquelle elle était tenue en respect par ses voisins. De temps à autre, tout nonchalamment, elle écartait sa bouche édentée largement et bâillait d'ennuis et de fatigue. Avec les poussières qui flottaient partout, aggravant une situation déjà terrible, la vieille dame éternuait constamment, dégageant une pluie de salive et évidemment de microbes. Ailleurs, les enfants qui n'arrivaient pas à supporter la chaleur commençaient à pleurer. Leurs mamans les imbibaient dans le but de les soulager. Mais c'était peine perdue.

Je respirais avec beaucoup de difficultés. Je me serrais aussi le nez à l'aide de mes doigts afin d'éviter la puanteur et la poussière. J'avais envie de vomir. Les conditions s'amélioraient un peu avec la bouffée d'air qui pénétrait par les fenêtres de notre wagon mais pas assez pour nous mettre à l'aise. Le train s'engagea maintenant dans une région où il y avait des grands arbres équatoriaux dont les feuillages épais formaient une canopée qui bloquait les rayons solaires et baissaient la température.

Subitement, le train ralentissait avec un grincement étourdissant. Puis l'engin s'arrêta. Je me demandais si on était arrivé à une gare. Je pouvais clairement voir un quai en béton armé à une cinquantaine de mètres devant. Une foule s'y était attroupée le long du train. Aussitôt ce dernier avait ralenti dans cette gare, que la foule se rua vers les wagons passagers. A mon étonnement, les plus vifs dans la foule semblaient être les voyageurs qui portaient leurs bagages sur la tête. Ceux-ci, à coups de coudes administrés tous azimuts, se rendant ainsi l'objet des injures comme ils se frayèrent un chemin jusqu'à la porte du train. Ils tenaient les autres maintenant en respect jusqu'à la descente de quelques passagers. Après la sortie du dernier passager, ils projetèrent leurs sacs et valises dans les wagons en criant des adieux à des parents encore sur le quai. Ils plongèrent promptement dans le train avec la tête ou presque.

Jéricho Baguette me fit comprendre que parmi ces gens regroupés sur le quai, il n'y avait pas que des voyageurs ni des vendeurs de fruits ni membres proches de familles venus accompagner quelqu'un, mais plutôt des filous; des aventuriers et des garnements villageois de toutes trempes. Ces malfrats étaient toujours parmi les premières vagues à envahir les fenêtres du train. Et ils n'étaient pas là pour répondre aux besoins des passagers penchés au dehors à la recherche de quoi manger. La seule chose qui les gardait là-bas c'était le désir de s'adonner à leur vol à la tire.

Les vendeurs légitimes, dont la présence s'annonçait de loin par leurs marchandises, se bousculaient auprès des fenêtres où les plus forts d'entre eux profitaient pour se tailler la part du lion du marché. Ils avaient pignon sur rue. Ces vendeurs criaient à haute voix et ainsi, se livraient à un concours publicitaire non déclaré. Ils vantaient les mérites de leurs produits, surtout la nourriture. Les produits étaient étalés sur des plateaux qu'ils tenaient en haut pour les rapprocher des passagers attroupés aux fenêtres. Exhibé sur ces plateaux étaient des morceaux de cannes à sucre, des papayes et des ananas qui avaient été pelés, découpés, et gardés dans les emballages en plastique. Il y avait également de la nourriture préparée dont l'arôme faisait couler la salive. Des tangerines, des mangues, des oranges, des pamplemousses, des noix de coco, des avocats tendres et autres fruits tropicaux étaient coquettement tassés et invitaient au festin.

Je m'approchai de la fenêtre où un vendeur géant tenait son plateau au-dessus de la tête d'une petite dame. Bien qu'elle fût à l'avant avec ses fruits soulevés autant qu'elle pouvait, elle était éclipsée et son marché volé par le malabar derrière elle. Elle tentait de l'écarter mais il était trop grand et trop fort. Frustrée, elle se lança dans une prise de bec avec son concurrent qui ne faisait que rire.

- Pourquoi ne tiens-tu pas compte de mon point de vue? Es-tu si insensible?

Le gaillard se cambra pour regarder la pauvre dame dans ses yeux.

- Comment insensible, parce que je ne tiens pas compte de ton point de vue! s'exclama-t-il en riant. Je préfère mon point de vue.

Ceux qui suivaient les deux commencèrent à rire aux éclats.

N'étant pas adepte de la loi du plus fort, je m'approvisionnai en achetant à la fois au gaillard et à la dame. Je voulais donner de l'argent avant de récupérer les fruits quand Jéricho se leva brusquement et m'arrêta la main.

- Il risque de fuir avec ton argent, surtout que c'est un billet. Attends que je te donne de la monnaie. Cela te permettra de verser le montant exact au même moment que tu prends tes fruits. Voilà comment les choses se font ici parce que ces gens-ci ne sont pas aussi innocents que tu le crois. Il y a certains qui ont vécu dans de grandes villes et en ont rapporté des mauvaises habitudes ici.

- Mais on est au village ici !

- Tu as raison, mais ce village n'est pas comme les autres. Il a un train.

- Moi, je ne comprends pas pourquoi certains de ces habitants veulent plutôt devenir escamoteurs avec toutes les opportunités que leur offrent la voie ferrée et cette gare.

- Ils sont paresseux, c'est tout.

Bien que notre wagon fût plein à craquer, chargé qu'il était, d'autres voyageurs arrivaient avec davantage de bestiaux et de sacs de vivres. Je cassai une noix de coco que je venais d'acheter et après avoir avalé son lait, je donnai un morceau à Jéricho qui avait aussi accepté de partager le reste de mon poulet et plantains avec moi. Malgré l'insalubrité de notre wagon, nous mangeâmes goulûment car nous avions faim.

Vint enfin le sifflet du départ et le train commença à avancer lentement. Il accéléra peu à peu et, bientôt, la gare était très loin derrière nous. Le train s'enfonçait de plus bel dans la forêt vierge et dense. Les bruits de la locomotive ainsi que ceux émanant des secousses des wagons faisaient trembler la flore. Ces perturbations semaient la panique partout. Les oiseaux et les singes se retiraient dans les plus hautes branches des arbres.

Ici et là, un essaim de papillons multicolores s'envolaient à l'approche de la machine. Sous l'impact de la bouffée d'air que le train venait de provoquer, ils volaient avec grande difficulté. D'autres étaient carrément entraînés par la rafale. Je me régalai de toutes ces choses car je ne m'étais jamais aventuré dans une forêt aussi dense. Cela suffisait pour me faire oublier un instant, le nauséeux capharnaüm dans lequel j'étais enveloppé à bord de ce train.

Le train déboucha sur une clairière de plus de cinq kilomètres où certains travailleurs construisaient un autre chemin de fer. Bien qu'ils fussent grands de taille, la plupart d'entre eux avaient l'air encore mineure, le visage juvénile. Ils devraient être normalement chez eux avec leurs parents en train d'apprendre un métier ou d'aller à l'école. Lorsque Jéricho les vit, il baissa la tête et lança un soupir.

- Qu'est-ce qu'il y a? lui demandai-je.

- *Njongmasi!* s'exclama-t-il en crachant par la fenêtre. Ce sont des travaux forcés, m'expliqua-t-il en me montrant ses mains dures et cicatrisées. Ces salauds m'avaient pris. J'ai travaillé pendant six mois sans salaire.

Mon cousin Jean-Pierre me parlait des travaux forcés, mais ce que je vis, contrasta radicalement avec ce que j'avais à l'esprit.

- Fais-moi comprendre quelque chose, lui demandai-je en examinant ses mains avec stupéfaction. Veux-tu me dire que ces jeunes travailleurs ne seront même pas payés?

- Si tu appelles deux doigts de bananes argent, c'est ce qu'ils auront comme rémunération, répondit Jéricho d'un air sarcastique qui ne cachait pas sa colère. On paie le singe avec de la banane, non !

- Comment font les autorités pour parvenir à enrôler autant d'enfants?

- Ils passent par les chefs locaux qui sont, pour la plupart, plus brutaux que les colons.

- Mais pourquoi les habitants ne se révoltent-ils pas contre les rois?

- Tu ne comprends pas, mon ami! Les vrais rois qui luttent pour les intérêts de la population locale sont écartés en faveur de ces parasites; des collaborateurs, défenseurs des intérêts étrangers. A travers la corruption et le règne de la terreur, ils parviennent à tenir la population en respect.

- Pourquoi ces villageois ne se sauvent-ils pas?

- Se sauver pour aller où? questionna-t-il l'air un peu surpris. Voici leur pays. Il y en a ceux qui sont partis pour les pays voisins, mais il s'agit là d'une infime minorité chanceuse d'avoir des familles d'accueil ou des amis dans ces pays-là.

- Oui, mais il y en a beaucoup dans mon pays.

- Voilà! s'écria-t-il. Mais si on les prend en train de fuir, ils écopent d'une peine de prison de deux ans durant laquelle on les fouette constamment avec une chicotte faite de peau d'hippopotame tannée. Et ils finissent toujours dans les travaux forcés.

- A leur place, je m'installerais dans une partie du pays où il n'y a pas l'emprise de l'administration coloniale.

- Ils ne le veulent pas pour beaucoup de raisons.

- Lesquelles ? demandai-je l'air surpris.

- D'abord, il faut reprendre la vie à zéro, parfois dans des conditions pénibles. Dans le régime de travaux forcés, le canton d'un individu peut compter, mais pas toujours car la plupart de ces gens que tu viens de voir n'habitent même pas cette région. Et, bien que la construction du chemin de fer et de la route soit la principale raison de l'institution de ce régime d'enfer, elle n'est pas la seule. Beaucoup des gens ainsi enrôlés finissent par travailler dans les plantations privées des Européens qu'on trouve éparpillées un peu partout dans le pays.

- Comment les gens peuvent-ils quitter leur pays, venir chez nous, nous priver de nos terres et nous obliger à labourer dans ces conditions atroces? Jéricho se rendit compte que je m'étais fâché, mais il ne savait pas comment me calmer. Il se disait peut-être que mes critiques étaient basées en grande partie sur l'ignorance des réalités qui existaient dans son pays.

Nous n'avions pas encore achevé nos discussions sur l'exploitation coloniale lorsqu'une agitation commença à l'entrée de notre wagon. Un homme qui ressemblait au monsieur qui avait vérifié mon billet engueulait certains passagers. Il leur reprochait d'avoir mis leurs bagages sur son passage.

- Pourquoi se fâche-t-il? Pour un wagon destiné à cinquante passagers, les autorités mettent plus de cent, y compris des bagages et marchandises. Cela va sans dire que le passage sera encombré. Normalement, il devrait y avoir un wagon pour les marchandises.

- Je suis entièrement d'accord avec toi. Au départ, il y avait un wagon destiné aux marchandises et bagages mais lorsque les gens ont commencé à perdre leurs biens, le plus souvent volés par ceux qui devaient en assurer la protection, les voyageurs ont alors décidé d'embarquer avec tout ce qu'ils avaient, même si c'est un éléphant. Il y a beaucoup de choses qui se passent que nous ne voyons pas, parce que pour faire entrer toutes ces grosses marchandises et les animaux que tu vois là, l'argent a dû changer des mains.

Son intervention me fit rire, surtout parce qu'il n'arrivait toujours pas à bien prononcer mon nom. Il disait maintenant « Nn'damukome »

Après s'être faufilé entre les obstacles, le contrôleur se trouva finalement face à face avec Jéricho. Il ne répondit pas lorsque ce dernier lui souhaita bonne journée. Avec cette impolitesse manifestée envers mon voisin, mêlée de celle qui n'avait pas échappé à mon attention lorsqu'il s'adressait aux passagers, je formulai tout de suite une opinion sur l'homme. Même n'ayant aucun lien direct, dans mon esprit le comportement du contrôleur venait s'ajouter à d'autres incidents tel le triste sort des jeunes subjugués aux travaux forcés, une imposition des autorités avec le concours des rois indigènes égoïstes et aliénés. Sans le savoir, les germes de rébellion venaient d'être semés dans mon esprit. J'étais dans cet état d'esprit quand le monsieur se présenta devant moi.

- Hey petit, cesse de rêver! D'où viens-tu?

Ses attitudes hautaines et discourtoises n'avaient pas du tout diminué. Il évoquait ceux à qui le pouvoir n'était qu'une arme de brimade.

Bien que je fusse conscient de sa présence et son attention, je ne le regardai même pas quand il vint se tenir devant moi. Ainsi, en réagissant à sa question, je donnai à penser que c'était l'écho de sa voix qui m'avait éveillé.

- Est-ce que vous me parlez monsieur? je lui demandai poliment.

- D'où viens-tu, je répète?

Il reprit sa question en me fixant comme un lion prêt à bondir sur une antilope. Cette fois le ton de sa voix, plein de mépris, d'autorité et de menace, me fit comprendre que j'avais un petit problème à régler.

En me basant sur la manière dont Jéricho lui avait parlé et le comportement peureux des gens à qui il avait si mal adressé la parole, je savais que l'homme avait tendance à semer la terreur.

Plutôt que de suivre l'attitude de mon voisin et de m'exposer à ses injures, je décidai de ramer à contre-courant. A un rythme très lent et avec chaque mot bien prononcé, les gestes calculés à le rendre fou de colère, je répondis à sa question

- Mayuka, le pays voisin, je lui répondis enfin après l'avoir fait attendre pendant quelques secondes. Mon comportement avait pour but de le réduire à néant. Le monsieur n'aimait pas le retard accusé par ma réponse. Mais il était moins bête que je le croyais. Ceux qui cultivent les tendances tyranniques savent très bien prévoir le défi. Rien qu'en me regardant, il avait vu l'entêtement et la haine, deux éléments principaux dans le cocktail destiné à mettre fin aux ambitions des tyranneaux de pacotille. Il changea de tactique pour dissimuler sa faiblesse et préserver sa réputation face à ce défi.

- Mayuka! s'exclama-t-il à haute voix en me miaulant. Ce petit vient de Mayuka. Y a-t-il quelqu'un dans ce train qui connaît où se situe ce pays? demanda-t-il en s'écriant à fendre l'oreille. Certains passagers se mettaient à rire. Ils ne s'étaient même pas calmés quand le monsieur lança son coup de grâce.

- Dis-moi petit. Il se courba afin de me regarder directement en face. Avant de venir ici, avais-tu vu quelque chose auparavant comme ce train?

- Non monsieur, nous n'en avons pas chez nous, mais si nous devrions l'avoir, il ne serait pas aussi insalubre et mal entretenu comme celui-ci. Et de surcroît, les débiles comme toi ne seraient jamais embauchés pour passer leur temps à ridiculiser et à engueuler les passagers. Regarde toi-même, monsieur le contrôleur, regarde comment le wagon est sale! Il pue et tu oses afficher tes manières « civilisées » devant moi. Comment des êtres humains peuvent-ils vivre comme les animaux? Et pourtant toi, tu marches et tu agis ici comme un babouin mâle. Tu veux tout piétiner sur ton passage. Pourquoi n'as-tu pas démontré ton complexe de supériorité devant les pauvres villageois en rendant agréable le wagon? Si tu tiens à devenir un Français, il faut agir comme un Français.

Ma réaction était descendue comme la foudre sur le wagon. Elle provoqua un silence de tombe. Même en dépit des bruits et agitations du train, on aurait entendu une mouche en vol.

Lorsque je parlais, le contrôleur ne m'avait pas interrompu. La douche était trop froide. Comme je m'y attendais, il était bien fâché. Sa vision du monde ne lui permettait pas d'encaisser tant d'injures d'un jeune primitif ayant l'âge de son dernier né; un indigène qui n'arrivait même pas à s'inspirer de la « mission civilisatrice » des Français.

Mais, si la première fois il s'était subtilement débarrassé d'une situation qui allait mettre sa réputation en jeu, pas cette fois-ci. Il avait provoqué un incident dont les dénouements décideraient si à l'avenir les passagers auraient encore peur de lui. Face donc à mon impolitesse, il fit quelques pas en arrière pour bien réfléchir, et puis me fixa pendant quelques moments.

- Mais voyons, sais-tu que je peux te faire éjecter de ce train? fit-il alors que le wagon entier le suivait minutieusement et s'attendait à une réaction musclée. Si décevant était la riposte que les murmures parcoururent la foule.

- Vas-y monsieur le contrôleur, au lieu de faire la grande gueule! je le mis au défi. Les menaces verbales ne sont pas les morsures d'un serpent! Je continuai à son plus grand chagrin de le défier.

Le contrôleur commença à transpirer à grosses gouttes. C'était évident pour tout le monde qui suivait la dispute qu'il était sur la défensive. Il n'était pas à la hauteur de la confrontation qu'il avait lui-même déclenchée. Les passagers avaient cru que la balance penchait trop en sa faveur; mais voyant que les choses prenaient plutôt l'allure de la fameuse confrontation David-Goliath, ils s'ajustèrent nerveusement sur leurs sièges. Ayant échoué de se servir de son arme habituelle d'intimidation, il voulait faire peser le poids de son pouvoir en tant que contrôleur.

- Montre-moi ton billet au lieu de faire la grande gueule. Peut-être que tu n'as même pas le droit d'embarquer dans ce train, déclara-t-il sur un ton moqueur. Il croyait que les passagers allaient rire comme avant. Mais nul ne trouva cela drôle, aucun rire.

- Le voici, criai-je en lui donnant le billet. C'est tout ce que tu peux imaginer!

- Prends, dit-il en jetant le billet sur le plancher après avoir lu mon nom. Et il faut apprendre à bien prononcer les mots en français, ajouta-t-il en me tournant le dos.

- Si tu es obsédé de parler le français de Paris afin de montrer que tu es civilisé, c'est ton problème. Je ne suis pas du même état d'esprit. Pour moi, c'est une langue étrangère que j'apprends pour ma culture personnelle. Je pense que tu n'as pas eu de problèmes à converser avec moi.

- Toi, tu vas finir très mal, me prévint-il en s'éloignant.

- Toi, avec tes menaces qui n'aboutissent à rien!

Jéricho attendit jusqu'à la disparition du contrôleur avant de me prévenir. Il avait l'air pétrifié. C'était évident qu'il n'avait jamais vu quelqu'un parler à ce monsieur sur ce ton.

- Écoute mon cher ami, ce monde est complètement différent de celui que tu viens de quitter. Ce monsieur prépare déjà sa demande pour se faire accepter comme citoyen français. La position qu'il occupe dans la société ferroviaire est normalement réservée aux Blancs. J'ai même appris qu'il a été à Paris. Il ne mange plus les macabos chez lui et il ne boit plus le vin de palme. C'est un assimilé.

- Qu'est-ce qu'un assimilé, lui demandai-je.

- Cela veut dire qu'il s'est fait totalement intégrer dans la culture française et il peut même épouser une parisienne.

- Et c'est pour cela qu'il veut fouler aux pieds les droits des gens? Qu'est-ce qu'il a appris de la culture française quand il ne comprend même pas le concept de liberté, d'égalité et de fraternité? La culture qu'il prétend avoir apprise ne se limite pas au vin, à la baguette et à une visite à Paris, mon cher ami! Il y a plus, bien plus!

- Je sais qu'il y a bien plus, mais je te préviens seulement de faire attention car je suis certain qu'il a retenu ton nom, continua Jéricho avec son sermon. Et il a beaucoup d'amis hauts placés. Il est capable de te faire du mal.

- Je m'en fous de lui et de ses amis! m'exclamai-je. S'il peut me faire du mal pourquoi a-t-il alors abandonné la partie? Hein, dis-le-moi! Que vaut la vie sans dignité? Je ne respecte pas ceux qui méprisent les autres, même si la conséquence en est la mort. En tout cas, si tu crains la mort cela te regarde car c'est le destin incontournable de tout le monde, sans exception.

- Ce monsieur n'as pas fini avec toi, continua-t-il à sermonner. Tu vois, c'est à lui que les Blancs s'adressent, surtout lorsqu'il s'agit d'une affaire concernant les indigènes. Personne ne lui adresse la parole sur le ton que tu viens d'employer.

- Qu'est-ce qu'un monsieur comme lui connaît sur les indigènes pour qu'on le consulte comme un oracle? Ne vois-tu pas le mépris absolu avec lequel il vous traite ? Et pourquoi donc! Parce qu'un colon l'a désigné porte-parole des Noirs? Est-ce qu'il n'y a pas un porte-parole dans la république des rats? Cessons quand même de nous ridiculiser devant le monde!

- Le monsieur-là va te faire payer mon cher ami, Jéricho maintint sa rengaine qui ne me signifiait rien.

- En faisant quoi Jéricho! m'exclamai-je. Je comprends maintenant pourquoi tu lui parles comme si tu t'adresses au Dieu tout puissant lui-même. Tout le monde a peur de lui parce qu'il est l'ami de l'administrateur, parce qu'il est contrôleur, parce qu'il est assimilé et parce qu'il a été à Paris...ah Paris, la belle! Soyons quand même sérieux! Tu penses que c'est en faisant les salamalecs devant ce monsieur que tu attires son respect? Je ne le crois pas!

Le train commença à ralentir, ce qui mit fin à notre conversation. Je regardai par la fenêtre et je pouvais voir une autre gare.

- Comment s'appelle ce village?
- Montori.
- Mais il est coquet.
- C'est mon village et je descends ici, me dit Jéricho fièrement en se levant et en souriant comme il se débrouillait à prendre son petit sac. Toi, il faut faire attention. Je suis d'accord avec tout ce que tu m'as dit, mais il ne faut pas oublier que si le révolutionnaire meurt, la révolution risque de subir aussi le même sort.
- Je vais essayer de retenir ce conseil. Je te remercie de m'avoir aidé et tenu bonne compagnie, lui rétorquai-je comme il se précipita pour atteindre la porte du wagon avant le départ du train.

Jéricho Baguette se tint sur le quai pour me fixer, le visage illuminé par un grand sourire d'amitié. Malgré nos points de vue opposés, qui rendaient plus vive notre conversation, il était toujours de bonne humeur. Il émettait un petit sourire quand j'avançais des propos qu'il considérait dangereux.

Le temps qu'il avait passé aux travaux forcés semblait l'avoir traumatisé. Il évitait tout incident qui aurait mis l'administration à ses trousses.

Le train ne demeura pas longtemps à Montori. Bientôt, il se mit de nouveau à rouler. C'était tard la nuit quand il arriva à Touri. A son arrêt complet, je restais assis, comme figé sur mon siège. Je regardais les passagers déjà debout et alignés dans le couloir. Ils avançaient lentement vers la porte de sortie. Après le dernier passager, je me levai brusquement, je fis descendre rapidement mes bagages et m'alignai aussi. Bien qu'ils fussent encombrants, mes bagages n'étaient pas lourds. L'un posé sur ma tête et traînant l'autre avec difficulté derrière moi, je suivais la queue jusqu'à la descente. La queue avançait toujours dans un autre couloir qui menait à une petite salle à l'entrée de laquelle se tenait un autre contrôleur de billets. Personne ne vint à ma rencontre, parce que je n'avais pas prévenu Charlemagne de la date de mon arrivée.

31

J'étais dans le petit vestibule de la gare. Je me reposais un peu avant de commencer à me renseigner sur Charlemagne. Un monsieur en me voyant assis seul après le départ des autres passagers, m'accosta. Apparemment, il travaillait à la société de chemins de fer car il portait un manteau kaki semblable à celui des employés des autres gares où nous étions passés.

- Tu dois avoir besoin d'aide jeune homme.

- Si, merci monsieur! Je suis nouveau à Touri et je suis à la recherche de mon cousin. Il est un homme d'affaires et il s'appelle Charlemagne.

- Ah Charlemagne, tout le monde le connaît dans notre petite ville! s'exclama le monsieur. Il n'habite pas très loin d'ici, mais tu auras besoin d'être accompagné.

- Mes bagages ne sont pas aussi lourds qu'ils apparaissent, déclarai-je en soulevant sans peine ma valise. Je peux les porter sur la tête sans trop de difficulté.

- Par mesure de précaution, il faudra que tu sois accompagné. Les agressions sont rares ici, mais on ne sait jamais.

Après ce conseil, le monsieur m'abandonna à mon sort. Il croyait peut-être que j'allais rester jusqu'à l'aube avant de me rendre chez mon cousin.

C'était un conseil que je voulais suivre, mais au bout de quelque temps, je me sentais très fatigué. Je m'approchai du monsieur qui était recroquevillé dans un petit bureau.

- S'il vous plaît monsieur, si vous pouvez m'indiquer la direction, je suis prêt à risquer, lui dis-je. Je suis très fatigué et je dois me reposer.

- Si c'est ce que tu veux, répondit le monsieur qui venait de se réveiller d'un petit sommeil. Quand tu sors de ce bâtiment par l'entrée principale, commença-t-il en me montrant une porte, tu tournes à droite et tu continues dans l'avenue jusqu'au premier carrefour. Tu prends la droite encore. Après une cinquantaine de mètres, tu verras un grand bâtiment en béton sur la gauche. C'est ta destination.

- Ce n'est pas loin, me semble-t-il. Merci beaucoup monsieur !

- Il n'y a pas de quoi et bonne chance!

Je portai mes deux bagages sur la tête et après avoir souhaité bonne nuit au monsieur, je suivis les directives qu'il venait de me donner. Le domicile de Charlemagne n'était pas difficile à repérer et je l'approchai brusquement. Je voyais de la lumière et j'entendis la voix d'une personne à l'intérieur. Je déposai mes charges par terres avant de frapper à la porte.

- Qui va là? demanda une voix féminine.

- C'est moi Namukong, le cousin de Charlemagne, répondis-je après une brève hésitation. C'est à ce moment qu'une voix masculine se fit entendre par la suite, suivis de bruits de pas qui devenaient de plus en plus audibles.

- Qui va là? demanda la voix de l'homme d'un ton autoritaire. A cet instant, je commençai à me demander si Yenika n'avait pas falsifié la lettre qu'il avait présentée à mon père. Ce qui serait absurde puisqu'il ne s'en était pas servi pour nous extorquer de l'argent. Pas comme Jean-Pierre qui prétendait que sa lettre avait été écrite par ma tante, parce qu'il voulait dissimuler les traces de certaines de ses activités. Avec toutes ces idées en tête, je répondis.

- Je suis Namukong ton cousin de Mayuka que…

- Il est déjà ici, mon cousin à qui j'ai envoyé une lettre? Il est déjà venu, continua-t-il pendant qu'il se battait pour déverrouiller la porte.

La porte s'ouvrit et je me trouvai face à face avec un homme géant et grisonnant, la quarantaine bien sonnée. Beau et souriant, il me fit entrer, m'embrassa et me conduisit à une chaise dans la pièce centrale de la maison. Il revint récupérer mes bagages qui étaient encore à l'extérieur puis, il ferma la porte.

- Enfin, je me retrouve chez le grand Charlemagne connu partout, depuis Mayuka jusqu'à Touri, plaisantai-je avant de passer à un sujet un peu frivole. Vous dormez à quelle heure ici?

- D'habitude nous dormons tôt, me répondit-il avant de présenter son épouse qui se tenait cachée derrière lui lors de notre brève rencontre. Voici ma femme Mirabelle Notre-Dame.

- Enchanté de faire votre connaissance, madame, je me levai et lui serrai la main.

La femme était très belle. La fille d'un chef du quartier local, son père voulait l'envoyer suivre ses études en France, mais elle portait déjà l'enfant de Charlemagne. Après la naissance de leur premier fils, Pompidou, mon cousin décida de l'épouser et depuis, le couple avait eu deux autres garçons, Guizot Levin et Molière Beaumarché.

- Je n'étais pas très sûr que le jeune homme allât remettre ma lettre à ton père en main propre, déclara-t-il. C'est l'un de mes employés, ce jeune homme-là. Il est intègre, et il s'applique avec assiduité à tout ce que je lui demande de faire. C'est pour cela que je l'aime de tout mon cœur.

- Oui, il nous a dit qu'il travaillait dans ta boucherie et qu'il y avait beaucoup de gens de Mayuka ici qui entretiennent tes champs de cacao et de café.

- Ils sont formidables les gens de chez vous. Sans eux, nous, les gérants des plantations privées n'aurions pas de main-d'œuvre. Nous serions obligés d'embaucher les travailleurs d'une administration qui impose les travaux forcés. C'est dangereux d'encourager l'injustice pour des gains personnels.

- Jean-Pierre m'a parlé des travaux forcés et beaucoup d'autres exactions de l'administration de ce pays, et j'ai pu me rendre compte par moi-même, des aspects nuisibles du colonialisme tout au long de mon parcours jusqu'ici.

- Quel Jean-Pierre? intervint mon cousin.

- Le benjamin de ta famille, répondis-je. Voilà plus de quatre ans qu'il vit chez nous à Ndobo. Quand il est venu, il portait une lettre destinée à mon père qu'il prétendait avoir été écrite par ta maman. Or je suis passé par Nde où j'ai fait une semaine avec ta mère. Toute éberluée, elle m'a plutôt dit qu'elle le croyait encore ici avec toi.

- Ce garçon devient de plus en plus dangereux. Je l'ai fait fréquenter les meilleures écoles ici parce qu'il est très intelligent comme tu l'as peut-être constaté. Il s'applique à l'école comme un ange. Tu ne peux pas citer un livre qu'il n'a pas lu, mais ses plus grands défauts sont la femme et l'impatience. Il me demandait de l'envoyer en France après son baccalauréat, au moment où la France était en guerre. Je lui ai demandé d'attendre la fin de la guerre. Et même après, il faudrait une période de reconstruction. Entretemps, je lui ai proposé de travailler dans la boucherie afin de ne pas toujours compter sur moi pour ses besoins personnels comme un enfant. Mais il croyait que je retardais exprès son départ en Europe afin de le faire travailler pour moi. Il s'est révolté contre moi et ma femme. Il ne voulait rien entendre. Il passait tout son temps au quartier à courir après les jeunes filles. La fille de notre commandant régional, venue de Paris, est tombée follement amoureuse de lui. Il l'a engrossée et a failli ruiner mon rapport avec ce monsieur qui est l'un de mes plus grands clients. Lorsque l'affaire chauffait, il a fui en me disant qu'il partait à Ngola voir nos frères…

- François d'Orléans et Didier.

Je cherchais à lui faire comprendre que je connaissais la famille.

- Oui, ceux-là, dit-il un peu surpris. Tu les as déjà vus?

- J'ai vu seulement leurs photos chez ta mère.

- Jean-Pierre n'est pas du tout patient et c'est un grand défaut, surtout quand on compte sur les autres. Il n'est pas dans ma poche pour savoir combien d'argent dont je dispose. Il doit donc être patient quand je lui demande de le faire.

Je lui demandai comment Jean-Pierre savait que mon père vit à Ndobo.

- Comme je viens de te dire, il y a beaucoup de gens de chez vous à Touri et ils viennent passer quelque temps ici avec moi, surtout quand je ne suis pas très occupé. C'est par hasard que le nom de ton père a été cité par l'un d'eux et il était très excité quand je lui dis qu'il est membre de ma famille. Ton père doit être très populaire parce que ces travailleurs le connaissent et l'admirent tant. Ils ne cessent de parler de lui. C'est ainsi que je parviens à suivre l'évolution de la famille. Je savais que ton père est à Ndobo. Pour revenir donc à ta question, c'est ici même qu'il s'est informé.

- Ta mère m'a dit que tu t'informes toujours sur la famille. Elle aussi, elle continue à s'enquérir de la famille à Menda; c'est elle qui fait le compte rendu aux membres de la famille en Jangaland de ce qui se passe au Mayuka.

- Elle me donne toutes les nouvelles de la famille et c'est pour cela que je peux facilement parler de la famille avec toi.

- Bref, tout le monde se porte bien, l'assurai-je. Où est Salomon car ta maman m'a dit qu'il est ici?

- Il est chez lui et tu le verras demain.

- Les enfants sont en train de dormir, je suppose?

- Cela va sans dire.

- Mon père voulait t'écrire et te remercier de l'assistance que tu m'as accordée, mais comme il est analphabète, il n'a pas eu le temps de s'asseoir et de faire écrire la lettre.

- L'analphabétisme n'est pas une bonne chose car cela retarde le progrès à tous les niveaux.

- Non, ce n'est pas une bonne chose du tout! Mais ce n'est pas de sa faute à lui. C'est conscient de ce handicap que pose l'analphabétisme qu'il fait tout ce qu'il peut pour que je poursuive mes études au plus loin possible.

- Bien. J'espère quand même que tout le monde se porte bien chez vous à Ndobo. C'est ce qui compte.

- Très bien. Ma mère va bientôt accoucher. Elle est une princesse ndobo et c'est grâce à son père que le mien a eu un terrain.

- Les habitants de chez vous m'ont dit tout cela. Son histoire ressemble à la mienne à bien d'égards. Si tu n'es pas fatigué, après t'être lavé et après avoir mangé, nous pouvons parler de ton séjour ici.

Pendant qu'on s'entretenait, son épouse nous avait abandonné et j'entendais les bruits de marmite, ce qui me donnait à penser qu'elle se trouvait dans la cuisine. Elle y sortit après vingt minutes. Elle m'invita à aller me laver alors qu'elle me préparait à manger.

- Quelle heure est-il? Mon voyage était très long et fatigant. Mon cousin me conduisit dans ma chambre et ensuite me montra la salle de bain qui ne faisait pas partie du bâtiment.

- Il est une heure et demie, me répondit-il en jetant un coup d'œil sur sa montre.

Je me lavai en dépit de ma fatigue, ce qui me procura un peu plus de fraicheur, me rendant plus à l'aise. Après avoir mangé, j'avais pour seule envie d'aller me coucher. Cette nuit-là, je dormis à poings fermés. J'étais si fatigué que je fis la grasse matinée.

Quand je me réveillai, j'entendis la voix de mon cousin. Je le trouvai à table en train de prendre le petit déjeuner. Après les bonjours d'usage, il m'invita à déjeuner.

- Il faut que j'aille me brosser les dents d'abord, lui dis-je. Avec qui parles-tu?

- Avec ma femme. Elle vient de sortir.

- Je me disais que tu soliloques déjà!

Mon cousin riait aux éclats. Je me précipitai vers la salle de bain. Je me lavai la figure, me brossai les dents et je vins le rejoindre à table. Le petit déjeuner se composait d'omelette, de plantains frits, de morceaux de baguette et de café.

Il se leva et se dirigea vers la cuisine. Il revint au bout d'une minute avec une assiette des plantains frits à l'omelette ainsi qu'une tasse de plus.

- Voici le petit déjeuner que Mirabelle t'a gardé, me fit-il en déposant l'assiette sur la table. Bien maintenant que tu t'es reposé, je pense que nous pouvons sans plus tarder mettre les sujets sérieux sur la table. Que veux-tu faire dans la vie ? me demanda-t-il pendant qu'on mangeait.

- J'aimerais continuer mes études car avant de quitter mes parents, je l'eus promis à ma mère.

- C'est une bonne idée, mais à ta place je travaillerais tout en allant à l'école.

- Comment puis-je faire les deux à la fois?

- Ce n'est pas difficile car il y a un vieux professeur retraité qui gère un cours du soir. Il suffit de s'y inscrire. Le début ne sera pas facile. Il faut que je te prévienne. Tu rentreras du travail souvent trop fatigué pour reprendre le chemin de l'école le soir. Mais, c'est ça le défi! Les défis sont ce que tu trouveras tout au long de ta vie. Commence à les affronter dès maintenant.

- Yenika, le monsieur à qui tu as remis la lettre de mon père, me parlait de ta boucherie. Je pense que c'est un secteur qui m'intéresse.

- Cela tombe très bien. J'ai actuellement besoin de la main d'œuvre. Quand est-ce que tu veux commencer à travailler?

- Aujourd'hui, si cela ne te gêne pas.

- Me gêner? Mais pas du tout! J'aime l'esprit des habitants de chez vous, surtout en ce qui concerne le travail. Toujours prêt à l'action !

- Yenika nous a fait la même remarque aussi. Il nous a dit que les hommes d'affaires d'ici apprécient beaucoup les ouvriers de chez nous.

- Oui, parce qu'ils travaillent bien et se plaignent moins. Tu recrutes un homme d'ici pour débroussailler un petit champ, il arrive en cravate et dès qu'une petite pluie commence, il sort son parapluie. A midi, il va se reposer pendant trois heures. Une tâche qui devrait durer une journée prend une semaine. Quand il touche sa solde, tu le vois trois jours après quand tout son argent est dépensé. La solde est dépensée pas avec son épouse mais plutôt avec une ribaude au quartier. Tu feras toi-même ta propre expérience de la vie de gens d'ici. Ils sont paresseux et plaintifs pour te dire la vérité.

- Qui travaille actuellement dans la boucherie?

- Salomon la gère actuellement. Vous pourrez travailler ensemble. Je dois avouer que c'est un travail épuisant, surtout les vendredis et samedis ou encore les semaines avant les grandes fêtes.

- J'aimerais aussi commencer les cours de soir tout de suite.

- Je demanderai à Aimé Césaire, le monsieur qui gère l'école, de t'inscrire. Il est très aimable. Mais en attendant, il ne faut pas perdre le temps à regarder les femmes : il faut lire; il faut étudier; il faut te cultiver. Le reste viendra. Tout commence par la lecture, moyen principal par laquelle les grands savants se forment.

- Jean-Pierre m'a dit cela, consentis-je avant de passer à un autre sujet. Mais où sont partis les enfants?

- Bien qu'ils soient en vacances, les enfants se font instruire par un professeur, me déclara-t-il comme je débarrassai la table. Je lui verse une bonne somme d'argent pour ce service parce que j'aimerais un jour que mes enfants atteignent le plus haut sommet du monde académique.

Charlemagne, qui m'attendait quand je me préparais, commença à rire en me voyant sortir.

- Tu te comportes déjà comme les gens d'ici, me dit-il. Tu ne peux pas t'habiller comme un directeur pour aller gérer une boucherie.

- Que faut-il que je porte alors?

- Si tu as un short et une chemise propres, c'est tout ce qu'il te faut, d'autant plus que pendant les journées, il fait très chaud à Touri.

Je m'habillai comme il fallait et nous nous mîmes en route pour la boucherie. Nous sortîmes de chez lui et revînmes au carrefour que, la veille, j'avais suivi pour aller à sa résidence. Au lieu de prendre la direction de la gare, nous nous engageâmes dans le sens opposé jusqu'à ce que nous arrivions à une vaste place, avec des boutiques, cafés et restaurants très chics.

La ville était belle, avec des rues bien tracées. Ses maisons, construites en bois, pour la plupart, et peintes de chaux, étaient moins chaotiques que celles des autres contrées par lesquelles j'étais passé. Il y avait une belle église, un petit lycée et des bureaux administratifs modernes. La ville pouvait prétendre être moderne.

La boucherie se trouvait en plein carrefour. Elle était déjà ouverte. Salomon était derrière le comptoir. Il était habillé en blanc, un long couteau en main, complètement absorbé par sa tâche de découpage de la viande.

- Bonjour grand frère, dit-il à Charlemagne quand il leva la tête à l'écoute des pas devant la boucherie. J'espère vraiment que tu m'amènes un adjoint car le travail ici s'avère de plus en plus difficile.

- Ce n'est pas un employé mais ton propre frère, répondit Charlemagne, sa main posée sur mon épaule. Je t'ai toujours parlé de notre oncle qui était parti vivre au Mayuka.

- Ah oui! s'écria-t-il. C'est son enfant?

- Non, c'est son arrière-petit-fils, dis-je.

- Comment t'appelles-tu? me demanda-t-il la main tendue.

- Je m'appelle Namukong.

Sans la présentation de Charlemagne, si je me croisai avec Salomon en route, j'aurais su que c'était l'enfant de ma tante car les deux se ressemblaient comme deux gouttes d'eau.

- Hameçon! s'exclama-t-il.

Et il commença à rire. Peut-être étonné qu'on se fasse ainsi appeler.

Je riais aussi.

- Je ne suis pas surpris. Personne n'a réussi à bien prononcer mon nom depuis mon arrivée dans cette contrée, remarquai-je en souriant. Pourtant c'est un nom africain.

- C'est exactement parce que le nom est africain que les gens n'arrivent pas à bien le prononcer. Dans notre pays, et plus particulièrement dans notre département, plus on se rapproche aux Français, plus on se sent en règle.

- Je m'en suis rendu compte. J'ai eu beaucoup de problèmes en route à cause de cela, surtout que je m'étais habillé en Africain.

- Quel genre de problèmes?

- Des problèmes avec les gens qui se croient supérieurs parce qu'ils portent des tenues occidentales et s'expriment mieux en français.

- Les gens d'ici, à quelques exceptions près, ont tous cette mentalité de vouloir s'identifier avec la métropole.

- Mais pourquoi cette façon de raisonner est-elle plus accentuée ici qu'à Magwa?

C'est à ce point de notre conversation que Charlemagne intervint.

- La société Magwa est plus traditionnelle, ce qui explique pourquoi ses habitants se sont toujours opposés à certaines valeurs françaises. Ce conflit a été à l'origine de la fuite de notre oncle, Bante, et ce conflit a défini, d'une certaine manière, les rapports entre notre région et les autorités coloniales.

- Peut-être que c'est cela qui explique aussi pourquoi les routes de Magwa sont devenues impraticables, intervins-je en pensant à la voie que je parcourus avec Napoléon.

- Les axes importants qui permettent aux autorités d'acheminer les produits d'exportation, tel que le café que nous cultivons en grande quantité, vers le port de Ngola sont bien entretenus. C'est normal dans le capitalisme d'investir là où on tire des bénéfices. Les capitalistes investissent aussi là où ils sont accueillis. L'esprit rebelle de notre département ne l'arrange pas non plus puisqu'il ne peut y avoir de développement économique sans stabilité sociale.

- Cousin, déclarai-je avec beaucoup d'admiration. Ta connaissance de ce qui se passe est profonde.

- Ah, ce sont des notions rudimentaires que j'ai apprises dans les livres, me dit-il avant de répéter ce qu'il m'avait déjà dit. Il faut s'instruire par la lecture.

- Si je te comprends bien, notre esprit rebelle ne nous profite pas.

- Un esprit rebelle n'est pas une mauvaise chose, mais il faut savoir bien le gérer. Aux yeux de certains Français, je suis rebelle puisqu'ils veulent que ce soient les Européens qui possèdent et qui gèrent tout. A l'heure actuelle, nous, les indigènes, ne sommes pas aussi forts qu'eux et si notre confrontation est évidente, elle nous sera fatale. Si au lieu de les confronter physiquement, nous devenons plutôt leurs concurrents en affaires, cela accélérera le développement de notre pays. Ils ne connaissent pas ce pays plus que nous, donc nous aurons toujours le dessus et ils seront condamnés à compter sur nous pour l'exploitation de ses ressources du territoire.

- C'est bien ce que tu dis-là, mais comment peut-on faire la concurrence quand on a peur d'être libre? Nous avons peur de faire épanouir notre propre culture, de nous faire appeler par les noms de nos aïeux et j'en passe?

- Écoute, mon cher petit cousin, qu'on n'abandonne pas la charrue pour courir après les rats! Je constate que Jean-Pierre a fait un travail sur toi puisqu'il raisonne parfois de la même façon. Je m'appelle Charlemagne, un nom français que mon père m'a donné, mais je ne pense pas que porter ce nom étranger puisse m'empêcher de me lancer en affaires, de créer ma propre plantation, par exemple. Tu as eu l'audace de t'habiller en indigène aujourd'hui et demain d'autres suivront ton exemple et vous serez plus forts. Lorsqu'une révolution contre une force supérieure devient évidente, elle se tue.

Sa dernière déclaration me rappela ce que Jéricho Baguette m'avait dit dans le train. Cette réflexion était peut-être un appel à revoir ma méthode d'aborder certaines choses. Je remuais ces pensées quand les bouchers commencèrent à arriver avec de la viande de bœuf qui provenait de l'abattoir. Mon travail dans la boucherie de mon cousin avait débuté.

Une semaine après mon arrivée, je sollicitai Charlemagne de me laisser aller vivre avec Salomon. Je voulais un environnement où je pourrais évoluer à l'aise et dans la tranquillité, sans être dérangé, surtout par les enfants qui étaient de véritables boules d'énergie inépuisables. Les connaissances de mes cousins dans plusieurs domaines me donnaient à penser que j'étais sérieusement en retard. Jean-Pierre ne m'avait-il pas conseillé de travailler quand je me trouvais face à un défi au lieu de me plaindre?

Mon déménagement correspondait au commencement de mes études avec monsieur Aimé Césaire. Le monsieur n'avait pas été en France, mais il était très bien instruit et sa collection en disait long sur ses habitudes de lecteur. Il me prêtait beaucoup de livres et, le jour où on n'avait pas cours, je passais des heures à lire dès mon retour de la boucherie

Quatre ans s'écoulèrent et tout se passait bien. Grâce au soutien de mes cousins et les cours que je suivais chez monsieur Césaire, je m'estmais déjà prêt à préparer mon probatoire en tant que candidat libre. Grâce à mon abnégation et au bon travail que je fournissais à la boucherie, Charlemagne avait promis de me trouver une bourse d'aller étudier en Europe si je parvint à obtenir mon baccalauréat. Toutefois, il m'avait prévenu d'être patient et endurant à cause des difficultés qui prévalaient en Europe.

J'étais reçu au probatoire avec brio. Je m'apprêtais à amorcer les études pour le baccalauréat quand tout autour de moi commença à s'effondrer.

C'était en février 1951, si je ne me trompe. Durant cette période, les pluies diluviennes s'abattaient à Touri. Un soir, j'étais à l'église. La pluie m'avait empêché de regagner le domicile. Comme j'attendais pour qu'elle cesse, j'aperçus une très jolie fille qui me lorgnait. Depuis mon arrivée à Touri, Salomon avait toujours essayé de me procurer des filles locales. Je me croyais encore jeune pour commencer à me mêler dans ces histoires de femmes.

- Un homme a besoin d'une femme. C'est pour cela que Dieu l'avait créée, Ève, ne cessa-t-il de me le répéter. D'ailleurs, notre famille semble avoir été maudite par cette affaire de femmes.

- Je sais et j'étais à Nde où ta maman m'a mis en garde contre cela. Tu as déjà eu ton baccalauréat et tu peux te comporter à ta guise, mais moi, je n'ai rien encore.

- Je ne te dérangerai plus sur cette affaire, car le jour où tu trouveras une fille qui t'envoûteras, tu n'auras pas besoin de mes conseils.

Ah si, il avait raison! Depuis mon affaire à l'école primaire avec Mbong, où j'avais dû me battre pour une femme, je ne voulais plus entendre parler d'une affaire d'amour, jusqu'à ma rencontre avec cette fille-ci. Plus elle me regardait, plus j'avais envie de lui parler. Mais qu'est-ce que j'allais lui dire? Finalement, je décidai de prendre mon courage à deux mains et de l'accoster.

- Bonsoir, je m'appelle Namukong, me présentai-je en lui tendant la main. Comment te portes-tu?

- Je me porte très bien, merci. Je m'appelle Brigitte Merveille Pascale, me dit-elle en souriant. Elle me dévoila des dents blanches comme du coton. Elle avait presque ma taille et était sculptée comme une déesse. Elle me fit perdre la raison, complètement. Il me semble que tu es nouveau dans notre ville, me lança-t-elle.

- Pas tout à fait nouveau puisque j'ai déjà passé plus de trois ans ici.

- Tu es nouveau par rapport à ceux qui ont passé toute leur vie ici.

- Dans ce sens, tu as raison.

- Que fais-tu?

- Je fréquente l'école et je travaille en même temps.

- Où travailles-tu?

- Dans la boucherie de mon cousin. Ce n'est pas loin d'ici.

- Charlemagne est ton cousin?

- Oui?

- Tout le monde le connaît. Nous le respectons parce qu'il est parmi les rares natifs à avoir ses propres affaires.

- C'est un monsieur audacieux!

- Où habites-tu, me demanda-t-elle. J'habite de l'autre côté de la ville.

Elle m'indiqua la direction.

- Moi, j'habite avec mon cousin Salomon, le petit frère de Charlemagne.

- Je le connais bien.

- Mais tu ne sais pas là où il habite.

- Si, je le sais.

- Quand viendras-tu me rendre visite?

- Il faut que je te connaisse d'abord avant de m'engager.

- Sans problème. Tu viens souvent à l'église?

- Oui, tous les dimanches.

- En tout cas, je suis enchanté de faire ta connaissance, Brigitte.

J'étais si heureux que je me précipitai à mon retour à dire ce qui m'était arrivé à Salomon. Je le trouvai encore dans la boucherie. Il s'esclaffa longtemps après mon histoire.

- C'est toi qui me disais toujours que je dois chercher une femme et maintenant je te présente la bonne nouvelle, tu ris aux éclats. Que suis-je devenu, un clown?

Voyant ma déception, il cessa de rire.

- Avec toutes les belles propositions que je t'ai faites, les belles filles que je t'ai présentées, tu finis avec une dangereuse? Je connais Brigitte. Elle est très coquette, mais cela ne la rend pas moins dangereuse.

- Dangereuse!

- Oui, tu ne devinerais même pas le nombre de gens qui sont morts à cause de celle-là.

- Morts? Tués par qui?

- Parfois empoisonnés, parfois morts à la suite d'une bagarre…Je ne peux pas tout citer mon frère. Il faut la laisser tomber.

- Je ne peux pas la laisser tomber. Jamais! Pas par intimidation! Surtout si ce qu'elle veut c'est d'être avec moi.

L'avertissement de mon cousin me rappelait ma relation avec Mbong. Je me rappelais aussi ce que le vieux Gwa m'avait dit après ma bagarre avec Chakara. J'étais décidé à aller jusqu'au bout et je le fis savoir à plusieurs reprises à Salomon qui se contentait seulement de me prévenir.

- Il me semble que vous, les ressortissants de Mayuka, vous êtes très têtus. Je te conseille seulement de faire attention. Cette fille-là a rendu le cuisinier d'un commerçant français fou d'amour. Il veut être avec elle à tout prix. A cause de cette obsession pour la fille, il déteste avec passion tous ceux qui veulent lui faire la cour. Il est prêt à leur faire la peau s'il le faut. Et il me semble que ta carapace n'est pas aussi coriace.

- Si c'est pour cette raison que tu me décourages de fréquenter Brigitte, met-toi en tête que je n'abandonnerai jamais la partie.

J'avais une détermination de fer.

- Je ne te comprends pas. Pourquoi laisses-tu toutes les belles filles pour commencer des histoires avec une demoiselle qui risque de te créer des ennuis? Aujourd'hui, elle abandonne le cuisinier pour toi et demain, elle t'abandonnera pour quelqu'un d'autre.

- Elle m'a dit qu'elle n'avait jamais cédé à un homme. Mais, une fille n'a-t-elle pas le droit de faire un choix et de changer son avis? Si c'est le monsieur qui finit par gagner l'amour de la fille, tant mieux. Mais il ne peut pas se livrer à une concurrence déloyale en exigeant que ses rivaux se gardent de faire la cour à la fille.

32

Brigitte était tombée follement amoureuse de moi. Et en plus, elle avait mis fin à sa relation avec le cuisinier auquel Salomon faisait allusion. Elle venait souvent me rendre visite à la boucherie et chez moi. J'avais ma propre suite dans la maison qui, au fait, appartenait à Charlemagne et où je vivais avec son jeune frère. C'est cette suite qu'occupait Jean-Pierre avant son départ précipité de Touri. Elle comprenait une chambre à coucher, un salon et un petit bureau. Ma demeure était un endroit idéal où Brigitte se sentait à l'aise, surtout quand elle était avec moi car la demeure était bien meublée et entretenue. On faisait des choses ensemble et j'étais heureux.

Mais cette belle histoire d'amour filait tout droit vers un ouragan né de la folie d'un mauvais perdant. Le marmiton que la fille venait d'abandonner n'avait jamais digéré sa mauvaise fortune. Il était prêt à regagner son amour à tout prix, poussé par une jalousie intense ainsi qu'une haine viscérale, juste comme l'avait prédit Salomon. A cette époque, être cuisinier d'un Blanc était prestigieux et le cuisiner se croyait sans doute au-dessus de la loi. Ainsi, il s'érigeait en justicier avec pour mission ultime d'éliminer physiquement tous ses rivaux. Cela va donc sans dire que j'étais dans sa ligne de mire. Il suivait de près nos activités. Parfois, à la faveur de l'obscurité, il venait glisser des notes de menaces du genre « Est-ce que tu me connais! » sous la porte de la boucherie. Et ayant établi à travers ses recherches que je n'étais pas natif de Jangaland, il se lança dans une campagne de dénigrement contre moi. Je m'habillais de temps en temps en Africain. Pour cette canaille, qui avait subi un bon lavage de cerveau, cela constituait une bonne raison de me traiter de villageois, de primitif, mais surtout d'indigène, titre d'opprobre par lequel les aliénés se moquaient de tous ceux qui se voulaient Africains authentiques. Cet individu nous épiait partout sans relâche. Dans les cafés, à l'église, dans les boutiques et lors des promenades, il venait toujours se cacher derrière un arbre depuis lequel il nous observait.

Un jour, sachant qu'il nous regardait, je me mis à embrasser Brigitte publiquement, rien que pour le rendre furieux. Ne pouvant plus contenir sa crise de jalousie et sa colère, il sortit de sa cachette. Il s'approcha de nous et commença à me menacer.

- Si tu penses que tu peux quitter ton petit trou que tu appelles pays et venir nous arracher des belles filles ici, tu mens parce que je te ferai finir très mal, bégaya-t-il en brandissant sa main. J'ai croisé le fer avec les fauteurs de troubles mille fois plus grands, plus forts et même plus dangereux que toi et tu sais où ils sont?

- Dans la tombe, me disent les gens! je lui répondis en me moquant de lui. Mais retiens ceci, espèce de sauvage, je m'appelle Benedict Namukong. Je suis issu de trois générations de forgerons. Ma tête n'est pas seulement très tenace mais elle coûte très chère!

- Chère ou pas, les gens t'ont dit la vérité. Tant que tu es dans ma cité, je veux dire la ville de Touri, je te rendrai la vie un enfer sur terre.

- Si tu te crois homme, avec des couilles énormes, pourquoi ne réagis-tu pas physiquement au lieu de faire la grande gueule?

Une petite foule s'était rassemblée autour de nous afin de suivre cette engueulade.

Je poursuivis. Tu penses qu'être marmiton c'est briser le plafond de l'exploit humain? Crois-tu que cela te donne le droit à toutes les belles filles? Tu as l'habitude de terroriser les gens mais pas moi. Tu as peut-être raison de dire que je sors d'un trou. Mais je ne souffre d'aucun complexe d'infériorité vis-à-vis d'un petit cochon et faux type comme toi; un parvenu qui se croit civilisé ! D'ailleurs, j'entends déjà la voix de ton patron. Il t'appelle. Il a faim. Va vite t'occuper de lui, monsieur le marmiton! Regarde-moi une salade comme ça!

C'était l'assainissement total, je dois aujourd'hui l'avouer, surtout en présence de la foule qui riait. Le monsieur me fixa d'un regard noir pendant quelques minutes. Il était gonflé de colère comme un crapaud. Ses yeux étaient rougeâtres comme le sang, et son visage était froissé comme un chiffon. Il se tourna, sans prononcer un mot. Peut-être se demandait-il s'il pouvait avoir le dessus dans une bagarre contre moi. Son départ fut salué par des applaudissements moqueurs de la petite foule. Il n'avait vraiment pas des admirateurs dans le coin !

De retour à la maison, je fis le compte rendu de tout ce qui s'était passé à Salomon qui me mit en garde, estimant que la provocation était trop et que le monsieur allait réagir.

- Il faut faire bien attention!

Je savais que le monsieur allait recourir à un acte de violence. Mais lequel? Je ne cessais de me poser cette question. Il avait passé toute sa vie dans la ville et connaissait tous les coins et recoins. Il pouvait facilement me tendre une embuscade. Il avait lui-même déclaré haut et fort, le sort réservé à tous ses ennemis. Je ne le pensais pas incapable de me tuer.

Trois mois s'écoulèrent. Je me mettais déjà à me féliciter d'avoir tenu mon adversaire en respect quand il fit irruption dans la boucherie un soir. D'habitude, ce n'était pas lui qui venait acheter la viande pour son patron. Je m'attendais donc au pire. Je le fixais pour ne pas rater ses moindres gestes. Le type était un tortionnaire né. Au lieu de s'adresser directement au comptoir comme le faisaient normalement les clients, il se contentait plutôt de faire le tour de la salle pendant quelques minutes. Son petit jeu ne faisait que rendre l'atmosphère de plus en plus tendue.

Finalement, il s'approcha de moi. Je me rappelle bien que le type fronçait les sourcils comme quelqu'un en deuil, ce qui ne faisait qu'accentuer l'électricité dans l'air. Il me dit qu'il était venu acheter des filets parce que son patron en avait commandé pour ses visiteurs. Un peu soulagé qu'il voulait simplement faire des achats, je m'évertuai à répondre à sa commande. C'est en ce moment que je me souvins aussi que je venais de vendre le dernier lot de filets. Mais comme sa commande était grande et pouvait couvrir le prix d'achat d'un petit bœuf, presque, je lui fis une proposition.

- Écoutez monsieur, lui proposai-je, nous n'avons plus de filets mais nous avons un petit bœuf que je peux faire égorger maintenant, pourvu que vous soyez prêt à acheter la moitié de l'animal.

- Je dois discuter avec mon patron avant de prendre cette décision. Il souriait comme il sortait de la boucherie. Mais qu'est-ce qui était si amusant dans ma proposition pour qu'il se mette à rire comme une vache? Son petit sourire narquois me rendait nerveux. Est-ce qu'il y avait anguille sous roche? Devenais-je paranoïaque? Et comme je n'arrivais pas à mettre le doigt sur son petit jeu, je me consolais en me convaincant de ce qu'il cherchait simplement à me tourmenter psychologiquement. Je me concentrais sur d'autres préoccupations en attendant son retour avec la réponse de son patron. Soudain, j'entendis le roulement d'une voiture dehors.

Je me demandais qui c'était quand le cuisinier fit une entrée fracassante dans la boucherie, suivi de son patron. Marchant à vive allure et tous ses muscles faciaux tordus et tendus, et rougissant, ce dernier était, de toute évidence, furieux. Mais de quoi, je me le demandais.

- C'est lui qui vous a insulté patron, déclara le cuisinier en se mettant devant mon comptoir et en me pointant, un petit sourire de vengeance animant discrètement son visage de criminel aguerri.

- Moi, l'insulter?

- Oui, tu as dit qu'il est trop gourmand. Tu as dit qu'il peut manger un bœuf, répondit le cuisinier dans un calme affecté. Il ne faut pas mentir maintenant parce que tu as peur qu'on ne te fouette.

J'étais sur le point d'expliquer ce qui s'était passé quand le patron m'administra une gifle terrible, rapidement suivie d'une autre. A cet instant, les images commencèrent à défiler dans ma tête : l'image de mon arrière-grand-père obligé de fuir son propre pays; l'image de Chakara qui me menaçait à cause d'une fille; l'image des jeunes qui s'échinaient sous le régime des travaux forcés; l'image du contrôleur parvenu et impoli qui foulait aux pieds les droits des indigènes dans le train; et l'image de tant d'autres formes d'injustices que l'homme fait subir à son voisin. Toutes ces images se croisèrent et se coalisèrent dans mon esprit pour former un monstre terrible qui incita un tourbillon de colère en moi. Cette dernière remontait et me dotait du courage et de la force d'un lion. Avec la férocité et l'agilité d'une panthère qui venait de se libérer d'une cage de fer, je sautai au-dessus de mon comptoir et attrapai le patron blanc et à deux on s'écrasa sur le plancher de la boucherie. On roulait par terre comme deux mauvais gamins, s'échangeant des injures et des coups de poings : griffant, piaffant, pinçant et hurlant. On rugissait comme des animaux féroces, on transpirait à grosses gouttes comme des chevaux de course, et on respirait comme des chiens de chasse. Le spectacle était honteux et digne de deux fous. De deux fous, je vous le répète! Mais comme la folie est devenue notre seul moyen de communication, on n'y voyait rien d'anormal.

Le comble était que le marmiton lâche se mit à la porte et commença à crier au secours à haute voix au moment qu'on se tuait. Les gens accoururent sur la scène, mais ils n'intervinrent pas tout de suite. Ils se contentèrent de se délecter de ce spectacle gratuit et inhabituel pendant un moment avant de nous séparer.

Vint la prochaine phase de ce feuilleton. Les autorités coloniales m'embarquèrent directement en cellule où je passai la nuit à méditer mon sort.

La nouvelle de notre bagarre se répandit dans la ville comme une traînée de poudre au moment où on me traîna à la cellule. On en parlait partout et la ville en était scindée en deux. La grande majorité des gens, mais curieusement pas tous les colons, se rangeaient derrière le patron. Les indigènes se rangeaient de mon côté. Comme la justice peut être malade, très malade! Mais elle est récupérable!

Charlemagne me rendit visite dans ma cellule le lendemain matin.

- Tu ne mets jamais la main sur un Blanc! s'exclama-t-il, même après avoir suivi tout ce qui était arrivé. C'est la loi!

- C'est lui qui m'a giflé le premier! m'écriai-je. Deux fois!

- Peu importe, mais tu ne mets jamais la main sur un Blanc, reprit-il de manière calme, voyant que j'étais très excité et sur le point d'exploser.

- Et que dit la loi de ton pays sur un Blanc qui met la main sur un indigène! m'exclamai-je en protestation avant de me ressaisir. Écoute grand frère, je comprends ce que tu me dis. Je ne suis quand même pas bête. Un Blanc est un être humain comme toi, sauf qu'il a une peau blanche. Il pleure. Il meurt. Il mange. Il fait l'amour. Il peut être heureux, triste, généreux, méchant. Il fait la guerre et la paix. Il tue ses frères et sœurs et il les assiste. Il vole et il est honnête. Il a ses bons moments et il a ses moments terribles. Il fait tout..! Grace à la soirée avec Zangalewa, j'étais convaincu de ce que je disais.

Au moment où je parlais, Charlemagne se mit à rire. Il intervint avant que je ne finisse. Peut-être qu'il trouvait cette intervention ironique puisqu'ayant un père blanc, il devrait savoir plus sur eux que moi.

- Tu ne m'apprends rien, c'est pourquoi je ris.

- Alors, s'ils sont les êtres humains, il faut les traiter comme tel plutôt que de les mettre au piédestal divin.

- Mais c'est ce que nous essayons de faire, de les traiter comme des êtres humains.

- En faisant quoi? En les déifiant! Tu vois, il y a de partie prise. Si je m'étais plutôt battu avec un autre Africain, l'affaire n'aurait pas suscité autant d'intérêt. Tu es un grand frère, très sage, mais je vais toujours te donner ce conseil. Si tu as un ami blanc, il faut être honnête avec lui, comme avec ton propre frère. Cela veut dire aussi que quand tu te fâches, il faut qu'il sache, tout comme quand tu es heureux. C'est cela la vraie amitié, fondée sur la dignité, le respect et l'honnêteté. Si ton ami blanc te botte les fesses parce que ton comportement n'était pas digne d'un ami, tant mieux. S'il te fait du mal, il faut le lui faire savoir aussi. Une bagarre n'a jamais mis fin à une véritable amitié, car c'est après la pluie que la terre devient plus ferme. La bagarre c'est le thermomètre par lequel on juge la chaleur de l'amitié.

- C'est un bon conseil que tu me donnes là, mais pour le moment, il faut que tu regagnes ta liberté, me répondit-il après avoir patiemment suivi mon petit sermon sur l'amitié. Il était un homme très réaliste, mon cousin Charlemagne.

Comme on devrait s'y attendre, Charlemagne intervint avec tout le poids de sa fortune et de ses connections, mais mon adversaire était furieux. Il était décidé à aller jusqu'au bout afin d'avoir ma peau. Toutes mes plaintes et les notes de menaces que le cuisinier glissait sous la porte de la boucherie et ses autres manifestations criminelles furent complètement noyées par deux cris repris en chœur : « On ne met jamais la main sur un Blanc! »

et « Tu es originaire d'un autre pays! » Les cris reprenaient en boucle, à n'en point finir. Dans ces cris gisaient les bruits racoleurs et tant d'autres rengaines conçues pour pérenniser le colonialisme. Est-ce qu'un Italien, un Anglais ou un Allemand séjournant en France ne jouit pas de ses droits fondamentaux d'un être humain? Alors, pourquoi utilisait-on mon pays d'origine comme une raison de plus pour bafouer mes droits!

En tout cas, vint le moment de la justice. Le moment de l'injustice, je voudrais plutôt dire! Avant de continuer ce récit, je dois d'abord faire une petite digression. La balance de la justice n'a jamais été égale entre colonisateur et colonisé, riche et pauvre, brahmine et intouchable, et même entre homme et femme dans toutes les civilisations. La justice prend toujours cette forme drôle d'une antilope qui plaide son innocence devant un lion, d'un cafard qui s'aventure dans un poulailler pour se faire écouter. Dans un contexte pareil, la justice devient l'outil des riches; l'outil des forts et l'outil des privilégiés pour mater les faibles. C'est en tenant compte de ceci que la loi de Jangaland empêchait le colonisé, quel que soit sa revendication, quel que soit le tort auquel il était assujetti, de mettre la main sur son bourreau, le colonisateur. Dans l'affaire qui m'opposait au patron du cuisinier, on peut dire qu'on connaît d'avance la direction vers laquelle la balance de la justice se pencherait. C'est vrai, mais il ne faut jamais oublier aussi que les juristes comptent parmi les plus grands escrocs que le monde ait créés. Après avoir conçu une loi déjà scélérate, ils créent toujours une échappatoire au cas où les privilégiés soient coincés. Pensez-vous que les « conditions exténuantes » que les avocats citent souvent au tribunal sont basées sur une philosophie élogieuse de la jurisprudence destinée à la défense des pauvres, des marginalisés et des membres de la couche inferieure de la société? Je ne suis pas dupe!

Oui, la justice coloniale est injuste. Mais aveugle, elle ne l'est pas! Car si elle était aveugle, je serais simplement traîné en prison avec une longue sentence à purger. Mais ce n'était pas le cas. Suivez bien donc ce qui s'était produit.

L'administrateur-adjoint colonial de la zone, l'homme à qui revenait le droit de trancher l'affaire, était sage et raisonnable à la fois. Il connaissait bien Charlemagne comme fils de Levin, un ancien colon qui vivait encore à Paris. L'administrateur n'osait pas créer des histoires avec Charlemagne, le fils bien-aimé de Levin. Surtout dans une histoire louche où, il savait désormais, un colon déjà oisif s'était laissé manipuler par son propre cuisinier et s'était transformé en justicier à cause d'une fille du coin. Oublions les mensonges qui pullulent dans la littérature coloniale, mensonges selon lesquels les colonies étaient l'enfer où maladies et rebellions des indigènes se côtoyaient, forçant l'homme blanc à vivre en permanence dans l'insécurité et la solitude. Les colonies étaient de véritables paradis, surtout pendant et après la guerre qui avait réduit l'Europe en décombres. L'administrateur-adjoint jugeait que ce n'était pas le bon moment de risquer de se faire rappeler à la métropole, d'autant plus que durant le conflit, il avait osé certaines déclarations qu'un grand nombre de personnes auraient considéré comme pro-Vichy. Toutes ces idées planaient dans sa tête quand il décida de trancher l'affaire d'une manière qui « plut à tous. » Ah, les juristes! « Qui plut à tous! » ou « Qui plut à moi! » Il savait que le monsieur blanc avait tort parce qu'il s'était laissé manipuler par son propre cuisinier, mais il n'avait pas non plus oublié que l'injustice était un sort infaillible réservé à un colonisé. L'administrateur devrait jongler entre deux positions et sortir vainqueur. S'il s'en prenait à Charlemagne, il aurait affaire à son père à Paris. Mais si par contre, il s'en foutait de la volonté du patron blanc, il s'exposait à la rage et aux complots de la majorité des colons de la ville.

Sa décision. Il accepta que je regagne ma liberté sous condition que je quitte à jamais la ville, que j'aille « continuer mon apprentissage comme bagarreur notoire » ailleurs. Telles étaient les circonstances quand je partis de Touri, après y avoir passé quatre ans.

33

J'avais presque dix-neuf ans et j'étais fort d'un probatoire et d'une carrière fructueuse en tant que boucher. Je me trouvai parmi les voyageurs qui s'alignaient afin de prendre le train à destination de Ngola. Tous les membres de ma famille ainsi que mes amis étaient venus me souhaiter bon voyage. Les autorités m'avaient sommé de quitter la ville dans une semaine et je m'étais entretenu avec Charlemagne. Il m'exhorta à aller à Ngola où il avait déjà expédié une lettre à ses frères pour venir me chercher à la gare.

- C'est une grande ville avec beaucoup de débouchés pour les affaires. Il faut en profiter tout en poursuivant tes études en vue d'obtenir le baccalauréat. Je tiens toujours à ma promesse de te chercher une bourse et j'espère que tu n'abandonneras pas tes rêves académiques. L'argent que je te remets te permettra de te lancer en affaires, de préférence dans le secteur de la boucherie dans lequel tu jouis d'énorme expérience. En cas de problèmes financiers, si mes frères n'arrivent pas à t'aider, il ne faut pas hésiter à m'écrire.

- J'aurais bien voulu être ici avec toi Charlemagne. Tu le sais. Mais l'homme propose et Dieu dispose. Tout ce que Dieu fait est bon. Je te remercie de tout mon cœur et je vais suivre tes conseils. Tu connais très bien la notion de famille : comment mettre les gens à l'aise et les faire prospérer. Tu me manqueras beaucoup. Comme la décision m'empêche aussi de me rendre en visite ici, c'est entre tes mains que je laisse ma chère Brigitte. Il faut bien l'entretenir parce que je l'aime beaucoup et si Dieu le veut, elle sera un jour mon épouse.

- Pour avoir livré autant de combats à cause d'elle, tu dois vraiment l'aimer. D'où vient-il qu'un homme de Mayuka aime une femme avec tant de passion comme un homme de chez nous !

- Je me suis aussi posé la même question. Mais il ne faut pas oublier que les gens de chez nous n'ont pas votre esprit figé en matière culturelle. On apprend et on évolue et je pense que c'est la bonne voie pour l'homme africain.

- Je partage ton sentiment.

Je me voyais ainsi dans le train à destination de Ngola, chassé d'une ville où j'étais très heureux ce, pour la simple raison que j'avais bagarré avec un Blanc. Normalement, le fait d'être banni m'aurait rendu très triste. Mais tout ce que Dieu fait est bon. Je me souvenais encore de ce que le père Kirk Patrick m'avait dit quand le Collège Notre-Dame avait renvoyé mon inscription. Peut-être que le destin m'envoie à un avenir plus radieux encore, je me disais, comme j'arrangeais mes effets dans les porte-bagages du train

Je me trouvais assis face à face avec un monsieur de mon âge. Il me sourit quand nos yeux se croisèrent. J'étais obligé de réagir amicalement aussi.

- Bonjour, je m'appelle Namukong.

- Patrice d'Olivier, il me dit en me serrant la main. Sa main était si molle on dirait les fesses d'un bébé. Je suis enchanté de faire ta connaissance, m'annonça-t-il dans un français bien raffiné. Y'a-t-il un carnaval quelque part? me demanda-t-il après qu'il m'eût étudié pendant quelque temps.

- Je ne crois pas, répondis-je, un peu confus. Pourquoi?

- A cause de ton accoutrement, me dit-il en fixant la tenue africaine que je portais. Je suis désolé mais c'est souvent dans le carnaval ou dans le cirque que les gens portent les tenues pareilles.

- Et comment sais-tu cela puisque nous n'avons ni carnaval, ni cirque dans notre pays?

- Je le sais par la lecture, me répondit-il.

- C'est la tenue de ma région, dis-je comme je réfléchissais sur les conseils de Jean-Pierre et de Charlemagne m'encourageant à lire.

- Dis donc! Elle est belle.

- Merci!

Le jeune homme portait un pantalon gris cendre très à la mode, une chemisette et une cravate. Il avait une veste de même couleur que le pantalon posée sur le siège à côté de lui. Très bien coiffé et propre, il respirait la fraîcheur, la bonne santé et la richesse. Un coup d'œil sur lui suffisait d'établir sans marge d'erreur qu'il venait d'une famille aisée. Il avait un roman en main : Le *Comte de Monte Cristo* de l'écrivain noir français, Alexandre Dumas. De temps à autre, il regardait par la fenêtre et souriait avec un certain air de satisfaction avant de reprendre la lecture.

- On est chanceux aujourd'hui, lui dis-je quand je me rendis compte qu'il avait mis son livre de côté.

- Comment ça?

- Il ne fait pas trop chaud, le wagon est propre et il n'y a pas trop de passagers. Lorsque je me rendais à Touri pour la première fois, j'ai voyagé dans un wagon qui était l'enfer. Les bestiaux, les hommes et les marchandises y étaient entassés en désordre.

- Il arrive parfois que beaucoup de gens voyagent en même temps et que les wagons soient trop chargés. C'est pour cela que certains membres d'élite noire luttaient qu'un wagon spécial leur soit réservé. Ils ne veulent pas se mêler dans le même wagon avec les paysans et les bas peuples incultes.

La manière calme de son intervention me donna à penser qu'il croyait sincèrement en ce qu'il débitait.

- Si ces gens ne sont pas cultivés, n'est-il pas le devoir des soi-disant élites de les éduquer et de les défendre contre toute forme d'exploitation et d'abus?

- A ce que je sache, il n'y a aucune société dans laquelle tout le monde appartient à la classe aisée, déclara-t-il, l'air un peu distrait et le visage tourné vers la fenêtre.

- Peut-être, dis-je avec résignation. J'étais choqué et je ne voulais pas poursuivre ce genre de discussions. Mais quelque chose me frappa. Autant que les réponses de mon voisin m'apparaissaient insensibles, n'étaient-elles pas les produits de son éducation, de sa formation, de son environnement familial? Plus choquant encore, aussi jeune que fut le monsieur, n'était-il pas carrément dans son élément?

- Où vas-tu? je lui demandai, dans une tentative de changer de sujet, parce qu'un jeune homme qui se croyait déjà civilisé et qui traitait avec tant de mépris ceux qui n'appartenaient pas à sa soi-disant classe n'aurait eu qu'une destination.

- A Ngola, me répondit-il, un peu surpris de ma question. Et pour me dire qui il était, il déclara : je m'en vais m'inscrire au lycée afin de préparer mon baccalauréat.

- Il me semble que le même objectif nous attire à cette ville, car j'y vais fréquenter au lycée. Mais je dois travailler en même temps pour payer mes frais de scolarité.

- Ouf, mon père s'occupera de mes frais de scolarité ainsi que de mes besoins et cela me donnera assez de temps pour m'amuser.

- Ton père doit être riche alors.

- Il est roi d'une ethnie dans un arrondissement à proximité de Touri. Il dispose de nombreux hectares de cacao, déclara-t-il avec fierté. Il se débrouille bien, du moins pour un Africain.

- Je suis certain que tu vas mener des études poussées en gestion d'entreprise afin de faire progresser ses affaires.

- Me mêler dans le travail de cacao! C'est du travail sale qui ne m'intéresse pas. On y passe trop de temps pour peu de gains.

- Mais pour l'instant, le destin économique de notre pays est lié à ce genre de travail.

- Je sais; mais il y aura toujours certaines personnes qui s'y intéresseront. C'est une question de choix.

- Mais les gens vont éviter de le faire si ceux qui se disent cultivés le qualifient de « sale ».

- C'est leur choix!

- Qu'est-ce que tu comptes faire après tes études alors?

- J'aimerais faire la politique. Les Blancs partiront un jour et notre pays deviendra indépendant. Il nous faudra alors des Africains bien qualifiés pour prendre la relève et c'est là où je vais entrer sur la scène. Mon père m'en parle tout le temps.

- Ah indépendance! Ce fameux terme qui me traque depuis mon village natal. Mais je ne pense pas qu'il y ait plus d'argent en politique qu'en affaires. D'ailleurs, tout pays qui se veut indépendant a besoin d'une base économique et industrielle et des hommes d'affaires dynamiques.

- La politique a beaucoup d'argent car celui qui est ministre ou chef de l'état tient la bourse et contrôle tout. Les colons sont nos chefs et nous dirigent et c'est pourquoi ils contrôlent tout.

- Mais ne te rends-tu pas compte que les Blancs cherchent ce pouvoir dont tu parles dans le but de créer des entreprises? Et que c'est grâce à ces entreprises qu'ils nous contrôlent?

- Je ne me contenterai que du pouvoir politique.

- Si je peux revenir sur ta logique, ton père a tout parce qu'il est roi alors?

- En quelque sorte! Avant d'être nommé roi par les Français, il n'avait rien, mais maintenant il a plus de deux cents hectares de cacao. Ce n'est pas une mince affaire!

- Tu es donc d'accord avec moi que les affaires apportent plus d'argent que la politique.

- Pas du tout! C'est quand mon père fut nommé roi qu'il a fait sa fortune.

- J'ai constaté qu'en général les gens d'ici n'aiment pas le travail sale, comme tu le qualifies toi-même, je lui fis remarquer. Comment ton père parvient-il alors à cultiver autant d'hectares? lui demandai-je.

- C'est simple. Les colons passent par lui pour recruter les indigènes qui travaillent dans leurs projets. Alors, si les colons lui demandent de recruter cent personnes pour un projet, il recrute cent cinquante. Il envoie les cinquante ouvriers supplémentaires dans son propre champ de cacao. Beaucoup de ces gens occupent la plus basse échelle de notre société. Ils ne peuvent même pas lire. Où vont-ils se plaindre si ce n'est pas à leur roi, c'est-à-dire mon père? Quand on est roi on n'est jamais perdant.

- Mais estimes-tu que ton père a raison?

- Je ne prétends pas être un prêtre. C'est la logique du pouvoir. C'est la logique de celui qui est en tête. Penses-tu que les Blancs qui sont ici font exactement ce que les lois républicaines leur demandent de faire? Je ne pense pas. Tu vois, chez nous on dit qu'on ne regarde pas la bouche de celui qui grille les arachides.

- Je peux alors comprendre pourquoi tout le monde ici veut devenir assimilé et roi.

- C'est exact! A quoi bon vouloir être l'herbe s'il y a la possibilité d'être l'éléphant. Mon père deviendra un citoyen français et j'ai envie de suivre ses pas. C'est la guerre en Europe qui a tout gâté, sinon je serais déjà parti suivre mes études à Paris…ah Paris, la belle!

- Il faut voir le bon côté de ta déception de ne pas être à Paris, car elle te permet de bien connaître ton pays. Tu parles de l'indépendance et il faut penser dès maintenant à ce que tu dois faire pour ton pays lorsqu'il sera libéré. Plus j'écoute les gens de ce pays, plus j'ai l'impression qu'ils parlent de l'indépendance sans savoir ce que cela implique.

Cette conversation fut interrompue par les grincements du train qui s'arrêtait à la gare de Montori. Je me souvins de mon ami Jéricho et je regardais partout, question de voir si, par hasard, il rôderait dans les parages. J'achetai en même temps les bâtons de manioc et les pistaches dont je raffole.

J'invitai Patrice au festin mais il me dit plutôt qu'il préférait visiter une boulangerie-pâtisserie dès notre arrivée à Ngola.

- Le manioc et les pistaches sont la nourriture des indigènes. Je n'ai jamais mis cela dans ma bouche.

- Mais elle a les mêmes valeurs nutritives que les baguettes que tu préfères.

- Tu penses que les feuilles que tu vois dehors n'ont pas les mêmes valeurs nutritives que les choux!

- Tu comptes sur la nourriture des Blancs, mais si jamais ils ont une mauvaise récolte et ne disposent pas de surplus de denrées alimentaires pour l'exportation, les gens comme toi risquent de crever de faim.

- La vie est une loterie, ce qui veut dire que je peux gagner ou je peux perdre. Je préfère tenter ma chance que de mettre la saleté dans ma bouche.

- Tu viens de me parler de l'indépendance de ce pays, mais ta loterie risque de le plonger plutôt dans la dépendance.

- Comment ça?

- Si tu ne parviens même pas à te nourrir, que vaut ton indépendance?

- C'est moi qui ne mange pas le bâton de manioc, pas la population locale.

- Nous revenons à ce sujet encore! Mais si toi, tu traites déjà de saleté cette nourriture, comment veux-tu que les autres en mangent. Le dirigeant que tu veux devenir doit prêcher par l'exemple et tes disciples vont te suivre. Comment peux-tu les convaincre de faire le contraire de ce que tu pratiques? C'est de l'hypocrisie, non?

- Tu poses trop de questions. Ces gens ne connaissent rien, je te l'ai déjà dit.

- Mais en tant que dirigeant, ce sera aussi ton devoir de les éduquer. On tourne vraiment en rond.

- Tous les arguments que tu avances ne me feront pas manger ton bâton de manioc, mon cher ami.

- Je sais, mais cela n'est pas l'objectif de mes propos. Je cherche à comprendre. Peut-être qu'à travers nos conversations, tu vas revoir le choix de la carrière que tu veux suivre car, comme nous dit le grand philosophe et écrivain Voltaire, c'est seulement les imbéciles qui ne changent pas.

- J'ai fait mon choix et je pense que c'est un choix gagnant.

- Cela dépend de ta définition de « gagnant ».

Pendant que je mangeais, Patrice d'Olivier cherchait aussi à connaître mes desseins pour l'avenir.

- Tu me parles de travailler, as-tu un domaine spécifique qui t'intéresse? Les entreprises européennes doivent être à la recherche d'employés.

- J'entends plutôt créer ma propre entreprise. C'est beaucoup plus rentable que de compter sur les gens qui te feront travailler comme un esclave pour des miettes.

- C'est intéressant ce que tu dis. Tu sembles être très décidé à te lancer dans les affaires; mais dans quel secteur précisément envisages-tu te lancer? Si je te comprends bien, tu n'as pas assez de fonds, ce qui évidemment t'empêchera de profiter des économies d'échelle. Comment parviendras-tu alors à faire la concurrence avec les grandes sociétés qui ont nettement plus de moyens et d'expertise dans le même domaine? Si tu te lances dans un secteur qui connaît beaucoup de concurrence, tu risques d'échouer.

- Je suis boucher et c'est dans ce domaine que je vais me lancer, et même s'il y a beaucoup de gens déjà impliqués dans le secteur, il y a toujours une niche pour un petit operateur comme moi. Le marché est trop vaste.

- Boucher! s'exclama-t-il avec incrédulité et les yeux grands ouverts.

- Oui et cesse de me regarder comme si je viens de tuer quelqu'un!

- Égorger les animaux et vendre leurs carcasses!

- Veux-tu que je te décrive le travail d'un boucher?

- Je veux juste m'assurer que je t'ai bien compris. Avec un probatoire en poche tu veux être boucher? Avec toutes les possibilités qui existent?

- C'est un secteur tellement rentable que tu ne peux pas l'imaginer. Je connais bien le métier. Croire qu'on peut faire fortune en travaillant dans un bureau me surprend. C'est quand ton père s'est lancé dans l'agriculture qu'il a commencé à faire sa fortune, n'est-ce pas? Les Blancs qui arrivent chez nous ont tous fait leur fortune sur la terre. Et nous autres Africains? Nous voulons tous travailler dans un bureau. Dis-moi quelque chose.

- Oui, vas-y.

- Crois-tu qu'on puisse se passer de la nourriture? Qu'est-ce qui attirent les gens dans le bureau? La cravate? Le costume? Chercher à passer pour un civilisé? Être fermier, boucher, menuisier, et forgeron ne nous empêche pas de sortir cravater le soir et de prétendre parler français comme un Parisien. On peut faire toutes ces choses de façon plus impressionnante si on a une poche garnie d'argent.

- Je comprends bien ton point de vue, mais on ne devient pas ministre ou chef d'état en passant par les métiers que tu cites. On ne se fait pas conduire dans une grande voiture entourée de gardes du corps quand on est boucher. Quand tu assistes à la fête du 14 Juillet, n'es-tu pas impressionné par la présence du gouverneur du territoire?

- Je suis tenté de croire que tu veux simplement remplacer les colons, plutôt que rechercher l'indépendance. Tu ne cherches pas le développement du pays, mais plutôt tes gains personnels.

- Pourquoi, parce que je ne veux pas être paysan, indigène!

- Tu ne peux jamais être un dirigeant efficace si tu ne te mets pas à la place d'un paysan, ou d'un indigène.

- C'est ton point de vue et j'ai le mien.

Il se leva pour faire descendre sa valise du porte-bagages au moment où le train s'approchait de la gare de Ngola. J'espère qu'on aura l'occasion de nous revoir et de reprendre notre petit débat.

- Nous aurons certainement l'occasion de nous revoir. C'est un grand plaisir de faire ta connaissance.

Le train s'arrêta et Patrice se dirigea vers la porte du wagon. Je me rappelai ce que Kwacha avait dit à propos de l'indépendance à Nde. Un pays indépendant, ayant toutes les ressources du monde ne se développerait jamais avec la mentalité de ce jeune homme. C'est surtout ça le danger avec sa vision, voire obsession, de vouloir devenir chef. J'ignorais encore à l'époque que mon interaction avec ce jeune ne faisait que commencer.

À l'arrêt complet du train, je passai du temps à attendre que notre wagon se vide complètement. J'étais le dernier à sortir. À ma descente sur le quai, un rang s'était déjà formé. Je décidai de fermer la queue pour ne pas subir la pression de quelqu'un derrière moi, surtout quand je trimballais mes bagages. Quand je débouchai sur le grand vestibule de la gare, où se rassemblaient généralement les gens venus accueillir les amis et parents, les deux frères de Charlemagne m'attendaient déjà. Comment ne pas les reconnaître? A l'exception de leur aîné à Touri, ils ressemblaient tous à leur mère d'une façon ou d'une autre. Néanmoins, j'avais pris certaines dispositions de peur de me tromper. Avant mon départ de Touri, je m'étais donc habillé de façon à les aider à m'identifier.

Pari gagné? Nous nous reconnûmes. Ils me sourirent dès que nos yeux se furent croisés. Mes cousins s'emparèrent de mes bagages et on se mit en route pour leur domicile.

Ah Ngola!

Cette ville dont me parlait toujours Jean-Pierre!

34

h Ngola! Cette ville dont me parlait toujours mon cousin Jean-Pierre. Une image d'elle s'était gravée dans mon esprit. Elle y resta, figée, et me fascina, jusqu'à ce jour, le jour de mon arrivée à Ngola. Je la trouvais grande et belle bien sûr, par rapport au village où j'étais né. Elle dépassait aussi de loin les villages et villes par lesquels j'étais passé avant d'y arriver.

Mon séjour à l'étranger m'a beaucoup ouvert les yeux. Aujourd'hui, grâce au temps que j'ai passé en Europe, je sais ce que nous pouvons faire pour embellir la ville et améliorer la qualité de vie de ses habitants. Tout naturellement, elle est désormais devenue un échantillon et je m'en sers souvent quand je formule des critiques en matière de planification et gestion de nos villes. Néanmoins, ma passion pour cette ville dépasse ce cadre restreint. Parlons donc un peu plus d'elle.

Ngola est importante en tant que capitale départementale et nationale. Cette importance va sans dire. Elle constitue aussi notre fenêtre sur le monde extérieur car ceux qui arrivent chez nous débarquent d'abord ici et ceux qui quittent notre pays le font à partir d'ici. C'est ici que notre expérience nationale commence. Les décisions qui proviennent d'ici animent l'avenir de notre pays. Cette ville a constitué le cadre dans lequel une grande partie de ma vie adulte s'est déroulée. D'où la nécessité de l'examiner un peu plus près.

Ngola, à plusieurs égards, représente des contradictions qui intéressent ce récit. Le premier niveau fleure une hypocrisie en quelque sorte. Une hypocrisie provenant, tant du côté africain qu'européen. J'ai toujours lutté contre le colonialisme à cause de ses méfaits. Ces méfaits étaient évidents dans cette ville, plus qu'ailleurs. Si la mission de la présence européenne chez nous était de nous « civiliser, » Ngola expose les écarts énormes qui existent entre la vie des indigènes et la vie des Européens. Alors que les indigènes se cantonnent dans des ghettos où pauvreté, insalubrité et maladies se côtoient, les colons mènent la vie en rose dans les quartiers chics. La communauté européenne se proclame agente de développement alors qu'elle pose des actes qui appauvrissement et rendent les indigènes misérables. Ces colons monopolisent tout. Ils font main basse sur tous les biens du pays à partir de cette ville.

On a tant parlé de l'hypocrisie européenne. Mais que dire des Africains alors? En sont-ils exempts ? Ô que non ! C'est à se demander avec quelle autorité morale nous nous permettons de critiquer le colonialisme occidental alors que certains d'entre nous se comportent en véritable colons une fois au pouvoir. Tenez, mon ami Patrice d'Olivier, par exemple. Voilà un colon africain en devenir. Ceux en provenance des régions qui portent encore les cicatrices douloureuses de leur rencontre avec les Européens me traiteront sans doute d'apologiste du colonialisme, ou bien d'apostat. Avant de me coller ces étiquettes, qu'ils prennent le soin de réfléchir sur le colonialisme. Est-ce un phénomène européen, racial ou humain? Même avant mon embastillement, je tendais plus ou moins à modérer mes critiques envers tout pays colonisateur. Le germe de cette tendance à faire la part des choses me provenait du père Kirk Patrick.

Certains Africains sont très aigris et à juste titre, à cause de leur vécu sous la colonisation. Ils traitent les Français de narcissiques qui veulent toujours imposer leurs noms et leur culture partout où ils passent. Fort Lamy au Tchad, Brazzaville au Congo, et St Louis au Sénégal, citent-ils à grand écho les noms de villes africaines nommées par des colons d'après leur histoire à eux. C'est bien vrai. Mais Ngola, qui porte toujours son nom indigène, ne constitue-t-elle pas un démenti à cette tendance? D'ailleurs, Johannesburg et Pretoria en Afrique du Sud portent-elles aussi un cachet français? Et la ville de Lourenco Marques au Mozambique? Le passé français ne montre-t-il pas que ce pays a aussi subi le même et triste sort? Que signifie le mot « Gaulle » dans son histoire? La ville de Marseille ne provient-elle pas du mot grec « Marsilia? » Et le voisin de ce pays, l'Espagne! La ville de Barcelone n'est-elle pas une exportation africaine de la fameuse famille carthaginoise du nom de Barca? Je n'essaie pas de justifier le colonialisme par ce raisonnement. Tant s'en faut! Je veux simplement démontrer que Ngola m'a permis de mieux comprendre que la colonisation est un phénomène humain Et non pas racial ni européen. Le père Kirk Patrick me l'avait déjà dit. Il m'avait parlé de son pays sous domination anglaise.

Vous voyez, l'apprentissage de l'histoire rend à la fois heureux et malheureux. Et la mémoire historique n'est pas aussi longue que les gens la croient. Les persécutions, les massacres et les génocides se répètent jusqu'à nos jours. A l'affaire Dreyfus s'agrafe les Neuf de Scarborough aux États-Unis; et à la première guerre mondiale s'impose la seconde. La liste est infernale.

Donc, la ville de Ngola et son histoire m'ont fait grandement modifier mon opinion sur le colonialisme et même certains aspects de l'histoire en général. Pour commencer, disons haut et fort que la France a fait une bonne chose en retenant le nom africain de cette ville. Le choix de ce nom est important parce qu'il préserve l'identité africaine et le nom est facile à prononcer. Au moins, pas aussi compliqué que Kikakilaki ou Ouagadougou! Faut-il en plus mentionner que c'est un nom glorieux, qui revêt une importance capitale dans l'histoire de notre continent car il provient d'une grande dynastie précoloniale en Afrique centrale?

C'est ici que l'hypocrisie africaine en matière du colonialisme devient manifeste quand les gens veulent oublier leur passé. Le colonialisme est-il humain ou européen? Je dois reprendre ma question? Je pense, pour ma part, que la réponse à cette question se trouve dans l'histoire de Ngola.

D'après cette histoire, un désaccord successoral avait poussé deux frères et leurs partisans à abandonner le foyer ancestral dans un royaume en Afrique Centrale. Ils firent une longue marche à travers la forêt dense où ils s'exposaient presque tous les jours à des pluies torrentielles et à des moustiques. Le froid, la chaleur, la faim et la soif animaient leur quotidien. Ils finirent un beau matin dans un grand golfe, connu à ce jour comme étant le Golfe de Guinée. Ils y virent une terre d'une beauté paradisiaque qui s'étendait à perte de vue. La terre se peignait sur fond d'un océan bleu, dont les vagues s'élevaient parfois à des altitudes vertigineuses. Ces vagues venaient s'écraser sur les côtes avec des mugissements assourdissants comme le tonnerre.

Par endroits, la terre était plate et couverte de sables blancs et resplendissants; ce qui permettait à la brise et la fraîcheur de l'océan de tempérer la chaleur accablante et l'humidité équatoriale. La terre était arrosée de marigots et de fleuves. Les nouveaux venus n'avaient encore rien vu de comparable, rien de si beau ni rien de foisonnant. Ils décidèrent d'y élire domicile. Ils baptisèrent ce nouveau territoire Ngola peut-être en mémoire de leur ancien royaume.

La décision de s'établir sur cette terre n'avait pas tenu compte de ceux à qui elle appartenait. Elle n'était pas occupée certes mais cela ne signifiait pas qu'elle n'avait pas de propriétaires. Ils commencèrent à dresser leurs huttes, mais ils se réveillèrent un beau matin aux cris humains et aux sons de tam-tams de guerre. Ainsi commença un conflit intermittent qui dura des années. Après avoir mis en déroute leurs adversaires qui reculèrent à l'intérieur, vers le continent, les frères dissidents et leurs partisans s'y installèrent.

Ainsi, est née Ngola, prise à l'époque de la colonisation occidentale dans ses propres contradictions. C'est dans cette ville que j'étais arrivé.

35

Nous, c'est-à-dire, Didier et son frère aîné François, mes cousins, et moi, nous sortîmes de la gare et nous nous engageâmes dans une avenue qui allongeait le quai du port. C'était ma première vue de l'océan, des bateaux, de grands bâtiments, de belles rues et de grandes boutiques qui dépassaient de loin ce que j'ai connu à Touri. Il y avait des restaurants, des boulangeries, des poissonneries, des boucheries, et des épiceries. Tout était comme Jean-Pierre m'avait dit. En matière de développement infrastructurel, Ngola dépassait de loin toutes les villes de Mayuka.

- Comment s'appelle cette avenue? demandai-je à mes cousins comme ce n'était marqué nulle part.

- Avenue Napoléon, me répondit François.

Nous arrivâmes dans un quartier chic, constitué de maisons blanches bien construites et entourées de palissades ou de haies. Partout, nous entendîmes aboyer des chiens.

- Voici un très beau quartier

- C'est le plus beau quartier de la ville. Il s'appelle Élysée. C'est le quartier des Blancs et certains indigènes très riches, me dit François.

Après avoir quitté le quartier, nous continuâmes sur la même avenue et arrivâmes dans un autre quartier. Celui-ci était moins sophistiqué que le premier, mais bien aménagé, avec de belles rues, des boutiques, l'École Corneille et une église.

C'était le quartier où vivaient les élites noires, ceux qui travaillaient en grande partie dans l'administration. A un carrefour, nous tournâmes à droite sur rue Marie-Curie et arrivâmes à une belle maison coquettement dressée au sommet d'une pente. Entourée d'une courte palissade, elle était accédée à l'aide d'une petite barrière.

- C'est ici que nous vivons, me déclara François en ouvrant la barrière. Une fois à l'intérieur, il se mit de côté en tenant la barrière afin de nous laisser entrer. Quand nous étions tous à l'intérieur, il la renferma. Nous montâmes un petit escalier et nous nous trouvâmes devant sa porte.

Il passa devant, sortit la clé de sa poche, l'ouvrit et nous débouchâmes dans son salon. Le salon était spacieux et bien meublé, avec les fauteuils en bois arrangés en demi-cercle autour d'une longue et grande armoire placée presque au centre de la salle. Dans un coin de la salle, il y avait la salle à manger avec quatre chaises. Il y avait trois photos encadrées au-dessus de l'armoire dont celle dans laquelle apparaissaient ma tante et tous ses enfants que j'avais vue chez elle à Nde. Mes cousins étaient encore célibataires, ce qui m'arrangeait bien car il n'y a aucun enfer plus grand que celui d'un jeune homme qui s'introduit dans la vie d'un couple marié.

Les quatre chambres à coucher de la maison se trouvaient en face d'un mur derrière. Elles étaient accédées grâce à un long couloir qui séparait les chambres et le mur. Une des chambres était occupée par François et l'autre par Didier. Dans une troisième il y avait un lit qui n'était pas fait. Didier m'invita à y déposer mes bagages. Alors que je me lavais dans la salle de bain à l'extérieur de la maison, il vint y déposer les linges propres sur mon lit.

- Le grand frère nous informe que tu veux ouvrir un commerce, entonna François lorsqu'on était assis et buvait de la boisson que Didier venait d'acheter.

- Oui, comme j'ai beaucoup d'expérience dans le secteur de la boucherie, c'est cela que j'aimerais faire, à moins qu'il n'y ait des propositions beaucoup plus intéressantes.

- C'est un secteur fructueux dans lequel tu trouveras facilement ton compte, me dit Didier, lui aussi un homme d'affaires. D'ailleurs, je connais un monsieur à qui je vais te présenter. C'est chez lui que certains bouchers achètent les bœufs qu'ils revendent.

- Merci beaucoup. Mais quand pouvons-nous aller le voir?

- Dès que tu trouves un bon emplacement.

- En ce qui concerne l'emplacement, que me recommandes-tu de faire?

- Il faut établir ton comptoir dans le quartier populaire noir où l'emplacement est facile à trouver, où le loyer coûte moins cher et où tu trouveras de nombreux clients.

- Le quartier est-il loin d'ici?

- Pas du tout puisqu'il se situe juste après le nôtre. A ta place, je consacrerai la journée de demain à la recherche de l'emplacement. C'est peut-être aussi une occasion de commencer à découvrir le quartier et la ville.

- Je vais commencer demain. En même temps, j'ai aussi envie de préparer mon baccalauréat.

- Il y a un lycée dans notre quartier, mais je me demande comment tu parviendras à faire les deux à la fois.

- N'y a-t-il pas un cours du soir? demandai-je, espérant adopter la même stratégie que j'avais utilisée à Touri lorsque je préparais mon probatoire.

- Je ne pense pas qu'il y ait un tel programme ici, me prévint François avant de faire une proposition. Tu seras peut-être obligé de recruter un jeune homme fiable pour gérer la boucherie en attendant ton retour de l'école. Comme il y a beaucoup d'étudiants et moins d'écoles, les autorités missionnaires ont décidé d'avoir deux sessions, une qui commence très tôt le matin et s'arrête à midi et l'autre qui va de midi au soir. A ta place, je choisirais la session qui commence le matin, car cela te permettra de t'occuper de tes affaires le reste de la journée.

- Tu peux te consacrer entièrement à tes affaires la première année. Cela te permettra de voir comment les choses évoluent avant de t'inscrire à l'école l'année prochaine, recommanda Didier. Non seulement la première année te donnera le temps de former un apprenti-boucher à même de suivre tes affaires quand tu es en classe, mais aussi, cela te permettra de bien saisir la complexité du marché de la viande ici.

- Je vais commencer par la boucherie et je verrai la suite, me dis-je. Demain je m'embarquerai dans la recherche d'un emplacement.

Le lendemain, dès le grand matin, mes cousins s'apprêtaient à vaquer à leurs activités quotidiennes. J'essayai de revoir mon emploi de temps journalier et de leur poser certaines questions avant leur départ.

- Quel est le plancher des loyers dans le quartier? questionnai-je.

- Je ne saurais dire le montant exact mais c'est abordable, répondit Didier.

- Tu ignores sans doute le plafond aussi?

- Ce n'est pas nécessaire dans tes calculs puisque tu cherches le moins cher.

- Quelle est le taux de criminalité de ce quartier?

- Je pense qu'il n'y a aucune partie en particulier avec cette réputation. Il y a des jeunes chômeurs qui deviennent ensuite voleurs mais ils ne sont pas nombreux. C'est le quartier qui est pourri, pas l'âme de ceux qui y vivent.

Après avoir répondu à mes questions, mes cousins me montrèrent leur cachette pour la clé de la maison.

Il faisait beau le lendemain. La brise en provenance de l'océan apportait une fraîcheur qui gardait la température modérée. Sorti de la maison, je descendis sur avenue Napoléon et me dirigeai vers la direction que mes cousins m'avaient indiquée. Harlem, comme le quartier de mes cousins était baptisé, n'était pas très grand, car à l'époque il n'y avait pas beaucoup d'Africains qui répondaient au titre ronflant de «élite.»

Sur l'avenue, le quartier s'arrêtait à une pente sous forme de la bosse d'un chameau. A partir du sommet de cette pente, de l'autre côté, s'étendait le quartier populaire nommé Ciel. Ciel me semblait avoir été oublié par Dieu lui-même. Je me tenais sur le sommet de la pente afin de scruter Ciel. C'était plutôt de l'enfer qu'il s'agissait. Composé de cabanes coiffées, pour la plupart, de natte, il ne respectait aucune règle de l'urbanisme moderne. Du moins, les règles telles que j'ai apprises dans les livres à l'époque. A partir de ma position, tout y semblait être le chaos. Ces monstruosités devenaient de plus en plus évidentes au fur et à mesure que j'avançais. Les rues et ruelles se lézardaient dans le quartier comme les veines dans le corps humain. Ne sachant pas la destination de rues ou ruelles, je me demandais quel chemin j'allais prendre. Après avoir erré pendant dix minutes, je décidai de suivre une rue qui me semblait mieux aménagée par rapport aux autres. Appelée Louis XIV, la rue débouchait sur une place où il y avait de petits magasins, des vendeurs de fruits et de légumes, les marchands de poissons et crevettes fumées, et une boucherie. A côté de la boucherie, il y avait un jeune monsieur qui braisait les brochettes de bœuf. Il avait une mine souriante et je m'approchai de lui.

- N'est-il pas très tôt de commencer la vente des brochettes? lui demandai-je en lui tendant un franc. Je savais qu'en lui faisant la recette, j'aurais droit à toutes les informations que je voulais.

- Non, pas du tout! Bientôt il y aura beaucoup de clients ici. Ils quittent leurs domiciles le matin sans manger et ils doivent prendre le petit déjeuner avant de commencer les affaires.

Le monsieur avait un tabouret à côté de lui et il me demanda de m'asseoir.

- J'aimerais commencer une boucherie dans ce quartier et il me semble que tu peux me donner des informations utiles.

- C'est une bonne idée, me rassura-t-il. Il n'y a que deux boucheries dans tout le quartier et elles ne suffisent pas au regard de la demande.

- Peux-tu me suggérer un bon emplacement pour établir ma boucherie?

- Tu peux le faire ici, me dit le jeune monsieur en balayant la place de la main. Le monsieur qui vend de la viande là-bas a tellement de clients qu'il vide son stock avant quatorze heures parfois, m'expliqua-t-il.

- Ne se sentira-t-il pas menacé? Ne commencera-t-il pas à me faire de problèmes? Pas que j'ai peur de lui mais je ne veux pas commencer par des ennuis.

- Je ne pense pas. C'est un homme très gentil; mais si tu es réticent, il y a un autre emplacement sur rue Victor Hugo.

- Où cette rue se situe-t-elle?

- Il me semble que tu viens d'arriver à Ngola

- Oui, je n'ai même pas fait une semaine ici.

- Tu descends sur avenue Napoléon et tu continues toujours dans la direction de notre quartier. C'est après la cinquième rue.

Après avoir terminé ma brochette, je m'en allai à la recherche de la rue indiquée. La pauvreté se voyait partout où je passais. Il y avait des cabanes avec des trous que les fourmis et les souris avaient creusés. Certains étaient si grands que de l'extérieur, on pouvait suivre ce qui se passait à l'intérieur sans plisser des yeux.

D'autres cabanes étaient sur le point de s'effondrer, les murs et les toits soutenus à l'aide de piliers en bois eux-aussi charançonnés. Les rigoles, creusées par l'eau de pluies, sillonnaient le quartier. Elles auraient pu être à l'origine d'une catastrophe sanitaire majeure si heureusement la terre ne se composait pas de sable. Elle était très perméable et faisait ainsi disparaitre rapidement l'eau après les pluies. C'est pour cela qu'elle disposait de très peu de mares où les moustiques pouvaient se reproduire. Par endroits, il y avait des tas d'ordures pourrissantes qui dégageaient une odeur nauséabonde. Des enfants sales et mal habillés s'amusaient dans les rues. J'étais finalement dans la rue Victor Hugo et je commençais à la parcourir. J'arrivai à un endroit où il y avait une série de petites boutiques très mal achalandées.

Au bout de quelque temps sur la rue, je tombai sur une belle maison avec une boutique vide et des appartements à louer. En dehors de sa beauté, elle occupait un coin stratégique. Je trouvai une vieille dame assise devant la maison, à qui je demandai des renseignements. Sans proférer aucune parole, elle me montra une porte entrouverte à laquelle je cognai. Une voix masculine répondit à l'intérieur et me demanda d'entrer. C'était la voix d'un monsieur maigre et chétif, assis sur un lit dans une petite chambre.

- Voilà plus d'un an que la boutique reste inoccupée, il m'encouragea quand je lui expliquai pourquoi je voulais louer l'endroit. Si la boutique continue à rester inoccupée, cela ne m'arrangerait pas du tout.

Je demandai à voir la boutique. Après avoir récupéré une clef qui était posée sur un tabouret devant son lit, il m'amena examiner l'emplacement. C'était effectivement ce que je voulais. En plus, le loyer était abordable, du moins en me basant sur les options que mes cousins m'avaient données. Je profitai en même temps pour examiner les appartements à louer, au cas où je me décidai à vivre non loin de l'endroit de mes affaires. Tout en promettant de repasser, je sortis; mais je ne rentrai pas directement à la maison, car il fallait voir s'il y avait d'autres possibilités dans le quartier.

Après quelques tours, je ne trouvai que des endroits qui ne me convenaient pas. Je rentrai à la maison, ayant arrêté la décision de louer la boutique sur rue Victor Hugo.

Ce soir-là, je fis le compte rendu à mes deux cousins qui me conseillèrent de commencer tout de suite. C'est alors que, Didier décida qu'on aille voir le monsieur qui vendait les bœufs. C'était une visite qui s'avérait très fructueux; non seulement sur le plan économique et scolaire, mais aussi sur le plan politique. Pour bien comprendre cette étape de ma vie, il faut qu'on commence l'histoire avec ce qui s'était passé dans le département du Sahara en Jangaland.

36

umultueux, sec et triste. Tels sont certains adjectifs qu'on peut utiliser pour décrire l'immensité sahélienne du Sahara. Situé à la lisière du grand désert, ce département s'étale dans la partie septentrionale de Jangaland. Le divorce de ce département avec le reste du pays n'est pas seulement géographique. Il est aussi culturel et religieux.

Nous sommes en 1930. L'année s'annonçait très difficile sur le plan climatique dans ce département. Ceci était très évident parce que l'harmattan, ce vent sec chargé de sables qui provenait du grand désert, avait pris ce département par la gorge. Le vent soufflait avec une rigueur épouvantable, apportant un lot inhabituel de chaleur, de poussière et de sécheresse. A force de l'exploitation éhontée et abusive des bois pour la construction et le feu, sans reboisement, le terrain est resté vide et vulnérable. Il n'offrait plus cette barrière verte qui constituait une réelle protection pour les êtres humains et le bétail contre cette rage de la nature. Tout ce qui restait de la couverture végétale n'étaient que des îlots d'herbes près de certains points d'eau ainsi que des bosquets d'arbustes et de plantes sahéliennes. Contre ce vent virulent, cette maigre protection n'était pas assez efficace comme bouclier.

Waga était un petit village du département et il était situé dans une plaine entourée de collines. Il faisait partie du domaine de *l'Ardo* (roi) Aliyu et s'exposait à la rage des vents et aux intempéries du temps. A partir des collines lointaines, les vents descendaient sur ce village avec une force terrible avant de balayer toute l'étendue du terrain.

Secoués par ce tumulte, les arbustes perdaient leurs feuilles que les vents soulevaient et faisaient flotter partout. Les lèvres, rendues sèches et plissées par manque d'humidité, se fendaient; et les mains humaines étaient tenues devant le visage afin de le protéger contre des particules de sables qui infligeaient des lacérations. Les bruissements d'herbes provoquaient des agitations qui dépistaient les lièvres cachés dans leurs repaires.

Dans son palais, ce n'était pas le mauvais temps et toutes ses péripéties qui préoccupaient le roi. Il y avait quelque chose d'insidieux, de plus profond, de plus destructif, qui rongeait à petit feu son pouvoir et sa considération. Cette chose lui faisait passer des nuits blanches. La chose mettait en question sa réputation et sa crédibilité en tant que guide coutumier et religieux de sa communauté.

C'était midi quand le vent s'abattait en pleine force dans son village. Il régnait un soleil de plomb à ce moment-là. Les poulets, les moutons et d'autres animaux domestiques évitaient les rayons solaires brulants et la chaleur accablante en s'abritant à l'ombre des arbres squelettiques effeuillés et sur les vérandas.

Aliyu avait vu passer plus de soixante-quinze saisons d'harmattan. Certaines saisons étaient si arides que de nombreux marigots tarissaient au même titre que des puits. Une étincelle suffisait pour enflammer la végétation desséchée. D'autres vents venaient surchargés de grosses particules de cailloux qui sculptaient les surfaces des rochers en des formes monstrueuses. Oui, *l'Ardo* Aliyu avait tout vu. Mais il n'y avait aucune tempête d'harmattan qui était plus sévère que celle qu'il vivait en ce moment.

Pour éviter la chaleur étouffante qui régnait dans sa hutte, il prit la peau de chèvre qui lui servait de natte de prière et s'installa à l'ombre d'un arbre dans l'une de ses cours à l'abri du vent. Au moins, à cet endroit, même avec la chaleur et les poussières, l'air circulait constamment, faisant baisser ainsi le niveau de son malaise. Mais plus important encore, l'endroit lui était idéal pour réfléchir sur certaines affaires sérieuses comme le souci du jour. Il était couché en boule sur la peau comme il en avait l'habitude, son dos posé sur le tronc de l'arbre et ses jambes en tailleur. C'était un homme mince et élancé, et la pose qu'il venait de choisir le mettait bien à l'aise.

Il contemplait le paysage. Par moment, son imagination passait d'un sujet à l'autre. Après avoir balayé des yeux le terrain, son regard vint se poser sur les contrastes entre les plaines et les collines. Ces différences avaient toujours retenu son attention. D'où venaient toutes ces choses merveilleuses que l'homme cherchait à faire siennes? C'était une question à laquelle il n'arrivait pas à apporter une réponse. Il se croyait aussi coupable d'être parmi ceux qui réclamaient ce qui ne leur appartenait pas.

Et puis le regard passa au ciel azure et aux cris esseulés des corbeaux qui planaient loin en haut; et ensuite aux couvertures végétales décolorées et inanimées qui s'agitaient dans les vents. Des couvertures végétales, il porta son regard sur les vastes étendues de terre rouge dure et chauve. Le spectacle était affreux et constituait certains signes avant-coureurs d'une tragédie qui se préparait. Il se reprocha d'avoir très peu fait pour lutter contre le pâturage outrancier, la culture itinérante et une mauvaise gestion du terrain. Ce sont ces maux qui étaient responsables en grande partie de cette dégradation terrible de l'environnement.

Il lança un soupir et tenta de se débarrasser de l'idée de son terrain aux griffes de la nature et de l'homme. C'était un spectacle terrible; mais il pouvait se consoler que tout n'était pas pour autant perdu. Si la terre devenait plus sèche et stérile, il pouvait déplacer sa communauté là où il y avait une couverture végétale florissante. Il viendrait un moment où cette politique ne se poursuivrait qu'aux risques de conflits. Cette perspective lui donnait des frissons. Pas qu'il était lâche! En cas de conflit, il avait beaucoup à perdre. Dans le bon vieux temps, ne disait-on pas que celui qui vend les œufs doit être le dernier à commencer une bagarre au marché! Pour l'instant, le problème de la terre en dégradation devait être remis à une date ultérieure. Il y avait une chose très urgente qui l'avait fait venir s'installer à l'ombre de l'arbre.

Ses yeux en balade tombèrent sur un troupeau de vaches loin dans les pâturages. C'était l'un de ses nombreux troupeaux, la richesse qui sous-tendait en partie son rang, son pouvoir et son autorité. Que deviendraient toutes ces richesses si les rumeurs qui couraient déjà discrètement s'avéraient vraies?

Il essaya d'oublier ses problèmes afin de pouvoir se concentrer sur une réunion qu'il devrait tenir le soir avec son conseil de notables afin de discuter des affaires de la communauté. Il avait déjà envoyé l'un de ses courtisans comme espion pour suivre ce qui se passait et venir lui rendre compte. Il tenait à être patient jusqu'à ce que son espion lui obtienne des informations.

Tard ce soir-là, *l'Ardo* présidait la réunion prévue lorsque le courtisan arriva à l'entrée de la hutte dans laquelle se tenait la réunion. Bien que *l'Ardo* lui ait donné la permission de venir le voir immédiatement s'il y avait de l'information, il tremblait à l'idée de s'approcher du chef.

Dès son arrivée, *l'Ardo* en le voyant de loin se dressait sur son séant, l'air nerveux et un peu troublé. Il s'attendait au pire comme il réajusta son turban afin d'exposer ses oreilles. Il voulait tout saisir quand le courtisan lui parlerait.

Avant de s'approcher de lui, le courtisan dut suivre le protocole. En dépit de son pouvoir et de la peur que sa présence inspirait parmi ses sujets, le roi était toujours vulnérable à l'assassinat. Il avait été déjà l'objet des attentats avortés et il ne voulait plus prendre de risques.

Le courtisan devait passer par les *Doungourous,* ces eunuques herculéens, qui servaient de gardes du corps et du harem de *l'Ardo*. De plus en plus, il ne se fiait plus à personne qui n'était pas membres de ce corps. Il ne pouvait même pas compter sur ses propres fils qui semblaient avoir tellement besoin de son trône qu'ils n'auraient pas manqué une occasion de verser son sang.

Lorsque le courtisan arriva et s'engagea dans le passage qui menait au trône, un silence total descendit dans toute la petite salle de réunion. Les notables étaient en proie à une trouille terrible. Ils ne comprenaient pas ce monsieur qui avait l'audace ou la folie de déranger une réunion du roi. Celui qui détenait la parole lors de l'arrivée du courtisan cessa de parler quand il vit l'homme. Son regard posé sur lui, il n'arrivait pas à découvrir son intention. Était-il fou! Il se sentait bien à l'aise quand le *Doungourous* le plus colosse lui barra le chemin.

- Tes collègues à l'extérieur viennent de me fouiller, protesta le courtisan au garde qui ne lui prêta aucune attention. Ses grosses mains dures et cicatrisées descendirent sur ses épaules comme les gourdins et se mirent à les serrer avec la force d'un étau. Le garde appuya encore fort et l'homme sentit une douleur vive s'irradiant partout à travers son corps et le firent cligner l'œil. C'était comme si sa circulation sanguine allait s'arrêter. Petit à petit, les mains descendaient, serrant, chatouillant et fouillant tous les coins et recoins de son corps dans le but d'assurer qu'il n'y avait aucune arme cachée quelque part. Après avoir terminé sa fouille, il l'envoya sans ménagement au prochain garde du corps.

- Tu peux toujours ourdir un complot avec les gardes afin de tuer *l'Ardo*, fit-il d'un ton impoli quand il le repoussait.

Le prochain garde reprit les mêmes précautions. Et puis un troisième et voire un quatrième avant de lui permettre d'aller voir le roi.

- Je l'ai vue en train de disparaître derrière une hutte. Je me suis caché et je l'ai prise en filature et je l'ai vue de mes propres yeux entrer dans la hutte de Pahi, le courtisan se courba respectueusement et chuchota dans l'oreille de *l'Ardo* qui approcha sa tête afin de bien suivre le message important.

Sa petite figure maronne devint livide. C'était un signe de trouble. Il se secoua la tête comme le messager fit quelques pas en arrière. Sans prononcer aucune parole, il se leva de son trône. Toute l'audience fit la même chose, comme si c'était par mimétisme, mais qui était en réalité par respect, voire par la peur. On dirait qu'il y avait quelque chose qui n'allait pas.

L'homme qui avait la parole avant l'arrivée du messager, fixa *l'Ardo* pour voir s'il avait quelque chose à lui dire. Rien.

L'Ardo ajusta sa grande robe blanche et par un geste de la main, déclara la séance close. Il se dirigea vers l'une des portes. Avant de partir, il fit un geste et le courtisan le suivit. Il le conduisit dans une chambre dérobée.

- L'as-tu bien vue? demanda-t-il au courtisan lorsque les deux se trouvaient seuls derrière la porte fermée.

- Vous pouvez maintenant visiter la section réservée à vos filles et vous allez constater que votre fille n'y est plus.

- La tradition me défend de faire cela, dit-il d'un ton sombre. Cela ne fait pas partie de mes devoirs.

- Si après avoir fait vos enquêtes et vous constatez que j'ai raison, vous pouvez m'envoyer avec certains *Doungourous* mettre sa hutte à feu et détruire ses récoltes avant de le mettre à mort, proposa le courtisan

- Je suis capable de faire tout ce que tu viens de me proposer, mais cette action risque de mettre ma famille et moi dans la honte.

- Quel genre de honte? demanda le messager avec incrédulité. Pahi est votre serf et vous pouvez faire de lui comme vous voulez.

- C'est vrai qu'il est mon serf, mais il couche avec ma fille. Cette action m'expose. Elle me rend vulnérable aux attaques de mes ennemis.

- Il faut agir vite et de manière discrète, suggéra le courtisan. Vous ne pouvez pas attendre qu'il soit trop tard.

- Trop tard?

- Oui, parce que Pahi risque de la féconder et de rendre ainsi la situation beaucoup plus difficile, du moins à la lumière du Coran dont les vertus et la doctrine vous vous devez de respecter.

En prononçant ces paroles, le courtisan avait évoqué une chose très importante. Le rôle de *l'Ardo* comme guide spirituel. Il voulait à tout prix se montrer intègre. En mettant les choses en perspective, il savait qu'il foulait une terre très dangereuse. Son corps tout entier commença à trembler et il transpirait.

- Je vais d'abord essayer de conseiller ma fille, de lui dire la honte à laquelle elle nous expose, et de la convaincre de mettre un terme à cette affaire, déclara le roi en colère. Mais si elle s'entête, je vais prendre d'autres mesures, annonça-t-il de manière ferme. Je suis complètement bouleversé par cette affaire. Je me demande ce que la population dira à mon égard si cette affaire devient publique.

- Je pense que beaucoup de gens sont déjà au courant, mais ils ont seulement peur de se prononcer ouvertement. Dis donc, notre communauté n'est pas si grande et un scandale pareil ne peut pas échapper à la vigilance de tout le monde.

- Je sais mais nous allons agir comme si c'est toujours un secret, le roi essaya de se consoler. En tout cas, comme je viens de dire, je dois en discuter avec elle et avec sa mère même si les choses s'aggravent.

Le courtisan était parti, laissant *l'Ardo* seul. Il s'en alla dans sa chambre à coucher. Avant de fermer la porte, il posta un garde avec l'ordre stricte de ne laisser personne venir le voir. Vautré sur sa natte, il se mit à réfléchir.

Il transpirait toujours à grosses gouttes. Et ce, pas seulement du fait de la chaleur. Il voulait se reposer. Mais il n'arrivait pas à fermer l'œil car son esprit n'était pas tranquille. Comment arriverait-il à parler publiquement avec autorité sur la sainte écriture quand sa propre fille posait un acte aussi honteux, un acte qui n'était pas digne de la foi.

Son rôle en tant que guide spirituel lui était venu presque naturellement. A ce qu'il sache, sa famille avait toujours joué un rôle clé dans l'expansion de l'Islam. En tant que savants, bien instruits dans la sainte écriture, beaucoup de ses aïeux étaient parmi les premiers qui, par le glaive divin, avaient pu imposer l'Islam sur ces contrées lointaines et païennes. Il se souvenait très bien de son père et de son grand-père qui, dans un passé plus proche, avaient été les marabouts qui géraient les écoles coraniques.

Il était initié à l'Islam étant très jeune et il parvenait à réciter les sourates du Coran par cœur. Ce n'était donc pas par hasard qu'il y avait une école coranique chez lui. Mais à quoi servirait tout cela si sa propre fille couchait avec un serf païen qu'il pouvait faire égorger à sa guise? Son esprit tourmenté ne cessait de se poser cette question. Une solution expéditive de faire tuer le serf aurait mis fin à ce problème. Aussi facile que cette solution semblait être, l'acte aurait toujours rabaissé son estime devant la population. Un roi ne pouvait pas se livrer à un bras de fer avec son serf à cause d'une princesse sans susciter des commentaires désapprobateurs. L'affaire était embarrassante. Très embarrassante. C'était sur toutes ces choses que son esprit s'attardait jusqu'à ce qu'il fût emporté par le sommeil.

Il se réveilla le lendemain matin à la cacophonie des enfants qui récitaient les versets du Coran. Il pouvait discerner les rayons de lumière qui s'infiltraient à travers les fissures dans un mur de sa hutte. Il se leva, s'habilla et sortit par la porte de derrière qui donnait sur une petite cour privée où il avait l'habitude de s'asseoir pour assister au lever et au coucher du soleil.

Le soleil venait de se lever et ses rayons dorés illuminaient son domaine. C'était beau, mais présageant une journée d'enfer.

Il pouvait entendre meugler le bétail qui se dirigeait vers les pâturages. De temps à autre, on entendait les voix des bergers qui criaient des ordres aux bêtes récalcitrantes. Mais tous ces bruits étaient noyés par les voix stridentes et mélancoliques des enfants dans l'école coranique. Pendant quelque temps, le vieux récitait certains versets avec les enfants. Ces versets lui venaient naturellement et le projetaient directement au centre du défi auquel il devrait faire face.

Il se leva et rentra dans sa chambre à coucher. C'était l'heure de la prière. Il s'empara d'une bouilloire qui contenait de l'eau et sortit. Son ablution terminée, il se tenait le regard tourné vers l'est et commença à réciter sa prière.

A la fin de sa prière, il s'en alla à l'endroit de sa concession où il prenait son petit déjeuner. Son déjeuner de ce matin était composé de bouillie à base de farine de mil complimentée de lait de vache ainsi que de beignets de maïs et de bananes mûres. Tout était chaud et délicieux et, en dépit de ses malheurs, il mangea avec appétit.

Bien qu'Aliyu ne s'entende pas avec sa fille sur le scandale, il ne savait pas encore comment réagir face à la situation. Il faisait partie de la noblesse et n'arrivait pas à comprendre ce qui attirait sa fille au serf. Pourtant, il y avait beaucoup de jeunes célibataires éligibles dans son village et même au-delà, qui étaient prêts à demander sa main en mariage si elle s'y intéressait. Au lieu de saisir ces opportunités, elle se contentait plutôt de traîner la réputation de la famille dans la boue par son comportement imprudent.

Aliyu paracheva son déjeuner et décida d'aborder le sujet embarrassant avec sa femme qui avait servi la nourriture et n'était pas encore partie. Elle l'écouta attentivement et avec déférence comme il se mit à parler de cette affaire triste, de la dérive de leur fille qui devenait de plus en plus un secret de Polichinelle.

- Elle nous apportera de la honte, conclut-il après avoir achevé le compte rendu à sa femme.

- J'ai beau essayé de lui parler des conséquences de ses actions, déclara-t-elle, la tête baissée comme si elle avait honte et était rongée par un sentiment de culpabilité. Je ne sais pas comment cette affaire a commencé, mais…

- Tu ne sais pas comment elle a commencé! la voix aigrie du roi l'interrompit. Elle passe le clair de son temps avec toi et tu ne sais pas comment les choses ont commencé!

Se rendant compte que son mari était en colère, elle décida de ne répondre qu'après le retour du calme.

Dans la salle, l'atmosphère était tendue. Le silence revenu, le roi devint conciliant. Il tenta de mettre les choses dans une vraie perspective. Il s'était peut-être rendu compte que l'accusation portée contre sa femme n'était pas juste. Elle avait beaucoup de devoirs à remplir et n'aurait pas pu avoir assez de temps pour suivre de près toutes les activités de sa fille. En plus, les filles se trouvaient souvent séquestrées dans une section distincte du palais. Ainsi retirée, il n'aurait pas été difficile de sortir de cette section en corrompant à coups de promesses séduisantes les *Doungourous* qui assurait la garde à l'entrée.

- Tu avais envie de dire quelque chose avant mon interruption, reprit le roi de manière calme. Je sais comment les choses sont dures pour toi, mais tu comprends quand même mon souci.

- Ce n'est pas ton souci à toi seul. C'est le mien aussi, répondit-elle d'une voix tremblante

- Tu n'as pas toujours dit ce que tu avais à dire, déclara-il, essayant toujours d'éviter le sujet qui avait provoqué la tension entre eux.

- Je voulais dire qu'elle soit envoyée à Showa pour y vivre avec ton frère.

L'Ardo ne répondit pas tout de suite. Il réfléchissait probablement sur la proposition que son épouse venait de faire.

- Ta proposition est bonne, dit-il enfin. Là, Pahi ne peut pas aller la rejoindre parce qu'il n'y aura pas la terre à cultiver et je ne lui accorderai pas le droit de partir.

Une semaine après la discussion avec sa femme, *l'Ardo* fit venir sa fille, Aminata, qui lui causait tant de mal au cœur. Elle avait l'air visiblement très calme quand elle apparut dans la hutte de son père. Ce n'était pas un bon signe et son père soupçonnait tout de suite qu'il y avait quelque chose qui n'allait pas. Depuis qu'il avait soulevé la question de son amour avec le serf, elle s'était montrée réfractaire. Le roi ne voulait pas envisager ce qu'elle allait faire.

- Je t'ai invité ici pour te dire que demain, tu iras à Showa, dit-il, la mine apparemment sereine.

- A Showa? demanda-t-elle, un peu surprise. Pourquoi faire?

- Je veux que tu ailles vivre avec mon frère.

- Si tu veux me mettre hors de la portée de Pahi, j'aimerais t'annoncer fièrement que je porte son enfant.

- Quoi! s'écria le vieillard comme il se leva brusquement de son siège et mit ses mains sur sa poitrine. Et puis lorsqu'il se rassit, il porta ses mains sur ses cheveux gris, avec ses coudes posées sur ses cuisses. C'était le spectacle d'un homme en détresse. Comment peux-tu porter l'enfant d'un serf?

- Il est serf parce que tu le veux ainsi, sinon c'est un homme comme toi. Même mieux que beaucoup que je connais. Et sur ce point-là, je peux l'affirmer sans risque de me tromper. Tu n'as pas cherché à le connaître.

La plus grande peur de *l'Ardo* semblait avoir été confirmée. Si les villageois en étaient conscients, il serait condamné à suivre la loi de l'Islam qui régit ce genre de comportement. Cela veut dire qu'il fera lapider à mort sa propre fille.

- Est-ce qu'il y a quelqu'un d'autre qui en est au courant?

- Il n'y a que nous deux.

Fort de cette information, *l'Ardo* était obligé d'agir rapidement. Il demanda immédiatement à sa fille de partir et de ne dévoiler le secret à personne. Il envoya chercher le courtisan qui lui servait d'espion et la mère d'Aminata. Lorsque les deux arrivèrent, il leur raconta ce que la fille venait de lui dévoiler. *L'Ardo* savait bien ce qu'il avait fait jusqu'alors afin de garder le prestige et la bonne réputation de la famille et il voyait déjà ses efforts en train d'être raclés par ce scandale.

- Nous n'aurons pas de choix que de le faire disparaître, recommanda l'espion à propos de Pahi.

- Je ne veux pas commencer des histoires avec lui, surtout en un pareil moment critique.

- Il faut donc qu'on aborde cette affaire d'une manière beaucoup plus subtile, déclara le courtisan.

- Que veux-tu qu'on fasse alors, demanda *l'Ardo*.

- Je sais que vous ne pouvez pas commencer des histoires avec Pahi sans donner l'impression au public qu'il occupe le même rang que vous. C'est une question de fierté; mais il y a un moyen pouvant vous permettre de lui administrer un coup mortel sans toutefois sacrifier votre fierté.

- Voilà ce que j'aimerais entendre.

- Je propose qu'un mouton disparaisse dans l'un de vos troupeaux et que lors d'une perquisition les morceaux réapparaissent dans la hutte de Pahi. A partir de ce point, c'est le Coran qui va parler.

- Je comprends bien ce que tu proposes, mais en vertu du Coran cela ne constitue pas une offense qui mérite la peine de mort, dit *l'Ardo*. La loi islamique dit que sa main doit être amputée, ce qui risque plutôt d'aggraver la situation car cela rendrait ma fille plus déterminée que jamais. Elle est très têtue tu sais.

- J'en suis conscient. Avant l'amputation, le guérisseur dont les médicaments serviront à panser et faire guérir la plaie sera envoyé en mission. C'est vous le roi de cette communauté et personne n'ose vous désobéir. Il faut bien en tirer profit dans de pareilles circonstances.

Peu après leur réunion, *l'Ardo* fit venir Toro. C'est son *Doungourous* le plus fidèle et implacable, qu'il chargeait toujours à l'exécution de ses sales besognes. Ses serfs commençaient à trembler rien qu'en entendant le nom de ce bourreau.

Lorsque Toro apparut, on lui parla du coup et de la date qu'il devrait le monter. Il fallait agir rapidement car le temps était contre le roi.

- Demain, dès qu'il sort de sa hutte la nuit, je mettrai une preuve dans son domicile, il assura son patron.

Le lendemain matin, à la suite de leur réunion, il revint annoncer à *l'Ardo* qu'il avait réussi à accomplir sa mission. Peu après, l'annonce de la perte d'un mouton avait été lancée. Une bande avait été organisée afin de chercher le mouton.

C'est Toro qui était à la tête de cette bande. Il mena ses membres dans le pré à la recherche du mouton qu'il avait lui-même égorgé. Lasse de chercher, la bande, sur l'ordre du roi, décida de fouiller les huttes de serfs. C'était lors de cette perquisition que la tête et les intestins de l'animal avaient été trouvés dans la hutte de Pahi.

Le sort en était jeté!

Sur l'ordre de *l'Ardo*, Pahi et son ministre de justice avaient été convoqués et après un jugement expéditif, l'accusé était déclaré coupable devant tous les gens du village. En vertu de la charia, il devrait subir une amputation de la main droite. Une date très proche avait été fixée pour l'exécution de la sentence.

Un mois venait de s'écouler depuis qu'Aminata avait annoncé à son père qu'elle était grosse. Pahi était déjà mort. Elle soupçonnait son père d'être à l'origine de la fin tragique de son amant. Bouleversée par ce décès, elle ne savait quoi faire. Elle préparait encore sa prochaine démarche quand son père la fit venir.

- Le père de ton enfant n'était pas seulement serf, mais aussi voleur; et il a subi, comme tu le sais déjà, le sort réservé aux personnes malhonnêtes, lui dit son père. Il est mort. Pour t'épargner encore d'ennuis, nous allons te débarrasser de l'enfant. Dieu merci ce n'est pas tard!

- Pensez-vous que j'ai décidé de porter son enfant parce que je voulais protester contre vous? répondit-elle avec incrédulité. Eh bien, j'aimerais vous annoncer que je l'aimais bien et je garderais son enfant en sa mémoire.

- L'enfant est un bâtard et le Coran est clair là-dessus, ma chérie! insista le père. Autrement, tu seras lapidée à mort.

- Je commence maintenant à comprendre! s'écria-t-elle à son père. Vous l'avez fait tuer parce que vous vouliez que j'avorte cet enfant. Vous parlez du Coran, un livre de vérité et de justice. Vous ne croyez ni à l'une ni à l'autre, protesta Aminata.

- Tu m'accuses à tort, répondit son père. Je ne fais que mon devoir en tant que père en essayant de te protéger.

- Me protéger! Pas du tout! Vous voulez plutôt protéger votre image, lança-t-elle. Je vous dis que ce n'est pas la dernière fois que vous aurez de ses nouvelles, menaça-t-elle comme elle sortait en claquant violemment la porte.

Une fois de retour dans sa hutte, Aminata réfléchit sur sa situation. Elle savait qu'elle devrait faire face à la réalité. Elle serait lapidée si elle résistait au plan de son père. Ce dernier n'avait-il pas le droit de faire exécuter un serf quelconque s'il le désirait, se disait-elle! Et puis une idée lui vint à l'esprit. Elle commença à l'exécuter sans tarder.

Il faisait noir. Elle arrangea ses effets en un petit tas qu'elle pouvait porter sans peine. Elle ouvrit la porte doucement et sortit dans le noir. Pendant toute la soirée, quand lui vint l'idée de s'échapper, elle se mit à gaver les *Doungourous* qui assuraient la garde de leur section du palais. Elle leur donnait des calebasses de *bilibili*, une boisson très alcoolisée faite à base de mil et de miel. Vers le premier chant du coq, lorsqu'elle était prête à partir, ils étaient tous ivres et dormaient. Elle suivait un sentier discret qui sortait du palais par derrière et descendait vers un vallon où il y avait un abreuvoir.

Une fois hors de la portée du palais, elle hâta les pas et bientôt Waga était loin derrière elle. Bien qu'elle fût de plus en plus en sécurité, elle se sentait dépaysée. Ce village qu'elle venait de délaisser lui gardait beaucoup de souvenirs. C'est là-bas qu'elle était née et élevée, l'endroit où vivaient ses parents et amis. Mais à cause de son enfant, elle n'avait pas eu d'autre choix que de partir. Peut-être que c'est le seul que Dieu avait pour elle, elle se disait. D'ailleurs, son départ était bon pour tout le monde. Sa famille allait continuer de jouir de son prestige et elle pouvait garder son enfant.

Elle se dirigea vers le sud à Zangawa où vivait son grand frère. Il s'appelait Tanko. Il avait abandonné le village une décennie plus tôt, pour se mettre hors du contrôle excessif de son père. Il voulait une vie ordinaire, dénuée de tous les avantages et obligations princiers. Il avait envie de mener sa vie comme les autres jeunes hommes du village.

Dans le contexte où il évoluait à l'époque, il ne pouvait pas le faire. Il voulait se frayer un chemin sans le concours ou l'encombrement de son père à qui on attribuait tous les honneurs pour ses acquis. Il était très travailleur, doux et gentil. Étant donné que la population estimait que tout bon dirigeant devrait disposer de ces qualités, les gens du village le considéraient déjà comme le futur roi. Il savait qu'il pouvait bien diriger la communauté, mais il ne voulait pas être l'objet de spéculation. Ce genre de spéculation l'avait mis au centre des crises successorales sanglantes qui étaient le lot de leur palais. Ses demi-frères et les coépouses de sa mère étaient dangereux. Ils lui manifestaient toujours une forme d'hostilité chaque fois qu'on chantait ses louanges.

Son père faillit piquer une crise cardiaque à cause du départ de Tanko, mais ses ennemis étaient en plein délire. A Zangawa, où il élit domicile, il se lança dans une affaire prospère, à savoir la vente de bétails dans les grandes villes côtières. C'était une entreprise très difficile, mais énormément rentable.

Il venait de rentrer de l'un de ses voyages commerciaux et était devant sa concession en train de se reposer lorsqu'il vit surgir au loin la silhouette d'un être humain. Beaucoup de gens passaient par sa concession et cette image ne devrait constituer aucun objet de curiosité. Mais sans savoir pourquoi, ses yeux restaient braqués sur la silhouette qui s'approchait de lui.

Elle se trouvait à une centaine de mètres de lui et il se rendait compte qu'elle pouvait être sa sœur, Aminata. Au regard de sa démarche, se dégageait un air de familiarité. Elle se déplaçait à vive allure en se balançant la hanche élégamment de gauche à droite de manière très coquette. Il avait l'habitude de la taquiner sur cela bien qu'il se régalât de la regarder. Son allure avait vraiment du style.

Sa sœur était parmi les rares personnes à Waga qui lui manquaient. Il se leva et, de sa main droite, il formait un écran contre les rayons solaires qui fusaient en sa direction. Les poussières et débris flottants et quelques couvertures végétales éblouissantes atténuaient sa vue, mais il pouvait apercevoir plus nettement que la forme était celle de sa sœur.

A part sa démarche, il y avait aussi une autre caractéristique qui l'identifiait - sa coiffure. Elle se coiffait toujours en tresses élégantes qui encadraient sa mince figure élongée. Cette coiffe lui donnait une apparence léonine très distincte qui ne pouvait jamais échapper à son frère. Il avait clairement reconnu les pagnes en fleurs aux couleurs vives qu'elle portait. Il les avait achetés comme cadeau pour elle en vue de la fête des danses de *gerewol*, une danse peule.

Lorsqu'elle s'était bien approchée et les deux pouvaient bien se reconnaître, elle se mit à rire dès que leurs yeux se croisèrent. Elle continua sa marche jusqu'à quelques mètres et, comme le voulait la tradition, elle s'accroupit pour une salutation qui dura environs deux minutes. Elle le questionna sur son état de santé ainsi que de celle de ses bêtes.

Après la salutation, elle déposa son petit balluchon et son frère lui chercha un siège. Pendant qu'elle s'asseyait, il entra dans son domicile. Il en revint avec un bol de bouillie de mil au lait fermenté. Elle mangea avec un appétit à la taille de sa faim de loup.

Son repas terminé et l'écuelle écartée, elle se mit à raconter son histoire. Étant donné qu'elle aimait sincèrement le serf, elle ne tentait pas d'une manière quelconque de maquiller son récit pour répondre au goût de son frère. Celui-ci écoutait avec grande attention. Il avait toujours reconnu en sa sœur les attitudes d'une femme émancipée. Dans le contexte très conservateur de Waga, elle ne pouvait jamais bien s'insérer dans une communauté où tout était figé et le non conformisme était hors de question.

Son frère était encore célibataire à cause de la nature de son commerce et il avait beaucoup d'espace dans sa concession pour accueillir sa sœur. Il se mit aussitôt à nettoyer l'une de ses huttes où il gardait son grain et avant le coucher du soleil, sa sœur était bien installée dans sa propre hutte.

Elle passa toute la soirée à raconter à son frère la vie à Waga : les sottises de tel *Doungourous* et la gentillesse de tel autre; toutes les tractations qui se passaient dans la communauté et beaucoup d'autres choses intéressantes que voulait savoir son frère.

- Comment vont les affaires avec les grandes villes? lui demanda-t-elle après avoir épuisé son récit. Elle voulait en savoir plus sur cet aspect important de la vie de son frère.

- C'est bien excitant même si elles sont truffées de défis, répondit-il. Et puis, il ouvrit la bouche comme s'il voulait dire quelque chose mais décida de se taire. Sa sœur aperçut le geste et lui demanda de dire ce qu'il avait.

- Tu as envie de dire quelque chose.

- Oui, c'est un meurtre que j'ai vu en route quand j'allais à Ngola.

- Parle-moi alors de cela!

- Nous nous sommes arrêtés en route, mes amis et moi, comme nous avons l'habitude de le faire lorsque nous avons besoin de repos. Alors que nous nous étions couchés au milieu de nos bétails, nous avons entendu une altercation non loin de l'endroit où nous étions. Ceci était suivi d'un cri perçant et puis un silence total. Au moment où nous sommes arrivés pour répondre au cri, un corps gisait sur le sol dans une mare de sang, un poignard planté tout droit au cœur.

- C'est terrible! Que s'est-il passé après?

- L'homme était déjà raid mort et nous étions obligés d'abandonner l'endroit parce que si les gens étaient venus nous y trouver, ils risquaient de nous accuser d'avoir commis le meurtre.

- J'espère quand même que tu portes tes amulettes pour te protéger contre ces dangers.

- Tout le temps! s'exclama son frère en caressant sa hanche entourée d'une bande d'amulettes. C'était un signe de sa masculinité et sa sœur en était très fière.

- J'ai trop entendu parler de la grande ville de Ngola et je pense qu'elle doit être merveilleuse.

- C'est un monde formidable, avec les habitants en provenance de tous les horizons. La ville a un genre de maison qui flotte dans l'eau et qu'on appelle bateau.

- Une maison qui flotte dans l'eau? demanda sa sœur pleine de surprise. N'ont-ils pas assez de terrain où ils peuvent construire, ces habitants?

- Tu vois, la maison ne reste pas sur place, mais se déplace d'un pays à un autre pour acheter et vendre les marchandises. Parfois, elle se rend chez les Blancs d'où elle revient chargée de toutes sortes de belles choses. C'est vraiment fantastique.

- Parle-moi de ce genre de maison qui est longue comme un serpent et se déplace sur deux voies à la manière des chenilles.

- Ah, tu parles de ce que les Blancs appellent train. C'est une autre de leurs merveilles. Qui t'a parlé de cela?

- A Waga il y a certaines personnes qui ont fait la grande ville afin de vendre et acheter les marchandises. Ce sont eux qui nous ont parlé de cela, répondit Aminata.

- Je pense que les Blancs sont intéressants même si nos Ardos et notables sont soucieux de leurs intentions et ne veulent pas les sentir, déclara Tanko à sa sœur.

- C'est évident qu'avec le genre de pouvoir dont disposent les Blancs, ils vont remplacer les dirigeants de nos communautés. Ces derniers ne peuvent pas concevoir comment vivre sous le joug d'autrui. Tout cela rend les Ardos et leurs entourages très nerveux.

- Je peux comprendre leur peur. Puisqu'ils n'avaient jamais traité les autres avec dignité et justice, ils se voient déjà traiter de la même façon par l'homme blanc.

- C'est vrai et ils font tout pour mettre les bâtons dans les roues des Blancs. Le peu de gens dans notre département tout entier qui fréquentent dans les rares écoles des Blancs qui existent ici sont les serfs. Nos dirigeants pensent que les écoles servent à convertir nos habitants au christianisme et pas à les éduquer. Avec cette pensée, ils font tout pour décourager notre peuple d'aller à l'école.

Tanko n'affichait pas beaucoup d'intérêt en ce qui concernait l'école. Il n'avait donc pas beaucoup pensé à cela. Mais il avait été dans les grandes villes et il avait vu ce que les Blancs avaient pu réaliser grâce à l'école. Son esprit vif prévoyait déjà les serfs en position de force un jour si, et seulement si, sa sœur avait raison.

- J'aime mon commerce, dit-il à sa sœur après avoir marqué un court temps d'arrêt. Mais notre peuple est en train de commettre une erreur très grave s'il rejette l'école des Blancs et se consacre seulement à l'école coranique. L'école coranique forme les gens intègres, mais notre département ne peut jamais avancer à base d'intégrité seulement. Nos populations peuvent faire les deux écoles à la fois, car nous ne pouvons pas rejeter ce que nous ne connaissons même pas. Nous avons besoin de bonnes routes, des méthodes plus modernes de nous déplacer, des endroits où nous pouvons nous faire soigner quand nous sommes malades, des domiciles plus modernes, et beaucoup d'autres choses. Il suffit de visiter Ngola pour bien comprendre. Et on me dit même que Ngola n'est absolument rien par rapport aux pays des Blancs. J'ai même vu les photos de ces pays et je t'assure qu'ils sont vraiment merveilleux.

- Les écoles des Blancs existent-elles à Ngola? demanda Aminata.

- Oui, ils existent dans les divers quartiers. Certaines sont réservées exclusivement aux Blancs et d'autres aux Noirs.

- Est-ce que les indigènes qui fréquentent sont nombreux?

- Oui. Notre département est le seul qui accuse un grand retard dans cette affaire scolaire. Ailleurs, il faut voir comment les élèves se bousculent pour se faire inscrire. Très peu de gens parmi nous ici s'expriment en français, mais une fois qu'on sort de ce département, partout c'est la langue de communication.

Leur entretien dura jusqu'à tard dans la nuit quand les deux se séparèrent pour aller se coucher. Aminata n'arrivait pas à dormir malgré la fatigue de son voyage. Elle revenait constamment sur ce que son frère lui avait dit à propos de Ngola. C'est l'endroit qu'il fallait si elle voulait voir un jour son enfant devenir une grande personnalité. Elle avait fui Waga parce qu'elle n'avait pas voulu avorter son enfant. Mais si elle se fixait à Ngola, l'environnement serait propice pour l'éducation de son enfant et sa formation en tant que futur dirigeant. C'est la capitale, l'endroit où toutes les grandes décisions concernant Jangaland étaient arrêtées. Elle voulait le meilleur pour son enfant et rien n'allait l'arrêter.

Le lendemain, elle dit à son frère ce qu'elle avait dans l'esprit. Elle avait décidé d'aller à Ngola.

- Est-ce qu'il y a beaucoup de nos gens à Ngola?

- Si, si, ils sont nombreux et ils occupent une partie d'un quartier populaire réservé aux indigènes. Le quartier s'appelle Ciel et dans ce quartier les gens de chaque région se regroupent dans leur petit coin. Le nôtre s'appelle Bokwoi.

- Donc si je m'installe à Ngola je ne me sentirai pas seule?

- Point du tout! D'ailleurs, si je me rends à Ngola pour le commerce et j'y passe des semaines et parfois de mois, la solitude est le sort que tu subiras ici.

- En d'autres termes je peux m'établir là-bas?

- Bien sûr!

- Penses-tu que je puisse trouver de l'emploi là-bas?

- Tu sais que notre peuple tend à se créer des emplois. Ils élèvent les bétails, ils s'engagent dans le commerce, ils cultivent la terre et ils établissent des écoles coraniques. Je pense que si tu as la volonté de réussir, tu y parviendras à Ngola.

- Dans quel secteur de l'économie me lancerais-je en affaires, demanda-t-elle, encore accablée de peur.

- Mais tu sais faire des beignets de maïs et la bouillie, n'est-ce pas? Tout le monde a besoin de prendre le petit déjeuner le matin avant de commencer la journée. Si tu ne te consacres qu'à cela, un jour je viendrai chez toi emprunter de l'argent.

Elle était maintenant décidée à partir à Ngola avec son frère.

C'était un samedi quand ils arrivèrent à la capitale. Rien dans son département d'origine ne l'avait préparée au choc culturel auquel elle devrait faire face. De temps à autre, son frère était obligé de la chahuter parce qu'elle s'était arrêtée, bouche bée, le regard plein d'émerveillement comme elle regardait les bâtiments et les choses qu'elle n'avait jamais vues.

Aussitôt que Tanko eut laissé son bétail à vendre au marché, il conduisit sa sœur à Bokwoi où il la remit entre les mains d'une vieille dame célibataire originaire de leur département. Non seulement la dame était très contente de l'héberger, mais elle la traitait comme sa propre fille.

C'était dans ce domicile qu'Aminata mit au monde son premier enfant, un beau petit garçon que son oncle baptisa Arabo, un nom inspiré par un théologien musulman de grand renom. Telles sont les circonstances de la naissance de celui dont nos chemins se croisèrent. Une rencontre qui aura un grand impact dans l'évolution de ma vie.

37

C'était vers le crépuscule, je me rappelle maintenant, quand Didier et moi arrivâmes dans le sous-quartier Bokwoi à Ciel. Après avoir suivi un dédale d'allées et de ruelles, nous finîmes devant une petite concession entourée d'une palissade en natte. Elle était composée de deux maisons. A l'entrée de la concession, il y avait une dame en train de faire de la bouillie, des beignets de maïs et des haricots. Elle semblait réaliser de bonnes affaires dans son comptoir installé en plein air car il y avait un groupe de jeunes hommes assis sur deux bancs qui mangeaient.

- Bonsoir Aminata, déclara Didier à la dame qui cessa ce qu'elle faisait et le fixa en souriant.

- Bonsoir Didier, répondit-elle. Ton ami est là, dit-elle en prévoyant la question qui allait suivre.

- Merci!

Nous suivîmes l'allée qui mena dans la concession et bientôt nous nous trouvâmes devant l'une de deux maisons. Didier frappa à la porte et une voix répondit de l'intérieur. Quelques secondes après un jeune homme de mon âge sortit.

- Bonsoir et bienvenus, dit l'homme en tendant la main d'abord à Didier et puis à moi. Je m'appelle Arabo.

- Je m'appelle Namukong, je me présentai comme je lui tendais la main.

- Je pense que nous pouvons nous asseoir dehors, proposa-t-il. Je vais apporter des chaises, dit-il en rentrant dans la maison.

Il fit sortir trois chaises et nous voilà installés sur sa véranda.

Mon cousin amorça la discussion.

- Voici mon cousin qui vient d'arriver. Il veut commencer une boucherie.

- Il veut acheter un bœuf?

- Oui, c'est pour cette raison que je l'ai emmené ici. Vous êtes tous les deux de même âge et je suis certain que vous allez réaliser de bonnes affaires si vous travaillez ensemble. D'ailleurs, comme tu peux déjà constater par son habillement, il n'a pas entièrement cédé au chantage de se faire assimiler à la culture occidentale comme nous autres. En s'accrochant à la culture et aux valeurs traditionnelles de notre peuple, il se rapproche déjà à toi et cette propension semblable constitue une bonne base pour nouer l'amitié et se faire un partenariat fiable.

Arabo était mince et grand de taille. Il portait un boubou blanc, l'habit traditionnel du peuple de sa région. De foi musulmane, il tenait un chapelet qu'il égrenait tout au long de notre conversation. L'homme à tendance réservée, il parlait peu et semblait avoir une bonne maîtrise de son domaine d'affaires.

- Toi Didier, tu me connais très bien. J'aime traiter avec les gens honnêtes. Tu sais que c'est souvent par un ami qu'on a un autre ami ou on le perd, déclara Arabo dans un ton philosophique. Si tu me dis qu'il est honnête, qu'il est intègre, il devient alors mon partenaire d'affaires. J'ai confiance en ton jugement.

- S'il y a un problème entre toi et mon cousin qui te fait perdre de l'argent, tu m'en tiens entièrement responsable, lui assura mon cousin Didier. D'ailleurs, à part les affaires, comme toi, mon cousin entend s'inscrire dans un programme de baccalauréat et je pense que vous pouvez vous entraider dans ce sens.

- Tu veux préparer le baccalauréat? me demanda-t-il avec une certaine admiration. Ma mère ne me laisse pas respirer à cause de cela ; il ne se passe pas une seule seconde sans qu'elle ne remette la rengaine sur les bienfaits de l'éducation.

- C'est la même chose avec ma mère à qui j'ai fait une promesse de ne jamais abandonner mes études. Sans cette promesse, elle ne m'aurait pas laissé partir du village.

- Il me semble que nous avons beaucoup de choses en commun, affirma-t-il. Quand entends-tu commencer ta boucherie?

- Je viens de trouver une boutique que j'espère louer et si tout va bien d'ici une semaine, j'aurai déjà commencé. Tout dépendra de toi, si tu seras à même de me fournir la bête dont j'ai besoin,

- J'aime les gens qui sont concrets, prêts à prendre le taureau par les cornes. Ce n'est pas moi qui constituerai un obstacle à ton entreprise, affirma Arabo en me regardant directement dans les yeux comme s'il y avait un secret en moi qu'il voulait dévoiler. Où se situe la boutique?

- Elle se trouve sur rue Victor Hugo.

- Ce n'est pas loin d'ici alors?

- Non, ce n'est pas loin d'ici. Je viens de le constater.

- Si tu commences la semaine prochaine, tu auras un bœuf, mais si tu remets ton projet à une date plus tard, ce n'est peut-être que le mois prochain que tu auras une bête. C'est-à-dire au cas où d'autres fournisseurs n'arrivent pas à combler le vide. Mes animaux viennent de loin, du Sahara, et c'est mon oncle qui les apporte. Je suis très certain que le mois prochain il sera déjà ici.

- Je ferai de mon mieux afin de commencer la semaine prochaine. Mais s'il faut attendre un peu plus pour que tout soit bien fait, je suis prêt à subir ce sacrifice.

- C'est bien dit, car à quoi bon commencer juste pour subir un échec! En tout cas, quand tu es prêt, tu me fais signe.

- Je le ferai.

- Bon, je passe maintenant à autre chose, me dit-il en se tournant vers Didier. Quand est-ce qu'on aura la prochaine réunion, lui demanda-t-il.

- Dans deux semaines, répondit Didier en se levant. Le Grand en personne sera là, donc il ne faut pas manquer de venir.

- Je serai là, assura Arabo en se levant aussi.

Le moment de partir, il nous accompagna jusqu'à l'entrée où nous passâmes un peu de temps avec sa mère avant de continuer vers notre domicile.

- De quelle réunion parle-t-il? demandai-je à mon cousin quand nous étions en route pour notre maison.

- C'est une réunion du peuple indigènes et elle est destinée à faire pression sur les autorités coloniales afin qu'elles apportent des améliorations dans notre vie, me répondit-il. Ayant passé quelques années à Touri, tu connais déjà les difficultés auxquelles les indigènes font face.

- Même bien avant mon arrivée dans votre pays, j'en étais au courant, car Jean-Pierre ne cessait de m'en parler. Et puis de Nde jusqu'à Touri, mon parcours a été émaillé de plaies et de cicatrices de la colonisation. C'est un bon combat, surtout s'il y a une participation massive de la population. Sans cette participation massive, vous n'allez pas réussir puisque dans le rang de ceux qui ont été à l'école se trouvent des indigènes caciques, collaborateurs de l'administration coloniale. C'est surtout eux qui pactisent avec les autorités coloniales dans le but d'exploiter le bas peuple. Ils n'ont ni conscience ni dignité, moins encore la fierté. Rien! C'est de cette bande qu'il faut se méfier.

- C'est encore prématuré de juger notre mouvement. Tu risques de formuler les opinions qui sont vraies mais qui ne s'appliquent pas à ce mouvement. Du moins, à mon point de vue. Pour en avoir une idée globale, je propose de t'y emmener lors de la prochaine réunion.

- Je serai content d'y aller. Tu as parlé d'un certain Grand. De qui s'agit-il?

- C'est une grande personnalité, un des rares avocats indigènes. Tu le verras et l'entendras durant la réunion. Il est fort et direct celui-là. J'ai peur qu'il ne lui arrive rien de mal.

Arrivé à la maison ce soir, je commençai de manière frénétique les préparatifs à lancer ma boucherie. Après avoir achevé de faire le calcul de tous les coûts de cette entreprise, je me rendis compte qu'il n'avait aucune raison de ne pas commencer tout de suite.

Le lendemain matin, je me retrouvai face à face avec le jeune homme qui vendait les brochettes afin de lui demander s'il pouvait travailler avec moi. Je ne le connaissais pas mais ma décision de le recruter fait partie des risques qu'on assume quand on se lance en affaires. Excité par ma proposition, il accepta.

- Tu auras toujours ton petit comptoir de brochettes près de la boucherie, dis-je à Amidou, le jeune homme en question. Je voulais rendre la proposition plus alléchante.

Telles sont les circonstances dans lesquelles je me lançai en affaires à Ngola. Je décidai de déménager de la maison de mes cousins peu après l'établissement de ma boucherie dans le but de vivre près de mon lieu d'affaires. Je m'installai dans un appartement de deux chambres dans le même bâtiment où se trouvaient mes affaires.

L'endroit était très propice pour les affaires et Amidou n'avait pas besoin d'une formation sur la gestion d'une boucherie. Il avait évolué dans ce secteur de l'économie et il me donnait même des conseils de temps à autre. C'était une bonne chose puisque je pouvais désormais m'inscrire au baccalauréat.

Surprise!

Le jour de mon inscription, je croisai Patrice d'Olivier dans le bureau du proviseur. Il était venu pour le même objectif. Arabo, qui s'était aussi inscrit, continuait à m'approvisionner en bétails pour ma boucherie. Je travaillais dans la boucherie pendant les matinées et je fréquentais l'école dans les après-midis. Je m'étais inscrit dans le programme de statistiques et comptabilités et mon cousin, François, qui avait fait la même série s'avérait très utile pour moi. Il avait beaucoup de livres sur le sujet et il me donnait des cours supplémentaires tous les soirs.

Bien que nous fassions des séries différentes, Patrice et Arabo étaient mes amis intimes. A l'école nous faisions beaucoup de choses ensemble. Mais Patrice menait la vie d'un privilégié. Il ne travaillait pas. Il vivait dans un grand bâtiment de son père dans le quartier Élysée. Alors chaque jour après les cours, quand Arabo et moi nous nous dirigions vers le quartier Ciel, il allait dans le sens opposé. Mais, à part l'École Corneille où nous nous rencontrions, il y avait un autre endroit qui nous attirait tous les trois.

38

Deux semaines s'étaient déjà écoulées depuis ma rencontre avec Arabo. C'était un samedi. J'étais chez moi, en train de repasser mes habits. Cette tâche, exécutée les soirs, devenait déjà une habitude. Cela me permettait de gagner du temps le lendemain parce que ma journée commençait toujours très tôt le matin à l'église. On frappa à ma porte vers vingt-et-une heures. J'étais un peu surpris parce que je n'attendais personne. Je l'ouvris et je me trouvais face à face avec Didier et François.

- Nous sommes venus te chercher. C'est le jour de la réunion.

- Laquelle?

- Celle à laquelle j'ai promis de t'emmener le jour où nous nous sommes rendus chez Arabo. D'ailleurs, il se pourrait qu'on y trouve Arabo.

- Ah, la réunion. J'avais complètement oublié.

Bien sûr, l'annonce me faisait plaisir. Je mis le fer à repasser de côté rapidement. Je changeai de vêtements et nous nous mîmes en route. Nous descendîmes sur Napoléon et continuâmes vers Ciel jusqu'à un point où nous suivîmes une allée sinueuse qui faufilait entre les maisons dilapidées. L'allée menait au fin fond du quartier. La puanteur des ordures entassées un peu partout sur notre voie nous fit hâter les pas malgré l'obscurité. De temps en temps, un cri se fit entendre. Cela provenait d'un membre du groupe dont le pied venait d'accrocher quelque chose ou d'un membre qui tombait. François menait notre peloton. Il tenait la torche qui nous éclairait la voie et il s'arrêtait souvent pour nous mettre en garde d'un obstacle.

Après avoir parcouru ce dédale des rues, des ruelles, des allées et des pistes émaillées d'obstacles, nous nous retrouvâmes enfin devant une grande concession. Elle était clôturée par une palissade en bambou. Un gardien avec une grande lampe tempête se trouvait à l'entrée. A notre approche, il la souleva comme s'il voulait bien nous voir. Voyant François, il nous sourit et ouvrit la barrière. C'était évident qu'il connaissait mes cousins. Nous y pénétrâmes et nous débouchâmes dans une grande cour couverte de sable au fond de laquelle se trouvaient trois grandes maisons. Il y en avait une grande au centre, flanquée de deux petites, une de chaque côté, sous forme de la lettre H. Celle au centre, notre destination, était peinte de chaux et très bien bâtie et au moment de notre arrivée elle luisait sous la lumière des lampes tempêtes accrochées partout. Elle respirait la richesse et la bonne vie, cette maison.

Nous nous introduisîmes dans la maison par une grande porte d'entrée. Elle s'ouvrit dans une très vaste salle avec des rangées de bancs. Certains bancs étaient occupés par des personnes qui parfois formaient de petits groupes, lesquels entamèrent des discussions vives. A les entendre, c'était clair que les groupes se constituaient en fonction de leur appartenance ethnique.

Mes cousins me présentèrent à certaines de leurs connaissances. Je me trouvais un peu isolé pendant qu'ils s'entretenaient et se solidarisaient avec eux. J'étais dépaysé, même confus. Puis, j'aperçus un individu au fond qui se balançait les mains en faisant des gestes à mon intention. Au départ, je ne le reconnaissais pas. Après l'avoir scruté pendant quelques secondes supplémentaires, me disant qu'il s'agirait peut-être d'Arabo, je pus finalement confirmer l'identité. C'était effectivement Arabo, bien caché dans un coin, enveloppé dans son traditionnel boubou, la carte d'identité infaillible de sa région.

- Tu viens pour ton inauguration dans le Mouvement, me déclara-t-il en souriant.

- Quel mouvement? demandai-je après m'être présenté au groupuscule de proches qui l'entouraient.

- Quel mouvement! s'exclama-t-il. Tu es un peu distrait. Celui-ci bien sûr! Le *Mouvement des Indigènes pour la Justice* que nous appelons tout simplement le *Mouvement*.

Comme la réunion n'avait pas encore commencé et mes cousins étaient toujours avec leurs amis, je me mis à côté d'Arabo pour qu'il me parle de celui qu'on appelait « Grand » et qui allait présider la réunion.

Plus connu sous l'appellation populaire de Grand, Leonard Tortue était avocat de son état et déjà de renom. Il s'était illustré sur plusieurs plans. Ses actes de courage n'étaient pas limités au seul domaine juridique où il défendait les indigènes sans rémunération aucune. A une époque où les sujets coloniaux se contentaient de travailler dans les grandes plantations des Européens, il avait créé les siennes qui comptaient parmi les plus productives de notre pays. Il comptait donc parmi les bourgeois noirs; mais au lieu d'élire domicile au quartier Élysée à l'instar de beaucoup d'autres membres de son rang social, il avait décidé de vivre à Ciel, le ghetto qui abritait le peuple démuni et opprimé qu'il défendait. La décision de choisir ce bas quartier venait avec un lourd tribut. Ne voyant pas son geste avec un bon œil, beaucoup de ses amis avec qui il partageait la même classe sociale, l'abandonnèrent.

Ses compères continuaient à le ridiculiser. « Il se prend pour qui! » se-disaient-ils à propos de l'avocat. « Il veut montrer qu'il est plus sensible aux méfaits de la colonisation que nous? » Cette question ne cessait d'être posée. « Pourquoi n'a-t-il pas abandonné ses richesses si, à l'image de Jésus-Christ, il veut vraiment s'identifier avec les pauvres et les opprimés? »

Je les comprends. Les privilégiés tendent toujours à se sentir coupables, voir irrités et même menacés chaque fois qu'ils témoignent d'un acte posé par un autre qui expose leur égoïsme, leur arrogance et leur insensibilité.

Le comportement de l'avocat était d'autant plus étonnant, parce qu'il était issu d'un département où la norme était d'être aliéné culturellement en se prenant pour un Européen. Traité donc d'apostat et d'hypocrite tant par les gens de sa région que ceux de sa classe, il se voyait de plus en plus isolé. Cet isolement l'enfonçait de plus bel dans son travail messianique.

Contrairement à ce que ses détracteurs disaient de lui, il n'était pas hostile à la culture occidentale. Non, pas du tout! Ayant fait une partie de ses études en Europe et en Amérique, il était très aiguisé. Mais il ne croyait pas qu'il devrait abandonner la culture africaine juste pour se faire accepter dans le milieu occidental.

Sa vision avait débuté quand il était encore jeune. Ayant vécu les méfaits du colonialisme en voyant plusieurs membres de sa famille et de sa communauté défilés, exploités, humiliés et tyrannisés, il se disait que, pour qu'il y ait changements dans la vie des indigènes, ceux parmi eux qui étaient instruits devraient mobiliser la base pour lutter contre l'oppression et l'injustice. Il était très prévoyant. C'était dans l'optique de s'impliquer dans la vie des gens ordinaires qu'il avait décidé de mener les études en droit. Tout mouvement de libération, il se disait, commence d'abord ses combats par les paroles. De prime abord, il faut des gens instruits, qui s'informent de la situation. Un aspect du combat demande qu'on articule les doléances des opprimés auprès des autorités.

Quand Leonard Tortue devint avocat, sa profession l'avait lancé à l'avant-garde des combats de son peuple pour leurs droits et pour la justice. Le fait d'être avocat comptait pour beaucoup dans ces combats, mais il devait aussi gagner la confiance de ceux qu'il voulait défendre. Ils étaient souvent ignorants de leurs droits, autant bafoués par les colons que par certains indigènes qui collaboraient avec l'administration coloniale. Son travail commençait par l'éducation de tout le monde – les indigènes et les collaborateurs. Ce travail était de taille. Bien qu'ils fussent toujours maltraités, exploités, emprisonnés et parfois tués, certains colonisés étaient souvent prêts à défendre l'administration coloniale.

Leonard Tortue conseillait aux indigènes de lancer leurs propres entreprises car sans indépendance économique, ils ne jouiraient jamais d'une véritable liberté politique. Pour les convaincre que c'était possible, il avait lui-même établi ses champs de cacao et de café ainsi que de palmeraies pour la production de l'huile de palme. L'administration ne regardait pas ses activités d'un bon œil. Elle se disait que trop de plantations privées allaient drainer la main-d'œuvre dont elle avait besoin pour ses nombreux projets. En plus, l'indépendance économique pouvait briser la mainmise étrangère sur le territoire car les indigènes se verraient capables de compter sur leurs propres forces. Son esprit d'indépendance allait aussi pousser ses compatriotes à contester avec vigueur les travaux forcés dans le but de travailler pour leur propre compte.

Le succès de « Grand » avait encouragé certains indigènes à commencer la revendication de la rétrocession des terrains confisqués par les colons. L'avocat désirait ainsi trouver des solutions à de nombreux problèmes auxquels les indigènes faisaient face tous les jours. Son temps était divisé donc entre ses affaires, la lecture et les voyages. Il visitait les contrées lointaines afin de mobiliser la base. Ses études l'exposaient aux sorts des indigènes dans d'autres territoires sous domination coloniale. Il avait lu l'histoire de l'Afrique du sud et son système diabolique de ségrégation raciale appelé l'Apartheid. Il s'était renseigné sur le combat de l'ANC, le Congrès National Africain. Ce parti politique sud-africain, lancé depuis 1912, luttait contre la ségrégation raciale et l'injustice dans ce pays. Il suivait aussi avec beaucoup d'intérêt ce qui se passait au Congo belge où les membres des enfants étaient amputés autrefois juste pour inciter leurs parents à améliorer le rendement dans la récolte d'hévéa.

A travers ses lectures, il avait fait un constat constant. Malgré les défis provoqués par les activités des régimes coloniaux, les indigènes n'avaient toujours pas de ressources, surtout intellectuelles, pour les contrecarrer. Ceux parmi eux qui disposaient de ces ressources et qui voulaient galvaniser les populations locales dans leurs combats contre l'oppression s'exposaient aux grands risques. Le risque de se faire arrêter, le risque d'être emprisonné et même le risque d'être tué par l'administration coloniale. Il y avait aussi le risque de se faire exiler dans un village lointain pour mourir dans la solitude et l'anonymat ainsi que celui de se faire critiquer et isoler même par les siens. Dans d'autres pays, beaucoup de gens courageux ont subi les conséquences lourdes de la lutte contre la colonisation. Mahatma Gandhi en Inde. Makoma en Afrique du Sud. Ahmad Urabi en Égypte et j'en passe. Mais c'est une expérience que les dirigeants indigènes de Jangaland ne pouvaient s'en passer s'ils tenaient à voir libérer leur peuple du joug du colonialisme.

Bien avant que d'autres pays n'accèdent à l'indépendance et avant que certains bistrots du quartier Ciel ne deviennent les pépinières du nationalisme, le Grand s'était déjà engagé dans les activités de l'organisation des indigènes. Il fallait un mouvement de base fort; un mouvement capable de résister en masse aux forces oppressives du colonialisme. Malgré l'intention de Leonard Tortue à créer un tel mouvement, le moment n'avait pas encore sonné. La répression était souvent sauvage; donc, ses compatriotes avaient peur.

A l'époque, l'avocat vivait encore dans le quartier chic de l'Élysée. C'est à partir de cet endroit de luxe qu'il voulait se mêler dans la vie des indigènes. L'hypocrisie de cette démarche était évidente et elle avait nourri les propagandes de ceux qui étaient contre lui.

- Il mène une vie en rose dans un quartier chic et il se veut libérateur de son peuple! Est-ce qu'il a lu la parabole de Jésus sur le riche dans la Bible? questionnèrent-ils.

Plus ces arguments se répandaient, plus les villageois se méfiaient de lui. A bon escient. Comment pouvait-il éprouver leurs souffrances quand toutes les nuits, il se retirait dans une belle maison où il se mettait à l'abri des insectes nuisibles, des pluies torrentielles, des voleurs et des malfrats?

Leonard Tortue dut revoir son domicile et sa façon d'aborder ses partisans à cause des critiques. Vivre dans un quartier riche et tenter de diriger ceux qui habitaient les bidonvilles ne le rendait pas plus irréprochable que les Blancs qu'il condamnait. C'est de là qu'il se convainquit du fait que c'est en vivant parmi ces pauvres qu'il pouvait facilement les attirer afin de les transformer. Sa présence parmi eux le rendrait crédible. Elle facilitait aussi son travail de libération. A cette fin, il se fit construire une nouvelle maison au quartier Ciel. Son déménagement n'était pas seulement un geste destiné à réduire au silence ces critiques. Ni à attirer le bas peuple. Il était aussi question de se mettre à la disposition de la population. Tout le monde était la bienvenue chez lui. Leonard Tortue gardait la porte de sa maison ouverte comme celle d'une église. Cet esprit d'ouverture lui permettait de résoudre un problème sérieux auquel son mouvement faisait face.

Diviser pour mieux vaincre. Tel était l'une des armes les plus efficaces dans l'arsenal des colonisateurs. Ils avaient utilisé cette arme pour élargir les fissures ethniques et religieuses, jetant ainsi la base des conflits intertribaux et interreligieux. La haine et la méfiance interethniques se manifestaient dans la configuration même des quartiers. Chaque groupe ethnique, et parfois même les affiliations religieuses, monopolisait une partie du quartier Ciel.

L'émergence d'un dirigeant dont l'agissement dépassait le cadre ethnique fournissait un bon point de départ pour un mouvement qui se voulait national et nationaliste. Plus important encore, en vivant parmi ces pauvres et en utilisant le chez lui comme point de rendez-vous, sans distinction de tribu, l'avocat œuvrait pour l'unité et la solidarité de toutes les ethnies. Ce n'était que par une action collective et massive que les indigènes pouvaient réussir dans leur combat.

Même ayant fait de sa maison le creuset d'aspirations nationalistes, il y avait encore beaucoup de travail à faire afin d'éradiquer le chauvinisme ethnique. Comme nous venons de constater dans la grande salle chez l'avocat où s'étaient regroupés les partisans du mouvement, la tendance à l'affiliation ethnique demeurait encore forte. Un coup d'œil suffisait pour établir ce fait.

Arabo me parlait encore du Grand lorsque subitement les bruits cessèrent. Ceux qui étaient debout commencèrent à s'asseoir. J'étais bien installé auprès de mon ami. Je n'avais aucune raison valable d'aller ailleurs. Je me demandais ce qui aurait provoqué ce remue-ménage lorsqu'un homme de taille moyenne, la quarantaine bien sonnée, entra dans la salle. Il était entouré de trois personnes. Ils s'arrêtèrent pendant quelques moments afin de s'entretenir avec ceux qui allèrent au-devant d'eux. Tous, ils se dirigèrent vers les tables et chaises installées devant la salle pour les dirigeants.

La délégation qui venait d'arriver était installée. Le porte-parole du mouvement prit le podium et commença la présentation.

- J'aimerais remercier ceux qui ont abandonné la chaleur de leurs foyers et ont bravé tous les défis de notre quartier pour se retrouver ici ce soir, annonça-t-il avant de passer à la présentation. Comme notre mouvement ne cesse de grandir tous les jours avec les nouveaux arrivants, nous sommes obligés chaque fois que nous nous rencontrons ici de faire la présentation de nos dirigeants. Ainsi, ceux qui assistent à notre réunion pour la première fois pourront les connaître. Vous connaissez tous le camarade Leonard Tortue, plus connu sous le sobriquet du Grand. Il a abandonné le luxe et la belle vie du quartier Élysée et celui d'Harlem et il est venu vivre parmi nous afin de prendre la tête de ce mouvement en tant que président. Non seulement il nous donne son service gratuitement en tant qu'avocat, il nous laisse utiliser cette salle chaque fois qu'on en a besoin. Pour sa magnanimité, nous lui saurons toujours gré. Après l'avoir présenté, Leonard Tortue se leva pour que tout le monde le voie. Il était tout souriant. Il se rassit et la présentation continua. Après le président, nous passons maintenant au camarade Ernest Boulanger, l'adjoint du président et aussi son secrétaire. Lorsque quelqu'un s'appelle Boulanger, il faut avoir confiance en lui car il a de quoi rendre la vie heureuse.

Sa plaisanterie rendit la foule folle de joie et elle commença à l'applaudir. Le calme revenu, il continua. Depuis que ce mouvement a été lancé, Ernest n'a jamais cessé de déployer tous ses efforts pour que tout marche. Issu de Magwa, il a sillonné tout le département et même au-delà afin de sensibiliser la population dans ce combat que nous menons contre l'injustice et l'oppression. L'adjoint du président était de grande taille et solidement bâti. Il arborait une barbichette qui rendait son visage mince et allongé. Il devait avoir au trop quarante ans aussi, malgré son apparence très jeune. A l'annonce de son nom, il se leva. Il souleva ses deux mains et entonna une chanson, dite l'hymne du mouvement. Les voix de ceux qui la connaissaient montèrent immédiatement en chœur.

- C'était pour vous réveiller, annonça-t-il lorsqu'on avait terminé de chanter l'hymne. Il céda la parole à celui qui animait la réunion.

- Le dernier de trois mousquetaires s'appelle Ibrahima Bala. Il est notre trésorier. Qui dit trésorier, dit confiance. Pour tous ceux qui évoluent à Bokwoi, ce monsieur n'a pas besoin d'être présenté. C'est un homme d'affaires très connu. Il fait manger beaucoup de familles dans ce sous-quartier. Ibrahima était mince et habillé en boubou.

- Tu le connais, chuchotai-je à l'oreille d'Arabo. Arabo me scrutait un moment avec un petit sourire avant de répondre.

- Quelle question! Tu n'as pas suivi ce que le maître de cérémonie vient de dire à son propos? En plus, c'est un proche parent, du côté de ma mère.

Quand la présentation était terminée, ceux qui participaient aux activités du Mouvement pour la première fois étaient invités à se présenter. Ainsi commença l'action qui aboutit quelques mois plus tard avec mon adhésion dans le Mouvement.

- Merci pour l'accueil chaleureux que vous m'avez réservé, déclara le Grand lorsqu'il prit la parole. C'est toujours bien d'être parmi vous afin qu'ensemble nous continuions cette lutte pour notre libération. En dépit de votre participation active dans le Mouvement, beaucoup d'entre vous ne cessent de se poser de questions comme: « Sommes-nous sur la bonne voie? Est-ce que notre lutte aboutira un jour? » Ce sont des questions graves qui prouvent que les gens se penchent sur la voie essentielle, celle de notre libération. Je tiens à vous dire que si nous menons ce combat avec engagement, détermination et franchise, il n'y a aucune raison pour laquelle nous n'allons pas réussir. Déjà, dans d'autres pays, les activités des mouvements semblables au nôtre ont apporté des fruits avec l'indépendance de ces pays. En Inde où un avocat, Gandhi, a lancé un mouvement pareil, les citoyens de ce pays ont réussi à déloger les autorités coloniales de sa majesté le roi d'Angleterre. Nous devons avoir la foi en nous-mêmes, sinon nous n'allons pas réussir dans ce combat. Malheureusement, il y a déjà beaucoup de tendances négatives qui gangrènent notre Mouvement. Il existe, par exemple, la division tribale, que nos bourreaux ont toujours utilisée comme arme pour nous diviser. Rien qu'en jetant un coup d'œil dans cette salle, nous observons la manifestation de cette tendance. Nous devons lutter contre ce fléau qui risque de nous affaiblir et de prolonger notre agonie sous la colonisation. Il y a également ceux qui sont membres de notre Mouvement mais qui pactisent avec l'ennemi. C'est comme si ceux-là veulent manger dans tous les râteliers. N'est-ce pas là un signe clair de manque de loyauté, d'honnêteté; un signe d'égoïsme caractérisé! Finalement, je dois aussi attirer votre attention sur nos caisses qui sont complètement vides. Le prix de la liberté est grand et sans vos cotisations, ce mouvement n'ira nulle part, car il faudra que nos activités couvrent tout le territoire national pour avoir l'impact escompté. En ce qui concerne notre réunion de ce soir, nous avons deux objectifs à aborder. Le premier c'est l'élargissement de notre Mouvement par l'inscription de nouveaux membres; et le second, c'est la redéfinition de notre combat dans le but de mettre plus de pression sur les autorités. Toutes les lettres de protestation, les pétitions que nous avons expédiées aux autorités, n'ont pas abouti. Si nous comptons donc nous libérer rien que par les mots, nous ne serons jamais libres. La liberté ne se donne pas, elle s'arrache. Voilà une leçon que l'histoire nous apprend. Nous allons organiser les marches pacifiques en nous basant sur le principe de non-violence que les dirigeants de l'Inde tel que Mahatma Gandhi ont utilisé, avec efficacité, il faut le dire, contre les autorités coloniales. Je vous rappelle qu'une jacquerie des paysans mal organisés avait été sauvagement matée par l'administration bien avant l'avènement de notre Mouvement. Bien que notre Mouvement adopte le principe de non-violence, je ne peux pas vous garantir que l'administration va répondre de la même façon. La violence a toujours été l'arme de prédilection du colonisateur. Il est certain qu'il va s'en servir. Les gens vont mourir, sans aucun doute, mais c'est là aussi le prix à payer pour la liberté. L'adage dit qu'on ne fait pas d'omelette sans casser les œufs. Dans l'histoire, toute révolution politique a coûté la vie à certains de ses dirigeants, de ses membres et même de certains membres de la société où elle a eu lieu. La nôtre ne peut donc pas s'en passer. C'est une vérité et j'aimerais que vous sachiez cela. Il y aura des morts. Mais comme dit l'adage, qui ne risque rien n'as rien. Pour ceux qui ont peur de mourir, l'alternatif c'est la pauvreté, l'oppression, l'exploitation, les maladies et tant d'autres maux que nous endurons tous les jours pour déboucher finalement sur cette mort que vous semblez esquiver. La jeunesse a un rôle important à jouer dans notre mot d'ordre d'augmenter la pression. La jeunesse doit participer activement dans la sensibilisation et la mobilisation de la population. Cette réunion a pour but principal de vous prévenir de ce changement de stratégie. Nous avons aussi à mettre en place les structures nécessaires pour mener à bien nos opérations. Nous allons soumettre ce travail à un comité que nous allons constituer. Dès que le travail du comité sera achevé, nous allons nous réunir pour le débattre. C'est tout ce que j'ai pour ce soir. Les questions sont la bienvenue.

J'adhérai au Mouvement en 1951. Très rapidement je fis la connaissance du Grand. Comme je disais, il avait fait une partie de ses études aux États-Unis. Il s'exprimait donc parfaitement en anglais. C'était le premier point d'attraction entre nous. Nous pouvions, de temps en temps, parler anglais. Il était aussi impressionné par certaines observations que je faisais, surtout sur certaines faiblesses manifestées dans la quête de l'indépendance.

Ah l'indépendance!

Ce terme qu'on me répétait toujours. Tout le monde en parlait en commençant par mon père au moment de mon départ du village. Les gens avaient beaucoup épilogué sur le sujet lors de la soirée chez ma tante à Nde. Une bande d'aliénés peut-elle vraiment être indépendante, c'est-à-dire compter sur ses propres forces pour se suffire? J'avais attiré l'attention du président sur l'esprit d'aliénation culturelle qui prévalait et le manque d'ardeur au travail, seule manière reconnue universellement de concrétiser toute indépendance politique et économique. En soulevant cette question, je pensais plutôt à Patrice d'Olivier qui disait qu'il n'aimait pas le travail dit sale mais qui voulait être chef juste pour sucer les autres.

Toutefois, ma carrière politique venait de commencer avec mon adhésion au Mouvement. Et, par inadvertance, mes malheurs aussi!

39

L e destin a une drôle de façon de s'emparer de la vie de
l'individu. Me voilà Anglophone qui m'apprêtais à aller
au collège, fût-ce l'année suivante. Tout changea avec
l'arrivée de Yenika et mon départ subit de mon village.

Et sept ans après, j'étais déjà bachelier à Ngola, la capitale
d'un pays étranger dont la citoyenneté me revenait de droit.

Mes rapports avec Arabo s'avéraient de plus en plus intimes.
Ma boucherie marchait bien et elle m'apportait beaucoup
d'argent. Je gagnais tellement d'argent que j'avais réussi à faire
suffisamment d'économies. Je réussis le coup d'acheter la
maison qui abritait mon domicile et mon entreprise. Je
m'embourbais de plus belle dans le Mouvement où j'étais très en
vue à cause du travail de l'organisation et de la propagande que
j'effectuais sur le terrain.

Amidou s'occupait bien de la boucherie. Cela me donnait
beaucoup de temps de travailler en étroite collaboration avec les
dirigeants du Mouvement. Je pourrais ainsi visiter les contrées
lointaines afin de préparer la jeunesse pour les combats de
libération et d'indépendance.

Le Mouvement avait tenu une réunion dans le but de créer
ses structures. Sur ma recommandation, le comité exécutif avait
décidé de créer une branche de la jeunesse. L'idée était
d'impliquer la jeunesse dans la gestion quotidienne du
Mouvement en leur donnant des postes de responsabilité. Le
comité exécutif avait aussi fixé une date pour les élections des
membres du comité exécutif de la jeunesse. Mes cousins, qui ne
s'intéressaient que passivement à la politique, m'encouragèrent à
briguer le poste de président de la jeunesse. Je me souciais un
peu de la jalousie et du ressentiment que mon élection en tant
que président pourrait déclencher. Je dois dire que l'origine
ethnique, régionale ou nationale offusque la rationalité chez
beaucoup d'Africains qui, ironiquement, se disent cultivés et
modernes. Cette prédisposition semble être plus vive en
politique où les candidatures aux postes de responsabilités dans

des structures ne sont pas sélectionnées en fonction de leur compétence, de leur intégrité, de leur intelligence, ou d'autres qualités positives mais plutôt grâce à l'appartenance ethnique ou régionale. Chose curieuse, les plus grands architectes et promoteurs de ce penchant obscurantiste sont ceux-là qui prétendent avoir fait les études poussées. Par le passé, les dirigeants africains étaient à même d'aller au-delà du cadre strictement ethnique pour arrêter des décisions concernant leur survie. A titre d'exemple, dans l'armée de Tchaka, le bras droit de ce roi Zoulou guerrier, n'était nul autre que Mzilikazi, de l'ethnie Khumalo comme son nom même l'indique d'ailleurs. Mzilikazi n'était pas Zoulou. Le roi aurait pu choisi un Zoulou de souche pour jouer ce rôle mais il voulait une armée forte et efficace et il n'y avait aucun de ses « frères » qui pouvait se comparer à Mzilikazi. N'est-ce pas là le triomphe de la raison sur l'émotion? N'est-ce pas là une des raisons claires de l'efficacité de l'armée de Tchaka? En passant, et juste question de démontrer l'imbécilité des adeptes de l'ethnocentrisme, on ne doit pas oublier que le demi-frère de ce roi était parmi ses assassins. Cette historiette et réflexion révélatrices ne servent qu'à élucider ma crainte et réticence face aux encouragements de mes cousins.

- La politique n'est pas pour les couards, surtout dans le contexte que nous vivons, me dirent-ils. Il peut toujours y avoir une raison de ne pas faire quelque chose, quelle que soit son importance.

Je dus céder. J'étais prêt à briguer le poste du président. Je menais déjà ma campagne sur le terrain lorsque je reçus une lettre de Charlemagne dans laquelle il me demanda d'attendre son arrivée à Ngola.

- Mon père a fini par avoir une bourse pour toi, me dit-il lorsqu'il arriva chez moi deux semaines après sa lettre. Tu iras faire tes études à Paris. Il faut maintenant commencer les préparatifs.

- Merci grand frère. Merci infiniment! Je dois rentrer très vite au village en passant par Nde et Menda afin de mettre la famille au courant de mon départ.

- Ce serait une bonne chose car il te faut la bénédiction de la famille avant de partir.

Trois semaines s'étaient déjà écoulées depuis la visite de Charlemagne. Mes préparatifs allaient bon train. Je m'apprêtais, une fois que mes activités furent terminées, à aller voir mes parents. C'est en ce moment que je reçus une lettre de Jean-Pierre, qui, entre temps, était devenu un grand commerçant à Ndobo.

Ton père vient de mourir, m'écrit-il. Il allait rendre visite à la famille à Menda quand il a eu un accident de circulation sur le mont Tugoh.

J'étais complètement abattu par cette nouvelle triste. Je ne savais pas s'il fallait abandonner tout ce que je faisais et rentrer définitivement au village. Ma mère avait plus que jamais besoin de moi, comme elle sera désormais avec ma petite sœur. Je soulevai la question de mon départ auprès de mes cousins.

- Nous ne pouvons qu'imaginer comment tu te sens, mais ton retour au village ne constituera pas une solution aux difficultés qu'affronte ta mère actuellement, me déclara François avant de me donner un conseil. Regarde, tu as une bourse qui te permet d'aller faire tes études en Europe et ta boucherie marche très bien. Au lieu de rentrer au village, il faut aller en France; mais avant de partir, tu laisses la boucherie entre les mains d'Amidou. Avec notre concours, et celui d'Arabo, il va continuer sa gestion. A la fin de chaque mois, il versera ta part de bénéfice dans ton compte en banque. Nous enverrons une partie de ton bénéfice à ta mère. C'est un coup dur que la mort de ton père mais tirons le maximum de profit d'une mauvaise situation. Si tu perds cette opportunité, tu n'en auras plus.

Telles étaient les circonstances qui précédèrent mon départ pour la France. Ah, j'oublie de signaler que Brigitte était venue passer du temps avec moi un mois avant mon départ.

En 1955, je pris donc le bateau à Ngola à destination de la France. Je passai deux jours chez un Africain d'origine sénégalaise à Marseille où je débarquai avant d'aller à Paris. Lors de mon séjour à Marseille, j'envoyai un message à Levin pour qu'il vienne me chercher à la gare. Tout au long du voyage, je me demandais par quelle magie ce monsieur allait me reconnaître car je n'étais pas le seul noir dans le train. Ses photos chez ma tante étaient prises durant sa jeunesse et il aurait sans doute pris de l'âge. Le reconnaitrais-je? Je n'étais pas sûr. Je mis ma vie entre les mains de Dieu, comme le père Kirk Patrick me l'avait d'ailleurs conseillé de faire dans de pareilles circonstances, et puis j'étais serein.

Nous arrivâmes enfin à Paris. Ah Paris, la belle! En dépit des destructions causées par la guerre, la ville restait toujours très belle. Les photos qu'on voyait en Afrique ne rendaient pas la beauté exceptionnelle de Paris. Je savais déjà qu'il y avait un fossé entre l'Afrique et l'Europe en matière de développement. Je ne cessais de me dire que même si on parvenait à avoir notre indépendance, il fallait des années et des années de travail sérieux avant de rattraper le reste du monde. Pour ce faire, notre continent devrait avoir des dirigeants honnêtes, des dirigeants consciencieux, des dirigeants engagés, et des dirigeants travailleurs. Ma conception du développement était encore floue quand je devenais membre du Mouvement. Il fallait étudier à fond ce qui se passait en Europe afin de peaufiner cette vision.

A la sortie du train à Paris, je vis un monsieur qui tenait une pancarte sur laquelle était griffonné mon nom. Je commençai à m'avancer vers lui. Bien qu'il fût âgé, il paraissait encore tout droit et fort. Il me sourit quand nos yeux se croisèrent et je ne pouvais pas résister à son charme. Je n'aurais pas pu le reconnaître en me basant rien que sur ses photos chez ma tante et chez Charlemagne. Tout dans ma mémoire s'était transformé en brouillard et les Blancs qui passaient devant moi, me paraissait-il, avaient tous la même apparence. Comme je m'approchais de lui, je m'attendais à me retrouver face à face avec un vrai colon, un véritable Légionnaire qui gardait encore ses vieux réflexes anti-africains. Pas un monsieur plein d'humour et d'amour.

- Monsieur Levin, je présume, déclarai-je en lui tendant la main.

- Benedict? me demanda-t-il en me fixant pendant quelques secondes avant de me prendre la main. J'espère que tu as fait un bon voyage. Comment va Sebha?

- Sebha!!!???

Au lieu de lui répondre tout de suite, je me rappelai l'histoire que ma tante m'avait racontée de ses mains de fer. Elles doivent avoir été si fortes qu'après avoir caressé et chatouillé ses fesses, elle était devenue folle d'amour. Je ris un peu en examinant à la dérobée les muscles vieillissants mais encore impressionnants au moment où je mettais mes bagages sur un chariot à bagages.

- Comment va Sebha? Il reprit sa question croyant, à tort, que je ne l'avais pas entendu la première fois.

- Sebha? Qui est-ce? je lui demandai en arrêtant brièvement ce que je faisais.

- La mère de Charlemagne, répondit-il en souriant. C'est par ce nom que je l'appelais.

- Qu'est-ce qui a inspiré ce nom? questionnai-je comme on se dirigeait à l'endroit où sa voiture était garée.

- La reine éthiopienne bien sûr!

- Fantastique! Elle ne m'a jamais dit que c'est par ce nom que vous l'appeliez, dis-je. Peut-être que c'est la seule chose qu'elle ne m'a pas dite.

A ma déclaration Levin s'arrêta et esquissa un petit sourire avant de parler.

- Qu'a-t-elle dit à propos de moi? me demanda-t-il. C'était mon tour de sourire.

- Beaucoup de choses, j'essayai d'esquiver.

- Comme quoi? insista-t-il, renouvelant son petit sourire. J'aimerais savoir.

- Il m'a dit que vous êtes gentil et qu'elle vous aime de tout son cœur.

- C'est tout! Il me fixa pendant quelque moment. Il gardait son sourire comme pour m'inciter à dire plus.

- Non, déclarai-je après une brève hésitation, voyant qu'il avait envie de s'amuser. Elle m'a parlé de ce qui s'est passé dans votre bureau le premier jour.

- Mais non! s'écria-t-il.

- Mais si!

- Elle ne t'a quand même pas parlé d'une soirée dans les caféiers à la belle étoile!

- Mon Dieu! Mais monsieur Levin, le démon s'est emparé de votre âme! J'espère que durant votre escapade nocturne le serpent ne s'est quand même pas trompé de trou!

Le monsieur s'avérait plus intéressant que je n'aurais jamais deviné.

- Non, pas du tout! Le démon ne s'est pas emparé de moi puisque je confesse mes péchés, répondit-il.

- Et le serpent et le trou!

- Toi-même, tu le sais, puisque tu es Africain; même dans la nuit profonde le serpent ne se trompe jamais du trou, s'écria-t-il en riant.

- Je veux juste savoir, répondis-je et, à deux, on se mit à rire.

- Ah Afrique, la belle! s'exclama Levin.

- Lorsque vous avez quitté l'Afrique, vous êtes parti avec le cœur de ma tante.

- Je sais. Elle garde aussi mon cœur en Afrique.

Après cette déclaration, il s'arrêta et lança un soupir. Avait-il de la nostalgie pour l'Afrique? Je ne lui posai pas la question. Mais il était très intéressant et je comprenais pourquoi ma tante l'aimait autant. On arriva à la voiture qui avait un jeune homme derrière le volant. Dès qu'il nous vit venir, il descendit pour nous aider à mettre mes bagages dans la malle arrière.

Levin m'amena dans un foyer pour les étudiants étrangers. C'est ici que j'ai bien suivi le sort réservé aux peuples colonisés partout dans le monde. Je m'y retrouvais avec des Vietnamiens, des Magrébins, des Malgaches, des Sénégalais, et des Antillais; enfin, les « Français » issus de toutes ses anciennes colonies.

Inscrit à l'Université de Paris I Panthéon Sorbonne, je préparais un diplôme en comptabilité. Le premier jour à l'université, je n'arrivais pas à trouver le pavillon où je devrais faire cours. Je me mettais alors avec frénésie à le chercher. C'était lors de cette recherche que je tombai sur un clochard vautré sur une pelouse. C'est auprès de lui que je me renseignai. Sans même me regarder, il m'indiqua un bâtiment. Quand j'y étais arrivé je trouvai la salle que je cherchais. Je m'assis. C'était l'heure du cours. C'est le clochard qui entra dans la salle de classe. Il était professeur!

La vie estudiantine était pleine d'activités et de promesse pour l'avenir. Entre les étudiants qui venaient des colonies, il y avait toujours des débats vifs sur le colonialisme et l'indépendance. Je participais activement à ces débats et je nouais de relations avec les dirigeants français, surtout ceux qui sympathisaient avec notre lutte pour l'indépendance de notre pays. Le père de Charlemagne me présentait à plusieurs personnages tant du milieu politique qu'intellectuel. Bien que la France soit le pays qui donna naissance à la notion de liberté, égalité et fraternité, j'étais choqué par l'hostilité qu'une grande partie de citoyens français affichait contre notre volonté de vivre dans un pays libre et indépendant.

Les membres de certains partis politiques nous invitaient chez eux, surtout les membres du parti communiste. J'assistais à certains de leurs débats. Je les trouvais très chauds et instructifs. Bien que mon pays me traite aujourd'hui de communiste, juste pour attirer les soutiens des pays occidentaux, je dois dire que je ne le suis pas. Il y a sans aucun doute certains éléments du communisme que j'admire et qui correspondent à nos valeurs africaines. Mais étant d'une ethnie où la qualité individualiste de l'homme est soutenue et encouragée, je me rapprochai plus au capitalisme. Avant d'aller en Europe, j'avais ma propre entreprise. Je suis quand même surpris par les accusations de ceux qui depuis leur naissance ne dépendent que de l'Etat. Et ils osent m'appeler communiste? C'est étonnant, n'est-ce pas! Entre celui qui a sa propre entreprise qu'il gère et qui lui rapporte de l'argent et un fainéant qui ne dépend que de l'Etat, qui mérite plus l'étiquette de communiste?

Le Ghana eut son indépendance en 1957 quand j'étais en France. Quelle joie! Avant cet évènement historique, bien que je fusse actif dans le combat du mouvement pour l'indépendance de mon pays, je me demandais parfois si notre volonté serait accordée par la métropole. L'indépendance de ce pays marquait donc pour moi un point tournant dans ma détermination de voir notre peuple indépendant et libre. Elle me montrait qu'avec assez de pression, la métropole allait céder.

Je me souviens que je discutai les mérites de cette indépendance, d'ailleurs la première en Afrique noire, avec

Patrice d'Olivier qui était aussi en France. Il ne voyait pas d'un bon œil l'architecte de cette victoire qui n'est nul autre que le *Dr* Kwame Nkrumah. Celui-ci représente pour moi un vrai nationaliste alors que pour Patrice, partisan du point de vue occidental, il était communiste. Le communisme deviendra un argument lancé toujours par les pays européens afin de justifier leur présence et leur mainmise sur les territoires africains. L'opinion de Patrice ne m'avait pas du tout surpris. Ses déclarations lors de notre première rencontre dans le train avaient été renforcées au cours des années quand nous étions encore étudiants au lycée. Je suis persuadé que Patrice était pour l'indépendance de notre pays parce qu'il voulait remplacer la colonisation occidentale par sa propre colonisation du trésor publique. Il voyait tout en termes de privilèges dont il jouirait une fois au pouvoir, jamais dans le sens de responsabilités qu'un tel poste incomberait. En France, il se mêlait rarement avec les autres étudiants d'outre-mer. On le voyait souvent avec les éléments de droite française dont les vues racistes étaient un secret de Polichinelle. Se croyait-il Africain même! Je pense, et c'est mon opinion à moi, qu'il était arrivé au point où il n'admettait plus son identité, si même il en avait une.

Je gardais toujours des relations avec le Mouvement. Quand le Mouvement avait organisé une grève des ouvriers de plantations que l'administration avait dispersé à coups de matraque et de fouet, j'avais écrit une lettre au gouverneur français de notre pays ainsi qu'à plusieurs députés à Paris pour manifester mon indignation. Lorsque les étudiants des colonies se rencontraient pour pencher sur le sort de leurs pays, je profitais toujours de ces occasions pour exposer les conditions qui prévalaient dans mon pays. Je continuais d'entretenir de bonnes relations avec Arabo qui était élu président de la branche de la jeunesse. De temps à autre, il apportait l'aide financière à Brigitte qui était devenue ma fiancée. Arabo était arrêté pendant la grève avant d'être relâché et je lui avais écrit pour exprimer mon soutien. C'était au cours de notre correspondance qu'il m'avait dit qu'il s'apprêtait à épouser sa femme actuelle, Binta.

Mon séjour en Europe était très fructueux sur les plans intellectuels et sociaux. Il m'avait exposé à d'autres cultures et peuples, élargissant ainsi le cadre de ma vision. Certes, j'aimais mon pays, mais mon pays constituait désormais une partie intégrante d'un cadre beaucoup plus vaste. C'est cette perspective globalisante que je voulais promouvoir dans notre mouvement.

Je rentrai à Ngola à la fin de l'année 1958. Ma tête était pleine d'idées. J'entendais visiter plusieurs personnes dont ma mère et ma petite sœur, ma fiancée, mes cousins et amis, mes clients, et beaucoup d'autres personnes. C'est alors que se produisit un événement dans l'histoire de notre pays qui bouleverserait son cours et faillit le plonger dans le chaos.

40

C'est 1958, peu après mon retour de France. Brigitte était venue à Ngola et nous nous apprêtâmes à nous marier. Quand j'étais en Europe, j'avais écrit à ma mère pour la lui présenter comme ma future épouse. Elle était très contente de la présentation et tenait à la voir. A mon retour, je voulais l'épouser avant qu'on aille visiter ma mère. Je voulais aussi présenter Brigitte à toute ma famille. Et nous devions aussi profiter de l'occasion pour célébrer les funérailles de mon père qui avaient été reportées en attendant mon retour.

Les préparatifs du mariage se poursuivaient. Je profitais de mes moments perdus pour m'occuper de ma boucherie. Je suivais aussi mes dossiers de recrutement dans une grande société agricole marseillaise qui voulait s'implanter à Ngola.

Je ne me rappelle plus la date précise. Je sais que c'était un samedi; en décembre, vers le crépuscule. Il faisait chaud, très chaud. C'était la saison sèche. J'étais dans la boucherie avec Amidou. On s'apprêtait à fermer pour la journée quand j'entendis un bruit assourdissant à l'extérieur. Croyant qu'on venait de mettre la main sur un détrousseur, je n'y prêtais pas trop d'attention. Mais le bruit s'amplifiait. La curiosité s'emparait de moi. Je sortis vers ma véranda qui surplombait la rue afin de voir ce qui se passait. J'aperçus au bout de la rue un individu en boubou. C'était Arabo? Mais si, c'était bien Arabo. J'attendis encore pour m'en assurer car tellement de gens se ressemblent. Son allure précipitée me disait qu'un malheur s'était produit.

Arabo était toujours posé. Mais enfin, le voilà à quelques mètres. Son expression était hagarde. Sans préambule et en désarroi, il commença à balbutier.

- Mon frère, c'est grave! s'exclama-t-il en portant ses mains sur la tête, le signe chez nous qu'il est porteur d'une terrible nouvelle. L'heure est grave, très grave, je te l'assure! Va vite te changer, car nous devons partir tout de suite!

- Partir? Où?

Pour un individu toujours circonspect, Arabo n'était pas dans sa peau. La transformation présageait une catastrophe.

- Tu as une mine que je ne reconnais pas. Dis donc, que se passe-t-il?

- Nous avons un deuil national! s'exclama-t-il, les larmes aux yeux. Je viens d'apprendre qu'on a assassiné le Grand, notre président! Lui et son équipe sont anéantis comme des insectes nocifs. Fais vite! Change tes habits! Viens! Il faut vérifier les faits.

- T'es sûr de ce que tu me dis? Méfie-toi des rumeurs. L'expérience me prouve que les rumeurs sont très dangereuses.

- Voyons, me prends-tu déjà pour un fou! M'as-tu déjà vu dans un tel état, eh Namukong! Écoute le bruit qui fuse partout! Est-ce que c'est une foule qui prépare Noël?

- Je comprends. C'est ce tumulte qui m'a fait sortir sur le balcon. Attends-moi donc.

Je rentrai précipitamment dans mon logis afin de me changer.

Brigitte lisait un roman au salon. Je pénétrai directement dans la chambre sans lui parler.

- Chéri, qu'est-ce qu'il y a? Elle se leva et me suivit. Tu arrives à la maison et, sans m'embrasser ni me parler, tu te précipites dans la chambre comme un militaire qui part en guerre?

- Tu as raison, ma chérie! La guerre vient d'être déclarée contre nous. Nous apprenons qu'on vient d'assassiner notre président et son entourage : Leonard Tortue, Ernest Boulanger et Ibrahima Bala; tout le monde, je t'assure! Nous devons nous préparer pour le pire.

- Où as-tu appris cette nouvelle et où vas-tu maintenant? Je viens avec toi.

- Je ne sais pas précisément là où nous allons, mais tu ne peux pas venir. Il me semble que nous irons au quartier général de notre mouvement afin d'avoir de la nouvelle ainsi que le mot d'ordre. Chéri, je t'embrasse, peut-être pour la dernière fois. Si les nouvelles que nous venons de recevoir s'avèrent vraies, nous ne pouvons pas prédire ce qui se passera. Amidou est encore à la boucherie et tu peux l'aider à la fermer. Et après tu viens t'enfermer dans la maison car je crains le pire.

Je sortis précipitamment de mon domicile et je rejoignis Arabo là où je l'avais laissé et, à deux, nous descendîmes dans la rue. Nous sillonnâmes le quartier à destination de la concession de Leonard Tortue. En route, nous rencontrâmes beaucoup d'autres personnes qui parlaient de l'affaire. Ils semblaient se diriger eux aussi vers le domicile du président. Quand nous y arrivâmes, nous vîmes un attroupement devant l'entrée de la concession. Il régnait une atmosphère de marché où tous les gens cherchent à parler en même temps. Arabo en appela au calme et nous leur demandâmes les nouvelles.

- Arabo, on te cherchait, déclara une voix dans la foule. Je pense que certains sont même allés te chercher chez toi.

- Elles sont peut-être arrivées pendant que je me rendais chez Namukong.

- Vous pouvez vous renseigner auprès de certains membres du Mouvement qui sont déjà dans la salle, déclara un jeune homme. Ils semblent mieux informés que nous.

Nous pénétrâmes dans la concession et allâmes directement dans la salle où il y avait certains membres du Mouvement dont l'adjoint d'Arabo, le nommé Michel Daladier. Il était parmi les derniers à avoir vu le président.

- Que s'est-il passé? lui demandai-je.

- Le président et tous les membres de son équipe exécutive sont morts, fusillés comme des vulgaires criminels.

- Où as-tu appris cette nouvelle et quelles sont les circonstances de cette tuerie?

- C'est le chauffeur du président qui nous a annoncé la nouvelle.

- Mais c'est un peu mystérieux cette affaire, intervint Arabo. Comment le chauffeur a-t-il échappé au massacre?

- Où est le chauffeur? lui demandai-je.

- Il doit être chez lui, répondit Michel. Dès qu'il m'a communiqué la nouvelle, je suis allé directement chez Arabo. Il n'était pas à la maison et j'ai laissé un message de cette triste nouvelle à sa mère.

- Oui, à mon retour elle m'a donné la nouvelle et je suis allé directement chez Namukong, affirma Arabo en me jetant un coup d'œil. Ma mère ne m'a pas donné de détails.

- C'est parce que je ne lui ai pas donné ces détails, répliqua Michel. C'était même avec grande difficulté que je suis parvenu à lui parler. Cette affaire est très triste. Notre Mouvement est subitement devenu orphelin.

- Dis-nous alors ce qui s'est passé, lui ordonnai-je. Nous avons besoin d'information précise afin d'arrêter les démarches à entreprendre. Nous sommes tous éplorés.

- Je ne vous raconte que ce que le chauffeur m'a dit, reprit-il après avoir essuyé ses larmes. Comme vous le savez, le président, son adjoint et son secrétaire devraient aller à la rencontre des militants dans certains villages de brousse. Ils auraient terminé leurs rencontres vers le coucher du soleil et se seraient mis en route pour Ngola. En cours de route, le chauffeur aurait arrêté la voiture dans le prétexte qu'il allait faire ses besoins en brousse. Ce serait en ce moment qu'il aurait entendu des coups de feu. De retour à la voiture, il aurait trouvé les trois dirigeants criblés de balles et couverts de sang. Il se serait jeté dans la voiture et c'est lui qui a apporté les corps et la nouvelle.

- Il y a anguille sous roche! m'exclamai-je. Où sont les corps?

- A la morgue à l'hôpital et les autorités ont envoyé les militaires sur le site du massacre pour, semble-t-il, traquer les assassins.

- Traquer quels tueurs! Ces gens nous prennent pour des idiots! m'insurgeai-je contre les autorités. Les autorités coloniales sont responsables de cette tuerie. Ce n'est que l'aboutissement d'un sale complot qu'elles tramaient depuis longtemps. A ce que je sache, il n'est pas question du grand banditisme comme ces salauds veulent nous laisser croire. D'ailleurs, les indigènes ne disposent pas d'armes d'assaut. Nos dirigeants ont été assassinés par les autorités et pour cela nous allons rendre cette colonie ingouvernable. Depuis que le président a commencé les marches pour mettre pression sur les autorités, elles sont devenues nerveuses et n'ont eu de cesse de multiplier les attentats contre le président. D'abord, elles ont voulu l'empoisonner. Ensuite elles ont tenté de l'impliquer dans un sale coup mais il était très rusé et ne tombait jamais dans leurs pièges. Ces harcèlements et détentions n'ont pas brisé sa détermination mais ont plutôt rendu le président plus populaire. Frustrées, les autorités ont décidé de l'éliminer purement et simplement.

- Il faut qu'on aille chez le chauffeur. Il doit nous dire ce qu'il connaît de cette affaire, proposa Arabo. Son comportement est louche. Son patron est assassiné et il n'est pas ici afin de nous rendre compte. Pourquoi se cache-t-il?

La foule grossissait inlassablement. Au bout de quelques heures, la concession était pleine à craquer. Certains pleuraient. D'autres proféraient de menaces. L'atmosphère y était très tendue.

On dirait que quelqu'un nous écoutait quand nous proposâmes d'aller chez le chauffeur. Alors, à peine fûmes-nous à l'entrée de la concession que nous entendîmes des voix qui demandaient sa tête. Si on permettait à la foule de nous suivre chez le chauffeur, on risquerait d'avoir une explosion de colère. Cela pourrait aboutir à la destruction de ses biens et même à sa mort. C'est le genre de situations que les autorités coloniales cherchaient. Elles en profiteraient pour nous traduire en justice et nous déclarer coupables aussitôt. Notre absence leur permettrait aussi d'interdire notre mouvement.

Je parlais du dilemme avec Arabo quand j'entendis des coups de feu. Les coups étaient tirés par les militaires cachés dans l'ombre. Les autorités coloniales les auraient envoyés pour faire échec à toute tentative de rébellion. Je n'en sais rien mais il se passait des choses.

Une débandade éclata, et ceci malgré l'appel au calme lancé par Arabo et Michel. Michel était chargé d'assurer l'ordre. Certaines personnes avaient commencé à saccager et à bruler. Arabo ordonna aux partisans les plus fidèles du Mouvement d'intervenir. Il ne voulait pas que le Mouvement soit incriminé. Ils prirent certains fauteurs de trouble et se rendirent vite compte qu'ils travaillaient tous dans une maison de commerce française basée au port. Étaient-ils les agents provocateurs à la solde de l'administration coloniale délibérément infiltrés dans nos rangs pour fomenter le désordre en brûlant et en saccageant? Je le crois. Je le crois fermement. Les désordres semblaient être un signal. Car peu après, des émeutes ont éclatées un peu partout dans notre quartier, fournissant ainsi aux autorités coloniales, l'opportunité qu'elles cherchaient tant pour arrêter des personnes ciblées.

Arabo et moi étions partis chez le chauffeur avant l'éclatement de l'émeute. Le chauffeur avait déjà pris la poudre d'escampette, laissant une maison partiellement vide. Ses voisins nous dirent qu'il avait ramassé ses biens dans la précipitation et il était parti sans préciser sa destination. C'est certain qu'il s'était caché quelque part. Mais où?

Toujours est-il que la situation s'était dégradée le soir. Il y avait beaucoup d'arrestations et de tueries. Les soldats avaient tendu une embuscade autour de mon domicile. Ils bondirent sur moi quand je revenais à ma demeure tard dans la nuit. Ils m'emmenèrent à leur caserne. Là, je vis Arabo qui s'était séparé de moi quand nous n'avions pas pu repérer le chauffeur. Tout comme moi, il fut pris par les filets des militaires à quelques encablures de sa maison.

La nouvelle de l'assassinat du président et son entourage, et de notre arrestation se répandit comme une traînée de poudre. Dans beaucoup de coins du territoire, les gens se révoltaient. La rébellion embrasait les collectivités comme un feu de brousse. Telle était la situation à Magwa. Le Mouvement s'était déjà implanté à Nde, grâce surtout aux efforts de Zangalewa et la pléiade de ses admirateurs avec qui il animait souvent les soirées. Au département du Sahara, la tension montait. La mort d'Ibrahima Bala et l'arrestation d'Arabo incitèrent à la colère et à la révolte. Arabo baignait dans l'ombre de la popularité de son grand-père en tant que petit-fils d'un *Ardo*. En apprenant la nouvelle de son arrestation, sa grande famille passa aussitôt à l'action. C'était le feu vert. La population toute entière se souleva, attaquant et brûlant les rares postes administratifs dans le Sahara. Certaines mauvaises langues soutenaient qu'Arabo était persécuté à cause de sa religion, juste pour attiser la rébellion. Cette déclaration rendait les gens furieux. Ceux qui travaillaient aux postes administratifs s'étaient déjà enfuis à la faveur de la nuit. Ils se cachaient dans les montagnes lointaines.

La situation se dégrada. L'administration dut faire face à la réalité. Elle était obligée de nous relâcher à la hâte. Libérés, nous en appelâmes au calme. Afin de se disculper, les autorités formèrent une commission d'enquêtes sur l'assassinat du président et son entourage. Elles entreprirent aussi certaines réformes, dont celles de mettre fin au régime des travaux forcés. Elle accepta aussi la participation des indigènes dans la politique du territoire. En plus, elles reconnurent le Mouvement comme la voix légitime d'une grande majorité de la population indigène.

Toutes ces concessions vinrent un peu tardivement. Elles n'adressaient pas le problème fondamental de l'indépendance du territoire. La tension régnait toujours dans toute l'étendue du territoire. Quand j'y pense aujourd'hui, c'était tout juste des mesures destinées à apaiser la population afin de concevoir une meilleure stratégie de la mater derechef. Telle était la situation dans notre pays à l'arrivée de 1960, l'année qui s'annonçait comme charnière. Cette année-là, beaucoup de pays africains accédèrent à l'indépendance et cela devint un facteur catalyseur de notre mouvement. La métropole n'avait plus de choix, mais que faire?

41

L e président et son entourage sont morts. Le Mouvement est acéphale et déboussolé. La colère causée par leurs assassinats ne faisait que croître au fil des jours. Sur fond d'un pays doté d'un mouvement nationaliste aussi dynamique, l'ombre du chaos planait. Il suffisait d'avoir la moindre provocation pour que les étincelles d'une rébellion se transforment en feu de guerre. Nous pouvions saisir ce moment pour vociférer les réquisitoires contre les colons. Nous étions aussi à même d'abandonner la situation pour qu'elle se détériore davantage. Mais à qui profiterait, une telle riposte? Pas à nous autres indigènes! Les Européens avaient beaucoup d'autres options. Ils pouvaient aller ailleurs au cas où la situation tournait au chaos. Qu'allions-nous faire, condamnés que nous étions à rester sur place! Il fallait donc agir avec sagesse et avec de la responsabilité. Il fallait relancer le Mouvement en mettant en place un nouveau comité exécutif capable de bien gérer le processus dans l'intérêt de tous. La politique de notre Mouvement n'avait jamais été de chasser les Blancs ni de les tuer, comme le font croire toutes les caricatures de la presse occidentale. Nous voulions un pays créé selon les règles de la démocratie que les Blancs eux-mêmes ont formulées; un pays où tout le monde vit dans la liberté, la dignité et le respect des droits de l'homme. Alors, comme le comité exécutif du Mouvement pour la Jeunesse était composé de gens matures, il était décidé lors d'une séance extraordinaire que ces derniers prennent la direction en attendant les prochaines élections. Un nouveau comité exécutif du Mouvement pour la Jeunesse devrait être élu en remplacement de celui qui venait d'être coopté.

Mais Arabo se montrait hésitant peu avant la prise du service de la nouvelle direction. Il proposa lors d'une réunion que je devinsse président du Mouvement. Sa logique était que j'utiliserais tout le savoir-faire que j'avais rapporté de l'Europe dans le but de donner un sens à notre lutte. En plus, il avait dit que la nature de ses affaires ne lui permettait pas des absences prolongées pour bien s'occuper du Mouvement. Il fallait sillonner le pays afin d'éduquer les militants sur les objectifs du Mouvement et le sens de l'indépendance.

On dirait que mon ami partageait ce point de vue avec la grande majorité des membres de l'assemblée. Mais ils ne se montraient pas assez courageux pour énoncer ouvertement leur avis. Mise en vote, cette décision avait été soutenue à l'unanimité. J'étais donc élu président du Mouvement par acclamation. Michel Daladier restait mon adjoint et Arabo, reconnu pour son honnêteté et ses aptitudes en gestion financière, fut hissé par acclamation au poste de trésorier. Telles étaient donc les circonstances qui me mirent à la tête du Mouvement en tant que président.

Alors qu'on se battait pour s'organiser, les Français eux aussi ne dormaient pas. Avec l'indépendance de certains pays africains, l'Organisation des Nations Unies (l'ONU) ne cessait de mettre la pression sur les pays colonisateurs de céder aux revendications nationalistes de leurs territoires en leur accordant l'indépendance immédiate. Pas un jour ne passait sans qu'une dépêche en provenance de cette organisation arrive au bureau du président français, l'exhortant à accélérer le processus vers l'indépendance totale du territoire.

C'était face à cette dure réalité que le président de France, François Berger, avait convoqué une petite assemblée de ses fidèles. Ce groupuscule était composé d'anciens administrateurs coloniaux, des hommes d'affaires, de juristes, des historiens, des missionnaires (surtout de droite), des employés du Ministère des Colonies, et des militaires. Le groupe devrait se pencher sur les dossiers de l'indépendance des colonies françaises.

Le dossier de chaque colonie avait été soumis entre les mains de ceux qui avaient joué un rôle, direct et indirect, dans sa gestion et son évolution. Toutefois, la consigne du président en matière de l'indépendance était claire : *Il faut leur octroyer un semblant d'indépendance qui nous permettrait d'être toujours aux affaires!* François Berger prônait donc le néo-colonialisme.

Avant d'aborder ce volet de ma vie comme président du Mouvement, je dois dire que les grèves à répétition avaient secoué notre pays. Ces grèves semaient le chaos et l'anarchie.

Elles rendaient les autorités françaises, tant de la métropole, que dans la colonie très nerveuses. Malheureusement, les colons n'attribuaient pas cette situation à la politique néfaste qu'elles menaient sur le terrain mais plutôt à notre Mouvement. Le Mouvement était sans aucun doute dynamique et attirait la grande partie de la population dans toute l'étendue de notre pays; mais, je tiens à dire que nous étions contre le désordre et l'anarchie.

Les colons, basés au territoire, en appelèrent à la métropole de briser le dynamisme du Mouvement par tous les moyens. Ils prétendaient que c'était la seule manière de reprendre contrôle de la situation.

Alors, pour lutter contre notre Mouvement, tout en augmentant l'effectif des troupes dans le territoire, la métropole mit en marche une terrible machine de propagande. Le but principal était d'accuser notre Mouvement d'être responsable de tous les maux du pays. Elle bombardait, à n'en point finir, le public européen et mondial de scènes imaginaires. Ces scènes parlaient de campagnes d'intimidation, de terreur, de viols, de spoliations, et de massacres supposées avoir été perpétrées par notre mouvement. N'ayant pas les photos pour appuyer leurs mensonges, les auteurs de ces campagnes scabreuses de dénigrement entreprenaient de mises en scène sanguinaires et honteuses dont ils s'en servaient pour leur fin macabre. Sur le terrain, ils profitaient du vieux démon africain de la division ethnique. Ils attisaient les conflits intertribaux en déterrant les animosités d'antan et en armant un groupe contre son bourreau du passé. Les résultats en étaient affreux. Les Africains s'entretuaient. C'est ce dont ils avaient besoin pour convaincre le public de soutenir l'administration coloniale dans son objectif ultime de remettre à jamais l'indépendance de notre pays.

Leurs soldats massacraient et foulaient aux pieds les droits des indigènes. Le public de la métropole était réduit à la complaisance, voire à la complicité, par les propagandes mensongères. Tout était prêt maintenant pour que Paris passe rapidement à la vitesse supérieure. Elle fit lancer un autre mouvement rival connu sous le nom ronflant du Mouvement Patriotique ou MP. Ce mouvement n'a jamais attiré les gens en dehors de sa base régionale qui était une partie du département de l'Équateur. Le Mouvement Patriotique ne pouvait pas s'emparer de toute cette région pour une simple raison. Le fondateur de notre Mouvement, nul autre que le vénérable Leonard Tortue, était lui aussi de l'Équateur.

Le Mouvement Patriotique était inefficace et corrompu. L'empoisonnement et l'assassinat en étaient les seuls moyens d'assurer l'alternance à sa tête. Oui, c'est à cet appareil que la métropole commença à verser des sommes énormes. En même temps, elle formait et armait les militants du Mouvement Patriotique pour qu'ils puissent facilement mener les campagnes d'intimidation, d'exactions et de tueries.

Au moment où le président français semblait avoir cédé aux déferlements de vagues indépendantistes en demandant que le projet des indépendances soit étudié, il y avait déjà deux mouvements dans notre pays. Telle était la situation qui prévalait en Jangaland quand un groupe dit de cinq grandes personnalités se réunit dans une paroisse d'une banlieue parisienne dans le but de se pencher sur le dossier de notre pays. Non seulement il devrait choisir la date de l'accession à l'indépendance mais aussi le candidat qui répondait le plus aux critères de « l'homme de France » comme futur président du pays.

Présentons d'abord ces cinq personnalités. Celui qui présidait le groupe était nul autre que le vieux briscard de l'établissement colonial, M. Levin, un peu amoindri physiquement mais toujours sage. Comme dans les pages précédentes nous avons énormément parlé de lui, une présentation plus détaillée n'est plus nécessaire.

Levin avait dans ce groupe restreint un certain Père Mégot qui représentait le côté intellectuel du dossier de Jangaland. Le révérend Mégot était jésuite; bien cultivé, ses connaissances encyclopédiques du territoire constituaient une source de référence infaillible tout au long du débat. Il avait passé beaucoup de temps à étudier les cultures et les histoires de notre pays quand il était prêtre. Bien qu'il soit de foi catholique, sa disposition mentale, surtout en ce qui concernait les indigènes, donnait à penser qu'il était plutôt calviniste. Ses prises de position étaient racistes; tellement racistes que ni sa foi ni son séjour en Jangaland ne les avaient assouplies. Cela faisait de lui un démon en soutane. Pour lui, le territoire appartenait à la France et resterait sa propriété.

La troisième personne du groupe était un ancien militaire du nom de Romain Connu. Romain était connu parmi ses collègues de ce cercle restreint par son sobriquet « Pilon. » Comme toutes ses déclarations se terminaient toujours par « Il faut les pilonner », le surnom Pilon lui avait été collé. Pilon avait assisté à la défaite de la France à Diem Bien Phu en Indochine en 1954. Cet évènement, bien gravé dans son esprit, alimentait une colère qui remontait à la surface de temps à autre et dont les manifestations étaient les dénonciations violentes des partisans de l'indépendance. Romain avait une mine constamment froissée. Il ne croyait pas que les habitants de ces territoires lointains méritent de se faire entendre ni d'être consultés sur les décisions qui visaient leurs destins. Il fallait donc les réduire au silence total avec les canons et les napalms avant d'imposer toute décision arrêtée par Paris. Les points de vue de Romain peuvent apparaître inhumains quand je les énonce dans ces pages, mais il avait beaucoup de ses sympathisants dans son pays. Si non comment aurait-il pu intégrer ce cercle restreint!

Passons maintenant au quatrième, un homme d'affaire qui vivait dans la colonie. Il s'appelait Richard Lafayette. Lafayette entretenait une série de plantations de café et de cacao. Issu d'une grande famille française, Lafayette était bien élevé, comme il se devait, et il n'avait pas la même prédisposition raciale que la plupart de ses amis planteurs dans la colonie. Il aurait pu gagner sa vie en France s'il le voulait, mais il avait choisi l'Afrique; d'y résider et d'y établir des plantations. N'ayant pas l'engouement de se faire fortune, il voyait son entreprise comme un passe-temps. Il aimait les tropiques, sa faune et sa flore, ainsi que ses belles journées ensoleillées. Lafayette était modéré dans son traitement des indigènes. Il évitait tous les excès qui avaient marqué l'époque coloniale et dont les cicatrices restent encore chez beaucoup de colonisés. Ce comportement lui avait valu l'affection de ses ouvriers et d'une grande partie de la population locale. N'étant donc pas animé de mesquineries, l'association des planteurs blancs de la colonie de Jangaland l'avait élu président.

C'est cette association qui l'avait envoyé venir défendre ses intérêts à cette réunion.

Les planteurs étaient entourés partout d'indigènes avec qui ils traitaient tous les jours. C'est parmi ceux-ci que se recrutaient les ouvriers. Les planteurs ne pouvaient donc pas se permettre de se livrer au sentimentalisme de ceux qui vivaient à Paris, très loin de la réalité sur le terrain. En cas de crise sérieuse, la France ne se doterait pas d'une armée assez grande pour assurer la sécurité sur toute l'étendue de la colonie. Il incombait à ceux qui y vivaient de tisser les rapports de bon voisinage avec la population locale. C'était la meilleure manière d'assurer la paix et la stabilité; les seuls moyens de tirer le maximum de profits de toute entreprise coloniale, surtout exploitation agricole.

Lafayette était aimable, prévoyant et sage. Sa position tout au long du débat n'était pas celle d'un colon qui voulait voir exterminer les indigènes afin que leurs terrains soient accaparés par les Blancs. Elle était plutôt celle qui évitait l'optimisme effréné et parfois aveugle de certains extrémistes et racistes qui croient à la capacité de la métropole de s'imposer par la force des armes. En plus, on ne pouvait prédire avec certitude que la métropole aurait le dessus face à cette vague nationaliste.

La France avait perdu en Indochine. Elle risquait de perdre en Afrique. Au cas où elle en vint à perdre encore, la seule chose qui puisse protéger ses biens contre l'étatisation par le futur Etat indépendant était le bon rapport entre colonisateurs et colonisés.

Pour terminer, il y avait le gouverneur français du territoire, Victor Lapin. M. Lapin était invité à venir témoigner sur ce qui se passait sur le terrain. Lapin avait perdu ses parents quand il était encore très jeune. Il aurait peut-être fini dans les rues de Paris comme clochard. Sauvé par les missionnaires, il s'enrôla dans l'armée, précisément dans la Légion Étrangère, et il finit dans l'administration coloniale. Fort des coups de pouce de ses amis à Paris, sa montée dans l'échelon administratif fut fulgurante et il devint l'adjoint au gouverneur. Quand le gouverneur mourut de paludisme, Victor Lapin fut hissé au sommet du pouvoir.

Comme la plupart des hommes qui intègrent la politique, fût-ce coloniale, il avait une loyauté un peu douteuse. Se dissimulant derrière une façade de « l'intérêt suprême de l'Etat», les missionnaires ne l'auraient pas reconnu dans sa prise de position. L'image de la France, en tant que fille aînée de l'Église Catholique et pays moderne, ne devait pas toujours souffrir quand elle veut défendre ses intérêts. Je suis persuadé que la France peut garder son intégrité tout en défendant ses intérêts. Et parlant d'intérêt, est-ce que la France, ou tout autre pays étranger quelconque, peut avoir plus d'intérêts en Afrique que les Africains eux-mêmes? Sauvé par les autres, monsieur Lapin se voyait-il comme un sauveur en devenir? Absolument pas! Le monsieur se cachait derrière le masque du patriotisme béat. Voltaire et Rousseau, qui avaient mené de durs combats pour la défense des droits de l'individu, sont-ils moins reconnus par l'humanité parce qu'ils n'avaient pas les mains tachées de sang au nom de l'Etat français? Au contraire, alors que ceux qui commettaient des massacres juste pour se faire reconnaître comme patriote sont, pour la plupart, condamnés à la poubelle de l'histoire, les Voltaire et les Sartre sont devenus les héros du monde tout entier. Se faire enterrer au Panthéon est une décision de l'homme. Cela n'a rien à voir avec l'au-delà. En tout cas, le patriotisme n'est pas un monopole européen.

C'est donc entre les mains de ces cinq personnalités françaises que le destin de mon pays reposait.

42

Face donc à la tâche que le président de la république venait de leur assigner, les cinq personnalités durent se séquestrer dans une paroisse. Sous l'œil bienveillant du Christ et du Pape, dont les photos étaient accrochées aux murs, ces participants devraient y passer quelques jours afin de trouver une solution à la question de notre indépendance.

Drôle de choses, n'étant jamais sorti de son pays natal, le président français, François Berger, ne croyait pas qu'il y avait des cœurs indigènes qui battaient avec un amour intense et ardent pour leurs pays comme le sien pour la France.

Alors qu'il dormait sereinement dans son palais, en paix, c'était les cinq hommes qui passaient des nuits blanches à étudier chaque candidat indigène présenté.

- Vous connaissez déjà la tâche que le président nous a confiée, déclara Levin qui présidait la réunion. Il a ses attentes mais nous devrons prendre en considération_certaines dures réalités qui existent dans ce pays. Nous ne pouvons pas tout simplement confisquer ce pays. Nous devrons trouver un individu qui n'est pas hostile aux intérêts français et qui sera à même d'assurer la paix, la stabilité et la prospérité dans cette jeune nation. Le temps n'est pas en notre faveur, surtout à cause des pressions de l'ONU. En plus, le pays glisse petit à petit dans le chaos. Nous devons choisir le président de la future république entre trois candidats. Chacun est issu d'un des trois départements administratifs de ce pays. Patrice d'Olivier de l'Équateur a fait ses études de sciences politiques chez nous. Benedict Namukong du Magwa est diplômé en comptabilité de l'une de nos universités. Le dernier c'est Arabo Aliyu du Sahara, un homme d'affaires local formé dans son propre pays.

- Nous n'avons que deux candidats, intervint le prêtre jésuite de manière emphatique sans que la parole lui soit accordée. Nous en avons déjà marre de ces musulmans. Ils nous rendent déjà la vie très dure en Algérie. Je n'aimerais pas que la même expérience se répète dans les tropiques. La France a déjà derrière elle la période des croisades et elle n'aimerait pas y retourner ; donc pas d'Arabe comme candidat.

Levin se dressa sur sa chaise et fixa le prêtre avec une paire d'yeux bleus qui brillaient de colère.

- Monsieur le prêtre, je ne t'ai pas donné la parole, fit-il d'une voix sèche mais autoritaire. Tu confonds déjà notre mission avec celle du Vatican et c'est absurde. Je pense que Napoléon avait déjà tranché dans cette affaire entre l'Eglise et l'Etat en France. Si les citoyens de ce pays estiment vraiment qu'un musulman peut devenir leur président, il y a très peu de choses que nous puissions faire. Tu parles ici au nom de la patrie et non de l'Eglise catholique.

- Le père Mégot a raison, intervint Pilon, parce que si dès le départ on avait pilonné ce cercle de chefs religieux qui semait le désordre en Algérie, la situation de ce pays ne serait pas ce qu'elle est aujourd'hui. Un musulman n'a pas de place dans ce débat.

Avec l'opposition qui montait déjà contre lui, Levin devrait faire acte d'autorité afin d'empêcher la zizanie de s'installer.

S'adressant à l'ancien militaire, sa riposte ne cachait pas son indignation : Monsieur, tu oublies que je suis aussi militaire. Si tu penses que c'est en larguant les bombes sur les gens qu'on parvient à gagner leurs cœurs tu te trompes amplement. Pourquoi avons-nous perdu en Indochine? Nous ne pouvons quand même pas insister sur ces tactiques qui n'ont pas fait des preuves ailleurs. Pour élargir notre espace culturel et commercial, nous sommes obligés de nous faire des amis, et non des ennemis. Je trouve d'ailleurs ton comportement étonnant d'autant plus qu'en tant que militaire tu agis de manière indisciplinée en parlant sans qu'on t'ait accordé la parole. En plus, tu n'as pas suivi les exposés de ceux qui sont sur le terrain avant d'apporter ton jugement. Oui, en très peu de temps notre pays peut anéantir militairement Jangaland, mais il faut retenir que l'attention est désormais braquée sur nous parce que la France est parmi les cinq grandes puissances du monde. Envoyer l'armée massacrer les pauvres paysans de l'Afrique n'est pas le destin de la France. Nos anciennes colonies peuvent être faibles mais elles ont leur mot à dire. Et autant que nous n'aimerions pas que les Américains nous dictent nos lignes de conduite, ces pauvres résisteraient à toute tentative de la France de leur imposer sa politique. La fierté n'est pas un monopole français. Je dois te rappeler.

Malgré le raisonnement irrésistible de Levin, le militaire s'accrocha à sa logique et continuait de « pilonner » comme si de rien n'était.

- Tant que nous passons notre temps à poursuivre les chimères avec ces arguments creux, le monde sera la chasse gardée des Anglais et des Américains. Le Vietnam, que nous venons de quitter, devient petit à petit le domaine des Yankees. Et ils ne sont pas là en train de distribuer les biscuits au fromage aux paysans. Tous les jours ils envoient les militaires, pas pour cultiver le riz, je t'assure, mais pour imposer leur politique coloniale.

- Monsieur Romain, pour quelqu'un comme toi qui a été membre de la résistance, je suis vraiment désolé de ton raisonnement. Que ça soit la dernière fois que tu t'empares de la parole. Tu cherches seulement à imposer ton point de vue. Levin tapa le poing sur la table afin de faire régner de l'ordre. Oui, je sais que les Américains sont là, mais ils en sortiront tôt ou tard en courant. Hier, les gens, y compris de nombreux Africains, combattaient pour la libération de la France et aujourd'hui tu prônes une politique qui veut que la France s'ingère dans les affaires intérieures d'autres pays afin de les occuper. Le monde a beaucoup changé depuis la dernière guerre.

- Nous avons abandonné nos champs et nos affaires pour cette réunion et au lieu de répondre aux crises dans lesquelles Jangaland s'embourbe on passe le temps à se chamailler comme des gamins, protesta le planteur Lafayette dans le but d'arrêter la guerre des mots entre les deux anciens militaires. Sur le plan purement militaire, nous pouvons régenter ces paysans mais nous n'arriverons jamais à occuper de manière efficace le pays sans leur concours. Ils viendront la nuit brûler nos plantations, empoisonner nos puits s'ils ne parviennent pas à nous égorger carrément. Beaucoup de nos plantations sont loin des bases militaires et nous comptons sur eux pour les cultiver. S'ils se fâchent, je ne sais pas ce que nous allons faire. Autant que la force est séduisante, il y a d'autres réalités qui s'imposent.

- Ne t'en fais pas monsieur eh...

- Lafayette!

- Lafayette, s'il te plait, s'excusa Levin avant de continuer. Lorsqu'on vieillit la mémoire s'estompe, tu sais.

- Ah oui!

- Bien, en ce qui concerne la situation de la Jangaland, nous allons y apporter une solution qui plaît à tous. Ce pays, je le connais comme ma poche, ayant entrepris des études poussées sur ses cultures et ses ethnies, sans compter les années que j'y ai passées en tant qu'administrateur. Mon enfant y vit encore, donc, à titre personnel, j'ai l'intérêt à y voir régner la paix, la stabilité et le progrès. C'est pour cette raison que je suis contre une déclaration de guerre contre les indigènes. Même si nous remportons sur le plan militaire, les gens de ce territoire deviendront nos ennemis à jamais. Nous avons devant nous trois candidats et nous voulons choisir celui qui est capable de défendre l'intérêt de son pays et le nôtre.

Pilon déménageait toujours.

- Monsieur Levin, tu dévies de la mission que le président nous a confiée, intervint le Pilon. *Il faut leur accorder l'indépendance qui nous permettrait d'être toujours aux affaires*, a-t-il précisé.

- Si le président de la république croyait que tu étais plus apte à présider cette réunion, il t'aurait choisi comme président, monsieur Romain. Cesse d'être nuisible!

- Si nous continuons comme ça, nous n'accomplirons rien, déclara monsieur Lapin, le gouverneur du territoire. Vous discutez sur la politique à mener alors que nous devons plutôt tourner notre attention sur celui qui deviendra président.

- J'ai dit et je le répète qu'il n'y a que deux candidats, le père Mégot reprit sa vieille chanson contre le musulman. Cet Arabe ne nous apportera que ruines et larmes si on le met à la tête de cet État! Il faut lire l'histoire de sa région d'origine et l'intolérance qui y règne, surtout contre nous.

- C'est toi qui dis qu'il ne peut pas être président et pas les habitants de son pays, répondit Levin. Il n'est pas venu briguer la présidence de France. Il ne sait même pas que nous le considérons comme président de son pays.

- En me basant sur ce que j'ai observé durant le temps que j'ai passé dans le pays, je pense que parmi les trois candidats, Patrice d'Olivier est celui qui représentera le mieux nos intérêts, déclara le gouverneur. Il admire notre culture et il a fait une partie de ses études dans notre pays. Durant son séjour il a fréquenté les milieux de nos hommes d'affaires ainsi que de nos politiciens.

- Tout ce que tu dis sur lui est vrai, mais il a beaucoup de problèmes. Il n'adhère à aucun mouvement, donc les gens ne le connaissent pas; d'ailleurs, il est issu de l'Équateur, un département à faible densité de population. Dans cette affaire il faut aussi prévoir le conflit qui risque d'éclater. Est-ce qu'il a ce qu'il faut pour tenir? Je ne crois pas, à moins qu'il ne compte entièrement sur les forces françaises pour le maintenir au pouvoir. Et de s'y maintenir, il deviendra sans aucun doute un dictateur très corrompu et sanguinaire. Cette tâche ne sera pas la sienne mais bel et bien celle des Français,

- Je constate que tu es contre toutes les propositions qu'on fait ici, fit le vétéran de l'Indochine. Dis-nous alors celui que tu préfères et pourquoi.

- Je préfère Benedict Namukong, commença-t-il, mais à peine eut-il achevé de prononcer mon nom qu'une pluie de protestations descendit dans la salle.

- Pour commencer, je n'aime pas son nom! s'exclama le gouverneur et les gens rirent aux éclats. Son nom nous rappelle notre vieil ennemi, les Anglais.

- Je suis quand même étonné que ce soit le gouverneur qui soulève cette question de nom. Peut-être que dans la colonie, votre nom lui-aussi n'inspire pas confiance et fait beaucoup rire aussi, Levin largua cette petite bombe qui ramena l'ordre dans la salle. Ne soyons pas hypocrites! Combien de Français portent-ils les noms à consonance anglaise, allemande ou italienne?

- Nom ou pas, veux-tu livrer ce territoire à un communiste, un anarchiste? demanda le gouverneur visiblement piqué par le commentaire de l'ancien administrateur. D'abord, il n'est pas originaire de ce pays. Il est originaire de Mayuka, l'Etat voisin, et, en plus, c'est son mouvement qui provoque toutes les grèves dans le pays. Ce garçon est très orgueilleux. Il vient d'une tribu qui affiche le même comportement. Tes propres rapports parlent de son arrière-grand-père, un roi du nom de Bante, qui a mené une rébellion contre l'impôt de capitation quand tu venais d'être affecté à ce département comme administrateur. De plus, ce Bante est un repris de justice, fugitif de son état, qui a fait tuer un homme à cause d'une femme. Tu vois, l'esprit de méchanceté et de rébellion de Bante coule dans le sang de Hameçon, si c'est cela son nom! Il est le petit-fils de Bante. C'est ce criminel aguerri que tu veux mettre au pouvoir? Un homme avec tant de rancune et de colère contre nous à cause du problème que nous avons eu avec ses aïeux? En tant que gouverneur, je parle en connaissance de cause car j'ai bien mené mes enquêtes, j'ai lu tous les rapports et je peux dire que je connais les trois candidats. Le parcours dans le pays de ce petit vantard de Benedict, ce vandale, même un étranger, est émaillé de problèmes et ne laisse aucun mystère qu'il ne peut jamais servir l'intérêt de la France...

- Peux-tu m'en citer quelques-uns, ces problèmes je voudrais dire? intervint Levin alors que le monsieur parlait encore.

- Je viens de le faire monsieur et je n'ai même pas encore terminé...

Levin n'était pas surpris par les détails que le gouverneur avait sur moi. Il ne croyait pas qu'il allait être si dur envers un individu qui, à son avis, n'était pas opportuniste, quelqu'un qui voulait simplement le pouvoir. A son époque, il aurait peut-être adopté la même position que le gouverneur en pareille circonstance. Mais ayant vécu parmi le peuple Magwa qu'il connaissait à fond, son opinion sur eux avait beaucoup évolué. La rébellion est souvent l'expression de la fierté et non de méchanceté. Pour un parvenu, comme le gouverneur, c'est souvent une leçon difficile à assimiler.

Levin essaya de limiter les dégâts causés par l'exposé détaillé sur moi.

- Je te donnerai des ripostes pour les problèmes que tu as cités à propos de Namukong.

- Tu auras la parole mais laisse-moi finir d'abord avec ton candidat, insista le gouverneur. Il existe les rapports dans d'autres parties qui montrent que non seulement il a menacé de tuer un contrôleur de billet dans un train, mais il a effectivement mis la main sur un citoyen français, un charmant homme d'affaires français, qui réside dans ce pays. Ton candidat l'a tabassé comme un vulgaire criminel. Et maintenant il se dit président d'un mouvement qui ne nous laisse pas respirer. On se réveille tous les jours avec les grèves et les émeutes et on s'en va dormir avec les sons de tambours qui appellent à la révolte.

- As-tu fini? demanda Levin en souriant, le sarcasme à peine voilé. Tu le taxes de communiste mais pourquoi? Parce qu'il a rencontré certains membres du parti communiste français lors de son séjour ici en tant qu'étudiant? Quand les étudiants étrangers arrivent dans notre pays, les hommes de la droite les invitent rarement chez eux. Ou bien s'ils le font, c'est toujours parce qu'ils occultent un sale besoin qu'ils veulent leur faire accomplir dans leur pays. C'est plutôt les membres du parti communiste qui s'en vont les voir, les accueillir dans leurs domiciles. Si apparaître dans le domicile d'un membre du Parti Communiste Français rend quelqu'un communiste, je suis aussi communiste ! Le jeune homme est issu de la tribu la plus matérialiste de son pays, une ethnie chez qui le communisme ne pourra jamais réussir. La preuve en est que dans son pays il a ses propres entreprises. En plus, il ne me parlait que de projets économiques quand il était avec moi. Patrice d'Olivier, que tu soutiens avec tant de passion, dispose de combien d'entreprises? S'il n'a pas le courage d'établir et de gérer une entreprise, aura-t-il l'expérience de gérer un pays aussi complexe que le sien; un pays avec ses nombreuses ethnies, toutes sortes de religions, une cacophonie de langues et j'en passe? Namukong est intelligent, travailleur et il admire notre culture. N'étant pas bête, il ne peut pas agir en imbécile. Tu dis qu'il est originaire d'un autre pays. Qui en Afrique ne vient pas d'ailleurs! Les Bantous, les Arabes, les Peuls, les Boers! Soyons sérieux quand même! En France il y a beaucoup de citoyens en provenance d'autres pays; sont-ils moins Français que nous, les allogènes? Je ne crois pas! N'oublions pas aussi que nous avons eu certains dirigeants qui ne sont pas Français de souche.

- Tu sembles connaître beaucoup sur ce bonhomme, dit le Pilon d'un ton cynique. Est-il proche de toi?

443

- Tu n'as pas posé la même question quand monsieur le Gouverneur parlait de lui. Mais comme tu es curieux de savoir, sa tante est la mère de mon fils. C'est un fait que tu sais déjà car je n'ai jamais tenté d'occulter cela, répondit Levin dans un ton ferme.

- On dirait que les fesses d'une négresse sont si bonnes qu'on perd et la raison et la notion d'intérêt national! s'exclama le militaire.

Les autres éclatèrent de rire.

- Avec tes préjugés, comment le saurais-tu? demanda Levin. Et que sais-tu de l'intérêt national!

- Il y a donc un conflit d'intérêt ! Pilon se contenta de mener ses attaques.

- Pourquoi? Parce qu'il est proche de moi? N'est-il pas citoyen à part entière de ce pays? D'ailleurs, qui ici n'a pas de conflit d'intérêt? Le prêtre qui s'oppose à un candidat musulman? Le planteur qui vient défendre ses plantations ? Vous n'avez pas prouvé que Benedict ne défende pas l'intérêt de la France. Votre problème est qu'il osera défendre aussi l'intérêt de son pays. C'est pour cette raison qu'il est populaire parmi les siens et que son mouvement est si fort. Il est issu d'une région à forte densité de population et il est à la tête d'un mouvement fort. Il est un chrétien, bien éduqué, et il a fait une partie de ses études ici chez nous. Il vit dans le ghetto avec son peuple et dispose de sa propre entreprise. La stabilité politique sans une économie forte est une illusion. Si vous vous contentez de chercher un candidat de la France et pas le candidat du territoire et son peuple, les résultats seront catastrophiques. Au lieu de se maintenir au pouvoir par ses astuces politiques, il sera maintenu par les forces des armes. A un moment donné c'est contre l'Afrique toute entière que la France mènera ses combats.

Lors de ces débats, il s'avérait que tous les cinq étaient contre Arabo, à cause de sa religion. Le prêtre, le vétéran de l'Indochine et le gouverneur, tous de la droite française, étaient contre moi. Ils préféraient Patrice. Le planteur, quant à lui, n'était pas décidé. Il m'aimait et penchait un peu vers moi probablement parce que beaucoup de ses ouvriers étaient de ma région; mais il avait aussi peur que je ne sois communiste et saisisse ses biens dès l'accession de notre pays à l'indépendance. Il était certain que si on mettait Patrice au pouvoir, cela risquerait de déclencher une révolte générale. Patrice n'était pas populaire, car très peu de gens le connaissaient; et en plus, il est trop Français et pas assez Africain. Quelques mois avant cette réunion on lui avait conseillé d'intégrer le « Mouvement Patriotique » et de s'emparer de la présidence de l'appareil grâce à l'argent énorme que la métropole lui avait remis pour se faire élire. Il était aussi question de racoler certains candidats importants de l'opposition. Et puis, dans la presse française, c'était son nom qu'on lisait dans tous les journaux. On le traitait de : *« Intellectuel, honnête, patriotique et grand ami de France! »*

Certains étaient allés jusqu'à l'affubler de titres comme « *Sage et lumière d'Afrique! »* Et « *Le jeune Messie du continent noir! »*

En revanche, moi, Benedict Namukong, dont le nom n'apparaissait que dans quelques rares publications, étais constamment décrit comme *« Un communiste, un anti-Européen farouche et un fauteur de trouble! »*

Malgré ce que disaient les medias, il y avait certaines réalités que les cinq messieurs ne pouvaient pas éviter. A lui seul, Patrice ne pouvait jamais devenir président. Il fallait donc un allié qui donnerait à son mouvement non seulement un semblant de popularité et de crédibilité mais un allié qui lui fournirait le poids démographique nécessaire en cas de conflit.

Avant la fin de la réunion, certains flirtaient avec l'idée d'une alliance entre Arabo et Patrice dans le but de m'isoler. Mais cette décision ne saurait mise en œuvre qu'en absence de Levin.

43

essieurs, avant de reprendre nos activités nous allons respecter un moment de silence en la mémoire de monsieur Levin décédé il y a deux jours, déclara Lapin qui remplaça le défunt en tant que président de la réunion. Le résultat de l'autopsie n'est pas encore donné mais il y a déjà certaines mauvaises langues qui disent qu'il a été empoisonné, continua-t-il, son visage animé par un sourire de complaisance. Quelle que soit la situation, sa mort ne mettra pas fin à l'évolution de la France. Aujourd'hui nous ne sommes pas ici afin de choisir le candidat car nous tous croyons qu'il ne peut être ni musulman ni communiste. Il s'agit plutôt d'inventer une alliance entre le musulman qui est soutenu par une forte population et l'intellectuel-patriote qui n'est nul autre que Patrice d'Olivier.

- Il me semble que Benedict et Arabo sont des amis intimes, fit l'ancien militaire.

- De longue date selon les informations que nous avons collectionnées dans le pays, répondit le gouverneur. Ils sont si bons amis qu'Arabo avait même cédé la présidence de leur mouvement au profit de Benedict. Mais je dois d'abord vous dire que Benedict est très intelligent. C'est cela qui nous fait peur. Il peut facilement mobiliser ses compatriotes contre nous. Il faut ternir son image par tous les moyens. C'est le moyen le plus sûr de détruire son amitié avec Arabo.

- C'est facile de détruire l'amitié qui existe entre Benedict et Arabo si on connaît ceux qui sont proches du musulman, dit le prêtre. Il suffit aussi de bien connaître Arabo; ses faiblesses, ses craintes et ses insécurités et d'utiliser ces informations pour saboter leur amitié.

- Alors, quel plan d'action proposes-tu? demanda le gouverneur.

- Je sais qu'Arabo est très proche de son oncle qui l'a élevé. Si nous passons par cet oncle, nous pouvons réussir.

- Vas-y, je t'écoute! éperonna le gouverneur, content de ce qu'il entendait.

- Son oncle vend du bétail qu'il achète dans son département d'origine. Il doit parcourir de longues distances vers Ngola où il vend ses bœufs. C'est un trajet très difficile.

Après la dernière déclaration, le prêtre se leva de sa chaise et s'approcha d'une carte de Jangaland accrochée au mur.

- Regardez, sa voix résonna dans la pièce comme son index boudiné se promena sur la carte et s'arrêta dans le village de Zangawa. Il commence son trajet ici, et puis son doigt traça l'itinéraire que devait emprunter le vendeur de bétail jusqu'à la ville portière de Ngola. Voici la destination finale, annonça-t-il à grand écho.

- Et puis? le gouverneur ne lâcha pas.

Et, le prêtre renforce son argument.

- La distance que ce bonhomme doit parcourir avant d'atteindre la capitale n'est qu'un petit problème par rapport à d'autres comme le grand banditisme, des semaines sans sommeil, les pluies torrentielles, la chaleur asphyxiante, et les moustiques et les mouches tsé-tsé qui provoquent le paludisme et la trypanosomiase respectivement. Les problèmes sont nombreux et on ne peut pas tout citer maintenant, conclut-il avant de gagner son siège.

- Tu penses que si nous lui proposons un convoi de camions comme dons de France, il nous sera utile dans notre petit coup? demanda le Pilon, un homme rompu à la magouille et dénué de moralité.

- C'est une possibilité mais il ne faut pas oublier qu'Arabo appartient à une ethnie dont les membres sont souvent très francs et fiables dans leur amitié. Son oncle ne cédera pas si facilement parce qu'on lui donne des camions. Son amitié compte pour beaucoup, plus que les choses matérielles parfois. Mais l'avarice étant une punition de l'homme, il est toujours à la portée de notre coup.

- Même un apôtre du Christ n'a pas pu résister à cette tentation! s'exclama Pilon dans un ton clairement moqueur.

- Voilà! répondit le prêtre.

- Tu viens de citer la force de cette ethnie, quelle est leur faiblesse? Pilon continua, cette fois dans un ton beaucoup plus sérieux.

- Elle aime trop le pouvoir! s'exclama le prêtre sans même hésiter. On peut forger une alliance entre lui et Patrice en lui faisant croire qu'il sera président, mais dans les coulisses nous allons plutôt préparer Patrice. Nous voulons tout simplement détruire Benedict parce que tant qu'il demeure puissant, il constitue une menace. Sans la France, franchement parlant, Patrice ne vaut rien sur l'échiquier politique. Il ne faut pas qu'on oublie cela; qu'on se fasse d'illusions.

- Tu dis que cette ethnie aime le pouvoir et pourquoi Arabo avait-il abandonné son poste de président du Mouvement au profit de son ami alors?

- C'est en sage qu'il a agi de la sorte. En général, les indigènes admirent celui qui a été en Europe, mais le musulman est un gars honnête. Il sait que son ami est plus intelligent que lui et il a décidé de lui remettre le pouvoir. Il ne faut pas oublier aussi qu'il y a trop de tracasseries dans ce poste. Et le vendeur de bœufs, n'aime pas la pression.

- Avant d'ajourner aujourd'hui, on met à ta disposition les moyens pour convaincre Arabo d'abandonner Benedict. En même temps, nous allons expédier les camions par bateaux au cas où on en aura besoin. Est-ce que tu es à la hauteur de cette tâche?

- Je ferai de mon mieux. Il y a plusieurs atouts à ma disposition, dont les différences ethniques, religieuses et culturelles.

Avec la mort de Levin, mon sort était ainsi jeté. L'action de la métropole était maintenant de détruire mon amitié avec Arabo. Ce n'était qu'en le faisant qu'elle pouvait forger une alliance entre mon ami et Patrice.

Telle était la situation quand quelques mois après la réunion, Arabo fut arrêté à Ngola et transporté à une destination inconnue pendant la nuit. Aujourd'hui je sais que c'était dans le domicile d'un fermier dont la plantation se trouvait à une soixantaine de kilomètres de la capitale. Enfermé au sous-sol, c'est ici que le prêtre le rencontra. Un prêtre et un musulman à cette époque, il y avait l'anguille sous roche!

- Tu te poses peut-être la question pourquoi tu as été arrêté? C'est une bonne chose, car les autorités sont à la recherche de celui qui deviendra président de ce pays. Ton nom a été cité parmi les candidats et c'est pour cette raison que je suis ici.

- Avez-vous déjà contacté ma mère et mon oncle? demanda Arabo, l'air visiblement inquiet. Il faut que ma mère sache que je suis avec vous car vous m'avez carrément enlevé en pleine rue pendant la nuit profonde.

- Tout le monde a été mis au courant, même certains membres de ton mouvement, afin qu'ils ne s'affolent et déclenchent une émeute.

- Comment puis-je être sûr de ce que vous me dites?

- Je suis quand même un prêtre.

- Un prêtre catholique!

- Mais un prêtre quand même!

- Le diable de Daniel François Malan en Afrique du Sud n'était-il pas ancien pasteur!

- Je sais mais je ne suis pas calviniste.

- Qu'est-ce que vous voulez de moi alors?

- Pour qu'on te prenne au sérieux en tant que candidat possible à la présidence, tu dois quitter ton parti politique et t'allier avec Patrice qui dirige le Mouvement Patriotique.

- Impossible! Nous avons fréquenté le même établissement scolaire mais je n'aime pas sa politique.

- Je le sais bien, acquiesça le prêtre. Mais il n'y a pas d'amour en politique. C'est l'intérêt qui prime.

- Êtes-vous vraiment prêtre?

- Pourquoi? Parce que je t'expose certaines réalités?

- Et que deviendra mon Mouvement? Arabo changea de sujet.

- Je pense que tu as lu les revues dans les presses sur votre Mouvement qu'on considère comme communiste. Avec cette image, le Mouvement n'a aucune chance.

- Mais croyez-vous que le Mouvement soit communiste ?

- Ce n'est pas ce que je crois qui compte mais ce qu'on dit dans la presse. Toi-même, tu le sais.

- Et que deviendront mes amis, partisans du Mouvement?

-Tiens, tu me frappes comme étant naïf…

- Et pourquoi ? intervint Arabo avant que le prêtre ne termine. Je suis naïf parce que je ne veux pas lâcher mes amis?

- Non, parce que tu veux t'accrocher aux gens qui t'ont déjà abandonné, répondit le Jésuite. Sais-tu que nous avons déjà parlé à Benedict?

- Et qu'est-ce qu'il a dit?

- Mais je ne veux pas te le dire parce que je ne suis pas venu en Afrique semer la division et l'inimité entre vous.

- Si vous ne me dites pas, c'est que vous ne dites pas la vérité. Ce qui sera une chose terrible pour un homme de Dieu. Vous savez que je suis issu d'une famille sainte et je ne peux pas agir sans savoir la vérité.

- La vérité blesse parfois mais comme tu insistes, je vais te dire.

- Oui, elle blesse mais on ne peut pas s'en passer!

- Il t'a d'abord traité de bâtard, ce qui m'a choqué puisque je savais qu'il était en train de mentir. Et comme…

- Arrêtez un moment, interrompit le musulman d'un ton très calme. Il semblait se sentir déjà bien secoué et très blessé. Il vous a vraiment dit cela?

- Tu penses que je l'ai inventé, ce que je te dis?

- Non, vous ne pouvez pas inventer une chose pareille. Et qu'est-ce qu'il vous a dit encore?

- Que n'a-t-il pas dit de négatif de l'Islam et le prophète! s'écria-t-il. Si tu veux je vais les citer.

- Walahi arrêtez! N'allez pas jusque-là! cria le musulman en bloquant les deux oreilles.

- Tu sais qu'il est un fanatique chrétien et je te le dis en connaissance de cause, ajouta le prêtre. Écoute Arabo, il faut voir la réalité en face. Ce monsieur, que tu appelles ton ami, ne sert que son intérêt et celui de sa région. Il est très bien instruit et il vient d'une région à forte démographie où les gens sont très travailleurs. Si maintenant il obtient le pouvoir politique, il s'en servira pour vous opprimer. Avant l'arrivée des Blancs, c'est ton peuple qui régnait en maître absolu partout, mais aujourd'hui où sont-ils? Ils ne vont même pas à l'école. Regarde autour de toi, les gens qui vont à l'école et que vois-tu, dis-le-moi? Dans tout ce qui se passe où est la place de ton peuple, de ta religion? Dans le passé ton peuple était de vaillants conquérants, de grands guerriers. Ils ont conquis de vastes territoires et ont soumis ses peuples à l'Islam. Maintenant, ils ne travaillent pas. Ils attendent que les autres travaillent pour eux. Mais c'est le passé, c'est l'histoire. Si tu te contentes du passé, je parle maintenant plutôt de l'avenir. Vous pouvez réinventer ce passé dans l'avenir. C'est toi qui portes l'étendard de ton peuple. C'est toi qui leur sers de guide. Si tu veux fuir ce devoir à cause d'une amitié qui n'existe pas, vas-y.

- Et que sera mon rapport avec Patrice qui semble vous plaire?

- Non, il ne nous plaît pas car il n'aime pas son peuple. Nous voulons quelqu'un qui n'est pas communiste et qui est aimé par son peuple et c'est toi qui réponds à ces critères.

- Mais je ne peux pas faire partie de son mouvement. J'aimerais plutôt avoir mon propre mouvement. Au cas où il commence à faire des bêtises, je saurai quoi faire.

- Il n'y a pas de problème car tu auras ton propre mouvement.

La réunion avec le prêtre venait de se terminer. A partir de l'endroit où il avait été séquestré, Arabo lança son propre mouvement, l'Union du Peuple de Jangaland, UPJ. Peu après l'annonce de cette formation, le peuple de sa région abandonna en masse le Mouvement. Son oncle venait d'avoir les camions des autorités françaises. Il se servait de sa flotte pour acheminer les militants lors de meetings politiques.

C'est précisément durant cette période que la métropole commença à verser d'énormes sommes dans le parti d'Arabo. Cette structure était dotée aussi des experts étrangers qui l'aideront à s'organiser.

Après une série de réunion avec le Mouvement Patriotique, Arabo et Patrice annoncèrent la création d'une alliance de deux partis, Alliance Populaire ou simplement Alliance.

Les informations m'étaient parvenues plus tard. Elles expliquaient les raisons pour lesquelles Arabo avait décidé de quitter le Mouvement. Je suis maintenant convaincu que c'est

Tanko, son oncle vendeur de bœufs, qui aurait dévoilé les détails que les autorités avaient utilisés pour me trahir. Depuis sa réunion avec le prêtre jusqu'à mon arrestation, nous ne nous sommes plus revus. Arabo pense certainement que je l'avais trahi en disant les choses négatives à son égard, mais c'est une question que je laisse au jugement de l'histoire.

Après la création de l'Alliance, nantis de larges sommes d'argent, les deux leaders politiques passèrent à l'action. Ils faisaient tout pour saboter le Mouvement. Ils firent arrêter beaucoup de ses partisans qu'ils finirent par racoler à coups d'argent. Au lieu de partir tranquillement, ces affamés multiplièrent les déclarations mensongères contre le Mouvement.

Malgré les grands moyens financiers mis à la disposition de l'Alliance d'Arabo et de Patrice, le Mouvement était loin d'être à sa merci. Ce qui n'arrangeait pas la métropole qui était toujours sous la pression de l'ONU pour accorder l'indépendance à notre pays. Un simulacre d'élection présidentielle avait été organisé. Cette élection visait seulement à mettre Patrice au pouvoir. Il y avait les troupes françaises qui transportaient les partisans de l'Alliance dans leurs camions pour aller voter. Les militaires français en treillis et armées jusqu'aux dents, contrôlaient les urnes. Au département de Magwa, elles empêchaient beaucoup de citoyens de voter.

Voici les conditions dans lesquelles Patrice d'Olivier est devenu président de la République de Jangaland et Arabo Aliyu, son vice-président, un poste qui serait vite gommé. Ainsi, *Il faut leur accorder l'indépendance qui nous permettrait d'être toujours aux affaires*, la parole du président français finit par se réaliser.

44

L a présidence de Patrice marqua la naissance de notre pays. Elle marqua aussi l'inauguration d'une dictature sanguinaire.

Presque immédiatement, après la prestation de serment, Patrice d'Olivier signa un décret qui interdît le Mouvement. Nos partisans se levèrent contre un acte qui ne respectait même pas la nouvelle constitution multipartite qu'on venait de promulguer. Beaucoup de ses membres étaient arrêtés et emprisonnés. C'est alors que notre comité exécutif convoqua une réunion. En tant que président du Mouvement, j'étais contre l'utilisation de la violence comme moyen d'obtenir le changement. Mais plus je retenais mes partisans, en leur demandant de passer par une politique de non-violence, plus le gouvernement les brimait et les massacrait. Il fallait donc chercher les moyens de nous défendre. Nous décidâmes lors d'une réunion du comité exécutif, d'entrer dans le maquis, la résistance clandestine, afin de faire valoir nos droits. Pas pour détruire les infrastructures qui n'existaient presque pas, mais plutôt pour mettre la pression sur l'administration. Nous prônions des grèves et les marches pacifiques.

Beaucoup m'ont critiqué; surtout les étrangers qui ignorent les réalités politiques de notre pays et aussi certaines personnes qui ont subi le lavage de cerveaux de la presse occidentale envoûtée par le spectre d'une prise communiste à la Mao Tse Toung. Ces gens me reprochent d'avoir cessé de prôner la non-violence et d'avoir encouragé mes partisans à se défendre. Certains se demandent si je suis vraiment chrétien parce que je leur ai demandé de ne pas se laisser massacrer comme des moutons. Ils voient en cette exhortation un appel à la vengeance.

Toutes ces accusations méritent des réponses. L'histoire nous apprend que la politique de non-violence a fait ses preuves en Inde où elle a été façonnée et utilisée contre la couronne britannique qui finit par abandonner cette colonie. En tant qu'arme de lutte contre l'oppression, la non-violence est donc efficace. Mais n'oublions jamais que cette politique marche dans un contexte où le pays dominateur a atteint une certaine maturité en matière de droits de l'homme. Elle marche quand la puissance contre laquelle la pression est exercée est un pays de droit, un pays où les gens ne se disent pas seulement civilisés mais posent des actes dignes de ce titre. Sur ces plans que je viens de citer, la Grande Bretagne dépasse de loin tous les pays du monde. Avant qu'ils posent un acte en Inde, les représentants de sa Majesté savaient qu'ils étaient le point de mire de la presse de leur propre pays. Cette presse suivait de près toutes leurs activités qu'elle dévoilait au public. La Grande Bretagne est un pays de droit, avec les fonctionnaires qui sont nés dans cette tradition. Ses représentants même s'ils opèrent loin du pays natal, n'avaient pas le droit de se comporter en bande de brigands. Cette conscience est primordiale car elle régit leur comportement. J'aimerais savoir si les Indiens persisteraient avec la même politique s'ils faisaient face aux forces d'un Gengis Khan? Je ne le crois pas! La même politique que Gandhi a appliquée en Inde n'était-elle pas la même qu'il avait essayée en Afrique du Sud? Pourquoi est-ce que cette politique avait-elle échoué en Afrique du Sud? Que s'est-il passé à Sharpeville récemment lorsqu'une foule de Noirs, non armée, protestait pacifiquement contre les laissez-passer? Ces noirs n'ont-ils pas été lâchement massacrés par l'armée du régime d'Apartheid? Croit-on sincèrement qu'une marche pacifique par les chrétiens sudistes dans le Soudan de Mahdi recevrait un bon traitement! Combien de génocides contre les innocents par leurs propres gouvernements l'histoire en témoigne-t-elle? Beaucoup!

Ce n'est que dans un pays vraiment civilisé et responsable que la non-violence devient un outil efficace et respectable pour la transformation sociale et politique. Contrairement à certaines déclarations de la presse nationale et internationale, selon lesquelles Patrice est un véritable patriote, intelligent, gentil et serviable, un homme qui connaît bien son pays et ce dont il a besoin, rien n'est plus loin de la vérité. Mes relations avec lui vont de longue date et je le connais parfaitement. Il parle toujours de « civilisation » parce qu'il cache sa sauvagerie. Qu'on lui demande ce qui constitue sa culture. S'il y a une chose qui l'intéresse c'est accaparer le pouvoir et amasser de fortune personnelle par tous les moyens. C'est un homme qui n'hésitera pas à anéantir toute la population de son pays afin d'atteindre ses objectifs personnels. Alors, en face d'un sauvage pareil que vaut la politique de non-violence, caractérisée par les marches pacifiques dans les rues! A mon avis, elle devient plutôt un outil efficace d'un suicide collectif. Ce monsieur n'est pas issu d'une culture familiale qui prêche la modération, la compréhension et la tolérance. Il est arrogant, malhonnête et violent; il se croit très civilisé, qui n'est qu'une manière de cacher le complexe d'infériorité qu'il ressent. Bref, c'est un homme de paille qui a toute honte bu. Comment alors discuter d'un sujet aussi sublime que la résistance pacifique avec quelqu'un de sa trempe!

Passons maintenant à ceux qui m'accusent d'avoir encouragé mes partisans à résister. Ils disent qu'en bon chrétien je devrais tendre l'autre joue. Même si je crois personnellement à cette philosophie en tant que catholique, je ne pouvais pas imposer mon point de vue sur les autres membres du Mouvement. C'est un mouvement social et politique qui dépasse le cadre d'une seule religion ou ethnie. Et en plus, la composition de la personnalité d'un Africain chrétien va souvent au-delà du christianisme. Cette personnalité englobe parfois sa culture traditionnelle. Or cette culture ne partage pas toujours les mêmes perspectives sur beaucoup de choses avec le christianisme. Pour conclure, je dois ajouter que dans le cadre démocratique de notre Mouvement, la décision de résister a été arrêtée lors d'une réunion du comité exécutif, organe élu par le peuple. En tant que président, je devais respecter cette décision, et non pas aller à son encontre.

Faut-il mentionner qu'une première grève que le Mouvement avait lancée contre l'armée pour sa brutalité envers les civils s'était soldée par une répression sanglante à travers le pays. A Magwa, les soldats gouvernementaux réduisirent une confrontation avec les citoyens non armés à Nde en bain de sang. Les femmes enceintes furent éventrées et leurs dépouilles abandonnées sur la place du marché. Les jeunes hommes arrêtés furent fusillés devant leurs parents. Ma tante, Maman Paris, avait été arrêtée. Elle trouva la mort en détention. Elle était violée à plusieurs reprises. Son entreprise fut incendiée. Plus de trois cents jeunes hommes de ce département épargnés par la sauvagerie et tueries, trouvèrent la mort plus tard, terrés et asphyxiés dans les derrières des camions hermétiquement enfermés. A Ngola où le triste constat avait été fait, Patrice se moqua des victimes en disant qu'ils moururent parce qu'ils ne voulaient pas respirer. Il déclara que c'était des « apprentis-sorciers » qui respectaient une grève de la respiration.

Une partie de Ciel, le sous-quartier d'Ala'ah, habités pour la plupart par les ressortissants de Magwa, avait été incendiée. Lorsque les gens fuyaient, ils furent abattus par des soldats qui entouraient le quartier. Mes cousins qui vivaient à Harlem et qui n'avaient rien à voir avec toutes ces perturbations politiques furent arrêtés, détenus et bien fouettés. Charlemagne, un homme d'affaires, pour qui la politique ne voulait rien dire et dont les contributions économiques sur le pays n'étaient pas négligeables, lui aussi avait été arrêté et ses biens saisis sous prétexte qu'il apportait des soutiens financiers à mon Mouvement. Ceux qui l'accusaient n'avaient pas de preuves. Et certains ministres du cabinet, lequel cabinet était constitué presque entièrement de membres de l'ethnie et de la région du président de la république, prétendaient que mon cousin, homme très intègre et gentil, avait mal acquis ses richesses parce qu'il les avait obtenues dans une partie du pays d'où il n'était pas ressortissant. Existe-t-il un pays dans ce monde où il n'y a pas une race d'hommes et de femmes d'affaires qui sert d'engin de l'économie? Les Juifs ne jouent-ils pas ce rôle en Amérique? Les Chinois en Indonésie? Les Ibo au Nigeria? Existe-il un pays où toutes les ethnies exercent la même fonction? En Amérique, ne sait-on pas le groupe ethnique qui produit des hommes et des femmes d'affaires, des politiciens et des administrateurs, des musiciens, des restaurateurs…! La propension professionnelle de chaque ethnie n'est-elle pas liée à leur culture? N'existe-t-il pas une complémentarité entre moi, le boucher, et Arabo, le vendeur de bétail, même si nous ne sommes pas originaires d'une même ethnie? Si les Africains doivent créer une véritable nation, que leurs dirigeants fassent bien attention aux actes qu'ils posent. Confisquer ou détruire les biens de quelqu'un parce qu'il n'est pas originaire du pays ou de la région où il a fait sa fortune n'as pas de sens économique ni politique. Ce geste détruit l'économie et contribue à l'appauvrissement du pays. C'est ainsi que la base pour l'éclatement du pays est jetée. En tout cas, que sais-je! Je ne suis qu'un prisonnier politique.

Face à tous ces excès, que disent les quelques ministres du Sahara? Arabo n'est qu'un faire-valoir car ses opinions comptent pour peu. C'est le poids démographique de sa région qui a fait basculer les choses en faveur de l'Alliance; mais, le nombre de ministres de son propre mouvement dans l'administration ne démontre pas cette réalité. Arabo lui-même se sent piégé, isolé et menacé sans cesse d'être remplacé par l'un de ses « frères » s'il tente de hausser le ton. D'un musulman de noble héritage, il est devenu un jouet et un homme de paille d'un sauvage qui parle bien français.

Homme patient, il croit peut-être que les choses changeront pour le mieux. L'optimisme est une bonne chose, mais il ne doit pas être le refus de faire face à la réalité. Plus Arabo attend, plus Patrice renforce sa main mise sur le pouvoir. Arabo est de nature calme mais il peut faire preuve de grand courage. Son silence face aux menaces et excès de Patrice me donne à penser qu'il a été piégé avec les choses matérielles. Selon les rumeurs qui courent encore, l'administration lui aurait versé une grande somme d'argent pour qu'il fasse partie de l'Alliance. Il se serait servi de ce montant afin d'attirer les gens de sa région à la coalition. Si cela s'avère vrai, comment remboursera-t-il cet argent s'il veut quitter l'Alliance? Et comme les bouches qui mangent ne parlent pas, il est désormais condamné à abonder dans le sens de son patron. Et quel patron! Il sait que ce patron veut juste gagner du temps et une fois qu'il contrôle tous les leviers du pouvoir, il l'écartera de son régime.

L'indépendance, qui est censée être l'incarnation de la liberté d'un peuple, est plutôt devenue l'emprisonnement collectif. Au lieu de construire des écoles et des hôpitaux, l'administration passe son temps à ériger des prisons pour les opposants.

En tant que dirigeant d'un grand mouvement, fût-il interdit, je me devais de mobiliser la population pour se défendre contre ces abus de pouvoir et ces violences. Incapable de faire face à nos militants qui étaient prêts à se défendre par tous les moyens, le régime de Patrice entama une politique de terre brûlée qu'il utilisait contre le peuple de Magwa. Les villages entiers ont été anéantis, les récoltes et d'autres moyens de subsistance de certains villages détruits. Les villages se vident par milliers et les populations se déplacent, provoquant ainsi une crise humanitaire sans précédent en Jangaland.

Je décidai de me rendre aux autorités, afin de mettre fin à ces atrocités contre la volonté de mes partisans, car c'est moi qu'elles voulaient. L'Etat parle de mon arrestation, mais en fait je me suis mis dans une situation où il pouvait me trouver et m'arrêter. J'étais accusé de haute trahison. On me fit apparaître devant un tribunal militaire et me condamna à mort par fusillade sur la place publique. Les autorités avaient refusé que je sois défendu par un avocat. Ayant toujours la trouille que je sois à même de m'évader et de reprendre le maquis, certains de mes partisans et moi avons été trimballés à des centaines de kilomètres afin d'être embastillés dans Cricri, cette prison à haute surveillance. En attendant notre exécution.

'est le compte à rebours. Il reste trois semaines avant mon exécution. La date de la fusillade a été fixée au terme de la mascarade que mon pays se permet d'appeler procès. En réalité, ce n'est qu'une démonstration de l'abus du pouvoir qui existe en Jangaland.

Nous sommes à l'aube du 25 décembre 1962. Comme d'ordinaire, le jour a commencé dans ma section de Cricri, du moins depuis mon incarcération dans cette prison. Aux cris des oiseaux du sahel, s'ajoutent les coups de sifflet et les bruits de bottes, assortis ensuite de voix des militaires et gendarmes qui lancent des jurons. C'est le réveil. Et puis les bruits deviennent saccadés, un peu désordonnés. On dirait un troupeau de bétail en débandade.

Pour l'avoir suivi à maintes reprises, je suis déjà habitué au spectacle écœurant qui se produit. Rassemblés dans une grande cour derrière ma fenêtre, les prisonniers exécuteront des mouvements d'ensemble afin de se garder en forme. Mais avant de se disperser chaque fois, ils seront couverts de sang. Pour la moindre action mal exécutée au cours de ces activités, ils sont passés à tabac. L'exercice donc est conçu dans le but de leur rappeler l'enfer dans lequel ils vivent.

Par le passé, dès le premier coup de sifflet, je venais souvent me mettre à la fenêtre pour suivre ce qui se passait. Je n'ai plus le droit de me mettre en forme parce que je suis condamné à mort. C'est ce que les autorités disent. C'est une raison plausible qui cache la vérité. Je crois qu'elles ont peur que je ne m'évade.

Aujourd'hui, je me suis réveillé très tôt. Tous les bruits causés par les agitations à l'extérieur ne m'attirent pas à la fenêtre. Couché sur mon lit, j'ai le regard fixé sur le plafond. Je ne suis pas tranquille; je ne sais pas si l'idée d'être exécuté sur la place publique commence déjà à avoir le dessus sur moi. Tel un lapin coincé, mon esprit passe d'un sujet à l'autre. J'essaie de me débarrasser du sujet de la mort, mais il revient de temps en temps et sous des formes différentes. Qu'est-il à l'origine de mon sort, je me demande. Serait-il le sort lancé par Njekwo avant son exécution? Peut-être que ce sont les actes que j'ai posés durant ma vie. Ou bien les actes que j'ai posés m'ont conduit vers la réalisation de la malédiction. Avais-je suivi littéralement les conseils du père Kirk Patrick, les conseils de mon grand-père, Chefonbiki, et les conseils de tous ceux qui m'entouraient au village? Il y a sans doute les fantômes du passé qui me pourchassent.

Quel que soit le cas, dans trois semaines je serai mort, trahi en grande partie par mes proches. Le président de la république m'a écrit une lettre dans laquelle il se dit prêt à m'accorder un sursis, à me pardonner, si je me dénonce publiquement pour avoir versé le sang des innocents et détruit des biens publiques. C'est une tentative de me trahir la deuxième fois. Et aussi une autre manière de se racheter. A cette proposition, mon refus est catégorique. Je sais qu'il finira mal, celui-là. Encore pire, il sera condamné à la poubelle de l'histoire.

Je passe sans transition à la politique française menée dans mon pays. Les Français pensent-ils pouvoir toujours compter sur les gens comme Patrice pour gérer l'Afrique? Ils n'ont pas accepté Pétain, qui d'ailleurs était maréchal et héros national. Pourquoi veulent-ils alors que les Africains acceptent les dirigeants comme Patrice? Au départ, peut-être réussiront-ils dans leur politique. Ils ont la force militaire pour la mener à bien. Mais ce qui provient de la force engendre toujours la haine. C'est de l'extorsion, du vol, de l'inquisition! La dictature, l'oppression et l'appauvrissement des Africains: voilà les retombées de cette politique qui soutient les fainéants, les sanguinaires, les avares. Et à l'instar de l'Italie et l'Allemagne après les guerres napoléoniennes, de l'application de la force surgira le sentiment anti-français. C'est normal. Ce n'est qu'une question de temps. N'est-ce pas les Français ont affiché le même comportement contre les Allemands durant et après les guerres mondiales?

Nul n'est contre les intérêts français. Mais s'ils doivent s'ingérer dans la politique africaine en choisissant des marionnettes, pourquoi ne cherchent-ils pas une personne soucieuse de l'intérêt de son propre pays aussi? N'y a-t-il pas de patriotes africains francophiles? Pourquoi ne cherchent-ils pas quelqu'un qui comprend au moins la valeur d'une route, d'un hôpital, d'une école, voire même d'une latrine? C'est du bon sens, même sur le plan strictement économique. Si un pays est bien géré et les gens sont riches, ils consommeront plus de produits français. Les Français n'ont-ils pas besoin d'un marché pour écouler leurs produits industriels? Réduire une population toute entière à la misère, à la paupérisation et à la colère à travers une sale politique n'arrange personne. La mort de cette politique proviendra surtout de l'égoïsme français de vouloir tout garder et de ne rien laisser aux Africains; du désir d'humilier collectivement les Africains. Ce faisant, cette politique fera resurgir dans la mémoire collective des Africains, l'esclavage auquel les Français ont activement participé, la colonisation et toutes les humiliations, les brimades et les massacres que les Africains ont connus. Toutes les bonnes choses que les Français ont faites seront oubliées. Que vaut Voltaire ou Rousseau si les Français ne sont pas champions de la liberté? Où est passé le slogan de la révolution de 1789 de « liberté, égalité et fraternité! » S'est-il arrêté au seuil de la porte de l'Afrique? Et le christianisme que les missionnaires français nous ont apporté? Christ a cessé d'exister? Les bouches qui chantent le nom du Christ à grand écho et qui avalent la communion tous les dimanches en son nom sont les mêmes qui n'osent pas critiquer les massacres, les violations éhontées des droits de l'homme, les abus quotidiens des femmes! Quelle est l'importance de Ferdinand de Lesseps dans la culture française si ses concitoyens se révoltent contre ceux qui aiment le génie et le travail? Que pense le monde de Marie Curie si au lieu d'encourager d'autres femmes à suivre son exemple, les Français soutiennent les régimes barbares et sanguinaires qui violent et éventrent les femmes enceintes? Que diraient Charles Louis Alphonse Laveran, Louis Pasteur et Charles Richet de leur patrie qui observe les bras croisés ou participe même à des massacres! Eux, grands savants français, qui ont passé toute leur vie pour des recherches destinées à garder le corps humain sain. L'esprit humain tend à retenir plus ce qui attire moins. Que les Français et l'occident fassent bien attention aux actes qu'ils posent! Pendant deux mille ans, ils ont tout fait pour détruire le peuple juif. Mais l'Affaire Dreyfus n'a-t-elle pas servi plutôt de catalyseur au nationalisme juif dont l'aboutissement est la création de l'état hébreu? Malgré l'antisémitisme les Juifs ne sont-ils pas encore là; peut-être plus forts maintenant qu'ils ne l'étaient avant! Les Africains observent et prennent bien note. Ils n'oublieront jamais. Ils ne seront pas toujours paillassons, le crachoir de toute salive et injure!

De la politique française en Afrique, mon esprit revient à la mort. Celle de ma mère. La nouvelle m'est parvenue quand je suis déjà en prison à Cricri. Aucun détail n'est donné dans le journal gouvernemental où cette information est apparue. Comment le journal a-t-il pu avoir l'information? Je ne crois pas que cette nouvelle a été publiée pour informer le monde mais plutôt pour me rendre malheureux. Si c'est cela l'objectif du journal, il a réussi son pari. Quand j'ai lu cette information, je n'arrivais pas à dormir ni à manger pendant des jours. Je pensais à elle, son amour inconditionnel pour moi. Avant de mourir, elle savait, au moins, que j'avais tenu à ma promesse de ne pas abandonner mes études. Mais la fierté d'une mère africaine d'avoir un enfant qui a fait l'étranger lui a échappée. Belle princesse! Quel malheur! Ce qui devrait être un grand honneur a abouti à mon arrestation, mon emprisonnement et une mort certaine. Mon père m'avait parlé une fois de ce que son père lui avait dit au moment où il allait s'installer à Ndobo. Il lui avait déconseillé tout ce qui brillait trop, qui attirait. Mais à la lumière des problèmes auxquels il avait dû faire face lors de l'occupation de son terrain au pied de Ngohketunjia, il s'était gardé de me donner le même conseil. Avait-il raison? Et si j'évitai la politique, qui chez nous attire beaucoup de gens?

La mort de ma mère me fait penser aussi à celle de mon père. Et la prédiction d'Eba, le guérisseur-mystique. Eba servait-il simplement de porte-parole pour le message de Njekwo? On ne saura jamais. Il se passe beaucoup de choses en Afrique que nous autres Africains ne comprenons pas. Certains les qualifient hâtivement de « superstition » sans toutefois être en mesure d'y apporter une explication rationnelle. Ne dirais-je pas la même chose du principe de relativité d'Einstein s'il n'avait pas lui-même dit de quoi il s'agit? Même avec ses explications, combien de gens réussissent-ils à comprendre ce principe?

De la mort de mon père, vient un moment sombre dans ma pensée. Je pense à ma femme et à ma fille. Ah cette femme pour laquelle j'ai combattu! La femme grâce à qui j'ai fini à Ngola et j'ai un enfant. Si cette exécution est mon destin, c'est que Brigitte a été vraiment faite pour moi. Elle n'est pas de mon département mais on se comprend et on s'aime tendrement. Elle a mis au monde notre premier enfant il y a deux ans. En ce temps, j'étais déjà dans la clandestinité. Ne pouvant pas entrer en contact avec elle, j'ai dépêché un message par l'entremise de l'un de mes partisans pour qu'elle nomme l'enfant Zinga. C'est un nom prestigieux, celui de la reine africaine qui a livré un combat farouche contre les Portugais, qui a rendu les Portugais moins gais. Ma fille incarne la résistance à l'injustice, l'oppression, et à l'exploitation.

Brigitte vit encore à Ngola, dans la maison que j'avais achetée par la volonté de Dieu. Si je ne l'avais pas achetée, où seraient ma femme et mon enfant? Dans la rue peut-être, à subir encore davantage les injures de la presse et de mes ennemis. Au départ, Brigitte était hantée par l'administration. C'est grâce à l'intervention de l'Église catholique qu'elle a été laissée en paix. Elle sait que j'ai été condamné à mort par fusillade car la nouvelle avait été publiée dans la presse locale. Quand j'étais encore dans la résistance clandestine, les autorités la surveillaient du matin jusqu'au soir, espérant me surprendre au moment où je lui rendrais visite. Patrice pense que tout le monde est bête comme lui.

Quand je me décidai à me rendre, je n'avais aucune illusion du sort qu'on me réservait. Mon Mouvement politique a commencé à se désagréger. Plus les villages et contrées qui l'avaient soutenu se voyaient assujettis à une brutalité terrible, plus les gens l'abandonnaient. Certains transfuges sont devenus espions de l'Etat. Ils ont commencé à trahir leurs camarades d'armes afin de se nourrir de miettes qui tombent de la table de ceux qui sont au pouvoir. Malgré cette tendance au ralliement, beaucoup de jeunes hommes, y compris ceux qui ne s'étaient même jamais intéressés à la politique, se voient arrêtés par milliers. Certains sont décapités et leurs têtes exhibées sur la place publique. Les viols sont devenus monnaie courante.

Certaines femmes enceintes sont éventrées et leurs dépouilles abandonnées au bord de la route. Les citoyens qui réussissent à s'échapper de ce triste sort finissent par s'aventurer en brousse, se nourrissant de feuilles et de racines. Ainsi s'inaugure l'indépendance de notre pays!

Comme le veut la loi de notre jeune république, ma femme a le droit de me voir une dernière fois avant ma mort. J'ai demandé de la voir mais comme l'Etat ne respecte pas ses propres lois, il m'oppose une fin de non recevoir. J'ai aussi écrit à l'administration que je voulais voir un prêtre de ma foi pour entreprendre les derniers rites de ma confession avant ma mort. J'ai suggéré le prêtre de notre paroisse, le père Leger. J'entretenais de très bon rapport avec ce prêtre canadien et c'est lui qui a présidé mon mariage.

La date de mon exécution s'approche. L'exécution aura lieu le 15 janvier 1963. Je n'ai pas vu le prêtre et j'attends toujours. Je me dis que je risque de mourir comme un païen. C'est cette idée que j'ai à l'esprit quand j'entends les pas dans le couloir à l'extérieur. Les pas s'arrêtent devant ma porte. On met la clé dans la serrure et on commence à déverrouiller. Et puis la porte s'ouvre. C'est l'un des militaires qui nous gardent. Je l'ai surnommé Renard.

- Bonne journée monsieur Benedict, me souhaite-t-il comme il se dirige vers moi. Il porte un plateau avec du riz sauté. Un peu loin derrière, c'est un autre militaire qui regarde au-dessus de l'épaule de celui qui est devant. On se regarde pendant quelques moments et puis il baisse les yeux.

- Merci monsieur, répondis-je. Comment te portes-tu?

- Bien. Merci!

Renard est un musulman. Il est du département du Sahara. C'est un homme sympathique et intelligent. Il comprend ce qui se passe dans le pays. Même s'il ne le dit pas, à travers certaines de nos conversations, il laisse entrevoir un mécontentement envers Arabo pour son alliance avec Patrice. Un grand lecteur, il attire parfois mon attention sur certains articles.

Avec le militaire près de la porte, il ne parle pas beaucoup. Pas qu'il a peur. Après avoir déposé ma nourriture sur la table, il me donne une lettre. C'est une lettre écrite par le gouvernement.

Un prêtre viendra me voir au cours de la semaine prochaine. C'est une bonne nouvelle.

46

Toute la semaine, je n'ai pas dormi. L'attente du prêtre a été la plus longue de ma vie. Dans sa lettre, le gouvernement n'a pas précisé la date exacte de l'arrivée du prêtre. Il ne me dit pas non plus celui qui viendra présider ce grand moment de ma vie. La première semaine vient de s'écouler. Les bruits de Noël et du Nouvel An n'ont pas atteint notre prison. C'est normal pour un endroit qui s'est déjà révolté contre Dieu. D'ailleurs, les autorités ne disent-elles pas que c'est le président de la république qui représente le Tout-Puissant!

Petit à petit, je commence à perdre espoir. La lettre est-elle une blague? La seule personne qui peut me renseigner c'est Renard. Oui Renard, cet ami fiable! Lors de notre conversation de ces derniers jours, il me rassure que le gouvernement tiendra à sa promesse.

- Lorsqu'il s'agit de la mort, l'administration est trop correcte, ironisa-t-il. Je suis certain que le prêtre viendra.

Nous sommes le 6 janvier 1963 aujourd'hui. Malgré l'assurance de Renard, je ne suis pas très sûr si le prêtre viendra. Vers midi, on frappe à ma porte avant de l'ouvrir. Ce n'est pas normal. Je m'attends au déjeuner. Renard s'introduit dans ma cellule. Il est suivi d'un jeune homme blanc en soutane.

- Mon Père, je vous présente Benedict Namukong, dit Renard quand je me lève de mon lit.

- Le père Logan Marchildon du Canada, déclara le prêtre en me tendant la main. Je suis très enchanté de faire votre connaissance.

- Ah mon père, moi aussi! C'est une belle surprise de te voir et tu n'as pas besoin de me vouvoyer. Parlons en frères de l'Église du Christ, notre sauveur. Je retire ma chaise afin de lui faire asseoir et en même temps je débarrasse ma table de toutes les feuilles pour lui permettre de déposer le sac qu'il portait avec lui.

- Merci pour l'honneur!

- C'est plutôt moi qui dois te remercier. Le voyage vers cet enfer n'est pas facile comme tu as pu constater.

- Pas du tout! Mais je tiens à te dire que j'en ai fait des pires dans mon pays pendant l'hiver, lorsque la température est au-dessous de moins quarante degré.

- Le père Leger m'a beaucoup parlé de ton pays, surtout de l'hiver. Il m'avait fait comprendre qu'il faisait plus froid qu'en France.

- Il ne fait pas froid en France! s'exclama le prêtre. Au Canada, surtout dans ma province natale, c'est terrible. Il y a des jours où les habitants ne s'aventurent même pas dehors car il fait trop froid.

- Ta province natale? lui demandai-je, m'étant déjà convaincu qu'il est du Québec. Grâce au père Leger, je me suis renseigné sur cette belle province canadienne.

- Pour le monde francophone, c'est la province; mais je suis issu de la Saskatchewan.

- Ah dans la prairie, là où le blé est cultivé en quantité industrielle, je me rappelle mes leçons de géographie. J'ai toujours cru que les Francophones sont limités à la province du Québec.

- Tu connais bien ta géographie, me complimenta-t-il avant de m'apporter un éclaircissement sur l'histoire. Il ne faut pas oublier que le Canada était avant tout une colonie française et pas anglaise comme beaucoup de gens pensent à tort.

Pendant le temps que je papote avec le prêtre, Renard est encore là. Il nous suit, bouche-bée.

- Renard, tu peux nous laisser maintenant. Je te passerai l'adresse du père plus tard au cas où j'ai l'information à lui transmettre.

- Oui Benedict, répondit-t-il avant de se diriger vers la porte. Vous avez une heure et demie avec la possibilité de demander trente minutes supplémentaires.

- Est-il de notre Église? Le père changea de sujet et me demanda quand la porte se ferma. J'ouvris ma fenêtre complètement pour faire entrer assez de lumière.

- Non, il est musulman. Tu vois, l'administration voit le conflit là où il n'existe pas. Elle voit tout en termes d'inimité. S'il est musulman, il doit être contre les Chrétiens. C'est pour cette raison qu'il est mon gardien. Or parmi les gardiens, toutes confessions confondues, il est mon ami le plus intime et l'homme à qui je me fie.

- Je dois avouer que depuis mon arrivée en Afrique, j'ai beaucoup appris sur ce continent.

- Mais qu'est-ce qui t'a fait venir en Afrique? Le Canada est très loin et le seul Canadien que je connaisse dans notre pays c'est le père Leger de notre paroisse à Ngola. Lorsque le gouvernement m'a écrit pour me dire qu'un prêtre catholique viendrait me voir, je pensais à lui.

- C'est grâce à lui que je suis venu ici en Jangaland. Si nous abordons cet aspect de mon histoire, on risque de ne pas terminer à temps. On y reviendra plus tard, si nous avons le temps.

- C'est sage, admis-je. On commence alors par les affaires de notre foi, ce qui nous a réuni ici.

- Avant de procéder, j'aimerais savoir ce que la mort représente pour toi en tant que chrétien de l'Eglise catholique.

- Je n'ai jamais pensé à cela, avouai-je, après une brève hésitation. Je pense qu'elle représente une nouvelle vie pour moi. J'ai été élevé dans une société traditionnelle et chrétienne. J'ai essayé autant que je pouvais de vivre ma foi comme je l'entends. C'est certain que je me suis égaré parfois; mais quand je m'en suis rendu compte, j'ai toujours tenté de reprendre le bon chemin. C'est pour cela que je pense que ma mort représente plutôt un nouveau voyage dans la chrétienté.

- Le président de la république a voulu t'épargner la vie, mais pourquoi as-tu refusé?

- Si son geste avait été fait de bonne foi, je l'aurais accepté. Mais il veut simplement avoir raison de mener sa politique violente et immorale. Je le connais de longue date et ce qu'il représente. Ce n'est peut-être pas mon devoir de le juger, mais je ne veux pas m'associer d'aucune manière à sa politique. Ce n'est pas la vie qui m'intéresse, mais ce que cette vie représente pour mon peuple et l'humanité. La mort est le destin incontournable de tout le monde. C'est moi-même qui me suis rendu, contre la volonté de mes partisans, parce que le régime se sert de moi pour massacrer les innocents qui n'ont rien à voir avec la politique.

- Mais en te mettant en dehors de ce débat politique, n'exposes-tu pas le peuple que tu aimes à la merci du régime?

- Je ne suis pas la seule personne à même de lutter contre le régime. Si les autorités estiment que je constitue un obstacle à leurs efforts de la construction nationale, je m'écarte afin de leur donner l'occasion de le prouver. Ce que je ne veux pas c'est qu'on anéantisse toute une population à cause de moi. Christ n'avait-il pas la possibilité de résister à ses bourreaux? Pourquoi alors s'est-il fait arrêter, humilier et crucifier? Sa mort représente une vie nouvelle pour nous, un sacrifice pour nous sauver. J'ai rendu à César ce qui est à César!

- Que penses-tu de l'avenir du pays et de ses dirigeants?

- Je n'ai aucune rancune envers les dirigeants, ni Patrice ni Arabo. S'ils sont honnêtes, ils peuvent bien gérer le pays. Mais leur alliance est née de la malhonnêteté et je prévois une rupture plus tard. Patrice est un opportuniste qui a profité du soutien de la métropole pour se hisser au pouvoir. S'il ne change pas sa vision du pays, il finira très mal. Arabo est un otage et s'il se retire du gouvernement tôt, il peut garder une partie de son honneur. Mais comment faire!

- Je suis content de savoir que tu ne gardes pas de rancune contre le président et son adjoint. Cela fait preuve d'une sorte de réconciliation. Tu m'as invité en tant que chrétien à venir partager avec toi ce moment difficile. Mais n'oublie pas que Christ ne t'abandonnera jamais. Il faut que je te dise ce que ce sacrement constitue pour les chrétiens de notre Église. Le sacrement de l'onction des malades c'est ce que nous allons faire maintenant. Tu te poseras sans doute la question de savoir pourquoi c'est ce sacrement alors que tu n'es pas malade. Il faut plutôt regarder l'objectif du sacrement qui est destiné à ceux qui sont arrivés au terme de leur vie. Ce sacrement soulage et fortifie l'âme et te permet de supporter plus aisément les peines physiques et psychologiques de ce moment très difficile. Il te rassure, te donne une grande confiance dans la miséricorde de Dieu. Cela te donne la force de résister au démon. La peine capitale n'est pas une mince affaire et peut être souvent à l'origine de grandes difficultés psychologiques. Tu n'es pas seul dans cette lutte, car tes frères et sœurs chrétiens sont avec toi; Christ est avec toi. Christ connaît le moment difficile que tu traverses et est en mesure de venir à ton aide lors de tes épreuves, car dans sa vie sur terre il a lui aussi affronté les mêmes souffrances. Non seulement il sera avec toi mais tu participeras avec lui au salut du monde.

Après la messe et le sacrement de l'onction j'entendis les pas. La porte s'ouvrit et Renard nous sourit.

- Vous aurez sans doute besoin de vos trente minutes supplémentaires et j'en ajoute vingt pour l'amour d'Allah et de mon ami.

- Merci beaucoup mon ami!

- Renard, c'est son vrai nom? demanda le prêtre Logan après son départ.

- Non, son vrai nom c'est Mohammed, répondis-je. Renard n'est qu'un surnom parce qu'il est très rusé. Il connaît bien dribbler les autorités d'ici.

- Il faut la ruse pour survivre dans un endroit comme celui-ci.

- Tu ne m'apprends rien! criai-je avant de passer au sujet de ma femme. Père, il y a des faveurs que j'aimerais te demander. Je ne sais pas si le père Leger t'a présenté à ma femme.

- Je connais Brigitte et Zinga, ta belle petite fille. On m'a présenté ta femme lors de la soirée de ma réception. Notre Église n'abandonne jamais ses enfants. Sais-tu que l'Eglise s'était évertuée à te trouver un avocat.

- C'est la première fois que j'apprends que l'Eglise a essayé de me trouver un avocat.

- Tout s'est passé dans les coulisses car ton procès a été très politisé et était devenu une affaire sensible comme tu le sais.

- Oui je le sais. N'as-tu pas vu ce que les autorités d'ici ont griffonné sur une pancarte quand tu venais ici?

- J'ai vu cela. Dieu n'a pas de place dans le calcul de ceux qui gèrent ce pays et c'est peut-être pour cette raison que rien ne marche.

- Peut-être! Parle-moi un peu de l'avocat.

- La paroisse l'a fait venir de France mais il a été chassé dès l'aéroport. C'est pourquoi toi et tes partisans n'avez pas eu un avocat. L'État a intimidé tous ceux qui voulaient venir à votre défense, toi et tes partisans. Je pense que tout a été fait pour vous reconnaître coupable. Les rumeurs courent dans les coulisses que le président de la république manifeste une grande peur de toi.

- Cela ne me surprend pas car je le connais de longue date. Mais si je t'ai posé la question de savoir si tu connais ma femme, c'est parce que j'aimerais te demander des faveurs.

- Vas-y, si c'est possible je te les rends, dit le prêtre avec enthousiasme.

- Je te supplie de ne pas abandonner ma femme et ma fille. Il faut les aider autant que tu peux. Ma fille doit aller à l'école, faire les études poussées. La deuxième faveur que je te demande c'est de faire parvenir cette lettre à mon ami Arabo. Il faut qu'il sache que tout ce qu'on lui a dit à propos de moi est faux. Il doit aussi savoir que je ne lui garde aucune rancune car il est parmi les meilleurs amis que j'aie connus. Et la troisième et dernière faveur, c'est de faire publier cette histoire. Elle constitue qui je suis et le rôle que j'ai joué dans le drame que notre pays est actuellement en train de connaître. Je te fais parvenir la partie de la rencontre que nous avons actuellement par l'entremise de Renard. Cette partie achèvera l'œuvre. Il faut que le monde sache que je ne suis pas sanguinaire, que je ne suis pas violeur, que je ne suis pas menteur et que je ne suis pas communiste! Il faut que le monde me connaisse. La responsabilité de rédiger le reste de ma vie incombera à ma fille. Comme elle est encore jeune, il faut suivre attentivement le reste de ma vie dès maintenant dans le but de l'aider dans ce sens.

- Je vais faire tout ce que tu me demandes de faire.

- Merci!

- C'est vraiment du travail que tu as effectué ici, dit le prêtre quand je lui remis le manuscrit et la lettre à remettre à Arabo. Il les mit dans son sac. C'est vraiment important d'apporter la lumière sur cette affaire et je ferai publier l'œuvre sans délai. Mais pourquoi n'as-tu pas écrit à ta femme?

- Renard lui apportera une lettre.

- C'est bien! Il faut lui écrire.

- J'entends les bruits de pas!

La porte s'ouvrit.

- C'est l'heure! s'exclama Renard.

- On a déjà terminé, dis-je. Je me levai et j'embrassai le père Logan. Au revoir mon père.

- Au revoir Benedict!

- Je t'envoie ce que je t'ai promis, dis-je en jetant un coup d'œil sur Renard. Et on se verra, si c'est possible, le jour de l'exécution, ajoutai-je avec un grand sourire.

Quelques secondes plus tard, la porte se ferma et je m'écrasai sur mon lit, tout heureux, très heureux. « Oh Happy Day! »

Épilogue

A pportons un peu d'éclaircissements à ce récit. Qui suis-je? Je veux dire celui qui raconte cette histoire. Dans quels pays se passe-t-elle? A ces deux questions, je donne des réponses. « Je » suis un personnage imaginaire. Oui, j'ai bien dit imaginaire; mais, ma voix représente celle des Africains ordinaires. Mon histoire est le fruit de mon imagination, mais elle est basée sur les réalités, mes réalités et celles de tant d'autres Africains. L'histoire se passe en grande partie au Mayuka et en Jangaland, deux pays qui se veulent respectivement ancienne colonie anglaise et française en Afrique de l'Ouest. Bien que la France et la Grande Bretagne soient les anciennes puissances coloniales qui disposaient de vastes territoires dans cette région d'Afrique, trois raisons principales m'ont poussé à attribuer de noms fictifs à ces territoires où s'est produit l'essentiel de mon histoire.

Premièrement, cette œuvre est un roman et pas un livre d'histoire. Deuxièmement, ce qui se passe dans ces deux territoires n'est que le reflet d'un phénomène qui frappe actuellement nombreux pays africains. En d'autres termes, je me sers simplement de ces pays comme glace dans lequel l'Afrique doit se mirer. La raison finale touche à la sécurité. Pas la mienne, bien sûr, pour la raison évidente que mes lecteurs et lectrices ont déjà découvert, mais plutôt celle de ma famille, de mon ethnie et de ma région. D'une manière ironique, cette raison a trait au fondement même de l'Afrique et ce que, par mimétisme, beaucoup de gens appellent aujourd'hui son « indépendance. » Reconnu dans la littérature populaire comme un continent où d'une génération à l'autre les traditions se transmettent oralement à travers les contes et les histoires, l'Afrique a commencé à perdre sa voix dès l'indépendance de ses pays. A tout conte aujourd'hui, on attribue un motif politique en filigrane. Les grands moments du continent, où les membres de famille se regroupaient au coin du feu les soirs pour se régaler paisiblement de contes et d'histoires, racontés surtout par des grands-parents et des griots, sont maintenant révolus. Les hommes politiques et les militaires, inféodés en partie aux puissances extérieures, ont confisqué le continent et le droit de son peuple à la parole. Les seules choses qui parlent aujourd'hui sont les bottes d'une soldatesque, les mitrailleuses et canons, les bombes, et les chaines de répression; et si on est un être humain ordinaire, un homme de la rue, pour ainsi dire, les seules choses qu'on ait droit de dire sont les éloges d'une bande d'imbéciles aliénés qui se cramponnent au pouvoir et n'ont qu'une déclaration au triple « E » à l'adresse de leur peuple, à savoir : « *Émasculez-les, Embastillez-les Et Égorgez-les!* »

Si une histoire banale peut générer des suspicions et poser autant de risques, je ne serai pas surpris si, après l'avoir lue, la mienne est mal reçue. Comme c'est évident, elle est loin d'être simple parce qu'elle met à nu certaines tristes réalités de l'Afrique actuelle.

Je sais que certains aspects de mon histoire ont échappé à certains de mes lecteurs et lectrices. J'attribue cela au fait que certaines réalités africaines actuelles ont plutôt l'apparence d'une fiction, surtout lorsqu'on les raconte à ceux qui n'ont jamais vécus ou mis les pieds dans ce continent. En plus, comme tout continent, l'Afrique dispose de ses propres mystères, entourés de ténèbres qui ne peuvent être percées que par les plus engagés de ses enfants et amis.

Printed in the United States
By Bookmasters